LE LIVRE DE LEESCE

Mes dames, je requier mercy.
A vous me vueil excuser cy
De ce que sans vostre licence
J'ai parlé de la grant dissence
5 Et des tourmens de mariage.
Se j'ay mesdit par mon oultrage,
Je puis bien dire sans flater
Que je n'ay fait que translater
Ce que j'ay en latin trouvé;
10 Assés pourra estre prouvé
Ou livre de Matheolule.
Si me semble que femme nulle
Ne personne qui soit en vie
N'en doit sur moy avoir envie.
15 Dont, se je m'en suy entremis,
Je suppli qu'il me soit remis
Et pardonné par vostre grace.
Car je suy tout prest que je
Un livre pour moy excuse
20 Ne le me vueilliés refuser.
Il n'est riens qui n'ait son contraire,
Qui en voulroit les preuves traire
Et penser justement aux choses :
Les espines sont près des roses;
25 Aussi est l'ortie poingnant

F rubr. Liber contra matheolus. V Cy commence leesce et le contraire de
matheolore. — 4 K distence. — 5 B du m. — 6 K mesprins. — 12 P Et. — 13
BP quil. — 14 FV Ne. — 16 BF qui. — 20 P me le. — 21 BP quil. — 22 F
ses; K l'espreuue P prouuez.

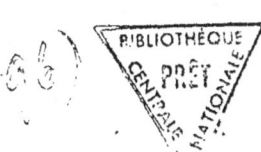

Jouste l'erbe souef joingnant.
Sans vostre grace ne vueil vivre.
Et s'aucun requiert de cest livre
Comment entitulé sera,
30 Je dy que l'en l'appellera
Par droit nom « Livre de Leesce »;
Car pour l'amour de celle est ce
Qu'ay fait cest livre, pour complaire
Par argument de sens contraire,
35 Pour vous excuser loyaument
Et monstrer especiaument
Que nul ne doit femmes blasmer.;
On les doit loer et.amer,
Cherir, honnourer et servir,
40 Qui leur grace veult desservir.
La raison y est bien apperte;
Cy après sera descouverte.

Or me doint Dieu prosperité,
Que je soustiengne verité,
45 Si com jadis fist Alithie,
Qui soustint la vraye partie
Contre Pseuti, le fauls d'Athaines;
Sur le rivage des fontaines
De fauls et de vray disputerent
50 Et par leurs instruments gagerent;
Mais Alithie ot la victoire;
Car verité doit avoir gloire
Tout aussi que mieulx vault leesce
Que ne fait courroux et tristesce.
55 Verité vainct contre mençoingne,
Verité est noble besoingne,
C'est la plus fort chose qui soit,
Si com Zorobabel disoit
A la demande du roy Daire,

26 *B* pingnant *F* flairant *P* flourant *KV* joignant. — 27 *P* En v. gr. je. —
28 *P* son demande; *FP* ce. — 29 *FKPV* intitule *B* entreuler. — 31 *B* dr. mon *V*
dr. le. — 32 *P* tout p. lamour delle. — 37 *F V* femme. — 40 *P* acquerir. — 43
B avait d'abord omis dieu; *P* Dieu me donne p. — 47 *P* le f. pseutin *F* pseu-
tis *B* pseuty *K* presentin. — 49 *P* Le f. et le v. — 50 *B* guagerent *KV* gaignerent.
— 52 *P* vertu d. a. la g. — 53 *V* vault m. — 54 *V omet* ne. — 55 *K* vault, *les
autres* vainct. — 56 *K* De v. est ung droit songe. — 59 *P* dame.

60 Qui voult une question faire ;
   Car de force estoit a descort.
   L'un dist que le roy estoit fort,
   L'autre dist que fort est le vin,
   Et le tiers, qui fist le devin,
65 Dist que les femmes sont plus fortes.
   Zorobabel contre leurs sortes
   Mist verité plus fort trouvée ;
   Sa sentence fu approuvée.
   Aristote ama verité ;
70 En ses dis est bien recité
   Qu'il dist a ceulx qui le prioient
   Et pour Socratès supplioient :
   « J'aim Socratès, n'en doubtés mie,
   « Mais verité est plus m'amie. »
75 Priés Dieu que ma langue tiengne,
   En cest fait de moy luy souviengne,
   Et me face si bien respondre
   Que nul ne puist mes dis confondre
   Et que chose ne puisse dire
80 Ou il ait occasion d'ire.

   Le sage dit en l'Escriture
   Qu'entre toute mondaine cure
   Il n'est riens qui tant doye plaire
   Que d'estre lié et de bien faire
85 Et d'eschever debat et noise.
   Car longue voye et pluye poise
   Et on s'esjoïst de briefté ;
   Si ne me sera pas griefté
   De ceste matiere abregier.
90 Qu'en ne me tiengne pour bregier,
   Proceder vueil sommierement.

62 *V* d. le Roy estre plus f. — 64 *K* Le t. dist que fait. — 65 *KP* Que les f. estoient. — 66 *manque F.* — 67 *KP* Dist. — 68 *V* esprouuee. — 70 *K* ditties est r. — 71 *P* quilz. — 72 *B* la prouuoient (*leçon d'un correcteur*). — 73 *P* Jayme socrat. — 78 *V* Quil ne p. amez d. — 80 *F* Qu'il ait ; *B* est ; *P* Ou on sache rien que mesdire. — 82 *B* Quentre *P* Que en *FV* Quen t. *K* Quencontre. — 84 *F* Que c. l. et d. b. a f. ; *P* destre joyeulx de b. f. — 85 *FP* escheuer *BV* eschiuer. — 86 *B* longue v. plus me p. *P* la l. v. moult p. — 88 *V* Et ; *P* Je feray ung petit traicte. — 89-90 *manquent P.* — 90 *B* men t. ; *K* a b. ; *BF* bergier. — 91 *P* Et commanceray maintenant.

Maistre Mahieu premierement
Se complaint fort de bigamie
Et dit : mieulx vault avoir amie
95 Que d'espouser vefve mouillier.
Ses yeulx font sa face mouillier ;
Car il perdi son previlege
Et devint bon homme de neige,
Quant il demoura sans tonsure
100 De clerc ; lors luy sembla trop sure
De Gregoire la decretale.
D'autre part estoit triste et pale
Qu'il ne pouoit en nule guise
Recouvrer des clers la franchise ;
105 Trop se lya de fors lyens.
Exemple met des anciens,
Comment Jacob avec Lya
Et puis a Rachel se lya
Et Helcana espousa Anne
110 Et puis ot a femme Fenanne.
Les sains peres du temps jadis,
Que Dieu mette en son paradis,
Ainsi le faisoient adés
Sans estre d'onneur degradés.
115 De Lameth après nous raconte
Et dit que bien dut avoir honte
Du corps et grant tourment a l'ame,
Quant il fu le premier bigame ;
Lameth espousa Selle et Ade ;
120 Pour ce meffait fu plus malade
Que pour ce que Caïn tua.
Bigame pou de vertu a ;
Il est subgiet a la gent laye
Et ne puet guerir de sa playe,
125 Dont Mahieu moult se desconforte
En son livre, auquel me rapporte.

Ad ce respont dame Leesce,
Pleine de sens et de noblesce,
Car elle est de meurs aornée,
130 Dont noblesce lui est donnée,
Et monstre par argument fort
Que maistre Mahieu avoit tort
De lamenter et de plourer,
Et plus grant tort de labourer
135 Pour imposer aux femmes blasme.
Trespassés est, Dieux en ait l'ame!
Quant il prist vefve a mariage,
Des lors estoit il en aage,
Regnans entre les advocas;
140 Tels paroles sont bien au cas.
Il savoit les drois exposer
Et les distinctions gloser
Et savoit en loy crestienne
La sanction Gregorienne
145 Et pourquoy l'omme est fait bigame.
Sur luy en doit tourner le blasme,
Se blasme y avoit d'aventure,
Qui n'est pas blasme par droiture.
Et s'il y ot decepcion,
150 N'y chiet point restitucion;
Deboutés est du benefice.
Et d'autre part je luy obice
Qu'en ce n'avoit fraude n'injure,
Si com il meïsme le jure.
155 Il savoit bien ce qu'il faisoit
Et que le contrait luy plaisoit;
Il le voult, il le consenti.
Dont, se depuis s'en repenti,
Raison puet bien apercevoir
160 Qu'a ce ne fait a recevoir.

129 *K* sens; *KP* adornee. — 133 *F* desplourer. — 136 *P* Mais il est mort dieu ait son ame. — 137 *P* en m. — 138 *K* auoit il sens et. *P* il estoit en bon aige.— 139 *F* Regnault. — 140 *P* seruent au cas; *B* o cas *V* aucas — 141 *P* exposez. — 142 *P* glosez. — 146 *B* la b. — 148 *F* point b. — 149 *BP* Sil; *P* auoit. — 152 *B* li; *V* oblice. — 153 *P* Quil n'y auoit; *K* blasme. — 154 *F* m. il; *P* Tout le monde le voit et juge. — 155 *B* Et s. — 156 *FP* contract *B* contraut. — 158 *P* et puis apres. — 160 *K* Quen ce meffait *P* Que ce fait nest de r.

« Tart main a cul, quant pet est hors. »
Cils proverbes est assés ors.
Il convoita tant Perrenelle,
Pour ce qu'elle luy sembla belle
165 De façon et de contenance,
Qu'au dire prenoit grant plaisance
En remirant la pourtraiture
D'un des plus beaux vouls de nature
Qu'il sceüst lors en tout le monde :
170 Car la cheveleüre blonde,
Resplendissant, bien aornée,
Qui lors sembloit estre a or née,
Le front ample, net et poly,
Le sourcil plaisant et joly,
• 175 Les beaux yeulx vers, doulx et rians,
Amoureusement guerrians,
Le nes bien fait et la bouchette
Vermeillette, riant, doulcette,
Souef flairant, et par dedens
180 Tres bien ordenée de dens
Bien assis et plus blans d'ivire,
Le beau mentonnet pour deduire,
Les oreilles et les buffetes
Bien coulourées et bien faites,
185 La gorgete polie et plaine
Ou il ne paroit nerf ne vaine,
Le col blanc, rondet par derriere,
Les espaules et la maniere
Des bras soupples pour acoler,
190 Qu'en ne porroit plus beaux doler,
La main blanche, les dois traitis,
Les costés longs, le corps faitis,

161, 62 *intervertis dans* K. — 161 P Pas nest temps de son cul serrer K met
au c. la m. — 162 F lls ; V Cest ; V hors ; P Quant on sent le pet enuoller. —
163 KP perrinelle ; V personnelle. — 166 V Qui ; P Et y prenoit moult g. p. —
167 P En regardant ; KP sa p. - 168 P Lun des plus faiz ; K vis. — 169 P sceut
adont F scet entretout le m. — 170 P sa ch. estoit b. — 171 F adournee ; P adornee.
— 172 P Et s. Quelle fust douree ; K dor n. — 173 V f. comble. — 175 F *omet*
doᴜls. — 176 BF guerroians. — 178 P Vermeille r. et d ; F bouchette. — 179
V de par d. — 180 F adournee ; P ordonnees les d. — 182 K menton par ce d.
— 184 *manque* V. — 190 P saroit p. b. trouuer. — 191 KP Les mains blanches ;
B traistiz. — 192 KV longues.

    Et la façon de la poitrine
    Parée de double tetine,
195 Rondette, poignant a eslite,
    Ne trop grande, ne trop petite,
    Du port la maniere seüre
    Et des rains la compasseüre
    Ne trop large ne trop estroite,
200 Les beaux piés et la jambe droite,
    Et tout ce qui dehors paroit
    De si grant beauté la paroit
    Qu'il n'y avoit point de deffaulte.
    Ne fu trop basse ne trop haulte.
205 Se dehors fu belle sans lobe,
    La beauté de dessoubs la robe
    Dut bien estre considerée :
    Car sa noble taille esmerée
    Designoit sa belle char nue.
210 Ne trop maigre ne trop charnue;
    La mote et les choses secretes,
    Que scevent personnes discretes
    Convenables a leurs delis;
    Les roses et les fleurs de lis
215 Estrivoient pour sa couleur.
    De la sourdi la grant douleur
    Dont Mahieu fist un grand chapitre.
    Sa complainte n'a point de titre ;
    On ne doit mie tant amer
220 Qu'en face de son doulx amer,
    Ne nuls homs ne doit soustenir
    Qu'il peüst fors que bien venir
    Quant homs par bone affection
    Pour lyen de dilection.
225 Prent sa femme bonne et honneste,
    Si com nostre foy l'amonneste.
    Et des exemples qu'il la met

191 *P* noble. — 195 *K* et e. — 198 *P* de ces r. — 199 *manque F*. — 201, 2 *intervertis dans F*. — 203 *B* Qui. — 205 *P* Dehors estoit b. sans doubte. — 207 *P* Doit; *F* estre bien c. — 208 *P* face paree. — 209 *P* Denotoit; *B* la. — 211 *P* moite. — 212 *B* secretes. — 213 *B* Conuenable a leur. — 214 *V* fleurdeliz. — 218 *mss.* tiltre. — 221 *P* nully. — 222 *P* Qui puisse *K* Chose donque mal puisse v. — 223 *P* homme p. a. — 224 *F* Par le lien. — 227 *P* que il m. ; *F* qui *K* que.

Et de Caïn et de Lameth, ...
Ils n'ont point lieu ou cas present, . . .
230 Ja n'en deüst faire present.
Car les gens lors sans loy estoient . .
Et toute leur cure mettoient . . .
A acomplir leur voulenté ;   . :
Des maulx faisoient a plenté
235 Tant qu'on dit qu'a Dieu en desplut ;·
Pour ce sur eulx tonna et plut
Et noya tout par le deluge ;·
En l'arche en mist uit a refuge.
Pour le siecle continuer ;   ·
240 Et puis leur fist insinuer·
Loy qu'en dit la loy ancienne ;
Or avons nous loy crestienne,
De Crist fondée sans raison.
Se ses commandemens faison
245 Et nous tenons les bons usages
De l'eglise et des mariages,
Ce sera notre saulvement.
Et se d'exemples autrement
Vielz et nouveaulx voulés savoir,
250 Par David en porrés avoir,
Qui de son gré se bigama
Pour Bersabée, qu'il ama,
Qui pour lors estoit femme Urie,
Un chevalier de sa mesnie.
255 En un jardin estoit venue ;   ′
Le roy choisy la dame nue,
Qui se lavoit a la fontaine.
De si grant beauté estoit pleine
Que par amour la convoita ;   ·
260 Sa femme en fist, tant esploita,
Et orent de leur mariage

228 *B* Cayn *F* Chaym *P* Cain *V* Caym. — 229 *K* temps p. *P*·p. de l. maintenant. — 230 *FK* Il nen d. ia. f. p. — 231 *V* Que. — 235 *F* com d.; *BFP* quen;
B despleut. — 236 *BP* pleut. — 239 *P* ce monde multiplier. — 241 *BPK* La loy;
P que disons *K* nommee; *BV* dist. — 242 *P* Mais nous a. la l. c. — 243 *P* De
ihus *V* Et crist; *F* fondemens nous faison; *K* en r.— 244 *manque F* (*un blanc*);
P Et des enseignemens foison; *K* De ses enseignemens. — 248 *P* ce exemples.
— 249 *K* auoir. — 250 *KP* pouez; *FK* sauoir. — 256 *P* vit celle d. — 259 *P*
amours. — 261 *F* en.

Un fil, roy Salemon le sage.
Et s'il ot en ce aucun vice,
David fu cause du malice ;
265 La dame n'en fu point coulpable ;
Cest exemple n'est mie fable.
   Aussi le conte d'Alençon
Tout par amour et sans tençon
Ama d'Estampes la contesse,
270 Qui de beauté sembloit deesse.
Par honneur espousa la dame ;
Nuls homs n'en pourroit dire blasme,
Car en eulx fu toute largesce,
Beauté, bonté et gentillesce.
275 Qui contredit, il est coquart.
Je vi messire Anceau Choquart,
Bon clerc, joli, faitis et droit ;
Bien savoit l'un et l'autre droit,
Et le canon et le civil.
280 N'ot pas mariage si vil
Qu'il ne preïst Marote a femme.
Depuis la belle sans diffame,
Quant messire Anceau deceda,
En bons meurs si bien proceda,
285 Com celle qui est sage et bonne,
Que pour amour de sa personne
Messire Estienne de la Grange
D'elle ne se fist pas estrange,
Mais l'espousa comme s'amie,
290 Non contrestant la bigamie.
Maistre Pierre de Rochefort,
Sage de lois, bel homme et fort,
Espousa une damoiselle
De Dormans, avenant et belle ;
295 Fille fu mon seigneur Guillaume,

---

262 *B* Salmon. — 263 *V* sil y ot *P* sil y auoit, *omet* en ce. — 266 *V* nest
une f.; *P* Chascun le scet ce nest pas f. — 268 *V* Toux; *P* amours. — 270 *BV*
sembla *FP* sembloit. — 271 *K* amour. — 272 *P* On nen saroit d. nul b. — 276
P Je vy aussi. — 281 *B* prinst. — 282 *F* De puis *V* De pons. — 284 *FKP* bonnes
m.; *F* si p. *KP* tant p. — 285 *P* Come sage subtille et b. — 287 *V* granche.
— 288 *V* De celle. — 292 *P* Bon legiste bel h. — 295 *B* fu *F* fut *PV* feu.

Un des plus sages du royaume.
Entre eulx orent des biens assés;
Et quant Pierre fu trespassés,
Messiré Philebert Paillart,
300 Sage, discret, riche et gaillart,
La prist a femme a mariage;
Point ne doubta le bigamage.
Ces deux, qui furent bigamés,
Sont moult honnourés et amés;
305 Dedens Paris sont residens
Et ou parlement presidens,
Chevaliers, et leurs femmes, dames;
Dieux leur doint paix de corps et d'ames!
Messire Guillaume de Sens,
310 Riche d'avoir et plein de sens,
President ou dit parlement,
Se bigama pareillement.
Aussi puis je dire sans guile
De maistre Pierre de Mainville,
315 Vaillant homme et de grant prudence;
Ou parlement ot residence
Et y fu president jadis;
Dieux ait son ame en paradis!
Il se mist avec les bigames;
320 Successivement ot trois dames
Espousées en sainte eglise,
Belles et bones a devise,
Sages et de noble renon;
De chascune ne sçay le non.
325   Pluseurs grans clers a l'en veüs,
Sages, discrès et pourveüs,
Qui de leur gré se bigamerent;
Oncques pour ce ne diffamerent
Les femmes ne il n'en mesdirent

299 *KV* de p. — 300 *F* et discret. — 301 *P* en m. — 302 *B* de b. — 304 *P* Moult furent h.— 305 *P* A Paris estoient demourans.— 306 *F* en p.; *K* Hauls et prises de toute gens. — 308 *P* Je prie a Dieu qu'il ait leurs ames. — 310 *K* fu de. — 313 *P* Aussi semblablement puis dire. — 314 *P* De m. p. de menille *V* Maistre p. de maiouille *BF* Maistre p. de demeuille. — 315 *BF* Vaillans homs *PV* Vaillant home. — 316 *F* En; *P* fit r. — 320 *P* Par succession; *F* es. — 323 *K* Prudentes et de grant r. — 325 *P* Pluseurs grans clers certainement; chevaliers. — 326 *P* et d.dentendement. — 327 *K* l. grace b. — 328 *B* nen d.

330 Ne les blasmerent ne despirent.
　　Maistre Mahieu s'en est doulu
　　Et dit tout ce qu'il a voulu.
　　Toutesvois se vault il mieulx taire
　　Que sur autruy mordre ou detraire.
335 Car il n'y a autre action
　　En ceulx qui font detraction
　　Fors qu'il soufflent pour affoler;
　　Mais il font la pouldre voler
　　Et dedens leurs yeulx asseoir;
340 Verité ne peuent vèoir
　　Ne prononcier vray jugement.
　　Certes, Dieu scet bien se je ment,
　　Tant sont espris d'envie et d'ire
　　Qu'a paines peuent il bien dire;
345 Et pour ce le droit en fait doubte
　　Et de tesmoingnier les deboute,
　　Car il dient leur ataïne;
　　Et pour faveur ou pour haïne
　　Mahieu soustenoit leur partie,
350 Et ne vault rien chose qu'il die.

　　Or dit il que par la veüe
　　Fu sa science deceüe,
　　Et que beauté son cuer navra
　　Parmi l'ueil, dont ja mais n'avra
355 N'oncques puis n'ot un jour repos;
　　Et fonda sur ce son propos
　　De rioter et de plourer
　　Et de femmes deshonnourer.
　　Certes, trop monstra sa folie;
360 Car quant femme est belle et jolie,
　　Com plus est doulce creature,

330 *P* blasmerent ne desprirent. — 331 *P* fort sen douloit. — 332 *P* en dist; *P* vouloit. — 333 *Mss.* Toutesvoies; *P* ce vault de. — 336 *B* Entre eulx; *V* destraction. — 337 *F* qui. — 339 *P* Et droit dedens leurs yeulx cheoir. — 340 *K* Tellement quil. — 342 *P* s. et voit comment. — 343 *F* esprins dire et denuit. — 344 *P* peullent. — 345 *V* en dr. le f. d. — 346 *P* reboute. — 347 *P* ilz prununcent leur atayne. — 348 *KP* Ou par ... ou par; *P* grant f. — 349 *P* Et m. soustient. — 350 *P* Et r. ne v. — 356 *P* Et s. ce f. — 358 *B* des f. — 361 *P* Et quelle est; *K* belle c.

Tant plus a des dons de nature.
Et tant plus donne de leesce.
Et boute hors toute tristesce;
365 L'omme assouage et met en voye
De pais, de doulceur et de joye
Et met son cuer en si grant aise
Que lors n'est riens qui luy desplaise.
A parler proprement, sans glose,
370 Femme est la plus tres doulce chose.
Que Dieu pour homme formast oncques.
Il est vray, si puis dire doncques
Que fols est qui en fait complainte;
Car il en est aujourd'uy mainte
375 Par qui leurs maris sont hauciés
Et bien vestus et bien chauciés,
Honnourés et mis en chevance,
Moyennant la bonne ordonnance
Des femmes et leur industrie,
380 Dont leurs maris ont la maistrie
Par vraye amour et par concorde,
Si com bonne foy s'y accorde.
Mal ait es dens qui mal en dit
Et les fievres jusqu'au lendit.

385   Item il dit que du proverbe
Du serpent qui gisoit en l'erbe,
Qui muce et repont son venin,
Ne du malice femenin
N'avoit il pas lors congnoissance.
390 Puis raconte sa mescheance
Et sa douloureuse aventure
Et dit assés honte et laidure;
Mais il n'est homme qui ne peche
Ne si belle fleur qui ne seche,
395 Et que celle qu'il espousa,

362 K biens. — 363 BF Et t. donne pl. PV plus donne. — 365 F Homme;
P asseure B assenaige. — 370 P omet tres (V a une abréviation.); B omet la.
— 372 K voirs. — 373 P Quil est fol. — 375 F mauris. — 380 P maistrise. —
383 P aulx d.; V d. quil en d. F ait celui qui. — 384 V jusqua. — 385 K parle
du. — 387 BF respont V repost P respent. — 390 K Puis il P Et p.; F sa grant
m. V par sa m. K hontense. — 393 B quil. — 394 P feble f.

Pour qui tant debatu nous a
Et qui le fist mu et taisant,
Estoit si belle et si plaisant,
Femenine, doulce et benigne,
400 Que d'un roy avoir estoit digne
S'a luy se deüst marier,
Mais depuis le fist varier ;
Car elle devint tant ripeuse,
Courbée, boçue et tripeuse,
405 Desfigurée et contrefaite
Que ce sembloit une contraite ;
Trop estoit laide devenue,
Hideuse, ridée et chenue
Et a regarder moult orrible,
410 Et par dedens trop mal paisible,
Du pis qu'il pouoit en disoit
Et en tous cas la despisoit.
Tout courroucié et mal estable
Mist en son livre mainte fable,
415 Pour ses dis en vertu tenir,
Qui ne sont pas a soustenir,
Ou prejudice de mes dames,
Que Dieu vueille garder de blasmes !

A quoy on puet respondre et dire,
420 Pour son propos tout desconfire,
N'est pas temps que nous nous taisons :
Il a en l'an quatre saisons ;
Printemps y a, qu'en nomme vér,
Esté, automne et yver.
425 Printemps florist et donne fleurs
Et herbes de maintes couleurs ;
Esté fleurs et plante meüre
Et d'avoir fruit nous asseüre,
Freses, cerises et pommettes,

396 *V* quoy. — 397 *F* nu et t. *P* muet t. — 400 *B* auoit este. — 401 *P* ce d.;
V voulsist. — 402 *F omet* depuis. — 403 *P* d. chacieuse. — 406 *P* Elle s. toute
c. — 407 *P* Tant. — 411 *P* Il disoit du piz qu'il pouoit. — 412 *BKP* desprisoit.
— 413 *F* Meut c.; *V* courroucie *BFP* courrouce. — 415 *P* ces d. — 416 *P* Quilz.
— 420 *F* tant d.; *P* tout son pr. d. — 421 *P* Il nest pas temps que nous t. —
423 *BFP* est *V* a. — 424 *B* Estez; *K* authonneur yuer.

430 Qui naissent de tendres florettes,
    Et autres fruis de mainte guise,
    Dont cy ne feray pas devise ;
    Legiere chose est a congnoistre
    Que Dieu les fait venir et croistre ;
435 Automne les fait enveillir
    Et permeürer et cueillir ;
    Yver en fait merveilleus change ;
    Car quant tout est mis en la grange,
    Et en grenier et es maisons,
440 Quanque donnent les trois saisons,
    De printemps, d'esté et d'automne,
    Et les vins sont mis en la tonne,
    Yver met paine du despendre :
    Fleurs met a fain et herbe tendre,
445 De l'arbre fait cheoir la fueille,
    N'y a verdeur qui ne s'en dueille.
    Pour ce le fourmy en esté
    Par grant sens est amonnesté
    Des grains en sa caverne attraire,
450 Pour resister au temps contraire.
    Prudens est et pourveüs en ce,
    Et en luy a tant de science
    Que de son bec ronge forment
    Dessus chascun grain de fourment
455 Pour obvier que il ne germe
    Dedens la terre a son droit terme.
    Il scet bien reporter son grain
    Hors de sa fosse au temps serein,
    Pour sechier et pour essuer ;
460 Bien scet quant le temps doit muer.
    Aussi se pourvoit le fourmy ;
    Tant de bien ne sçay pas pour my.

---

427 P Mais este. — 430 FP des BV de. — 431 KP fleurs. — 435 F enueilli. — 436 F Par ce quilz sont meurs et cueilly ; P Et puis meurer et recueillir K Et pour m. et pour c. — 438 V omet quant; K Car trestout. — 439 KPV et en m. — 440 P Tant que d. quatre s. — 443 P de d. — 444 BFP fain KV afin. — 445 F larbe V labre. — 448 B et a. — 449 B de s. c. — 451 P Il est p. sans defaillance K Prudence est et pourueance. — 452 P Et a en lui si g. — 453 P Quil ronge bien hastivement. — 454 F Dessur. — 455 P le garder. — 457 BF rapporter P repourter. — 458 BF sa f. PV la f. — 459 F essucer. — 461 BP Ainsi. — 462 F omet pas; mss. pourmy.

D'autre part maintiennent leur guerre
Le feu et l'air, l'eaue et la terre;
465 Chaut et sec, moisteur et froidure
Gouvernent toute creature
Et font homme et femme muer.
A ce pouons attribuer
Les saisons dont je fais parole,
470 Si come on en lit en l'escole.
Printemps, comparé a jeunesce,
Est plein de joye et de leësce
Jusqu'a vint ans ou environ.
De la saison d'esté diron :
475 D'autres vint ans avoir s'efforce;
C'est quant l'omme a beauté et force.
Mais automne après le gouverne ;
En ce temps par raison discerne
Les choses et vit sagement
480 Homme de sain entendement;
Et par autres vint ans luy dure.
Yver, qui est plein de froidure,
Comparé au temps de vieillesce,
Met au neant et a feblesce
485 Le corps de creature humaine,
A decrepité le remaine.
Ainsi fu il de Perrenelle :
En son printemps fu josne et belle,
Et en esté plaisant et sage
490 Selon l'estat de son aage ;
Ainsi fu elle sage et bonne,
Selon son cours, au temps d'automne.
Mais quant vieillesce l'assailli,
Beauté et vigueur ly failli ;
495 Quant de ses fleaux fu tastée,

---

463 *P* maintenant; *F* le g. *V* la g. *BP* leur g. — 467 *P* hommes et femmes ;
B amer. — 469 *V* soiz. — 470 *P* Comme on noz dit *BF* one n lit a *KV* *omettent* en ;
BF lit; *V* list. — 471, 72 *manquent F.* — 472 *P* Tout p. — 473 *F* Jusqua *BP*
Jusques a *V* Jusques. — 475 *F* dauoir. — 476 *V* home. — 479 *B* en v.; *V* vist.
— 480 *P* bon *V* son. — 481 *P* aultre. — 484 *BF* et affoiblesse *P* a faiblesse *V* a
feblesce. — 485 *FPV* Le c. *B* Les c. — 486 *P* Et a d.; *BKPV* les r: *F* le r.; *P*
maine *F* remaine *BV* ramaine. — 488 *FP* josne *B* jone *V* jeune. — 491, 92
manquent KPV. — 494 *V* si f. *BPF* luy. — 495 *PV* leut t.

Elle devint feible et gastée.
Les membres furent tous roidis,
Retrais, courbés et refroidis.
Le pis ot dur, et les mamelles,
500 Qui tant souloient estre belles,
Furent souillies et noircies
Come bourses de cuir froncies.
Ainsi va d'umaine figure :
La beauté moult petit y dure,
505 Car il ne puet autrement estre.
Pour ce Mahieu, qui estoit maistre,
N'avoit cause ne action
D'en faire lamentacion.
S'elle estoit vieille, il estoit vieulx;
510 Dont en tous cas luy venist mieulx
Qu'il eüst pris en pacience
Que de monstrer sa grant science
Pour femmes blasmer egaument.
Cils est fols especiaument
515 Qui en mesdit oultre mesure
Et qui au blasmer met sa cure.
Car nous, hommes gros et menus,
Sommes tous de femmes venus.

A un orloge a comparée
520 Femme, ja n'iert si bien parée,
Et dit que la femme noiseuse
N'est oncques de sonner oiseuse;
Et s'il y a faulte de vivre
Et le mary assés n'en livre,
525 Les femmes dient et maintiennent
Que les deffauls des hommes viennent;
Et s'il y a des biens assés,

496 *manque* *F; BV* feble. — 497 *P* Ces·m. estoient. — 499 *K* mol. — 500 *V* auoient este. — 502 *V* bourses farcies. — 503 *P* va humaine. — 504 *F* lui d. *BPV* y. — 505 *F* longuement. — 507 *K* noccasion. — 509 *Mss.* Celle *ou* Elle. — 510 *KP* vausist *V* il voulsist. — 513 *B* egaulmt *F* egalmt *P* egaument *V* esgaument. — 514 *F* bien fols; *P* Lome est fol deuant toute gent; *FV* especialment. — 516 *F* a b.; *P* Et a les b. — 519 *KV* une; *V* orologe; *BPV* est c. *F* a comparee. — 520 *P* Femme qui est *KV* Femme nest ia *F* ja ny ert *B* nert ia. — 522 *P* Jamais nest; *KP* parler. — 523 *K* a. en l.

Elles les dient amassés
Par elles, par leur diligence,
530 Par leur sens et par leur prudence.
Ainsi est il, en verité,
Tout vient de leur prosperité,
Biens fais a elles attribuent;
Car puis qu'elles filent et buent
535 Et de tout l'ostel ont la cure,
On puet bien veoir par droiture
Que gaaing en l'ostel feront,
Et que plus y proffiteront
Trois toiles par elles filées
540 Et par leurs euvres empilées
Plus que tous les emolumens
Fais a chevaulx ou a jumens
Ne pourroient par labour rendre ;
Car il convient ailleurs despendre.
545 Mais ce qui vient de la quelongne,
Que l'en soustient jouste la longne,
Tient l'ostel par nuit et par jour ;
Elles labourent sans sejour,
Et la quelongne rien ne couste ;
550 Et qui a la charrue ajouste
Deus beufs, il convient es greniers
Foing, avoine, mailles, deniers,
Herse, crible, rastel et beche,
Pour labourer la terre seche,
555 Fourche, flael, van et houel ;
Tousjours y fault ou un ou el
En despens, avant ou arriere.
Et se l'aguille a cousturiere

---

528 *F avait d'abord omis* les ; *V* luy d. quamassez. — 529 *P* et l. d. ; *V* Les ont par l. grant d. — 532 *K* est. — 533 *BKPV* Bienfaiz (s). — 537 *FKP* grant gaing. — 540 *P* Ou p. ; *P* amasseez. — 542 *BFP* et ; *F* iugemens ; *P* De beufz de ch. ou iumens. — 543 *P* Et ne p. ; *BKP* leur l. r. — 544 *F* le c. — 545 *BPV* Car *FK* Mais ; *V* quenoille. — 546 *P* Que tousiours tiennent sans eslongne. — 547 *F* et p. n. ; *P* Et gardent l'ostel n. et j. — 549 *FV omettent* Et ; *K* qui a la q. c. ; *V* leur c. — 550 *F* la ch. y adiouste. — 551 *B* Deux chevaulx conuient ; *K* et g. ; *P* gairniers. — 552 *P* Fain avene ; *FP* et av. ; *P* aulx rateliers. — 553 *B* Herbe *FP* Herse *V* Houe ; *P* rateau. — 554 *V* Si faul aussi auoir la cresche. — 555 *P* ven et espautre. — 556 *P* y fault ou lung ou lautre ; *B* bien un ouél ; *K* anel. — 558 *P* quant ; *K* est.

Y euvre avecques la quelongne,
560 Elle fait trop bien la besongne ;
Tout l'ostel soustient et gouverne.
Le mari boit en la taverne
Et despent fort, vaille que vaille ;
Il ne lui chault comment tout aille.
565 Si n'est pas merveille trop dure
Se le chetif mari endure
Et est rioté de sa femme,
Qui pour ses deffaultes le blasme.
Assés en est de tel courage
570 Qu'ils n'ont cure de faire ouvrage
Pour leur mesnage soustenir.
Pour ce ne leur puet bien venir;
Car ils sont paillars et oiseus
Et contre leurs femmes noiseus.
575 Dont, se rioteuses les treuvent,
Pluseurs raisons a ce les meuvent ;
On le voit par experience.
Doncques, par droit et par sentence,
Les hommes sont plus a blasmer
580 Et les femmes plus a amer,
Quant elles font mieulx leur devoir.
Bien le puet on dire de voir.
   Or dit il par sa grant rudesce,
Plain de courroux et de tristesce,
585 A quoy il se veult arrester,
Que nul ne pourroit contrester
Contre la tençon venimeuse
De la femme trop rioteuse.
Non feroit Dieux, a son cuidier;
590 La place luy feroit vuidier.
Et pour plus blasmer et mesdire,
Dit qu'il n'est riens de femme pire
Et qu' a cinq metes maine l'homme;

559 K Qui P omet y; V besoigne. — 560 P moult b. — 563 K ll. — 564 P Y ne; P omet tout. — 565 V Et; P Pour ce; P omet trop. — 566 P Cele FV Sele. — 567 P Et sil est tance. — 568 F Et; P p. ces: K desriottes. — 570 B Que. — 580 K font. — 582 P On le p. bien; V leur p. o.; B dire et ueoir P pour voir. — 585 V veul B vient. — 586 P contre ester. — 587 V traison. — 590 K fauldroit. — 591 K Et dit p. bl.; P mal d. — 592 K Qui ne scet r. — 593 F Jusqua; P methes BFKV metes.

Par fallaces ainsi les nomme.
595 Par la langue et par la veüe
    Et par touchier est deceüe
    De l'omme la fragilité,
    Par faulx et par iniquité.
    Si convient que nous en dyon.
600 Exemple nous met de Guyon,
    Qui disoit sa femme trouvée
    Dessoubs Simon toute prouvée,
    Et respudier la vouloit ;
    Pour ce la femme s'en douloit ;
605 Blasme luy mettoit sus sans cause
    Et en racontoit grande pause.
        Avec la langue est la veüe
    Par le sophisme deceüe,
    Si com il dit et le tesmoingne
610 Que Werry vit en la besoingne
    Sebille, sa femme espousée,
    Dessoubs un homme supposée.
    Sebille le fait luy nya
    Et jura que coulpe n'y a.
615 Une voisine de la rue
    A Werry vint a sa charrue
    Et l'osta hors de jalousie ;
    Car cil est fols qui s'en soucie.

---

598 *P* fas. — 599 *P* Et affin que; *P* diron. — 600 *V* n. en met Guion. —
601 *P* avoit; *P* apparillee. — 603 *V* Quant. — 604 *V* cela f. *FP*.sa f. *B* la f. —
605 *V* sur. — 606 *F* Et r. a. g. p.; *K* racontant met; *F* pense. — *Entre* 606 *et*
607 *F* intercale les vers suivants (cf. *Lamentations* I, 86, svv.) Lasse quas tu
et le martir Luy dist ie vueil de toy partir La femme qui nestoit pas sourde
Lui fist acroire que cestoit bourde Et quainsi auint a sa mere Qui fu blasmee
de son pere Et quelle en mouru tellement Et lors lui demanda comment Il
pensoit a celle folie Et elle dist sa melancolie Que sil vouloit que vesquit
doncques Cognoistre lui conuenoit que oncques Elle ne fut du fait coulpable
Certes je croy que ce fust fable Le mary qui fut debonnaire De la femme ne
sot que faire En la presence des voisines Des commeres et des cousines l'ar
serment fait se repenti Et jura qu'il auroit menti Mais atort lauoit accusee Pour
ce fut la femme excusee. — 607 *F* Quauec *K* Quant. — 608 *K* le sophistique. —
609 *F* Mahieu le dit et le t.; *P* Comme; *K* omet le. — 610 *P* dit; *F* a la b.;
K omet la. — 614 manque *V*. — *Entre* 614 et 615 *F* intercale deux vers (cf.
Lamentations, I, 917-18) : Le chetif fut tout esbahy Bien pensa qu'il estoit
trahy. — 616 *P* Werry vit; *BP* la. — 618 *P* Car il est f. quil.

Après dit subrepticement
620 Et parle de l'atouchement,
    Comment Framery se prouva;
    L'ami de sa femme trouva
    Près de son lit par nuit obscure;
    Il se leva et mist grant cure
625 Au trouver, moult s'esvertua,
    Tant fist que son asne tua
    D'un grant pestail parmi la teste.
    Non coupable en estoit la beste,
    N'autre chose n'y pot trouver
630 Et failli a son fait prouver.
    Mais sa femme, dont Dieux ait l'ame,
    Par les voisines en ot blasme.
    Je croy bien que ce fu a tort,
    Et toutesvois l'asne en fu mort.
635   Encor disoit en son langage,
    Perseverant en son oultrage,
    Que le mari mal assené
    Est a mete de faulx mené;

Entre 618 et 619 F intercale les vers suivants (Cf. Lamentations, I, 921 à 934,
937 à 952) : Celle du fait tres bien aprise Tantost a sa quelongue prise Vint
aux champs de malice pleine Au premierz filla rouge laine Et si emporta de
la blanche Quelle muca aupres sa hanche A basse voix a salue Celui qui estoit
berleue Et dit quauenture lamaine Tantost muca sa rouge laine Et reuint au
bout de la roye La blanche mist a sa courroye Le bouuier forment se merueille
Quant il voit la laine vermeille Moult fut pensifs et toutesuoies Quant il ot en
une deux royes Luy enquist se que cestoit a dire Elle respondi jay grant yre
De ce que deux testes auez Je ne scay se vous le savez Mais je les voy appar-
tement Non ay dit il certainement Tasta son chief a deux mains si Trouua quil
n'estoit pas ainsi Et puis a dit que bien sauoit Que la veue faulce il auoit Que
sebille estoit voir disant Et que a tort laloit desprisant Ainsi prouua que la
veue Nauoit pas la chose sceue. — 619 P successivement. — 621 P le p. — F
remplace 624 à 628 par les vers suivants (Cf. Lamentations, I, 976 svv.). Hocier
faisant la couuerture Au chief le print pour mieulz tenir Sa femme en laissa
conuenir Et ala querir un pestail Il auoit leans du bestail La femme qui ne fut
pas yure Son amy promtement deliure Et amena lasne en son lieu Du meffait
paya le tonlieu Framery fiert et sesuertue Sur son asne tant quil le tue Puis
aluma de la chandelle Et quant il vit ceste merueille En pleurant lui fist triste
feste Et lui dist brunel bonne beste Point ne lauoies desserui Trop mal a toy
aduiser vy La femme lors se recoucha Et juroit quautre ny toucha Et que nul
autre ny senty Et toutesuoies elle menty. — 627 P Dung petel le frappe en la
t. — 630 F Et f. cils au f. p. — 632 P ces voisins en auoit. — 634 P Mais;
mss. toutesuoies. — 635 P Encores dist. — 637 P mal asseure.

De femme ne se scet defendre,
640 De la lune luy fait entendre
Que soit une peau de veel,
Par paroles ou par revel,
Et veult prouver que c'est loisible,
Combien que ce soit impossible.
645   Il dit pis, que femmes vainquirent
Salemon et le desconfirent.
Par femmes et par leurs desroys
Fu pris le plus sage des roys ;
Salemon, plain de sapience,
650 Lors abusa de sa science :
Si fu seduis et ordenés
Que par blandices fu menés
Jusques a mete de cuidier.
Hors de sa loy l'estut vuidier
655 Pour les idoles aourer,
N'oncques ne sçot tant labourer
Qu'il y peüst remede mettre.
    Encor dit Mahieu en sa lettre,
En continuant sa riote,
660 Et nous raconte d'Aristote
Comment femme le seurmonta
Alors que par dessus monta ;
Ou chief lui mist frain et chevestre
Et vainqui des metes le maistre.
665 En ce fu grammaire traïe
Et logique moult esbaïe.
    Maistre Mahieu, pour soy esbatre,
A mis de truffes plus de quatre,
Pour colourer s'opinion ;

639 *F* De sa f. ne scet; *V* sot. — 641 *Mss.* ce soit; *P* vel *BFKV* veel. — 642 *P* son paller qui estoit bel; *FV* ou par r. — 643 *V* voult. — 647, 48 *manquent K.* — 649 *manqué K.* — 651 *P* Tant fu; *V* conduiz; *K* a ordonnance. — 652 *K* Blandices le firent mener. — 653 *KP* Jusqua la m.; *F* mesche. — 654 *B* le scut *P* volut *V* le fist *K* fault; *F* voider. — 658 *P* la l. — 662 *P* Quant d. luy elle m.; *B* p. dedens. — 663 *P* bride et. — 664 *FK* maistres le m. — *Après* 666 *F ajoute les vers suivants* (cf. *Lamentations* I, 1107 à 12; 1115, 1116.) La ne sauoit parler nature Pour ce que venus et luxure Est aux decrepis interditte Leure puist estre la maladitte Quonques ainsi se supposa Ne que tel fait penser osa Dont en la fin fut escharny En ce fut de sens mal garny. — 668 *BF* de t. *KPV* des. — 669 *P* sauluer son o.

670 Et en après fait mention
    Comment la femme, pour troubler
    L'omme, fait la chose doubler
    Et repeter par pluseurs fois ;
    Ne luy souffist n'en deux n'en trois ;
675 Semblant fait que point ne l'entent ;
    Lors voit on bien qu'elle ne tent
    Fors a son mary courroucier ;
    Le bon homme n'ose groucier ;
    Veuille ou non, fault que la paix quiere,
680 Pour doubte qu'elle ne le fiere.
        Après dit que les sens de l'omme
    Se deulent tous en une somme
    Par femmes et par leur oultrage ;
    Si tost qu'homs est en mariage,
685 La tençon, ce n'est pas merveille,
    Nuist et fait assourdir l'oreille ;
    Et leur orloge tousjours sonne,
    Tout estourdist et tout estonne ;
    Et après l'omme ainsi demaine
690 Que fait de ses yeulx la fontaine
    Avaler contreval sa face ;
    Force de plour ses yeulx efface,
    Et par rioter convient faire
    Tout ce qui est aux yeulx contraire.
695 Il n'est riens qui puist traveillier
    Les yeulx tant que fait le veillier ;
    Et en après, pour la feblesce
    Du rume qui le cervel blesce,
    Le nés ne puet rien odourer ;
700 Roupies luy convient plourer.
    La narine est d'umeurs emplie
    Que la corise multiplie

672 *V* la ch. fait t. — 674 *B* en d. non t. — 676 *P* on v. dont; *B* voit on
que. — 678 *FV* Et le bon homme. — 679 *K* lui f. consentir; *P* p. facé. — 680
K Ou elle va tantost ferir *P* baté — 683 *B* femme (*le vers manquait, a été
rétabli à la marge;* leur *a été omis.*) — 684 *F* que lomme; *P* Tantost quil. —
685 *P* Leur noyse sans nulle m. *V* Le tence ou si nest p. m. — 686 *V* Se li
fait a; *K* et assourdist. — 692 *V* plorer; *F* les *P* ces. — 697 *B* flebesce. — 698
F De reume; *V* qui blece. — 700 *F* Souspirs l. c. a p. — 702 *K* Cest qui la
cause m.

Et fait aler le materel
Jusqu'au col ou au haterel;
705 Car l'umeur y assemble toute,
Par quoy le nés souvent degoute.
On voit, quant le chief est enferme,
Qu'il n'y puet avoir membre ferme;
Tous se deulent avec le chief
710 Et tous partissent au meschief.
De la langue desordenée,
Mal parlant et mal affrenée,
Disoit Mahieu des mauls assés
Qui cy ne seront trespassés.
715 Disoit qu'il n'osoit babouillier
Pour la langue de sa mouillier,
C'estoit la langue Perrenelle,
De tencier estoit trop isnelle,
Et que trop lui faisoit de honte.
720 En cel chapitre nous raconte
Comment jadis fouïr souloit
Puissamment, mais or se douloit
Quant plus ne pooit labourer;
C'est ce qui le faisoit plourer
725 Du temps qui ly estoit contraire,
Et qu'il ne le pooit plus faire,
Mesmement ou courtil Perrette;
Car vuide estoit sa pharetre
Et son arc ne pooit plus tendre.
730 Ainsi n'ot de quoy se deffendre.
Qui n'a de quoy faire sa paix,
Souffrir l'estuet des ore mais.
Pour ce maistre Mahieu plouroit
Et les femmes en devouroit
735 Et disoit en sa grant misere :

703 *K* fait aualer le maquerel *B* martherel. — 701 *B* Jusques au ou (omet col) *P* Jusques dedans le h. — 708 *manque F.* — 712 *K* affilee. — 713 *BP* de m. — 714 *F* Lesquels seront cy t. ; *P* Lesquels vous seront recites. — 715 *P* babiller *V* labourer. — 717 *V* perronnelle. — 718 *F* trop fort l. f. h. — 720 *K* champ. — 721 *P* j. il labouroit. — 722 *V* mais ores endroit. — 724 *B* quil. — 726 *deux fois dans V.* — 728 *FP* la; *B* farette *F* pharetre *KPV* pharette. — 732 *P* lui conuient; *tous les mss.* des or mais (*BFV ont 7 syllabes*). — 734 *P* moult fort blasmoit.

« Las! pourquoy fuy je nés de mere ?-
« Il m'estuet languir en griefs paines. »
De lamentacions sont plaines
Toutes les choses qu'il disoit.
740 Et pour ce que il despisoit
Mes dames et qu'il m'en desplaist,
J'ay contre luy meü tel plait
Dont il sera grant mencion
Se j'en vieng a m'entencion.
745 Mais j'ay sur moy maint adversaire
Et a forte partie a faire.
Maistre Mahieu a en aïde
Gallum, Juvenal et Ovide
Et maistre Jehan Clopinel,
750 Au cuer joli, au corps isnel,
Qui clochoit si comme je fais.
Sur moy en est pesant le fais ;
J'ay contre moy bourdes et fables
Et poëtries delitables ;
755 Car de mençoingnes y a maintes
En ces ystoires qui sont faintes,
Que je voy contre moy plaidier
Et dont ceulx se vouldront aidier
Qui soustendront maistre Mahieu.
760 Mais j'ay tout mon recours a Dieu.
Bien sçay que Dieu est verité
Et veult droiture et equité.
Et si me trairay a refuge
Vers raison, qui est nostre juge.
765 Car je voy proprement a l'ueil
Qu'un pou de ray de vray soleil

---

737 *KP* il me fault ; *V* grant. — 740 *B* quil lui *K* qui se ; *KP* desprisoit *V* desplaisoit ; *K* et il. — 742 *P* encontre ; *K* esmeu ; *B* plaist. — 744 *P* Se viens a mon e. — 747 *P omet* Maistre. — 748 *F omet* Gallum *et laisse la moitié du vers en blanc* ; *B* Gallum *PV* Gallim *K* Carlim. — 749 *B* Chappinel. — 750 *F deux fois* cuer ; *P* Qui estoit si gent et si bel ; *K* ceur gentil. — 751 *P* Mais il c. comme. — 752 *B* Sur moy est moult pesant le fais *F* Sur moy est grant et p. f. *P* Jen ay sur moy moult p. f. *V* En moy est bien pesant le faiz. — 754 *FP* poeteries *V* poitreries *BK* poesies. — 755 *B* des. — 756 *F* faittes. — 762 *V* dottrine. — 763 *P* Aussi vueil aller. — 765 *F* p. soleil. — 766 *manque F* ; *P* Cugne vraye roye du souloiel.

Fait fuïr une grant bruïne
Et la remet toute en ruïne.
Si ne lairay pour mesdisans
770 Ne pour les envieus nuisans
Que je n'en parle a mon aaise,
Non obstant que leur en desplaise.
Car je ne les prise un torchon;
Ou il cherra, si l'escorchon.

775   Si di contre maistre Mahieu
Que chose qu'il ait dit n'a lieu
Et qu'il n'y fait a recevoir.
Les femmes font bien leur devoir,
Ne ce n'est pas chose creable
780 De Simon ne de l'autre fable,
Ne de Werry ne de Sebille
Ne de quanqu'on dit par la ville.
En tel cas ne font pas a croire.
Il fait de Framery memoire,
785 De son asne et de sa chandeille;
De tout fait une grant merveille;
Ce sont truffes, saulve sa grace.
Et si advient bien que l'en brace
Choses assés plus semilleuses
790 Et a oïr plus merveilleuses,
De peau de veel et de lune,
Ou il dit qu'il en y ot une
Qui son mary le fist entendre,
Et l'omme ne se sçot deffendre.
795 C'est pou de chose a proposer;
L'en n'y porroit gueres gloser;
Rien n'y valent teles frivoles;
Ce sont truffes assés plus moles

768 *B* le r. tout; *P* met. — 769 *P* Point. — 771 *P* je ne palle; *BFKP* aise *V* aaise. — 772 *BV* quil *P* qui; *B* omet en. — 775 *B* Cy dit *P* Je dis. — 782 *P* ce quon d.; *B* par ville. — 783 *P* Telz choses; *FP* sont; *P* de c. — 785 *mss.* chandelle (*K* chandeille). — 786 *P* et en fait. — 787 *B* truffles. — 788 *P* Assez souuent a. quon; *BV* brasse. — 789 *P* quilz sont. — 791 *P* veau et de la l.; *BK* vel et de la l. — 792 *F* Quil; *P* en estoit. — 793 *V* Qui son m. *BFPK* Qua s. m. — 794 *P* sen peut. — 796 *P* On ny saroit; *F* ne p. — 798 *BV* truffles; *P* et parabolez.

Que ne soit un coignet de burre.
800 Il ne puet pas pour ce conclure,
S'il veult partie diffamer,
Qu'il puist le tout pour ce blasmer.
Il ne s'ensuit pas vrayement;
En logique est tout autrement,
805 Posé qu'il deïst verité.
Car s'il y a fragilité
Ou meffait en une partie,
La chose seroit mal partie,
Se le tout en estoit coulpable.
810 Si soit son dit compté pour fable;
Car tels truffes soubs faulse esconse
Ne sont pas dignes de response.
    Et ou il dit une autre note,
De Salemon et d'Aristote,
815 Deux des plus sages de ce monde,
Sur quoy Mahieu son propos fonde,
Que Salemon moult s'abaissa
Quant pour femmes sa loy laissa,
Et qu'Aristote, le grant maistre,
820 Ot en son chief frain et chevestre
Et que femme le chevaucha
Et par dessus luy se haucha, —
Leesce respont en riant
A ce qu'il va contrariant
825 Et met ceste solucion :
Dieux, qui voult generacion,
L'omme fourma et puis la femme
Et en leurs corps inspira l'ame.
Amour y mist et compaignie
830 Pour faire et pourcreer lignie.

---

799 *P* Et toutez choses dauanture; *F* beurre. — 802 *P* les puisse toutes. — 804 *F* omet tout. — 808 *manque F, il y a un blanc; V* sera. — 809 *P* toutes en estoient coulpables. — 810 *V* Et; *P* Nous tendrons tous ces diz p. fables. — 811 *B* cieulx; *F* sont faulse esconse; *K* soubs faulces ponce. *P* ce sont bourdes sans respondre. — 812 *P* Point ne sont d. — 813 *V* une grant n. — 814 *BK ici et ailleurs* Salmon. — 815 *B* cest. — 816 *KP* proces. — 818 *P* femme; *F* sa foy *BP* sa loy *V* la loy. — 819 *V* que daristote. — 822 *P* ces rains monta; *B* haulca. — 823 *K* A ceste respons. — 824 *BF* Ad; *K* continuant. — 825 *K* mes. — 826 *F* voult. — 828 *P* expira. — 830 *F* procurer; *BPV* pour creer.

Et ne fait pas a oublier
Qu'il commanda multiplier
Et croistre pour remplir la terre.
Ce ne fu pas signe de guerre;
835 Il voult que propagacion
Venist par delectacion.
Homme et femme sont raisonnables
Et plus discrès et plus notables
Que ne soit autre creature.
840 Amour puissant avec nature
Les fait mouvoir a deliter
Et a charnelment habiter
Pour continuer nostre espece,
Que la mort corrompt et despece;
845 Car qui s'en tenroit pour tencier,
Tout seroit a recommencier.
Salemon fu riche homme et sage;
De nature savoit l'usage;
Il fu roy et non pas hermite,
850 Si ne voult estre sodomite;
Sodomite est plus lais pechiés
Dont l'omme puist estre entechiés.
Pour ce prist il des concubines
Et des femmes et des roïnes
855 Et jouvenceles a plenté
En usant de sa voulenté.
Il compila par grant science
Ecclesiastes, Sapience
Et proverbes et paraboles,
860 Dont on lit en maintes escoles;
Et aussi fist il les cantiques;
Beaulx livres sont et autentiques.
Se par amour, qui le lya,
Aux femmes tant s'umilia
865 Que leur plaisir voult du tout faire,

831 *P* deuons pas o. — 832 *B* Que; *F* commande; *B* monteplier. — 833 *F*
emplir. — 837 *P* Hommes et femmes. — 839 *P* nest toute; *B* sont. — 841 *K*
nourir. — 842 *KPV omettent* a; *KPV* charnelement. — 844 *PV* despiece. —
845 *F* terroit. — 846 *F* Tant. — 850 *V* Et; *P* Point no voulut. — 851 *FK*
Sodome; *P* vil. — 852 *V* Dont home p. c. entachiez. — 857 *V* acompli. —
862 *P* Moult b. l. et a.

Maistre Mahieu s'en doit bien taire.
   Aristote fu plain de grace ;
Et ot une cité en Trace
Qui Stragire estoit appelée ;
870 Cele cité fu grant et lée
Et estoit de son patremoine.
Il fu extrait de Macedoine ;
En science n'y ot greigneur ;
Ce fu le prince et le seigneur
875 De tous philosophes gregois ;
En Grece servi a deux roys,
A Phelippe et a Alixandre,
Auxquels fist moult de biens aprendre.
Bien savoit force de nature
880 Et fist mainte belle escripture :
Periarmeinnes et Elenches,
D'argumens sont toutes les branches,
Priores, Posteres, logique
Et science mathematique.
885 Plain estoit de grant charité ;
Par tout soustenoit verité,
Dont on le doit moult essaucier.
Et s'il se laissa chevauchier,
Ce fu par joye et par deduit ;
890 Amour a ce faire le duist
Par sa grant debonnaireté ;
Si ne doit pas estre reté.
Bien monstra qu'on doit amer femmes
Sans leur dire lait ne diffames ;
895 Car pour ce ne sont point coulpables,
Mais les dis Mahieu sont dampnables,
De ce ne convient point doubter,
Et si ne fait a escouter

866 *K* deust *V* dut. — 867 *P* estoit. — 869 *F* stragiere *BP* stragire *K* fragie *V* soragne ; *P* nommec. — 871 *PV* patrimoine. — 875 *P* t. les ph. griois ; *B* et greiois. — 876 *K* trois r. — 877 *P* Johan et. — 878 *B* il f. des b. ; *P* Et leur f. m. de qien. — 880 *P* Il. — 881 *B* Periarmenes et *F* Peryalmeinnes et *P* Peryarmenes et *KV* Peryermenias et. — 884 *P* Phisique et methaphisique. — 885 *K* Il est. pl. de g. clarte. — 887 *V* deuoit ; *B* mieulx exanchier. — 888 *B* si. — 889 *K* pour... pour. — 890 *BVK* duit. — 892 *V* Et ; *P* Pour ce nen d. estre note ; *F* e. arreste *KV* rote. — 891 *P* en d. ; *KP* mal. — 895 *F* nen sont c.

Quant il allegue sa laidure.
900 Se Perrenelle n'avoit cure
De luy, ce estoit par sa coulpe ;
Bien luy devoit faire la loupe.
Perrette de luy se douloit
A bon droit, car il ne vouloit
905 Payer celle debte amoureuse.
Elle en estoit plus dangereuse
Quant il refusoit a payer ;
Le sourt faisoit pour delayer ;
Lors estoit sa honte anoncie,
910 Et disoit la bourse froncie ;
Ne puet payer et n'a que rendre
Ne le membre ne ly puet tendre.
On se courrouce bien pour mains ;
Pour ce le prenoit elle aux mains,
915 S'il ne fuyoit hors de la presse,
Si come il le dit et confesse ;
Dont il estoit coquart et nice.
Puis raconte de sa nourrice,
Qui riotoit avec sa femme ;
920 Bien y avoit cause, par m'ame !
S'elle ne se vouloit lever.
Car on ne porroit trop grever
L'omme qui ne puet besoingnier.
Aussi doit il moult ressoingnier
925 Quant il n'a de quoy sa paix faire.
Pour ce se doit tel homme taire
Sans mesdire des damoiselles
Ne des dames ne des pucelles
Ne de quelque femme vivant ;
930 De ce ne voist nul estrivant !
Nous avons assés a respondre
A autres fais qu'a berbis tondre.
Mahieu mettoit toute sa peine

901 F se; V p. sa grant c. — 908 P Il se dormoit. — 909 P a annuncee. —
910 P sa b. cassee. — 911 P Paier ne puet; V elle na. — 915 B Si le f. —
916 P Ainsi comme il d. — 919 BV dame. — 920 F Bien auoit. — 921 BVP
Celle. — 926 P A mains ne puet il que ce t. ; F bel. — 929 F Ne de femme
qui soit v.; BP quelque f. V quanque f. — 930 BK voit. — 932 V f. a b.

Et sa pensée fole et vaine
935 A toutes femmes courroucier ;
Vers la sienne n'osoit groucier.
Trop s'acoustuma a mesdire,
Je croy qu'il le faisoit par ire,
Et disoit : s'il est papelart
940 Qui des femmes ne sache l'art,
Que il leüst dedens son livre,
Et des femmes seroit delivre.
Trop en mesdist, trop en parla
En ses dis par ça et par la,
945 Principaument de leur tençon ;
En ce n'a point de raençon ;
Lors convient que l'omme s'en fuye.
Il dit que fumiere et la pluye
Et femme tençant sans raison
950 Chacent l'omme de sa maison.
Car la femme tence et debat,
Souvent commence le debat,
L'eaue pourrist, et la fumiere
Empire des yeulx la lumiere
955 Et les fait par force plourer ;
Ainsi n'y puet plus demourer.
Et afin que la tençon meuve,
Elle faint souvent qu'elle treuve
Son mary pris en avoutire
960 Et contre luy content et tire.
D'exemples mettre se traveille,
Tant en met que c'est grant merveille.
Il dit qu'en puet bestes saulvages
Donter par lyens et par cages
965 Et mener a humilité
Par art ou par subtilité.

933-935 *manquent F.* — 936 *V* Vers sa femme. — 937 *K* de m. — 939 *B* ils
F se il *P* quil *KV* cil. — 940 *V* de f. — 941 *P* Et que il veist ; *K* regardast. —
944 *manque F* ; *K* ditties p. cy. — 945 *K omet* leur. — 946 *P* Car ny a p. *B* En
ce *FV* Et ce *K* Et si ny a. — 947 *K omet* sen fuye. — 948 *KV* fumee. — 951
FV bat. — 952 *manque F.* — 953 *K* pourrie. — 958 *K* Si fait a croire. — 959
KP adultere ; *V* auoitrie. — 960 *K* La ou elle scet le contraire *P* Ou aulx jeux
ou en la tauerne ; *V* crie. — 961 *P* De prouuer son fait ce t. — 962 *P* Lors le
poure homme se m. — 963 *P* Puis. — 964 *B* ou p. c.

Ce ne puet homs faire d'espeuse,
Car son viés ploy a pris la heuse.
Exemple nous met d'un jeune homme,
970 Je ne sçay comment on le nomme,
De Monstereul; moult merveilleus,
Fumeus estoit et batailleus
Et ne queroit que la bataille,
Il ne doubtoit estoc ne taille.
975 Tant ala et tant charia
Qu'en la parfin se maria.
Quant il fu du lyen lié,
Donté fu et humilié;
Il n'osoit le sourcil lever ;
980 Pour tant pouoit de dueil crever.

　　Leesce dit : j'ay entendu
Et petitement deffendu
Jusques cy, mais ne vous desplaise,
Preste suy que vous en rapaise,
985 Car j'ai assés temps et saison
Et je m'en rapporte a raison.
Si useray de grans maximes
Pour donner couleur a mes rimes
Et pour les mesdisans destruire,
990 Que ja mais ne nous puissent nuire.
Je respondrai de clause en clause.
Le Decret, en l'onziesme cause
Et en la tierce question,
Nous fait ceste narration :
995 Quant on veult loer ou blasmer
Ce qu'on veult haïr ou amer,

---

967 *F* on; *P* Mais ung homme sans nul diffame. — 968 *P* Jamais ne puet donter sa femme; *F* vieil; *F* herse *V* hanse. — 970 *FK* c. il le n. — 971, 72 *F* merveillans : bataillans. — 975 *K* pourchassa. — 976 *V* Que en la fin. — 978 *K* Il fu douls *P* Doulz estoit. — *Après* 978 *F* intercale ces vers (cf. *Lamentations*, II, 135, 136). Car il trouua femme rebelle Et trop plus amere que belle Comme deesse de bataille Ses estouties lui retaille. — 979 *V* visoit le soleil l. — 980 *P* Et eust il deu de d. c. — 981 *BP* atendu *FKV* entendu. — 984 *V* repaise; *P* Je suis preste de deuoir faire. — 987 *BK* des g. — 991 *K* Je repeteray le; *P* Je narreray de; *KP* pause en pause. — 992 *KP* et *V* en la; *K* vi⁰ glose; *P* clause. — 996 *K* Ou.

      Chascun doit, pour loyal secours,
      A sa pensée avoir recours,
      C'est, a sa propre conscience
1000 De bien et de mal; ainsi en ce
      Que, se bien n'est en nous trouvé
      Tel dont nous sommes approuvé,
      Nous devons grant tristesce avoir;
      Car nos meffais pouous savoir.
1005 Aussi devons de joye rire
      Se le mal que nous oyons dire
      De nous n'y est aperceü
      Et n'y est trouvé ne sceü.
      Saint Pol en fait bonne memoire
1010 Et nous dit que c'est nostre gloire
      Tesmoing de nostre conscience;
      Et Job, parfait en pacience,
      Dit que son tesmoing est es cieulx;
      Car cil qui tout scet ce est Dieux;
1015 Ou ciel est tesmoing nostre Sire,
      Si gardons que nous devons dire.
        Comment est dont homme mortel
      Si hardi qu'il donne mors tel
      Qu'il ose femme desprisier
1020 Ne sa faulse langue aguisier
      Pour en dire mal ne laidure?
      David en dit en l'Escripture:
      Les pecheeurs sont estrangiés,
      Car hors du ventre sont changiés
1025 Et ont erré contre nature.
      Ne souvient a la creature
      Dont elle vient, quant elle est née;
      C'est faulseté desordenée.
      Fols est qui soy meïsme blasme
1030 Et le lieu dont il naist diffame.

1000 *P* Et peser tout a la balance.— 1001 *B* si b.; *P* Soit bien ou mal en nous t. — 1002 *P* Et ce bien nest en nous prouue. — 1005 *P* Et aussi de j. deuons r. — 1008 *KP* Ne ny est t. ne s. — 1013 *K* t. ses yeulx *P* ou ciel. — 1014 *P* Car cest le vray dieu qui tout scet. — 1016 *P* Gardons doncques que d.; *V* Or g. — 1021 *B* omet en.— 1023 *P* se s. — 1025 *V* Et errent c. n. — 1029 *B* Faulz *FV* Foulz *P* Maudit est qui s. m. b. — 1030 *K* l. donque est dit d.

Uns proverbes nous est donnés ;
C'est que cil qui coupe son nés
Trop laidement sa face empire.
Aussi ne puet homme mesdire
1035 De femme qu'il ne se mesface ;
Fols est donc qui coupe sa face.
    Mahieu dit : femme est tenceresse
Et mesdisant et jangleresse.
Cafurne ouvra trop nicement,
1040 Son cul monstra en jugement ;
Car par luy fu femme chacie
Et privée d'avocacie ;
A toutes femmes fist dommage
Par sa langue et par son oultrage.
1045 Par droit, si com j'ay entendu,
Leur est a tousjours deffendu
Des jugemens examiner
Et des causes patrociner.
Aussi dit il qu'une Juïse,
1050 Marie, qui fu suer Moïse,
Jangleuse fu et orguelleuse ;
Par sa jangle devint lepreuse.
Et la corneille, qui fu blanche,
Devint noire et d'autre semblance ;
1055 Il advint par sa janglerie
Et par sa faulse menterie.
Et qui vouldroit Dieu accuser,
Il ne se pourroit excuser
Qu'il n'armast les femmes perverses,
1060 Et leur donna langues diverses.
    Mahieu a son entencion
Fait après une question :
    Pourquoy femmes sont plus noiseuses,

1031 *BKPV* Un prouerbe *F* En proverbes. — 1032 *P* Cest celuy qui. — 1034
PV Ainsi. — 1038 *P* menteresse. — 1039 *F* Calphurne ; *P* villement. — 1041
F Quant *BP* Par luy f. f. ; *P* deboutee. — 1042 *B* priue ; *P* Et dauocacie priuee.
— 1046 *F* A femmes si fut d. — 1048 *B* patropciner. — 1019 *P* juisve. — 1050
C'est la leçon de F ; *K* la s. de *P* serourge m. *BV* la sereur m. — 1052 *BF* jangle
KPV langue. — 1054 *B* De nuit *V* Demic n. — 1055 *K* Il donne. — 1057 *K* qui
le v. — 1058 *K* Vers dieu ne scroit sexcuser. — 1060 *BF* donna *KPV* donnast.
— 1061 *V* en s. intention.

Plaines de paroles oiseuses
1065 Et plus jangleuses que les hommes?
Car elles sont d'os et nous sommes
Fais de terre en nostre personne,
Et l'os plus hault que terre sonne.
Ses exemples met un a un,
1070 Et suit maistre Jehan de Meun,
Quant est ou fait de jalousie,
Que cil est fols qui se marie.
Autre exemple en faisoit savoir :
Uns homs voult trois femmes avoir ;
1075 Toutesvois en espousa une ;
Ce fu a sa male fortune.
Si advint ou il demouroit
Que le leu aux agneaulx couroit ;
Pris fu ; les veneurs enqueroient
1080 De quel mort mourir le feroient.
L'omme marié l'entendi
Et son avis leur en rendi,
Que, qui marier le pourroit,
Le loup de male mort mourroit.
1085 Grief tourment est de mariage ;
Ainsi disoit par son oultrage,
Et que la femme a l'omme estrive ;
Car char de femme est corrosive
Et la char de l'omme degaste
1090 Quant par mariage la taste,
Et semble que les noces nuisent ;
Les vertus de l'omme amenuisent.
Et dit qu'il fait bon estriver
A son pouoir pour eschiver
1095 Lyen qui fait homme despire

1066 *K* de nous. — 1067 *P* sen est la somme. — 1068 *K* Et lair. — 1069 *PV*
Ces e.; *V* mot. — 1070 *FK* mehéun. — 1071 *K* Quant au champ; *V* omet est;
P du f. — 1072 *P* Lomme est fol quil. — 1073 *leçon de BV*; *F* Dautres exemples
faisoit; *KP* en fait. — 1074 *FP* un homme. — 1075 *BFV* Toutesuoies *P* Tou-
tesuoie. — 1077 *P* Il. — 1078 *P* aulx brebis. — 1079 *manque F.* — 1081 *V*
entendi. — 1082 *B* Et a son a.; *K* En souspirant *P* Incontinant; *KP* respondit.
— 1083 *P* vouldroit. — 1088 *manque F, il y a un blanc; B omet est; B* conr-
rouciue *K* corruptiue *P* commotiue. — 1092 *P* amendrissent. — 1094 *mss.*
eschéuér.

Et toutes les vertus empire.
Des femmes disoit maint lait dit,
Assés pis que je n'en ay dit.

Or venons aux conclusions
1100 Et laissons les illusions
Des exemples que Mahieu baille,
Et de tençon et de bataille
Et de la femme rioteuse
Et de perverse et de jangleuse
1105 Et du cornart qui se marie
Et de Cafurne et de Marie
'Et pourquoy la corneille est noire.
Tels exemples font pou a croire;
Mais Leesce les veult debatre
1110 Pour les faulx mesdisans abatre,
Qu'aux femmes ne facent offense.
Leesce y met ceste deffense :
Se Cafurne fist malefice;
Ce luy soit imputé a vice,
1115 Car seule en doit estre punie ;
Une autre point n'y a unie,
Les autres n'en sont point coulpables.
Une legion de diables
Anges jadis estre souloient;
1120 Mais on dit, pour ce qu'il vouloient
Estre dieux et s'enorgueillirent
Et tel pechié en eulx cueillirent
Com d'estre pers a Dieu, leur maistre,
Qui tous nous fait mourir et naistre,
1125 Dieu les fist des cieulx trebuchier
Et en tenebres embuschier.

1098 *P* Plus la moitié que nen. — 1103 *F* sa f. — 1104 *F* Et du prouerbe *P* Et de la p.; *PV omettent* de devant ianglouse. — 1106 *V* cafraye. — 1110 *manque F, il y a un blanc.* — 1111 *V* Pour lonneur des femmes garder. — 1112 *V* Et pour leur blasme retarder. (*Ce sont les vss.* 1147, 48; *voyes plus loin.*) — 1114 *P* On lui doit imputer. — 1115 *P* pugnié. — 1116 *manque F, il y a un blanc; BVK* Les autres; *K* sy nen peuent mie; *P* Sans blasmer toute la lignié. — 1118 *P* grant l. — 1119 *FPV* Angelz *BK* Anges. — 1121 *BPVK* dieux *F* dieu. — 1123 *K* pareil; *P* Semblables a dieu vouloient estre. — 1124 *K* nourrir et croistre. — 1125 *F* es c.

Les autres anges demourerent,
Cest pechié point ne comparerent ;
Ils sont es cieulx lassus en gloire.
1130 Les femmes eüssent victoire,
Se cy avec dame Leesce
Feüst Heloïs, l'abeesse
Du Paraclit, qui tant fu sage
Du droit de coustume et d'usage ;
1135 Et si estoit philosofesse,
Combien que elle fust professe.
Car Mahieu a methe menassent
Et ses argumens ordenassent
Qu'envers elles n'eüssent lieu.
1140 La fille maistre Jehan Andrieu,
Qui lisoit les lois et les drois,
Se leva matin une fois,
Pour monstrer par vraye science
Devant tous en plaine audience
1145 Que femme est a l'omme pareille,
Et proposa mainte merveille
Pour l'onneur des femmes garder
Et pour leur blasme retarder.
Tout le jour dura sa lecture
1150 Jusques bien près de nuit obscure.
Des raisons mist plus de soissante,
Voire, ce croy, plus de septante,
Et si bien y continua
Qu'homme ne l'en redargua.
1155 Femmes sont de noble matere,
L'engin et la science ont clere,
Plaine de grant subtilité.
Si puis conclure, en vérité,

1127 *FPV* angelz *BK* anges. — 1129 *P* la hault; *V* lassuz ou ciel. — 1130 *F* la v. *K* en v. *P* a ce v. — *Après ce vers F répète* 1128 (comparoient *pour* comparerent). — 1131 *F* Sency *K* Se auec *P* Se auecques. — 1132 *F* helouys jadis abesse; *K* la bonne a. — 1134 *P* De d.; *V* et vsagé. — 1138 *BF* ses a. *P* ces a. *V* des a. — 1141 *BPK* drois et les lois. — 1147, 48 *manquent V (voyez var.* 1109, 10). — 1148 *KP* leurs blasmes. — 1149 *F* la l. — 1150 *V* nuy. — 1151 *K* quarante. — 1152 *K* soissante. — 1153 *V* que c. — 1154 *KP* Que nul ne la r. *BPV* Que homme; *B* regarda *V* redaigna. — 1157 *KPV* Plaines *BF* Plaine. — 1158 *P* Je *V* Et.

Que les hommes moult les doubterent;
1160 Pour ce toutes les debouterent
De l'office d'avocacie.
Se Cafurne en fu hors chacie,
Son fait aux autres point ne touche
Et n'en doivent avoir reprouche.
1165 Si ne fait la jangle Marie;
On puet dire que cils varie
Quant dit qu'elle devint lepreuse
Pour ce qu'ainsi estoit jaugleuse.
Et quant a la corneille noire,
1170 Certes, ce n'est pas chose a croire
Qu'elle eüst oncques esté blanche;
Si est du dire grant enfance;
Aussi puet on dire du cigne,
Qui est grant oysel et benigne,
1175 Qu'il avoit jadis noire plume,
Or est blanc par droite coustume.
    Et se tout estoit verité
Quanque Mahieu a recité
Et dit pour les femmes blasmer,
1180 En tous ses dis n'a fors amer,
Et procede par si grant ire
Qu'a paines pourroit il bien dire.
Si ne vault son entencion;
Et se c'estoit solucion
1185 Des inconveniens doubler,
J'ay bien cause de le troubler
Et de dire les maulx des hommes,
Dont ils sont chargiés a grans sommes
De murdres et de roberies,
1190 De larrecins, de pilleries,
D'arsins et de faulx tesmoignages,

1159, 60 *P* doubtoient : deboutoient. — 1161 *KP* Dofficc dauocaccrie. — 1162 *KP omettent* hors. — 1165 *P* Aussi de la; *K* langue. — 1166 *K* sil *P* il — 1168 *P* quelle. — 1169 *B omet* a. — 1171 *P* Que jamais elle est este b. — 1172 *V* enfenche. — 1174 *P* ung oyseau tout b. — 1175 *BV* Qui. — 1176 *P* Mais il a blanche p. c.; *V* d. nature. — 1182 *P* peine. — 1183 *P* Rien. — 1189 *B* Des meurtres; *V* meurdres; *BF* et des r. — 1191 *P* De haisnes et faulx tesmoignage.

D'avoultires en mariages,
De sortileges, de poisons,
De faulsetés, de traïsons
1195 Et de pluseurs enormes crimes,
Que bien savroye mettre en rimes ;
Mais a present je m'en tairay
Et en espace les lairay
Jusqu'a tant que j'en aye a faire ;
1200 Car on dit bien que par trop taire
Et par trop parler de sa bouche
Aquiert on dommage et reprouche.
    A ce que Mahieu nous assaut
Et dit que femme parle haut
1205 Pour ce qu'elle est d'un os fourmée,
Je di, tant plus doit estre amée
La chose quant elle est plus noble.
Ainsi comme azur et sinoble
Valent mieulx que charbon ne croie,
1210 Il n'est vivant qui ce ne croie
Que femme doit avoir le los
Pour ce que fu faite de l'os
Et l'omme fu fait de la terre.
Pour ce Mahieu en ce point erre ;
1215 L'os est plus noble et si vault mieulx ;
Et pour ce l'en voult faire Dieux
Dedens le paradis terrestre.
A cest article je m'arreste ;
L'omme fu fait d'un pou d'ordure,
1220 Du limon de la terre dure,
Ou val d'Ebron, enmi les champs.
Par ce point est homs plus meschans ;
On puet monstrer par raisons vives
Que femme a des prerogatives

1192 *V* Dauoutries. — 1193 *P* sorceries. — 1195 *F* de pleurs en normes c. —
1196 *K* Qui b. les seroit *V* bien sauroit *BF* Que sauroye m. en r. *P* Que bien
je metroie en mes r. — 1197, 99 *la fin mal lisible dans V.* — 1198 *BPV* Jusques
FK Jusqua. — 1200 *V* pour. — 1207 *F* elle pl. dit n. — 1208 *BFK* ést si noble ;
P cy noble. — 1210 *K* Celuy qui voudra si men c. ; *P* homme que je nen c. —
1215 *F* Lors ; *P* en tout lieu. — 1216 *P* dieu. — 1219 *B* poy. — 1221 *V* v. ebrom.
— 1222 *P* lome est. — 1223 *P* Chascun puet voir p. r. viue. — 1224 *B* femmes ;
P prerogatiue.

1225 Assés plus nobles que n'a l'omme.
     La premiere noblesce nomme
     Que dedens paradis fu faite,
     Des mains Dieu fourmée et pourtraite.
     Item, Dieu la fist d'une coste ;
1230 Point de noblesce ne luy oste ;
     Plus noble en est en toutes places.
     Dieu fist a femmes tant de graces
     Que dedens femme voult descendre
     Pour nous et nostre fourme prendre
1235 Dedens sa mere vierge et pure.
     De ce fu a descort nature
     Et s'en esbaï, ce me semble,
     Comment fu mere et vierge ensemble.
     Nostre foy monstre par doctrine
1240 Que ce fu par euvre devine.
         Mulier en latin langage
     Est dite, car l'omme assouage,
     Ou *moulier,* l'omme amolie ;
     Qui en mesdit il fait folie.
1245 Et s'aucun quiert pourquoy fu faite
     La femme et de la coste extraite,
     La cause en est toute delivre
     De Sentences ou second livre :
     Faite fu du costé de l'omme
1250 Tant pour son adjutoire comme
     Pour amour et dilection,
     Si que par bonne affection
     Tenist a l'omme compaignie,
     Et aussi pour avoir lignie.
1255 Et ne fu pas faite du chief,
     Pour segnourir ; et de rechief,
     Dieu ne la voult pas asservir
     Ne faire des piés, pour servir,

1225 *P* noble. — 1226 *manque V*; *BKP* Noblesse la p. n. — 1231 *P* Elle est
p. n. *BKV* Plus n. est *F* Plus n. en est; *B* toute. — 1232 *BP* a femme; *P* moult.
— 1233 *P* Quant. — 1238 *BV* vierge et mere. — 1242 *KV* dit; *BPVK* que *F*
car. — 1243 *V* Et m.; *FVPK* mulier. — 1245 *P* Saucung queroit *F* Et aucun.
— 1246 *P* Et du coste de lome. — 1247 *P* ou second liure. — 1249 *P* Dieu la
fit. — 1251 *B* delictation. — 1252 *PV* Et. — 1255 *F* Si; *P* Pas faicte el ne fut.

Mais du moyen, par la maniere
1260 Que dame ne que chamberiere
Avecques l'omme ne feüst,
Et qu'elle seïst et geüst
Delés luy, pour son plaisir faire,
Comme sa compaigne et sa paire ;
1265 Et sueffre qu'avec l'omme gise,
Pour ce qu'en son costé fu prise.
Et s'après leur transgression
Elle fu en subjection,
Par coulpe advint, non par nature.
1270 Ainsi le nous dit l'Escripture.
   Or y a bien cause affermée
Pourquoy femme doit estre amée,
Et pourquoy fu elle ainsi faite
Et du costé de l'omme traite
1275 Plus en dormant que en veillant.
Nul ne s'en voist esmerveillant,
Du fait ne du noble mistere
Qui advint en ceste matere.
Dieu tout sachant et tout puissant
1280 Et toute chose congnoissant
Au faire voult endormir l'omme
Et le mist en un si doulx somme
Que, quant le costé luy ouvri,
Si doulcement le descouvri
1285 Et en osta la coste saine
Que l'omme n'ot douleur ne paine,
N'oncques il ne le traveilla,
N'oncques il ne s'en esveilla
Ne son repos n'en perdi oncques.

1259 *F* dit m.; *P* en tel m. — 1261 *K* En la compaignie domme f.; *V* seust. — 1262 *F* et seust. — 1263 *BV* bon p. — 1264 *mss.* compaignie. — 1267 *P* ce apres. — 1268 *K* ont este; *V* en la s. — 1269 *P* p. auanture. — 1270 *P* que n. — 1271 *BFPV* assignee. — 1273 *P* dieu la. — 1275 *P* Ainsi comme adam someilloit. — 1276 *P* Nully meruciller ne sen doit; *BK* voit. — 1278 *P* Que dieu fist; *BV* matiere. — 1279 *F* tout p. et tout s. — 1281 *P* A ce f. endormit. — 1282 *F* en si tres d. s. — 1283 *V* li. — 1284 *V* lui costouvry. — 1286 *P* Sans luy faire d. *B* Que homme. — 1287 *manque F*, *un blanc après le vers suivant*; *P* Ne en rien; *B* sen t.; *K* sen eseueilla. — 1288 *K* Ne son corps ne se remua. — 1289 *F* propos.

1290 En cest ouvrage desadoncques
    Monstra la puissance devine
    Qu'a nous sauver seroit encline.
    On ne pourroit plus proprement
    Figurer le saint sacrement
1295 De Jhesucrist et de l'Eglise.
    Ceste figure nous est mise
    Et par ceste euvre est bien monstrée,
    Qu'aussi que femme fu fourmée
    Du costé de l'omme endormi
1300 Et que point n'en fu estormi,
    Tout aussi est l'Eglise faite,
    Issue, fourmée et extraite
    Des sacremens qui descendirent
    Et du benoist costé issirent
1305 De Jhesucrist dormant en croix,
    Ou il devint palles et frois.
    Pour nous saulver en crois pendi,
    Et sanc et eaue descendi
    Du costé, pour nous racheter
1310 Et des paines d'enfer geter.
       Veons s'on doit femmes haïr
    Ne par faulse langue envaïr.
    Certes non, qui sages seroit ;
    Ja preudoms ne les blasmeroit
1315 Se n'estoit par correction
    Secrete ou en confession.
    Et aussi fait cils grant oultrage
    Qui diffame le mariage,
    Comme maistre Mahieu faisoit.
1320 Du blasmer point ne se taisoit
    Et disoit : s'aucun se marie
    Et avec femme s'aparie,
    Il devient chetis et cocus ;

1299 *P* dormant. — 1300 *P* Sans qu'il s'esueille nullement ; *V* par point. —
1301 *P* du digne. — 1305 *B* morant. — 1306 *P* morut comme tu crois. — 1308
P Sang et eaue en d.; *V* En s. en. — 1310 *V* oster. — 1311 *K* On ne d. pas. —
1312 *P* Et p. f. l. en mentir. — 1314 *P* Jamais on ne les b. — 1315 *BFPV* Ce
nestoit ; *K* correption. — 1316 *B* et en c. — 1317 *P* il. — 1319 *V* Si com. —
1320 *P* De b. jamais ne cessoit ; *B* pas. — 1322 *F* se parie *P* saproprie. —
1323 *B* deuint ; *P* meschant.

Ses cheveulx meslés et locus
1325 Parmi ses espaules s'estendent,
Ceulx derriere par devant pendent;
Ses sollers et son vestement
Sont descousus, et lentement
S'en va, la face aval baissiée;
1330 Sa joliveté est plaissiée.
Et ne puet estre alienée
Femme en mariage donnée;
Il convient que l'en la retiegne,
Quelque meschief qu'il en aviegne;
1335 Et que cil qui vuelt femme prendre
Et qui voit qu'il ne la puet rendre,
Devroit prendre yeulx de beril,
Pour mieulx veoir le grant peril;
Et dit que tempter ne puet nuire,
1340 Mais vault moult, car on se puet duire
A prendre chose prouffitable
Ou a laissier la dommagable;
Et dit qu'il est bien pou de femmes,
Soyent damoiselles ou dames,
1345 Qui leurs maris loyaument aiment,
Combien que se dueillent ou claiment.
Raconter voult d'un chevalier
Bel et appert et bon guerrier,
Qui espousa sa chamberiere,
1350 Et en dit en ceste maniere :
Le chevalier fu grans et fors,
Mais par un fait d'armes fu mors.
Sa femme forment le ploura
Et sur sa tombe demoura

1324 *P* m. tous chenus. — 1325 *K* sespendant *V* descendent. — 1326 *BKV* Ceulz derriere; *F* de derrier *P* du derrier. — 1327 *BV* si vestement *P* ces vestemens. — 1328 *F* lentendement. — 1329 *P* sa f. en bas baissant; *V* bassice; *B* omet aual. — 1330 *P* Sa joliuette est hault deuant; *V* passee. — 1331 *F* essayee. — 1335 *P* Mais celuy qui. — 1336 *BFP* quil; *P* scot. — 1337 *B* Deuoit. — 1340 *V* v. mieux; *B* sen p. — 1344 *P* Tout s. — 1345, 46 *F* De quelque estat quelles se claiment Qui loyaument leurs maris aiment. — 1346 *P* Combien que assez elles le feignent. — 1347 *P* Il racompte; *V* vueilt. — 1348 *P* et sage. — 1349 à 60 *manquent V.* — 1349 *BP* la ch. *F* sa. — 1350 *P* palle en telle m. — 1351 *K* bel et f. *P* estoit moult fort. — 1353 *F* fortment. — 1354 *F* la t.

1355 Et ne voult, par nulle raison,
     Plus retourner en sa maison.
     Ce jour fu, bien l'ay entendu,
     Un larron au gibet pendu,
     Dont un chevalier renommé,
1360 Sire Gillebert fu nommé,
     Pour son fief en devoit la garde.
     En passant la dame regarde
     Delés le seigneur enfouy.
     Ses pleurs et son estrif ouy.
1365 Courtoisement luy a dit : « Dame,
     « Rapaisiés vous, priés pour s'ame,
     « On ne gaigne rien a dueil faire. »
     Elle respont : « Ne m'en puis taire ;
     « J'ay perdu le meilleur du monde ;
1370 « O luy en la fosse parfonde
     « Vouldroie gesir toute morte. »
     Sire Gillebert la conforte
     Et dit qu'un autre en trouvera ;
     Aussi bon ou meilleur sera.
1375 Aux champs a sa voye tenue,
     Car la nuit estoit ja venue,
     Et le larron estoit emblé ;
     Adont a de paour tremblé
     Et cuidoit que par son forfait
1380 Ait son fief perdu et forfait.
     Gillebert retourna arriere,
     Tout pensif, droit au cimetiere ;
     A la dame dist s'aventure
     Et puis de son fief la nature,

1355 B Ne voult P Ne vouloit. — 1357 *La leçon adoptée est dans BK; F* Ce jour fait ce bien lay e. P Mais ainsi que jay e. — 1358 P Fut ce jour ung l. p. — 1360 P Qui Gilbert estoit n.; F si fu n. — 1361 B omet en. — 1363 BF le s.; V son s. P Laquelle plouroit et crioit; B en foy. — 1364 B escript; P Toute en lermes se fondoit. — 1365 B ay dit; P luy dist ma dame. — 1366 *mss.* lame. — 1368 P dist je ne me. — 1369 V la m. — 1370 KP Auec l.; P en f. — 1371 P Je voudroie estre. — 1373 V omet en. — 1374 P Qui encores meilleur. — 1375 P droit sa v. prenoit. — 1376 P Car la n. ja venue estoit. — 1377 P On auoit le 1. e. — 1378 P Dont Gillebert fut moult trouble. — 1379 BP pour s. mesfait. — 1380 FK Eust; B chief V chiet; P Deust perdre son f. sans arrest. — 1381 P Adont sen r. — 1382 KP vers le c.; V ou c. — 1383 F son aduenture.

1385 Sa complainte luy publia ;
      Et elle tantost oublia
      Son bon mari, en esperance
      De renouveler aliance.
      « Sire, » dist elle, « n'ayés soing,
1390 « Secourray vous a ce besoing
      « Du meschief de quoy vous doulés,
      « Se vous pour femme me voulés. »
      — « Il dist : « oïl » a bonne chiere.
      Maintenant deffouy la biere
1395 Et fu l'omme mort, ce sachiés,
      Aux fourches destrais et sachiés.
       Quant vint la, plus n'y attendi,
      Elle meïsmes le pendi
      Ou propre lieu et ou costé
1400 Dont on ot le larron osté.
      Deux playes lui fist en la teste ;
      Et avec ce la male beste
      Les yeulx luy fora et creva ;
      Par semblant moult pou luy greva.
1405 Sire Gillebert n'en ot cure ;
      Quant il vit la besongne oscure,
      Oncques ne luy tint serement,
      Mais la refusa laidement.
          Se par exemples haïneus
1410 De mesdisans ataïneus
      Femmes sont egaument blasmées
      Qui bien deüssent estre amées,
      On leur fait tort contre raison.
      Se male femme ou mauvais hom

1386 *P* Incontinent elle o. — 1390 *P* Je vous secourray au b. — 1391 *P* dont vous vous d. — 1392 *P* sa f. prendre. — 1393 *P* Ouil dit il ma bonne dame chiere ; *FV* oy *BK* oil. — 1394 *P* Lors le tira du cimetiere. — 1395, 96 *manquent P ; F* Par sa femme fu se chaciez Par les champs de terre sachez. — 1395 *K* Et fu lome mort tire hors Qui ja estoit. — 1396 *manque V* ; *B* tuez et s. — 1397 *P* Incontinent plus natendit ; *F* Quant la vit. — 1398 *P* Et puis au gibet. — 1400 *P* Ou auoit le l. oste *F* Dont on. — 1403, 1404 *P* Tous les deux yeulx luy arracha De la teste et les gaita. — 1401 *B* le g. *V* li. — 1407 *P* Point ne voult tenir son serment ; *K* conuenant. — 1408 *B* le ; *K* plainement. — 1410 *BFK* De m. *V* Des *P* Des faux m. — 1413 *P* Mais cest a tort et sans r. — 1414 *P* Se ugne f. par mesprison.

1415 Fait aucun mal particuler,
     On ne doit pas articuler
     Qu'il soit pour tous a conseqüence.
     Assés souffist ceste deffense.
     Celle qui son mari pendi
1420 Sur ce coulpable se rendi;
     Le chevalier pecha en tant
     Qu'il fu du mesfait consentant.
     Je di, et est chose prouvée,
     Qu'en femme est loyauté trouvée,
1425 Principaument en mariage;
     Car Dieux en fist l'appariage.
     Et pour brieve response faire,
     Vous en metray vraye exemplaire.
     Devers Laleue, en Picardie,
1430 Advint une grant coquardie
     D'un chevalier de grant renom;
     De Bailleul portoit le surnom.
     Tant ama une damoiselle,
     Pour ce qu'elle fu jeune et belle,
1435 Que de s'amour luy fist requeste.
     Mais l'amour estoit deshonneste
     Pour ce qu'elle avoit un mari.
     La damoiselle au cuer marri,
     S'elle estoit plaine de beauté,
1440 Encor avoit plus loyauté;
     La requeste luy refusa.
     Et le chevalier l'accusa
     De crime par faulx tesmoignage,
     Et fu de si felon courage
1445 Que il la fist ardoir en cendre,
     A tort et sans raison entendre.
     Le mari de la damoiselle
     Au roy Phelippe en fist querelle.
     Le chevalier fu en prison

1417 *P* toutes en c. *K* comparessance. — 1420 *P* En ce. — 1421 *B* atant. —
1422 *B* Qui f. du fait. — 1425 *FP* Principalment. — 1426 *PV* le pariage. —
1427 *V* bonne r.— 1428 *F* ung c. — 1429 *FV* Deuers sa femme.— 1430 *B* cocar-
die. — 1432 *B* porte. — 1434 *P* ce quel estoit. — 1438 *B* ot c.; *P* joly. — 1439
P Celle. — 1442 *P* Mais. — 1445 *F* Qui.— 1447 *BV* a la d. — 1449 *F* emprison.

1450 Et jugiés pour sa mesprison
     A mener traïner et pendre.
     Le roy Jehan l'en fist deffendre,
     Qui estoit duc de Normandie.
     Le chevalier, quoy qu'on en die,
1455 Fu appointiés sur une cloie,
     Pour mener pendre droite voie.
     Mais le bon duc en ot pitié;
     Ainsi fu par luy respitié.
          Lucresse aussi, qui fu de Rome,
1460 Ot espousé un vaillant homme;
     Loyauté luy fist en sa vie,
     Mais a force luy fu ravie
     Et oultre son gré esforcie;
     Si amast mieulx estre escorchie.
1465 Son bon mari la rapaisoit
     Et l'embraçoit et la baisoit
     Et lui pardonnoit le meffait
     Que de son gré n'avoit pas fait.
     Rien n'y valu le conforter,
1470 Sa honte ne voult plus porter
     Non obstant pardon ne confort;
     D'un coultel se feri a mort.
     Ainsi fina dame Lucresse.
     Penelope, qui fu de Grece,
1475 Femme Ulixes, qui fu moult sage,
     Se maintint bien en mariage.
     Ulixes fu a la grant Troie,
     Avec les Grieux, pour querir proie.
     Maint peril souffri en la mer.
1480 Penelope fist a amer;
     Par dix ans ou plus l'attendi.
     Si loyaument se deffendi

1451 *FP* le m. — 1452 *P* Mais le Roy Jean; *K* r. phelipe. — 1454 *P* sans moquerie; *V omet* en. — 1455 *K* Si fut boute; *V* claie. — 1458 *P* despeschie. — 1460 *BVK* Ot espouse *F* Et espousa *P* Qui espousa. — 1462 *B* fust. — 1464 *P* Elle amast; *V* escorcie. — 1465 *V* len r. — 1469 *FK* valut *V* valu *BP* valoit; *P* la c. — 1472 *P* frappa. — 1473 *P* morut. — 1475 *P* mlt fu.; 1475, 76 *B* saiges : mariaiges. — 1477 *F* en la g. — 1478 *F* grecs *P* gres. — 1479 *P* Ou m. p. s. en m. — 1480 *P* deuoit a.; *V* amener. — 1481 *P* Car. — 1482 *P* Et l.

Qu'oncques ne se voult marier
N'avecques homme aparier.
1485 Et si bien se garda la dame
Que nul n'en devroit dire blasme.
    Le mesdisant tousjours tençoit,
Sa riote recommençoit :
Sylla, ce dist, occist son pere.
1490 Avoir en dut grant vitupere ;
En ce fait moult se diffama
Pour le beau Minos qu'elle ama.
Elle fu trop crueuse beste ·
Quant de son pere prist la teste.
1495 Encor dit il autre laidure,
Que femme est de tele nature :
Quant son mari est trespassé,
Paix n'avra jusqu'elle ait brassé
Tant qu'elle ait pris son ennemi,
1500 Et n'atent ne jour ne demi ;
Ceulx que deüssent reprouchier
Font souvent en leurs lis couchier
Ou a mariage les prendent,
Ne bien ne raison n'y entendent ;
1505 Et que chascune luxurie.
Puis parle de la mort Urie
Par Bersabée, sa moullier ;
David l'aperçut despoullier
Et laver dedens la fontaine.
1510 Ainsi sa riote demaine ;
Et sa douloureuse chançon
Nous ramentoit le fort Sanson,
Que Dalida tondi des forces,

1483 P Point ne se volut. — 1484 V Nauec h.; F Auecques homme; P Pour homme qui la sceust prier. — 1488 F La r. K Riote tousiours commencoit. — 1489 F Sylla occist aussi; P dit il BKV ce dist; BP tua. — 1490 B deust P doit. — 1493 K estoit. — 1496 FV tel P telle BK tele. — 1498 P Bien nara; BKP jusques; B quelle K omet elle; F nait. — 1499 P Quelle espouse. — 1501 V qui K quil F quelles; P Et ceulx quilz d. debouter. — 1502 F leur lis P leur lit. — 1503 F prennent P Ou bien en m. — 1504 BFV attendent. — 1507 K Pour b. P De par b. sa femme. — 1508 F laparceust K la sentit; P David la vit si belle dame. — 1509 P Toute nue en l. f.; K Et vit l. a l. — 1512 P raconte du f. — 1513 K de f.

Dont il perdi toutes ses forces.
1515 Que lui vault parler de Sylla ?
On scet bien que mal dit il a.
Car, ou c'est fable controuvée,
Ou mençonge de faulx prouvée.
Trop bien est es fables Ovide
1520 Comment Sylla fu patricide
Et qu'elle occist Nisus, son pere ;
Mais la mençouge est toute clere.
Il dit que Sylla fu chuëte,
Qui par jour se tient en muëte,
1525 Et Nisus devint esprevier.
Cela ne fait nul reprouvier.
Quant aux femmes vituperer,
L'en n'y doit point obtemperer.
Et s'aucunes se remarient
1530 Et par leur niceté varient,
Pour ce n'avient il pas a toutes.
S'il y a de mauvaises gloutes,
Plus y a de mauvais gloutons
Es hommes ; de ce ne doubtons.
1535 Certes, femmes sont moult courtoises,
Dames, damoiselles, bourgoises
Et autres selon leur estat.
Dieu vueille amender le restat !
Et se David donna la lettre
1540 Pour Urias a la mort mettre,
Bersabée n'en fu coulpable ;
Ce fist Joab, le connestable.
Des hommes treuve on ces desroys
En la Bible, ou livre des Roys.
1545   Se le fort Sanson fu tondu

1515 *P* ne luy v. — 1516 *F* Pour scet b. *P* Chascun scet. — 1517 *F* Car ce est
P Cest une. — 1518 *B* trouuee. — *P* Tronp il est ; *K* douide. — 1522 *P* Mais
cest m. t. cl. — 1523 *F* Et. d.; *P* choucite. — 1524 *F* par nuit; *P* se t. mueite.
— 1526 *P* ne doit n. approuuer ; *K* On ny doit point foy adjouster. — 1529 *V*
se aucuns. — 1530 *BV* Ou ; *FK* leurs nicetez. — 1531 *V* Par ce ; *P* point. — 1532
F des. — 1534 *F* nen d. — 1539 *P* manda par l.; *BF* d. sa l. *KV* la l. — 1540 *P*
faire urias a m. m.; *F* urie. — 1641 *V* Bersabe ; *P* point nen est *BV* nen fu pas.
— 1543, 44 *manquent K*. — 1543 *B* trouue en *F* trouuons *P* on trueue; *B* ses
P telz *FKV* ces.

Et par Dalida confondu,
Sanson en fu cause en partie.
De sa femme fist departie,
Maugré ses parents la laissa ;
1550 De querir femme ne cessa,
Si trouva Dalida la fole.
Il se deçut par sa parole,
Car ses ennemis s'acointerent
De Dalide et luy presenterent
1555 Des dons pour le secret savoir,
Que Sanson peüssent avoir,
Pour le lyer par force ou prendre
Si qu'il ne se peüst deffendre.
Elle fist tant par ses blandices
1560 Que Sanson, comme fols et nices,
De ses forces dist l'achoison.
Sa bouche n'ot point de cloison,
Car contre son bien respondi,
Et elle en dormant le tondi.
1565 Par ce fu pris et si grevés
Qu'il en ot les deux yeulx crevés.
A bon droit souffri son orage,
Quant il laissa son mariage
Pour une fole femme amer ;
1570 De ce doit on Sanson blasmer
Qui estoit juge d'Israel ;
Il fu batu de son flael.
Cest dit aux femmes point ne nuit,
Mais les hommes enseigne et duit
1575 Que leurs secrès point ne revelent
Et au mieulx qu'il pourront les celent.
Nous avons chascun jour a prime
Les vers qui suivent ceste rime :

1548 *B* la f.; *V* en f. — 1549 *P* Maugres ; *V* delaissa. — 1553 *K* amis. — 1554
KV Dalida ; *K* et p. — 1555 *P* Grans d. p. son. — 1556 *P* Affin quilz
le ; *K* Et quil p. s. — 1557 *P* et p. — 1558 *K* Et ; *F* sceust d. — 1559 *P* sa
blandice. — 1560 *P* fol et nice. — 1561 *F* sa force *K* la force ; *F* fist loccasion ;
B loccoison; *P* Luy dist ou sa force il auoit. — 1562 *P* Troup tost de paller ce
hastoit. — 1565 *P* Ainsi f. p. et moult. — 1566 *K* Que luy ont. — 1567 *V* De
b. d.; *B* sen; *P* oultrage. — 1573 *FP* Ce d. *BVK* Cest; *B* omet dit. — 1576 *KP*
Mais; *P* qui p. — 1577 *KP* tous les jours.

« Linguam refrenans temperet

1580 « Ne litis horror insonet. »

    Mahieu par felonie dit

Que Salemon fist un edit

Que tous vieulx hommes de cent ans

Fussent mis a mort en son temps,

1585 Sur peine d'indignacion.

    Après la publicacion

Un jeune homme muça son pere,

Pour eschever celle misere ;

Secretement luy queroit vivres.

1590 Son pere lui aprist ses livres

Tant qu'il devint discret et sage.

Salemon enquist de l'oultrage ;

Le jeune homme fist ajourner

Et luy enjoinst, sans sejourner,

1595 Sur quanque a luy estoit tenus,

Qu'il ne venist vestus ne nus,

N'a pié, n'a cheval, n'a jument ;

Et luy dist, par son argument,

Son seigneur, son serf, son amy

1600 Menast avec son ennemy.

    Le jeune homme s'apareilla,

A son pere se conseilla.

D'une roys se vestit moult bien,

Son fils et son asne et son chien

1605 Et sa femme avec luy conduist ;

Le pere sagement l'induist.

    Au roy monstra au doy sa femme

1579 *K* refrenens. — 1580 *B* error *FV* honor *K* orror *P* horror. — 1581 *K* sa f. — 1583 *P* vielz. — 1584 *BF* a son t. — 1588 *V* telle m. — 1589 *P* pour toit. — 1591 *KPV* secret *BF* discret. — 1592 *K* de son ouurage. — 1594 *P* manda; *les autres* enjoint. — 1595 *P* ce que luy e. tenu. — 1596 *K* Quil vint vers luy v.; *BF* vestu ne nus *P* vestu ne nu *KV* vestuz ne nuz. — 1597 *F* na ch. ny venist; *B* ne jugment. — 1598 *F* Son seigneur par la main tenist; *P* Et quil amenast en present. — 1599 *B* cerf; *F* Son serf et son ami menast; *V* Que son seigneur et son ami; *P* son seigneur avec. — 1600 *F* De son ennemy ordonnast; *P* Son serviteur s. e.; *Après* 1600 *F intercale* (*Lament.* II, 739 40) Quauec les autres fust present Pour le seruir de ce present. — 1602 *V* s. pouoir. — 1603 *FP* Dune Roix. — 1604 *V* seul et son asne *BFKP* Son f. son asne et. — 1605 *B* o lui; *mss.* conduit. — 1606 *P* Son p.; *P* lauoit bien instruit; *BK* linduit *F* lui duit *V* le duit.

Et jura qu'oncques, par son ame,
Plus grant ennemy ne senti.
1610 Elle tantost le desmenti ;
Et il luy donna une buffe ;
Mais elle nel tient pas a truffe ;
Au roy dist : « Sire, faites prendre
« Ce larron et le mener pendre ;
1615 « Certes, il a enclos son pere,
« Si doit mourir de mort amere. »
Le roy s'en rist, quant il l'oï,
Et en son cuer s'en resjoï.
      Ne sçay pourquoy homme s'en deult ;
1620 Enne dit il pas qui ne veult
Ses secrès, oultre sa deffense ?
Le bon homme fist grant offense
De ce que sa femme bati
Devant le roy, qui rabati
1625 Leur noise et ne s'en fist que rire.
Qu'en puet donc le mesdisant dire
Fors qu'en doit chascun jour aprendre
Qu'en se puist garder de mesprendre ?
      Item le mesdisant fait noise
1630 Que, selon le dit saint Ambroise,
On ne doit nul homme prier
Ne ennorter de marier,
Pour les maudiçons qui en viennent ;
Car pour mal conseillés se tiennent
1635 Ceulx qui se mettent en tel ordre ;
Il ne cesseront ja de mordre
Et maudire comme ennemis
Tous ceulx qui s'en sont entremis.
Et quant le mary gist en biere,
1640 La femme et avant et arriere

1610 *P* Tantost elle; *B* dementi. — 1611 *K* Lors l. d. une b. — 1612 *K* Elle;
BK ne le. — 1613 *K* pendre. — 1614 *BK* Cest; *K* faites. — 1615 *P* muce. — 1616
P Il d. *V* Et d. *B* Mourir en doit; *la leçon adoptée est dans FK.* — 1617 *BP*
rit; *BF* il oy *P* il oit. — 1618 *P* esiouyst. — 1619 *K* Lyesse dit p. sen d.; *P*
lomme; *V* se d. — 1620 *PV* Et ne *B* Or ne; *B* quil. — 1622 *P* Le jeune homme. —
1625 *KP* et nen fit. — 1626 *F omet* dire. — 1630 *P* que dit. — 1635 *K* celle. —
1636 *BFV* Il ne c. ja *K* Ja ne c. *P* Jamais ne cessent; *BKP* de remordre; *FV* de
mordre. — 1637 *K* maudient. — 1639 *P* son mary; *B* en la b. — 1640 *P* Elle
pance par quel maniere.

Quiert comment se puist marier;
Et assés la fait varier,
Quant il convient que elle pleure.
A paines attent jour ne heure
1645 Et tant de marier se haste
Qu'elle en prent un qui tout li gaste.
Encor dit il mainte frivole,
Et dit qu'il n'est beste si fole
Que vefve femme reparée;
1650 Ne se tient pas pour esgarée;
Souvent se renouvelle et change
Et prent cheveleüre estrange;
Et, aussi que la louve gloute,
Se prent au pire de la route.
1655 Jadis souloit estre autrement :
Un an y avoit proprement
Que femme son mary plouroit
Et en lugubre demouroit.
Or n'y a mais trois jours d'espace;
1660 Et se plus, querés qui le face!
Les vefves par ardeur effrontent,
Sur les maisons rampent et montent
Aussi que les roynes d'Egipte;
N'ont cure de lit ne de giste
1665 S'il n'y a masles avec elles.
Qui cuidast qu'elles fussent teles,
De tel estat ne de tel estre?
Sains Acaires ama mieulx estre
Garde des dervés enragiés
1670 Que des vefves estre chargiés;
Dervées sont et sans lien,

· 1641 *P* Comment se pourra m.; *K* Si ne q. que se m. — 1642 *BKV* le f. *F* la f.; *P* En faisant semblant de plourer. — 1643 ,44 *manquent P*. — 1646 *P* Quelle prent mary; *FK* lui g.; *B* tant la g. — 1647 *K* aultre f. — 1648 *K* Que il nest b. tant soit. — 1649 *V* femme vesue; *B* raparee. — 1650 *P* Pas ne ce t. *V* sen t. — 1651 *K* se travaille. — 1653. 54 *manquent KP*. — 1653 *V* com; *F* la bonne g. *B* la loue glote. — 1654 *B* rote. — 1656 *K* amy. — 1658 *V* lugubree. — 1659 *K* deux. — 1661 *B* ardoir; *K* raison; *P* affrontent *K* sefroncent. — 1662 *P* grippent. — 1663 *V* com; *P* raynes. — 1666 *F* Quil; *P* Qui eust cuide quilz. — 1668 *BK* sains acaires *FPV* saint acaire (aquaire). — 1669 *K* deffrees; *P* de tout fol enragie. — 1670 *B* de. — 1671 *P* Car ce sont folles s. l.

Si n'en voult estre gardien.
Des femmes dit en pluseurs guises,
Et comment quierent les eglises
1675 Et se vont monstrant par la voye.
Chascune veult bien qu'en la voye,
Mais les reliques n'aiment gueres,
Les fiertres ne les saintuaires;
Plus aiment les clers et les prestres
1680 Et les suivent dedens leurs estres.
N'y a nulle qui s'en esfroye.
Les ribaus y quierent leur proye,
Aucunes en mettent souvines;
Ce ne sont pas euvres divines.
1685 Qui en l'eglise achateroit
Un cheval, il se mefferoit.
Mais assés plus est a deffendre
Que femme ne s'y doye vendre.
Elles font de la Dieu maison
1690 Bordel contre droit et raison.
Bien deüssent estre doubteuses;
Elles vont comme pou honteuses
Par les eglises de Paris;
Ce n'est mie pour leurs maris.
1695 Mahieu dit, par saint Nicolas,
Que c'est pour avoir leurs soulas.
La faignent estre catholiques;
Souvent visitent les reliques
Qui sont en la sainte Chapelle;
1700 Chascune sa commere appelle
Ou autre de son voisinage,
Pour aller en pelerinage.
     Liement y responderay;

1673 *F* Les; *P* palle *FV* dist. — 1674 *P* suivent. — 1678 *K* Les corps sains ne
les simetieres. — 1679 *K* Plus aiment les prestres et les clers; *F* chevaliers et
p. — 1680 *P* Ils; *F* leur estre. — 1681 *K* celle; *P* Jamais femme ne sen e. —
1682 *PV* ilz. — 1683 *KV* Aucuns; *F* y. m. s.; *P*. Par parolles ou mines ou
signes. — 1685 *B* en eglise. — 1687 *P* Mais ancor; *PV* est plus. — 1688 *P* se
doive. — 1690 *KV* dieu et r. — 1691 *P* Ilz deussent bien; *V* dolereuses; *K* Il
font trop bien ourdre leurs heuses. — 1695 *F* omet dit. — 1696 *F* leur. — 1697
F Le Seigneur *P* En faignant. — 1700 *V* c. y appelle. — 1703 *P* je luy;
BKPV respondray *F seul* responderay.

  Gueres sur ce n'arresteray ;
1705 Ce n'est mie trop grant offense,
  Qui trespasseroit la deffense
  De ce qu'il dit de saint Ambroise ;
  Ce ne vault pas une framboise.
  Car saint Pol dit tout au contraire.
1710 Lequel vaut il doncques mieulx faire ?
  Saint Pol loe le mariage :
  Pour trop grant chaleur fait ombrage.
  J'en parleray plus plainement
  Ainçois que soye au fiuement ;
1715 Vous orrés tout a une fois
  Ce qu'en diray a haulte voix.
  Se femme tost se remarie,
  C'est bon, quant elle droit charie ;
  Maintes fois est a ce menée
1720 Qu'en l'appelle mal assenée :
  Se mal en vient, c'est sa droiture !
  S'il en vient bien, c'est aventure !
  S'elle se haste, n'en puet mais ;
  El ne puet demourer en paix
1725 Pour les cornars qui la requierent.
  Et tels leur avantage quierent
  Qui y treuvent leur arrerage.
  Aussi est il du mariage.
  Ce n'est rien d'une femme seule,
1730 Et souvent par mauvaise gueule
  Pourroit pour pou estre blasmée.
  Et elle est servie et amée
  Quant elle a homme qui la porte
  Et en ses fais la reconforte.
1735 Elle le fait en esperance

  1708, 09 *manquent* F. — 1709 *K* le c. — 1710 *F* Ce ne vault d. m. f. ; *B omet* il ;
BKV mieulx doncques. — 1712 *P* Car il abat ch. umbrage. — 1714 *P* Avant que ;
K definement. — 1715 *V* aurez ; *B* foys. — 1716 *B* voys. — 1718 *P* Cest bien
fait q. el d. ; *B* est dr. ch. *K* tost ch. — 1719 *P* auient en lannce. — 1720 *B* male ;
P assignce — 1721 *K* luy v. ; *F omet* sa *P* par d. — 1722 *FK* Se bien ; *K* luy v. ;
K daventure. — 1723 *P* Celle se h. et ; *BKV* elle non p. — 1724 *F* Et *P* El
BKV Elle. — 1725 *P* leur r. — 1726 *P* Aulcuns ; *FKP* leurs avantages ; *BFKP*
y q. — 1727 *F* leurs arrerages *V* aduentage. — 1728 *B* Ainsi ; *F* de mariages.
— 1731 *P* ces faiz.

D'avoir tousjours meilleur chevance
Et d'estre en tous ses fais gardée.
Pour ce n'y vault rien la tardée ;
Le sien ne fait que consumer ;
1740 Ainsi le doit on presumer.
        Quant la vefve se remarie,
Pour ce que le temps se varie
Varier aussi nous convient.
Mahieu a dit, bien m'en souvient,
1745 Que vefve doit un an attendre
Ainçois qu'elle puist homme prendre,
Certes il n'en est ja besoing ;
Car il convient qu'elle ait le soing
De traitier toute sa besongne ;
1750 Si n'a mestier de grant aloingne.
Com plus atent et plus se gaste ;
Pour ce est il bon qu'elle se haste
Selon ce que elle se sent.'
Car on voit que le temps present
1755 Au temps passé est tout contraire.
Et quant il dit que saint Acaire
Ne voult femmes vefves garder,
On ne doit pas pour ce tarder
A rentrer en bon mariage ;
1760 Car en tel fait n'a point de rage.
Judich ne fu pas trop dervée ;
Car sa cité fu reservée
Et deffendue d'estre prise
Des gens qui l'avoient assise.
1765 Olofernes, le mal estable,
Des Assiriens connestable,
Soupa avec la vefve dame ;
Au cuer avoit d'amour la flamme,

1737 *P* ces faiz. — 1738 *F* v. la retardce *P* r. la targee. — 1742 *V* Et pour c. q. le t. v. ; *K* Cest pour le t. qui. — 1745 *P* Quelle d. par ung an ; *F* ung homme a. — 1746 *P* Devant quelle puisse *F* Aincoïs que homme elle p. p. — 1747 *K* nul. — 1748 *B* omet le. — 1750 *F* Si na m. *P* Point na m. *V* Or na m.; *V* esloigne. — 1751 *P* Tant pl. — 1752 *F* omet bon. — 1753 *F* ce quelle *P* le doint quelle ce. — 1757 *P* regarder. — 1761 *P* point deriuee. — 1762 *K* Quant la c. ; *P* la c. f. preseruee. — 1766 *F* le c. — 1767 *V* jeune d. ; *F* femme. — 1768 *F* damours; *P* Sa grant beaulte son cuer enflamble.

Avec elle cuidoit gesir
1770 Pour acomplir son fol desir.
Il but trop et mal se garda.
Judich son fait bien regarda;
A Oloferne d'une espée
Ot tantost la teste coupée
1775 En dormant, car il estoit ivre;
Ainsi fu la cité delivre.

Se les femmes, blanches et bises,
Hantent voulentiers les eglises,
De ce ne font point a blasmer
1780 Ne deça mer ne dela mer.
Elles vont aux processions,
Elles vont aux confessions,
Elles vont aux enfans lever
Et aux commeres relever,
1785 Aux espousées et aux festes,
Elles vont aux choses honnestes,
Elles vont pour messes ouïr,
Elles vont aux mors enfouïr,
Elles vont aux festivités
1790 En aumosnes et charités,
Elles vont par les cimetieres
En oraisons et en prieres
Et prient pour les trespassés,
Et font des autres biens assés.
1795 En tous leurs fais sont amiables
Et devotes et charitables,
Bonnes et vrayes catholiques,
Et aourent moult les réliques,
Les crucifix et les images;
1800 Je croy que ce sont bons usages.
Pour ce n'aiment ne clerc ne prestre;

1769 P dormir. — 1770 V fel. — 1771 P Mais il but tant quil se enyura. —
1773 F omet A; B dame. — 1774 V sa t. — 1777 P Se f. par bonnes deuises F
Et l. — 1779 FP sont. — 1780 P Mais les en deuons mieulx amer. — 1781 K
confessions. — 1782 K processions. — 1784 manque F, laissé en blanc. —
1790 Leçon de B; P En aulnes et en charitees; KV Aux aumosnes; F et en ch.
K aux ch. — 1797 V vrais. — 1798 F En adourant P Et vont adourer l. r. —
1799 F Le c. — 1800 P En allant en leurs pelerinages. — 1801 K Non pourtant
naiment cl.

Nul n'en doit parler a senestre,
S'il n'est espris de jalousie
Ou du pechié d'ypocrisie.
1805 Le mesdisant ne s'en taist mie,
Sa langue est trop grant ennemie :
Femmes tiennent eschevinage
D'espouser; de concubinage,
Et de Martin et de Sebille,
1810 Et de quanqu'on fait par la ville.
Mahieu en a dit grans merveilles,
Oncques je n'oï les pareilles.
Il dit que femmes tiennent senne,
Agnès, Bietrix, Berthe et Jehanne.
1815 En leur senne n'a rien celé,
La est le secret revelé,
La devient chascune maistresse
D'estre jangleuse et tenceresse.
L'une veult amer par luxure,
1820 L'autre a son mary dit injure,
Et disoit, si luy aïst Dieux !
Qu'on ne scet laquelle vault mieulx,
Ou la femme luxurieuse
Ou la moullier injurieuse.
1825 Grant sens y convenroit avoir;
Les femmes veulent tout savoir,
De tel condicion sont toutes ;
Elles veulent savoir les doubtes,
Les temps, les momens et les poins
1830 Par lesquels les hommes sont poins,
Et les causes parfondement
Dès le chief jusqu'au fondement.
Et s'il y a chose secrete

1805 *V* se taist; *K* tient; *P* plus fort disoit. — 1806 *P* Car moult enuenime estoit; *K* tousiours e. — 1810 *V* quanque on dit a v. *P* ce quon. — 1811 *P* en racompte; *V* grant merueille. — 1813 *K* fémme decoit fame; *V* sanne. — 1814 *BKP omettent* et; *V* Jehne. — 1815 *K* En tieulx femmes; *KP* nest. — 1816 *K* La leur s. est. — 1821 *K* quainsi *P* le faulx ennieulx; *V* li *BFK* lui. — 1822 *K* le quel. — 1823 *K* mulier iniurieuse. — 1824 *KP* femme; *K* luxurieuse. — 1825 *P* Nully ne le pourroit savoir. — 1827 *K* Sa condicion *F* De telles condicions *P* De telle nature; *K* vient a t. — 1829 *manque F.* — 1831, 32 *manquent KP; F* Et causent trop.

De cy jusqu'en l'isle de Crete,
1835 Il convient que femme le sache ;
Car son mary prent et le sache,
A soy le tire sur le lit
Et faint que vueille avoir delit.
Lors son mary baise et acole
1840 Et luy dit par fainte parole :
« Je ne sçay que l'omme ressoigne;
« Car, ainsi que Dieu le tesmoigne,
« Pour femme laisse pere et mere;
« C'est tout un, si com je l'espere. »
1845 Lors se joint a luy pis a pis
Non obstant sarge ne tapis,
Et luy dit : « Vecy, je te donne
« Quanque j'ay, je le t'abandonne,
« Et cuer et corps et tous mes membres;
1850 « Si te pri que tu t'en remembres.
« Tu es mon mary et mon sire,
« Or me di ce que je desire;
« J'ameroye mieulx a grief paine
« Mourir de male mort soudaine
1855 « Que je tes secrès revelasse.
« Jamais ne le feroye, lasse! »
Lors le rembrace et le rebaise
Et l'aplanoye et le rapaise
Et le blandist et puis le flate;
1860 Dessoubz luy se met toute plate
Et dit : « je suy en ton demaine,
« Force d'amour a ce me maine. »
Et quant l'omme veult aprouchier,
Elle luy deffent le touchier,
1865 Arrier se trait, le dos luy tourne
Et ploure comme triste et mourne;

1836 *B* la s.; *P* flate. — 1837 *B* et t.; *P* Et le tire dessus. — 1838 *B* qui. —
1839 *F* racole. — 1841 *B* a *deux fois ce vers.* — 1842 *B* lomme tesmoingne; *P*
nous t. — 1844 *P* Chascum le scet sans vitupere. — 1846 *P* Nespergne s. —
1817 *K* que te d. — 1848 *P* Ce que jay; *BP* et le. — 1850 *manque V*; *P* Je.
1851, 52 *B* sires : desires. — 1852 *P* Di moy donc; *K* que or. — 1853 *P* Car;
F griefue *KP* grant. — 1854 *B* soutaine. — 1855 *P* tes s. je r. — 1857 *K* lacolle
et le baise; *V* rebaisse. — 1858 *V* la plenoie et la. — 1859 *F* lui b. — 1861 *F*
le deffend a; *BP* la t. — 1865 *V* Le tire arrier; *V* Darriere; *V* li t. — 1866 *F*
omet et.

Semblant fait que soit moult troublée.

, Lors est la riote doublée.

Quant elle s'est un pou teüe,

1870 Elle dit : « je suy deceüe,

« Lasse¹ je suy ta chamberiere ;

« Je vouldroye estre bien arriere

« Noyée dedens une fosse.

« La chose par seroit trop grosse

1875 « Que je te porroye celer ;

« Et rien ne me veulx reveler !

« Car nostre amour n'est pas pareille,

« Puis que tu fais la sourde oreille. »

L'omme s'esbaïst et s'apense,

1880 A l'encontre ne scet deffense,

Et luy dit : « Tournés vous deçà !

« Si courrouciés ne fu pieça ;

« Il n'est riens que j'aye tant chiere. »

Vers son mary tourne la chiere

1885 Et puis luy tent bouche et poitrine.

Bien le deçoit par sa doctrine.

Tant luy requiert, tant luy supplie

Qu'il luy dit tout, si fait folie ;

Car depuis est dame et maistresse,

1890 Et il est serf a grant tristesce.

La response en est assés brieve :

Tenir sa langue point ne grieve.

Se les femmes sont souvent prestes

De faire a leurs hommes requestes

1895 Qui puissent tourner a contraire,

Il n'y a fors que du bien taire ;

Bien celer en est medecine.

1867 *P* Fait semblant. — 1868 *P* Adont la r est; *K* sa r. — 1869 *P* Et quant; *V* un bien pou tue. — 1870 *K* bien d. — 1872 *KV* bien estre; *P* estre en une biere. — 1873 *KP* Ou n.; *K* en u. — 1874 *B* perceroit t. g.; *P* laide et gr.; *FV* seroit par t. — 1875 *P* vouldroie. — 1877 *P* Las mon amour. — 1879 *BF* se pense *V* sapense *KP* moult pance. — 1880 *P* Mais point ne trouue de; *V* nestet *B* ne fait; *F* deffendre. — 1881 *F* Si. — 1882 *P* Car si marry ne fuz; *V* Et c.; *F* fut *BV* fu *K* fus. — 1883 *K* Ellas ma seur tant vous ay c. — 1884 *V* A s. m. — 1885 *B* tient. — 1886 *K* deceut. — 1887 *V* li s. — 1888 *V* li; *P* par sa f. — 1890 *F* cilz; *KP* destresce. — 1891 *V* mist a. b. — 1894 *K* maris; *P* A leurs maris f. r. — 1895 *BK* Quil p.; *B* au c.

Se femme est par nature encline
Que les secrès vueille savoir,
1900 L'omme doit tant de sens avoir
Que son secret puist bien celer,
Ou ne le doit point reveler.
De Sanson le poués aprendre
Qu'on se doit garder de mesprendre.
1905   Or dit qu'hom ne puet Dieu servir
Qui femme se veult asservir.
Car tousjours de plus de mil cures,
Qui lui sont greveuses et dures,
Est empeschiés en sa pensée.
1910 Il veult complaire a s'espousée;
Querir luy fault vestir et vivre.
Ainsi n'est pas du tout delivre.
Hom sans femme puet mieulx entendre
A servir de cuer souple et tendre
1915 Nostre Seigneur en sainte Eglise
Que ne fait cil qui femme a prise.
Après raconte de la cene
Ou Dieu nous appelle et assene,
Et que la cene signifie
1920 Souper en pardurable vie
A la table de paradis,
Et que ja n'en y avra dix
De tous hommes qui se marient,
Puisque femmes les contrarient.
1925   Joye respont incontinent
Que l'article est impertinent
A la fin ou Mahieu veult tendre;
Et s'il y convenoit deffendre,

1896 *B* faire. — 1898 *B* Sa. — 1901 *P* pouisse celer *BK* puist celer. — 1902 *manque F, laissé en blanc*; *P* luy d. — 1903 *K* tu le peus. — 1904 *F* Quen. — 1905 *K* Il d.; *B* que hom *F* que homs; *P* Puis dit qua d. ne p. s. — 1906 *FV* Qui a f. *P* Qui a sa f. v. seruir *K* A dieu et a f. a. — 1907 *K* il a tant de c. — 1908 *F* griefues *KP* moult griefues. — 1909 *F* Et e. *K* Emp. est. — 1911 *P* vesture. — 1913, 14 *P* Lomme qui est a marier Puet mieulx servir et honnourer. — 1914 *B* du c.; *FK* simple. — 1915 *FP* et s. — 1916 *V* fut; *P* Que celuy qui a f. p. — 1917 *P* nous racompte; *BF* sene. — 1918 *P* rapelle; *B* assegne *V* acene. — 1919 *BF* sene. — 1922 *P* que point. — 1924 *K* se c. — 1925 *V omet* Joye, *K* Je te r. — 1928 *K* Icy le c. bien d.; *P* lui c. *V* y conuient.

Elle dit qu'hom qui femme a prise
1930 Ne doit pas servir en l'Eglise,
Mais cil y doit faire l'office
Qui est rentés du benefice ;
Et l'omme mis en mariage
Doit procurer pour son mesnage ;
1935 Bien voist au moustier, quant on sonne,
Selon l'estat de sa personne.
Et quant est au fait de la cene,
Ou il dit que Dieu nous assene,
De l'Evangile est la parole
1940 Par maniere de parabole :
Un homme fist un grant souper,
Ou païs n'ot pareil ou per,
Et a ses sergens commanda
Querir tous ceulx qu'il y manda.
1945 Uns, qui lors mariés estoit,
Que le sergent amonnestoit
D'y aler, pas ne refusa,
Mais courtoisement s'excusa
Et dist : « Aller n'y puis, par m'ame !
1950 « J'ay aujourd'hui espousé femme. »
Ce fu juste excusacion.
Que vault ceste narracion ?
Se le marié ne pot mie
Aler en celle compaignie,
1955 Aux aultres ne fait prejudice,
Ne ce ne seroit pas justice.
Ne on ne se doit pas aherdre
Que les mariés doivent perdre
Le souper de la sainte table
1960 De paradis tres delitable ;
Ne le dit que Mahieu en conte

1929 *K* Il d.; *P* que qui f. — 1930 *BV* en eglise. — 1931 *K* Mieulx; *KP* celuy
d.; *V* seruir. — 1932 *V* est Rentiz. — 1935 *P* Aller au m.; *BF* voit *K* voise;
F fourme. — 1937 *B* senne. — 1938 *BF* Quil dit; *K* a as. *V* acene *B* assegne.
— 1939 *P* En leuuangile. — 1941 *F* Ung fist grant s. — 1942 *K* plus
grant ou p.; *P* Et moult de viandes aprester. — 1944 *BP* que il m. — 1945 *P*
Ce jour ung marie cestoit. — 1947 *K* De aler y p. — 1948 *F* Mais tout c. —
1950 *P* espousee. — 1956 *P* Mais ce. — 1957 *F* Non; *P* ne ce d. p. aerdre. —
1958 *F* doient. — 1960 *P* dilectable.

Ne fait aux femmes point de honte.
   Item il dit en sa morsure
Que femme d'obeïr n'a cure.
1965 Tout ce qu'en luy deffent veult faire ;
Et nous en met un exemplaire
D'un homme qui le voult prouver.
De fort venin qu'il pot trouver
Brassa, que plus n'y attendi,
1970 Et a sa femme deffendi
Qu'elle ne touchast au vaissel.
Elle doubta pou le faissel
Et en but contre sa deffense ;
Ce luy fu mortele despense. ·
1975 Orpheus savoit la theorique
De tous instrumens de musique.
Sa femme, Erudix appelée,
Estoit en enfer hostelée.
Orpheüs ala a la porte
1980 D'enfer, pour avoir sa consorte ;
A bien jouer moult entendi ;
Si bien joua qu'en luy rendi
Sa femme par tele maniere
Que, s'elle regardoit derriere,
1985 Que retourner la convendroit
Et que jamais n'en revendroit.
Erudix ot pou de science,
Si ne voult faire obedience ;
Dedens enfer fu remenée
1990 La fole, de male heure née.
Assuerus, le roy de Mede,
Oncques ne pot mettre remede
Que sa femme, pour sa puissance,
Luy voulsist faire obeïssance.

1965 K omet Tout. — 1968 F Au plus fort v. K Ung vellin fort il fist P Du fort v. va achatér. — 1969 K Et brassa p. P Et le broia plus natendit. — 1970 P Puis a sa f. — 1971 P Quel ne t. au vesseau. — 1972 P Car cestoit dangereux morceau ; B pour le fuissel. — 1973 F Si P Elle. — 1974 BV offense ; P Elle en morut sans arrestance. — 1975 P sceut. — 1975-78 manquent F. — 1976 V Et. — 1979 BV son ala. — 1980 P rauoir sa cohorte ; autres mss. auoir. — 1981 P sonner. — 1984 P celle. — 1985 B retruder. — 1987 P par son inconstance. — 1988 P Ne volut V Si nen K Et ne. — 1989 F ramenee. — 1992 P peut. — 1994 V Li v.

1995 Vasty avoit nom la roïne ;
    Par orgueil tourna en ruïne.
    Elle ne voult a luy venir
    Ne son commandement tenir,
    Mais plainement luy refusa ;
2000 Et pour ce le roy l'accusa ;
    Du royaume fu hors boutée
    Et des autres au doy monstrée.
    Eve plus tost la main tendi
    Au fruit que Dieu luy deffendi,
2005 Que s'il abandonné l'eüst
    Et que du faire luy leüst.
    La femme Loth mal se garda,
    Quant par derrier soy regarda
    Sodome, la cité bruïe,
2010 Dont elle estoit hors affuïe.
    Un ange, qui les conduisoit,
    De par Dieu la femme induisoit
    Que plus illec ne sejournast
    Et que point ne se retournast,
2015 Que mal n'en venist prestement.
    Contre son amonnestement
    Retourna pour veoir la flamme ;
    Roide devint comme une lame.
      Certes, qui ne responderoit
2020 Et les femmes n'excuseroit
    Sur ceste désobeïssance,
    Ce seroit trop grant ignorance;
    Car bien y chiet response tele :
    Quant Dieu ot mis l'ame immortele
2025 Dedans le corps d'omme et de femme
    Par amour qui les cuers entame,

1995 *P* auoit a non. — 1999 *KV* le r. — 2001 *BK* deboutee. — 2002 *P* des femmes. — 2003 *BV* Que *P* Car el. — 2005 *V* habandonne; *F* luy eust; *P* Que sil luy eust habandonne. — 2006 *manque V*; *K* lesleust *B omet* luy leust; *P* Et du tout en tout ordonne. — 2007 *F* moult. — 2008 *KV* derriere *P* Quant derriere elle r.; *K omet* soy. — 2009 *P* laquelle brulloit. — 2010 *P* Et de laquelle sen fuioit; *V* lors. — 2011 *V* lors c. — 2014 *P* Et que pour point ne se r. *V* Et que pour ce se r. — 2015 *B* ne v. *K* ne luy v.; *P* en present. — 2017 *P* Se r. p. voir. — 2018 *K* Si devint lors. — 2019 *KP* qui ne luy; *KPV* respondroit. — 2023 *BF* chet; *F* telle response. — 2024 *B omet* lame. — 2025 *KP* le cuer. — 2026 *FV* amours.

Il leur donna de bon courage
A chascun par franc arbitrage
Que bien et mal peüssent faire.
2030 Mais qui du bien fait le contraire,
Soit male femme ou mauvais hom,
Retourner s'en doit a raison,
Afin que, quant il se desvoie,
Que raison le remette a voie.
2035 Car voulenté a mal encline
Contre raison souvent domine
Toutes foys qu'a pechié le maine
Par inclinacion humaine;
Et qui en tous temps bien feroit
2040 Et point ne se desvoieroit,
Ce seroit par divinité,
Non mie par humanité.
Pour ce les femmes ont puissance
De faire desobeïssance
2045 En usant de leur franc vouloir.
Toutesvois se peuent douloir
Qu'elles sont en subjection
Des hommes par transgression.
Et qui commandement feroit
2050 Qui par droit juste ne seroit,
Il n'y avroit pas grant offense
A trespasser celle deffense.
Les hommes scevent bien par eulx
Qu'aux femmes sont assés pareulx,
2055 La subjection exceptée
Dont la femme est supeditee.
Et selon le droit de nature
La femme puet de sa faiture
Du mal ou du bien procurer,
2060 Se raison le veult endurer.
Et s'elle ne veult, si s'en aille

2029 F mal et bien; P ilz peussent K y p. — 2030 V dit bien et fait c.; BP au c. — 2032 F par r. — 2034 P en voie. — 2035 K est mal. V ou m. — 2036 K deuine. — 2037 F la m. — 2046 K Toutes foys. — 2052 P Qui trespasseroit la d.; V telle. — 2054 KV bien p. — 2056 V subpedite. — 2058 K nature. — 2059 KPV Du b. ou (et) du m.; FK et d. — 2060 F Sen r. — 2061 P celle; F omet ne; B en a.

Ou elle trouveroit bataille.

Car Dieu a es femmes planté

Mains raison et plus voulenté;

2065 Si doit avoir plus de franchise;

Ne raison n'a point de maistrise

Ou voulenté veult estre dame.

Quoy qu'il en soit ou los ou blasme,

Voulenté ne puet nul contraindre,

2070 Mais le fait puet on bien refraindre.

    Se l'omme qui avoit haïne

A sa femme, par faulx couvine

Luy apresta venin pour boire,

Et, en aumoire ou en ciboire,

2075 Le mist en vaissel par malice,

Et elle en but, ce fu le vice

De l'omme qui luy deffendi;

Car trop faulsement luy rendi

De sa haïne la vengence.

2080 Elle avoit du fait ignorance;

Car se le venin y sceüst,

La femme jamais n'en beüst.

    Ainsi en fu l'omme coulpable

Par son vice et son fait damnable.

2085 Bien avoit desservi a pendre,

Quant le vray ne luy fist entendre,

Ou il avoit peril de mort;

Il machina contre elle a tort.

    D'Orpheüs et de s'espousée

2090 C'est fable de bourde arrousée.

2062 *KV* trouuera. — 2063 *K* en f.; *P* aulx f. donne. — 2064 *manque F*, *laissé en blanc.* — 2064 *manque F.* — 2065 *manque F*; *P* Pour ce elle a grant f., *V, qui intervertit* 2065, 66 : Dont d. a. plus a f. - 2066 *BKV* Ne r. *F* Mais r. *P* Car r.; *F* maistresse. — *L'ordre de ces vers est dans V* : 2069, 70, 67, 68. — 2067 *V* Voulente ,si v. — 2069, 70 *manquent F.* — 2070 *KP* on p.; *P* bien le f.; *V* len b. restraindre. — 2071 *P* Se cest home la auoit h. *K* De. — 2072 *K* faulce attaine *P* faulce enuie. — 2073 *P* Il lui traca v.; *B* presta. — 2074 *P* Et mist en fiolle de voirre; *K* en tonneau; *F* et en c. *BKV* ou en c. — 2075 *P* Par son faulx et mauvais m.; *F* pour m. — 2076 *PV* Elle en b.; *P* mais ce f.; *B* la v. — 2079 *V* grant h.; *P* la grant v. — 2081 *K* selle le velin; *V* omet y; *P* y eust sceu. — 2082 *F* Jamais la f.; *K* pour nul rien nen; *P* nen eust beu. — 2083 *F* Ainsi la femme en fut lomme c. — 2085 *F* aprendre. — 2087 *V* yauoit. — 2089 *P* et son e. — 2090 *K* flabe; *B* et; *P* aprouuce.

Car ce seroit contre nature,
S'une mortele creature
Après sa mort venoit a vie.
Quant l'ame est hors du corps ravie,
2095 Il convenroit bien flajoler
Et violer et citoler,
Qui pour ce la pourroit ravoir !
En luy a moult pou de savoir ;
Homs qui de tels exemples use,
2100 Il fait bien entendre la muse.
Tels dis aux femmes point ne nuisent
Ne leurs bontés n'en amenuisent.
    Et ou la roïne Vasti
Contre son mari s'aasti,
2105 Plaine d'orgueil et de desroy,
Ou temps Assuerus, — le roy
Un certain jour tint sa grant feste ;
Elle ot couronne sur sa teste ;
Il la manda qu'a luy venist
2110 Et la feste en joye tenist ;
Elle luy sot bien refuser
N'oncques ne s'en voult excuser ; —
Puet estre qu'il li mescheï
Pour ce qu'elle desobeï,
2115 Ou Dieux ainsi en ordena
Et a ce faire la mena
Pour donner aux autres exemple ;
Et la cause y est assés ample :
Se Vasti perdi sa couronne

2092 *P* Se la.— 2093 *P* envie.— 2094 *KPV omettent* hors.— 2095 *BPV* flaïoler *F* flagoller *K* flaroler. — 2096 *K* chanter hault et vieler *P* cornemuser et violer *F* Et veiller et cystoler ; *B* scitoler *V* cistoler. — 2097 *P* vouldroit ; *V* auoir. — 2098 *V* Celuy a bien pou d. s. — 2099 *P* Qui de telz e. abuse. — 2100 *KV* Il fait *BFP* ll(z) font ; *P* c. a la m. — 2102 *P* Ne leurs bonnez meurs namendrissent ; *K* leur bonte ; *V* point namenuisent. — 2103 *K* Et de ; *P* Il noz dit de vasty la roine. — 2104 *B* sa asty *F* son aasti *KV* sa hasti ; *P* Laquelle tourna en ruyne. — 2105 *P* Par son orgueil et son d. — 2106 *F* Du t. a. *BP* Ou t. a. *V* Ou t. que a. *K* Ou t. dassuerus. — 2107 *K* il tint g. *P* faisoit grant f. — 2108 *P* Couronne auoit dessus ; *F* la t. — 2109 *V* li. — 2110 *P* Et que la feste resiouist. — 2111 *V* li ; *B* scet *K* peut ; *P* Mais tout plat luy va r. — 2112 *P* Point ne ce volut e. — 2113 *F* qui luy *V omet* quil ; *P* mescheit. — 2114 *P* desobeist.

2120 Ainsi com descent la personne
     Par orgueil et fragilité,
     Aussi par grant humilité
     Monta Hester, qui fu roïne.
     Elle fu a bien faire encline
2125 Et fist delivrer Mardochée,
     Et Aman ot male soudée,
     Car il fu au gibet pendu ;
     Mardochée en fu deffendu.
     Hester fu d'hebrée lignie,
2130 Bien aprise et bien enseignie ;
     Au roy fist humble obeïssance,
     Et il en ot bien congnoissance ;
     Car le peuple israelien
     Fist delivrer hors du lien
2135 De prison de chetiveté.
     Par sa grant debonnaireté
     Contre Vasti doit estre mise
     Hester, celle noble Juïse,
     Et doit on honnourer les femmes
2140 Sans en dire mal ne diffames.
          Tout ce que Mahieu a dit d'Eve
     Ne monte pas a une feve
     Quant aux autres femmes blasmer ;
     Car Dieu, qui tant nous voult amer
2145 Par dessus toutes creatures
     Et savoit les choses futures,
     Les passées et les presentes,
     Avoit ja planté pluseurs entes
     Dedens le paradis terrestre.
2150 Bien savoit qu'il en pouoit estre
     Et comment l'omme mangeroit
     Du fruit qui veé luy seroit.
     Quant Eve induist le premier homme
     A mordre dedens une pomme,

2120 *F* deceut *K* dessout. — 2123 *P* Hester la bonne royne. — 2124 *P* Qui a
b. f. ; *K omet* faire. — 2125 *B* Mardochecec. — 2126 *V* amen ; *B* sodec. —
2129 *P* fu de ligne ebree ; *FPV* lignee. — 2130 *P* Tres sage et moult bien e ;
FPV enseignee. — 2132 *P* Et bien en auoit. — 2134 *K omet* hors. — 2135 *P* et
captivite. — 2138 *P* juifve. — 2141 *F* Dont ; *K* quanque. — 2142 *K* tourne. —
2148 *K* Il auoit. — 2151 *K* en m. — 2152 *P* qui mauluais. — 2153 *mss.* induit.

2155   Pour ce voult Dieu ça jus descendre
     En femme et nostre fourme prendre,
     Pour nous rendre nostre heritage
     Et satisfaire de l'oultrage
     Du delit et de la morsure,
2160   Pourquoy il souffri la mort sure
     En croix. Si est drois qu'homs entende
     Que Dieu pour luy paya l'amende;
     Et quant Dieu le voult amender,
     Hom n'en doit plus rien demander.
2165   Car la coulpe de l'omme y pent;
     Du meffait fu participant.
     Et se la femme Loth sceüst
     Que pour soy retourner deüst
     Devenir roide comme pierre,
2170   Point ne l'eüst fait, par saint Pierre;
     Et se derrier soy regardoit
     Sodome, qui en flamme ardoit,
     Ce ne fu pas trop grant merveille;
     Mains de chose le cuer esveille
2175   A regarder et a veillier;
     Si n'en doit on esmerveillier.
     Et l'ange qui l'amonnestoit,
     Tousjours en fourme d'omme estoit;
     Dont ne cuida pas tant mesprendre.
2180   Si puet on autrement entendre
     Que Dieu le voult, qui tout savoit;
     Car des lors pourveü avoit
     Que Loth, le neveu Abraham,
     Qui avoit souffert grant ahan,
2185   O ses filles habiteroit

2155 *P* ca bas *K* sajus. — 2156 *P* En f. char humaine p. — 2158 *F* satisfier. — 2160 *F* morseure *P* s. mort honteuse *K* sceure. — 2161 *P* En cr. pour ce doit bien tout home entendre; *K* droit est que lomme. — 2162 *V* paie. — 2631 *BV* la v.; *B* amer. — 2164 *KP* On; *K* ne luy peult; *F* riens plus. — 2166 *P* y fut. — 2167 *B* lost *F* de loth; *P* eust sceu. — 2168 *K* p. elle; *P* ce r. eust deu. — 2169 *manque B, laissé en blanc*; *K* c. une p. — 2170 *P* Jamais *K* Elle ne leust. — 2171 *V* derriere. — 2174 *V* Mais. — 2175, 76 *manquent P*. — 2176 *K* Nul ne sen d.; *V* nen doit pas. — 2179 *P* cuidoit point. — 2180 *P* On le puet. — 2181 *P* d. tout ainsi le vouloit. — 2182 *K* desia lors; *P* p. y auoit; *F* estoit. — 2183 *P* ne pueu. — 2184 *B* aham *P* malan *V* hahan. — 2185 *P* Avce *K* Auecques.

Et d'eulx lignages ysteroit,
Et que, se Loth sa femme eüst,
Avec ses filles ne geüst.
Leurs deux fils nommeray a mon
2190 Pouoir : l'un Moab, l'autre Amon.
De Moab sont les Moabites
Et d'Amon sont les Amonites ;
Ces deux la terre moult remplirent,
Dont maintes guerres en sourdirent.
2195 Par ce que j'ay dit et diray
Et que par droit sentier iray
Sont les femmes bien excusées ;
Point ne doivent estre accusées
De blasme ne de vilenie,
2200 Et qui mal en dit, je le nie ;
Car d'obeïr sont assés prestes,
Sages, courtoises et honnestes.
    Maistre Mahieu de langue ague
Sur les femmes point et argue
2205 Et dit qu'elles sont envieuses,
Mesdisans et malicieuses.
Et qui veult savoir le covine
D'une femme ou de sa voisine,
Si die qu'elle est bonne et belle,
2210 Douce, simple, plaisant et telle
Qu'on la doit louer et amer :
Par les autres l'orrés blasmer
Et ses vices ramentevoir ;
Lors fait envie son devoir.
2215 S'il y a une coustumiere
De seoir au moustier premiere

2186 *BV* Dont *K* Donques ; *BFPK* deux *KV* deulz ; *V* lignage *KP* ligncez en ; *KPV* ystroit *F* istreroit. — 2187 *P* auoit. — 2188 *F* regeust *P* gerroit. — 2189 *P* nommez ay ; *B* a nom *PV* par nom ; *K* Point neust en generation. — 2190 *P* Lung m. ét lautre amon *K* Les deux fils nommeray Amon. — 2193 *K* m. la t ; *B* replendirent. — 2198 *manque V ; K* blasmees. — 2199 *B* blasmer — 2200 *manque F, laissé en blanc ; P* ly n. — 2207 *F* la c. — 2208 *K* et de. — 2209 *B* Sil dit quelle soit. — 2210 *V* Douce pl. simple et t. *K* Ou voisinage na sa pareille *P* Humble courtoise et simplcite. — 2211 *K* On la d. ; *P* Et quelle est bien femme damer. — 2212 *F* Pour ; *P* lorras. — 2214 *P* ennuic fait. — 2215 *P* Et ce elle est point c. — 2216 *K* De estre ; *P* ce s.

Ou d'aler devant a l'offrande,
Il convient qu'elle soit bien grande,
S'en son fait vouloit frequenter
2220 Sans rioter ou tormenter.
Et qui veult paix, si se pourvoye
Que, quant femmes vont par la voye,
Que son salut ne rende a une,
Mais salutacion commune
2225 Face a toutes en audience
Avec signe d'obedience.
La femme par envie encline
Reprouche tousjours sa voisine
Mieulx parée, dont il luy poise.
2230 Au mari en revient la noise.
« Chetif mari », ce dit la femme,
« Tu as grant honte et grant diffame,
« Quant tu me tiens ainsi vestue
« Que je n'ose aler par la rue.
2235 « Se ce qu'a moy affiert eüsse,
« O les greigneurs estre deüsse. »
Le mari n'ose contrester;
Des robes luy fait aprester
Pour ce que, s'il y avoit faulte,
2240 La noise trouveroit trop haulte.
Chascun jour vouldroit faire change
De la chanvre ou du lin estrange,
Et dit souvent que c'est merveille,
Qu'a sa voisine n'est pareille;
2245 Mieulx vault de sa vache le pis;
Ce dit quant ne scet dire pis.
·Si convient que response die

2219 *P* Se ce fait; *BFKV*. Sen son.— 2220 *F* ne sans tencer; *P* Ce les aultres nen point paller. — 2221 *P* prouoie. — 2222 *K* homme v.; *P* Quant les f. — 2223 *K* Et son salut ne rent; *P* nadresse; *F* a lune. — 2226 *K* Ayant; *P* dobeissance. — 2229 *P* vestue; *V* li; *K* Et a sa voisine il poise. — 2231 *K* se d. — 2232 *K omet le premier* grant. — 2233 *V* Que. — 2231 *K* Je nose a. parmy. — 2235 *V* Se je ce *P* Et ce qui mapertient auoie. — 2236 *P* Auec les plus grans yroie; *FK* estre d. *BPV* aler d. — 2237 *P* Tantost le mary sans targer. — 2238 *P* achater. — 2239 *F* si lui a. f. — 2240 *P* Il trouueroit t. h.; *KV* tourneroit; *V* plus h. — 2242 *F* De lin chanure ou du l. *KP* Du ch. — 2244 *P* Quant *B* Que.— 2247 *P* Il c. *V* Si fault que r. ie d.

Sur ce vice qui est d'envie,
Dont Mahieu mes dames accuse.
2250 Je di ainsi et les excuse :
Que les choses sont assés troubles
Et les entendemens sont doubles.
Il y a envie de bien
Et envie qui ne vault rien.
2255 Homme ou femme qui estudie
A bien faire, c'est bonne envie;
Ainsi le doit on raconter.
Qui puet les autres surmonter,
Soit en armes ou en science
2260 Et avoir bonne conscience,
C'est bonne envie, ce me semble,
De pouoir et savoir ensemble.
Mais qui d'autruy mal s'esleesce
Et qui d'autruy bien a tristesce,
2265 C'est envie faulse et mauvaise.
Cuer envieus n'est pas a aise,
Car il prent tout en desplaisance
Et ne puet avoir souffisance.
C'est maufait d'autruy a tort mordre,
2270 Car en toutes choses a ordre;
Le philosophe le tesmoingne.
Ce n'est pas mauvaise besoingne
De femme qui est bien vestue;
Car elle est plus chiere tenue
2275 Et honnourée en toutes places;
Et en yver, quant sont les glaces,
On a en soy plus grant chaleur.
La femme de plus grant valeur
Et qui de lignage est plus grande,
2280 Doit aller premiere a l'offrande

2248 *V* cest v.; *KP* qui vient. — 2250 *K* Quant auroy je; *B* aussy. — 2251 *K* Car. — 2255 *F* et f. — 2256 *F* bonne vie. — 2259 *B* ou science. — 2261 *V* se me s. — 2262 *manque V; F* et de s. — 2263 *B* se eslesce *F* se leesce *K* selyesce *P* m. panceroit. — 2264 *P* Et aucung mal dire ne vouldroit. — 2266 *F* si nest pas aise *KP* nest pas bien aise. — 2267 *K* a d. — 2268 *manque V.* — 2269 *BPK* mal fait *V* mausart. — 2274 *V* en est; *FK* cher t. — 2277 *B* On *P* Elle en a beaucoup plus grant chault. — 2278 *F* Le f. *P* Aussi la femme qui plus vault. — 2279 *F* Et quant; *P* de lignee plus grande. — 2280 *FKV* premier.

Et doit bien estre preferée
Selon l'ordre en honneur gardée.
Il m'est avis que bien se portent,
A honneur tendent et ennortent
2285 L'une l'autre par compagnie
A mieulx valoir; c'est bonne envie.
S'elles veulent du lin avoir
Ou de la chanvre ou d'autre avoir
Ou de la soye ou de la laine
2290 Ou une vache de lait plaine,
Ceste envie est assés commune,
Si n'en doit on blasmer aucune.
    Or argue Mahieu d'un vice
Qui est appelé avarice.
2295 Contre les femmes par injure
Dit que sont de froide nature
Et que toute femme est avere.
Et après, en ceste matere,
Quant il en veult preuves atraire,
2300 A soy meïsmes est contraire.
Mais il le dit par yronie,
Par maniere de vilenie.
Des femmes dit, quant il en parle,
Que plus chaudes sont que le masle.
2305 De leur avarice tesmoingne
Qu'il ne leur chaut, mais qu'on leur doingne.
Argent veulent avoir et dras
Dè ceulx que tiennent en leurs bras,
Voire de leurs appartenans,
2310 Tant sont elles de près prenans.
Et dit que pour deniers se vendent

2281 *K* Et y d. — 2282 *F* et h. *K* donneur; *P* Et devant les aultres boutee. —
2283 *KPV* se p. *BF* si p. — 2286 *BPK* est. — 2287 *V* Celle vouloit *FP* Celles
veulent; *B* vin. — 2288 *K* Filleures; *P* du ch.; *KV* ou autre *BFP* ou dautre. —
2291 *P* omet est. — 2292 *P* Pour ce on nen doit b. nulle. — 2293 *P* Puis. —
2294 *V* Que on appelle. — 2296 *K* quil s. — 2298 *BFV* matiere. — 2299 *P* Et
quant il veult ces p. faire; *K* prouuer a. — 2300 *BFV* mesmes; *F* m. il; *P* Il est a
luy m. c. — 2301 *BP* yronnie. — 2302 *B* vilonnie. — 2303 *BFKV* parle *P* palle.
— 2304 *P* Quilz sont p. ch.; *B* marle *K* lymalle. — 2306 *FP* Qui. — 2307 *V*
et dons. — 2308 *F* treuuent; *KP* en leurs las; *V* quil t. en leurs bandons. —
2309 *V* Voir. — 2310 *V* tenans. — 2311 *P* p. argent; *F* sen v.

Et aux hommes plumer entendent,
Et que pis leur est advenu,
Ainsi comme il est contenu
2315 En son livre, ou je m'excusay,
Quant a le translater musay,
Pour ce que il me desplaisoit
Des complaintes qu'il en faisoit.
  A tout quanqu'il en pourra dire
2320 Je respon sans dueil et sans ire,
Tout par le conseil de Leesce,
Qu'en femmes a assés largesce
Et ne sont ne folles ne nices,
Et especialment les riches
2325 Et celles qui ont leur chevance
Sans mal faire et sans decevance.
Et quant il en y a aucunes
Qui de leurs corps sont trop communes
Et se vendent par povreté,
2330 Il ne leur doit estre reté.
Car les hommes qu'elles reçoivent
De tout leur pouoir les deçoivent
Et sont plains de si grant malice
Qu'il ne tendent qu'a avarice.
2335 Car les femmes chuent et flatent
Ou les tourmentent et les batent
Quant elles ne peuent acomplir
Leur vouloir et bien raemplir
Les bourses des houliers gloutons
2340 Qui ne valent pas deux boutons.
En subjection les maintiennent
Et en si grant vilté les tiennent

2312 *P* plumer les h. — 2314 *V omet* il. — 2315 *K omet* ou; *V* ic men e. —
2316 *P* a t. commancay *K* au t. mamusay. — 2317 *P* que moult me d. — 2318
V que il f. *B* que le. — 2319 *P* ce quil; *V* quanque on p. d.; *K* pourroit. —
2320 *FV* respons; *B* ne. — 2321 *V* Tant. — 2322 *K* est; *F* lagesse. — 2323
BFPK nices *V* niches. — 2324 *K* en especial. — 2327 *P* il y en a. — 2330 *F*
omet leur; *P* Point ne l. d. e. impute *K* Au mary doit estre impute. — 2333 *F*
plaines; *V* malices. — 2334 *F* Quelles *P* Quilz. — 2335 *P* baisent *K* cherient.
— 2336 *V* torment; *K* ou l. b. — 2337 *tous les mss* 9 *syll.* — 2338 *KV* volente;
P et tres b. remplir. — 2339 *P* de leurs ruffiens. — 2340 *F* ne veulent valent;
P beaucoup pis que chiens. — 2341 *K* tiennent. — 2312 *K* Et en grant v. les
maintiennent.

Qu'a tout mal faire les induisent
Et de tout leur pouoir leur nuisent
2345 Et a perdicion les mainent
Et en toutes guises se painent
De femmes ainsi decevoir.
Je puis bien diré de ce voir ;
Si n'est mie trop grant merveille
2350 Se femme encontre s'apareille
Pour resister a leur malice.
Car es hommes a plus de vice
De cent doubles qu'il n'a es femmes ;
Et si en dient grans blafemes
2355 Mains justement, contre raison.
Et s'aucunes en leur saison
Aux hommes souffrir s'abandonnent,
Et les hommes des dons leur donnent
Pour leurs necessités trouver,
2360 On ne leur doit point reprouver.
S'il y a des mauvaises gloutes,
Ne s'en suit pas pour ce que toutes
Soient generalment comprises
En leurs blasmes n'en leurs reprises.
2365 Certes, femmes sont assés larges ;
Dieu leur envoit des biens cent barges
Toutes plaines a grant planté,
Pour user a leur voulenté !
    Qui veult leurs largesces trouver,
2370 Par exemples le puet prouver.
Quant Jason trouva l'achoison
De conquester d'or la toison,

2343 *V* le i. — 2344 *B* les. — 2345 *F* En p. si les m. — 2346 *P* En toutez manieres ce poincnt; *K* pourmainent. — 2347 *K* Pour toutes femmes d. — 2348 *P* Chascun a lueille puet veoir; *K* pour ce. — 2349 *V* Ce ; *F* omet trop; *P* Pour ce nest pas g.; *K* mest une t. — 2353 *B* A. c. d. *P* Cent mille fois que. — 2354 *P* tant de; *K* diffames *PV* blasmes *BF* blaf(ph)emes. — 2355 *B* Mais iniustement *K* Oultrement et c.; *P* Sans quelque cause et sans r. — 2356 *F* Et aucunes. — 2357 *P* taster. — 2360 *F* pas r.; *P* reproucher. — 2361 *KP* de m. — 2362 *P* Pas ne sensuit; *K* Pour ce ne sensuit. — 2363 *P* en general; *K* reprises. — 2464 *FPV* leur; *K* prises. — 2366 *BPV* enuoie *F* enuoit *K* donne; *V* de bien charges, *F* .x. barges. — 2368 *P* en faire. — 2370 *K* puis. — 2371 *B* lacoison *F* loccasion *P* la fasson *V* laction. — 2372 *K* conquerir.

Jamais avoir ne la peüst
Se par Medée ne l'eüst.
2375 Et si aloit, en tel peril,
Que, pour demourer en exil
En Colcos, une isle de mer,
Trop long seroit a exprimer
Tout ce qui advint en l'istoire.
2380 Mais on doit avoir en memoire
Comment Medée le reçut
Et comment Jason la deçut.
Medée estoit fille de roy
Et ne pensoit a nul desroy ;
2385 Elle estoit belle, bonne et sage ;
Jason promist qu'a mariage
La prendroit et seroit sa femme.
Jason en dut avoir le blasme ;
Car elle s'amour luy donna
2390 Et du tout luy abandonna
Cuer, corps, richesces et avoir ;
A mari le cuidoit avoir.
Puet estre qu'en celle esperance
Il l'engroissa par decevance.
2395 Et quant elle l'ot bien armé
Et de sors garni et charmé
Et oint de pluseurs oingnemens
Et baillié ses enseignemens,
Comment il pourroit à son oeus
2400 Vaincre le serpent et les boeus
Qui en l'isle la terre aroient,
Dont hommes armés apparoient,
Et qu'il ot le mouton doré,

2373 *P* il ne leust conquestee ; *V* le p. — 2374 *P* Ce ce neust este par medee ; *F* ne la sceust. — 2375 *F* sil ; *P* Car il se metoit en danger. — 2376 *P* Destre essillie et demourer. — 2377 *V* Encor les. — 2378 *F* longe *V* leur. — 2379 *F* Mais t. ; *K* ce quauint *V* ce quil. — 2380 *F* On le doit ; *V* dit. — 2385 *P* bonne belle. — 2386 *PV* quen m. — 2388 *KP* doit ; *K* diffame. — 2391 *K* Ceur et c. ; *FPK* richesce *BV* richesses. — 2393 *V* telle ; *P* Et feignant quil la deust prendre. — 2394 *KP* engrossa. — 2396 *B* de ses *K* de ses sors *V* des s ; *F* fers ; *K* omet et. — 2397 *F* diuers. — 2398 *P* donne bons. — 2399 *V* son sous *K* ses yeulx. — 2400 *P* le b. ; *KV* beufs *BFP* boeus. — 2401 *K* arerent. — 2402 *K* h. darmes aporterent. — 2403 *P* Quant il eut.

Dont depuis fu moult honnouré,
2405 Il retourna en son païs.

De tous en doit estre haïs ;
Car il laissa Medée enceinte,
De dueil descoulourée et tainte,
N'oncques puis d'elle ne cura
2410 Et faulsement se parjura.

Elle employa mal ses richesces
Et ses honneurs et ses largesces.

Ulixes, conte de Duliche,
Sages homs et plains de malice,
2415 La roïne Circé deçut.

Circé bonnement le reçut ;
Il et ses compaignons pilliés
Estoient en mer exilliés
Et en povreté revenus.
2420 Il fu grandement retenus.

Circé se vouloit marier ;
Ulixes la fist varier ;
Quant il vit qu'elle fu sa mie,
Les richesces n'espargna mie,
2425 Et elle assés luy en donna.

Mais trop mal luy guerredona ;
Car toute grosse la laissa,
S'onneur de tant luy abaissa ;
Si s'en revint en sa contrée,
2430 Quant en mer pot avoir entrée,
Et la morte saison passa.

Oncques Circé tant ne brassa

2404 *B* sont. — 2406 *F* deut *V* deult. — 2407 *B* ensainte *K* enchainte. — 2408
P et de douleur estrainte. — 2409 *P* Ne puis a elle ne pensa. — 2410 *P* Mais f.
ce p. ; *V* procura. — 2413 *F* Lices *BKP* Ulixes *V* Ulices ; *BP* de duliche *FKV*
de dulice. — 2414 *V* Saches *P* Sage homme. — 2415, 16 *BFP* deceut : receut *V*
decupt : recupt. — 2416 *K* Qui si doulcement *P* Sirce par honneur. — 2417
P Car en mer tous furent p. *K* Luy et. ; — 2418 *K* Qui estoient *P* Luy et tous
ces gens ; *F* en la mer ; *F* essilles *K* parilles. — 2419 *P* En pauurete estoient
venus ; *F* pouretez ; *V* retenuz. — 2420 *P* Mais grandement furent ; *PV* receus
BFK retenus. — 2421 *F* le *P* ce *BKV* se. — 2422 *P* va acoincter. — 2423 *P* el.
— 2424 *P* Ces. — 2425 *P* Habundamment. — 2426 *P* Mauluaisement len guer-
donna ; *K* la g. — 2427 *B* le. — 2428 *P* Son honneur granment a. *K* Et son h.
luy ; *V* li. — 2429 *P* Il ; *K* Et retourna. — 2430 *F* centree *V* ennee. — 2432 *P*
Jamais ; *B* sirce.

Qu'elle le peüst retenir.

Aux autres en doit souvenir.

2435   Eneas, l'exillié de Troye,

Par la mer avoit pris la voye

Et s'en venoit en Ytalie.

Chevance luy estoit faillie

Et a ceulx qui o lui estoient.

2440 Leurs nefs cassées raprestoient ;

Ilz arriverent en Cartage.

Dido les vit sur le rivage

Qui venoient moult noblement ;

Les reçut honnourablement ;

2445 Elle estoit du païs roïne.

Eneas jut soubz sa courtine

Et tant y fu qu'il l'engroissa

Et que son serement froissa.

Et quant il ot des bien assés

2450 Et le temps d'yver fu passés,

Par dedens ses nefs bien refaites,

Qui hors du port estoient traites,

Passa en la terre Lavine.

Quand Dido perçut le couvine

2455 Et vit qu'ainsi estoit trompée,

Elle se tua d'une espée.

Ses largesces mal emploia

Quant desespoir la desvoia.

Ce fist la fausseté d'Enée ;

2460 Par luy fu ainsi mal menée.

2433 *V* la ; *P* peusist *K* pouyst. — 2435 *F* lessille *P* le banny *V* le vile ; *F* troyes. — 2436 *P* En la m.; *P* sa ; *F* voyes. — 2437 *V* par ytalie. — 2438 *P* Denare. — 2439 *K* o luy *V* a luy. — 2440 *P* rabilloient. — 2441 *mss.* Ilz. — 2443 *BP* Quilz *F* Qui *KV* Quil. — 2444 *P* Moult les r. honnestement ; *VB* Receupt (Receut) les h. *F* Les receut h. *K* Receus les a m. genltiment. — 2445 *P* Car de ce pais estoit r. — 2446 *P* coucha avec elle ; *F* jeust *V* fu ; *B* sur; *BV* la c. — 2447 *P* Et fit tant que il angrossa ; *K* il f.; *BK* qui. — 2448 *K* Puis apres ; *P* Mauluaisement se periura ; *FK* serment ; *F* il f. — 2449 *K* Quant il cut de ses b. — 2450 *B* Que *F* Et que le t. *P* Et que tout liuer. — *Après* 2450 *K répète vs.* 2449. — 2451 *P* Entra dedans ses n. r.; *V* ses nest. — 2452 *P* ja hors; *V* pont. — 2453 *K* t. la royne. — 2454 *K* Adonque d.; *P* cogneut son c.; *V* percupt le souuine; *K* se demaine; *BF* la c. — 2455 *K* Quant v. — 2457 *K* richesses. — *F omet* 2458, 59 *et combine* 57, 60 : Ses largesses malmenee. — 2458 *P* par d. ce tua. — 2459 *K* fut; *P* la f. enee.

Des femmes et de leurs prouesces,
De leurs vertus, de leurs largesces
Et des bontés dont ont assés
Du dire ne suy pas lassés.
2465   Mais il me convient efforcier,
Car la queue est a l'escorchier.
Mahieu, qui mist toute sa cure
A blasmer femmes de luxure,
Dit que Pasiphé, la roïne,
2470 Soubz un torel se mist souvine
Et abandonna sa crevace
Ou simulacre d'une vache,
Couverte d'une peau velue.
Certes, vecy grant fanfelue!
2475 Ce ne puet estre vray, c'est fable,
Mais ce fu euvre de deable.
Comment pourroit femme souffrir
Qu'a un torel voulsist offrir
Le noble sexe femenin?
2480 Le mot est tout plain de venin.
Ce n'est pas a faire loisible,
Si croy que tout soit impossible,
Ou, sauve sa grace, c'est bourde ;
Pasiphé ne fu pas si lourde
2485 Qu'elle soubzmesist son corps nu
Par dessoubz un torel cornu.
Et avec ce ne fait acroire
De Silla, dont il fait memoire,
Ne de Minos, ne de Nisus.

2461 *K* promesses. — *De 2462,63 F a fait un seul vers* : De leurs vertus dont
ont assez. — 2463 *P* de. bonte; *K* ou il ont. — 2464 *P* De d. point ne suis *B*
Ou d. — 2465 *P* Mais y. — 2466 *P* est a escorcher; *BFKV* lescorchier. —
2468 *F* De b. — 2469 *P* Nous dit. — 2470 *P* suppine. — 2471 *K* la c.; *V* creuache.
— 2472 *P* En la semblance *K* En s. — 2473 *P* p. de veau. — 2474 *P* il ment par
son museau; *F* faulse leue *K* falcigrue. — 2475 *P* Il nest point vray cest une .
f.; *K* Et; *F* pot *BKV* peut; *K* mais est. — 2476 *K* Ou ce f. par leuure du d.
P Plus tost soit œuvre; *F* omet fu. — 2480 *P* Ce mot; *K* trop p. — 2481 *P* De
le faire nest pas possible; *K* afaire. — 2482 *V* Je c. *P* Mais je croy que s. —
2483 *V* la g.; *K* grant b. — 2484 *K* Car pasphe. — 2485 *F* se mist son c. a nu
KP soubzmist son c. tout nu *BV* soubz mist son c. nu (*nous avons introduit*
mesist). — 2487 *P* Auec ce point ne deuons croire; *V* ne fait pas. — 2489 *BKP*
Et... et.

2490 J'y ay ja respondu cy sus.
    Sa conclusion est inepte.
    Mais je di qu'il est vray que Jepte,
    Juge d'Israel et seigneur,
    Qui ou peuple estait le greigneur,
2495 Si come on treuve en vraye ystoire,
    Voua que, s'il avoit victoire,
    En une bataille ancienne
    Contre la gent philistienne,
    Qu'il a Dieu sacrifieroit
2500 La chose qu'il encontreroit
    A son retour premierement.
    Il voult tenir son serement.
    Sa fille encontra la premiere,
    Qui luy venoit a lie chiere,
2505 Car joyeuse estoit la pucelle,
    Doulce, plaisant et bonne et belle.
    « Ha! dist-il, » je suy deceü;
    « J'amasse mieulx avoir veü
    « Autre chose; » et puis raconta
2510 De son veu a quoy il monta.
    La pucelle, qui fut honneste,
    Fist à son pere une requeste,
    Qu'elle eüst possibilité
    De plourer sa virginité
2515 Deux mois avecques ses compaignes
    Par les bois et par les montaignes.
    Jepté luy ottroia assés.
    Quant les deux mois furent passés,
    Il coupa la teste a sa fille.
2520 Ce n'est mie pareille bille
    De Silla, ou il n'a que fable.

2490 *FPK* Je y ay respondu cy dessus (*K* omet cy) *BV* Je y ay ja respons (*B* respondu) cy sus. — 2494 *B* ou temps ; *F* au p. *P* du p. estoit maieur; *V* omet le. — 2495 *P* Comme on t. en son histoire; *K* en une. — 2498 *P* larmee. — 2499 *K* Que a d. il; *P* Que de bon cuer. — 2500 *P* A dieu ce quil e. — 2502 *P* Et point ne faussa serment — 2503 *P* omet la. — 2504 *P* A luy ; *F* liee. — *K* Helas d. il *V* A d. il; *P* bien d. — 2508 *K* Je taimasse. — 2509 *F* sacompta *P* compta. — 2510 *P* comment il iura. — 2511 *P* Mais la p. moult h. — 2512 *F* omet une. — 2513 *V* ot p. — 2515 *KPV* auec. — 2517 *P* octroie voulentiers. — 2520 *K* ville. — 2521 *P* ny a.

Aussi c'est chose veritable
Que le vaillant Virginius,
Ou despit de Tarquinius,
2525 Quant par faulx tesmoings luy prouva
Que sa fille serve trouva,
A sa belle fille Virgine,
Qui née estoit de franche orine,
En jugement coupa la teste.
2530 Les Romains n'en firent pas feste.
    Sur le pechié luxurieus,
Dont Mahieu estoit curieus
De blasme aux femmes imposer,
Tout quanqu'il en voult proposer
2535 Pour abregier repeteray,
Et puis après responderay.
Premiers a Mirra reproucha
Qu'avecques son pere coucha
Et souffri la couple charnelle
2540 Contre l'onnesté paternelle.
Se Mirra jut avec son pere,
Si fist Biblis avec son frere
Et Canasse avecques Macaire.
Encor ne s'en pouoit il taire
2545 Que Phedre, fille au roy de Crete,
Ne fu pas en amours discrete;
Elle ama le bel Ypolite;
Ce n'estoit pas chose licite;
Fils fu son mari Theseüs.
2550 Quant du pot ot les tes eüs,
Congnier se fist a son fillastre;
Venus en fist folle marastre.
Philis fist trop grant deablie;

2522 *K* Mais ce y est tout v. — 2524 *K* En d.; *P* des t. — 2525 *K* Que; *K* il p. *V* le p. — 2526 *F* serua. — 2527 *K* De la b. — 2528 *P* estoit nee de franche ligne. — 2530 *F* ne f. — 2531 *P* ce qui vouloit. — 2536 *KP* je respondray. — 2537 *F* omet a mirra; *B* mira. — 2538 *K* Qui; *FK* auec; *F* se c. — 2539 *P* coulpe. — 2540 *PV* honneste. — 2541 *P* Ce *F* Sem (*reste du nom en blanc*). — 2542 *F* billis. — 2543 *K* amasse *V* canasses; *FKPV* auec; *B* maquaire. — 2544 *P* Ancorez; *BKV* sen *FP* se; *FP* omettent il. — 2545 *B* Fredc. — 2546 *BK* amour. — 2549 *B* thezeus. — 2550 *F* p. os ot; *K* tereus. — 2551 *K* Congriens. — 2553 *P* troup grant; *KPV* diablerie.

Si folle ne fu establie,
2555 Si chetive, si forsenée.
A luxure desordenée
Trop honteusement se rendi,
Quant pour Demophon se pendi.
Je ne sçay qui la faisoit pendre,
2560 Mais elle ne pouoit attendre,
Pour desespoir qui la menoit
Et que son ami ne venoit.
Dido, roïne de Cartage,
Ce dit, refist trop grant oultrage
2565 Pour Eneas, qui fut son hoste
Et luy avoit congnié la coste.
Dido fist forment a blasmer.
Quant Eneas vit en la mer,
Qui s'en venoit en Lombardie,
2570 Elle fu trop fole hardie.
Toute grosse d'enfant sentant,
Plourant, criant et lamentant,
Par fole amour si se mua
Qu'a ses propres mains se tua
2575 De l'espée qui fu Enée.
Elle fu de fort heure née.
Ovides dit que femme est chaste,
Quant nul ne la requiert ne taste.
Attendu leur concupiscence
2580 Le pape leur donne licence
De marier sans delayer,
Pour le charnel treü payer.
Et dit que ne peuent attendre
Gueres sans eulx donner ou vendre;
2585 Et dit que femmes amoureuses
Ont condicions merveilleuses :
La noble voulentiers soulace;

2551 *P* Et fut moult folle et enragie. — 2555 *K* Sa cheftiucte *P* Et meschante
et forcenee. — 2556 *manque F.* — 2558 *B* ce p. — 2560 *K* p. plus a. — 2561 *P*
Ainsy quil dit fit grand o. *B* dist. — 2566 *P* cognue *V* signie. — 2567 *P* On la
deuoit granment b. — 2568 *P* Quant vit c. en. — 2570 *P* f. et h. — 2571 *P* Toute
lenfant s. — 2573 *P* tant ce m. — 2576 *B* fort *FPV* forte *K* male. — 2577 *B* dist.
— 2582 *K* Cest p. le treu ch.; *P* le deu ch.; *BFV* deu:

Aux gentilz ne convient que place,
Mais que soit en lieux convenables;
2590 Femmes de cités sont prenables;
Vaincre les convient par donner,
Car rien ne veulent pardonner;
Aux villages sont les mains fieres;
Pluseurs se donnent par prieres.
2595   Les nonnains, les religieuses
Se tiennent pour trop precieuses
Pour leur espirituaulté.
Mais pou y a de loyaulté.
Ainsi dit Mahieu a sa guise;
2600 Et parle sur les gens d'eglise
Et dit que soubz turlupinage
Trouveroit on en tapinage
Envie, dol, ypocrisie,
Luxure par fraude brisie,.
2605 Especialment es beguines,
Qui ne font pas euvres divines.
Des vieilles ne se voult pas taire;
Assés en disoit de contraire :
Que, quant elles sont devenues
2610 Vieilles, ridées et chenues
Et perdent leur propre chaleur
Et sont de petite valeur,
Lors convoitent elles le joindre;
Vieille savate se véult oindre.
2615 Puis parle des macqueleries,
Des baras et des sorceries,
Des paintures et oingnemens
Et des autres enseignemens
Par quoy deçoivent les filettes
2620 Et livrent roses et florettes;

2583 *F* quelles *K* quil *V* que femmes. — 2584 *F* sans elles. — 2589 *P* Quant ilz sont; *K* que les l. soient c. — 2590 *F* des citez *K* cite. — 2592 *manque F.* — 2593 *F* sages. — 2597 *K* esperitualite. — 2599 *V* en sa g. — 2600 *P* sus. — 2601 *F* dit dessoubz. — 2602 *KP* On trouveroit; *V omet* on. — 2603 *P* Orgueil enuie. — 2604 *P* et fraude. — 2605 *FPV* Especialment *B* Especiaument *K* En especial. — 2607 *P* point ne se voult. — 2609 *BP* Et q. *K* Car q.; *V omet* sont. — 2610 *FPV* chanues. — 2611 *P* Et chacieuses sans couleur. — 2612 *P a ici vers* 2611. — 2613 *F* les j. — 2615 *B* de; *V* macquerelles. — 2617 *BFPV* et des o. — 2620 *F* liures; *P* En donnant boucques et f.

Et que par oignons et moustarde
Une vieille, que mau feu arde,
Faisoit sa chiennette plourer
Pour Galatée desflourer ;
2625 Et comment son ami manda,
Si com la vieille commanda ;
De luy souffri le jeu d'amours
Sans faire noise ne clamours ;
Et comment fu despucelée
2630 Secretement et a celée ;
Et que les vieilles macquerelles
Jouent souvent de tels merelles
Et de pis faire ne se feingnent :
Les enfans es ventres esteingnent ;
2635 Et qui proye vouldra avoir,
Leurs mauvaistiés pourra savoir.
Et dit que, s'il est qui l'en croye,
D'elle meïsme fera proye.
Leurs fais sont prouvés et sceüs.
2640 Ovides en fu deceüs ;
Il cuidoit trouver jouvencelle,
Car il amoit une pucelle ;
Par nuit vint pour trouver le lit
Ou il cuidoit avoir delit ;
2645 Mais la vieille s'y supposa ;
Ne sçay comment faire l'osa.
        Or est il temps que je responde.
Les causes sur quoy je me fonde
Ne puis plus bonnement celer ;
2650 Car il m'estuet tout reveler
Ce qui fait a m'entencion

2621 P Et par ; BP oignemens K oignement. — 2622 B maulx feuz FPV mau feu K mal feu ; K larde. — 2623 KP chenette. — 2626 P Comme. — 2627 P Elle endura. — 2628 P plaintez. — 2629 K Secretement et a scellee. — 2630 P a racellce F et as-sellee ; K Fu ainsy trompee galatee. — 2635 F praye. — 2636 F Leur mauvaistie vouldra s. — 2637 K les c. ; P Et saucung croire la vouloit. — 2638 K Delles mes-mes feront ; P Delle mesmez proie feroit ; B sa p. F la p. — 2639 P Tout leur fait est prouue et sceu ; K en sont. — 2640 K Et quouide ; P bien d. — 2643 B omet vint. — 2645 K il s. V se s. ; P avec luy coucha. — 2647 P Il est bien t. — 2648 K La cause. — 2650 P Il me conuient ; B il misdret tout a r. K mi fault ; F renouueller. — 2651 P Le fait de ; PV mon ; P intencion.

Et a mon excusacion.
Omers fu uns clers merveilleus,
Sages, soutius et semilleus,
2655 Et fist de belles escriptures,
Des exemples et des figures
Et des ystoires anciennes,
Faites selon les loys payennes.
Il tint pluseurs opinions,
2660 Il traita en ses fictions
Et dist des tonneaulx la maniere
Desquels Fortune est taverniere,
Dont l'un estoit plein de leesce,
Et l'autre rempli de tristesce ;
2665 Et en convient chascun jour boire,
Ou de tristesce, qui est noire,
Ou de leesce, l'amoureuse,
Qui en tous lieux est savoureuse.
Ceulx qui de tristesce ont beü
2670 Ont dit du pis qu'ilz ont peü
Des femmes et de leur affaire,
Mais Leesce leur est contraire
Et sera, s'il est qui m'en croye.
Omers traita de la grant Troye
2675 Et de tournois et de batailles,
De la fin et des commençailles.
Ne sçay se fu pour soy esbatre,
Mais par ses dis faisoit combatre
Les dieux de leur loy immortels
2680 Avecques les hommes mortels.
Mais Palas, Juno et Venus
Y estoient souvent venus
Pour porter armes en bataille
Et ferir d'estoc et de taille.

2652 *P* Et de. — 2653 *F* fu cheualiers *V* fu clerc. — 2656 *P* Pluseurs e. et f. — 2660 *manque V.* — 2662 *K* tresoriere. — 2663 *K* est. — 2664 *K* Lautre c :toit ; *B* raempli ; *P* Lautre de douleur et t. — 2668 *K* temps. — 2669 *P* Mais ceulx. — 2670 *V* quil. — 2671 *V* ou. — 2673 *K* qui men vouldra croire. — 2675 *BKV* des...; des *P* Des b. et du tourment. — 2676 *P* et commancement. — 2677 *P* Je ne scay sil se voult c.; *F* moy e. — 2678 *B* pour. — 2679 *V* leurs loys ; *K* immorteulx. — 2680 *K* morteulx. — 2681 *V* par les amours et venuz. — 2682 *manque F.; P* venues. — 2684 *F* ferit ; *P* frapper.

2685 Dame Venus y fu navrée,
　　　Encor n'est sa playe sanée.
　　　Ovides, qui le soustenoit
　　　Et ses opinions tenoit,
　　　L'ensuï en pluseurs manieres.
2690 Des choses deça en arrieres
　　　Parlerent, chascun a sa guise ;
　　　Mainte belle fable y est mise
　　　Qui raconte novacions
　　　Et des fourmes mutacions.
2695 Il tenoient la loy payenne
　　　Et nous tenons la crestienne.
　　　Leurs fables et leurs poësies
　　　En nostre loy sont heresies,
　　　Et pour ce ne font pas a croire,
2700 Ne ceulx qui suivent leur ystoire,
　　　Principaument quant il parlerent
　　　Des femmes et qu'il les blasmerent ;
　　　Il en dirent moult de rebus,
　　　De Jupiter et de Phebus
2705 Et des grans dames du païs ;
　　　S'en doivent bien estre haïs.
　　　　　Ne cuidiés pas que je devine ;
　　　Oncques chapon n'ama geline.
　　　Pour Ovide l'ay recité.
2710 Car on raconte en verité
　　　Qu'on lui coupa ambdeux les couilles ;
　　　Aux estoupes et aux oeufs douilles
　　　Furent restraintes et sanées ;
　　　Puis vesqui par pluseurs années

2686 _P_ nest pas. — 2687 _K_ les s. — 2689 _BF_ Lensuy _K_ Lensuiui _P_ Lensui-voit _V_ Et lensuiui. —2690 _P_ decy. — 2691 _V_ en sa g. — 2692 _P_ y ont m. — 2693 _K_ narracions. — 2694 _manque K ; P_ de f. _V_ Deformer. — 2695 _V_ tenoit. — 2696 _BKV_ auons _FP_ tenons ; _P_ la loy c. — 2697 _K_ Se l. f. ne ; _F_ noz ; _B_ profe-cies. — 2698 _F_ Sont en n. l. ; _K_ En rien l. — 2699 _P_ point ne sont de c. — 2700 _K_ firent lystoire. — 2702 _F_ f. que ilz _BKP_ et qui. — 2703 _P_ Car ilz en d. moult dabus _F_ de Robus _V_ de Rebus. — 2706 _P_ Dont ilz doivent. — 2707 _P_ point ; _B_ diuine. — 2710 _K_ Mais on conte ; _P_ nous trouuons. — 2711 _K_ On l. c. tous les deux ; _P_ tout jus ; _V_ Quon lie ambedeux ; _B_ coulles _K_ quilles. — 2712 _P_ Et aulx c. et aulx doulles ; _F_ esofepes et a. enfedoulles ; _B_ doulles ; _K_ et par force duilles. — 2713 _K_ restaurees et s.

2715 Et en exil fu envoyés
 Et oultre la mer convoyés.
 .Ja n'en convient dire la cause,
 Car loisir n'ay de faire pause.
 Si puet on presumer et dire
2720 Que, haïneus et tout plain d'ire,
 Femmes après ce fait blasma
 N'oncques depuis ne les ama.
 De Mirra dit grant vitupere,
 Qu'elle coucha avec son pere ;
2725 Sa bourde doit estre huée,
 Car il dit qu'elle fu muée
 En un arbre pour son pechié
 Et que l'arbre est depuis sechié
 Et que couverte fu d'escorce.
2730 Si n'en doit on ja faire force,
 Ne de Biblis ne de Canasse,
 Ne des exemples qu'il amasse,
 Ne de Phedre ne d'Ypolite,
 Ne de leur amour illicite,
2735 Ne de Philis, qui se pendi,
 Qui Demophon trop attendi.
 Ovides dit que c'est un tremble,
 Un arbre dont la fueille tremble
 Quant Demophon la vint baisier.
2740 Si s'en puet on bien rapaisier,
 Car on voit bien que tout est fable
 Et qu'il n'y a riens veritable.
 De Dido m'avés oï dire
 Et d'Eneas et du navire
2745 Et comment elle fu fraudée
 Et en son courage eschaudée

2717 *V* conuint. — 2718 *P* Point nay l. — 2719 *P* Mais on puet. — 2720 *P* le hayneux; *F* est et t. p. *BV* ëst t. p. *K* est du t. — 2722 *P* puis. — 2723 mirra *manque F.* — 2725 *K* buee *P* annulee. — 2726 *B* dist; *P* nuec. — 2727 *F* par. — 2728 *manque V.* — 2729 *P* estoit; *V* dune escorce. — 2730 *V* Or nen doit on donc f. f. *P* On ne le doit point croire a f. *K* Pour ce nen doit on f. f. — 2735 *K* pheblis. — 2736 *K* Quant demorphon. — 2737 Ouides *est dans F.* — 2738 *manque F.* — 2739 *BFKP* vint *V* vient brisier. — 2740 *P* On sen deuroit bien apaiser *V* Or sen p. — 2741 *F* que cest tout f. — 2742 *P* rien de v. — 2743 *V* raconter. — 2744 *V* Et de eneas la maniere; *F* de n. — 2745 *V omet* Et. — 2746 *F omet* son.

De ce qu'Eneas s'en fuï,
Et du fait qui s'en ensuï,
Et comment elle en prist la mort
2750 Par ire, qui a ce l'amort.
Certes, on voit bien qui tort a
Et qu'Eneas mal s'en porta;
Et se vrais estoient ces contes,
Sur les hommes en sont les hontes,
2755 Et de tous les autres meffais
Sur les hommes en sont les fais,
Puisque c'est par leur decevance.
Aux femmes font trop de grevance
Par barat et par tricherie,
2760 Pour soustenir leur lecherie.
Mahieu par Ovide se haste
De dire qu'il n'est femme chaste
Et conclut jusques a la bonne
En disant qu'il n'est femme bonne.
2765 Je respons sur son jugement :
Ses mots sonnent trop largement
Et ne sont pas a droit tessus.
Car, si come j'ay dit dessus,
Qui dedens soy regarderoit
2770 De mesdire se cesseroit.
L'en ne doit pas parler d'ordure ;
Cil qui allegue sa laidure
Ne fait en rien a recevoir.
On ne se puet mieulx decevoir.
2775 Qui dit mal sa bouche putains ;

2747 *P* Pour ce; *V* eneans sen fouy. — 2748 *P* ensuiuit *V* ensuiui. — 2749 *FP* print. — 2750 *manque FV; P* Par courroux et par desconfort. — 2751 *P* Chascun voit que grant tort auoit; *FKP* qui *BV* que tort a. — 2752 *P* pourtoit. — 2753 *F* ce ; *K* bons ; *P* Et sil estoit vray ce qui compte. — 2754 *P* Aulx hommes en seroit la honte; *V* Sur les h. les ahontes. — 2755, 56 *manquent FK, se trouvent dans BPV.* — 2755 *P* ces *BV* ses. — 2758 *P* troup grant g. — 2759, 60 *intervertis dans K.* — 2760 *F* Par; *P* ribauldie. — 2763 *P* et tout abandonne *V* c. tout a la bourne. — 2764 *manque F, laissé en blanc.* — 2765 *KP* respond *BFV* respons. — 2766 *PKV* Ces; *K* suine. — 2767 *P* point; *mss., sauf K,* texus. — 2768 *V* omet Car; *P* ainsi que. — 2770 *P* Jamais de nul ne mesdiroit; *F* ce c. — 2771 *P* On ne doit point, *F* Nen. — 2772 *F* Cilz. — 2773 *P* Son fait nest point; *V* a riens. — 2775 *P* Qui en dit mal mal est aprins.

si seroient filz de putains
Tous ceulx qui sont de mere nés !
Ovides fu mal enfrenés'
Quant sa bouche femmes blasmoit ;
2780 Il meïsmes se diffamoit
Par courroux et par felonie ;
Sur soy en soit la vilenie
Et sur Mahieu, qui le repete,
Car ce dire ne lui compete.
2785 L'en n'oï oncques en nul art
Que maistre Pierre Abaëlart,
Sages et bien araisonnés,
Combien que il fust chaponnés,
Des femmes nul blasme deïst
2790 Ne de sa langue y mesfeïst.
Mais bien fist le Paraclit faire,
Ou suer Heloïs voult attraire ;
Elle y vesqui moult chastement,
Sagement et honnestement.
2795   Je croy que mesdisans mourront
Quant toutes les causes orront
De la partie de Leësce,
Pour faulse envie, qui les blesce.
Car des preudes femmes avons,
2800 Les noms des quelles bien savons,
Et anciennes et nouvelles,
Dames, bourgoises, damoiselles,
Dont je mettray cy une annexe,
De celles du femenin sexe
2805 Qui furent et qui sont vaillans,
Maugré mesdis, aux cuers faillans,

2776 P Ainsi s. V omet Si; K feroient. — 2778 P moult c.; FKPV effrenez B affrenez. — 2779 KPV femme. — 2780 P Car luy m. K Luy m. il. — 2782 P luy en est; B villonnie. — 2784 K leur c. — 2785 P On ne vit. — 2786 F abaelart, BP abaelart KV abalart. — 2787 K Sage hom. — 2788 BV quil feust. — 2789 K Que des f. n. b. dist; P ne dist. — 2790 F y mesfaist K y mesfist P ne meffit V ny m. — 2792 PV seur; V aloys v. retraire. — 2793 V omet y; KP sagement. — 2794 KP Chastement. — 2798 K Par f.; F la b. K ls b. — 2799 F moult de preudes. — 2800 B desquielx; K nous s. — 2802 F et d. — 2804 V de f. — 2806 P Malgre en'aient les mesdisans KV Maugre mesdisans; B mesdiz; l' au cuer f.

Pour arguer contre le Gal
Et contre Ovide et Juvenal
Et respondre a Matheolule :
2810 Des dames avons sainte Ursule
Avec les onze mille vierges ;
De chasteté furent concierges ;
Ursule en Bretaigne venoit
Et ses compaignes amenoit
2815 Pour marier selon l'Eglise
Si com chascune estoit requise.
Ursule estoit bien pourveüe :
Pour espouser fut esleüe
Le roy Covain en mariage,
2820 Quant par tourment et par orage
En mer furent esparpillées
Et en divers lieux essillées.
Mais non obstant adversité
Garderent leur virginité.
2825 Nous avons sainte Katherine,
Sage, plaisant, vierge enterine,
Qui les maistres en rethorique
Vainqui par sens de theorique ;
Par argumens les surmonta
2830 Et le roy Maxence donta.
Marguerite o sa panetiere
Bergiere fu, vierge et entiere ;
Olibrium ne voult souffrir
Pour rien qu'il luy seüst offrir.
2835 Agnès, Luce, Agathe, Marine,
Genevieve, Gertrud, Cristine,

2807 *FKV* legal. — 2809 *P* Je respond *V* A respondre. — 2810 *V* femmes. — 2811 *P* Et aussi *V* Auecques ; *BK* mil. — 2812 *K* Qui de sa ch. f. — 2815 *FP* lesglise *V* liglise. — 2816 *P* Come *V* Si come c. est r. — 2817 *P* proueue *V* prouuee. — 2818 *P* estoit. — 2819 *BF* Le roy *PV* Au roy *K* Du roy ; *BK* connain *P* convain a m. — 2820 *P* tourmente et o. — 2821 *P* la mer f. perillees ; *B* esparpillez. — 2822 *B* exilliez. — 2826 *K* plaisante et enterine *P* Humble vierge et moult benigne. — 2827 *manque K* ; *P* docteurs. — 2828 *K* ethorique. — 2829 *BPK* argumens *FV* argument. — 2830 *V* ahonta. — 2831 *F* Margarito o sa pennetiere ; *B* et sa. — 2832 *P* Fut b. et v. e. *V* Vierge fu pure et e. — 2833 *B* Olibrium *F* Olindriem *K* Olybrius *P* Olimbrion *V* Olimbriux. — 2834 *BFP* qui ; *B omet* luy ; *P* voulist *K* peust. — 2835 *K* crespine.

Perpetue et Felicité
Garderent leur virginité.
    Les nonnains, les religieuses
2840 Sont en leurs fais moult gracieuses,
Sobres, plaisans, bonnes et belles.
Des dames et des damoiselles
  Y met on plus que d'autres femmes,
Si n'en doit on dire nuls blasmés;
2845 Car des saintes y a plus d'une :
Sainte Aurée et sainte Opportune,
Sainte Angadresme et sainte Bride
Sont saintes, en despit d'Ovide.
D'autres en nommeroye maintes,
2850 Vaillans femmes, bonnes et saintes,
Desquelles la vie honnorée
Est en la Legende Dorée :
Suer Jehanne de la Neuville,
D'emprés Ressons, en robe vile
2855 Et en habit de cordeliere,
De Dieu disciple et escoliere,
Entroduite en humilité,
Enflammée de charité
Et en vertus bien enseignie.
2860 Extraite de noble lignie,
En sa jeunesse fut menée
A Longchamp et a Dieu donnée.
Dieu a servi en celle eglise
Depuis le temps qu'elle y fu mise
2865 Et tellement s'y est portée,
Du Saint Esperit ennortée
Que Dieu l'a si bien pourveüe

2836 *P* barbe xpristine; *K* Ramplies de vertu diuine. — 2837 *P* Rose gertrud
f. — 2839 *P* n. et r. — 2840 *P* en tous fais. — 2841 *K* plaisantes. — 2842 *KP* De
d. et de d. — 2843 *B* len. — 2844 *K* d. nul d. diffames *P* On nen d. d. nulz
diffames; *BV* doit nul d.; *B* blasfemes. — 2845 *BKV* des *FP* de; *K* dames. —
2846 *KPV* sainte anne et s. o.; *F omet* et. — 2847 *BF* angadresme *K* agathe *P*
Ragonde *V* agnes. — 2852 *F* Et. — 2853 *K* Sur; *BF* neuuille *KPV* neufuille. —
2854 *KV* soissons; *BP* Robouille *F* Robe ville *K* habeuille *P* Rebeville. — 2855
B Est. — 2860 *P* Atraicte. — 2862 *F* long champt *KB* lonc champ. — 2863 *KPV*
telle; *KP* guise. — 2864 *V omet* y. — 2865 *K* sist bien p. *V* sen est p. *P* cest
gouuernee. — 2866 *P* esprit enluminee.

Qu'en abeësse est promeüe,
A gouverner cinquante dames
2870 Moult devotes de corps et d'ames.
Encloses sont et emmurées
Et hors du monde asseürées,
Pour eschever pechié et vice;
Dieu loent en divin office.
2875 Dame Jehanne les gouuerne
En esté et quant il yverne.
Comme tres vaillant pastourelle
Du tout prent la cure sur elle;
Bonne dame est et debonnaire;
2880 A chascune veult plaisir faire
Et a toutes est chamberiere.
D'orgueil n'a point en sa maniere,
Mais est humble en sa face clere;
C'est la seconde sainte Clere,
2885 Celle de Gueux et la Moisie,
Qui en doulx chant est renvoisie,
En suivant de bien près sa trace.
Dieu les gart toutes par sa grace.
   Encor en nommeray de preuses,
2890 De bonnes et de vertueuses :
Avec Lucresse et Penelope
Puet on bien adjouster Sinope
Et Ypolite et Menalipe,
Pour mesdisans faire la lippe;
2895 Car il ne sont pas nos amis.
La roïne Semiramis
A une part eschevelée;
Thamaris et Penthasilée,

2868 *manque F; BP* abbesse *K* abaisse; *P* a este; *BP* esleue *K* la pourueue.
— 2871 *K* s. enuironnees. — 2872 *K* semees *P* assurees. — 2874 *B* ou diuin
seruice.— 2875 *V seul* Dame *BFPK* Madame; *P omet* jehanne. — 2878 *F* Delles
p. l. c. s. elles *P* Sur ces brebis nuit et jour veille. — 2879 *P* Elle est moult
bonne et d.; *K* fame. — 2880 *K* Et a cascun. — 2883 *P* a face c. *K* et face c. —
2885 *FV* degneux *BPK* de gueux. — 2886 *K* de d. chant; *P* mlt suhumilie; *K*
remoysie *V* Ranuoisie. — 2887 *B* Ensiuent *K* Il ensuiuent *FP* Ensuiuent *V* En
suiuant; *K omet* bien; *KPV* la t.; *V* trasse. — 2888 *K* garde. — 2889 *K* nom-
meroie; *V* des. — 2891 *K* Auant. — 2892 *P* On puet. — 2894 *P* Pour aulx
maldisans f. l. — 2896 *P* Et la r.

Teuca, Lampetho, Deïphile
2900 Et d'autres dames plus de mille,
Renommées de grant prouesce,
Sont de la partie Leesce
Et luy porteront sa banniere,
Pour aidier en toute maniere.
2905 Teuca fu chaste et gracieuse
Et aux armes moult courageuse.
Tous leurs fais ne pourroye escrire.
Longue chose seroit a dire,
Et si m'estuet ailleurs entendre
2910 Pour le droit garder et deffendre
Des femmes a qui Dieu doint joye
En tout chemin, en toute voye.
Pour les preudefemmes est Anne,
Mere Samuël; et Susanne,
2915 Qui des prestres fu accusée,
N'y doit pas estre refusée;
Car des bonnes la contenence
Monstra par vraye experience;
Jusques au feu fut esprouvée
2920 Et pour preudefemme trouvée.
Ceulx qui l'accuserent a tort
En moururent de male mort.
　　L'en dit que jadis en Judée
Une femme estoit lapidée
2925 Quant elle faisoit avoutire;
Elle estoit menée a martire.
Les Juïfs en trouverent une
Qui par sa mauvaise fortune
Avoit esté prise prouvée

2898 B pantiselee V pentaphilee FP pentesilee. — 2899 K Thaura P Theuca; FKV et d.; BFK deyfile K deyphile. — 2901 K prouesses. — 2902 KP de l. — 2903 V portoient. — 2904 K laidier. — 2905 B Theuca K Tamcha. — 2906 P en armes. — 2907 K pourroit. — 2908 P C'est troup longue ch. a d. — 2909 K il me fault P Y me conuient V se mesteut. — 2911 V dames. — 2913 P preudes V femmes prudens. — 2916 P Point ny doit. — 2917 V conscience. — 2918 V pour. — 2919 V Jusques elle fu; PV approuvee. — 2920 V proude; les mss. séparent preude de femme — 2922 F mourront. — 2923 P On; K pieca que. — 2924 K Estoit la f. — 2925 K adultire P adultaire V aduoultric. — 2926 P Et tantost mise a vitupere. — 2927 K si en t. — 2929 P p. et pr.

2930 Et d'avoutire reprouvée.
    A Dieu, pour jugier, la menerent
    Et par fraude lui demanderent
    Comment la femme jugeroient
    Et comment mourir la feroient.
2935 Dieu, qui sait tout quanque cuer pense
    Et bien se sot garder d'offense,
    Congnut ce qu'il venoient querre ;
    De son doit escript en la terre :
    « S'aucun de vous est sans pechié,
2940 « Et qui ne s'en sente entechié,
    « Si gette la pierre premiere
    « A la femme tant qu'il la fiere. »
    De la response s'esbaïrent
    Ne la femme point n'envaïrent
2945 N'oncques pierre ne luy geterent,
    Ainçois paisible la laisserent.
    La femme demoura delivre ;
    Des evangiles est ou livre.
      Dieu nous monstra par cest exemple
2950 Que de tres grant folie s'emple
    Qui sur les femmes veult mesdire.
    Ce dit ne porroit hom desdire,
    Car il est vray et fait a croire.
    Si ne sçay pourquoy hom prent gloire
2955 A blasmer femme de sa bouche
    N'a en dire mal ne reprouche,
    De mariée ou de pucelle,
    De vieille ne de jouvencelle.
      Les vieilles les jeunes enseignent

2930 *manque FV, F a un blanc ; K* adultire ; *P* Et en adultaire trouuee —
2931 *FV* lamenerent. — 2935 *P* ce que. — 2936 *F* Tres bien ; *K* la sceult ; *P*
Congnoissoit moult bien leur entente. — 2937 *P* Bien sauoit. — 2938 *P* escripsit
V escripsy ; *P* en t. — 2939 *V* en p. — 2940 *P* ce *BV* se ; *P* entoche *V* entachee.
— 2941 *K* pr. pierre. — 2942 *F* qui. — 2943 *BFP* sesbahirent. — 2944 *F* mur-
drirent *P* nasaillirent *V* naurerent. — 2945 *V* li. — 2946 *P* Mais paisiblement ;
B laissierent. — 2948 *P* Comme trouuons en leuangile. — 2949 *K* Bien n. ;
B omet nous. — 2950 *P* celuy fait moult grant offense ; *V* Quen ; *B* et ample
V se emple. — 2952 *B* Cest ; *K* ne p. nul *P* nul ne saroit d. ; *F* contredire. —
2953 *P* on le doit croire. — 2954 *P* Et pour quoy donc prent homme g. —
2955 *B* femmes. — 2956 *KV* Ne. — 2957 *F* mariees... pucelles ; *B* et de p. —
2958 *K* jeune *F* vieilles... jouuencelles. — 2959 *KPV* jeunes.

2960 Et de bien monstrer ne se faignent
    Comment se doivent maintenir
    Et de tout mal faire abstenir.
    Les vieilles ont plus de science
    Et crement Dieu en conscience,
2965 Et est vray qu'elles ont grant joye
    Quant les jeunes vont bonne voye.
    Se les vieilles font sorceries,
    Karaudes ou maqueleries,
    Ou choses qui vers Dieu leur nuisent,
2970 Les hommes a ce les induisent
    Et leur ennortent et conseillent
    Et, pour mal faire, se traveillent
    Nuit et jour pour femmes frauder.
    Les hommes veulent ribauder,
2975 Ja femme n'y fera meffait
    Se moyennant homme n'est fait.
    On voit trop bien, qui tout raconte,
    Auquel en appartient la honte,
    Ou au masle ou a la femelle,
2980 Mesmement en ceste querelle.
    Les hommes ont vertu active
    Et les femmes ont la passive.
    L'omme doit assaillir et faire,
    La femme doit souffrir et taire
2985 Chose raisonnable et honneste;
    Et se l'omme luy amonneste
    Chose qui soit contre droiture,
    La femme par droit de nature
    Luy puet sagement refuser
2990 Et soy loyaument excuser,
    Car dame est de sa voulenté.
    Et se Mahieu a lamenté
    D'Ovide, qui fu decëu,

2964 *PK* craignent *B* creignent *FV* crement. — 2965 *K* Et vray est. — 2966 *P* droite v. — 2967 *P* Et ce les viellez sont sorcieres. — 2968 *K* charrees *P* Ou karaudes ou maquerelles. — 2969 *F* lui n. — 2970 *P* introduisent. — 2971 *KV* les; *F* enhortent *K* en ortent *PV* ennortent. — 2973 *P* femme. — 2975 *P,* Jamais f. ne fist. — 2979 *BF* femelle. *PVK* fumelle. — 2983 *F* d. souffrir et taire. — 2984 *manque F.* — 2988 *B* Le *F* La preu de f. par nature. — 2989 *V* Li. — 2990 *F* loyalment soy. — 2992 *F* lamenter. — 2993 *KP* en fut.

Il ne doit estre recëu
2995 A femme blasmer d'aventure.
 .Le pere et seigneur de nature,
Dieu, qui toutes choses crea,
Auquel nostre fourme agrea,
La voult faire continuer.
3000 Pluseurs raisous insinuer
Voult pour la generacion
Et pour la propagacion
Des hommes et des bestes brutes.
Et entre les autres hatutes
3005 Y mist le delit, pour mieulx plaire
Et pour l'un envers l'autre atraire.
Par celle delectacion
Se fait continuacion
De toutes fourmes et especes,
3010 Soient menues ou espesses.
Si en doit on a droit user
Licitement, sans abuser.
Si conclu que il ne convient
Point blasmer le lieu dont on vient;
3015 Le proverbe dit' des oiseaulx :
A chascun ses nis luy est beaulx ;
   Et quant est au fait des sorcieres,
Dont Mahieu dit paroles fieres,
Et de leurs incantacions,
3020 De sors, de conjuracions
Et de crapaux vestus de robes,
De draps et d'autres faulses lobes
Et d'aucuns ymages de cire,
Que femmes font ardoir et frire
3025 Pour les cuers des hommes bruler,

2994 *K* ny d. ; *P* point c. — 2995 *BKP* femmes *FV* femme ; *K* bl. femmes; *F* par nature *K* par auenture. — 2997 *V* toute chose. — 2998 *K* A qui. — 2999 *P* Et pour tousiours noz augmenter. — 3000 *P* voult enseigner. — 3001 *P* Pour faire g.; *V* par. — 3004 *B* hacultes *FV* hatutes *P* statutes *K* actures. — 3005 *P* ll; *PV omettent* le. — 3007 *KV* telle. — 3010 *P* Tant soient; *BV* especes. — 3011 *P* Mais on en doit. — 3013 *K* Cy; *P* Je conclu dont; *FK* conclus. — 3014 *V* vint. — 3015 *F* dist; *P* des oyscaulx dit. — 3016 *P* qua ch. semble beau son nit; *mss.* son; *B* nit *F* nid *K* nis *V* ny. — 3017 *B omet* est. — 3018 *F* dist. — 3020 *V* et de c. — 3021 *P* des c. — 3023 *K* daucunes. — 3025 *V* culz.

Et du chat qu'elles font uler,
Vestu de sa grise cotelle,
Qu'elles mettent en la paelle
Et luy font les piés eschaufer
3030 Dedens a l'arain ou au fer
Et le lient a une late;
Neron, Belgibus et Pilate
Et d'enfer la puissance toute
Aourent et n'en ont pas doubte;
3035 Et comment vieilles font d'ennuis
Et s'en vont au gibet de nuis
Prendre les cheveulx et la corde
D'un pendu, c'est chose trop orde;
Et par nuit desfouent les corps
3040 Des enfans et des hommes mors.
Il dit Medée enchanteresse,
En magique devineresse,
Et Circe fist grans derveries
Par magique et par sorceries,
3045 Et Erithot, la vieille sale,
De la bataille de Thessale,
De Jule Cesar et Pompée
Enquist, qui vaincroit a l'espée,
Et en fist conjuracions
3050 Par sors et devinacions.
Vieilles chevauchent les balais
Par cours, par sales, par palais;
Comme vent s'en vont par le monde,
Au commandement dame Habonde.
3055 Il dit que Saül voult savoir

3026 *K* qui le f.; *B*. hurler *P* crier *KV* urler. — 3028 *F* en sa p.; *P* une p.;
K patelle. — 3030 *F* De dens; *KV* larain ou dedens f.; *P* Ne leur chault soit a.
ou f. — 3032 *B* Neiron *K* Noiron; *B* bulgibus *F* belsebus *KP* burgibus *V* belgibus. — 3034 *B* Appellent *FK* Adourent *P* Adorent *V* Aourent. — 3035 *V*
Comment; *P* les v. sen vont; *F* deuins *V* dennuiz. — 3036 *P* Par nuit au g.
montent a mont. — 3037 *P* Prennent; *B* des ch. et de la c. — 3038 *F* Des
pendus; *P* mlt o.; *B* ordre. — 3039 *V* Par nuyt; *KV* desfouissent *F* desfouyent
P deterrent. — 3040 *B* de hommes. — 3042 *BK* m. et deuineresse *P* m. art. —
3043 *V* Et en ce; *K* deuerie. — 3044 *P* art m. et s.; *K* sorcerie. — 3045 *K* Et
que; *V* Eruthot *KP* critot *B* cutot. — 3047 *F* Jules *K* Jullius. — 3049 *F* Et fist
les c. — 3050 *V* diuinacions. — 3054 *K* Par le comment; *V* abonde. — 3055
B saoult.

Se Samuel pourroit ravoir ;
Mais riens n'y valut le plaidier,
Car il ne luy pouoit aidier.
Une phitonisse sorciere
3060 L'en fist response a mate chiere.
    Maistre Mahieu dit moult d'oultrages
De femmes et de leurs ouvrages ;
Les maulx qu'il ot dit repetoit
Et nouveaulx exemples mettoit,
3065 Comment les femmes rien ne celent
Et tout quanqu'on leur dit revelent.
Un conte nous en fist tout neuf
D'un preudomme qui post un euf.
La femme dist a sa commere
3070 Que deux en y ot, par saint Pere !
L'autre en ala a sa voisine
Querir du feu en la cuisine
Et dist qu'il en y avoit quatre ;
A mentir se sçot bien esbattre.
3075 Les femmes tant le publierent
Et telement multiplierent
Qu'on luy a mis des eufs cinquante,
Voire, en la fin, plus de soissante.
    Après dit d'un autre preudomme
3080 Qui faint avoir tué un homme ;
A sa femme s'en descouvry
Et elle son secret ouvry ;
Certes, gueres ne le cela ;
A ses voisines revela

3056 *FPK* auoir. — 3057 *B* valu *F* ny vault riens *K* Rien ny valoit; *KP* le plaidoier. — 3058 *F* nul *V* omet il; *K* Ne rien ne luy pouoit aider. — 3060 *KP* Luy; *B* respons; *V* ma matiere. — 3061 *V* moul. — 3062 *K* Des f. — 3063 *F* en dit *KP* a dit. — 3064 *B* Les nonnaulx. — 3066 *KP* ce quen l. d.; *K* il r. — 3068 *K* Dun homme *P* bon homme; *P* pond *FV* pont *B* post *K* pondoit. — 3070 *BF* en y ot *P* en pondoit *V* en ot pont. — 3071 *KP omettent* en. — 3072 *B* Querre; *V* a. — 3073 *F omet* dist *V* dit; *P* Quil y en. — 3074 *K* Au matin. — 3075 *B* les. — 3076 *B* mouteplierent. — 3077 *B* Quon lui amist *F* Quen luy a mise *K* Quon y bouta *V* Que on li mist *P* Quilz en nommerent; *F* plus de cinquante, *P* bien c. — 3078 *P* sexante *BF* soixante. — 3079 *F* Et a. il dit dung p. — 3080 *F* feing *K* faindy. — 3081 *V* Se sa f.; *K* la f. se. — 3082 *K* son s. tout luy *P* tantost s. s. — 3083 *F* ce c. — 3084 *P* Aulx v. le r.

3085 Que son mary, le mescheant,
　　　 Avoit murdri un marcheant
　　　 Et l'avoit mis dessoubz sa queste,
　　　 Dont le juge en fist faire enqueste.
　　　 Mais la mençonge fu prouvée,
3090 Car une truie fu trouvée
　　　 En un sac ou il l'avoit mise.
　　　 La femme en fu forment reprise
　　　 Comme jangleuse et mençongiere,
　　　 Car sa langue fu trop legiere.
3095　 Mahieu disoit par faulse envie
　　　 Que, quant Dieu vint de mort a vie
　　　 Et a Pasques ressuscita,
　　　 Que tout premier le recita
　　　 Aux femmes pour le publier.
3100 En ce fait ne voult oublier,
　　　 Quant il les visita premieres,
　　　 Que de mentir sont coustumieres.
　　　　 Aussi disoit un autre tour
　　　 D'un jalous, qui en une tour
3105 Gardoit sa femme bien serrée,
　　　 Mais ne l'avoit pas enferrée.
　　　 Le jalous y fist troys huys faire,
　　　 Et si avoit des clés troys paire ;
　　　 Mais en la fin fu deceü.
3110 Il avoit a un soir beü,
　　　 Si s'endormi après souper.
　　　 Le boire le fist encouper ;
　　　 Sa femme ses clefs luy embla,
　　　 Avec son ami s'assembla.
3115 Mais jalousie tost resveille

3085 *K* Comment *P* Et que ; *F* le tres meschant *B* mechant *KPV* meschant.
— 2086 *B* murtri *V* meurdri ; *FKP* bon m. ; *tous* marchant. — 3088 *FP omettent*
Dont ; *K omet* en ; *V* fist son e. — 3089 *P* sa. — 3090 *F* y fut. — 3093 *K* jongla-
resse. — 3096 *F* amere *K* en v. — 3102 *V* Car. — 3103 *K* parle dun *P* Apres
racompte ; *B* atour. — 3105 *KP* Garda sa f. ; *P* enserree *B* ferree *V* sarree. —
3106 *P* point ne ; *B* enserree *F* enserre. — 3107 *P* Et y auoit troys huys fermes. — 3108 *K* Et y ; *F* Des clefs y a. triple p. *P* Et aussi trois paires de clefz.
— 3109 *F* en fu *KP* il fu. — 3110 *F* Cils si a. ; *P* auoit ung s. trop ; *KP* bien b.
— 3111 *P* Il ; *PV* sendormit. — 3112 *P* Car le vin le f. sommeiller. — 3113 *P*
ces *V* les. — 3114 *P* Et droit a son amy alla ; *F* mary. — 3115 *P*. j. resueilloit ;
B trop r. *FV* tout *K* tost.

Le jalous, qui petit sommeille.
Quant la chose luy fu apperte,
Moult fu courroucié de sa perte
Et dist : « femme, ou es tu alée ?
3120 « Hors de la tour es avalée ;
« Bien est prouvé ton avoutire,
« Demain en souffreras martire. »
Lors revint la femme courant ;
A son mari dist en plourant :
3125 « Je vous pri, pour la Magdalaine,
« Que vous ne me mettés en paine.
« Espargniés moy, je jureray
« Que plus ne vous courrouceray.
« Je n'ay pas vostre tour minée ;
3130 « Yssue suy par destinée
« Et non mie par ribaudie,
« Si n'est pas drois qu'on m'en mauldie.
« Je me noieray en ce puis,
« S'en vous mercy trouver ne puis. »
3135 Il respont pour la confuter :
« Je te feray demain fuster. »
La nuit estoit noire et obscure ;
Elle prist une pierre dure
Et dedens le puis la lança.
3140 Adonc le mari s'avança,
Qui la cuidoit noiée ou morte.
Si tost qu'il fu hors de la porte
Elle entra ens et l'uis ferma
Et luy jura et afferma
3145 Qu'il comperroit ceste envaïe.
Elle ne fu pas esbaïe.

·3116 P pou sommeilloit. — 3118 P Il fut moult marry. — 3119 BF dit ; B Ou ten es tu P d. las ou es tu K d. et ou es tu. — 3120 KP tes. — 3121 P adultaire BV aduoultire K adultire. — 3122 V Demain s. tu ; B souffrera. — 3123 BPK sa f. — 3125 B omet pri. ; V magdelaine. — 3127 P Pardonnez ; F jugeray V vous jurroy. — 3130 Je suis yssue. — 3131 B nommie P nonmie ; B pour r. — 3132 P Ce ; P droit ; B que F quen. — 3133 F dedens ce p. P Dedans ce p. me yray noier. — 3134 P Ce ne me voulez pardonner. — 3135 F conforter P les pouuenter. — 3136 P Demain te f. lapider. — 3139 P gecta. — 3141 KP et m. — 3142 P Tantost qui ; K dehors la p. — 3143 F la f. — 3145 F Qui comparroit K comparoit ; FP enuie K enuoyee. — 3146 FP esbahie V esbahye.

Aux guetes cria : « Ça venés!
« Ce vilain ribaut me prenés! »
Il fu pris et mis en prison,
3150 Oncques mais ne fu mieulx pris hom,
Et fu batu et escharni,
Car de sens estoit mal garni.
    Aussi dit il de dame Berthe,
Que Clement trouva descouverte
3155 Et dessoubz un prestre estoupée.
Clement tira sur eulx l'espée;
Si leur convient laissier leur euvre.
Berthe sault sus et se recuevre,
Son mari prist et tint a force,
3160 A pou les poins ne luy escorche.
Berthe, qui est faulse et qui ment,
Crioit sur son mari Clement :
« Bonnes gens, il est forsenés;
« Haro! pour Dieu, bien le tenés!
3165 « N'a gueres que sages estoit;
« Cest prestre aïde me prestoit;
« Pour moy aidier est cy venu
« Ou il me fust mal avenu. »
A Clement ne laissoit mot dire.
3170 L'un le boute, l'autre le tire,
Pris fu et a terre abatus,
Lyés et de verges batus.
Trois jours luy dura ceste haire,
Par force luy convint paix faire;
3175 Tant doubtoit les coups de Bertain
Qu'il pardonna tout pour certain.

3147 *B* voisins *F* guettes *PV* guetez. — 3148 *B* Cest; *F* ribaut villain. —
3149 *mss.* prins. — 3150 *V* Quoncques; *P* Et receut maint coup de baston; *V*
nulz prit. — 3151 *F* Il; *P* moque. — 3154 *mss.* climent. — 3155 *P* Dessoubz u. p.
supposee; *BV* estuppee *K* atrapee. — 3157 *P* Et. — 3158 *P* se leve et se re-
couvre; *F* ce r. — 3160 *P* De serrer; *F* poy; *V* li escorce *K* essorce. — 3161
P se deffend vaillamment. — 3162 *P* Et crie *V* criot; *K* qui ment. — 3163 *B*
bonne gent; *P* hors du sens *V* forcenez. — 3164 *K* a pour d. que b.; *P* tenez
le bonnes gens. — 3165 Nagueres a que. — 3166 *P* Ce bon seigneur me deffendoit;
V prestres. — 3167 *V* venuz : avenuz. — 3169 *P* Cl. dire mot ne povoit. —
3170 *P* Lung tiroit lautre boutoit. — 3171 *P* Tantost fut *BFV* Prins. — 3173
P donna. — 3174 *P* Et fut contraint de la p. f.; *V* Pour; *V* li. — 3175 *B* temps
V le corps de bretain.

A tout quanque Mahieu propose
Et contre les femmes oppose:
D'aler hors en pelerinage,
3180 Ou elles vont en tapinage,
Du retour, quant leurs plantes plaignent
Et pour travaillies se faignent,
Des sacrifices et des veilles,
Qu'a leurs maris dient merveilles,
3185 Que chascune pas ne confesse
Comment elle a esté en presse,
Des sorceries, des karaudes
Et des sors que font les ribaudes,
De leur luxure, de leurs vices,
3190 De leurs fraudes, de leurs malices,
De leurs bourdes, de leurs mençoignes,
Et de toutes autres besoingnes
Dont on les pourroit diffamer,
Haïr, accuser ou blasmer,
3195 Soit par fables ou par exemples,
Posé qu'ilz fussent assés amples,
Et au pis qu'on en pourroit dire,
De tout ce que la femme empire,
Qui contre la loy ne seroit
3200 Et dont elle ne mefferoit
Crime capital ou damnable
Et qui ne seroit excusable, —
Dont je fay protestacion
Que ce n'est pas m'entencion
3205 De dire ne de soustenir
Que l'on ne se doye astenir
De pechié qui est deshonneste,

3177 *P* ce que. — 3178 *K* impose. — 3181 *P* Et au r.; *B* qui; *F* les *KP* leurs; *K* plaintes. — 3182 *P* moult travailliez *K* trop t.; *V* trauaillees. — 3183 *K* sacrefis. — 3184 *F* Ou ailleurs d. les m.; *P* A l. m. — 3185 *P* Mais. — 3186 *V* Come elle. — 3187 *FP* sorcieres; *FV* et d. — 3188 *B* qui. — 3189 *V* leurs luxures; *F* et de; *BKV* leur v. *K* vice. — 3190 *F* et de; *K* leur malice. — 3191 *KP* mensonges *BV* menconges. — 3194 *F* Hair blasmer ne accuser. — 3196 *F* Posez *V* Pouse; *F* furent. — 3197 *K* Au pis que *P* Tout le pis; *B* quil. — 3198 *B* ce qui; *V* empirent. — 3199 *P* feroit. — 3200 *P* Jamais elle. — 3201 *V* capitable; *P* ne. — 3202 *P* fust bien e. — 3203 *BFKP* fais *V* fay. — 3204 *KP* Ce nest point mon; *BP* intencion. — 3206 *P* Quon; *F* le doye *K* doit.

Si com nostre loy l'amonneste, —
Sans proceder vilainement
3210 Je respon ainsi plainement,
Pour femmes a droit excuser,
Qu'en doit bien de vertus user,
Laissier le mal et le bien faire;
Si en diray vray exemplaire.

3215   Dieu, qui est sans commencement,
Perdurable et sans finement,
Trois personnes en trinité
Par indivisible unité,
Pere, Fils et saint Esperiz,
3220 Qui puet relever les periz,
Les beaux anges crea jadis
Et les mist en son paradis
Pour servir a sa magesté.
Et quant ensemble orent esté,
3225 Par la devine prescience
Dieu, qui est vraie sapience
Et scet ce qui puet avenir,
Passé, present et avenir,
Voulant qu'on congneüst sa gloire
3230 A perpetuelle memoire
Et que homme fust congnoissant
Comment Dieu est juste et puissant,
Et pour reveler sa justice
A ceulx qui feroient malice, —
3235 Quant les beaus anges ot creés,
Lucifer fu si desreés,
Plus que soleil resplendissant,

3208 P comme la loy nous a. — 3210 B respon FVK respons P respond;
K asses p. — Les vers 3211 à 3274 (64) manquent dans K (fᵒ 188 vᵒ au milieu).
— 3214 B De cy en diroy e. P Et jen mettray ung e. FV Si en diray vray e. —
3218 B diuisible. — 3219 V et filz. — 3220 B les perilz P sans peril V les periliz.
— 3221 PV angelz. — 3223 P maiste. — 3224 F eurent. — 3226 P omet est. —
3227 B qui scet; B quil F que PV qui; P doit. — 3229 BF quen P que on
V quon; F congneust BPV cogneust. — 3230 B perpetuel. — 3231 BV que
homme FP lomme; F fut. — 3234 F tous ceulx; V a deux fois ce vers. —
3235 FPV angelz; P il ot F out. — 3236 P moult desriue; V desroiez. —
3237 F le soleil P soloiel V solail; B replendissant.

Qu'a Dieu fu desobeïssant.
De la celeste mansion
3240 Lucifer o sa legion
Tresbucha ça jus en tenebres,
En repostailles, en latebres ;
En enfer tresbucha sa route
D'angés et sa sequele toute
3245 Et furent mués en deables
Lais, hideus et espoventables,
Entroduis a punicion,
Pour faire leur relacion,
Pour les mauvais espoventer
3250 Et corrigier et tourmenter
Selon la justice divine,
Qui a nous sauver est encline.

　　Après Dieu de ses mains forma
L'omme, qui si belle forme a,
3255 Et la femme pour luy aidier,
Si com m'avés oï plaidier ;
Ame leur donna sensitive,
Raisonnable et intellective,
Et entre les prerogatives
3260 Qui sont es creatures vives,
Trois choses y mist proprement :
Car memoire et entendement
Y mist avecques voulenté
Et des autres biens a plenté.
3265 Memoire remembre les choses
Et recole textes et gloses
Des passées et des presentes
Et des choses qui sont absentes,
Qui a venir sont et futures,

3238 F Quant P A. — 3239 V mencion. — 3210 B o sa FPV et sa ; V Region.
— 3241 FP sa ; P bas. — 3242 P perpetuelles V repentailles ; F et en tenebres.
— 3213 P trebucherent tous. — 3244 P Ainsi quon presche tous les jours.
— 3245 P tous m. — 3246 F haideux ; FP espouuentables V espaontables. —
3248 F rellacion. — 3249 FP espouuenter V espaonter — 3250 FPV corriger.
— 3253 P ces ; tous forma. — 3254 P etraison luy donna ; tous forme. — 3255, 56
manquent B, laissés en blanc. — 3256 P comme ; F laisez oy. — 3257 V sentitiue.
— 3258 V intellettiue. — 3259 V Entre. — 3261 P premierement. — 3264 P
Auecq. — 3266 V recorde sentence ; B texes. — 3268 V obscures. — 3269 P sont
auenir.

3270 Dont l'en prëesche es escriptures ;
 Par l'entendement fait entendre
 Comment pouons choses aprendre
 Qui nous sont aux yeulx invisibles
 Et possibles ou impossibles ;
3275 Voulenté si que du bien use
 Et que mal a faire refuse ;
 Car l'un ou l'autre puet eslire,
 Cy dessus l'avés oï dire.
 Tels biens a l'ame raisounable,
3280 De toutes vertus est prenable
 Et entent les maulx a senestre.
 Et si com Dieu ne pourroit estre
 Compris par nulle creature,
 Est l'ame de telle nature
3285 Que ne pourroit estre comprise
 Ne dedens entendement mise
 D'une creature visible ;
 Savoir ne luy est pas loisible.
 L'ame sur quanqu'on puet veoir
3290 Et l'entendement asseoir
 Puet comprendre visible chose ;
 Et l'ame ne puet estre enclose.
 Car le ciel ne luy puet deffendre
 Que traitier ne puist et entendre
3295 Sur les choses celestiennes
 Et aussi quant aux terriennes ;
 Abisme ne la puet tenser
 Que veoir ne puist par penser
 Jusques aux choses infernaus
3300 Par esperitels gouvernaus
 De substance esperituelle.

3270 P on; FPV presche. — 3271 P fault. — 3274 F et i. — 3275 K reprend ici ; P Voulentes. — 3276 B affaire K qua m. f. r. — 3278 B lire. — 3279 K Tieulx. — 3280 BK priuable FPV prenable. — 3281 V moz. — 3282 Ainsi que. — 3284 P Lame est V Et lame dicelle na cure. — 3285 V Qui; K Quelle ne peut. — 3286 P lentendement. — 3288 K Le s. ne l. est l.; P possible. — 3289 F quanque len P ce quon. — 3291 F Pour. — 3292 F Et lame P En lame BV A lame; V forclose.— 3293 V li.— 3294 K puisse V peut.— 3296 K aulx anciennes. — 3297 P ne puet empescher; F taxer K tancer.— 3298 P puisse.— 3299 P bas lieux. — 3300 K esperitueulx P espirituelz. — 3301 V sentence; F esperituable.

Et la substance corporelle
Des quatre elemens fait le corps
Ainsi comme j'en suy recors,
3305 Car la terre la chár luy donne
Et l'eaue le sang qui randonne,
Et de l'air vient le soufflement;
Le feu, qui est quart element,
Par le corps espant la chaleur;
3310 Pour nourrir est de grant valeur.
Le chief, roont comme l'espere
Du ciel, est de noble matere
Et a deulx yeulx pour luminaire,
Qui aux tenebres est contraire.
3315   Or il est vray qu'en jugement
Convient juge premierement
Et accuseur ou demandeur,
Et si y convient deffendeur.
Se Dieux eüst tousjours esté
3320 La dessus en sa magesté,
Sa gloire fust incongnëue
Et si ne fust jamais sceüe
Sa justice ne sa puissance
N'omme n'eüst ja congnoissance
3325 De Dieu qui tout a surmonté
Par sa valeur, par sa bonté.
Pour ce voult il deux creatures
Creer de diverses natures;
L'une fu espirituelle
3330 Et l'autre si fu corporelle.
De tous deux voult estre loés
Et servis, si com vous oés.

3302 *K* De la. — 3304 *V* Aussi. — 3305 *K* chair. — 3306 *F* sange lui r. — 3307 *B* de leaue. — 3308 *P* quatre. — 3309 *P* espent. — 3310 *P* le nourrir en g. v. — 3311 *KP* est r.; *FKPV* ront; *BFK* le spere *P* la spere *V* lespere. — 3312 *B* Du chief *V* Le chief; *P* ciel et n.; *B* matiere. — 3314 *B* Quant. — 3316 *F* Comment *P* Quant juge vient; *K* jugier. — 3317 *F* Lacuseur ou le d.; *K* accuser. — 3318 *P* Il y c. ung d. — 3319 *P* Et se Dieu *K* Car se. — 3320 *B* omet sa *F* grant m.; *P* maieste. — 3321 *B* feust *P* fust toute. — 3322 *B* feust *P* neust jamais este s. — 3324 *Mss.* Ne homme; *P* point c. — 3325 *P* a tout s. — 3326 *P* doulceur. — 3327 *P* il voult. — 3329 *B* est. — 3330 *P* estoit c. — 3332 *FPV* serui; *P* come; *F* veez. — 3333 *B* anges *FPV* angelz; *B* espiruelx *FP* espirituelz *K* esperituculx *V* espiriteulz.

Les anges sont espiritels,
Et les hommes sont corporels.
3335 Pour ce le voult il ainsi faire
Pour nous monstrer vray exemplaire,
Et voult que les anges pechassent
Et que ça dessoubz tresbuchassent.
Lucifer et toute sa route
3340 Fist tresbuchier ça jus sans doubte.
Ainsi voult il faire de l'omme,
Car il luy deffendi la pomme
Et le fruit de l'arbre de vie.
Adam en ot si grant envie
3345 Que sur la deffense attempta.
Par sa femme, qui le tempta.
Il pechierent enormement
Et desservirent dampnement.
Dire ne scet nulle ne nús
3350 Les grans biens qui sont avenus
De ces pechiés dont je recorde;
Car Dieu par sa misericorde
Par ce nous a manifesté
La gloire de sa magesté;
3355 Pour ce daigna des cieulx descendre
Ça jus et forme humaine prendre
Dedens la vierge precieuse
Saintefiée et glorieuse,
De toutes bontés pourvëue;
3360 Dieu l'avoit pour luy esleue;
Naistre en voult et la mort souffrir
En croix et soy pour nous offrir.
La mort d'enfer suppedita
Et au tiers jour ressuscita

3334 *Tous les mss.* corporelz. — 3335 *P* Et le voulut tout ainsi f.; *F* les *K* nous v. — 3336 *K* vraye. — 3338 *F* sa jus si *K* cha d. — 3339 *P* Car lucifer et sa cohorte. — 3340 *P* sa bas *K* chajus. — 3341 *P* volut f. — 3344 *P* moult g. — 3345 *P* Qui. — 3347 *K* communement. — 3349 *P* saroit nul ne; *B* nulles *F* ne nulz ne n.; *tous* nulz. — 3350 *F* g. maulx; *FPV* quilz; *B* aduenuz. — 3351 *F* ses p.; *BF* dont je r. *PV* que je r. *K* donque je r. — 3354 *P* maiste. — 3355 *P* volut. — 3356 *P* Ca bas pour f. — 3358 *B* saintefiee. — 3359, 60 *intervertis dans K.* — 3359 *P* Et de; *PV* toute bonte *BFK* toutes bontes. — 3360 *C* Car dieu. — 3361 *K omet* mort. — 3362 *K* cr. son corps p. — 3364 *B* resussita *V* resusista.

3365 Puissamment et eureusement,
     A prouffit merveilleusement,
     Et vrayement ce devons croire ;
     Contre la mort obtint victoire.
     Et quant il fu ressuscités
3370 Et ses amis ot visités
     Et avec eulx ot fait sejour
     Jusques au quarantiesme jour
     Après sa resurrection,
     Es sains cieulx fist ascension,
3375 Qui aus desciples ennoia.
     Dix jours après leur envoia
     Saint Esperit pour conforter
     Leurs cuers et en joye ennorter,
     Si comme promis leur avoit.
3380 Lors chascun d'eulx parler savoit
     Langage pour soy convenable.
     Nostre foy tient, ce n'est pas fable,
     Que sur nous, ou temps a venir,
     Vendra son jugement tenir ;
3385 Les mors et les vifs jugera.
     De crimes nous accusera
     Le deable, nostre adversaire ;
     Car en tous temps nous est contraire
     Et quanqu'il puet le mal procure
3390 De toute humaine creature.
     Si doit on de paour fremir
     Et le puissant juge cremir
     Qui est plus juste que balance ;
     Et si fu feru de la lance
3395 Pour nous saulver et racheter

3365 *F* et vigoureusement. — 3367 *P* le d. ; *K* Vr. et ce d. nous. — 3368 *B* obstint. — 3369, 70 *KP* resuscite : visite. — 3370 *P* ces. — 3372 *P* Jusquau. — 3373 *V* resurrexion. — 3374 *K* Aulx s. ; *B* omet fist ; *F* lascension. — 3375 *K* Ses d. enlumina *P* Et ces d. nous lessa ; *B* ennuoya *F* ennuya *V* enuoia. — 3376 *K* Et de sa grace enuuoya. — 3378 *F* enhorter *PV* ennorter. — 3379 *P* Comme p. il l. — — 3381 *P* Toute langue et tout langaige. — 3383 *P* aduenir *V* auenir. — 3386 *F* Des c. ; *P* pechiez *K* crisme. — 3387 *KP* Le faulx d. ; *F* qui est. — 3388 *F* tout t. — 3389 *P* tant quil ; *F* muert le m. — 3391 *B* Et deussion *P* Tout lomme doit ; *K* Et pour ce doit on de paour craindre. — 3392 *K* Et le hault p. j. craindre. — 3393 *K* est juste comme. — 3394 *P* frappe. — 3395 *BKV* racheter *FP* rachater.

Et des peines d'enfer geter.
Tous ces biens voult Dieu pour nous faire,
Pour nous dedens sa gloire attraire.
Doncques en son avenement
3400 De ce grant jour du jugement,
Tandis qu'en a ou corps la vie,
Ainçois que l'ame en soit ravie,
Doit homs adviser pour veoir
Comment il pourra pourveoir
3405 D'entrer en gloire pardurable
Et d'eschever chose dampnable.
Chose dampnable est pechiés;
Par pechiés sont biens fais sechiés
Et n'ont ne vertu ne vigueur.
3410 Et se Dieu monstroit sa rigueur
Quant il jugera mesdisans,
Leurs mos leur seroient nuisans;
Si seront il, ce doit on croire,
Car tout revendra a memoire
3415 Et convendra de tout respondre;
A Dieu ne puet on rien repondre
Ne de meffais ne de mesdis.
Si puis conclure par mes dis
Que c'est grant pechié de mesdire,
3420 Qui procede d'envie et d'ire;
Et pechiés est chose dampnable.
Doncques, par argument prouvable,
Cil qui mesdit aulcunement
Est en peril de dampnement
3425 Ne il ne puet saintement vivre.
Catons le nous dit en son livre

3397 *P* volut pour n. f. *B* v. p. n. dieu f. — 3398 *K* a sa gl.; *P* mectre dedans sa g. — 3399 *P* a son *K* a a son. — 3400 *F* A ce jour du grant j. — 3401 *P* quavons. — 3402 *P* Auant; *F* partie. — 3403 *P* tout homme; *B* homs *FV* on. — 3404 *P* se pourra p.; *dans F un blanc entre* 3404 *et* 05; *grande lacune dans F* (3406-68), *deux blancs séparent ces vers.*— 3406 *V* Cest *P* Et escheuer. — 3408 *KP* pechie; *V* bienfaiz *B* bien fais *K* tout bien. — 3409 *K* Que il na; *V* vigour: rigour. — 3410 *K* monstre. — 3411 *P* mal d. — 3412 *P* motz; *PV* leurs; *K* seront trop cuisans. — 3415 *P* Respondre en fauldra tout cler; *K* a tout r.— 3416 *P* on ne p. riens celer; *B* respondre. — 3417 *P* mal faiz. — 3418 *P* On puet. — 3419 *P* mal dire. — 3421 *P* Pechie sans mentir. — 3422 *K* p. grant a. — 3426 *K* Car c. n. d.; *KP* Cathon *V* Chaton.

Que c'est la vertu primeraine
Que homme sa langue refraine.
Tholomées en Almageste
3430 En met une sentence preste
Et dit que sage doit pener
Que sa langue puist refrener.
Saint Pol dit que de l'abondance
Du cuer et par oultrecuidance
3435 Parle la bouche folement.
Si puet on oïr quellement
Les mesdisans sont entechiés
Et en peril pour leurs pechiés.
Doncques est il bon de soy taire
3440 Sans autruy mordre ne detraire.
Trop pourchace l'omme sa mort
Qui d'autruy mesdire s'amort.
Et qui ces dis mettra en terme
La querelle Mahieu enferme
3445 Trouvera et forment malade.
Si en ay fait ceste balade :

Je forgeray toute ma vie
Pour plaire a ma dame Leesce,
Et en soustenant sa partie
3450 Blasmeray courroux et tristesce.
Des dames et de leur haultesce
Diray bons mos clers et luisans,
Pour confondre les mesdisans.

Car es femmes, quoy que l'on die,
3455 Maint valeur, sens, los et noblesce;
Certes, qui bien y estudie,
Toute honneur, bonté et largesce

3427 *P* souueraine. — 3428 *P* lomme; *BKP* refraigne *V* refraine. — 3429 *KP* Tholomee. — 3430 *P* honneste. — 3431 *P* lomme. — 3433 *P omet* de. — 3434 *V* est p.; *K* c. parle o. — 3435 *K* Pour ce parle le mesdisant. — 3436 *P* On p. bien oyr; *K* Ainsy de bouce follement. — 3437 *K* entachies *V* enthechiez. — 3438 *K* leur. — 3439 *P* Il est doncques bon de se t. — 3440 *B* aucun *V* autry; *P* blasmer; *K* ou d. — 3441 *B* Lors. — 3446 *P* Pour ce jay. — 3454 *V* que on d. *BP* quon en d. *K* que len d. — 3455 *K* Mainte *P* Est v.; *B* valour; *PV* loz *K omet* los. — 3457 *PV* Tout h.

Vient d'elles et de leur prouesce.
Leurs fais sont bons et souffisans
3460 Pour confondre les mesdisans.

Se de leur bonté naist envie,
Qui d'autruy mesdit il se blesce;
Celui semble qui par folie
Souffle la poudre en la flamesce;
3465 Dedens ses yeulx souvent radresce.
Tels exemples sont bien gisans
Pour confondre les mesdisans.

Or est temps que je m'entremette
De mon propos mener a methe;
3470 Pour abregier la question
Convient faire conclusion
Et eschever plait et discorde
Et nourrir paix avec concorde
Et en tous temps liement vivre,
3475 Car ainsi le veult nostre livre,
Et est la voye plus seüre.
Le maltalent qui tousjours dure
N'est mie bon a maintenir;
On doit verité soustenir
3480 Et faulseté bouter arriere.
Se verité siet en chaiere
Et raison me veult escouter,
Il ne me convient pas douter
Que n'aye pour moy jugement;
3485 Car je concluray sagement
Pour mes dames reconforter
Et elles a joye ennorter.

3458 *K* leurs prouesses. — 3461 *K* ont e. — 3462 *B* mesdist. — 3463 *K* Se
luy semble que. — 3464 *B* en la f. *P* o *KV* ou; *B* flamesche *P* flamece *KV*
flameche. — 3465 *P* ces *V* les; *P* sadresse *V* radreche *K* sadreche. — 3466 *KP*
duisans.— 3468 *F reprend ici; PV* Il est t.; *F* me remette.— 3469 *V* propox; *P* a
la fin mettre *B* Amette *V* amettre *F* methe. — 3472 *F* Pour e.; *B* eschiuer. —
3473 *B* plait. — 3474 *V* tout t. — 3476, 77 *manquent K.* — 3476 *P* Aussi cest;
V sceure. — 3478 *K* Courroux nest bon.— 3480 *K* b. f. — 3481 *F* chiet; *P* en
la c.; *K* Verite seoir la premiere. — 3482 *K* Se r. — 3483 *F* doit pas debouter;
K fauldra. — 3485 *F* conclurre *B* conclurrai. — 3487 *P* Et en j. les e.;·*KPV*
en joye; *F* enhorter.

Vous orrés ja tost bonne gogue,
Et n'y a point de dialogue ;
3490 Leesce seule parlera
Et ses fais prouvés monstrera
Par exemples et par figures
Des ystoires des escriptures
Puis que le monde commença,
3495 Des le temps Adam en ença.
 Et pour les hommes faire taire,
Pour avoir droit a fin contraire,
Propose ma dame Leesce
Et dit premier que vray est ce
3500 Que Mahieu a dit et conté
Que les femmes ont surmonté
Par leurs fais les plus grans du monde.
Le point sur quoy elle se fonde,
De Mahieu la confession,
3505 Fait assés a l'entencion
Des dames ; si dit en ses rimes :
Mahieu de son propos meïsmes
Doit du tout en tout decheoir ;
Ce puet on clerement veoir.
3510 Car, puis qu'il a ja dit que femmes
Sont par dessus les hommes, dames
Des plus fors, des puissans, des sages,
Que vaincus ont par leurs oultrages,
Si comme fu le fort Sanson,
3515 Le roy David et Salemon
Et le philosophe Aristote,
Chanter luy convient aultre note.
Car au surplus ne scet trouver

3488 *P* tantost; *B* gogue *K* gougue. — 3489 *V* Par maniere de d.; *K* dya-lougue. — 3490 *V* Si com leesse p. — 3491 *P* ces ; *K* ses preuues ; *B* monsterra. — 3495 *K* dadan; *F* ad. et enca *BK* ad. enca (7 *syllabes*) *PV* en enca. — 3496 *P* p. faire; *F* mauuais *BKP* hommes *V* masles. — 3497 *FP* Pour avoir droit a fin c. *V* Cest argument de sens c. — 3499 *BKPV* bien v. — 3500 *FP* compte. — 3503 *KP* La raison sur quoy ; *P* el se f. — 3504,05 *manquent V*. — 3505 *B* lintencion. — 3506 *K* cy d. *P* il dit en ces ; *V* Est quelle argue par ses r. — 3507 *F* en son p. — 3508, 09 *manquent V*. — 3510 *V* que les f. — 3511 *V* par deffault des. — 3512 *V* Des f. des p. et d. s. — 3514 *K* Que vaincu ont *P* Ainsi que fut; *F* le roy s. — 3517 *V* conuint. — 3518 *V* par ses diz; *K* puet t.

Chose dont il puist reprouver
3520 Mes dames, quant au dire voir ;
Pour ce ne fait a recevoir
Par libelle diffamatoire.
De nos dames dirons la gloire,
Les fais, les biens et les vaillances
3525 Des femelles et leurs puissances,
Qui sont dignes de reveler,
Et ne les doit on pas celer.

Certes, a parler de prouesce,
Propose ma dame Leesce
3530 Que les femelles sont plus preuses,
Plus vaillans et plus vertueuses
Que les masles ne furent oncques.
Cest article prouverons doncques
Par Semiramis la roïne,
3535 Qui se pignoit soubs sa courtine ;
De l'une part estoit treciée
Et sa chevelure dreciée,
Et d'autre part eschevelée,
Quant en ce point fu appelée
3540 D'un messagier, qui luy vint dire
Qu'en pluseurs lieux de son empire
Ses ennemis faisoient guerre,
Qui luy destruisoient sa terre,
Dommageoient et essilloient
3545 Et occioient et pilloient
Ses hommes. Dont, pour eulx deffendre,
Semiramis, sans plus attendre,
Hastivement enveloppée,
Son hëaume prist et s'espée
3550 Et s'arma moult isnelement ;
Sur eulx chevaulcha telement

3519 *K* quil puisse r. — 3520 *K* a d. v. — 3521 *V* Dont il ; *P* Ce fait nest point
a r. — 3522 *P* Pour. — 3525 *PV* et de. — 3527 *P* point c. — 3531 *P* vaillantes
et v. — 3535 *V* la c. — 3536 *K* tressye. — 3537 *BFKV écrivent* cheucleure ; *K*
Et de sa ch. dressee. — 3539 *P* a ce p. — 3540 *F* Du m.; *V* li, *les autres* luy. —
3543 *P* Et toute d.— 3544 *K* Et d.; *P* Tout degastoient et ocioient. — 3545 *K*
Et ardoient et degastoient ; *B* occioient *P* exilloient et p. — 3546 *P* Ces h. lors
sans atendre. — 3547 *P* Dit quel les ira deffendre. — 3548 *P* Et sans plus faire
demouree. — 3549 *P* Print son h. et son c. — 3550 *P* hastiuement.

Comme dame de grant courage,
Par prouesce et par vasselage
Ses ennemis suppedita
3555 Et sa terre bien acquita.
Contre elle en Perse ne en Mede
Masle n'y pot mettre remede.
Le renon de Panthisilée,
Tant com la terre est grans et lée,
3560 Doit on tousjours ramentevoir.
Moult preuse fu, a dire voir;
Roïne estoit d'Amazonie;
Avec elle grant compagnie
De dames et de damoiselles,
3565 D'armes puissans, bonnes et belles
Et pour amour de la vengence
D'Ector, qui fu de grant vaillance,
Chevalier de noble memoire,
Duquel Achiles ot victoire,
3570 Vint aux Troïyens secourir
Et ne doubta point a mourir.
Achiles ot un fils, nommé
Pirrus, d'armes bien renommé;
La dame a luy se combati,
3575 Souvent du cheval l'abati
Et fist muer estat et place.
Aux femelles acquist grant grace
Au siege devant la grant Troye,.
Dont elles doivent avoir joye.
3580   Thamaris, si com vous diron,
Vainqui le puissant roi Cyron.
Cyrus fu roy de Babiloine;

3553 *P* Par sa p. et fait darme. — 3554 *P* Ces; *B* supedita. — 3555 *P* Et
hors sa t. les bouta. — 3556 *K* En terre de p. et de m.; *F* omet elle. — 3557
F ne p.; *KP* puet. — 3558 *et svv. jusqu'à* 3757 (*200 vers*), *manquent dans F*;
B renom; *V* panthichilee.— 3559 *P* Sa fame et sa renommee; *K* Tant que. —
3560 *P* On d. t. — 3562 *V* de mazonie. — 3565 *K* Dames puissantes. — 3566
KPV lamour. — 3567 *B* Dettor *P* De hector *V* Destor; *PK* puissance. — 3568
KV et de *P* fut de; *KP* grant m. — 3569 *P* Mais Achilles en eut v. — 3570 *K*
Vint pour les *P* Vint ans les troiens secourit. — 3571 *P* doubtoit. — 3574 *BV* li.
— 3576 *K* estre *V* estal. — 3579 *P* el out au cuer moult grant j. *K* il conuient
a grant j. — 3580 *KP* comme. — 3581 *B* Ciron *P* cirrun. — 3582 *B* Cyrus *P*
Cirrus *V* Cyrrus.

Thamaris luy fist tel essoine
Et son païs si revencha
3585 Qu'a Cyrus la teste trancha.

Et est bien trouvé en ystoire
Qu'en un bacin d'or le fist boire
Tout raëmpli de sanc humain ;
Dedens le geta de sa main
3590 Et dist : « Or, boy ta felonie
« Et saoule ta tirannie. »

Que fist Lampethe et Arsionne ?
La renommée par tout sonne
D'Ypolite et de Deïphile
3595 Et des fais la noble Camille.

Hercules fu puissans de corps,
A son temps n'estoit hom plus fors ;
Cacus, le geant, a la luite
Vainqui et si mist en fuïte
3600 Cerberus, le portier d'enfer,
Qui ne doubtoit acier ne fer.
On dit qu'il fist tant de merveilles
Qu'oncques homme ne fist pareilles
N'oncques ne pot estre vaincu
3605 Par homme qui portast escu.
Mais par femme fu tel menés,
Si vaincus et si ordenés
Qu'il se rendi, comment qu'il aille,
Par force d'armes en bataille.
3610 Grant los en ont toutes femelles
De leurs prouesces qui sont telles.
Tous pris d'armes, toute noblesce

3583 *BVK* tele *P* tant de; *K* paine *P* poine *V* besoinge. — 3584 *B* lui r. *K* si
r. *P* tant r. *V* se rencha. — 3585 *P* Quen la fain le chief luy t. *K* le chief t. —
3586 *K* On le treuue *P* Ainsy que trouuons en; *PV* listoire. — 3587 *P* En *K*
Quant en ; *K* luy f. — 3588 *P* Tout plain estoit *K* Du tout remply du s. — 3590
P tyrannie. — 3591 *K* Et puis s.; *P* felonnie. — 3592 *P* lampetho ; *KP* arris-
sonne. — 3594 *P* et deiphile *V* et de yphile. — 3596 *P* fort et puissant. — 3597
B A *V* De *K* Car en ; *P* Hardi courageux et vaillant; *K* omet hom. — 3598 *V*
Cachus ; *K* gayant *V* gehant. — 3599 *B* se *P* ce mist ; *KP* a la fuite. — 3602 *P*
qui f. — 3603 *P* Oncques; *K* hons; *KP* les p. — 3604 *P* Jamais ne puet. —
3605 *P* lance domme ne c. — 3606 *P* tant mene. — 3607 *P* Vaincu et ainsi ordonne. — 3610 *P* Grans loz; *V* *ici et ailleurs* fumelles. — 3612 *P* Tout pris;
V toutes noblesses.

Vient d'elles et de leur prouesce ;
Plus d'un millier bien esprouvées
3615 En sont en ystoires trouvées,
Mais bien doit souffire pour preuve
De celles que cy endroit treuve.
      Et s'il estoit qu'aucuns musars
Voulsissent arguer des ars,
3620 Aus femelles affiert le los
Des sciences, bien dire l'os ;
Prouver puis que femme est plus sage.
Car Carmentis trouva l'usage
Des lettres de nos escriptures,
3625 Toutes les vint et cinc figures
Dont on puet en latin escripre,
En françois, en tables, en cire,
En papier ou en parchemin ;
Carmentis trouva le chemin ;
3630 A chascune mist propre nom ;
De sens doit avoir grant renom.
Les neuf Muses de la pratique,
De science et de rhetorique
Ont joye au cuer soubs les mamelles,
3635 Quant les noms portent de femelles.
Bien doit estre recommandée
La grant science de Medée ;
Moult fu sage a grant merveille ;
En son temps n'ot oncques pareille.
3640 De tous les sept ars fu maistresse
Et loée comme deesse.
Celle valoit des hommes mille
Qui dist les secrès de Virgille
Et en declarant fist tele euvre
3645 Que la sainte foy nous descuevre.

3613 *V* leurs prouesses. — 3614 *BP* miller. — 3615 *KP* es histoires *V* en
listoire. — 3616 *KP* souffrir. — 3617 *P* trouve. — 3618 *K* Sainsy estoit *P.* Sil
aucnoit ; *P* muisars. — 3620 *P* Tout le loz en aduient aulx dames ; *B* les los. —
3621 *P* Toute science vient des femmes. — 3625 *B* le xxv *K* omet et. —
3628 *P* et en p. — 3633 *V* omet et. — 3634 *K* la mamelle. — 3635 *K* le non ;
PK de f. *BV* des f. ; *K* fumelle. — 3638 *P* Elle fut s. a m. *B* s. a grant m. *KV*
s. feme a m. — 3639 *P* nul ne vit p. — 3641 *V* alloee. — 3642 *K* valut *V* vault.
— 3643 *B* dit. — 3644 *V* tel.

   .   Saffo fist les ditiés saffiques,
       Qui sont vaillans et autentiques.
       Vous, masles, avés vos poëtes
       Qui fabloient de faulx prophetes.
3650 Dame Pallas doit bien souffire
       Pour les femelles, a voir dire.
       Car deësse est de sapience
       Et a en soy toute science,
       Et des femmes tient la partie.
3655 Si fait dame philosofie,
       Grammaire, logique, musique,
       Arismetique et rethorique
       Et phisique et astrologie
       Et la sainte theologie.
3660 Toutes portent noms de femelles ;
       Ce ne sont pas choses nouvelles.
         Et Sebille, qui vrayement
       Prenostica l'avenement
       De nostre Seigneur Jhesucrist,
3665 Si com on le treuve en escript ;
       Et Cassandra, fille du roy
       Priant, nonça le grant desroy
       De Troye, la noble cité,
       Et raconta la verité
3670 De la male destruction ;
       Bien en doit estre mention
       Avecques les autres Sebilles,
       Qui de sens furent tant habiles.
       Se Dieu m'aïst, le roy Jhesus,
3675 Sage fu la fille Cresus ;
       Du roy son pere l'aventure
       Conta de sa vision dure
       Et comment il seroit pendu ;

3646 *V* droiz sophistiques *K* sophiques. — 3647 *K* entontiques. — 3648 *P* ames vous *V* amer voz ; *B* proestes *P* pouetes. — 3649 *BK* de *PV* des. — 3651 *P* a vray d. *V* au voir d. — 3653 *P* Elle a. — 3654 *V* de f. — 3657 *V* omet et. — 3658 *P* omet Et. — 3659 *P* Ainsi. — 3662 *KP* Et *BV* Se. — 3663 *BP* laducnement. — 3665 *P* Comme nous trouuons. — 3666 *P* omet Et. — 3667 *B* monstra *K* trouua *PV* nonca. — 3670 *P* De lorrible. — 3672 *B* Auec. — 3673 *P* abilles. — 3674 *P* Chascun le scet point nest abus *K* Ainsy maist d. ; *V* le filz jhus. — 3675 *P* de c. — 3676 *P* Au Roy.

Onc n'en pot estre deffendu.

3680   Pour neant me travailleroie
Des exemples qu'en bailleroie.
Toutes ne puis mettre en memoire
Celles qui sont dignes de gloire,
Que dent d'envieus ne puet nuire
3685 Ne par sa faulseté destruire ;
Car elles sont sages et preuses
Et en tous leurs fais vertueuses.
    Les masles aiment pillerie
Et larrecin et roberie,
3690 Occision et convoitise
Et tout ce qui a mal atise.
Les femelles sont debonnaires
En tous cas et en tous affaires.
Chevaulx, mulès et cerfs et beufs,
3695 Oues et oiseaulx ponans eufs
Aiment des femmes la pasture
Et proufitent en nourreture
Plus que des hommes ne feroient.
Ce que femelles planteroient
3700 Vient mieulx que ce que l'omme plante ;
Assés est prouvé, je m'en vante :
Rainseaux, ceps et herbes le preuvent ;
Ce tesmoignent ceulx qui le treuvent.
Femmes prient pour les bleciés
3705 Et pour ceulx qui sont es pechiés ;
Les autels des eglises baisent
Et de leur pouoir Dieu rapaisent.
Les masles n'ont d'eglise cure ;

3679 *K* Nul nen p. *P* Il nen ; *KP* peut. — 3680 *P* men traueilleroie. — 3681
K De e. que b. — 3684 *V* Denuieux né peuent n. *P* Que cuer de mieulx. —
3685 *K* la f. *V* leur. — 3688 *B* Mais m.; *K* pilleries. — 3689 *P* larroncin ; *K*
roberies. — 3691 *V* quil ; *K* a mal fait. — 3692 *P* debonnaire. — 3693 *P* tout
affaire. — 3694 *K* Poules brebis asnes pourceaulx *P* Beufz vaches mules chevaulx ; *BV* beufs. — 3695 *K* Mulles chieures beufs et cheuaulx *P* Ouez poullez
chieures pourceaulx ; *B* ponriaux et oeus *V* ponnans oeufs. — 3698 *manque V*.
— 3700 *V* home. — 3701 *P* On le voit assez. — 3702 *P* Roumarins violies ; *K*
ses ; *V omet* et. — 3703 *PV* Ce t. *BK* Et t.; *V* lespreuuent. — 3704 *BK* blechiez.
— 3705 *K* empeschiez. — 3706 *B* autieulx *K* hostielx ; *P* de lesglise. — 3706; 07
intervertis dans K.

Quant il y vont c'est aventure.
3710 Aux dés, aux tables, aux pelotes,
Aux marchiés, aux plais, aux riotes
Et aus bordeaulx est leur entente.
Qui diroit que Leesce mente
Et qu'on ne doit masles blasmer,
3715 Car il labourent en la mer
Et font des chasteaulx en ce monde,
Je suy tout prest que j'y responde.
S'en ce treuvent travail et peine,
Ce fait ardeur qui les demaine
3720 Pour le gaaing de convoitise,
Qui a ce faire les atise,
Et sont meüs par avarice
Qui en eulx est tres mauvais vice.
    L'omme est fait du limon de terre
3725 Qui vers la femelle fait guerre.
La femme est nommée virage
Par la vertu de son courage.
Car la femme est superlative
Et a plus grant prerogative
3730 De lieu et de formacion ;
Dessus en ay fait mencion,
Comment la femme fu jadis
Faite ou terrestre paradis,
Et comment Dieu, le roy de gloire,
3735 Fist la femme pour adjutoire.
La fureur des masles les blesce,
Leur gloutonnie et leur paresce
Et leur delit. Mais par nature
Chascune femelle procure

3709 *V* danenture. — 3710 *P* Aulx des aulx cartes et aulx tables. — 3711 *P*
Aulx foerez marchez et tavernes; *B* aux palaiz aux rotes *V* notes *K* aulx riotes.
— 3712 *P* Et au bourdeau cest. — 3714 *V* Que on ne d. *P* Et quon ne les
doye b. — 3716 *K* Et quils font ch.; *V* les ch. *BP* des ch. — 3718 *P* Silz y;
KP scuffrent.— 3719 *K* Se fait.—3720 *P* gaing et la c. *B* gaeng *K* grant gaing.
— 3722 *P* Et font cela par a.; *B* meulz *K* tant meus *V* menez. — 3723 *P* est en
eulx. — 3724 *V* de l. — 3725 *P* a la f. — 3726 *P* vir age. — 3727 *KP* de bon c.
V du bon c. — 3728 *K* supellatiue. — 3730 *B* le et de; *P* dinformacion. —
3732 *B* jadix. — 3733 *B* Faicte; *KV* en t.; *B* paradix. — 3736 *V* La furent,
K Lamour; *KP* d. hommes. — 3737 *K* omet et. — 3739 *V* femme p.

3740 Du mesnage bien maintenir
Et l'ostel a droit soustenir.
Dont par neuf mois leur enfant portent,
A l'enfanter se desconfortent,
Grant douleur ont a l'enfanter,
3745 Du contraire n'estuet chanter.
Les enfans nourrissent les meres
Et leur sont douces, non ameres,
Et leur alievent nourreture,
De tout le fais portent la cure.
3750 Elles filent et lins et laines,
De pluseurs grans vertus sont plaines ;
Chascune femelle tant brace
Pour avoir du masle la grâce :
Tables, tresteaulx, couches et lis
3755 Appareillent pour leurs delis
Et tout quanqu'elles peuent faire,
Afin qu'aux hommes puissent plaire.
Les femmes font des biens assés
Aux reposés et aux lassés,
3760 Les malades souvent rehaitent
Et amiablement les traitent.
Les hommes aiment miel et cire
Mais la femelle plus desire
Lin, laine, estoupes pour filer,
3765 Pour longues toiles empiler,
Et avec ce leur plaist l'ouvrage
De presser du lait le fromage.
Souvent boivent de la fontaine,
Mais les masles a longue alaine
3770 Boivent les vins de la taverne.

3741 *K* bien s. — 3742 *KP* leurs enfants ; *P* pourtent. — 3745 *P* Chascun le
voit il est tout cler ; *K* ne fault *V* nestent. — 3746 *P* La mere nourrist son
enfant. — 3747 *P* Et alecte moult doulcement. — 3748 *P* Elles eslieuent grant
n. *B* Et alieuent n. *V* Et leur elieuent n.; *PV* norriture. — 3749 *K* les f.;
P fait ; *B* porte. — 3750 *K* lin. — 3751 *K* bontes. — 3752 *BKV* tant b. *P* moult ;
B brasse. — 3754 *V* treteaux *BKP* tresteaux (-aulx).— 3756 *P* Elles font tant
que peullent f. — 3758 *F* *reprend ici* ; *F* de bien. — 3760 *V* masles ; *BV* rehaitent *F* rachatent *K* retraytent *P* repaissent. — 3761 *F* trättent *V* traictetent.
— 3764 *V* laines ; *P* l. chanvre p. f. — 3765 *FP* toilles. — 3766 *V* louange. —
3767 *P* faire du l. — 3770 *K* des vins *P* le vin ; *BF* de la t. *PV* en *K* a l.

Dieu scet com chascuns se gouverne ;
Les uns frequentent les boscages
Pour chacier les bestes sauvages,
Et les autres suivent oiseuse
3775 Et demainent vie noiseuse.
Mais les femmes font sagement
Leurs euvres ; Dieu scet se je ment.
J'en tray a tesmoing la Calabre
De Paris, qui d'erbes ou d'arbre,
3780 Par mastic ou autre maistrie,
Dont elle scet bien l'industrie,
A fait maint con rapeticier
Et les mamelles estrecier,
Pour estre aux hommes plus plaisans,
3785 Pour les jalous faire taisans.
Se Leesce les bonnes nomme
Qui furent de Grece ou de Rome
Pour son entencion fonder,
A grant los luy doit redonder,
3790 Qu'il n'y a point de flaterie
De faveur ne de menterie ;
Car on en trouveroit en France
Pluseurs vaillans de leur enfance.
Et s'on opposoit le contraire,
3795 Que Leesce, pour preuves faire,
Nomme les bonnes seulement
Et des mauvaises nullement
Ne fait aucune mencion,
Pour soustenir s'opinion,
3800 Elle respont, pour soy deffendre,
Que les masles veulent leur gendre
Lever en haut, soit tort ou droit.

3771 *P* silz pensent du mesnage. — 3773 *BF* les *KP* aulx *V* ces. — 3775 *K* Pour demener; *V* demandent; *P* oyseuse. —·3776 *P* Les f. font bien aultre- ment. — 3777 *P* font moult sagement. — 3778 *P* Je croy *KV* Jen croy; *B* a garant. — 3779 *P* omet qui; *K* derbe et; *BKV* dabre. — 3780 *K* daultre. — 3782 *B* main; *F* coin *V* omet con·; *F* resfrecier *K* appetisier. — 3783 *B* estrechier *K* estressier. — 3786 *K* Puis l. *P* Leesce les bonnez nous n. — 3789 *K* fait r. — 3790 *B* Qui. — 3792 *B* omet on. — 3793 *K* leurs. — 3794 *K* oppose. — 3795 *P* preuue faire; *K* Lyesse pour prouuer veult traire. — 3799 *P* tenir son o. — 3800 *K* Icelle respond; *BK* omettent soy *P* se d. — 3801 *P* le jendre.

Et qui repliquer y vouldroit,
Je diroye, par sens contraire,
3805 Mais qu'il ne leur doye desplaire,
Qu'en leurs libelles ne leurs fables
N'en leurs fais qui sont mal prouvables,
Ou il alleguent poësies
Et merveilleuses frenesies,
3810 Desquelles il ne font a croire,
Car en parlant de vraye istoire
Ils ne nomment pas Catelin,
Non font il, par saint Mathelin,
Denis le tirant ne Neron
3815 L'empereur, ne le fel Seron,
Qui moult greva les Macabieux,
N'Herode, qui ne vault pas mieulx,
Ruffin le faulx n'autres coulpables,
Desquels les meffais sont dampnables.
3820 Et nous taisons dame Antigone
Et Cleopatre, qui fu bonne,
Ruth, Rachel, Sarre et Octavie,
La noble Lucresse et Marie
Et Julie, femme Pompée,
3825 Et Porcie a Caton donnée,
Susanne, Judich et Hester.
Celles durent bien conquester
Noble renon et seigneurie
Par les fais de leur bonne vie.
3830 Dessus en avons assés dit;
Trop est fol qui d'autruy mesdit.
Vous dites femmes mal estables,
Vuides, faulses et decevables.

3803 *F* vourroit. — 3804 *K* tout le c. — 3805 *P* vueille d. — 3806 *K* En ; *B*
libelle ; *BF* ne *PVK* nen ; *K* flabes. — 3807 *P* ne sont p. — 3808 *V* poetries. —
3809 *F* frenoisies *P* fantasies. — 3810 *P* Lesquelles on ne doit point croire *B*
ne sont accroire. — 3811 *K* omet Car. — 3812 *FP* cathelin. — 3813 *B* Ne *F*
Non *PV* Nen f. ; *K* sire. — 3814 *B* noiron. — 3815 *B* bel *F* fel *P* fol *KV* fait ;
PF seyron *P* ceron *K* aron. 3817 *K* Herode. — 3818 *B* les faulx ; *K* f. aultres. —
3819 *KV* les faiz ; *K* si sont *V* sont moult. — 3820 *K* Mais parlons ; *BK* arragone.
— 3821 *K* leoparde ; *KP* q. f. si b. — 3822 *KP* omettent et ; *K* otteauie. — 3823
K miramie. — 3827 *P* Elles doivent ; *F* deussent. — 3829 Pour. — 3831 *B* faulx
V faulz ; *F* dautre. — 3832 *K* Mahieu dit fame. — 3833 *F* Roides *PV* Voides
BK Vuides.

Mais Dieu scet qu'il est autrement ;
3835 Leur amour se tient fermement
Et droitement en chasteté.
Es masles est la faulseté,
Qui seulent femmes pervertir ;
A blasme leur doit revertir ;
3840 Aux pucelles leur pucelage
Et aux femmes leur mariage
Tollent par fraudes et par dons,
Eulx mesmes s'en donnent pardons,
Car en ce ne cuident meffaire ;
3845 Souvent desparient la paire.
On voit pou de femmes jolies
Prier les masles de folies,
Mais par prieres ou menaces
Les masles prennent en leurs naces
3850 Les femelles despourveües,
Qui souvent en sont deceües.
Nulle foy ne nulle constance
N'est en masle pour aliance
Tenir et garder vers femelle.
3855 Car leur condicon est telle
Que, quant faulsement les deçoivent,
Ils croient faire ce qu'il doivent.
Plus de mil femmes mariées
Fermes, sans estre variées,
3860 Tiennent aux maris foy estable ;
Chascune est au sien veritable
Sans mal et sans encourir blasme.
Mais nuls ne tient foy a sa femme.
Sans nombre est il femmes assés
3865 Qu'après leurs maris trespassés

3834 *B* que fait. — 3836 *F* faulsete. — 3838 *BF* seulent *K* sceuent *P* sovent
V veulent. — 3842 *P* Ostent. — 3843 *P* perdons *F* par dons. — 3847 *K* hommes;
BPK de f. *FV* des f. — 3848 *manque K.* — 3849 *F* femmes; *BPK* en *FV* a. —
Après 3849 *K* *intercale un vers :* Les femmes ygnoscens et lasses. — 3850 *K*
Quant ellés sont. — 3851 *K* Par maintes fois *P* Qui moult s. — 3853 *F* a m.; *K*
masles; *V* par a. — 3858 *K* Plus trouue len *P* Mais plus de mille m.; *F* mille
f. m. — 3859 *K* Fame. — 3860 *K* Tenans au mary *P* Treuve au maris de f. e. —
3861 *B* Chascun ; *P* au s. est. — 3862 *V* enquerir. — 3863 *B* seul nulz *FKPV*
nul. — 3864 *P* il est des f. — 3865 *FV* Qui apres *B* Quapprez *K* Quapres *P* Quant
leurs m. ; *KP* sont t.

Se contiennent honnestement
Et saintement et chastement;
Et ce vault bien virginité,
Combien qu'aient fecondité.
3870 Mais n'est hom, quant sa femme est morte,
Qui du jeu des rains se deporte,
Car des loingnes prennent deduit
Aux femelles et jour et nuit.
Se par les poëtes dampnés
3875 Les fais des femmes condampnés
Sont par masles aucunement
Et leur dient iniquement
Que ce soit deshonneur et honte,
Femmes scevent bien que ce monte ;
3880 Car nuls homs ne blasme leur gendre
Tant que maistre jobart puist tendre.
On n'en mesdit en nulle place, ,
Mais veult bien que la paix se face,
Et les loe, sert et honnoure.
3885 Sages est qui a ce laboure
Et estudie a bien servir,
Pour paix et grace desservir.
    Quel pechié les femmes encombre?
Se roy Salemon fu soubs l'ombre
3890 De la beauté des femmes pris,
Aux dames en affiert graut pris,
Quant si sage fu surmonté
Par leur sens et par leur bonté.
Fureur qui es hommes habonde
3895 Les fait affoler en ce monde

3867 *BFPK* Et; *V* Si; *KP* chastement et sainctement. — 3868 *FP* Et *BVK*
Qué. — 3869 *P* quils. — 3870 *K* Home nest; *P* nul homme sa f. m. — 3871 *P*
Du jeu des r. ne se d.; *B* de r. — 3872 *P* Car atoucher; *BK* longues. — 3875
B condempnez. — 3876 *K* p. les m.; *P* entierement *K* aultrement. — 3878 *K* cé
est.— 3879 *FK* que ce m. *BPV* que honneur m.— 3880 *P* Nul homme; *BP* blasme
FKV blasment; *F* le g. *P* son g. *BV* leur g. *K* lengendre. — 3881 *F* jobard *K*
Jobert; *F* si puist; *P* puet.— 3882 *B* Oncques nen *F* Et nen *KP* On nen *V* On
ne nen mesdist.— 3883 *P* ce f.— 3884, 85 *B* honneure : laboure, *les autres* honnoure (honnore) : laboure. — 3885 *P* Il est sage qui y l.— 3888 *F* Tel *K* Que
p. — 3889 *F* Le; *P* Ce salomon; *F* salmon ; *P* dessoubz. — 3890 *P* dames. —
3891 *P* A elles en advient; *KP* lé p.— 3892 *P* Quand; *F* Que le s. — 3894 *KP*
Fureur *BFV* Furent. — 3895 *BF* cest *KPV* ce.

Par ardeur et par lescherie.
Si com le lou en bergerie,
S'il puet, toutes estranglera,
Ja brebis n'en espargnera,
3900 Combien que d'une assés ëust
Qui de sa faim le repeüst,
Ainsi masles de mal courage
Ne peuent saouler leur rage ;
Toutes veulent ahontagier
3905 Les femelles par leur dangier.
Quant leur plaisir n'en peuent faire,
Du blasmer ne se veulent taire.
S'Aristote, qui fu grand maistre,
Ne pot oncques si sages estre
3910 Qu'es las des femmes ne cheïst,
Non pas pour mal qu'il y veïst ;
Se Virgille aussi, qui fu sage,
Fu mis par amour en servage
Et Achilles pour Polixene,
3915 Qui estoit belle comme Helene,
Fu si ravis qu'il en fu mort ;
S'Hercules ou Sanson le fort
Furent par femmes abatus, —
En vain se sont ceulx debatus
3920 Qui femelles seulent blasmer ;
Car en tous temps font a amer.
A elles n'en est point la coulpe ;
Mais on en doit faire la loupe
A tout homme qui les desprise,

3896 *B* lardeur et p. leescerie ; *P* ribaudie. — 3897 *BKP* Comme *FV* Si com ;
BF loup *KPV* lou. — 3898 *B* Sipeut *K* Sy peut. — 3899 *K* ny demourera. —
3900 *P* assez en eust. — 3901 *F* la f. ; *P* bien le r. — 3903 *K* souller leur oultrage. — 3904 *B* ahontaigier *P* ahontoier. — 3905 *V* pour l. dongier. — 3906
BP ne p. f. — 3907 *P* De les b. ne se ; *KP* peuent. — 3908 *P* Aristote fut
moult g. m. — 3909 *manque F, il y a un blanc.* *P* Mais si sage il ne puet e. —
3910 *V* de f. — 3911 *P* point. — *Après* 3912 *F a un blan csuivi de* (3913) Fu mis
amont en serua (*ge manque*). — 3914, 15 *dans K après* 3916, 17. — 3914 *V* Ar-
chiles ; *F* pouluene *K* alicene. — 3915 *K* blance ; *V* helaine. — 3916, 17 *intervertis dans K.* — 3917 *K* Et h. *P* Hercules ; *KP* et. — 3919 *FP* ce s. ; *K* il se s. ;
P sont dont ; *F* esbatuz *V* combatuz *BKP* debatuz. — 3920 *P* les femmes ; *KP*
veullent. — 3921 *V* t. cas. — 3923 *F* Mais en doinent ; *P omet* en.

3925 Quant par femme fu entreprise
     La fleur de sens et de prouesce.
     Je n'y en voy nulle qui blesce
     Son ami n'a force le preigne;
     Ne rois ne filace d'araigne
3930 Ne las ne tendent pour les prendre;
     Et si ne s'en péuent deffendre,.
     Ne doivent; s'a droit regardassent,
     Jamais femelles ne blasmassent
     Ne diffamassent par envie;
3935 Car elles sont salut et vie
     Aux masles pour eulx conforter
     Et pour compaignie porter.
     Et si semble estre cruaulté
     Des masles, se pour la beaulté
3940 Des femelles il se desvoient
     En leurs fais et qu'il ne pourvoient
     A leurs manieres ordener
     Et a leurs langues refrener
     Et eulx en raison contenir,
3945 Afin de vaincre et retenir
     Leur constance, qui est trop mole,
     Par volupté, qui les afole.
        Mes dames, je pri humblement,
     Se j'ay soustenu foiblement
3950 Votre cause par ignorance,
     Employés cy vostre vaillance
     Et les deffautes ampliés
     Et vostre honneur tant publiés
     Que tous en aient congnoissance.
3955 Masles n'avront vers vous puissance

3925 *K omet* par. — 3927 *K* Car je nen v. *F omet* en *P* Je nen v. point une.—
3928 *B* prengne, *les autres* preigne. — 3929 *K* Ne las tande desoye ou diraine;
B roix *F* reths ; *B* filasse darengne *F* diraigne *PV* dyraigne. — 3930, 31 *manquent K*. — 3931 *BV* se; *P* peullent. — 3932 *FV* Ne doiuent *BK* Et se bien a
droit r. *P* Certez se bien en eulx penssoient; *V* sa dieu r. — 3933 *P* femmes ne
blasmeroient. — 3934 *K* Et d.; *P* diffameroient. — 3935 *K* font. — 3936 *BKP*
hommes; *F* p. elles c. — 3938 *K* Et ce s. *P* Ce ne s.; *V omet* estre. — 3939 *V*
Aux m.; *F* le b. *K* par leur. — 3940 *K* qui se d.; *F* deuoient *K* desuoient *BPV*
desroient. — 3941 *K* qui ny. — 3947 *F* Pour v.; *V* volente. — 3948 *K* Dames je
vous p. — 3949 *KP* follement *V* feblement. — 3952 *BF* amplier *KP* suppliez *V*
emploiez. — 3955 *K* Et que m. nayent p. *P* Affinque m. naient p.

      Quant cest dit leur sera leü.
      Et afin qu'il soit reçeü,
      Faites bien protestacion
      De prouver vostre entencion,
3960 Et retenés, pour dupliquer,
      S'aucun y vouloit repliquer :
      Nyés faïs de partie adverse.
      Il n'a juge de·cy en Perse
      Qui osast faire jugement.
3965 Verité scet bien se je ment ;
      Mais a paine sera trouvée
      Ne ceste querelle prouvée.
      Vueilliés moy par grace advouer,
     ·Ou je puis bien dire et vouer
3970 Que jamais jour n'avray leesce ;
      Ainsi demourray en tristesce,
      Qui de mon las corps fera proie,
      S'il mestuet payer la lamproie.
      Mercy, mercy au povre fevre
3975 Qui plus grant soif seuffre a la levre
      Que n'ot le riche homme en enfer ;
      Car il ne scet ouvrer en fer,
      Mais en peaulx est toute sa cure.
      Pour vous a fait ceste escripture.
3980 Car il scet bien qu'a tous les masles
      Qui portent et bourses et males
      Estes soulas, joye et repos.
    ·Atant fineray mon propos
      Jusqu'a tant que plus sage viengne
3985 Qui ceste matiere soustiengne.
      Si croy je que jamais finée

   3956 *FPK* ce *BV* cest ; *K* dittie. — 3960 *V* dupplicquier. — 3961 *V* voult trip-
pliquier. — 3962 *K* Et es fais. — 3963 *K* Ny a j. — 3965 *P* le scet qui ne m. —
3966 *F* apaines. — 3969 *F* omet Ou *K* Car je. — 3971 *P* tristresce. — 3973 *KV*
Si ; *B* mestoit *F* mestuet *KP* me fault *V* mestent. — 3974 *PV* pauure. — 3975 *F*
suef ; *K* s. a a l. — 3976 *P* na riche h. — 3977 *F* de f. — 3980,81 *manquent
dans B (il y a deux blancs).* — 3981 *manque dans F (il y a un blanc)* ; *P* En
vous ostant courroux et blasmes ; *K* Car il scet bien quau masculins En des-
plaira aulx femenins (*le texte adopté est dans V*). — 3982 *K* Dieu leur doint j.
— 3983 *F* finera. — 3984 *BP* Jusques ; *KP* a ce que p. — 3986 *B* omet je *P*
Mais je croy *K* Je cr. bien.

Ne sera ne determinée;
Car venal est l'amour du monde
Et avarice est trop parfonde.
3990　Plus en diray a l'autre fois,
　．A Dieu vous commant, je m'en vois.

3987 *P omet* ne. — 3988 *K* Car venus. — 3989 *B* En auarice. — 3990 *V* nen
diray a ceste foiz *K* une aultre f. — *Après* 3991 *B* Explicit *F* Cy fine le contre
matheolus appele le liure de leesse contenant sexcusacion pour les dames leur
honneur et leur prouesse. Explicit Deo gratias. *P* Explicit le liure de leesse
Contenant lexcusacion Des dames lonneur et proesse Prenez en gre nous vous
pryon. *K* Chy fine le contredit de mathiolus appele le liure de lyesse contenant lexcusacion des dames leur honneur et leur prouuesse.

APPENDICE

PROLOGUES DES IMPRIMÉS

(Voyez notre *Introduction*, pp. xxxvi, xxxvii).

I. — LE RESOLU EN MARIAGE[1]

(Copié sur B. N. Inv. Réserve Y^e 257.)

En ung beau pré, verdoyant et poly,
Frisque, plaisant, amoureux et joly,
Ung jour passé gaillard m'esjouissoye ;
Mon cueur n'estoit ennuyé n'amoly
5 Ne mon desir prescript ne aboly,
Fors qu'a deduyt et plaisir ne pensoye.
Joygnant le pré estoit une saulçoye
Ou il avoit ung lieu propre et couvert,
Pour y donner soubdain la cotte verd.

10 En ce beau lieu avecques ma partie,
Qui est assés de mon fait advertie,
Souventes fois ay prins joye et deduyt.
Touchant l'esbat n'est jamais amortie,
Plus tost que moy se trouve convertie
15 Pour recepvoir le coup sans faire bruict.
Se duytte y est, aussi y suis je duyt ;
Ce que l'ung veult, l'autre n'y contrarie ;
En vraye amour jamais on ne varie.

---

1. Ce morceau, jusqu'au v. 225, a été imprimé dans le *Recueil* de Montai-
gland, t. lII, p. 129 sv. d'après un texte légèrement différent, sous le titre *La
Resolution de Ny Trop Tost Ny Trop Tard Marié*. Les vers 226-51 sont,
évidemment, des vers de raccord qui rattachent ce morceau au *Livre de Leesce*.

    Ne trop hastif [ne] trop lasche ou fetard,
20 Femme j'ay prins ne trop tost ne trop tard.
    Marié suis, somme, je m'en contente.
    De mon espoir ne me sens point bastard,
    Ne mon parler n'est point d'homme ventard.
    Qu'il soit ainsi que l'on m'experimente,
25 A celle fin qu'en ce cas je ne mente,
    Je concluray que chose moyennée
    Est a priser, quand elle est bien menée.

    En m'en venant de ce pré verdoyant,
    Joyeulx et gay, chantant, m'esbanoyant,
30 Je rencontray deux hommes plains de dueil.
    L'ung jeune estoit, l'autre vieil, tout ployant;
    L'ung se monstroit mauplaisant, le voyant,
    L'autre gettoit grosses larmes de l'oeil;
    L'ung se plaignoit de son tardif acueil,
35 L'autre disoit : « je suis trop harié ! »
    L'ung estoit Tost, l'autre Tard Marié.

    A ces deux fols, parlant à leur caboche,
    En cheminant leur dis mainte reproche,
    Comme verrez en lysant cest escript.
40 Quant chascun eut d[e] moy son epinoche,
    L'ung se depart, l'autre fait son approche
    Vers son logis de lyesse prescript.
    L'ung fu ravy, non pas du Saint Esprit,
    L'autre transy, non de joye et soulas.
45 Telz mariez bien souvent crient : « helas ! »

    Or, en effet, avant qu'on le devine,
    Tout resolu je dis et determine
    Qu'il n'est estat plus seur que mariage.
    Posé le cas que nature s'i myne,
50 Si fault il bien que raison y domine
    Ou autrement on y pert sens et aage.
    Trop Tost s'i prent a son desavantaige,
    Trop Tard ne peut achever son emprise;
    De telz mariz est sote l'entreprise.

55   L'ung s'i est prins d'aage non competent,
    Comme vray sot; l'autre, vieil innocent,

Comme ebeté; et en font leur complainte.
Tost Marié n'est que trop appetent,
Trop Tard ne peut; sa femme reppetent
60 Luy vient le deu, qui n'est pas chose faincte.
Mariage ne se fait par contrainte;
Mais neantmoins, comme saige et rusé
Marié suis, et non point abusé.

Ce nonobstant le jeune a excuser
65 Est quelque peu, sans y gueres muser.
Non pas le viel, c'est ung vray sot parfait.
Raison pourquoy? En langueur veult user
Ses derniers jours et sa femme abuser,
Comme il appert [et] par dit et par fait.
70 S'il est jaloux, pasle, blesme et deffait,
C'est la rançon que doit dame vieillesse.
Ce que j'en dis est vray comme la messe.

Le jeune dit qu'il a d'enfans ung tas,
Ung plaing foyer ou ung plain galatas;
75 C'est droictement de povreté le meuble.
Le vieil a dueil qui est trop sur le tas;
Sa femme veult porter les granz estatz,
Qui est assez pour devenir aveugle.
Foy de mon corps, je le repute ung beugle
80 Ou ung badault aussi sot que caillette.
A telz mariz ne fault qu'une bavette.

Tard Marié, cassé et degoutté,
S'est, comme il dit, sur femme[s] esgouté.
Le temps passé, qui n'est pas bien vescu.
85 Or, maintenant qu'il deust estre doubté,
De sa femme est rabroué, debouté.
Maulgré ses dens il fault qu'il soit cocu.
Tout son harnois, bouclier, lance et escu,
Sont enrouillés et ne vallent ung zec.
90 Somme, en effet, il n'a plus que le béc.

Tost Marié est ja sec et ethique
De besongner; Trop Tard, melencolique,

83 S'est, *texte* Cest.

Qu'il n'en peut plus; vela deux piteux champs.
L'ung n'a plus riens et est tout fantastique,
95 L'autre est jaloux et garde la bouticque,
Pour espier s'il viendra nulz marchans.
Moy, Resolu, je dy que telz meschans
En ce bas lieu font ja leur purgatoire;
Le cas bien pris, la chose [est] peremptoire.

100   Tost Marié en l'aage de quinze ans,
Vers le printemps, aux jours clers et luysans,
Fut espouzé, de quoy il se repent.
Tard Marié soixante ans fort nuysans
Avoit desja, comme gens vont disans,
105 Quant il le fut; sa douleur en despend.
C'est dommaige que telz folz on ne pend.
Deshonneur font aux saiges mariés;
Leurs femmes sont tres mal appariez.

Dont vient cela que tant de folz on voit
110 Et qu'on verra, se Dieu tost n'y pourvoit?
Le cas y est tout cler et evident.
Au temps passé ung marié avoit
Trente ans et plus, comme raison devoit,
Pour eviter dangier et accident.
115 Or, pour vuider ce petit incident,
De ces trop tost mariés il ne vient
Que folz enfans, dont grant mal en advient.

A grant peine se sçavent il mouscher
Et au grant lict veullent desja coucher;
120 Ces quoquardeaux, aussi sotis qu'une oye,
A l'estourdy se prennent a la chair,
Sans regarder qu'il leur coustera chier
Au temps futur, tant en or qu'en monnoye.
En deux briefz motz, il faut que chascun oye
125 Que telz maritz font une legion
D'enfans tous sotz en ceste region.

De ces trop tard mariés il ne sourt
Qu'enfans tigneux et l'ung sourt, l'autre lourd;

108 appariez, *texte* appriez. — 127 ces, *texte* ses.

Chascun les voit marcher sur les pavés.
130 Comme sçavant, je vous dis brief et court :
Soit à Paris, Lyon, Tours, Bloys, en court,
Vous les voyés bossus, laitz, agravés,
Les ungs morveux, chassieux ou grevez,
Les aultres sont grongnars et fort divers.
135 Tard Mariez, il fault noter ces vers.

Je prens le cas qu'ayés or et chevance.
Si estes vous remplis de nonsçavance,
Que ne pensés qui est votre contraire.
Le sot desir garny de decepvance,
140 Que vous avés, vous baille ceste avance,
Pour follement a amour vous attraire
Lors que deussiés de ce fait vous retraire,
Considerant qu'estes hors de jeunesse.
Femme prenés tout contraire a vieillesse.

145   Vieillesse rend, comme dit le psalmiste,
L'homme pesant, pensif, douloureux, triste.
Tard Marié, il fault noter ce point.
Or avés vous femme jeune et bien miste,
Qui congnoist bien qu'estes lasche fatiste
150 Et ne poués la contenter a point.
Vueillés ou non, quelque mignon en point
Elle aymera ; pour finable remise,
On vous donra du vent de la chemise.

Vous qui devés estre seigneur et chief
155 De la maison, tombés en ce meschief
Que, maugré vous, vostre femme est le maistre.
Voyant cecy, pleignés cueur, bras et chef,
Et en douleur vous dictes de rechief :
« Le grant dyable, non pas Dieu, m'y fist mettre. »
160 Le pis je voy qu'on ne se peult desmettre
De ce lyen ne quitter le lyage.
Bien sont lyés viellars en mariage.

Tard Mariez, je conclus par mes ditz
Que vous monstrez qu'estes bien estourdis
165 De vous lyer en la fin de vostre aage.
Telz gens que vous sont ja abatardis,

Car au besoing vous vous monstrés tardifs
Quant livrer fault le deu du mariage.
Vos femmes font ailleurs leur tripotaige ;
170 Contrainctes sont de passer leur chaleur.
Soy marier trop tard n'est que maleur.

A ces trop tost mariez il leur semble,
Quant ilz auront femme et enfans ensemble,
Qu'ilz seront roys d'Affricque et d'Antioche.
175 Après plaisir, soucy, chagrin s'assemble ;
Le temps passé au present ne ressemble.
Pour ce te vient qui les prend et acroche ;
Argent leur fault, qui est meschant reproche ;
Ce qu'ilz vouldroyent les delaisse au besoing.
180 Que reste il plus ? Il fault tendre le poing.

Le jeu des dez, des cartes, telz esbatz,
Les tavernes, puis noises et debatz
Les rend confus, desnués, esperdus.
Après qu'ilz sont desconfitz, mis au bas,
185 Leurs femmes crient et leur font telz sabatz
Qu'ilz vouldroyent estre lors mors ou perdus.
Pensez y donc, jeunes, mal entendus !
Ne vous hastés de passer ce passaige ;
Tost Marié ne se monstre pas saige.

190   Le saige dit que jeunesse est tant folle
Et que le cueur, comme l'oyseau, luy volle.
Tost Marié, que n'y as tu pensé ?
Legiereté te donna la bricolle
Et te lya par ta trop chaulde colle.
195 Jusqu'a la mort, povre megre eslevé,
Se de moy est reprins, mocqué, tencé,
Il te convient le prendre en pacience.
Soy marier trop tost n'est pas science.

Conclusion : comme sage et discret
200 Vueil reciter en publique et secret
Qu'accompaigné suis de femme amyable ;
Tant que vivray je n'y avray regret ;

172 ces, *texte* ses.

Onc ne me fist tour mauvais ny esgret,
En tous ses faitz elle est doulce et traictable.
205 De jour, de nuyt elle m'est charitable.
Prinse je l'ay en bon aage et saison;
La femme fait ou desfait la maison.

Sans trufer, [sans] moquer ou bricoler,
Je ne sçavrois ses vertus recoler.
210 Loué soit Dieu ! je suis bien assigné :
Quant suis fasché, el me vient acoler
Ou me baiser de peur de m'affoller.
Lors ce que j'ay luy est tost consigné,
Le jeu d'amours est sellé ou signé.
215 Que qu'il en soit, tousjours sommes d'acord.
La ou paix est jamais n'y a discord.

Jeunes et vieilz, desormais apprenés,
Tost et Trop Tard Mariés, aprenés :
Failly avés, comme poués entendre.
220 Puis qu'ainsi va, prenés vous par le nez;
De vos femmes serez chassé[s], venés,
Comme bestes qu[e l']on veult au las prendre.
Davantaige [je] vueil dire et pretendre
Que vous estes, sans aultre fiction,
225 Deux parfaitz folz, pour resolution.

Se vous voulés impugner et debatre
Que mes propos les hommes doyent abatre
Par ce que n'ay ung peu touché de femmes
Qui se marient a ung jeune folastre
230 Ou a un viel caduc aquariastre,
Parelz a vous, maleureux et infames, —
Je vous respons que les renoms et fames
A mon pouoir des dames garderay;
D'en dire mal me contregarderay.

235 Femmes, filles sont fresles de nature,
Et leur esprit, sans autre conjecture,
Est vif et guay, que pas je ne desprise.
Jeunes ne vieilz ne doivent a l'avanture

221 vos, *texte* vous. — 222 que l'on, *texte* quon.

Eulx obliger soubz sel et signature.
240 Soy marier, c'est trop grande entreprise.
Femme ne doit jamais estre reprise
S'elle consent estre subjecte a l'homme.
Adam faillit quant d'Eve print la pomme.

Comme rassiz, entendu et posé
245 Suis et seray a tousjours disposé
De soubstenir les dames et louer.
A leur honneur, le cas pressupposé,
Ung beau traicté j'ay fait et composé
Qu'on doit cherir, aymer et avouer.
250 D'en dire mal nul ne s'i doit jouer.
Matheolus, ort villain et bigame,
En a mesdit jusqu'a la haulte game.

Le dit traicté ne sera inutille
Aux auditeurs, mais tres bon et utille
255 A tout chascun qui le vouldra gouster.
Je l'ay basty, construict d'un moyen stille.
« Le Resolu » je le dy et postille.
Dignes ne sont goulears de l'escouter.
Matheolus du tout veulx debouter
260 Pour tant qu'il a tousjours blasmé les femmes.
Le livre ai fait aux louenges des dames.

261 ai, *texte* ait.

II. — LE REBOURS DE MATHEOLUS

(Copié sur B. N. Inv. Réserve Yᵉ 259.)

De femmes sommes tous venus,
Autant les gros que les menus ;
Pourquoy celluy qui en dit blasme
Doit estre reputé infame.
5 Car femmes ne sont discordantes
Aux hommes, mais sont florissantes
En tout honneur et amytié ;
Femmes ont des hommes pitié.
Et s'il advient qu'aucune face
10 Plaisir a l'homme et se mefface
A sa priere et sa requeste,
Soy monstrant amyable, honneste,
Ce procede de charité.
Car, sans quelque difficulté,
15 Quant on voit ung homme en danger,
La femme le doit soullaiger
De tout son pouoir ; car, en somme,
Il n'est rien si semblable a l'omme
Que la femme en aucun langaige.
20 On dit que la femme ung mesnaige
Fait ou deffait ; bref, en sustance,
L'homme banny de desplaisance
Est par [la] femme resjouy.
Se Matheolus n'a jouy
25 De ses femmes a son plaisir
Et qu'ilz aient eu mauvais desir
Envers luy, fault il que les bonnes
A l'apetit de ces felonnes
Et despites en soient blasmées
30 Villipendées et diffamées ?
La chose n'est pas raysonnable.
Car une femme est pitoyable,

    Doulce, gratieuse et plaisant,
    Tousjours le prouffit desirant
35 De la maison; [donc] par ainsi
    L'homme est hors de peine et soucy,
    Quant il veult que sa femme ait charge
    De la maison et qu'il la charge
    Des besongnes qu'il a a faire.
40 Adonc pense de son affaire,
    Tandis que le mary repose;
    Et est dedens son cuer enclose
    Parfaicte amour et pureté,
    Quant se voit en auctorité
45 Et qu'el a bien les mains ou mettre.
    Mais, a ce que pouons congnoistre,
    Matheolus fut ung jaloux;
    Jamais ne fut humain ne doux
    A ses femmes, mal les traictoit;
50 Par ainsi leur esprit estoit
    Variable, par quoy discerne :
    Ainsi que l'homme se gouverne
    La femme se doit gouverner.
    Or ne faisoit que lanterner;
55 Matheolus a ses voisines
    Souvent gectoit œillades, mynes,
    Tellement que par fantasie
    Faisoit entrer en jalousie
    Ses femmes, qui n'avoient pas tort.
60 Car souvent faisoit son accord
    Tant que par son subtil blazon
    Il portoit hors de sa maison
    Ce qui y estoit bien requis,
    Tellement qu'il n'y a aquis
65 Pas grant honneur; car, en effet,
    Alors qu'ung homme se forfait,
    Il donne a sa femme couraige
    De prendre ailleurs son advantage.
    Car nature femmes esmeult
70 Bien souvent. Se l'homme ne veult
    Acomplir soy de mariage

---

33 plaisant, *texte* plaisante. — 45 mains, *texte* maine, *le n⁰ 256 a* mains.
70 *Le texte écrit* souvent se, *etc.*, *et a un point à la fin du vers.*

Avecques eulx, il n'est pas sage.
Car souvent ailleurs se pourvoient
Alors qui[lz] congnoissent et voient
75 Qu'on tient d'elles si peu de compte.
Pour ce je dy que c'est grant honte
A Matheolus de mesdire
Des femmes; car, pour le vray dire,
Ilz sont doulces et amyables
80 Et aucunes fois veritables.
Toutes ne peuent pas estre bonnes;
Differentes sont en personnes :
Les unes prennent leurs soulas,
Voulans tenir mignons soubz las,
85 Et les autres n'en veullent point,
Mais font leur cas si bien a point
Qu'il n'y a que redire en elles.
Et s'ilz font aucunes cautelles,
Les hommes causent leur malice.
90 Par quoy les accuser de vice
C'est mal fait, ayez y regard !
Je vous prometz que le regard
De femme resjouyt, en somme,
Le cueur et l'esperit de l'homme.

NOTES

N. B. — Les chiffres ordinaires renvoient au texte français, les chiffres italiques marquent les vers du texte latin.

LAMENTATIONS, LIVRE PREMIER

Page 1. — *1.* C'est le début de la prière du Christ, Év. S. Math., XXVI, 23. — *6. Nous* dans trois mss. appartenant à deux familles différentes, étonne. A moins d'y voir une leçon du copiste de *σ'* (Voir *Introd.*, p. XXII), que des copistes postérieurs auraient rectifiée, on peut admettre que l'auteur a réellement écrit *nous*, songeant à ses lecteurs autant qu'à lui-même. — *11.* La proposition conditionnelle *se... donnassent* semble avoir été amenée par l'idée hypothétique contenue dans *pres de desespoir me tire* : « ce désespoir, j'y serais tombé si... » — *23.* Comme, dans le *Roman de la Rose*, il n'est pas question de la « soussie » (solsequium), cette phrase fait l'effet d'un jeu de mots : « cueillir la soussie » (fleur du souci) par analogie avec « cueillir la rose » (fleur de l'amour). Une pensée analogue se trouve dans Clément Marot, *Temple de Cupidon* (*Œuvres complètes*, éd. Jannet, I, p. 19) : « Mais on y trouve la soussie; C'est ce qui me trouble le sens ». — *25.* Voyez *R. de la R.*, éd. Michel, p. 288, vv. 9437-38, dans le paragraphe du jaloux. — *29.* L'*Isère* ne semble avoir été amenée que par la rime ; ailleurs (I, 646) Le Fèvre parlera de l'Oise et (II, 492) de la Meuse. — *45.* Formule de serment dans le genre de celles que M. Tolle mentionne à la p. 17 de sa thèse *Das Betheuern u. Beschwören*, etc. Erlangen, 1883.

P. 2. — *64.* Si *le* désigne Maistre Mahieu, ce vers n'est là que pour fournir une rime riche. Mais il est possible qu'il doive être rattaché aux deux vers suivants : alors *le* désignera la traduction française des *Lamentations*. — *67.* C'est la leçon erronée de DLM et des imprimés qui a fait croire (*Introd.*, p. CIX) que Le Fèvre était, lui aussi, originaire de Thérouenne, qu'il avait connu personnellement Mathieu et que celui-ci lui avait envoyé un exemplaire de son poème. Ce vers ne contient qu'une allusion au v. *1* du latin.

— 68. *l'*, c'est-à-dire son poème, « l'euvre du sage » (55). — 73. C'est
probablement par suite d'une interprétation erronée de ce vers que
ce nom « Passeroute » a été donné au poème lui-même par le copiste
du ms. de Carpentras ou par celui de sa source (Voir *Introd.*,
p. xxxiii). — 77. *Liber Lamentationum* est, en effet, le titre de l'original dans l'explicit du ms. d'Utrecht. — 83, sv. (*1*). Citation presque
textuelle d'Ovide. *Tristes* I, 1. — 85. Ce vers traduit le **sine me**
d'Ovide, que Mathieu avait supprimé, le remplaçant par **Morini** ;
cette ville, que les chartes du moyen âge appellent aussi Tar-
vanna, fut complètement détruite par l'armée de Charles Quint, le
20 juin 1553. — 89 (*2*). Nous avons déjà signalé (*Introd.*, p. lxvii) le
contresens fait par Le Fèvre dans sa traduction de **turbem**, comme
s'il y avait **turber** ; il s'agit de troubler l'insouciance avec laquelle
ils prennent des maîtresses et se marient. — Il faut distinguer les
socii nobiliores auxquels Mathieu destine en premier lieu son
poème (voyez aussi v. *107* **Dicta prius recito sociis**) des **domini** auxquels il adressera son livre avec des lettres spéciales (*3786*). — 8.
Versus et ode désignent probablement les vers des *Lamentations* ;
il se peut cependant que l'auteur fasse allusion à d'autres poèmes
du même genre où se trouve décrit le triste sort du bigame, tels
que le n° LXV du recueil d' « anciennes chansons françaises »
trouvé dans un ms. d'Oxford, Bibl. bodl., signalé dans un Rapport
de M. de la Villemarqué, *Archives des missions scientifiques et litté-
raires,* t. V., p. 112. Inc. « J'ai estés clers moult longuement sans
faille, Bigames suy, saichiés comment k'il aille. » Str. 4 : « Je
souloie estre moult bien ameis des dames. Or suy haïs et appeleis
bigames. » Refrain : « Ki puet eslire Et prent lou pire, Il puet bien
dire K'il ne voit grain ».

. P. 3. — 100. Le traducteur étend outre mesure le cercle de ceux
auxquels le poète est censé adresser ses avertissements et en exa-
gère terriblement la portée. — 104. Cet éloge de l'amour libre n'est
pas dans le passage correspondant du texte latin, mais se trouve
ailleurs dans le poème, par exemple, v. *2299*. — 111 sv. (*13*). Voyez
Ovide *Metam.*, I, 1. « In nova fert animus mutatas dicere formas » ;
Mathieu représente sa déchéance comme une espèce de « métamorphose ». — 124 (*16*). Le *sutor* est mentionné aussi v. *5502* comme
le plus infime des prolétaires ; cet emploi du mot est classique. —
129 (*19*). Par **jura** le poète entend le décret du pape Grégoire X (cf.
3920-21, 5021 sqq.). — 136. Cheville amenée par la rime *degré*. C'est
l'accord de BFM qui nous a fait adopter la leçon *ay ;* mais on peut
préférer *a* (impersonnel) à cause de *endroit moy :* « Il n'y a là rien
d'agréable pour moi ». — *21.* Ce vers est tiré des *Disticha Catonis*

(I, 18) ; Jehan Le Fèvre l'avait traduit naguère ainsi : « ʿCar par un cours les choses derrenieres Ne sont mie respondans aus premieres ». (*Rom. Forsch.*, XV, I, 78). — *22 sq.* La même idée est exprimée par Claudien *In Rufinum*, I, 22 sq. « ... Tolluntur in altum ut lapsu graviore ruant ».

P. 4. — *140.* Ponctuez *Si sçay bien, et...* — *146.* Lisez plutôt *je pleur.* — *149 sv.* Ces vers traduisent mal *26 sq.* : *sequele* n'a aucun sens ici, **querela** est la plainte, non la cause. — *152 sv.* Le traducteur n'a pas compris que **statua** et **ymago** (*28*) sont des synonymes. On ne voit pas trop la portée de la métaphore ; elle a un peu l'air d'avoir été amenée par la double rime **viduam... virago** ; le sens est probablement : « je ne suis plus que le reflet inerte de moi-même ». — *155.* Nous avons imprimé *frondist* parce que ce mot est donné par B et par toute la famille β (sauf pourtant I) et qu'il semblait mieux répondre au latin **vires sumens** (*30*). Mais *frondir* n'est peut-être qu'un lapsus (voyez cependant II, 3845, ou le même mot se retrouve avec la var. *frendist*) ; *froncir*, qui va fort bien avec *groucier*, nous paraît maintenant préférable. — *165* (*38*). Le traducteur a affaibli le sens de l'original en signalant ici d'une manière générale l'humeur diverse des époux ; le poète parle exclusivement de la femme. — *32.* Ponctuez **miser, exposita re** ; ces deux derniers mots constituent une espèce de cheville, comme, au v. *42*, **verum si pono**, qui se retrouve dans d'autres endroits (voyez *Introd.*, p. CLIX) ; elle a ici le sens de « tout bien considéré ». — *35.* **Teste Deo** ; le poète fait peut-être allusion à plusieurs passages des *Proverbes* (IX, 11, 13, 16 ; XXI, 1-19 ; XXXI, 10). Ce rapprochement nous engagerait à expliquer l'étrange **gracia rara** par un souvenir de *Prov.*, II, 16., *Ecclés.*, VII, 28 ; il faudrait entendre alors : « chez la femme, la grâce est rare » ; cf. *1704* **Mulierum gracia rara est.**

P. 5. — *180. Impedit ira animum* est un vers des *Disticha Catonis*, II, 4. Il se retrouve dans le texte latin des *Lam.* v. *5313*. — *186 sv.* Le traducteur amplifie l'idée des **verba colorata** et veut se montrer au courant de la rhétorique. — *189-90.* Lisez *sistolé, Paragogé, diastolé.* — *191,* c'est-à-dire *iambe* et *trochée.* — *194.* A ajouter ce vers à ceux qui montrent que le traducteur s'identifie complète-ment avec le poète. — *42.* **Pro conjuge** est rendu par *vers son mari* (170). **Jus** désigne les règles de la versification. — *48.* Ce vers, attribué par l'annotateur du ms. d'Utrecht à l'*Anticlaudianus*, se trouve dans une des préfaces du *De planctu Naturae* d'Alain de Lille (voyez Migne, *Patrol. lat.*, CCX, 48, avec **mendico** pour **depono.**)

P. 6.— *219 svv.* Changez la ponctuation : un point après 219, une virgule après 221. — *56,* **eas,** c'est-à-dire les Muses. — *61.* Vers obscur ; il y a, d'ailleurs, une faute d'impression : lisez : **serit altera sera**. Faut-il lire **haec** pour **hic** ? Le sens pourrait être alors : « l'une cultive, l'autre sème trop tard ». Mais ce n'est pas clair. — *62*. Voyez *Jérémie*, I, 6. — *69*. Le même vers se retrouve, légèrement modifié, v. *2342*. — *70*. Voyez Ovide, *Remedia*, 41 ; c'est le même vers, sauf que **lamenta** a remplacé **praecepta**.

P. 7. — *240*. *Tous les drois* doit rendre **veteri... de jure novo** (*73*). — *241* (*74*). Voyez *Introd.* p. CXIV. — *257* (*82 sq.*). Voyez *Introd.* p. CX. — *73*. La même idée se lit au v. *3921*. — *74*. L'annotateur du ms. d'Utrecht donne à cet endroit (f° 2 v°) une note marginale étendue sur l'élection de Théobald de Placence, archidiacre de Liège comme pape, sous le nom de Grégoire X, sur le concile de Lyon et la résolution prise par ce concile au sujet des bigames. Il la termine en indiquant le nombre des évêques (500), des abbés (60) et des autres prélats (environ mille) qui ont assisté à ce concile. Nous avons pu constater que cette note est la reproduction littérale de quelques passages des *Gesta Philippi tertii* de Guillaume de Nangis. L'erreur que commet l'annotateur en mettant l'élection de Grégoire X en 1272 au lieu de la mettre en 1271, remonte à Guillaume de Nangis. Celui-ci, après avoir relaté un événement de l'an 1272, continue : « Eodem anno post biennem et novem menses « sedis apostolicae vacationem, in festo beati Egidii electus est « Theobaldus de Placentia achidiaconus Leodiensis in papam, cum « esset absens in transmarinis partibus apud Acon et quarto Idus « Februarii coronatus Gregorius decimus est vocatus ». L'annotateur, qui reproduit textuellement cette phrase, a changé *Eodem anno* en *Anno domini MCCLXXII*. — Dans un autre endroit (f° 20 v°, à côté du vers *1312*), le même annotateur donne une autre note marginale étendue sur la querelle de Guillaume de Saint-Amour et des ordres mendiants. Ici, il se trompe sur les événements auxquels Mathieu fait allusion et confond Guillaume de Saint-Amour avec Guillaume de Mâcon. (Voir *Introd.*, p. CXXVI). Cette note a été copiée également sur une page de Guillaume de Nangis, c'est-à-dire de ses *Gesta Sancti Ludovici*. Voyez l'édition de G. de N. dans le *Recueil des historiens des Gaules et de la France* publiée par l'Institut, pour la première note, au t. XX, pp. 492 et 494, pour l'autre, aux pp. 384 et 390. — *80*. Voyez au vs. *105*, où se retrouve la même idée.

P. 8. — Mettez plutôt une virgule à la fin de 288, un point à la fin de 290. — *291 sv.* Le traducteur a renoncé à rendre toutes les subtibilités de la métaphore du latin ; il contredit, au fond, l'original (*101*), où M. dit qu'on ne peut pas l'appeler « passif ». Mais il ne

pouvait rendre en français le jeu de mots contenu dans **factus depo-
nens** (voyez e. a. *48* « auctoris **depono** stilum ». — *103* **ferina**. Les
anciens appelaient R « litteram caninam », puique les chiens, en
grommelant, semblaient produire ce son, comme dit le scholiaste
au vers de Perse I, 109 « sonat hic de nare canina littera » ; voyez
aussi le vers de Lucilius l'ancien : « Inritata canis quod R R quam
plurime dictat » (Baehrens, *Fragmenta poet. rom*, p. 141, note du
vs. 10) et, du même : « atque canina si lingua dico nichil ar me »
(Baehrens, *l. c.*, p. 179).

P. 9. — 314. A noter que plusieurs mss. ont *cuidoie*, ce qui diminue le vers d'une syllabe (A et N seuls ajoutent *bien*) ; les copistes
ont pris *se* pour la conjonction introduisant la proposition conditionnelle ; l'impf. du futur les a choqués ; mais en modifiant ainsi
le vers, ils font dire au poète le contraire de ce qu'il dit : il croit
les prières inutiles. On a ici deux propositions hypothétiques principales ; *se*, qui les relie l'une à l'autre, a plutôt le sens de *puisque*;
le cas peut être ajouté à ceux que M. A. Tobler a signalés et discu-
tés, *Ztschr. f. r. Ph.*, XIX, 567 sv. et *Verm. Beitr.* III, 47 svv. — *Non
contingens*, c'est-à-d. ce qui arrive fatalement,.... est impossible
à prévenir et à écarter. — La jolie idée contenue dans *114* sq.
(« si j'avais été changé en un rocher, je n'aurais pas la perception
de mes souffrances ») ne se retrouve pas dans le texte français,
qui a également négligé la donnée du vs. *118*.

P. 10. — 333 Latinisme, traduction littérale du latin (*130*) **quin
promoveatur** ; (l'annotateur ajoute « ad sanctos ordines »). — 334 sv.
y, dans ces deux vers, est le cas de la « couple illicite ». — 340 sv.
Épouser une femme corrompue était également considéré comme
un cas de bigamie (Voyez *Introd.*, p. CXIII, n. 4, et CXVIII, n. 1; aux
passages cités à cet endroit il convient d'ajouter celui que Du
Cange, in voce *bigamus*, tire de Martini *Vocabul. jur. can.* ...
« Bigamus dicitur qui contrahit sive de facto sive de jure cum
vidua vel corrupta »). Nous avons déjà vu (*Introd.*, p. LVI n. et
CXIII n. 4) que le latin ne mentionne pas ce cas et qu'à tout le
passage compris entre les vers 340 et 352 rien ne correspond dans
le texte du ms. d'Utrecht. Il nous paraît difficile d'y voir une amplification du traducteur ; il est plus probable que la critique
personnelle lancée contre le pape, en termes violents (350-52), a fait
supprimer ce passage, qui a dû se trouver entre *132* et *133*. — Mettre
plutôt un point après 340, un point et virgule après 341 ; *cy* se
rapporte au cas de Mathieu, le mariage avec une veuve honnête.
— 347 svv. La même idee (je suis puni pour le méfait d'un autre)
se retrouve, avec le même mot *blesce*, au v. 465 sv. — *122*. Repro-

duction littérale d'Ovide, *Pont.*, II, c. 9, 27. 28. — *127*. L'annotateur
ajoute, après **duabus**, « mulieribus successive »; c'est bien ce cas
de bigamie que M. a ici en vue. — *128* **mox** pourrait indiquer que,
pour Mathieu, la disgrâce a suivi le mariage de très près; voyez
cependant *Introd.*, p. cxvi.

P. 11. — 358 Le traducteur a laissé de côté l'essentiel, **rupto
damnabilis hamo conjugii** (*136*), c'est-à-dire, lorsqu'il renvoie sa
femme (cf. v. *4261*, le cas de Mathieu de Beauremi, *Introd.* p. cxvii).
— 367 Première allusion à la fable du corbeau qui se para des
plumes d'autres oiseaux, dont il sera plus amplement question
plus loin (voyez II, 3084 svv.). — 372 « Qui prend la place d'un
premier mari ». — *146* Clercs et laïques condamnent également le
bigame (Comp. v. *4835*). Notons que le poète se range ici parmi les
membres du clergé (**nosmet**, *146*),

P. 12. — 384. *Il* est le sacrement; étant entier, il veut être admi-
nistré par un prêtre dont la chair ne soit pas divisée. L'expression
« dividere carnem in plures » se trouve chez S. Thomas (*Summa*,
quæst. CLII, art. iii). — 387. Le sujet de *doivent* est *Les bigames*
(378). — 406. Voyez 1 *Samuel*, I, 2; deux copistes ont fort bien pu
remplacer le nom de *Fenanne* par celui, plus connu, de *Susanne*. —
417. Il est curieux que tous les mss., y compris N, aient *la met*;
peut-être cette graphie remonte-t-elle à o'. — *154*. Il peut paraître
étrange que des cas de véritable polygamie doivent fournir un
argument contre la réprobation, par l'église, du mariage d'un clerc
avec une veuve. Mais au point de vue du droit canon, ces cas
étaient pareils. (Voyez *Introd.*, p. cviii). — *158*, **istud**, c'est-à-dire
l'état de bigame.

P. 13. — 431 svv. Cette légende, d'après laquelle Lamec (*Genèse*, IV, 18-24) aurait tué Caïn en lui décochant une flèche, a été
tirée par Mathieu de S. Jérôme (t. I, éd. Migne, *Patrol. lat.*, XXIII,
p. 163). — 436. Dans la Bible, il est question d'une septuple *vengeance;* l'auteur en fait une *punition* « en sept doubles » de Lamec
et de sa race. — *165* sqq. Ce raisonnement bizarre a été assez bien
rendu par le traducteur, sauf qu'il a négligé le trait mordant de la
fin (*173* sq.) : « La mort qu'une seule femme me prépare est déjà
plus pénible que la mort de Caïn; celle de Lamec, qui avait
deux femmes, peut donc être appelée sept fois plus grave que celle
de Caïn ». Mettez plutôt deux points à la fin de *172*.

P. 14. — 469 svv. (*178*). Cette idée se retrouve ailleurs dans le
poème, p. e., v. *1208*, *2439* sqq. — 474. La leçon des mss., sauf F et
N (*Ne seroit plus f.*), dit le contraire de ce qu'il y a dans l'original
(*185*); plusieurs copistes ont pu lire *Ce* pour *Ne*. — *176*. En effet,

S. Jérôme n'attribue que peu d'importance à la bigamie du « maudit » Lamec, dans lequel il voit avant tout le meurtrier de Caïn (*l. c.*, pp. 507, 907). — *181* sq. La septième ère du monde (*Apocal.*, VIII, 1 sv.) est l'ère présente, celle où vit le poète. Il vaudra mieux mettre un point d'interrogation après etas (*182*). Le traducteur a négligé l'idée comprise dans ces deux vers ; celle-là encore, Mathieu l'a trouvée dans S. Jérôme (*l. c.*, p. 164).

P. 16. — 519. Vers obscur, qui semble devoir rendre l'idée du v. *199* **quia dignam morte scio rem**. On pourrait le comprendre ainsi : « Si du moins il savait par expérience, comme moi, quelle chose terrible est le mariage ». Mais *le fait* n'est pas clair. — 531. *Plato* n'est pas dans l'original ; trois mss. de β ont *Pluto !* On se demande, en effet, ce que Platon vient faire ici, et pourquoi le traducteur a substitué (?) ce nom à celui de S. Ambroise. (Voir la note suivante). Le *Timée*, que le moyen âge a connu par la traduction et le commentaire de Chalcidius, ne contient rien sur cette question. Mon collègue M. Polak me signale un passage des *Lois* (*Legg.*, VIII, 8, éd. Emm. Bekker, p. 840 sv.), où le mariage est défendu contre les relations extra-matrimoniales ou contraires à la nature et où une espèce d'excommunication est lancée contre ceux qui s'en rendent coupables : « Omnibus civitatis honoribus, ceu peregrinus aliquis, privatus sit ». Mais il ne s'agit pas ici des secondes noces. Rappelons que le traducteur s'arrête au v. *206* (reproduit par 533), et qu'il ne traduit pas les vers *207-16*. (Voyez *Introd.*, p. LXII). Il est possible que ces vers aient manqué dans le ms. dont s'est servi Le Fèvre. On ne voit pas bien ce qui a pu amener le traducteur à supprimer la **sanctio papalis** et le témoignage de S. Ambroise. Mais on s'explique fort bien la suppression des remarques de l'auteur sur **nuptias** et **nubere**, qui n'auraient eu aucun sens en français. C'est peut-être à cause de ces derniers vers qu'il a trouvé plus commode de laisser de côté tout le passage. — *208*. Ponctuez **Illas, sicut... dicit.** Il s'agit de la sanction donnée par le pape Alexandre III aux décrets du troisième concile de Latran (Voir *Introd.*, p. CXIV n. 1). — *210*. Voir S. Ambroise *In epist. ad Corinthios primam*, c. VII (éd. Migne, *Patrol. lat.*, IV, 138). « Denique primae nuptiae sub benedictione Dei celebrantur sublimiter; secundae autem *etiam* in *praesenti carent gloria;* concessae sunt autem propter incontinentiam ». — *211*. L'auteur s'excuse de donner à la première syllabe de **nuptiae**, qui est « longue par position », la valeur d'une brève. Cette faute de versification symbolise un désir, celui de voir son mariage ne durer qu'une heure. — *213*. Il s'excuse d'avoir employé (au v. *200*) **nubere** du mari,

oubliant que ce mot ne doit s'employer que de la femme ; l'excuse
se trouve dans l'état trouble de son esprit. (Voyez *Introd.*, p. CLV).
— *214*. Il faut rétablir ici le texte du ms. et lire **Usurpans... ultro
citroque.** Lorsque nous avons rédigé ce vers, nous n'avions pas
encore remarqué que l'auteur, partout dans son poème, traite la
première syllabe de **merum** comme une longue.

P. 17. — 546. Traduction peu exacte du v. *220*, où le poète
s'écrie : « Oh mort, que tu fusses morte par le feu ou par l'onde ! »
Toute la tirade a été mal rendue ; le traducteur invoque la mort
(*vieng a moi !*), le poète, s'adressant à la bigamie, l'appelle la plus
terrible des morts. — *560, mon frere.* Le traducteur semble vouloir
appliquer ce mot à un personnage spécial, qu'il distingue des
autres ; l'auteur songe à tous les jeunes clercs, ses frères d'autrefois (*231* sq.), qui maintenant le dédaignent, comme le Pharisien
de la parabole dédaignait le péager (*S. Luc*, XVIII). — *229* sq.
Voyez Ovide, *Pont.*, III, 7, 27-28 ; la leçon ordinaire a *tumidis* pour
liquidis, *lassat* pour **vexat.**

P. 18. — *569* sv. Dans la description des charmes de la bien-aimée,
le traducteur est resté bien au-dessous de la grâce de l'original.
C'est surtout à la fin que se montre l'infériorité de son talent. La
« chute » de l'original (*274*) est jolie dans sa simplicité, celle du texte
français (*623*) est banale et ne termine pas le passage. Toute cette
description rappelle, autant par les détails que par l'antithèse
entre la beauté de la fiancée et la laideur de la femme mariée, le
passage bien connu d'Adan de le Hale (*Jeu de la feuillée*, première
scène). Il y a un art plus méthodique dans la composition du poète
artésien ; chez Mathieu, les détails se suivent avec moins de régularité, mais il y a une passion plus sincère dans son souvenir de
la Petronilla d'autrefois (voyez surtout v. *239*, *243* sq.). — *585*. Le
traducteur rapporte à la bouche ce que le poète avait dit du nez
(*251*). — *240*. Voyez Virgile, *Ecl.*, III, 93 ; cette citation reviendra
assez souvent (p. e. *2301*, *2383*).— *251*. **hiis** se rapporte à **supercilia.**
252. A rapprocher **non breviore spacio** (« pas trop court ») de **debita
per spacia** (*248*).

P. 19. — *259*. Elle avait des seins de jeune fille, quoiqu'elle fût
veuve ; joli trait que le traducteur a négligé. Au reste, il a rendu
bien grossièrement les allusions discrètes du poète (*266* sq.) et,
comprenant mal l'**infra** du v. *265*, qu'il oppose à tort à l'**extra** de
264, il se laisse aller à un réalisme que l'auteur avait su éviter
avec beaucoup de tact. — *271*. Lisez **Natura.**

P. 20. — 635-43. Le traducteur développe l'idée que le poète n'a-
vait fait qu'indiquer ; il s'est rappelé sans doute les vers 6146-48 du

Roman de la Rose : « Puis ge voler avec les grues, Voire saillir outre les nues, Com fist li cine Socratès ? » — *275.* Voyez Ovide, *Ep.*, VII, 2. « Ad vada Maeandri concinit albus olor ». Notez la faute de graphie.(**Menandri**, pour « Meandri »), commise par le poëte et par son traducteur (641). Seul le copiste de A a essayé de la corriger. — *286.* **Corigna**, Corrine, nom de la bien-aimée d'Ovide. (Voyez *Amores*, passim *De Arte am.*, III, 538, et *Trist.*, IV, 10, 60. L'annotateur du ms. d'Utrecht ajoute : « Corigna fuit quoddam nomen quo Ovidius solebat amasias suas appellare ne publice cognoscerentur ».)

P. 21. — 684 (*297*). La même comparaison se trouve dans *La Vieille* (éd. Cocheris, p. 153). « Les peaux froncies et soillées, Vuides comme bourses moillées »; Matthieu a connu *De Vetula* (1423 sq.), — *298.* **Saxosum pectus** ; voyez également *La Vieille, l. c.*, var. « Sa dure pierreuse poitrine.'» — *302.* La même image se retrouve au v. *5490* : **quondam Rachel est modo Lya.**

P. 22. — *309.* L'annotateur du ms. écrit au-dessus de **populi** « totius ». — *318.* **noli me tangere** désigne la peste, ce qui explique le vers suivant. Le traducteur a-t-il peut-être pensé à une plante ? Les vers 708-10 semblent correspondre à *318-19.* — *321-22* (713-18). Nous avons déjà signalé *(Introd.* p. cxLv) le rapport qu'il y a entre ces vers et un fabliau.

P. 23. — *744.* Traduction obscure ou maladroite du latin (*335*) « nequit meditari an liceat ».

P. 24. — *753.* Le singulier *aime*, représenté par le seul ms. C, étonne à côté du pluriel des deux vers suivants, quoiqu'il corresponde mieux au texte latin (*340*). On hésite pourtant à remplacer *convient* par *faut*, qui ne se trouve que dans α. Peut-être Le Fèvre a-t-il écrit : « Ce que ayment... » ou « Ce qu'eulx ayment... » (Voyez *Introd.*, p. ccxx, 6). — *772.* La leçon *prosperité* est justifiée par le texte latin (*347*) ; il est curieux que des mss. de nos deux familles aient *propriete.* — *350* sq. « Un bénéfice de mille sous réalisé par les maris est jugé inférieur à un bénéfice de six oboles qui vient de la femme ». Les *vint livres* du texte français (779) représentent le double des « mille sous » du latin, à compter par livres parisis. C'est le **Lucra** de *350*, non le **Lucris** de *351* qui doit rentrer.

P. 25. — *354* sqq. A comprendre : **Ut dicunt... sic opponunt.** — *360*, **ei** scil. **colo.** Il faudra changer la ponctuation, supprimer la virgule après **ei** et mettre un point après **flagellum** ; supprimer aussi le point et virgule après **quippe** (*361*) et la virgule après **moveatur.**

P. 26. — *821* svv. rendent mal le sens du latin (*368* sqq) : **Istis** (scil. mulieribus) **natura cedit... jura cedunt.** Il faut ponctuer : **cedit,... cornuti ; jura** etc. Ce ne sont pas les **jura,** mais les femmes

qui sont comparées à des cerfs cornus. (Voir *Introd.*, p. cxc n. 2).
— 832 svv. Enlevez la virgule après *rioteuse* et mettez une simple·
virgule après *aprester*, un point après *contrester*. *Quant* a le sens de
« puisque » et correspond au latin **cum** (373). — 844 svv. (378
sqq.) Ce sont la « meta redargutionis » (par la langue, la vue et le
toucher), la « meta falsi », la « meta inopini », la « meta solœcismi »,
la « meta nugationis ». Voyez les rubriques de D (à la varia lectio)
aux vers 842, 1012, 1042, 1078, 1166. — *378*, **metas quinque sophistae,**
ainsi que les termes **redargutio** et **redargutum facere** (*378*), **meta**
falsi (*435*), **meta inopini** (*447*), meta soloecismi (rubr. de *459*),
meta nugationis (rubr. de *504*) correspondent exactement au titre et
au début du Lib. I, cap. 3 des *Elenchi*, dans la traduction ·de
Boèce : « *Fines sophistae et loci sophistici in dictione.* Sunt haec
(genera) quinque numero : redargutio, falsum, inopinabile, soloe-
cismus et quintum quod est facere nugari eum qui condisputat. »
Le moyen âge connaissait une partie de l'œuvre d'Aristote, notamment les *Elenchi*, par la traduction de Boèce. — *379.* **Redargutum...**
« Redargutio est syllogismus contradictionis » ou, d'après une autre
définition, « syllogismus cum contradictione conclusionis ».

P. 27.— 849. *La langue* n'est pas dans cette partie du texte latin ;
elle n'est mentionnée qu'au v. *398* ; mais la rubrique a pu la fournir
au traducteur. — 860. Le traducteur s'est trompé en attribuant le
mot **dividar** (*384*) au mari. — 880. Il a négligé un joli trait de l'original (*388* sq.) déjà signalé *Introd.*, p. lxvii. — *380-397.* Ce conte
a une grande analogie avec la fable XLV de Marie de France (éd.
Warnke p. 148 svv.) *Iterum de muliere et proco eius.* La seule
différence essentielle, c'est que, chez Marie, le mari a vu sa femme
aller avec son amant dans la forêt, tandis que, chez Mathieu, il
les voit coucher ensemble ; il faudra sans doute mettre cette divergence sur le compte de la transmission orale, (cf. Warnke, *l. c.*, p.
XLVII) à moins que Mathieu n'ait modifié sciemment le début,
cédant en cela à son goût de la mise en scène réaliste et brutale
(voyez le trait grossier du v. *381* **post opus**). Au reste, les deux
versions s'accordent dans presque tous les détails, sauf que chez
Marie, il est question d'une seule aïeule (v. 21), chez Mathieu, de
plusieurs, que chez la première, le mari se rend à l'église pour
prêter serment (50), tandis que Mathieu se contente de lui faire
convoquer les voisins. Pour les noms propres (chez Marie, les
personnages sont anonymes), voyez *Introd.*, p. cxlvi. Celui de
Guido se trouve dans les *Cartulaires de l'Église de Thérouane* p. p.
Duchet et Giry dans la pièce 45 : « Wido de Alos », et dans le n° 225,
qui est de 1276 : « Guido de Talliano, canonicus. Morinensis ».

P. 28. — *398-418*. C'est à peu près la même histoire que celle
« d'un bonhomme qui estoit cordier » dans *Le livre du chevalier de
La Tour Landry,* éd. Jannet, Paris, 1854, p. 126 sv. Un conte analogue se trouve dans la collection des *Exempla* de Jacques de
Vitry (éd. Crane, p. 106, n° CCLI). Une amie de la femme coupable persuade au mari trompé, en le saluant comme s'il était
accompagné d'une autre personne, qu'à certaine heure du jour,
les yeux voient double. Le mari retourne chez sa femme et, ne
voyant plus auprès d'elle l'amant qu'il avait cru y découvrir, lui
fait des excuses. Un autre conte du même genre, destiné à
illustrer la même idée, mais dans lequel c'est la femme elle-même
qui ébranle la confiance du mari dans le témoignage de ses « mauvais yeux qui mentent souvent » est le n° XLIV des Fables de
Marie de France (*De muliere et proco eius,* éd. Warnke, p. 145 sv.).
On peut en rapprocher encore, malgré les différences (car, au
fond, il ne s'agit pas ici d'une redargutio), le conte du mari
borgne, qui est le n° X de la *Disciplina clericalis* (voyez *Introd.*
p. CXLII). — *406*. L'annotateur du ms. d'Utrecht fait remarquer
qu'il ne faut pas confondre cette « méchante voisine de Werri
(Wilberici vicina) » avec *Baucis,* la « bonne, pauvre et vieille
femme de Philémon (Palemonis uxor) ». Pourtant c'est probablement dans le récit des *Métamorphoses* que M. a pris ce nom, attiré
peut-être par le plaisant contraste entre le caractère de la fileuse
rusée de Werri et celle qu'Ovide appelle (*Métam.,* VIII, 613)
« femina conjuge justo digna. »

P. 30. — 970 sv. Ces vers sembleraient indiquer que Le Fèvre
connaissait d'autres histoires de ce genre. Mais il est plus probable
que nous n'avons ici que la traduction du vers *418,* que le traducteur a déplacé et mal compris, puisque cetera se rapporte à la fin
du conte précédent. — 972. Si ce vers n'a pas été amené simplement
par la rime (ce qui est fort possible), on peut admettre que Le
Fèvre suppose ce conte connu de ses lecteurs. Il offre, en effet, des
analogies avec le fableau de Garin, *De la dame qui fist entendant
son mari qu'il sonjoit* (*Recueil* de Montaiglon et Raynaud, t. V,
p. 132), comme M. Bédier l'a déjà remarqué (*Fabliaux,* p. 429).
Le Fèvre a assez habilement développé la mise en scène (voyez
surtout la fin, 1003-09), sans cependant rien ajouter d'important.
Ce conte constitue un des éléments de la 61e des *Cent nouvelles
nouvelles* (voir *Introd.,* p. CLXII). — 978. Question bizarre, amenée
simplement par le besoin de rimer richement à *cheveux.* — 984.
Ce vers semble paraphraser le **receptum** de *425,* qui correspond au
cepit de *422* ; la femme, en prenant à son tour le faux larron par les

cheveux, avoue implicitement qu'elle est de l'avis de son mari.
— *421*. Voyez sur le nom de **Framericus**, *Introd.*, p. CXLVII n. 2.

P. 31. — 1016 (**435**). Est-ce peut-être la rime (**lunam : vitulinam**)
qui a fait substituer la lune aux nuages, dont il est dit dans un
ancien proverbe : « Les nuées ne sont pas peaux de veau » (Leroux
de Lincy, *Livre des Proverbes*, I, 206) ?

P. 32. — 1036. Le Fèvre a-t-il peut-être lu, au v. *444*, **ira** pour
inde ? La colère est bien déplacée ici ; si c'est uniquement la rime
qui a amené le mot *ire*, elle a bien mal servi le traducteur. —
1039, *passer* semble devoir rendre l'idée de **differre** (*446*). Dans le
poème latin, **volui differre paratis**, qui est une variante assez mal
venue et peu claire de **nocuit differre paratis** (Lucain, *Pharsale*,
I, 281, cité par Mathieu au v. *3385*), semble vouloir dire : « quoique
j'aie un nombre infini d'exemples tout prêts, j'ai voulu les renvoyer
à plus tard, pour être bref ». — 1045. C'est l'accord partiel du ms. C
avec α, qui nous a fait rejeter la leçon *fu ses cors penés* que représentent tous les autres mss., y compris F. Le vers 651 de *Leesce*
confirme, d'ailleurs, la leçon *ordenés* et semble même justifier *si* qui
paraît étrange ici ; peut-être les copistes de α et de C ont-ils modifié
le vers primitif (*fu ses cors penés*) d'après le texte de *Leesce*. — 1047.
Le sens est « la limite de l'incroyable » (voyez plus loin). — *447* sqq.
L'histoire de Salomon conduit à l'idolâtrie par les femmes étran-
gères qu'il avait épousées, est un « exemple » classique dans les
attaques contre les femmes (voyez e. a. *Romania*, IX, 436). Il est à
noter que Mathieu semble ne pas connaître l'histoire si populaire
au moyen âge de la femme qui trompe Salomon en se faisant passer
pour morte (le thème de *Cligès*). — *451* sqq. (1656 svv.). Cette
légende de la pénitence publique du roi Salomon, à laquelle les
récits de la Bible ne contiennent pas la moindre allusion, ne paraît
pas avoir été très répandue dans les milieux chrétiens du moyen
âge et n'a pas laissé de trace, semble-t-il, dans la littérature
populaire. Les pères de l'Église ont généralement admis que le roi,
s'étant repenti d'avoir favorisé l'idolâtrie de ses femmes, avait fait
pénitence « non ad faciem populi, sed in secreto conscientiae,
Deo teste ». On tirait cette conclusion du fait que, vers la fin
de son règne, Salomon avait écrit les *Proverbes* et l'*Ecclésiaste* et
qu'il avait été jugé digne d'être enterré auprès de son père. Un
théologien espagnol du commencement du XVIIe siècle, Juan de
Pineda (mort en 1637), a consacré tout un traité à cette question,
dans une introduction aux *Proverbes*, intitulé *Salomon praevius siue
de rebus Salomonis libri octo* (Lugdunum 1609). Quoiqu'il admette
la solution ordinaire comme suffisante, il signale cependant (*l. c.*,

Lib. VIII, *cap.* I, *sectio* VII, 64), une « Hebreorum traditio », d'après
laquelle Salomon aurait été mené cinq fois par les places de la
ville (« quinquies tractum per plateas »), serait ensuite entré
dans le temple avec cinq verges et aurait ordonné aux docteurs
de la loi de le battre. Ceux-ci ayant refusé de porter la main sur
l'oint de Dieu, le roi se serait flagellé lui-même. Pineda ajoute que
cette tradition, qu'il tenait évidemment d'une source juive, ne se
retrouvait pas, comme quelques-uns le prétendaient, dans S. Jérôme
et dans S. Ambroise, mais qu'elle était signalée par Bède « in
fragmentis in librum Proverbiorum ». On trouve, en effet, cette
histoire, racontée à peu près dans les mêmes termes, dans un écrit
de Bède le Vénérable que Migne (*Patrologie latine*, XCI) signale en
ces termes : *In Proverbia Salomonis allegoricae interpretationis fragmenta in antiquo codice reperta* (*l. c.*, col. 1066) ; elle y est donnée
comme tirée de « libri Hebraeorum ». Une tradition un peu différente, quoique analogue, d'après laquelle Salomon, après que l'idolâtrie à laquelle se livrait une de ses femmes eut été dénoncée
publiquement par le prophète Asaph, se serait rendu dans le désert,
où Dieu lui aurait imposé une pénitence de quarante jours, est
d'origine musulmane (voyez Dr G. Weil, *Biblische Legenden der
Musulmänner*, Frankfurt a. M., 1845, p. 270). Fabricius, *Codex epi-
graphus Veteris Testamenti*, Hamburg, 1713, qui cite (t. I, p. 1061)
Pineda et Bède, mentionne aussi deux autres versions de la pénitence de Salomon légèrement différentes, tirées du Targum et d'une
« tradition rabbinique ». Nous croyons pouvoir admettre comme certain que Mathieu a tiré cette légende (voyez *Introd.*, p. cxxxviii),
dont il retient la **publicité** de la pénitence et le **per vicos ceditur urbis**
(*451*) des fragments signalés de Bède. En effet, son expression (*447*)
Ad metam ducit inopini correspond exactement à cette phrase de
Bède (*l. c.*, col. 1065) : « Salomon, vir tantae sapientiae, **nunquidnam
credibile** est illum in simulacrorum cultu aliquid utilitatis credi-
disse ? **Non.** » Le « **non potuit ratione tueri** » du vers *449* se retrouve
dans cette autre phrase de Bède : « Sed mulierum amori ad hoc
malum trahenti **resistere non valuit** faciens quod **sciebat** non esse
faciendum. »

P. 33. — 1081 sv. (*459* sqq.). Mathieu connaissait (en dehors des
Elenchi, voyez plus haut) au moins les titres des principaux
ouvrages d'Aristote, probablement d'après Boèce, qui avait donné
un commentaire du *De Interpretatione* et des *Praedicamenta* et traduit les *Priora analytica*, les *Posteriora analytica*, les *Topica* et les
Elenchi. La première traduction latine complète des œuvres fut
donnée par Henri de Brabant, en 1271 (Voyez Jourdain, *Recherches*

critiques sur l'âge et l'origine des traductions latines d'Aristote, Paris, 1819). — Pour le titre du premier ouvrage cité, voyez, au début du commentaire de Boèce : « Inscribitur etiam Graece liber hic περὶ ἑρμηνιας, quod Latine de interpretatione significat », et dans le *Polycraticus* de Jean de Salisbury *(l. c.* col. 904), « Syllabicus periermeniarum » et « in periarmeniis ». — **Priora** et **Posteriora** désignent les deux *Analytica*. — *463* sqq. Le lecteur remarquera que Mathieu ne raconte pas en détail l'aventure d'Aristote et de la maîtresse d'Alexandre, mais qu'il se borne à la prendre pour thème de son raisonnement (d'en donner la glose, *474*), la supposant connue de ses lecteurs. Voyez sur cette histoire, son origine et ses différentes versions, l'étude très creusée et bien ordonnée de Dr A. Borgeld, *Aristoteles en Phyllis, een bydrage tot de vergelykende litteratuurgeschiedenis*, Groningue, 1902. — Il est difficile de savoir si Mathieu a connu cette histoire par un *exemplum* latin, s'il avait lu le poème d'Henri d'Andeli, ou s'il avait seulement entendu raconter l'histoire ; il n'en cite que le trait essentiel. Remarquons cependant que son début *(459-60)* **Quid... prosunt** (1080 *Que proufita a Aristote*) rappelle les vers 247 sv. du *Lai d'Aristote* (*Rec. de fabl.* de Montaiglon et Raynaud, t. V., 249) : « Ne ja vers moi ne *li vaudra* Dialectique ne grammaire » et que le v. *428* **Que sibi non tenuit pactum** rappelle le vers d'un jeu-parti d'Adan de le Hale où le même conte est remémoré : « Qui en le fin convent ne li tint mie » (cité par M. Borgeld, *l. c.*, p. 12). L'essentiel de la tirade des *Lamentationes*, — la dissertation sur « l'ordre preposteré », puisque l'homme fut chevauché par la femme et qu'un vieillard voulut faire l'amour, — semble bien devoir être mis sur le compte de Mathieu. — 1093, *se haucha*, amené par la rime, précise davantage en quoi consistait la « difformité » de la **junctura** *(467).* — *472* (1101-02). La différence entre le psaltérion et le décacorde (la cithare), à laquelle le poète revient encore une fois *(1062)* consiste en ceci que la table de résonance de la cithare se trouve à la partie inférieure de l'instrument, tandis que, dans le psaltérion, elle se trouve à la partie supérieure (Voyez *Forcellini, de Vit*, s. v.). L'idée de cette différence, d'où provient un désaccord entre les deux instruments, est familière aux pères de l'Église. Ils y reviennent souvent. Citons, comme très explicite, ce passage de saint Augustin (*Enarratio in Psalmum 57*, Migne, *Patrol. lat.*, t. IV, col. 672) : « In psalterio chordae sonum desuper accipiunt, in cithara autem chordae sonum ex inferiore parte accipiunt. » Un passage plus long se trouve dans *Enarratio in Ps. 32* (*l. c.* col. 280), où la chambre de résonance « lignum concavum tamquam tympanum » est soigneusement décrite. De même chez S. Ambroise *in Ps. I (Praefatio* de l'*Editio Bened.* I, p. 742) et chez S. Jérôme, *in Ps. 32* et *in Ps. 150* (même édition, t. VII, pp. 39 et 106).

P. 34. — *474,* **barbastoma.** Voyez dans les *Elenchi* (trad. de Boèce) I, 3 « quartum solaecismo uti facere : hoc autem est facere secundum locutionem barbarisare ex oratione respondentem. »

P. 35. — *1133* sv., *eulx,* c'est-à-dire *nature* et *raison* (**Natura et Ratio,** *490* sq., demandent une initiale majuscule.) — *499* (*1151*). Le poète se range ici parmi les disciples d'Aristote (**artistis,** maîtres ès arts), qui dans les « désordres » de leur vie, subissent les conséquences de la conduite de leur maître. — *1166.* Nous avons cru (*Introd.* p. LXV) que **cujus vicio et lacrimetur** (*502*) se rapportaient à Petra ; le poète aurait voulu dire que les querelles, surtout les larmes, de Petra l'empêchent d'écrire son poème comme il le faudrait et de peindre au minium le titre et les rubriques (ou d'illustrer le titre par une miniature ?) Il y a, cependant, une difficulté, c'est le subjonctif **notetur,** qui, dans ce cas, ne pourrait pas dépendre de **cum.** Ce subjonctif s'explique si on rapporte **cujus vicio** à **hanc metam,** scil. **soloecismi** (*501*) et si on supprime les deux virgules de *502.* Mais alors le sujet de **lacrimetur** ne peut être que **hic liber,** c'est-à-dire le « livre des *Lamentations* ». Réflexion faite, nous préférons cette interprétation (« puisque c'est surtout par solœcisme que mon livre est un livre de pleurs, qu'il est mal écrit et mal orné ») et nous supprimons les deux virgules.

P. 36. — *1195.* Lisez *Seurmontent.* Il est curieux que tous les mss. aient le singulier et que les imprimés aient ensuite corrigé cette faute. Peut-être y a-t-il là une faute de *o'* (*Introd.* p. XXII), amenée par le singulier *fievre continue.* Mais le texte latin (*514*) réclame le pluriel. — *504.* C'est la **meta nugationis.** A rapprocher de **decies repetatur** cette explication des *Elenchi* (trad. de Boèce), I, 3. « Hoc (c'est-à-d. facere nugari) est frequenter cogere idem dicere ».

P. 38. — *1230.* Traduction erronée de *530* (*Introd.* p. LXV).

P. 39. — *545.* Cette même idée a déjà été exprimée au v. *322,* mais il fallait bien la servir encore dans la tirade du *goût.* — *1293.* Vers bizarre qui dénature la pensée de l'auteur. Celui-ci veut parler du double mal que lui cause Pétronille, en le forçant au silence, ce qui diminue son prestige (**nomen**), et en diffamant ses paroles (*559*). — *1300* Contresens bizarre ; la *chose passée* est née de la confusion de **perterrita,** « ma langue terrifiée » (le ms. d'Utrecht porte ce mot en toutes lettres), avec **praeterita.**

P. 40. — *560.* Vers superbe qui ouvre bien le paragraphe **de tactu !** — *1312.* Notez le subjonctif *puisse* après *com,* imitation directe de

cum nequeam (*564*). — 1322. Notez la rubrique de D, qui est une traduction littérale du *cedere bonis* de la rubrique latine. Le Fèvre traduit mieux cette expression (1342 sv.) La terminologie du poète donne à toute cette querelle d'alcôve l'allure amusante d'un procès, qui se termine par une peine corporelle infligée au débiteur insolvable. — 1323. La leçon *denouér* (pour *desnouer*?) n'est pas sûre (plusieurs mss. ont *deuouer*). Si le sens est « je dois bien vider le fond de mes bourses », il faut à la fin du v. 1322, remplacer le point par une virgule.

P. 41. — *589-90* Ces mêmes deux vers terminent le Livre II (2327 sq.), où ils sont combinés aves les vers *641-42*.

P. 42. — *591*. **Guido**. Voyez sur ce nom, *Introd.*, p. CXLVI. — *595* sq. La présence de la nourrice qui allaite le bébé de l'auteur (*602*) s'accorde assez mal avec la vieillesse de Petronille et l'impuissance du mari. Si cette scène réaliste écrite d'ailleurs avec talent, rappelle quelque expérience ancienne de Mathieu, on ne peut pourtant pas féliciter le poète de l'avoir insérée ici.

P. 43. — 1422. Nous avons adopté la leçon *ot* (« Et quand la nourrice entend commencer la querelle ».) La leçon de AB (qui se trouve aussi dans T et dans N, donc celle de α), *au commencier*, ne serait pas mauvaise si on pouvait remplacer *Et* par *Lors*.

P. 44. — 1441 sv. Il faut changer la ponctuation, supprimer le point et virgule à la fin de 1442 et mettre ce vers en parenthèse ; il traduit **mane** (*620*). — 1443-45. Ces vers ne rendent pas bien la partie correspondante du latin (*620*), puisque la nourrice ne se lève pas (pas même *envis*), mais commence par rester dans son lit. En outre le dernier vers n'est pas clair ; faut-il lire peut-être, en mettant un point après *estrive, Et supposé qu'appeler oie,* ? Il ne serait pas impossible que Le Fèvre eût lu **obedit** pour **obaudit** (« ne pas entendre »). — 1447. Nous avons déjà fait remarquer (*Introd.*, p. LXV) que le traducteur ajoute une obscénité pour rendre la scène plus réaliste. Il n'arrive pourtant pas à reproduire la vivacité du latin. Mais le petit vers et la rime riche rendaient ici sa tâche particulièrement difficile. — 1451. Tricotel (*Bulletin du bibliophile*, l. c., p. 555) cite, à propos de cette scène de la nourrice qui refuse de se lever, une scène analogue dans Perse, *Sat.* V, 132 sq. — 1457, *An Dieux* a été adopté à cause de l'accord de mss. appartenant aux deux familles. *An* semble bien n'être que la reproduction littérale de **en** du latin (*625* **Deus meus! en**).

P. 45. — 1470. La leçon adoptée *que* se trouve seulement dans C. Cependant, elle est plus satisfaisante que *qui*, à moins de ponctuer : *Qu'est ce? Qui dormir ne nous laisse?* — 1497. Remplacez le point à la fin de ce vers par une virgule. — *641-42* Ces vers se retrouvent, combinés avec *589-90*, à la fin du Livre II (*2325-26*).

P. 46. — *651.* Il faudra remplacer le **laborem** du ms. par **saporem** (1515 *savourer*). — 1522. Changez *ces* en *ses* (*654*, **suarum**).

LIVRE DEUXIÈME

P. 47. — 10. La variante *qu'au*, représentée par des mss. des deux familles, est curieuse ; peut-être y a-t-il là une faute de *o'*. — 25, 26. Lisez *bouter, doubter*. — *655.* C'est le premier vers du *de Consolatione* de Boèce, avec interversion, à cause de la rime intérieure, des mots **quondam studio** (Voir *Introd.*, p. cxxx) cf. Virg., *Aen.*, I, 1. « Ille ego qui quondam gracili modulatus avena. » — *656.* **Non senio** ; cf. le début de l'*Alexandreïde* de Gautier de Châtillon (Migne, *Patr. lat.*, 209, col. 459), « senio non fractus ». Donc, le poète se sentait vieilli, sans qu'il fût encore vieux. — *657.* Supprimez la virgule après **somnio**. — *664.* Vers tiré d'Horace, *Ep.*, I, 18, 84, avec remplacement de **tua** par **sua**.

P. 48. — 48. Lisez *Lamentacions*. — 60. Il paraît préférable de lire *Ou* pour *Que* et de mettre un point après *tence*. — 63. Le traducteur n'a pas rendu le **sol, la** du v. *680*, qui continue si joliment l'image du chant.

P. 49. — 71. La leçon de F (*Car*) paraît préférable, comme l'indique celle de *Leesce*, 951 ; il faut mettre alors une virgule, non un point, à la fin de 72 (cf. *684.* **Uxor rixatur, aqua sordet**). — 89. Peut-être vaut-il mieux lire *Enten bien en ce* (Voir *Introd.*, p. CCXXV). — 90. Mettez un point à la fin du vers. — *685.* **Salomonica** ; voyez *Proverbes*. XXVII, 15. — *683.* Supprimez la virgule après **vir**. — *696.* **Scriptura**. Allusion probable à d'autres passages des *Proverbes*, tels que XXI, 9, 19, XXV, 24, à moins que l'auteur songe aux personnages bibliques dont il va bientôt rappeler l'histoire.

P. 50. — 108. Les *histoires du painttre* sont sans doute des peintures murales, des vitraux, ou bien des miniatures dans le genre de celles que contient notre ms. M (Voir *Introd.* p. xi.), qui représentaient la chute de l'homme, Samson vaincu par Dalilah, l'idolâtrie de Salomon, l'aventure d'Aristote, etc. (Voyez Dr Borgeld, *l. c.*, p. 79 ; il est vrai que la plupart des peintures mentionnées par ce savant sont postérieures au XIVe siècle). Notons que ce trait appartient au traducteur, de même qu'un passage analogue sur des images représentant les évangelistes « Figurés en draps et en listes

En la fourme de quatre bestes » (III, 2698). Le Fèvre devait aimer la peinture ; n'a-t-il pas composé des vers sur les images de la danse Macabré ? (Voir *Introd.*, p. CLXXXVII, note 1). — 125. Qu'est-ce que *Albar* ? Nous avons donné toutes les variantes de nos mss. Celle de F (*Auvar*) est curieuse : elle semblerait indiquer que le copiste a pris ce mot pour un nom propre dont il aura modifié la forme d'après la phonétique de son temps. M. Vaillant *(Maître Mahieu, satirique boulonnais*, Boulogne-sur-Mer, 1894, p. 31) a l'air de croire que ce nom a été substitué par Le Fèvre au **Cras** de l'original. Mais qu'est-ce qui a amené cette substitution ? Puis, si nous avons ici le nom propre du héros de l'anecdote, le mot *il* après *Albar* est assez superflu. D'ailleurs, Le Fèvre dit positivement, au *Livre de Leesce* (970), en citant l'exemple du jeune homme de Montreuil : « Je ne sçay comment' on le nomme » ; il n'avait donc pas compris **cras** et **crassus**. Ce *Albar* bizarre cacherait-il peut-être la traduction du **absque modo** de *704* ? — *700*. **Cras** (ou **Crassus**, *1718* ; est-ce une traduction de *Legras* ou *Legros ?*) est une connaissance (**novi** et **quem scio** *1719*) du poète (Voyez sur l'insertion, parmi les *exempla*, d'un souvenir personnel de l'auteur, *Introd.* p. CXLIII, note 2).

P. 51. — 141. Voyez la leçon de *Leesce*, 978 « Pour tant pouoit de dueil crever ». — 150 sv. Le traducteur n'a pas compris que la personne qui pleure et se lamente est la femme (*713* sq. ; voyez *Introd.* p. LXVII). — 171. Lisez *trieves*.

P. 52. — 202-207. Ce passage n'est pas dans notre texte de l'original mais en a probablement fait partie (*Introd.* p. LVI) ; l'histoire est racontée au livre des *Nombres*, chap. XII, 1-15. — *720*. Vers tiré d'Ovide *De Arte am.* I, 271. — *722* (183 sv.) **Calphurnia**. On lit dans les *Digestes*, Lex I, § 5. *Dig. de postulando (Lib.* III, 1) : « feminas prohibet (edictum) pro aliis postulare et ratio quidem prohibendi, ne contra pudicitiam sexui congruentem alienis causis se immisceant, ne virilibus officiis fungantur mulieres : origo vero introducta est a Carfania improbissima femina, quae inverecunde postulans et magistratum inquietans causam dedit edicto » (Le nom de la femme en question est écrit dans les mss. karphania, capharnia, chapharnia, cafarnia). Une glose cite Caia Afrania, la femme du sénateur Licinius Bucco, qui par impudence (« quod impudentia abundabat ») voulait toujours plaider en personne les procès que son humeur querelleuse lui attirait constamment. Le cas est raconté par Valerius Maximus (l. VIII. c. 5). Le nom de **Carfania** est donc probablement une corruption de **Caia Afrania**, dont il est dit, *l. c.* : « Itaque inusitatis foro latratibus adsidue tribunalia exercendo muliebris calumniae notissimum exemplum evasit, adeo

ut pro crimine improbis feminarum moribus C. Afraniae nomen
obiciatur ». On se demande d'où Jehan Le Fèvre a tiré le détail
obscène du vs. 186, qui n'est pas dans l'original. A-t-il simplement
brodé sur le mot « inverecunde postulans » des *Digestes* ? Voyez sur
les griefs des légistes contre les femmes, en rapport avec la conduite de « Calphurnia », un passage de *Le Songe du Vergier* (B. N.
Inv. E. 217 éd. non chiffrée. Livre I, ch. cxlii), cité par M. A. Piaget,
Martin Le Franc, p. 29. Il est encore question d'elle dans la *Silva
Nuptialis* (éd. de Lyon de 1572) II, 101 : « quae erat ita docta ut
orabat causa et erat impudicissima » Peut-être ce trait a-t-il été
pris dans le *Matheolus* français que l'auteur de la *Sylva* connaissait
(Voyez *Introd.* p. clxxii note 1). Dans *Le Songe du Vergier* il est dit
que « la babellée pourroit assez (lui) estre comparée ». Cette femme,
une marchande de poissons, « grant tenceresse » est mentionnée
Lam., II, 3692. — *728.* Voyez Ovide, *Metam.*, 534 sqq..., « lingua
faciente loquaci, Cui color albus erat, nunc est contrarius albo », et
Pline *Hist. Nat.*, X, 12. — *731.* Ponctuez **Scio quod... doleres, Si
bene rem nosti. Par femina dicitur hosti.** La même idée se retrouve
plus loin (*896*) : **Est inimica viro mulier.** Ou peut-être faut-il voir
dans **hostis** le diable. Dans ce cas, **dicitur** pourrait contenir une
allusion au proberbe cité *2862*.

P. 53. — 216 sv. Ponctuez *convine, ... a mon vouloir;* — 219. La
construction de ces vers est obscure. Le traducteur n'a pas bien
compris la fin du v. *732.* On dirait qu'il a lu « **pro femina** », qu'il a
pris **hosti** pour un datif dépendant de **dicitur** et qu'il a cru que les
vers *733* sqq. rendaient le contenu du discours. — 231 sv. La leçon
n'armast est étrange, à côté de *donna* ; pourtant c'est celle de tous
les mss. Le sens peut être celui-ci : « Il ne pourrait pas s'excuser de
ne pas avoir armé les femmes méchantes, puisqu'il leur a donné
plusieurs langues ». Mais la traduction de *739* aurait dû et pu être
beaucoup plus simple. — *745.* Ponctuez **Ergo quod sit ita : delin-
guet.....** » Cette fin ne se retrouve pas dans la traduction.

P. 54. — 265 sv. Cette description des libertés et des gaîtés du
célibataire est détournée de son vrai sens par le traducteur, qui
blâme ce que loue le poète ; très caractéristique, par exemple, le
mot *oultrecuidance* (271), qui ne correspond à rien dans l'original. —
276 sv. (*753.*) Ce même trait de la toilette négligée de l'homme marié se trouve dans le fabliau du *Pré tondu*, vs. 22 (*Rec. M. et R.*, IV, 155 ;
Voyez *Introd.*, p. cxlv). — 279. Trait inutile ajouté par le traducteur, et qui gâte l'effet du morceau. — 287. Mettez une virgule
après *va*.

P. 55. — 767. Ponctuez plutôt : **pedi. Nec cetera narro.** — *769.*

Quam sim. Si cette leçon est exacte (voyez la note au bas de la page),
il faut sous-entendre **spretus**. — *774.* **Agno currenti** n'est pas clair,
surtout si l'on compare le texte français, où c'est le loup qui court
(322). Mais **currens** est exclu par la mesure et par la rime. Il faut
probablement prendre **currenti** pour un ablatif, **agno** pour un datif
dépendant de **currenti**, qui aurait le sens de **succurrenti** : « le loup
est pris par quelqu'un qui court après l'agneau pour le sauver. » —
Cet **exemplum** (772 sqq.) offre quelque analogie avec le fabliau du
Valet aus douze femes (*Rec.* M. et R., t. III, p. 166 sv.), comme
M. Bédier l'a déjà remarqué, *l. c.*, p. 429 ; voyez sur la reproduction
de cet « exemple » par Eustache Deschamps dans son *Miroir de
Mariage*, v. 823 sv., notre *Introd.*, p. CLXI sv.

P. 56. — 328. *En plourant* n'est pas dans l'original. — 343. Nous
avons déjà fait observer (*Introd.*, p. LVI sv.) que le passage sur la
plume de l'aigle n'est pas dans l'original. La mention faite d'*Un
sage* nous a fait supposer qu'il manquait ici deux vers dans le
texte. Nous n'avons pas réussi pourtant à trouver la moindre trace
de cette croyance dans Brunetto Latini, dans les Bestiaires ou dans les
proverbes. Faudra-t-il peut-être adopter la leçon de α et de C et lire
Usaige? Le fait est que l'idée bizarre de la **caro corrosiva** de l'épouse
(*782*, 346 sv.), que nous n'avons pas non plus retrouvée ailleurs,
pourrait bien n'être, chez l'auteur, qu'une conviction fondée sur
son expérience personnelle et sur celle de quelques anciens camarades de débauche, plutôt qu'une thèse empruntée à quelque
autorité (voyez, dans *785*, **probatur**) ; le traducteur l'aurait compris
ainsi et en aurait appelé, lui aussi, à l'« usage ». — *787.* Sur ces
noms propres, voyez *Introd.*, p. CXLVI.

P. 57. — 375. *si com dit l'Escriture* nous paraît une simple
cheville amenée par la rime ; Mathieu ne cite pas d'autorité. —
383. *Aulcuns* désignent sans doute les compatriotes de Le Fèvre ;
Godefroy cite le mot *artaise* uniquement d'après un autre ouvrage
du même auteur. — 392. Ce proverbe revient souvent dans *Matheolus*.
Il se trouve exactement sous la même forme dans les *Proverbes
au Vilain*, p. p. M. A. Tobler (Leipzig, 1895), p. 90. — *798.* Ce vers
a été emprunté à Ovide, *Remedia*, 91. — *800-811.* Paraphrase d'une
idée que l'auteur a pu trouver dans le *De Nuptiis* de Théophraste
(Voyez *Introd.*, p. CXXXIII) où on lit : « Equus, asinus, bos, canis et
vilissima mancipia probantur prius et sic emuntur ; sola uxor non
ostenditur ne ante displiceat quam ducatur ». (La même idée revient au livre III, *2425* sqq.).

P. 58. — *812.* Voyez 1re *Ep. aux Thessaloniciens*, V, 21.

P. 59. — Les vers 445-50 n'ont pas de passage correspondant

dans cette partie de l'original. Mais l'idée se retrouve plus loin (III, 319-24, *2446 sqq.*) ; à y noter la variante *Un an a de provision* au lieu de *Un an a pour profession.* — 451. Remarquez que *bien peu de femmes* est moins absolu que **Femina**... **non**... **ulla** (*820*) ; Le Fèvre a de ces réserves. — 460 svv. (*823 sqq.*). C'est l'histoire de la Matrone d'Ephèse. Ed. Grisebach, dans sa brochure *Die Wanderung der Novelle von der treulosen Wittwe durch die Weltli- teratur*, Stuttgart, 1889, p. 46, en parlant du « Livre de Matheolus » comme reproduisant ce conte, le range dans « le cercle des *Romulus.* » Il semble donc supposer que la version de Mathieu s'accorde avec celle de l'*Ysopet* de Robert (*Fables inédites*, etc., II, 424). En cela M. Grisebach se trompe. Dans notre texte, le che- valier n'épouse pas réellement la veuve, comme il le fait dans les fables, chez Jacques de Vitry, chez Eustache Deschamps, et ailleurs. Il lui dit, au contraire, en dépit du pacte conclu : « J'aimerais mieux perdre mes biens et ma peau que de m'unir à toi qui mériterais d'être brûlée » (*850* sq.). Ce dernier trait, **quod sis usta dat equum**, rappelle, au contraire, de près les versions de l'*Histoire des Sept Sages.* Voyez, dans la traduction en prose de l'*Historia septem sapientum* p.p. Gaston Paris (*Deux rédactions du roman des Sept Sages de Rome*, Paris, 1876), p. 36 sv. : « Qui vous jugeroit par raison, vous seriés arse » ; dans la rédaction A, p.p. Le Roux de Lincy : « orde desloiaus, l'on vous devroit ardoir comme orde lecheresse » ; dans la rédaction en vers p.p. Adelbert Keller (*Li Romans des Sept Sages*, Tübingen, 1836), p. 143 sv. : « Je jugeroie par raison Que l'on vous arsist en charbon ». Le fragment du ms. de Chartres, signalé par M. Paul Meyer (*Bulletin de la Soc. des anc. tt.*, 1894, p. 40), dont le vice- président de la Bibliothèque, M. Clervil, a eu l'obligeance de copier pour nous les passages essentiels, fait également renvoyer la femme : « Va t'en ore, fui toi de ci..... Elle ot ore des novelles, Bien est chaoite entre deus selles ». (Voyez aussi l'extrait du *De septem sapientibus* qui se trouve dans la *Scala caeli*, chez Grise- bach, *l. c.*, p. 75). — Il y a d'autres points de rapport. D'après les rédactions qui proviennent de cette source, le mari meurt à la suite de l'émotion que lui a causée la vue du sang sorti d'une bles- sure que sa femme s'était faite au doigt ; le texte de Mathieu con- tient une allusion à ce détail (*825* sq., **cujus cernendo cruorem Hic obit**, et *2720* **viderat ipse cruorem**). Il y a cependant quelques diffé- rences. Mathieu ne parle que d'un seul larron pendu. Dans l'ex- trait du *De septem sapientibus* il y en a plusieurs, dans la rédaction française il y en a trois. Mais ceci n'est pas important, car un seul

des larrons est « emblé ». D'après Mathieu (*847* sq.), la femme fait,
avec l'épée du chevalier, deux plaies à la tête de son mari. Dans
l'extrait de la *Scala caeli*, il est question d'une grande plaie à la
tête. Or, la rédaction en vers parle d'une blessure que le larron
avait reçue aux côtés et de deux dents cassées, ce qui détermine la
femme à percer son mari de part en part et à lui casser deux dents
avec une pierre ; dans la rédaction en prose p.p. Leroux de Lincy,
il est question d'une « grande plaie » à la tête et de deux dents
cassées (la femme les brise avec une pierre). Dans l'*Historia septem
sapientum* il y a deux trous dans la tête, les dents brisées et les
génitifs coupés ; dans la traduction de la *Historia*, p.p., Gaston
Paris, la femme brise toutes les dents et perce le corps de part en
part ; le fragment de Chartres parle de trois dents brisées et d'un
coup d'épée au côté. Il est possible que, dans le texte des *Lamentationes*, deux vers que le ms. d'Utrecht n'aura pas conservés aient
parlé d'un supplément de mutilation, puisque la traduction
(551-53) ajoute aux deux plaies à la tête trois dents et les yeux
crevés. Une différence plus grave concerne l'origine de la femme.
D'après Mathieu (*823*), elle était une pauvre ouvrière, qu'un
chevalier avait épousée par amour. L'auteur attache beaucoup
d'importance à ce détail ; il y revient dans un des deux passages où
il reparle de cette histoire (*2043*, **pectrix pauperrima**). Or, presque
toutes les rédactions mentionnées, ou bien ne parlent pas de son
origine, se bornant à vanter sa jeunesse (*Scala caeli* « juvencula »)
ou sa grande beauté (rédaction-Keller et fragment de Chartres :
« n'ot plus bele dusqu'en Frise »), ou bien disent expressément
qu'elle était « de haut et noble lignage » (version en prose, p.p.,
Gaston Paris). Il est possible que Mathieu ait ajouté lui-même ce
trait pour le besoin de sa thèse ; il s'agissait pour lui de faire de
cette femme un monstre de luxure, de cruauté et d'ingratitude.
Nous croyons pouvoir admettre que Mathieu a pris cette histoire
dans une rédaction du roman des Sept Sages. Mais il nous paraît
difficile de préciser davantage, surtout puisque les rédactions que
nous avons passées en revue (sauf peut-être les rédactions en
vers ; Ad. Keller date celle qu'il a publiée de la fin du xiiie siècle,
après 1284) appartiennent toutes à une époque postérieure (xive ou
xve siècles). Peut-être a-t-il puisé directement dans l'ouvrage latin
perdu *De septem sapientibus*. En tout cas, ce ne sont ni Pétrone,
ni Phèdre, ni le *Polycraticus*, ni un fabuliste ou un docteur de
l'Église qui lui ont fourni cet « exemple ». (Voyez sur la littérature
de ce sujet, en dehors du livre de Grisebach, d'Ancona, *Romania*,
III, p. 176 sv.). Jehan Le Fèvre, en traduisant cette page des

Lamentationes, n'a pas toujours bien compris l'original. Il fait
mourir le mari dans *un fait d'armes* et fait pleurer la femme *quant
du sanc veoit la couleur*, interprétant ainsi de travers **cernendo**
cruorem. Au v. 490, *en passant* rend mal **venit illic** de (*832* ; Mathieu
ne parle pas de la « loge » que la femme avait fait construire sur
le tombeau de son mari, mais sa version n'exclut pas ce trait du
récit). Les paroles du chevalier (*835*) **Nam tua tristis tempora perdis**,
le traducteur les attribue sottement à la dame (503). Par contre, le
meditatur de *836*, qui se rapporte à la dame, est appliqué par lui
au chevalier (514 *tout pensif*). Ces contresens rendent peu probable
que Le Fèvre ait consulté, à côté de son texte, une autre rédaction
de cette histoire, à laquelle il aurait emprunté le trait des dents
brisées et des yeux crevés (Voyez plus haut). Il est possible toutefois qu'il ait entendu raconter *ceste farse* (574) avec quelques amplifications. Nous avons déjà remarqué (*Introd.*, p. LXVI) que le nom
de *Gillebert* donné par Le Fèvre au chevalier qui garde le larron (488),
tandis que Mathieu parle de **quidam miles**, a peut-être été amené
par une mauvaise lecture de **gibbetum** (*831*). Notons cependant que
ce nom se rencontre dans un fabliau, dont le sujet n'a pas de
rapport avec celui-ci, mais qui est également intitulé *La Veuve*
(*Rec.* M. et R. II, p. 211). Dans la rédaction-Keller il s'appelle
« Gerart li filz Guion, » dans le fragment de Chartres et dans la
version p. p. Gaston Paris, « Hervé (Hervieu) li filz Guion (s.). » C'est
peut-être parce qu'il avait entendu raconter l'histoire que Mathieu
n'a plus retrouvé le nom dans sa mémoire. Rappelons encore, pour
compléter cette note, que Mathieu ne donne pas non plus de nom
au mari de la dame, tandis que, dans la rédaction-Keller et
dans la rédaction en prose A, il est appelé « un grand seigneur
(le vicomte) de Lorraine. »

P. 62. — *854-60.* **Lex.** On lit, en effet, *Inst.* IX, *Lib. III*, 2, Dig.
De his qui notantur infamia : « Uxores viri lugere non compelluntur. »
La femme devait « more majorum » pleurer son mari mort pendant
trois cents jours ; cette période a été étendue plus tard à une année.
(Windscheid, *Lehrb. des Pandektenrechts* I, p. 953, note 2). Voyez aussi
Sénèque (*Ep. ad Luc.*, VII, 1 (63), 13) : « Annum feminis ad lugen-
dum constituere majores..... viris nullum legitimum tempus est,
quia nullum honestum ». — 583. Inversion insolite imitée directement du latin.

P. 63. — 609. *meuves.* On dirait que le traducteur a lu **moueam**
pour **moneam** (*866*). Notez le présent du subjonctif et l'impératif
employés dans la même phrase. — 612. (*867*) Cf., Ovide, *Ep.*, XVII,
263 « et adhuc tua messis in herba est » ; le sens paraît être : « tu

gagneras en sagesse ». — 614. *n'ait* est impersonnel. — (*874*) 628.
Voyez *Disticha Catonis* I, 8 : « Nil temere uxori de servis crede
quaerenti ; Saepe etenim mulier quem conjunx diligit odit. »

P. 64. — 678. Nous avons adopté la leçon *ce m'est avis*, malgré la·
forme curieuse *Davis*. (Voir *Introd.*, p. ccxviii) parce que c'est celle
du groupe β et de B. Celle de ATN *et grant despit* s'explique par le
besoin de mettre la forme normale *David*. — *890* La forme **Dalida**,
au lieu de « Dalila », est celle de la traduction grecque des LXX
et celle de l'*Itala*, qui a été faite sur celle-ci ; la *Vulgate* a « Dalila. »
Mon collègue, M. Wildeboer, à qui je dois ce renseignement, ajoute
que des mss. de la *Vulgate* ont souvent été corrigés d'après le texte
de l'*Itala*. Le *d* s'explique, selon lui, par une mutilation du
lameth hébreu.

P. 65. — 682 sv. David, Samson, Salomon, Aristote passèrent au
moyen âge pour être, avec Adam et Loth, les plus illustres victimes des ruses de la femme. Voyez A. Tobler, *Jahrbuch*, XIII (1874),
p. 106, puis *Hist. litt.*, XXII, p. 144, où est citée une pièce inédite
(le manuscrit porte la date de 1267) de quatre-vingt-deux vers élé-
giaques, parmi lesquels se trouve ce distique : « Si Loth, Sanso-
nem, si David, si Salomonem Femina dejecit, quis modo tutus
erit ? », dans le *Bestiaire* de Philippe de Taün (éd. Walberg, v. 2879) :
« Adam e Salomon Et Davit et Samson, Il furent deceü Et par femes
vencu. »

P. 65. — 687. *La femme Guion*. Est-ce parce qu'il ne connaissait
pas cette histoire, ou simplement parce que **Hanstoniensis** le gênait
pour sa rime que le traducteur a fait un *Gui* quelconque de Gui
d'Hanstone, le père de Bovon, auquel l'empereur Doon coupa la
tête sur l'instigation de sa femme ? (Voir *Introd.* p. cxxxvii sq.)
— 704 vs. (*897* sqq.). On sait qu'une version très étendue de cette
histoire se trouve, entre autres, dans *Dolopathos* (éd. elzév. de 1856,
p. 225-40) et dans les *Gesta Romanorum* (éd. Oesterley, n° 124) où
elle a été combinée avec celle de la truie (devenue un veau) dans
le sac (voyez plus loin au v. *1580* sqq.). M. Mussafia a traité de ce
conte dans son article sur un ms. de la bibliothèque de Pavie
(*Sitzungsberichte* de l'Académie de Vienne t. LXIV p. 596 sv. ; voyez
Romania I, 245 et Köhler, *Kleinere Schriften*, II, p. 399 svv.) ; Mathieu
tenait l'histoire d'une source écrite (*924* **prout ipse lego**) ; il sera
difficile de deviner laquelle ; sa version diffère plus ou moins de
toutes celles que M. Mussafia a relevées. Elle s'accorde le plus avec
le conte en quatrains français communiqué par M. Mussafia ; là,
comme ici, le roi est Salomon, évidemment confondu avec Roboam ;
l'enfant est présenté, non pas comme le « joculator », mais comme

le maître (**dominus**, *damoisel*) du jeune homme ; on peut rapprocher encore « Je te rent la terre en ta baillie » (*l. c.*, vs. 135) avec **feodi sub perditione** (*908*) et « des trois le clama quitte » (*l. c.*, vs. 101) avec **super hiis te quitto** (114). Mais il y a des différences ; l'ordre de ne venir ni à pied ni à cheval (*910*), qui est aussi dans les *Gesta*, n'est pas mentionné dans le conte en vers. Chez Mathieu, l'introduction est abrégée ; l'auteur ne dit rien sur les motifs de l'ordre cruel donné par Salomon, ce qui devait rendre obscur, pour ses lecteurs, la mention faite des jeunes gens (**modernos**, *905*) qui, après la mort de tous les vieillards, constituaient le conseil du roi. A l'ordre de ne venir ni à pied ni à cheval correspond le fait de monter sur son âne (**ascendit asellum**) ; on sait que, dans d'autres versions (*Gesta*) le jeune homme enfourche son chien en relevant une jambe et en laissant l'autre toucher le sol, ou met un pied dans l'étrier de son cheval et laisse l'autre traîner à terre (Pauli). Un trait spécial commun à Mathieu et au conte des *Gesta* est le soufflet donné à la femme et qui provoque la divulgation du secret ; ailleurs, l'accusation d'être l'ennemie de son mari suffit à lui faire commettre la méchante action ; chez Mathieu, qui a l'air de combiner ici deux versions, le mot cruel du mari provoque une simple protestation, à laquelle celui-ci réplique par un soufflet. — Le traducteur suit de près l'original. Il n'a pas compris la portée de **ascendit asellum** et, chez lui, aucun acte du jeune homme ne répond à l'ordre : *N'a pié n'a cheval ne venist*. On peut en conclure, ainsi que du fait qu'il n'a pas bien compris le sens de **modernos** (il en fait *nul qui soit orendroit*), qu'il a connu l'histoire uniquement par le livre qu'il traduisait. Cependant, il ajoute un trait que l'original n'a pas, celui du filet dont le jeune homme se vêt (*je suy ci vestus d'une roys*) obéissant ainsi à l'ordre *que il ne fust vestus ne nus* ; ce détail, aucune des versions signalées par M. Mussafia ne le donne. Notez encore que chez Mathieu, le père porte un nom ; il s'appelle Gédéon (**Gedeonem** *920*, Voir *Introd.* p. CXLVI).

P. 67. — *919*. Ponctuez : **latronem In triginta plagis ! Non**.... — *927* sq. Nous n'avons pas réussi à trouver dans S. Ambroise un passage correspondant exactement à ces vers. Peut-être l'auteur a-t-il en vue ce qui se trouve chez ce Père sur la « molestia matrimonii » dans son commentaire *In Epist. I ad Corinthios*, cap. VII ; peut-être a-t-il pensé au *De hortatione ad virginitatem tractatus*.

P. 68. — *937*, **scriptura**. Voyez, entre autres, I *Ep. aux Corinth.*, VIII, 11 svv. — *940*. Peut-être l'auteur a-t-il en vue *Ep. aux Rom.*, XII, 2 : « Ne te laisse pas surmonter par le mal ; mais surmonte le mal par le bien. »

P. 70. — 900 svv. (*972*.) Nous avons cru trouver dans ce passage une imitation d'Eudes Chériton ; voyez *Introd.*, p. cxliv. — 904, (*973*). Tandis que Mathieu se contente d'une simple allusion au **mos lupinus**, le traducteur complète sa pensée. L'annotateur du ms. d'Utrecht écrit à la marge : « Lupa eligit sibi deteriorem lupum. » Cette conduite bizarre de la louve qui se laisse poursuivre par des mâles et finit par s'accoupler avec le plus laid pendant douze jours, est longuement décrite dans le *Tresor* de Brunetto Latini, (I, iv, cxcii, éd. Chabaille, p. 247) ; voyez aussi un proverbe cité par Le Roux de Lincy, (*l. c.* I, 183), le passage d'une poésie de Conon de Béthune cité par Chabaille ; il se trouve dans l'édition Wallensköld à la p. 243 : « Com le louve sauvage Ki des lous d'un boscage Trait le poiour a li », et les vers du *Roman de la Rose* 8516 sv. : « Cui sa folie tant empire Qu'el prent des lous trestout le pire ». C'est dans ce dernier passage que Le Fèvre a pris son amplification du vers de Mathieu. (Voir *Introd.* cxciii, note 1). — *975*. Voyez la note des vers *854-60*.

P. 71. — 929. La leçon adoptée *close hom*, qui correspond le mieux à *980*, est représentée seulement par A et T. Mais on conçoit que deux scribes différents (celui de B et celui de β) aient pu mettre *cloison*, surtout s'ils ont écrit sous dictée. Que cette dernière supposition ne soit pas invraisemblable, semble ressortir d'une variante analogue à celle-ci (*vert boys* pour *verbo*, voir la note de 1778), qui se trouve également dans B et dans β. — 935 (*983*). Rapprochement curieux des grenouilles d'une des plaies d'Égypte, dont il est question *Exode*, VIII, 3. — 939 (*986*). On connaît le rôle que jouent les reliques de saint Acaire dans le *Jeu de la feuillée*. Ce passage rappelle celui où il est dit que le diable aimerait mieux garder des juments sauvages que des veuves. — 947 sv. (*988* sqq.) Ce rôle joué par les églises dans la vie mondaine et galante des femmes se retrouve fréquemment dans la littérature du moyen âge. Une protestation en règle contre cette accusation est l'*Advocat des Dames de Paris touchant les pardons Saint-Trotet* (Montaiglon, *Recueil*, t. XII, pp. 1-36). Voyez aussi A. Piaget, *Martin Le Franc*, p. 157 sv. A noter que Mathieu connaît tout ce manège des femmes et des prêtres par expérience (*1008* et **plures quas novi**, *1015*). — 973. *Les freres des religions* est le premier sujet de la longue série qui se prolonge jusqu'au v. 997, et dont toutes les parties trouvent leur prédicat dans le verbe *font* (998). — 975 svv. Le Fèvre, développant largement les quelques données de l'original, où il n'est parlé que de Sainte-Geneviève, de Notre-Dame-des-Champs et de Saint-Maur, insère dans son poème une liste des principales églises et lieux de dévotion de Paris. Cette tirade rappelle de près les deux poèmes sur « Les Moustiers de Paris » dont, après Méon et Jubinal, H.-L. Bordier a donné une nouvelle édition dans sa jolie plaquette *Les Églises et Monastères de Paris* (dans la collection *Le Trésor des pièces rares ou inédites*), Paris, 1856. La première de ces deux pièces, une simple nomenclature des églises, paraît contemporaine des *Lamentationes*, étant probablement de 1270 ; l'autre, arrangée avec plus d'art et dans laquelle l'énumération des églises est présentée sous forme de promenade à travers Paris, semble être de 1326 ou 1327. (Bordier admet, comme date de composition, 1325, mais il oublie que, d'après la note 21 de son édition (p. 36), une des églises mentionnées par l'auteur, celle du Saint-Sépulcre, n'existait pas encore en 1325, puisque la première pierre n'a été posée qu'en 1326. D'ailleurs, toute sa note 23 est à refaire ; il n'a pas compris le sens de *resont* à la fin du v. 202.) Toutes les églises mentionnées par Le Fèvre se retrouvent dans les deux poèmes en question, sauf celle de « Saint-Denis au pié de Montmartre » (993), qui n'est ni dans l'un ni dans l'autre (peut-être ce nom spécial n'est-il dû qu'au besoin de la rime) ; en outre, le premier ne mentionne pas Saint-Sulpice (*Saint Souplis,* v. 989), le second omet Saint-Antoine. Cette dernière omission n'est peut-être pas sans importance, puisque le poète prétend (v. 267) avoir nommé *tous* les monastères de Paris. On pourrait en conclure que le *Saint Anthoine* mentionné par Le Fèvre désigne une église que l'auteur du second poème de Bordier, écrit environ 1326, n'avait pu connaître ; vers 1360 fut fondée la maison du Petit Saint-Antoine, dont l'église fut achevée en 1368. Si cette conclusion était exacte, nous aurions là une date approximative pour la composition du poème des *Lamentations*. Mais il est possible que Le Fèvre ait voulu désigner par *Saint Anthoine* l'abbaye de Saint-Antoine-des-Champs, fondée à la fin du XIIᵉ siècle (Bordier, *l. c.*, p. 20, note 57), qui est mentionnée dans le poème de 1270. L'absence de cette église dans le poème de 1326 devra s'expliquer alors d'une autre façon (voyez Bordier, *l. c.*, p 27). Il ne nous paraît pas impossible que Le Fèvre ait connu le poème de 1326. Peut-être, alléché par l'exemple, a-t-il voulu donner, lui aussi, son petit catalogue en vers des moustiers de Paris. Il est à noter que l'auteur anonyme du morceau cité mentionne aussi l'usage que la galanterie enseigne aux dames de Paris à faire des églises. Il dit, à propos de Saint-André-des-Arcs, au v. 111. : « Après est Saint-Andrieu-des-Ars, Ou mainte[s] dame[s] de leur ars Ont maintes fois lancié et trait Et maint[s] homme[s] a eulz atrait ». — 980. *Les pardons cardinal Lemoine.* Pour conserver

au vers sa mesure nous avons supprimé le *du* qui est dans tous les
mss. Le copiste de A s'est tiré d'embarras en changeant *Lemoine* en
moigne, ce qui ne va pas. Peut-être le poète, ne pouvant faire autrement, a-t-il donné réellement neuf syllabes à ce vers. Les « pardons
du Cardinal Lemoine » sont les grandes et solennelles réjouissances
— spectacles, concert donné pendant la messe par les comédiens
de l'Hôtel de Bourgogne — instituées par un des parents du Cardinal Lemoine, l'illustre fondateur du collège de ce nom, mort le 22
août 1313, en l'honneur de sa mémoire. Voir Dulaure, *Histoire civile,
physique et morale de Paris*, t. III, p. 100 sv. Voyez encore une
étude sur *Le Collège du Cardinal Lemoine* par M. Charles Jourdain, dans
les *Mémoires de la Société de l'Histoire de Paris et de l'Ile-de-France*,
t. III, (1876), p. 52 : « Une fête fut instituée au collège du cardinal
Lemoine : elle se célébrait le 13 janvier et s'appelait la solennité du
cardinal. » L'auteur donne des détails sur cette fête, d'après Félibien,
Histoire de Paris, t. I, p. 506. Je n'ai pas trouvé la date de la fonda-
tion de cette solennité ; elle a dû suivre d'assez près la mort du
cardinal ou celle de son frère André, survenue en 1315. — 902 sv.
Ce chevalier pourrait être Saint-Georges. L'église de Saint-Magloire,
dans la rue Saint-Denis, (c'est-à-dire *la grant rue*) près du Saint-
Sépulcre (cf. le poème anonyme de 1326, v. 191) « Puis le moustier de Saint-Magloire, Qui ama Dieu le roy de gloire, Et assez près
de icel lieu Est le sepulcre Dame Dieu) était primitivement une
chapelle dédiée à saint Georges (Bordier, *l. c.*, p. 19, note 48). Peut-
être l'image de ce chevalier ornait-elle encore l'église. Tricotel
admet que c'était l'image d'un croisé.

P. 73. — 1011. *Egistus* traduit le simple **mechus** de *1006*. Mais le
poète latin avait, plus haut (*434*), désigné l'amant sous ce nom. —
1030 sv. comparé à *1021*. Nous avons déjà relevé (*Introd.* p. LXVII)
l'erreur commise ici par le traducteur et qui enlève à la scène
une partie de sa vivacité et de son attrait.

P. 74. — 1034. Le Fèvre change en récit ce qui, chez Mathieu,
fait partie du dialogue. Ce changement est la conséquence de
l'erreur qu'il avait commise (Voir la note de II. 1030 et *Introd.*
p. LXIV). — *1032*. « Petra est trop froide et trop laide (mettez une
virgule après **frigida**) pour aller, dans les églises, se donner aux
autres. » Le traducteur (1047 svv.), nous l'avons déjà remarqué
(*Introd.* p. LXVI sv.), néglige **mea sponsa**. — *1033*. Le dernier mot
du vers, **pis**, est le mot français **pis** (pejus) ; il faut joindre cette
rime aux deux qui ont été mentionnées *Introd.* p. CLIV. — *1038*.
Il y a une observation analogue à faire à propos de **wilhos**. Ce
vers est exactement pareil à *2482*. — *1039* sq. La même idée,

avec la même citation, légèrement modifiée, se retrouve au v.
2477 sq. Le *vaillant acteur* (**laudabilis auctor**) est Juvénal, dont
on reconnaît le v. 270 de la vi° *Satire* : « Tunc gravis illa viso,
tunc orba tigride pejor ». Voyez encore dans l'*Alexandreis* de
Gautier de Châtillon, au v. 749, « Tigribus asperior, diris immitior...
monstroque cruentior omni ».

P. 75. — 1072, *les doubtes*. Le traducteur a-t-il peut-être lu dans
sa copie **dubita** pour **subito** (1042)? Le sens du mot n'est pas clair ;
s'agit-il « des doutes » des femmes sur les motifs des absences de
leurs maris? — *1043*. Supprimer la virgule après **indagando**. —
1107-1242. Voyez sur tout ce passage, qui n'a pas de tirade correspondante dans le texte latin, mais qui, cependant, a dû s'y trouver,
Introd. p. LIV sv., et sur ses rapports avec une tirade analogue du
Roman de la Rose, *ibid.*, p. CXLIX sv.

P. 76. — Nous avons déjà relevé (*l. c.*), comme rappelant de très
près des vers du *R. d. l. R.*, les vers 1117, 1119, 1126, 1237-38.
— 1175. Nous expliquons : « Je domine les autres femmes de très
haut. »

P. 77. — 1185 sv. Réflexion de l'auteur qui explique le mouvement du mari. — 1203 sv. Cette idée de « l'omme eü » se retrouve
III, 467 sv. (*2510* **sicut habet vir, habetur**) ; elle est dans Aristote
(voyez la note de ce vers). — 1219. Nous avons adopté la leçon de
F sans indiquer, dans les variantes, que les autres mss. ont
sers. — 1228. Lisez plutôt *fuy*.

P. 78. — 1252. La leçon adoptée *Qui femme* n'est dans aucun ms.
Peut-être *o'* avait-il ajouté *a*, ce qui avait donné une syllabe de
trop, dont les différents copistes ont essayé de débarrasser le vers.
— 1263 sv. Nous avons adopté la leçon de α, parce que, dans le
texte latin, il n'est question que de deux instruments. — 1374.
Nous n'avons pas pu trouver cette image dans le *Corpus jur. can.*
Mais **canon**, dans le texte latin, peut bien ne s'appliquer qu'au
désaccord conjugal.— 1265 (*1062*). Voyez la note du vers *472* (1102).
—1266 *Robin* et *Marion* ne nous semblent être ici que des noms de
fantaisie donnés à un mari et à une femme quelconques ; ils n'ont
rien à faire, croyons-nous, avec les personnages du *Jeu* d'Adam
de la Hale et des « pastourelles ». Il est probable que Le Fèvre
les a empruntés à Jean de Meun (*R. d. l. R.* 14827 sv. *Robichon* et
Marote ou *Mariele* ; voyez notre *Introd.* p. CLI note 2). — *1064*
n'est pas rendu par le traducteur; voyez Ier *Ép. aux Corinthiens*,
VII, 32. — *1065* (1271) Voyez *Év. S. Luc.*, XIV, 20.

P. 79. — *1071* sqq (1291 svv.). Nous avons déjà cité les équiva-
lents de cette illustration de la désobéissance féminine qui se

trouvent ailleurs (*Introd*. p. CXLI), Le mot **recitatur** rend probable que Mathieu a entendu raconter cette histoire. — 1331 sv. Cette rime a été discutée *Introd*. p. CCXXV.

P. 80. — 1337 svv. Voyez sur ce passage, qui n'est pas dans l'original, *Introd*. p. LVII; l'histoire est racontée dans *Esther*, I, 9 svv. ; au v. 17 on insiste sur la désobéissance de Vasty. — *1083*. Souvenir d'Ovide, *Amorum* III, 4, 17. — *1388* svv. Amplification signalée *Introd*. p. LXIII. — *1087*. **Cetera** se rapporte probablement au « crime » de Sodome.

P. 81. — *1095*. Cf. *Fabliaux* Mont. et Rayn. V, 46, vs. 116 svv.

P. 82. — Voyez, sur une lacune possible entre *1106* et *1107*, *Introd*. p. LVIII. — *1105* sq. Deux pentamètres, dont le second a été emprunté à Ovide, *Pontica* III, 4, 74, en changeant « Livor » en **Uxor**.

P. 83. — *1119* sq. (1480 sv.). Voyez Ovide, *De Arte amandi* I, 349 sq. — 1483, *l'Escripture* peut se rapporter à Aristote, *De animalium generatione*, L. IV, c. 6 « Sunt enim feminae natura debiliores frigidioresque ». Rappelons, à propos de la froideur inhérente à la nature féminine et du rapport étroit et nécessaire entre la froideur et l'avarice, ce passage de Brunetto Latini (*Tresor*, ed. Chabaille, p. 198 : « La femelle (de l'oitour), qui est *froide par la feminité* qui en li est, si est tosjors covoitouse et desirrous (e) de prendre, por ce que *froidure est racine de covoitise.*» — Voyez, sur la gaucherie avec laquelle le traducteur reproduit ici le raisonnement, très simple pourtant, de l'original, *Introd*. p. LXVII. — *1125* (1490) **Jus nostrum**. Le droit romain donne, dans ses textes, des exemples de l'avarice de la femme, mais c'est « la Grande Glose » qui en dégage, jusqu'à quatre fois, la formule « genus mulierum avarissimum est » ou « avarissimum enim est genus mulierum ». (Voyez dans l'édition de 1612, t. I,'p. 453, t. II, p. 45 t. IV, p. 504, 505, 1121). Cette glose se rapporte à des cas mentionnés au *Digeste* sur la loi 33 (34) liv. III, tit. 5 *de negotiis gestis*, au *Digeste* sur la loi 33, liv. XXIII, tit. 2 *de jure dotium*, au Code de Justinien, L, 2, liv. II tit. 45 (44), ibid. sur la loi 16, liv. V, tit. 3. Nous devons ce renseignement et ces références à notre aimable collègue, l'éminent doyen de la Faculté de Droit de Bordeaux, M. H. Monnier. — 1497. Lisez *vauldroit*, ou, avec F, *vauroit*. — *1131*. C'est le vers d'Ovide, *De Arte amandi* II, 276, avec **ille** pour « ipse ».

P. 84. — C'est à cause du texte latin (*1133* **cor amantis**) que nous avons introduit dans le texte *cuer* pour *corps*, qui est peut-être une faute de o'. — 1521. Voyez sur cet accès de pudeur de Le Fèvre, *Introd*. p. LXV. Si le traducteur n'a pas reculé (aux vv. 1127 svv.) devant une description analogue passablement crue, c'est, sans doute, parce qu'il s'agissait là de l'alcôve d'un ménage régulier, tandis qu'ici, il est question de *la ribauldie*. Notons que Mathieu ne s'arrête (*1155* **Sed cetera, lingua, relinque !**) que lorsqu'il a tout dit : on ne voit pas bien ce qu'il aurait pu ajouter encore. — *1137* La fin de ce vers et le vers suivant ont été pris dans Ovide, *De Arte amandi* I, 419 sq. — *1147* Est-ce la pudeur du copiste qui a laissé ce vers inachevé ? Pour justifier là leçon **parat** nous renvoyons à II, 1129. — *1149* Supprimez la virgule après **cessant**.

P. 85. — 1533. *Thobie* est le type du mari chaste ; l'auteur reparlera de lui au v. 2946. (*1866 sq.*) — 1541-70. Ce passage est de Jehan Le Fèvre et a été signalé comme tel par le traducteur lui-même dans *le Livre de Leesce* 2315-18. (Voyez *Introd.* p. LXVII sv., CXC sv. et CXCII). — 1565 svv. Cette partie de la tirade, nous l'avons déjà remarqué (*l. c.* p. CXCII), a été empruntée à de Jean de Meun.

P. 86. — 1578-88. Ces vers ne correspondent à rien dans l'original et sont probablement du traducteur. (Voyez *Introd.* p. LVIII); la rime de *1164-65* exclut la mention d'une autre femme avant Pasiphaé. On comprend, du reste, que Le Fèvre, continuant l'ordre d'idées où l'avait mis sa digression (1565-68) et qui se retrouve au v. 1575, ait été tenté d'ajouter un exemple à ceux que lui fournissait Mathieu. — *1165* Sur **Pasiphe**, voyez Ovide, *De Arte amandi* I, 296. — *1167* **Scilla** avait déjà été mentionnée en passant au v. *857* ; ici, son histoire est un peu plus développée. — 1610 Notons que ce détail sur Scilla et Charybde, que Le Fèvre a pu prendre dans Ovide, n'est pas dans l'original ; à ajouter cette petite amplification à celles mentionnées *Introd.* p. LXIII. — *1171*. Sur **Mira**, voyez Ovide, *Metam.*, X, 298 et *De Arte Amandi* I, 285. — 1619 sv. Le traducteur parle ici des filles de Loth, que le texte latin mentionnera plus loin (*1664*), à propos de l'Orgueil ; voyez *Introd.* p. LXIII. — *1174* Sur **Biblis**, voyez Ovide, *De Arte amandi* 1, 283 et *Metam*, IX, 452 sqq.

P. 87. — 1624. *Canasse* et *Macaire* ne sont pas mentionnés dans le texte latin ; voyez Ovide, *Her. Ep.* XI. — 1635 svv. (*1177*). Sur *Philis* et *Demophon*, voyez Ovide, *Her. Ep.* II et *De Arte amandi* III, 4589. — 1647 sv. (*1178*). Voyez Virgile, *Aen*, IV, Ovide *Her. ep.* VII ; le texte français nous offre ici un exemple frappant d'amplification. — 1663 sv. (*1179* sq.). Ce sujet avait déjà été effleuré au v. 1504 (*1124*) ; voyez la note de ces vers. — 1673 Voyez sur ce singulier scrupule et sur la suppression, par le traducteur, de la cause physiologique de la chaleur des femmes, *Introd.* p. LXV, — *1181.* Voyez *Aristote* Éd. Didot III, p. 34 ,45 : « Partes quae ad genera-tionem pertinent feminis omnibus intus sunt », et *La chirurgie de*

Henri de Mondeville. 419 : « et la matrique est aussi com la coille. »

P. 88. — 1674 *Pluseurs raisons* ; le traducteur a dû avoir sous les yeux un texte contenant la rubrique qui se trouve dans le ms d'Utrecht après *1178* ; *Probat hic multis rationibus.* — *1184* Sur l'autorité de Tirésias en cette matière, voyez Ovide, *Metam.* III, 322 sqq. ; voici la conclusion de l'illustre devin « Major vestra perfecto est quam quae contingat maribus... voluptas ». — *1186* sq. Distique pris dans Ovide, *De Arte amandi* II, 281 sq., avec changement de « Fortis » en **Parcior.** — 1679 *Huguce* (*1194* **Eugutio**) est Uguccione de Pise, évêque de Ferrare, auteur d'un dictionnaire intitulé *Verborum derivationes*, qui mourut probablement vers 1212. Voyez *Hist. Litt.* XXII, p. 9. Le passage que reproduit le vers *1195* est celui-ci : « Item a *fos* (φῶς), quod est ignis, *femina*, quod est ignea, quia vehementius viro ardet et concupiscit » (ms. B. N. f. lat. 7625. f⁰ 70 r⁰ col. 1.). Uguccio donne (*l. c.*) encore d'autres étymologies de *femina*, par exemple : « a feditate, quia fetida ». Plus loin, dans le même article, il dérive de « *femina, femur-femoris*, i. e. coxa », puisque là se trouve la différence entre elle et l'homme. Le Fèvre dit l'inverse, puisqu'il dérive *femina* de *femur* (1683). Mais peut-être a-t-il confondu *femina-ae* avec *femina*, le pluriel de *femen*, qu'Uguccio dérive (*l. c.*) de *femur*. Il semble bien, en tout cas, qu'il ait consulté lui-même le texte d'Uguccio, (cf. encore, à propos de *femorailles*, « *femorale-lis* brace (*braies*) virorum quia femora tegit » (*l. c.*), à moins qu'il ait tiré ce rapprochement d'un des glossaires qui portent : *femina* (ou *faemina*), *femora* (ou *femur*) ». Voyez le *Corpus glossariorum latinorum*, Lipsiae MCM entre autres IV, 237, 235, et VI, fasc. II, p. 442. — *1191* **glosator noster** doit se rapporter à la Grande Glose dont il a été question plus haut (voyez la note de *1125*). — 1668 *celle matere* est *l'umeur froide* (cf. *1198*). — *1196* L'auteur admet pour un moment la froideur plus grande de la femme, qu'il avait rejetée plus haut (*1124* et *1180*) ; alors cette froideur amènera chez la femme le besoin du jeu d'amour comme purgatif efficace. — *1199* **ante**, c'est-à-dire *1124* et *1180*. — 1200 Ponctuez....•**magis** ; **Ovidius recitavit Quod** etc. Voyez Ovide, *Amores* I, 8. 43. — *1203* Les dispenses que les papes (Urbain III et Innocent III) ont accordé aux veuves prouvent la fragilité de toutes les femmes. Voyez sur ces dispenses, *Decretalium* lib. IV, tit. XXI, c. 4 et 5.

P. 89. — Les vers *1206-12* n'ont pas été reproduits par le traducteur (Voyez *Introd.* p. LXII). — *1209* **Salomon** ; voyez *Proverbes* xxx, 16. — *1210*. Cf. *Fabliaux* Mont. et Rayn. III, 191 v. 169. sv. La même idée se retrouve, exagérée, *Lam.* 2439 sq. — *1212*. Vers de Juvé-

nal, *Sat.* VI, 130. — 1705 *Combien que* rend mal l'idée de l'original ;
la méchanceté de Petra y est présentée comme la cause de sa
chasteté (*1215*).

P. 90. — 1738 Le Fèvre a changé en *vaches* des oiseaux, l'hiron-
delle et le rossignol, dont parle Mathieu (*1231* **Pandione nate**). —
1231 sq. Ce distique a été emprunté à Ovide, *Pontica* I, 3, 39 sq. ;
les meilleurs mss. ont *illa* pour *quaeque*. — 1749 (*1237*). Citons, à
propos du sens obscène donné aux mots *quoniam* et *quippe*, un
recueil de *Erotica verba* joint au t. III des *Œuvres* de Rabelais, Paris,
Louis Janet 1823, où se lit : « *quoniam* bonum nature de la femme ».
— 1756 Il est intéressant de voir le traducteur, qui vivait au début
de la guerre de Cent Ans, ajouter *les Bretons*, c'est-à-dire les Anglais,
aux ravisseurs ordinaires. — 1765 Lire plutôt *Aujourd'hui*.

P. 91. — *1244*. Mettre une virgule après **matronas**, supprimer la
virgule après **socias**. **Rothrudis** est le nom d'une sainte, fondatrice
d'un couvent dans le diocèse de Boulogne, en 1081 (*Gallia christiana* X, col. 1602) ; ici, c'est une servante qui le porte ; —
1778 Le ms. T seul a *verbo*, A a *verbum* ; il est curieux de voir B
reproduire β ; on est tenté de supposer que cette faute (*vert boys*)
est due à la plume d'un scribe qui écrivait sous dictée et qui,
ne s'attendant pas à un mot latin, a pris le *verbo* qu'on lui lisait,
pour *vert boys*, que, par conséquent, on prononçait encore de son
temps *verbój*. (Cf, la note de 929.) — 1784 est le dernier vers traduit
de ce passage. Le traducteur abandonne l'original et prévient
qu'il ne reproduira pas en français la longue tirade que Mathieu a
consacrée aux ordres mendiants. Il allègue plusieurs raisons pour
expliquer son abstention : d'abord, il estime trop ces moines pour
mordre sur eux ; puis, il tient à être bref ; ensuite, Jean de Meun
en a déjà suffisamment parlé ; enfin, il aime mieux poursuivre sans
interruption sa satire contre les femmes et le mariage que de s'arrêter à un hors d'œuvre (cf *Introd.* p. LXI).

P. 92. — 1797 Voir sur l'imitation de ce vers par Villon, *Introd.*
p. CLVII, n. 1. — 1799. *Rom. de la Rose*, éd. Michel, v. 11772 svv.,
surtout 11983 svv., 12362 svv. — 1801 Ce vers traduit l'idée contenue
dans *1352* de l'original. — 1806 Ces excuses se rapportent évidemment à la satire contre les femmes que l'auteur se propose de poursuivre. Le futur étonne, puisqu'il y a déjà eu des excuses aux vers
1541 svv. S'il faut y voir une allusion à la publication prochaine du
Livre de Leesce, il conviendrait d'admettre que tout ce passage a été
intercalé dans le poème lorsqu'il avait déjà été terminé, à une époque où l'auteur commençait à sentir la nécessité d'une contre-partie.
— *1268* Allusion à *Ev. S. Mathieu* VI, 25. — *1279* **agraria** lex fait l'effet

d'être une métaphore amenée par **infringere metas** du vers *1276*. —
1282 Les mots **omnis utriusque sexus** rappellent de près le texte
du droit canon : « Omnis utriusque sexus fidelis saltem semel in
anno confiteatur proprio sacerdoti. » Voyez *Corpus jur. can., Tractatus de Sacramentis*, tit. VI, section XII, 1, et Lib. v. *Decr*. Tit. 38 c.
12. — *1283* sqq. Il est question ici de la bulle (**littera**) du pape
Martin IV, datée du 10 juin 1282 : « Volumus autem quod hi qui
fratribus confitebuntur suis parochialibus presbyteris saltem semel
in anno, prout generale concilium statuit, (c'est-à-dire celui du
Latran de 1215) nihilominus teneantur » Nous pouvons renvoyer
pour l'histoire de cette querelle, à l'article de Hauréau dans
l'*Hist. litt.* t. XXV, p. 380 svv. déjà mentionné à la p. cxxvi de notre
Introduction.

P. 93. — *1290*. C'est l'italien *Chi va piano va sano ;* Du Cange
indique (s. v.) pour *plane* le sens de *lente, pedetentim ;* mais Mathieu
joue sur le mot, puisque, dans le vers suivant, **plana** est pris
dans le sens de *simple, droit*. Ce proverbe est ancien en Italie
(voyez F. Novati dans le *Giornale Storico*, xviii (1891²), 111 n° 60
et p. 131, n° 28) et existait aussi en latin (Voyez le *Compendium
Moralium* de Giremia da Montagnone, *Atti del Reale Istituto Veneto*,
1884-85, p. 91. svv.) Mathieu a dû entendre cet adage au concile
de Lyon. — *1299* Argument intéressant en faveur de la confession
faite au prêtre ordinaire : la récidive sera rendue moins facile par
le souvenir de la confession antérieure. — *1305* Mathieu, tout en
prenant parti pour les prêtres ordinaires contre les moines mendiants, choisit ses expressions avec une certaine réserve : « il n'est
pas bon, *peut-être* même profane, de laisser les premiers pour les
autres. » Il a, après tout, de la sympathie pour les « frères » (*1344*).
— *1310* **videtur** semble encore atténuer un peu l'opinion émise par
Mathieu, que l'interprétation donnée à la bulle par les évêques
était la vraie. — *1311* Mettre une virgule après **sibi**, un point après
tuetur : « si on regarde bien ». — *1312* Voyez sur Guillaume de
Mâcon, évêque d'Amiens, et sur la valeur de ce passage pour déterminer l'époque exacte où Mathieu a écrit, *Introd.* p. cxxv sv. — *1315*
diebus istis, c'est-à-dire en 1282. Nous avons déjà signalé plus haut
(Voyez la note du vers 74) la note marginale du ms. d'Utrecht
copiée sur une page de Guillaume de Nangis ; l'annotateur confond
Guillaume de Mâcon avec G. de Saint-Amour et mentionne l'an
1252 comme l'époque de la querelle. — *1319*? Ce vers est de Juvénal, *Sat.* III, 113. — *1328* Opposition entre le nom de l'apôtre
saint Jacques et celui du patriarche Jacob.

P. 94. — *1332* sv. Allusion à *Genèse* XXVII, 36, où le nom de

Jacob est expliqué comme voulant dire « supplanteur » et *Genèse*
XXXII, 28, où Jacob est appelé Israël, parce qu'il a lutté avec
Dieu. — *1334.* Faut-il lire peut-être *Jacobini* au lieu de **Jacob ipsi,**
que donne le ms. ? On peut expliquer cependant « ces Jacob » en se
rappelant qu'aux vers *1328* sq., **Jacob** a été associé au pluriel d'un
verbe. — *1352.* L'auteur revient à sa diatribe contre les béguines,
qu'il avait interrompue au vers *1269.* — *1361.* Sur le désordre qui
règne dans l'enfer, voyez aussi v. *2614* sv. et la note de ces vers.

P. 95. — *1367* Il faut lire **Ludum** (*Introd.* VI, n. 2). — 1819 (*1368.*
La même idée se trouve *Fabliaux* Mont. et Rayn. IV, 200 vs. 58 svv.)
— 1823 svv. (*1370*). Voyez *Genèse* XVIII, 12.

P. 96. — 1855 svv. (*1384* sqr.). Voir sur ce conte si répandu de
la chiennette qui pleure, entre autres Ad. Keller, *Le Roman des Sept
Sages*, p. CXLV, la note d'Oesterley au ch. 28 des *Gesta Romanorum*, surtout Ad. Tobler *Ztschrf. f. r. Ph.* X, 476-80, où il est
donné un aperçu comparatif des principales versions et où se
trouve reproduite une version latine provenant, d'après M. Tobler,
de la tradition orale, et enfin, Paul Meyer, à la p. 269 de son
édition des *Contes moralisés* de Nicole Bozon. Chez Bozon cette
histoire est le n° 138 (éd. p. 169 sv.) Nous avons déjà dit (*Introd.*
p. CXLII) pourquoi il nous paraît peu probable que Mathieu ait
tiré ce conte de la *Disciplina clericalis*, dont sa version s'écarte sur
deux points : chez Mathieu la personne qu'il s'agit de séduire
n'est pas une femme mariée, mais une *jeune fille* (**puella,** *1384*) et
la chienne n'a pas été la propre fille, mais la *voisine* (*1407* **nostri....
flos...vici**) de la vieille (Chez Bozon elle est sa fille, mais la personne
séduite est une « juvencele »). Sur ces deux points le texte de
Mathieu se rapproche plutôt de quelques représentants de la version du *Roman des Sept Sages* (jeune fille : *Sindibad* persan et
d'autres ; la chienne, voisine de la vieille : *Libro de los engaños*). Il
est vrai que chez Mathieu, la métamorphose est attribuée à Dieu
(*1387* **Altitonantis jussu**), comme dans les traductions de la *Disciplina*. Mais ce trait se retrouve dans le *Sandabar* hébreu (Tobler
l. c. p. 479), d'où provient probablement, comme on sait, le texte
latin qui se trouve à la base de toutes les versions occidentales du
Roman des Sept Sages (Landau. *Die Quellen des Dekameron*, p. 46).
Nous inclinerions donc à penser que la version reproduite par
Mathieu remonte à ce roman, comme nous l'avons déjà constaté,
avec certitude cette fois, pour sa version de la veuve facilement
consolée (Voir plus haut, p. 162). Mais, comme aucune des versions occidentales connues ne donne le conte de la chienne qui
pleure, il faudra supposer qu'il se trouvait dans un texte latin

différent de celui qui est la source commune de ces versions. Il est
possible, pourtant, que Mathieu ait simplement entendu raconter
cette histoire; à la façon dont il l'amène (*1384*, **Nonne** etc.), on
dirait qu'il la suppose connue de ses lecteurs; en outre, les vers
1412-15 contiennent une amplification qui semble confirmer cette
hypothèse. Ce qui est plus intéressant, c'est que Mathieu donne à
la jeune fille un nom, **Galathea** (*1410*, *1415*; cf. ce que nous avons
dit de son goût très prononcé pour les noms propres, *Introd.*
p. cxlvi). Ce nom, il l'a pris probablement dans le *Pamphilus*
(Voyez un résumé de cette « comédie latine du xᵉ siècle » dans
E. Langlois, *Les Origines du Roman de la Rose*, p. 21 svv.) Il
n'est pas sans intérêt de rapprocher de ce fait l'association des
deux histoires, celles du *Pamphilus* et celle de la chiennette, dans
le ms. de Berlin (Hamilton) dont parle M. A. Tobler (*l. c.* p. 476). —
Quant à Jehan Le Fèvre, bien qu'il suive de près le texte latin, il
est probable qu'il connaissait le conte d'autre part; c'est ce que
semble prouver la *moustarde* (1856), à côté des *oignons*, seuls mentionnés par Mathieu (*1384* **cepis**), le nom donné par lui à celle qui
avait été changée en chienne (1865, 71 *Paquette)* et le fait qu'il la
présente comme la *fille* de la vieille (1864; à moins qu'il n'ait, tout
simplement, mal interprété le mot **filiola** de *1388*, lisant « Jussu,
filiola »). Il n'ajoute cependant rien de bien intéressant, comme
semble l'admettre M. Gröber (*Grundriss* II, I, p. 1067). — *1386*.
Supprimer la virgule après **sprevit**. — *1390-1406*. Toute cette
tirade de la vieille doit probablement être mise sur le compte de
Mathieu (il y a une citation d'Ovide, *1403*). Peut-être, cependant,
se rattache-t-elle à l'idée, qui se retrouve dans la *Disciplina* et ses
dérivés, que la vieille s'est introduite sous un costume de religieuse, ou du moins comme une dévote connue (*Gesta Romanorum*); en effet, elle cite l'autorité du clergé comme quelqu'un
qui est en relation assez intime avec lui.

P. 97. — *1403* vers d'Ovide, *De Arte amandi* I, 633, avec « Iup-
piter » pour **Quod Deus**. — Ce **Vates** est Ovide; voyez *Epist.* IV,
161 « Nobilitas sub amore jacet ».

P. 98. — *1412-15*. Cette amplification, qui ne se trouve dans
aucune des versions connues du conte, a probablement été suggérée à Mathieu par ce qu'il se proposait de dire encore des
manèges honteux des vieilles femmes.

P· 99. — *1428*. **Naso.** C'est le sujet principal de *De Vetula*, poème
latin du xiiiᵉ siècle attribué à Ovide et que Le Fèvre a traduit en
français. Puisque nous avons cru devoir admettre que *La Vieille*
est antérieure aux *Lamentations* (*Introd.* p. clxxxiii svv.), on

peut s'étonner que le traducteur se soit contenté de traduire cette
vague allusion de Mathieu et n'ait pas éprouvé le besoin de
rappeler avec quelques détails l'histoire qu'il avait versifiée quelques années auparavant. — *1428-29.* Sur le souvenir personnel de
Mathieu contenu dans ces vers, voyez *Introd.* p. cxi. Si Le Fèvre
a cru traduire ces vers par son v. 1975, il a commis un curieux
contresens, mais peut-être a-t-il, par discrétion ou par indiffé-
rence, voulu écarter la personne de Mathieu ; voyez pourtant 2062.
— *1432.* La fin de ce vers est tirée de Juvénal, *Sat.* VI, 199, avec
tibi pour « tua ». — *1439.* Changez le point après **verum** en virgule.
— 1987. *Celer ne te pues* ; c'est le contraire de l'original (*1438* sv.),
qui admet que le fard peut fort bien cacher « l'irréparable outrage »
des années.

P. 100. — *1447.* On se demande si **augurium** se retrouve chez le
traducteur, dans *sort* de 1999 ou dans *souhaidier* de 2001 ; dans
ce dernier cas le mot a été pris dans le sens de « pressentiment ».
— *1457.* Le ms. a bien **viget**, mais peut-être faut-il lire **auget** ; le
traducteur traduit ce mot par *avancier* (2037).

P. 101. — Les vers 2047-58 ne se retrouvent pas dans l'original ;
voyez sur la difficulté d'admettre ici une lacune, *Introd.* p. lvii sv.
— 2051. Le personnage d'Erichtho a été pris dans Lucain, *Phars.* VI,
508 sqq. — 2059 *On dit ;* le traducteur connaît évidemment le proverbe
« Femme scet un art avant le diable » (Le Roux de Lincy, *Le livre
des Proverbes* I, 147 et n° XLV des *Fables* de Marie de France, éd.
Warncke, p. 152), puisqu'il écrit *scet plus*, tandis que l'original a
potentior (*1463*). — 2062 *me* se rapporte à Mathieu (Voir *Introd.*
p. cxc et la note de *1428*).

P. 102. — 2071. Il s'agit probablement de *Pas*, chef-lieu du canton
du département du Pas-de-Calais ; au moyen-âge, c'était une
paroisse dédiée à saint Martin, qui avait séjourné dans cette loca-
lité, que « plusieurs titres anciens désignent sous le nom de *Passus
Sancti Martini* » (Voyez *Dict. hist. et archéol. du Dép. du Pas-de-
Calais*, t. II, à l'article *Pas*). — *1474* sv. Ce distique a été pris dans
De Arte amandi I, 435 avec **sortilegas mulierum** pour « sacrilegas mere-
tricum... artes » ; le pentamètre est identique, sauf **sunt** pour « sint ».
— 2073 svv. (*1476* svv.) Le nom de *dame Habonde* et quelques détails
sur les courses folles de son cortège ont été empruntés par Le Fèvre à
Jean de Meun (Voyez *Introd.* p. cxcii ; le v. 2079 *Et se boutent par les
crevaces* rappelle *R. d. l. R.* 19368 *Et par tous ces osteus se boutent* et
19370 *Par chatieres et par crevaces*). Au reste, le procureur au Parlement a eu certainement des renseignements supplémentaires sur les
chevauchées des sorcières. L'original ne parle que de **Dyana** et de

ses **cohortes**, et cela dans des termes qui rappellent les expressions
de quelques-uns de ses contemporains, notamment celles de l'évêque
de Conserans (anno 1280), cité par Du Cange s. v. *Diana*. « Nulla
mulier de nocturnis equitare cum Diana.... et innumera mulierum
multitudine profiteatur. » Voyez sur cette croyance et sur les allusions qu'y fait Jean de Meun, les renseignements intéressants
réunis par M. E. Langlois, *Origines et sources du Roman de la
Rose*, p. 166 svv.

P. 103. — 2115 svv. (*1488* sq.) Voyez 1 *Sam.* XXVIII, 7 svv. —
2121. Le traducteur a très bien vu que la tirade qui suit est, en
grande partie, une répétition de choses déjà traitées. — 2132 sv.
sont une paraphrase de **Absit quod taceam** (*1496*).

P. 104. — *1501* Lisez **precellat**; le ms. a **procellat**, sans abréviation. L'auteur a pu tirer cette idée d'Ovide, *Amores* I, VIII, 61
« ille tibi magno sit maior Homero » — 2141 Le nom d'*Homer*,
écrit probablement *Omer* dans l'original (c'est la graphie du
Roman de Troie), a donné bien du mal aux copistes, dont aucun
n'a compris le mot. — *1504* Vers tiré des *Rem. Am.*, 690. — 2145 Le
traducteur se rappelle que le poète a déjà traité cette partie de son
sujet (voyez II, 947-1022, *987* sqq.) — 2154 Notez le joli jeu de
mots. — 2155-63 Longue paraphrase du seul vers *1513*. — Nous
avons déjà signalé (*Introd.* p. LXVI) la traduction inexacte de
repedari par *repudier*. — 2167 Corrigez *On* en *Ou*.

P. 105. — 2176 Le traducteur renvoie à II, 1107-1242, où il a donné
une scène analogue à celle-ci; seulement, là, il s'agissait d'arracher
au mari son secret, ici, les démonstrations amoureuses servent à
cacher l'adultère. Si *je* se rapporte à Mathieu (cf. la note de 2062),
nous avons là un argument décisif en faveur de l'opinion exprimée
Introd. p. LIV sv. — *1532-39* Nous avons déjà discuté ce passage
Introd. p. LXIV. Tout bien considéré, nous inclinerions assez à
penser que le traducteur a sauté ces huit vers par inadvertance,
trompé par la vague ressemblance qu'il y a entre *1533* **Canonis....
textus perhibere** et *1541* sq. **prohibetur.... per jura**. En effet, l'expression du v. 2192 *en droit canon* ne peut pas traduire **jura** de *1541*,
qui désigne le droit romain; il faut donc bien que le traducteur ait
eu sous les yeux les mots **canonis... textus**, qu'il aura ensuite
confondus avec **jura**, appliquant au droit canon ce que le poète dit
du droit romain. — *1533* **Canonis proprius textus**; l'auteur fait
peut-être allusion à ces mots du *Decretum*, causa XXXIII, quaest.
V, c. 18 « .....ne iterum feminea facilitate labatur ». — *1536*.
Citation textuelle de Virg. *Aen.* IV, 569. — *1539*. Vers tiré de
l'*Alexandreïs* de Gautier de Châtillon, VI, vs. 3027.

P. 106. — *1540* sqq. *Dig.* L., 17 § 2, *De regulis juris* : « Feminae ab omnibus officiis civilibus vel publicis remotae sunt etc. » *Dig.* V, 1. § 12, *De iudiciis.* — *1543*, **pro debilitate** ; cf. l' « infirmitas », « levitas », « imbecillitas », « fragilitas muliebris sexus » des jurisconsultes romains. — 2202 (*1547*). Cf. *Fabliaux* Mont. et Rayn. III, 122, v. 127 sv. et *Rom. de Troie*, v. 13415 sv. — *1551* sq. L'actor est Ovide; paraphrase de *Rem.*, 690, qui a été cité textuellement au v. *1504.* — *1555* sqq. Nous avons longuement discuté ce passage et les analogies frappantes qu'il offre avec une tirade du *Roman de la Rose*, Introd. p. CXLIX sv. et dans la note de II, 1107 svv. — *1556*, **mota rixa**; voyez la note de *1585.* — *1559*. Nous avons déjà rapproché ce vers de *Taisiés! taisiés!* du *R. d. l. R.* 17597 sv. (*Introd.* p. CL). — 2223 svv. Amplification très importante du traducteur (cf. *Introd.* p. LXIII). Il est curieux que, dans tout ce passage, Le Fèvre n'a pas l'air de se rappeler celui de Jean de Meun (*R. d. l. R.* 17614 svv.) auquel, à un autre endroit, il avait emprunté deux vers (II, 685 sv).

P. 107. — 2236 sv. Le récit biblique ne connaît pas cette double divulgation ; elle n'a probablement été amenée que par la rime *blonde : seconde.*— *1561* (2239). Voyez le livre de *Michée*, VII, 5. « Ab ea quæ dormit in sinu tuo custodi claustra oris tui. » A noter que Jean de Meun (*l. c.* v. 17628) attribue ce passage à Salomon (cf. *Introd.* p. CL). — 2244 Amplification du traducteur, empruntée au *R. de l. R.* (v. 7780 svv). Jean de Meun avait tiré ce passage du prologue d'*Almageste* (B. N. f. lat. 7255 f° 1 r°) « Intelligens est qui linguam suam refrenat nisi ad hoc ut de Deo loquatur ». — 2249 svv. (*1563* sqq.) Cette fable, très connue par La Fontaine (*Fables* VIII, 6), à été tirée, comme on sait, par le fabuliste du recueil d'Abstemius, où elle est le n° 129. Il n'y a pas de conte absolument identique (sauf celui du chevalier de la Tour Landry, n° 74), mais beaucoup de semblables, parmi les nombreux « exemples » de cette catégorie répandus au moyen âge (cf. Oesterley dans son édition des *Gesta Romanorum*, p. 732, n° 125, et surtout Bolte, dans son éd. de *Montanus' Schwankbücher*, p. 592). A Le Fèvre aussi il a paru *tout neuf* (*Leesce*, v. 3067). Mathieu l'a probablement entendu raconter. Voyez sur les noms par lesquels il désigne le mari et la première voisine, *Introd.* p. CXVLI. — *1571.* Après **confessio**, mettez plutôt un point d'exclamation.

P. 108. — *1577.* **Centum** ; curieuse coïncidence avec La Fontaine, qui a « plus d'un cent », tandis que, chez Abstemius, le maximum est *quadraginta.* — *1580* sqq. (2273 svv.) Cf. Köhler, *Kleinere Schriften*, p. 402 sv. et Mussafia *l. c.* (voy. la note des vers *897* sqq.) Ce

conte a quelque rapport avec celui que Mathieu a raconté plus haut
(*897* sqq.), au moins d'après la version des *Gesta Romanorum* (éd.
Oesterley c. 124) où le crime que la femme divulgue au roi est un
meurtre que le mari a feint d'avoir commis, et avec l'histoire des
trois amis contenue dans le ch. II de la *Disciplina clericalis* (éd.
Schmidt. p. 35, 36) et.qui se trouve aussi dans les *Gesta Romanorum*
(éd. Oesterley c. 129, éd. Dick c. 196).Il n'est pas probable que Mathieu
l'ait tirée de la *Disciplina* (voyez *Introd.* p. CXLII ; à ajouter l. 11 : « et en
partie le n° 11 = II de la *Disc.* ») en reportant à la femme l'épreuve à
laquelle, dans la *Disciplina*, le jeune homme soumet ses amis ; car
la bête que tue celui-ci est un veau (*accipe vitulum et interfice eum*) ;
il y avait, d'ailleurs, des versions dans lesquelles c'était un porc,
comme chez Mathieu (*Gesta : porcum occidas*). M. Borgeld, le
savant auteur de l'étude sur le *Lai d'Aristote* (voyez plus haut
p. 154) nous signale un conte absolument identique avec la version de Mathieu dans un recueil boer (Melt J. Brink *Grappige stories
en andere versies in Kaaps-Hollands*, 2° série. Amsterdam-Kaapstad
1903, p. 207), intitulé « Gestrafte praetzucht ». — *1585* sq. **agone
inter eos orto** ; cf. vs. *1556* **mota rixa** ; dans la plupart des contes
où le fait est rapporté à la femme, celle-ci ne fait la divulgation
qu'à la suite d'une querelle (Voyez sur ce détail en rapport avec
quelques vers du *R. d. le R., Introd.* p, CL et CLI, n. 1). — 2286 Supprimez la virgule après *assomme* et mettez-la au vers suivant après
boire.

P. 109. — 2307. Mettre une virgule après *jangleuse.* — *1593.* Il
faut une virgule après **mulier**, un point simple après **revelat.** —
quidum ; lisez plutôt **que dum** ou **quidem** (le ms. semble avoir
quedum). — *1595* Lisez **Paschate ?** L'en dit ; voyez *Introd.* p. III,
note. — *1599-1610* manquent dans le texte français ; nous avons discuté cette lacune *Introd.* p. LXI sv. — *1601.* L'annotateur du ms.
d'Utrecht écrit à la marge : « subula saccata est meretrix incame-
rata. » — *1609* sq. Ces vers montrent bien ce qu'il y a de vague dans
ces appels à la Bible pour justifier l'antipathie des clercs à l'égard
de la femme ; il aurait été assez difficile à M. de citer beaucoup de
noms de femme de la Bible pour prouver ce qu'il avance ici.

P. 110 — *1613* sqq. (2325 sv.). Voyez, sur l'extension et les
différentes versions de ce conte « Puteus », qui se retrouve dans la
Disciplina clericalis (n° XV) et ses dérivés, dans le *Roman des Sept
Sages* (XCIII à C de la version française rimée pp. Ad. Keller), dans
Dolopathos, où il est combiné avec un autre conte (pp. 362 svv. éd.
Brunet et Montaiglon), e. a. Keller *l. c.* pp. CLXXV svv., M. Landau,
Die Quellen des Decamerone, pp. 262 svv. Un de mes élèves, M.

Borggreve, actuellement professeur à Middelbourg, m'a communiqué une version de ce conte qu'il avait recueillie de la bouche d'un célèbre diseur de café-concert à Amsterdam, Solser : un jeune homme juif, qui revient, la nuit, du cabaret, se voit refuser par ses parents l'entrée de la maison ; il menace de se jeter dans le « gracht », y jette une pierre et profite de la sortie de ses parents effrayés pour leur jouer le tour de rentrer dans la maison et de leur fermer la porte au nez. Le diseur étant mort, nous n'avons pu savoir d'où il tenait cette histoire. La version de Mathieu, que Le Fèvre suit de près (les *troys huys* du v. 2329 ne semblent qu'une amplification de **clave cum trina** de *1614* et le v. 2332, où le sommeil du mari est expliqué par le vin qu'il a bu n'a rien de commun avec l'ivresse dont il est question dans la *Disciplina* et le *Castoiement*) semble bien se rattacher, malgré une forte condensation, à celle du *Roman des Sept Sages*. Rapprochons le serment de la femme dans *Lam. 1624* de celui du v. 2211 du texte de Keller, le **nulla feci levitate** du v. *1628* de *Que ne m'en issi pour viltanche* du v. 2214, et la punition infligée au mari (*1639* sq., **Per vicos ceditur ille fustibus...**) de *l. c.* v. 2314 svv. *Car il fu l'endemain fustés, Et parmi les rues menés.* Il y a cependant deux points de différence. D'abord, dans le *R. d. S. S.*, la femme explique sa sortie par le plaisir de sa promenade *a la nuit ki ert serie*, tandis que Mathieu, qui se croit obligé de remarquer que l'obscurité empêcha le mari de voir le jeu de la pierre, (**ob noctem tetram**), ne pouvant alléguer la même raison, se contente du mot vague **fata huc me duxere**. Ensuite, l'intervention de l'autorité et la punition dont la femme est menacée et que le mari reçoit s'expliquent dans le *R. d. S. S.* par l'ordonnance de police qui interdisait aux gens de se montrer dans la rue après le couvre-feu, tandis que chez Mathieu, c'est l'adultère qui en est cause. Mais il est clair que notre poète, pour qui la scène ne se passait pas à Rome et qui ne pouvait entrer à ce sujet dans les explications que donne le *Roman* (v. 2169 svv.) devait trouver une cause plus simple ; il a conservé cependant des expressions qui rappellent la version du *Roman* (comp. *1622* **consuetudine dante** avec *R. d. S. S.* 2169, *Itel coustume avoit a Rome*, et *1637* sq. avec *l. c.* 2310, *A la quemugne l'ont livré* et 2312, *Des que il fu des pers jugiés*). On peut s'étonner que Mathieu ne fasse pas ressortir la différence de condition sociale des époux ; mais pour lui, qui aimait plutôt à insister sur la basse origine de la femme (voyez plus haut, p. 162 de ces Notes), ce trait était sans importance. — *1615* sq. Mettez plutôt une virgule après **dormiret**, un point et virgule après **lasciva**. — 2328. La leçon de D, que nous avons adoptée, se trouve aussi dans T ; elle est donc représentée par un ms. de α et un ms. de β.

P. 111. — *1639*, cf. v. *451*. — 2395 svv. (*1644* sqq.). A noter le début **Hoc ad idem refero**. M. connaît évidemment beaucoup d'a-necdotes et de contes se rapportant aux femmes ; il s'agit surtout, pour lui, de les grouper suivant les différentes parties de sa thèse ; cette histoire de Berthe et Clément, il aurait pu l'utiliser pour un autre sujet ; mais il se décide à la mettre ici. Ce conte, assez banal, a de nombreux parallèles dans les fabliaux (voyez Aug. Preime *Die Frau in den altfr. Fabliaux*, p. 133 svv.) sans y avoir de correspondant exact. Voyez cependant une scène absolu-ment semblable à la partie du centre, où le mari est signalé et traité comme fou, dans le fabliau *Des trois dames et de l'anel.* (*Recueil* M. et R. I, 173). Pour les noms propres, remplacés ici deux fois par une initiale, dont la première, celle du prêtre, reste énig-matique, voyez *Introd.* p. cxlvi.

P. 113. — 2440-44. Voyez *Introd.* p. lxiv. En effet, il a déjà été question de Mirra au v. 1615, de Biblis au v. 1622, de Pasiphaé au v. 1589, de Scilla au v. 1599, de Médée au v. 2039. Quant aux filles de Loth, le traducteur leur avait donné une place à côté de Mirra (II, 1619 sv. ; voyez *Introd.* p. lxiii). Le **multiplico verba** du v. *1660* semble indiquer que le poète a conscience de ces répétitions et que c'est à dessein qu'il cite les mêmes noms à propos d'un autre vice féminin. — *1674*. Le **sapiens quidem** est peut-être le clerc auquel M. Paul Meyer voudrait faire remonter cette fiction bizarre du mariage des filles du diable, d'après laquelle chacun des princi-paux vices est attribué à une classe spéciale de la société (*Roma-nia* XXIX, pp. 54 svv., notamment p. 58). Il se peut aussi que ce soit Eudes de Chériton (cf. *Introd.* p. cxliii sv.), qui a développé ce motif dans un de ses sermons (B. N. f. lat. 2593, f⁰ 93 ; M. Paul Meyer reproduit le passage, *l. c.* p. 56). Il y a entre le texte de Mathieu et celui de Chériton des rapports de ressemblance (**Fraus** pour **Dolus**) que ne détruit pas l'absence, dans le texte de celui-ci, d'*Orgueil* (cette omission est le fait du scribe, puisque l'auteur admet *huit* filles mariées et qu'en réalité il n'en cite que sept), ni l'absence, chez Mathieu, de **Fictio**, qu'a pu amener la nécessité de tout condenser en quelques hexamètres. Le seul point qui gêne, c'est que Chériton cite, à côté de **Luxuria**, **Gula**, tandis que Mathieu, se conformant à l'idée ordinaire, n'admet que l'Amour vénal comme appartenant à tout le monde. (Voyez encore, sur ce sujet, Hauréau, dans le *Journal des Savants*, 1884, pp. 252-8).— 2455. Voyez sur *Orgueil* représenté comme un être féminin, « fille du diable », M. Paul Meyer, dans l'Introduction de son édition de Nicole Bozon, p. xxxi et note 1. L'éditeur croit que Bozon, qui emploie la même image, a pu être influencé par un texte latin où l'orgueil s'appelait *Superbia*. Or, voici un texte où le mot latin (**Fastus**) est masculin comme le mot français. Cf., d'ailleurs, le même savant, dans l'article cité de la *Romania*, p. 57 sv. Rappelons, à ce propos, que chez le Renclus de Moiliens (*Miserere* CXI) *Envie* seule est appelée *fille dou diable* : le fruit de son union incestueuse avec son père, *Mesdit*, est son *frère*, donc le *fils* du diable.— *1674* sqq. Il faut des initiales majuscules à **Fastus, Ypocrisis**, etc.

P. 114. — *1682.* Notez **capitellum**, que nous avons négligé de signaler dans l'*Introduction* (p. cxxx) comme attestant un plan de composition chez le poète. — *1684* sqq. Cette même idée sur l'orgueil expliquant les détails de la toilette féminine se trouve chez le Renclus de Moiliens (*Miserere*, LXXXVI sqq., CI sqq.) Lui aussi proteste surtout contre les fards, les teintures et les traînes. — *1686* cf. Virg. *Aen.* IX, 614 « vestis picta croco » — *1692* sq, **Auctor**, Ovide; voyez *Fast.* I, 419 « Fastus inest pulcris sequiturque superbia formam ».

P. 115. — *1694.* **monstrum** (2502 *la Chimere*); cf., dans Lecoy de la Marche, *La chaire française au moyen âge*, etc.; 2º éd. Paris 1866, p. 438, la citation d'un passage du sermon d'un dominicain, Gilles d'Orléans (aº 1273) « Sunt similes mulieres ornatae monstro Medusae »; Voyez aussi Valerius, *Rufino ne ducat uxorem* (Migne, *Patr. lat.* XXX, col. 255) : « chimaeram nescis esse miser quod petis. » — *1695* sq. Notez que le traducteur supprime la **larva**, mais qu'il ajoute le serpent, le lion, et le lièvre.

P. 116. — 2536. Cheville ridicule pour rimer richement (cf. III, 299); les copistes se sont donné du mal pour y chercher le nom d'une ville. — *1702* sq. Nous n'avons pu trouver de renseignements précis sur cette légende, d'après laquelle un homme et une femme ont forgé les clous de la croix; le *Mistère de la Passion* ne connaît qu'un « fevre ». — *1704*ᵇ. Le traducteur reproduira cette idée plus loin, II, 2706. — 2543 *arriere*, c'est-à-dire au v. 2039 svv. — *1708* **Progne**, Ovide, *Métam.* VI, 620-642. Le traducteur la remplace par *Silla* (*Introd.* p. LXII). — 2547 svv. Notez que le traducteur développe largement l'histoire de Naboth (voyez 1 *Rois* XXI et 2 *Rois* IX) que M. avait rappelée en deux vers; il néglige le crime d'Athalie (2 *Rois* XI), auquel M. avait consacré deux autres vers (*1711-12*). — 2564 svv. Mettez un point après *roy*, une virgule après *cerchierent*; les vers *2565-6* dépendent de *Dire ne puis*; *articuler* seul se rapporte à ce qui suit.

P. 117. — Le traducteur a négligé de traduire le raisonnement un peu subtil mais intéressant des vers *1715-19*; il ne reproduit

que les vers *1720* sqq., et encore ne rend-il ni la réserve du **forsan**
de *1721*, ni les vers *1723* sq. — Changement de ponctuation : il faut
une virgule à la fin de *1715*, un point à la fin de *1716*, une virgule
à la fin de *1721 ;* celle de *1718* (après *hac*) doit être supprimée. —
1724 **Scriptura***;* voyez *l'Ecclésiastique* xxv, 22-29. « Non est caput
super caput colubri et non ira super iram mulieris ». — *1726*,
Ovide, *Her.* VI, 128, en substituant **Feminee** à « Medeae ». — *1728*.
Mettez la virgule avant **sed.** — Les deux derniers vers de cette
page se retrouvent textuellement aux vv. *1784-85*. — *2589* svv.
Voyez sur toute cette tirade, qui ne correspond à rien dans le
texte latin, mais que nous croyons cependant devoir attribuer à
Mathieu, *Introd.* p. LV. Aux arguments déjà donnés en faveur
de cette attribution on peut ajouter celui-ci : les vers 3500-16 du
Livre de Leesce renvoient manifestement à *Lam.* II, 2630 svv.; l'idée
contenue dans ces derniers vers, que la femme s'est montrée plus
forte que les plus forts du monde, idée qui va servir de base à la
réfutation de « dame Leesce », y est même appelée expressément
la confession de Mathieu (3504-5)*;* nous ferons observer, en outre,
que plusieurs vers (p. e. II, 2601-2) paraissent traduits du latin·
Mais comment se fait-il alors que cette tirade si importante ait
disparu de l'original ? Deux hypothèses sont possibles. Le copiste
du ms. d'Utrecht, ou plutôt celui de sa source (*Introd.* p. v), a pu
supprimer cette tirade parce qu'elle interrompait l'énumération des
vices de la femme, qui ne se termine réellement qu'au v. *1785*. Il
faut avouer, en effet, qu'elle sépare maladroitement le chapitre de
la cruauté de celui de la gloutonnerie. (Notons encore, que le
mot *gloutes* de II, 2596, à moins d'avoir été amené simplement par
la rime, semble supposer que l'**ingluvia** a déjà été traitée. Il se peut
fort bien, d'ailleurs, que l'original ait donné primitivement la
grande tirade des explications après *1785* et qu'elle ait été reportée
par erreur après *1728* par suite de l'identité des vers *1784-85* avec
1727-28.) La seconde hypothèse, c'est que ce passage n'a pas fait
partie de la première rédaction des *Lamentationes* et que l'auteur
l'a ajoutée plus tard, pour expliquer et excuser le caractère absolu
de sa satire; le ms. d'Utrecht représenterait alors la rédaction primitive, la traduction de Le Fèvre aurait été faite sur une rédaction
postérieure. L'auteur, pour indiquer l'endroit où il fallait insérer
cette nouvelle tirade, aurait cité le vers *1785 ;* mais l'identité de
celui-ci avec *1728* aurait trompé quelques copistes, notamment
celui du ms. d'où dérive la copie dont s'est servi le traducteur
français, et ceux-ci l'auraient insérée au mauvais endroit. Nous
croyons que cette dernière hypothèse rend assez bien compte de

tous les faits qui étonnent ici. — 2603. Notons, à propos d'une observation faite *Introd.* p. LV, que le terme *ceste euvre presente* se
retrouve au v. 2994, où il traduit **dogma meum.** — 2607-8 se retrouvent *Leesce* 2763-64. — 2612 *Salemon; voyez Proverbes* XXXI, 10. —
2618 sv. se rapporte à *l'Ecclésiastique* XLII, 14 « Melior est enim
iniquitas viri quam mulier benefaciens ».

P. 118. — 2631 sv. Voyez *Leesce* 3501-2 et 815-16 ; cf. aussi saint
Ambroise *Enarr. in Ps.* 118 : « Samson captus est per uxorem.
Nunquid tu fortior ? Salomon captus est in uxore. Nunquid tu
sapientior ? » — 2675 svv. Souvenir du **causidicus** qu'était Mathieu,
peut-être du procureur qu'était Le Fèvre. — 2683, *continuer* paraît
avoir le sens de « conclure du fait particulier au caractère général,
de l'individu à la catégorie ».

P. 119. — 2685, *veüs* a ici le sens de « surpris en flagrant délit ».
— 2687 *Cafurne,* voyez plus haut II, 183 svv. — 2701 svv. Voyez sur
la ressemblance de ces vers avec des vers du *R. d. l. Rose, Introd.*
p. CXCII. — 1733. Notez l'emploi de **epistola** pour désigner le
poème ; le nom convient assez au dessein exprimé au v. 5.

P. 120. — 1749 (2749 sv.) Jehan Le Fèvre, le traducteur de Caton,
a facilement reconnu ici un vers de son auteur « Indulgere gulae
noli quae ventris amica est » (*Disticha,* IV, 10, voyez Baehrens
Poëtae Latini minores III, p. 231). A noter que le copiste de la
source du ms. d'Utrecht connaissait bien son Caton, puisqu'il a
ajouté **est,** qui manquait, comme le prouve la rime, au texte de
Mathieu. La traduction en décasyllabes de Le Fèvre (Voyez éd.
Ulrich, *Rom. Forsch,* XV, p. 96) est moins précise et moins élégante
que celle qu'il donne ici.

P. 121. — 1759 sq. Mettez une virgule après **queque,** un point
après **eque.** — 1762. On songe ici au passage d'*Aucassin et Nicolete*
14, 20 « li amors de la femme est en son l'ueil ».— *1768*[a], formule de
serment traduite du français. — *1773* **quia novi** ; dans la traduction
(2784) la conviction reste impersonnelle ; il est probable que M. ne
fait allusion qu'à la « guerre » dont Petra est la cause.

P. 122. — *1781* sqq. (2794 svv.) L'hyperbole contenue dans ces
vers et qui a eu un certain retentissement (*Introd.* pp. CLXX svv.
et les notes) n'a pas été inventée par Mathieu. Elle se rencontre,
avec des variantes, (la forme primitive a été sans doute : si le ciel
était du parchemin, si la mer était de l'encre, si les arbres étaient des
plumes ; l'image du ciel a fait remplacer, dans quelques versions,
les arbres par des étoiles, comme celle des arbres a fait substituer,
dans d'autres, la terre au ciel ; une fois même l'image de la mer
a fait donner la fonction de plumes aux poissons), dans un grand

nombre d'épigrammes latines et de chansons populaires. Elle sert,
aussi bien à exprimer l'admiration religieuse que la souffrance
excessive ou l'amour intense. Voyez les deux articles importants
de A. Köhler, (*Kleinere Schriften* III, p. 293-318). Ce savant croit la
formule d'origine juive et en attribue l'invention à Rabbi Iocha-
nan, le maître de Josèphe. Comment Mathieu l'a-t-il connue ?
Peut-être par une version du *Roman des Sept Sages*. Elle se
trouve, en effet, dans le *Libro de los engaños*, appliquée aux
« maldades de las mugeres » (Köhler *l. c.* p. 309). Notons, cependant qu'elle se trouve aussi dans une épigramme anglo-latine
du XIIᵉ siècle, et ce qui est curieux, sans application à une matière
spéciale (Köhler *l. c.* p. 310 ; l'auteur dit simplement que des
écritures faites dans ces conditions-là doivent être très fatigantes),
ce qui ferait supposer qu'au moyen âge cette hyperbole était
devenue une formule courante qu'on appliquait à des sujets
divers. Mathieu a pu l'emprunter sous cette forme vague au parler
de son entourage et en faire l'application au sujet de sa satire.
D'après une citation dont l'exactitude n'est pas assurée (Köhler,
l. c. p. 310), la formule a peut-être été employée par S. Augustin,
avec application aux « astuces » des femmes ; malgré d'actives
recherches nous n'avons pas réussi à trouver ce passage dans les
œuvres de l'évêque d'Hippone. — *1784-85.* Ce sont les mêmes vers
que *1727-28.* Comme le traducteur ne les reproduit pas, on peut se
demander s'ils n'ont pas été interpolés dans le ms. d'Utrecht ou
dans sa source ; voyez cependant, plus haut, la note de II, 2589 svv.
— *1786 sqq.* Voyez sur tout ce passage et ses rapports avec le *De
Nuptiis* de Théophraste, *Introd.* p. CXXXIV sv.

P. 123. — 1802. Souvenir d'Ovide, *Pont.* IV, 3, 35. « Omnia sunt hominum tenui pendentia filo ». — *1807 sq.* **nil tibi vallum** ; l'annotateur ajoute « proderit contra talia ». Cette phrase se retrouve *1886
sq.*, où elle est mieux à sa place ; on ne voit pas trop ce qu'elle
peut vouloir dire ici ; le traducteur ne l'a pas rendue ; plus loin
(II, 2985) il en reproduit l'idée générale. — *1809-10* se retrouvent
1838-39.

P. 124. — 2855, *de l'aage.* Notez que Le Fèvre traduit ici le mot
d'Ovide (**annos**), non celui de Mathieu (*1813* **honores**). Ce vers
(*Metam* I, 148) se retrouve *1835* et *2754.* — *1820* sq. Voir sur ces
noms propres, *Introd.* p. CXLVI. — *1825* sq. Voir 2 *Samuel* XV. Peut-
être ces deux vers, qui semblent assez déplacés ici, se sont-ils trouvés d'abord après *1835,* où on dirait que le traducteur les a rencon-
trés (2889 svv).

P. 125. — 2881. L'indicatif *n'a* se trouve aussi dans T, ce qui rend plus embarrassant le choix entre *n'a* et *n'ait*. On comprend cependant que plus d'un scribe, pour mettre les deux verbes d'accord, ait substitué l'indicatif au subjonctif. — *1831*. Remplacez **nunc** par **michi** (Voyez *2753* où la même phrase se retrouve). — *1832*. Voir *Esaïe*, I, 2, XXIII, 4. — Les vers *1832-33* se retrouvent *2753* sqq.—*1835* Le vers d'Ovide déjà mentionné (*Métam.* I, 148) sauf **Cúm puer** pour « Filius ». A noter que le ms. d'Utrecht, qui porte, au v *1813*, **nquirit**, donne ici **incurrat** et, de même, *2757*, **incurrit** ; c'est la variante du ms. ε de Korn, pris au xiii° siècle à Erfurt.

P. 126. *1845* sq. Voir, pour l'emprunt fait à Théophraste, *Introd.* cxxxiv, n. 3. — *1852* sq. (*2927* svv.) A rapprocher *Proverbes* xix, 13, xxvii, 15. Cf. dans *Le menagier de Paris*, p. p. la Société des bibliophiles français, t. I, p. 169, « et vous souvienge du proverbe rural qui dit que trois choses sont qui chassent le preudomme hors de sa maison, c'est assavoir maison descouverte, cheminée fumeuse et femme rioteuse », et *ibid.* p. 171 « et le gardez de maison maucouverte et de cheminée fumeuse et ne lui soyez pas rioteuse ». — *1859* sq. Voyez sur ces trois motifs licites du mariage, *Introd.* p. cxxxvii et, plus loin, *2692* sq. La réserve **ut sequar hic jura** (*1861*) prépare la critique contenue dans ce dernier passage.

P. 127. — *2945*. Il vaut mieux adopter la leçon de B *Li diables* ; la variante de la famille β a été amenée par l'hiatus provenant du remplacement de cette forme par celle de *Le deable*. — *1876*. Supprimez la virgule à la fin du vers. — *1878*. Mettez une virgule après **puerorum**. — *1879*. Le ms. a distinctement **Ne** ; peut-être faut-il lire « **Ve** ! » ou simplement **Et** ; supprimez la virgule après **furtivorum**. — *1879* (cf. la **facies puta** des vers *1891* et *1915*). Voyez Quicherat, *Histoire du costume*, p. 191, sur l'introduction, en France, en 1296, par Pierre de Padoue, de drogues spéciales pour teindre la peau et les cheveux ; cette date coïncide avec celle de la composition de notre poème. — *1880*. Allusion à Ovide, *Amores* III, 4, 20.

P. 128. — *1881* sq. Voyez *Introd.* p. cxxxiv. — *1886* sq. Voir *1807* sq.—*1888*, **capitellum** ; voir la note de *1682*. — *1889*. Supprimez la virgule. — 2976. Nous avons adopté la leçon de F (*Introd.* p. xxiii) ; les mss. présentent une série très curieuse de variantes.

P. 129. — *1897*. Jolie métaphore négligée par le traducteur : « les alentours du chapitre forment une lecture supérieure au texte lui-même ». — *1905*. Les mots **decollatos** et **laqueatos** correspondent exactement à la description que donne Quicherat (*l. c.* p. 198) du soulier du xiii° siècle ; la *poulaine*, qui n'est mentionnée que par le traducteur (3019), est la spécialité du xiv° siècle (*l. c.* p. 235) ; on serait presque tenté de conclure de la façon assez simple dont Le Fèvre mentionne ce détail de la toilette féminine qu'il a écrit ce passage avant l'ordonnance royale du 10 octobre 1368, qui « traitait les poùlaines de difformité imaginée en dérision de Dieu et de sainte Église » (Quicherat *l. c.*). — *1907-18*. De ce long passage le traducteur ne retient (3023) que les **cornua** (*1915*), qu'il a l'air de confondre avec les « dards » de la « poulaine ». C'est assez naturel ; car la partie la plus importante du texte latin, celle qui concerne l'usage des bottes chez les femmes et la honteuse confusion entre les deux sexes qui s'ensuivait, ne s'appliquait plus à son époque. Rappelons ici ces lignes de Quicherat (*l. c.* p. 192) ; « Il y avait tant de ressemblance entre le costume des hommes et celui des femmes au xiiiᵉ siècle que des antiquaires, et des plus expérimentés, ont plus d'une fois confondu les deux sexes sur les monuments ». — *1910*. **Petrus** et **Petronilla** appartiennent à la catégorie des noms propres dont il a été question *Introd.* p. cxlvi sv. — *1910-18*. Ces vers assez obscurs contiennent probablement une allusion à la débauche contre nature que favorisait la ressemblance des costumes chez les deux sexes. Le traducteur (3021-26) a probablement voulu dire quelque chose d'analogue.

P. 130. — 3051, *meüre*, « réservée », traduit **continet**, c'est-à-dire « continens est », de *1931*. — *1937*. Voyez *Genèse* xxxiv, 1 svv.

P. 131. — 3059 svv. Spécimen d'amplification du traducteur qui aurait dû être signalé *Introd.* p. lxiii. — *1959* sq. (3071 sv.). Cet usage est signalé par d'autres moralistes et rapporté, comme ici, à la toilette des femmes (*Introd.* p. cxliv). — *1944*. Il vaut mieux lire **nitatur** (scil. **fur**); le ms. a **nitantur**. — Les vers *1944-62* ne se retrouvent pas dans la traduction, sauf *1951-52* (3081-83) et *1953-54*, qui ont été utilisés plus loin (3091 svv.). Il faut ajouter cette lacune à celles qui ont été mentionnées *Introd.* p. lxii. Le travail du traducteur s'explique lorsqu'on songe que les vers *1957-62* contiennent des souvenirs personnels de l'auteur dont il n'avait que faire, et que les autres mettent de l'obscurité dans le raisonnement ; ici, le traducteur a assez habilement simplifié le texte. — *1945*. Supprimez la virgule après **gerit**, mettez un point et virgule après **capit**. — *1947*. Ovide *De Arte Am.* I, 99. — *1957* sqq. Voyez *Introd.* p. cxi.

P. 132. — *1963* sqq. Voyez *Introd.* p. cxliv. — *1973* sqq. Voyez sur ces vers et sur un passage analogue du *Roman de la Rose* (vs. 9657 svv.), *Introd.* p. cxlviii.

P. 133. — *1986*. Mettez, après **profunde**, une virgule, après **vendit** un point et virgule ; **qui vendit** dépend de **iste miser**. — 3119. *Caton*. Voyez *Disticha*, III, 12. « Uxorem fuge ne ducas sub nomine dotis ».

— *1993*. C'est un vers de Juvénal, *Sat.* VI, 460. — 3132. Le mot *riche* amenait souvent, pour fournir une jolie rime, l'image du « jeu de la briche ». Voyez Godefroy s. v. et, avec la note de notre éd. du *Roman de Carité* XC, 6, Paul Meyer, *Histoire de Guill. le Maréchal*, II, 342.

P. 134. — 3136. *Berte*. Est-ce peut-être une allusion à la mère de Charlemagne et à ses malheurs ? Ou plutôt à la mère de Rolant qui, d'après une légende, fut réduite à vivre d'aumônes lorsqu'elle se fut enfuie avec son amant Milon, pour échapper à la colère de l'empereur, son frère, et que le duc Milon se vit réduit à se faire bûcheron ? Gaston Paris, qui raconte longuement cette dernière légende (*Hist. poét.* p. 409), dit qu'elle ne se trouve qu'en Italie. — *2005*. Vers de Claudien, *In Eutropium* I, 181.

P. 135. — 1390, *denrée ne demie*, simple formule de négation ; voyez Gustav Dreyling, *Die Ausdrucksweise der übertriebenen Verkleinerung*, Marburg 1888 (*Ausg u. Abh.* LXXXII), p. 80 sv. — 3191 Ce vers, que la rime seule a rendu nécessaire et qui ne correspond à rien dans l'original, est obscur. Peut-être faut-il lire *Se* pour *Si*, qui est pourtant dans tous les mss.

P. 136. — *2040* sqq. Nouvelle allusion faite à l'histoire de la Matrone d'Ephèse. Nous avons déjà remarqué (voyez plus haut la note du vers *823*) que Mathieu insiste fortement sur la basse origine de la femme du chevalier (cf. *2043*, **pectrix pauperrima**). Le traducteur (3207) n'a pas vu qu'**amavit** (*2041*) se rapporte non au chevalier mais à la femme. — *2055*. Après **istis**, une simple virgule.

P. 137. — *2057*. **Scriptura**. L'auteur fait probablement allusion à « croissez et multipliez » *Genèse* IX, 1, 7 ; ou peut-être à l'histoire d'Onan, *Genèse* XXXVIII. Voyez, d'ailleurs, la note du v. *1859*. — *2060*. Allusion au passage bien connu et souvent cité au moyen âge, de la 1re *Ep. aux Corinth.* VII, 8, que l'auteur détourne pourtant de son sens en entendant le mot « brûler » de la contagion vénérienne. Ce passage paraît avoir été souvent mal compris, ou du moins, mal appliqué ; cf *Cligès* v. 5326 svv, et Gaston Paris, *Journal des Savants*, août 1902, p. 266, n. 1.

P. 138. — *2071*. **Arethusa**. La nymphe qui ne se souciait pas d'être belle ni de plaire ; voyez Ovide *Metam.* V, 580... « formae numquam mihi fama petita est. » — *2072* **Medusa**. Allusion probable à la laideur de Petra (v. 291 sqq). Il faudra mettre un point d'interrogation après **Medusa**. — *2080*, lisez **Libitina**.

P. 139. — *2085-87*. Des vers semblables, présentant les mêmes rimes, ont déjà servi dans le passage consacré aux religieuses, *1235-36*. — 3328. Voyez, sur cette rime, *Introd.* p. CCXXV.

P. 140. — 3350. Remarquez l'expression plus décente dans A et dans les imprimés.

P. 141. — 2124. Ce n'est pas la première fois que le poète insiste sur la chasteté de sa femme ; mais la mention spéciale qu'il en fait ici peut faire supposer qu'elle appartenait à la noblesse. Nous avons négligé de mentionner ce trait *Introd.* p. cxv. — 2126. La même idée a été exprimée v. *1220* : **Illustrem sola commoditate loci.**

P. 143. — 3458. Accusatif absolu, « les mauvais esprits en étant la cause. » — 3460. Le sujet de *procure* est la femme (*2146*). — 3471. *Le fils* a été introduit par le traducteur à cause du présent *n'es* ; l'original est plus expressif (*2149*) : « tu n'étais pas digne d'être le domestique de mon premier mari. »

P. 144. — 2158, **ut scribitur.** Le poète a dû se rappeler les « terribiles novercae » d'Ovide, *Metam.*, I, 147, la « dira noverca » du même, *Ep. Her.* xii. 188, et surtout les vers de Juvénal *Sat.* vi, 627 sq. « Oderunt natos de pellice... privignum occidere fas est ». — *2161,* **sibi,** c'est-à-dire « patri » ; le traducteur (comme l'annotateur, qui écrit au-dessus de **sibi, provignis**) a confondu l'idée de ce vers avec celle du vers suivant. — 2164. **Tays.** On ne voit pas bien pourquoi Mathieu a donné ce nom d'une hétaïre à la seconde femme légitime ; peut-être a-t-il su que Thaïs est devenue la seconde femme de Ptolémée Lagi ; mais celui-ci n'avait pas eu d'enfants de sa première femme. Les mots **arte sophista** font supposer qu'il y a ici un souvenir d'Ovide, *Rem.*, 385 « Thais in arte meast ». — *2165.* **Cui enim.** Cet emploi du relatif avec **enim** pour **nam** avec le démonstratif se retrouve *2613.* — 2169, **virus** ; l'auteur semble avoir cru ce mot indéclinable ; cf. v. *2577.* — 3496. Voyez sur cette rime, *Introd.* p. ccxxv. — 3505. Nous avons adopté, à côté de *nés,* la forme *premier,* parce que A seul a *premiers* ; peut-être cependant *premier* est-il adverbe ; voyez au Glossaire.

P. 145. — 2172 Ponctuez **fingit eum. Quedam**... — *2172,* **induperatrix.** Il est plus que probable que le poète entend parler ici de la reine de l'histoire des sept sages de Rome, le type de la mauvaise et perfide belle-mère. Nous avons déjà constaté deux fois qu'il connaissait ce roman et qu'il l'a utilisé. Dans aucune des versions connues, pas plus que dans *Dolopathos,* la reine ne porte de nom ; aussi Mathieu dit-il **quedam.** On n'en est que plus surpris de trouver chez le traducteur (3519) un nom, celui de *Trotule.* Ou bien, Le Fèvre distingue-t-il cette *Trotule* de *l'emperris,* comme semble l'indiquer le mot *ou* ? (Il est vrai que *ou* ne se trouve que dans la

famille β et que la leçon, telle que nous l'avons adoptée, n'est que
dans F ; mais on s'explique mieux la suppression qu'on ne s'expli-
querait l'adjonction de ce mot). Trotula est la femme médecin de
Salerne (Rutebeuf, *Dit de l'erberie*, en prose : *Ma dame Trote de
Salerne*) qui fut l'auteur d'un traité sur les maladies des femmes,
De mulierum passionibus, où il n'est, cependant, question ni de
belles-mères ni d'enfants simulés, comme nous avons pu nous
en convaincre en consultant un exemplaire (*Experimentarius medi-
cinæ, etc.* Argent. 1544) à la bibliothèque de l'Université d'Amsterdam. Le Fèvre a dû être bien mal renseigné sur l'auteur et sur son
livre. Voyez sur Trotula (Trottolla) et son traité, Gröber, *Grundriss*
II, 258 et surtout Paul Meyer, *Romania* xxxii p. 87 svv. — **2175.**
Peut-être le second **miror,** qui est surperflu, a-t-il supplanté
quendam ; cf v. **2771** ; notez que, dans ce dernier vers, le poète exprime
lui-même, sous de certaines conditions, la préférence qu'il reproche
ici à la belle-mère. — **3525.** Voyez sur cette rime, *Introd.* p. ccxxv.
— **2184.** Lisez **a modo,** comme au vers *1625.*

P. 147. — 3602. Notez que deux mss. appartenant à des familles
différentes ont *ennuiant* pour *eminent.* Le texte latin (**2212 gravatus**)
n'est pas assez explicite pour nous faire opter entre ces deux mots ;
mais la rime riche recommande *eminent.* — **2213** sq. Voyez sur les
ressemblances de ces vers avec un passage de Théophraste, *Introd.*
p. cxxxiv, n. 2.

P. 149 — **2247. Is**; l'annotateur ajoute « vel ys, id est vir » ; c'est
le masculin de **yssa.**

P. 150. — **2253, te non valere favillam** ; cf. **2272 De te favillam non
dabit.** Traduction évidente d'une locution française (cf. 3683) ;
M. Gustav Dreyling ne la cite pourtant pas dans sa monographie,
où elle aurait dû se trouver, *l. c.*, p. 46, à côté de *fumée.* — 3692,
la Babelée se trouve signalée à côté de Cafurne dans le passage du
Songe du Vergier cité plus haut (voyez p. 159) comme une bavarde in-
solente vulgaire. Il est curieux que, chez Eustache Deschamps (éd. des
Anc. tt. ix, 111) « dame Babelée » soit une dame très en vue à qui
les autres veulent, respectueusement, céder le pas au sortir de
l'église. Le Fèvre nous la montre comme une des « fortes gueules »
du marché aux poissons de Paris. — 3695-3794 (juste cent vers)
ne se trouvent pas dans notre texte de l'original ; voyez sur cette
lacune, *Introd.* p. lvi. Il y a, dans ce passage, trop de souvenirs
personnels (3739-42, 3776-94) pour qu'on puisse en refuser la composition à Mathieu.

P. 151. — Les vers 3739 svv. et 3776 svv. rappellent de près, sans
les reproduire littéralement, I, 1307 svv ; comparez surtout 3781-2

avec I, 1314-5 et 1322, 3792 avec I, 1354. — 3774 sv., c'est-à-dire : au moment même, avant et après.

P. 152. — 3806. Voyez sur cette rime, *Introd.* p. CCXXV. — 2267. Le même vers se retrouve 2333, avec **michi** pour **tibi**.

P.º 150. — Voyez sur la lacune qui correspond à 3824-4034, *Introd.* p. LVI. — 3845. Peut-être faut-il lire *frendist* (montre les dents) avec B (cf 3874) ou *froncist* ; voyez la note de I, 155. — 3855 svv. ; *en escrit* fait supposer que Mathieu a trouvé cet exemple dans un livre ; il est bien regrettable que la version originale du texte latin nous manque. L'histoire est peut-être d'origine indienne (voyez Benfey *Pantschatranta* I, p. 519 svv. surtout p. 525, où le récit de Mathéolus est mentionné) ; elle occupe la 45ᵉ et la 46ᵉ nuit dans la *Çukasaptati*. Il y est question d'un brahmane dont la femme devient la terreur, non seulement de son mari, mais d'un démon qui demeure près d'eux sur un arbre. C'est cette femme, la sienne, que le brahmane menace de faire entrer dans le corps de la reine dont le démon a pris possession et qu'il ne veut pas lâcher. Dans l'histoire des quarante vizirs, le brahmane est remplacé par un charbonnier, dans les *Mille et une nuits*, par un enchanteur ; dans un conte serbe et slovène, il s'agit, comme chez Mathieu, d'un médecin. Parmi les versions occidentales, les plus connues sont celles d'Abstemius (nº 196), de Straparole, II, 4 (le diable se marie et prend pour compère Gasparin Boucy), et surtout le *Belfegor* de Machiavel, imité par La Fontaine dans un de ses *Contes*. Voyez aussi Robert, *Fables inédites*, II, p. 444, d'où Benfey a tiré une partie de sa note, l'édition des *Grands Écrivains* de La Fontaine, t. VI, p. 87, et Adelb. Keller *Rom. des Sept Sages* p. CLXXV.

P. 155. — 3977 svv. Les instruments de musique se retrouvent dans Straparole ; chez Machiavel et La Fontaine, le compère du diable se borne à faire battre le tambour.

P. 156. — 2272 sq., même image qu'au v. 2253 (voyez la note).

P. 157. — 2281 sq. A peu près les mêmes vers que *1807-8, 1886-87*. — *2290*, **propter quanque paravit te** ; cf. *2834* **propter quemlibet illam**, où l'idée est plus développée. — 4086 Ce vers se trouve littéralement chez Jean de Meun (*Rose* v. 14833) auquel Le Fèvre l'a emprunté. A ajouter ce vers à la liste que nous avons donnée *Introd.* p. CXCIII. — *2291*. Allusion au grand nombre de femmes et de concubines de Salomon. — *2292* Même idée et même vers qu'au v. *153*. — *2294* **Ovidius** ; voyez *Remed.*, 441 sq. « Hortor et ut pariter binas habeatis amicas ; Fortior est, plures si quis habere potest. »

P. 158. — *2296* **rages** est probablement le mot français *rage* avec une allure latine, pour rimer avec **ages**. — 2300. Nouvelle allusion au passage cité des *Rem. Am.* Ce n'est pas *2300* mais *2302* qui doit rentrer, ainsi que *1409*. — *2303* sq. Mettez un point après **verum**. une virgule après **fateatur**. La cheville du premier vers se retrouve encore *1895, 2681, 2941*. — *2308; per* **philosophum**. Peut-être faut-il songer à un passage d'Aristote, *De animalium generatione*, L. IV, c. 3, que l'*Index* de l'édition Didot résume en ces termes : « feminae generatio aliquatenus monstrorum generationis principium est », passage qu'il faudrait rapprocher alors de celui-ci (*l. c.* L. IV, c. 4) : « monstrum enim ad res praeter naturam pertinet ». Mais si c'est là le passage que Mathieu a eu en vue, il faut avouer que **limpidius** n'est pas l'adverbe qui convient ici au style du philosophe. On peut songer aussi à cet autre passage, *l. c.* L. IV, c. 6 : « sexum femineum quasi mutilationem naturalem considerare oportet ». Comme cet ouvrage d'Aristote n'a pas été traduit par Boèce, il est assez probable que Mathieu a recueilli cette idée dans la conversation ou dans l'enseignement de ses maîtres. On ne voit pas, d'ailleurs, comment une étude sérieuse des théories d'Aristote sur la femme puisse justifier l'opinion que Mathieu lui prête ici. — *1422*. Remplacez les deux points par un point : *telement* se rapporte à ce qui précède. — *2310*. L'auteur avait déjà dit la même chose au v. *1918*.

P. 159. — *2312-14*. Trois vers de réserves en faveur de quelques rares exceptions (cf. **gratia rara** au v. *1704*), voilà tout ce qui doit atténuer les violentes sorties du poète. A rapprocher de ces vers les explications contenues dans le long passage II, 2589-2708. — *4133-35*. Le sens de ces vers est clair, mais la construction présente quelques difficultés. Si *mesdie* est une forme verbale, ce qu'il paraît difficile de contester, il faut mettre après ce mot une virgule, expliquer *L'en tient* comme « on est forcé d'admettre » et faire suivre ces mots de deux points. Mais cette interprétation de *L'en tient* paraît forcée et le reste du vers 4135 se rapporte plutôt au mot *generalment* qui précède qu'au vers suivant. *Mesdie* est-il peut-être un substantif (Godefroy ne le donne pas) et faut-il le rattacher à *L'en tient* (*tenir en mesdie* : médire?) En ce cas on est tenté de changer *L'en* en *Les*, à moins d'entendre *l'* de la femme et de donner à *en* (qui dans ce cas, serait **inde**, non **homo**) une valeur explétive. — *S'aucun* (1433) ferait supposer que l'original portait, ou, du moins, que le traducteur a lu dans sa copie (*2312*), **dicant** pour **dicam**. — *4136* ; *especial grace*, cf. v. 2706. — *2325* sq. Mêmes vers que *641* sq. — *2327* sq. Mêmes vers que *589* sq.

LIVRE TROISIÈME

P. 160. — *2329.* Citation d'Ovide, *Rem. Am.* 2 ; voyez *Introd.* p. cxxx. — *2333.* Même vers que *2267.* — *2337* ; **cujus** semble se rapporter à **sic vivere** (= vivendi) ; l'annotateur écrit, au-dessus de **cujus**, *pertubationis*, ce qui est juste, pour le sens. — *2342.* A peu près le même vers que *69 ;* **hi** est curieux et semble imité servilement de **hiis** (*69*).

P. 161. — Cette vision rappelle plus ou moins l'apparition de *Philosophia* chez Boèce, celle de *Natura*, chez Alain de Lille et celles de Dieu dans la Bible. Voyez sur l'usage que Mathieu a pu faire du *De Planctu Naturae*, *Introd.* p. cxxxv, et sur la ressemblance de ce début avec celui du Livre III du *Libre de les dones*, *Introd.* p. clxxiii, sv. — 66 *Que* ; il serait peut-être préférable d'adopter la leçon *Quant* représenté par la famille β. Il est possible que *j'ay* soit une faute ancienne de *o'* pour *j'oy.*

P. 162. — *2367* ; **revēlans** rend le vers faux et convient peu comme sens. Peut-être faut-il lire **relevans** ? Ou aurions-nous ici une forme hybride du verbe français *reveler* ? Un cas analogue s'est présenté au v. *2296* : **rages** pour **rabies.** — *2369.* Encore **Scilla**, dont il a déjà été question deux ou trois fois ; ici, l'exemple est mal choisi.

163. — 133 sv. En rappelant à Dieu que pourtant il connaissait « *le proverbe* », le traducteur introduit ici une naïveté que l'original n'a pas ; voyez, cependant, v. *3230.* — 135-166. Cette tirade n'a pas de partie correspondante dans l'original ; voyez *Introd.* p. lviii, où nous exprimons l'opinion qu'elle a existé dans l'original mais que la traduction ne la reproduit pas au bon endroit.

P. 164. — Nous avons supposé (*Introd.* p. lxi) que le passage *2388-2424* n'est pas à sa place ici et que l'auteur l'a ajouté après qu'il a eu terminé son ouvrage. L'idée se retrouve, légèrement effleurée, au v. *2850.* — 169. Le même vers s'est trouvé II, *1974* ; il semble emprunté au *R. de la Rose* (voir *Introd.* cxciii). — 176. Voir sur cette rime, *Introd.* p. ccxxv.

P. 165. — 215. *Eschauldés craint eaue chauffée.* Voyez sur ce proverbe et ses différentes formes, Ad. Tobler, *Li Proverbe au vilain*, nᵒ 195 et note p. 168. — 226. Nous avons admis la graphie *ce*, qui est dans tous les mss ; mais l'*e* doit s'élider (Voyez Tobler, *Le vers français* pp. 64 sv.) si on admet, comme nous l'avons fait, la forme bisyllabique *eüs* (cf. *Introd.* p. ccxxi, nᵒ 13). Notez cependant la var. *oz* (= eus). Voyez vs. *2125.*

P. 166. — *2415.* Cf. *2449* **traditionis signum** et *4587.* — *2423-4.* La leçon bien connue de l'évangile sous forme de distique. Mathieu a dû tirer ces vers d'un recueil. Nous n'avons pas réussi à les retrouver ailleurs. Voyez, cependant, Caton, *Dist.* (éd. Baehrens, p. 241), « Quod tibi vis fieri, hoc alii praestare memento ; Quod tibi non optes, alii ne feceris ulli. »

P. 167. *2425.* **Unde locus**, reproduit textuellement par le traducteur, (« d'où vient que ? ») se rattache étroitement au v. *2387* (voyez plus haut). L'expression se retrouve *2539.* — *2426.* Mettez un point d'interrogation après **equus** et (268) après *val.* — *2427* sq. Cette idée a déjà été formulée, en partie dans les mêmes termes, aux vv. *809-11.* — *2429.* **Comparat in sacco catum.** Cf. Le Roux de Lincy *l. c.* I, 100. « C'est mal achat de chat en sac » et une autre forme du même proverbe. — *2433* sq. Cf. *800, 804-05.* — *294.* Voyez sur cette rime, *Introd.* p. CCXXV. — *2439* sq. Cf. v. *1208.*

P. 168. — *2443* ; **semel in mense.** Cf. *564.* — *300*: Cf. II, *2536 En la vile le sçara on.* — *319* sv. Vers à peu près pareils à II, *445* sv. (Voyez aussi III, *351*). — *2449.* Cf. *2415.* — *2451.* Nouvelle allusion à la métaphore qui a servi *472* et *1061-2.* — *2453* ; **cujusdam philosophantis.** L'auteur ne semble pas avoir en vue un philosophe spécial, mais plutôt l'idée philosophique de l'ordre qui règne dans l'univers. Le Fèvre y reviendra, *Leesce* 2270, et l'attribuera à Aristote. Elle se trouve, du reste, chez celui-ci, nettement exprimée ; voyez la note de ce dernier vers.

P. 169. — *2459.* Mettez plutôt une virgule après **disponis** ; l'auteur a évidemment voulu accentuer le préfixe **dis** et lui donner sa valeur spéciale ; le traducteur, cependant, n'a pas senti cette intention, puisqu'il prend *disposer* dans le sens ordinaire (346).— *344; qui sur ce te fonde* fait l'effet d'une cheville rendue nécessaire par la rime ; le latin n'a rien qui y corresponde. Mais quel en est le sens ? Si *qui* se rapporte à *moy*, on serait disposé à lire plutôt *sonde*, à moins de donner à *fonder* le sens d'interroger à fond (cf. *2474* **qui pensant ista profunde**). On pourrait aussi, en conservant le mot des mss., voir dans ce vers le commencement de la question : *Qui sur ce te fonde ?* c'est-à-dire : « Qui t'autorise à agir ainsi ? » L'idée que Dieu pourrait être informé ou poussé par quelqu'un n'est pas trop bizarre, chez le poète français ; voyez un peu plus loin, v. *490 Et qui ce te dit il te ment* (*2519* **falleris et fallis**). — *2464* ; **leges humane.** Voyez *Digestes*, XXI, 1, § 13. « Tempus autem redhibitionis sex menses utiles habet » ; voyez aussi § 38.

P. 170. — *370*; *voulions* étonne, mais la mesure du vers et la rime réclament cette forme ; *voulons*, qui est plus logique, se trouve dans β sans que les scribes se soient préoccupés de compléter le nombre des syllabes. — *2471*. Ce cas de renvoi de la femme pour cause d'adultère n'existe pas dans le droit romain ; le droit canon l'admettait conformément à *Év. S. Math.*, V, 32, mais sans fixer de date (*Decretum* II, *causa* XXXII, *quaest.* V, c. 21, 22). — *2473 ;* **lesus enormiter** ; terme emprunté à la jurisprudence romaine ; le poète l'entend ici de la femme méchante et querelleuse. — *2477-78*. C'est le vers de Juvénal, VI *Sat.*, 270, qui a déjà été cité ailleurs, dans deux vers presque pareils à ceux-ci (*1039* sq.). — *2481*. « La femme adultère coiffe son mari, la méchante lui arrache les cheveux ». Une antithèse semblable, mais moins jolie, a été employée au v. *1037*. Le traducteur a négligé ce trait, qui fait l'effet d'être un dicton populaire. — *2481-82*. Le premier de ces deux vers ressemble à *1037*, le second est identique avec *1038*.

P. 171. — *2486*. Nous avons déjà (*Introd.* p. VI, n. 2) mis le lecteur en garde contre la correction **spiritum**, que la quantité des syllabes condamne. Nous croyons devoir lire **furtumque** et ponctuer **perimit animam, furtumque sceleste attentat furans se sponso, more** etc. La femme adultère commet un meurtre parce qu'elle détruit l'âme de son mari, elle commet un vol parce qu'elle se dérobe elle-même à lui. Le traducteur n'a pas bien compris (108 svv.) ; il paraît supposer que la femme adultère diminue la fortune de son mari en le volant (ou en se laissant voler). — *2487* sq. Nous avons déjà trouvé ces vers : *1808, 1887, 2282*. — *2489*. **Funus** pour **fenus** (foenus), comme **funebris** (*2492*) pour **fenebris** ; le traducteur l'a bien compris ainsi ; il parle d'*usure* (417, 420). — 2497. Même fin de vers que *2415* et *2449*. — 430. Le traducteur est plus clair encore que le poète dans l'énumération des crimes de la femme adultère : parjure, meurtre, vol, usure, sacrilège, trahison (400-438).

P. 172. — *2499*, **leges**. Le poète fait sans doute allusion, plutôt qu'à la *Lex Iulia*, *De adulteriis coercendis*, à la loi de Constantin, restée en vigueur jusqu'à Justinien, qui punissait l'adultère *gladio* (voyez *Institutes* Tit. IV, 18). — *2503*. Nous avons écrit **At** à cause de *Mais* (446). — *2504*. **Scripsi**. Allusion aux vers *2475* sq. et *1033-40*. — *2510*. **Sicut habet vir, habetur.** Cf. Aristote, *Categoriae* cap. 12 : « Dicimur etiam mulierem habere et mulier virum ». — *2505-2517*. Nous n'avons pas compris tout d'abord le raisonnement de l'auteur et notre ponctuation, ainsi que le résumé (*Introd.* p. XCV), conserve les traces de cette première interprétation erronée. Nous croyons maintenant qu'il faut ponctuer (*2512-16*) **Aut alius, ... illa, ... cavilla, Contra : ... Sic alias pacti. Cur ... diversificantur ? Ergo si dicas**, etc., et que le raisonnement prêté par le poète à Dieu va de

quod (*2510*) jusqu'à **cavilla** (*2514*). Nous proposons la périphrase suivante de ces vers : « Lorsque, dans un marché ordinaire, un homme est trompé sur la valeur de la marchandise pour plus de la moitié du prix, la loi, en annulant le contrat, le défend contre une telle déception. Pourquoi donc ce secours de la justice lui est-il refusé ici, c'est-à-dire lorsqu'il est déçu par rapport à la femme qu'il a épousée ? Si tu me réponds que tu l'as ordonné ainsi, tu te mets en contradiction avec toi-même, car tu es un Dieu de paix, et tu crées la guerre. Il faut donc une autre solution. Si tu me dis que l'homme ne possède pas seulement, qu'il est aussi possédé (par la femme) et qu'ainsi le contrat de mariage diffère des autres contrats, que la loi ordinaire qui régit ces contrats n'est donc pas applicable à la relation de conjoints, dont l'union est bien plus forte, plus serrée, — je riposte (**Contra**) en disant ceci : tous les contrats, quels qu'ils soient (**alias pacti**, ceux qui ont conclu d'autres pactes), sont bilatéraux comme le contrat de mariage. Pourquoi donc faire une différence entre celui-ci et les autres en refusant de l'annuler en cas de déception ? » Le traducteur modifie sensiblement ce raisonnement ; même il le fausse, en ajoutant à l'idée de **sicut habet...** **habetur**, celle de la déception que la femme peut éprouver aussi bien que le mari, et en faisant commencer la réplique de l'auteur par le v. 471. Les vers *2515* sq. (a-t-il lu « Ultra » pour **Contra**?) l'ont visiblement embarrassé ; ce qui n'est pas étonnant, puisqu'ils contredisent absolument ce que, comprenant mal l'original, il avait dit v. 471-80. Est-ce pour cela qu'il n'a pas traduit **Sic alias pacti**? Ou bien, comme l'indiquent nos points de suspension après 482, faut-il admettre une lacune de deux vers qui se serait déjà trouvée dans o'? Le traducteur n'a pas non plus compris le sens de **diversificantur**, qu'il applique à la femme seulement et qu'il explique comme un manque de confiance à l'égard de son mari !

P.173. — *2519* ; **tua sanctio** ; voyez *Genèse* II, 24. — 498. Le traducteur renchérit encore, par le choix de ses deux impératifs insolents, sur le **michi cedas** (déclare-toi vaincu) du latin. — *2525* sq. L'auteur a peut-être en vue l'ordonnance d'après laquelle ceux qui ont reçu un bénéfice impliquant la cure des âmes (notamment le gouvernement d'une église paroissiale) sont tenus d'être ordonnés prêtres dans l'intervalle d'une année sous peine de perdre leur bénéfice. (*Corp. jur. can.* éd. Gibert, Cologne 1735, t. II, p. 181. Voir *ibid.* t. II, p. 202.)

P. 174. — *2531*. **Canone testante**. On lit, en effet, dans les *Decretales*, *Lib.* I., *Tit.* VII, c. 2 (Gibert *l. c.* p. 43) : « Cum fortius sit spirituale vinculum quam carnale, dubitari non debet quin omnipotens Deus spirituale coniugium quod est inter episcopum et ecclesiam suo tantum iudicio reservaverit dissoluendum. » — 2537 ; **lusisti de cinerosa pixide**. Quel est ce jeu ? Probablement un tour d'adresse de quelque charlatan (**incantator es unus** *2535*). Le traducteur semble l'avoir connu, puisqu'il ajoute (531) : *Aux mariés la pouldre changes*. Ce jeu a sans doute quelque rapport avec le jeu italien » de la poudrette (ludere *ad pulveritiam, ad polverellam*) cité par Du Cange, s. vv., auquel il est expressément défendu aux charlatans et aux joueurs de dés (*averitatores, conjatores*) de se livrer, parce que c'était un moyen de tromper les gens (« ex quo homo possit... decipi »). Ce jeu semble avoir été distinct du *jeu de la poudrete* que les enfants jouaient en France, sur lequel nous n'avons pas réussi, d'ailleurs, à trouver des renseignements plus précis que ceux que donnent Du Cange, s. v. *pulverea*, Lacurne et Godefroy s. v. *poudrete*, ou Bonaventure Desperiers (*Cymbolum mundi* éd. elzév. des *Œuvres*, I, p. 331), où il semble consister à rechercher dans le sable de petits objets qui y ont été répandus. Muratori, cité par Du Cange, s. v. *pulverea*, donne quelques détails sur le jeu des *coreggiolae*, mais non sur l'autre. — *2544*. Mettez un point d'interrogation à la fin du vers.

P. 175. — 585. Changez le point d'interrogation en point. — *2557 ;* **mendicis** est un datif : vis-à-vis des mendiants.

P. 176. — *2566*. Changez le point en point d'interrogation. — *2568 ;* **sancti**; voir *Psaume* XLII, 4, LXXX, 6. — *2572*. Le poète a déjà utilisé ce sens équivoque d'**equitari** aux vv. *466, 473*. — 625. Cf. sur cet emploi de *savetier*, I, 124.

P. 177. — *2577*, **verus** (pour **virus**) est indéclinable comme au v. *2169*. — 635, *mangust* (d'après *manjut* pour *manjast*), qui est dans F, est exigé par la mesure du vers, contre les formes *mangue* et *manguent* qui, cependant, traduisent mieux l'original (*2576* **comedit**). — 640. Nous avons introduit la forme *prens* dans le texte à cause de **est tibi** (*2581*) ; *prent* est probablement une faute de o'.

P. 178. — 2592 (Voir aussi au bas de la page). Il semble bien qu'il y ait **facmna** dans le ms. Mais les deux derniers jambages de l'**m** paraissent avoir été exponctués, l'**f** peut être pris pour un **s** initial, l'a pour un **s** final mal écrits. On arrive alors à lire **sacius**, ce qui, avec le sens de **potius**, convient très bien. Lisez donc : Sed **nunc sacius, sicut scis, intitulantur,** etc. Le traducteur a compris le sens général du passage, mais s'est trompé sur **intitulantur**, qu'il applique au clergé en donnant au mot le sens de « prendre un titre ». — *2594*. Sur le jeu de mots **salmo, Salomo**, voyez *Notices et extraits des mss.* t. XXIX, 2ᵉ part. 356, et le Renclus de Moiliens, *Miserere*

CXLIII, 1. 8. — 671-2. Le traducteur a essayé de reproduire tant
bien que mal le jeu de mots **equum, aequum** par la rime *jument,
jugement*. — *2600*. Vers d'Horace, *Epist.* ¡I, 6, 37, « Et.... donat » ;
cette citation se retrouve, tout à fait textuelle, au v. *4179*. — *2605*.
Une variante, **desipis aut dormis**, se trouve *2681* et *2873*.

P. 179. — *2613* ; **cujus enim** ; voir la note de *2165*. — *2614*. La même
idée a déjà été exprimée v. *1361*. **Bernardus testificatur** ; voyez
S. Bernard, *Sermo de S. Nicolao Episcopo* (*Opera omnia*, éd.
Mabillon, Paris, 1719, II, col. 734) « regio gehennalis... terra com-
bustionis et frigoris, in qua *nullus ordo* sed sempiternus horror
inhabitat », et *Sermones de diversis*, sermo 42.

P. 180. — 752. Cette rime a été relevée, avec d'autres du même
genre, *Introd.* p. CCXXII, C, 1.

P. 182. — 811. Remarquez la traduction de **Hercle !** : *par saint
Pierre de Beauvais* ; cf. II, 2071 *par saint Martin de Pas*. — *2662*.
Teste scriptura ; cf. *Genèse*, III, 16 et *Ep. aux Ephésiens*, V, 23, 33,
1ʳᵉ *Ep. aux Cor.* XI, 9, 11.

P. 183. — *2669*. **Per decreta** ; dans le *Decretum*, II, *Causa* XXXII,
quaest. VI, *cap.* 5, et ailleurs, le mari est appelé « caput uxoris suae »,
mais l'auteur en tire la conclusion que le mari doit vivre encore
plus honnêtement que la femme. — *2673* ; **per jura** ; voyez 1ʳᵉ *Ep. aux
Cor.*, XI, 5. — *2675*. Mettez une virgule après **verecunda**. — *2677*.
Changez, après **famulari**, le point d'interrogation en point simple.
— 867. *Se muet* se rattache à *Comment femme* (859). — 869. Il est
probable que ce vers dépend aussi de *j'ay merveille* (858) ; en ce
cas, il faut mettre une virgule après *attempter*. Nous avons cru
qu'il dépendait plutôt de *attempter* (« entreprendre cette chose
inouïe, que celle qui doit servir ose prétendre à la domination »). Le
traducteur, pour avoir voulu serrer l'original de près, est devenu
obscur. — 873. Vers du *Rom. de la Rose* ; voyez *Introd.*, p. CXCIII.
— *2679*. Voir plus haut, v. *1900*, *1913* etc. — *2681*. Voir v. *2605*,
2873.

P. 184. — Les vers 911-76 correspondent aux vers latins *2855-80*
(p. 195). Nous avons admis (*Introd.*, p. LX) que le texte français
a conservé l'ordre primitif de l'original. Aux arguments donnés
plus haut, ajoutons ceux-ci : les mots **Que facis** de *2882* se rattachent étroitement à **tua facta** de *2852* ; d'autre part, dans le texte
français, *je di oultre* (911) se rattache tout naturellement à *dire* (910),
et *ay grant merveille* (1297) à *me merveil* (1295).

P. 185. — 927-28 (cf. *2862* **Qui Sathanam duxit, Sathanam dimittere
debet**). Voir Le Roux de Lincy, *Le Livre des Prov.*, I, 10 » Qui diable
achete, diable vend » (XVIᵉ s.). — Les vers 930-946 manquent dans

l'original; nous admettons une lacune entre *2862* et *2863*; voir *Introd,,* p. LVIII sv. Le passage sur la femme de Socrate a pu être tiré de saint Jérôme, *Adversus Jovinianum,* L. I, mais le mot du v. 934 ne s'y trouve pas. — 935. *Caton;* voir *Dist.* III, 12 « Nec retinerè velis, si coeperit esse molesta » : c'est la seconde partie du distique dont le premier vers a été cité plus haut (voir la note de II, 3119). — 947 svv. (*2863* sq.). Nous avons déjà relevé cette idée au v. *1066* (II, 1273); nous la retrouverons *2815* sqq. (III, 1202 sv.) et *2863.* — *2692* sq. **tua jura**; cf. *1861* et la note de ce vers. Voir sur le « Nuptiale bonum tripartitum », *Introd.,* p. CXXXVII.

P. 186. — *2700.* Le sujet de **notet** est **peritus**. L'autorité citée ici par le poète est Ovide, *Metam.,* I, 146, avec « Imminet » pour **Cum vacet**. — 1010 svv. On pourrait songer à modifier la ponctuation de ces vers en faisant dépendre *Sur David* de *avoutire* et en y voyant la traduction de **cum rege**. Voyez cependant *Leesce* 1543 sv. — *2712*; **pectrix**. Cf. *823* et *2043.* Nous avons déjà fait remarquer que le souvenir de la matrone d'Ephèse, dont il fait une chambrière devenue comtesse, a été pour Mathieu une véritable obsession (voir la note de *2041* sqq.).

P. 187. — *2717-18*. Mêmes vers que *2041-42.* — *2720*. Cf. *825.* Pas plus que dans sa traduction de ce dernier passage, Le Fèvre n'a compris ici le sens de **ejus... viderat... cruorem** (voir 1026). — *2721* sqq. Voyez sur cette légende de la mort d'Hippocrate, à qui sa femme fit manger la chair d'une truie en chaleur, un article de Gaston Paris (*Romania* VI, p. 299) sur l'édition d'une version catalane du *Roman des Sept Sages* par M. Mussafia, et Hucher, *Le Saint Graal*, III, p. 63 sv. 70, sv. Comme Mathieu connaissait le Roman des Sept Sages, ainsi que nous avons eu l'occasion de le constater, il n'est pas impossible qu'il ait tiré ce trait d'une des versions de ce roman; en ce cas, la version catalane ne serait pas la seule qui l'ait ajouté au conte *Medicus* (cf. Gaston Paris, *l. c.,* p. 300). En tout cas, Mathieu ne néglige pas (cf. Gaston Paris, *l. c.,* p. 299, n. 3) l'état spécial où se trouvait la truie (**crissanti**; l'annotateur explique **crissare** : « proprio est coitus porcorum »). On dirait que Le Fèvre connaissait, lui aussi, cette histoire de la mort d'Hippocrate, indépendamment des deux vers de son modèle qui la résument. En effet, le v. 1030 semble indiquer que, pour lui, l'assassinat fut un acte de vengeance (provoqué par la mort du neveu) et le v. 1032 semble contenir une allusion au fait que la femme fit jeter le bouillon qui aurait pu sauver son mari. Notons, d'ailleurs, que la traduction mentionne (1027) *un livre ancien* (peut-être le roman en prose du S. Graal) comme la source où on lit cette histoire. — *2724*.

Mettez **ausa** entre deux virgules; **securi** est l'ablatif de **securis**. Cf., sur les deux histoires racontées ici, *Introd.*, p. CXLIII, n. 1.

P. 189. — *2743* sq. Cf. *2290, 2833.* — *2746*; **tribus** peut être le génitif de **tribus** : « contre le droit de la tribu », c'est-à-dire de la collectivité humaine ; l'annnotateur du ms. écrit au-dessus de ce mot, « exemplis » ; il a dû comprendre « sur *trois* points » ; le traducteur n'a rien qui y corresponde. — *1082.* Mettez un point d'interrogation à la fin du vers. — *2753-57.* Mêmes vers que *1831-35* ; voir la note de ces vers. A noter que le traducteur a traduit, les deux fois, ces vers d'une manière différente; il n'a pas dû remarquer qu'ils avaient déjà servi.

P. 190. — *2766.* Si Mathieu avait bien connu les fabliaux (Voir *Introd.* p. CXLV), n'aurait-il pas cité, à ce propos, *La houce partie ?* — *2768.* Transportez plutôt le point d'interrogation après **senex**. — *2769* sq. (*1131-38*). Ce passage offre un intéressant spécimen de la façon dont Mathieu utilisait les données de ses sources (cf. *Introd.*, p. CXLII, n.). Dans le conte auquel il fait allusion ici, la partie intéressante est la conduite du troisième fils, qui refuse de frapper le corps de son père mort, et la sagesse du juge qui invente ce moyen révoltant pour reconnaître le fils authentique. Or, Mathieu ne retient de toute l'histoire que le méfait des deux fils (adultérins) dénaturés, qui eurent le triste courage d'accepter l'épreuve proposée par le juge. Nous avons déjà remarqué (*Introd.* p. CXLII, n.) que si Mathieu a lu cette histoire (**lego**), ce n'est pas dans le recueil d'Étienne de Bourbon (où elle est le nᵒ 160) ; peut-être dans une collection d'*exempla* dans le genre de celle du ms. 1072 de la Bibl. Mazarine, signalée par M. Paul Meyer (éd. de Nicole Bozon p. 261). Il faut noter, cependant, que le conte, tel que Mathieu l'a lu, diffère en quelques points, tantôt d'une version, tantôt de l'autre, parmi celles qu'on connaît. Si Mathieu identifie le juge avec Salomon, ce que ne font expressément qu'un fabliau (Barb. et Méon II, 440, Legrand d'Aussy, II, 167), et un conte russe quelque peu différent, il s'écarte de cette version en ce qu'il admet trois fils, dont deux dénaturés (c'est la version ordinaire), tandis que le fabliau n'en connaît que deux, le bon et le mauvais (dans le récit des *Gesta Romanorum*, nᵒ 45, ainsi que dans un conte tartare, les fils sont au nombre de quatre, dans le conte russe ils sont dix, dont cinq prennent part au concours.) D'autre part, l'arme des fils semble être, chez lui, le javelot (**jaculando**), non la flèche, comme dans les versions latines. Dans le fabliau, c'est la lance ; mais aussi, les fils sont à cheval, le corps du père doit leur servir de tête de turc pour montrer leur adresse à attaquer et à frapper un ennemi ; ce

dernier trait, il faut l'avouer, rend plus acceptable l'étrange épreuve
imposée par le juge ; mais cette vraisemblance plus grande n'est
pas nécessairement un signe d'ancienneté. Jehan Le Fèvre a dû
connaître cette histoire d'autre part, puisqu'il complète la donnée
sommaire des deux vers de l'original ; chez lui, les fils font déterrer
le corps de leur père, le dressent debout contre un arbre, le percent
de flèches et essayent d'arriver le plus près du cœur (comme chez
Etienne de Bourbon, dans la version dramatisée du *Mistère du vieil
Testament* et, avec une légère modification, dans les *Gesta ;* ailleurs,
comme chez Nicole Bozon, le concours consiste à faire la plaie la plus
profonde, ou, comme dans le *Speculum morale,* à « melius infigere » ou
« melius percutere »). Voyez sur les différents ouvrages qui relatent
cet *exemplum* (un sermon d'Albert de Padoue, le Recueil d'Etienne
de Bourbon, les *Contes moralisés* de Nicole Bozon, deux passages du
Speculum morale attribué à Vincent de Beauvais, les *Gesta Romanorum,* les *Latin Stories* de Wright, *Le Jugement de Salemon,* le *Mistère
du vieil Testament,* une sotie de Gringore, etc.) *Hist. litt.* XXIII, 75,
Oesterley, *Gesta* p. 719, *Mistère du vieil Testament,* IV, p. CXIV svv, Paul
Meyer *l. c.,* p. 251 svv., Köhler, *Kleinere Schriften,* II, p. 562. Ajoutons
que le poète hollandais Tollens a traité ce sujet dans une de ses
ballades, « De wettige zoon », traduite d'ailleurs de l'anglais. — *2771.*
Cf. *2175* et la note de ce vers. — *2779.* Voir sur cette citation du
Departement des enfants Aimeri, Introd. p. CXXXVII et n. 4. Le Fèvre
n'ajoute rien à la donnée contenue dans les quatre vers de son
modèle.

P. 191. — *1161-63* traduisent mal les vers *2787-88* ; on s'étonne
qu'un procureur au Parlement n'ait pas mieux compris la simple
mention faite par le poète de l'autorité que les laïques attribuent à « l'usage ». Le v. *1164,* qui ne se rapporte pas au sujet,
n'est là que pour fournir une rime riche. — *2790* ; **dedit** a probablement ici le sens de « laisser prendre », non celui d'accorder
formellement. — *1171.* Le Fèvre distingue (pourquoi?) la *coustume,* la législation fondée sur l'usage, de l'*usage* lui-même.
Matthieu semble confondre **usus** et **consuetudo** (*2794, 2800*). —
2794-2805. A noter qu'à ces dix vers de l'original ne correspondent que trois vers dans la traduction ; c'est que la question
dont il s'agit ici, le droit de succession réservé à l'aîné des fils,
n'existait pas à Paris et ne pouvait donc intéresser beaucoup les
lecteurs parisiens pour lesquels écrivait Jehan Le Fèvre. Mathieu
traite ici un point spécial des *us et coustumes* du Boulonnois (cf., v.
2799, **per patrie jus** ; **reprobandum** est l'attribut de **jus** : « par le
droit blâmable de mon pays »). Il semble résulter, en effet, des

coutumes connues de cette région (elles sont d'une époque postérieure à celle de notre poème, c'est-à-dire de 1443 et de 1550), que,
dans « la coñtrée du Boulonnois » et dans « la ville et banlieue de
Boulogne », le fils aîné était le seul héritier, en immeuble ; ce
même droit d'aînesse était strictement appliqué par « l'usage »
dans la succession des collatéraux. Dans la plupart des autres
régions du Nord de la France, notamment à Paris (dont la coutume
peut être considérée comme constituant plus ou moins le
droit commun), on était beaucoup moins rigoureux sur ce point
que dans le Boulonnois. Voyez sur cette partie du droit de succession en France, Glasson, *Histoire du droit et des institutions de la
France*, t. VI, p. 435 svv. Les coutumes du Boulonnois se rapportant à cette question ont été publiées dans le *Nouveau coustu-
mier général* de Bourdot de Richebourg, t. I, p. 25 sv. Nous devons
ces références à l'obligeance de notre collègue M. Segers, de la
Faculté de droit de l'Université de Groningue. — *2806.* Dans un
passage du droit canon cité plus haut (note du v. *1861*), le mariage
de la Vierge avec Joseph est cité à propos des trois biens du
mariage. — *2809.* Le sujet de **creatur** est **conjugium**, comme *en*
(1189) équivaut à *de mariage*. — *2815* sqq. *Ev. S. Luc*, XIV, 20 ; voyez
la note de III, 947 svv.

P. 193. — 1222. A noter que tous les mss. ont ici *afferme*, tandis
que les imprimés ont la bonne graphie. — *2523.* Voir sur ces noms
propres, *Introd.*, p. CXLVII. — *2831.* Malgré le présent **probetur**, il
faut bien admettre que **Petra** désigne, non pas un personnage quelconque (comme **Sarra**), mais la femme du poète; cf. *288*, **angelica
facies**. — *2833* sqq. Nous avons longuement discuté ce passage,
qui paraît emprunté directement au *Roman de la Rose*, à moins que
Jean de Meun et Mathieu n'aient puisé à une source commune,
Introd., p. CLI, n. 2 et CLII. Le traducteur renchérit encore sur le
plagiat de son modèle (voir *ibid.* et p. CXCI). — *2834 ;* **propter quemlibet illam**. Nous avons déjà trouvé cette idée, v. *2290* et *2744*.

P. 194. — 1248. Le sujet de *veult* est le mariage. — *2846 ;* **pacis
actor**. Cf. *2508* **rex pacificus**. — *2850.* Nous avons vu que le poète
développe cette idée du Dieu célibataire dans un passage qu'il a
peut-être ajouté après coup à son poème. Voir *Introd.*, p. LXI (à
corriger le chiffre *3850* en *2850*). Le traducteur a modifié l'idée de
l'original (1285-93), que, sans doute, il n'avait pas bien comprise.
L'auteur dit : « Tout ce qui est bon se trouve réuni en toi ; tu n'as
pas pris femme ; donc, le mariage n'est pas une chose bonne ».
Le traducteur lui fait dire : « Tu n'établis rien de mauvais ; le mariage est une chose mauvaise ; donc, ce n'est pas toi qui l'as établi. »

P. 195. — *2853*. Il vaut mieux remplacer le point d'interrogation par une virgule : « Si tu veux justifier tes actes, dis-moi, pour que ma langue bavarde se taise si elle a mal parlé, pourquoi tu as institué le mariage et comment il peut être une chose bonne. » — *2855-80*. Voir sur le déplacement probable de ces vers, dont la traduction se trouve dans les vers 911-76, *Introd.*, p. LX et la note de la page 184 (III, 911 svv.). — *2860*. Mettez une virgule après **Ecce.** — *2861* sq. Voir la note de p. 185 (III, 927 sv.). — Nous avons admis, entre *2862* et *2863* une lacune, correspondant à 929-45 du texte français (*Introd.*, p. LVIII sv.). — *2863*. Voir les notes de III, 947 svv. et de *2815*. — *2873*, cf. *2605* et *2681*.

P. 196. — Avec *5364*, *2881* le plus parfait exemple d'allitération qu'offre Mathieu (cf. *Introd.*, p. CLIV). — 1301. Le subjonctif est un latinisme que le poète français se permet souvent ; cf. III, 1389.

P. 197. — Il est plus conforme à la division des divers paragraphes dans l'original, de faire rentrer les vers 1342 et 1365 et de justifier le vers 1357.

P. 198. — Faire rentrer le vers 1382. — 1386 sv. Ces deux vers rendent le v. *2918* ; *amortie,* qui n'est là que pour la rime, embarrasse ; nous comprenons : « qui est, d'ailleurs, détruite » ; il y a là, croyons-nous, un souvenir de **mors destructa** de *2898*.

P. 199. — *2928* ; **de jure** ; allusion probable à *Dig.* XLVII, 2, § 14 : « item si iumenta tibi commodavero, etc. » — 1413. Allusion à Ovide, *Metam.* I, 654 sqq. — Faire rentrer le v. 1425, qui commence un nouveau paragraphe. — *2941*. Notez que dans **Adam** l'*a* est bref, tandis que dans **Ade** (*2943*) il est long, bref, cependant aux vss. *3333* et *3346*. — *2941-47*. Nous n'avons pas réussi à trouver ailleurs cette idée de la résurrection intégrale de l'homme amenant la restitution de sa côte, c'est-à-dire la « destitution » de la femme ; les excuses des vers *2948* sqq. feraient croire que c'est une idée originale de Mathieu.

P. 201. — *2957*. Nous avons ajouté **non** à cause de la valeur interrogative de **siccine** ; mais alors l'*a* de **Ade** est traité comme une brève, contrairement à la quantité de cette syllabe au v. *2943* (voyez la note de *2941*). — 1494. Nous avons adopté la forme anormale *feïs,* représentée, d'ailleurs, par quelques mss., parce que *angeles* ne saurait être considéré comme ayant trois syllabes. Cette forme *feïs* (**feci**) aurait dû être signalée, *Introd.*, p. CCXXI, 13.

P. 202. — 1522. Godefroy cite *ingrades* (Eust. Deschamps), non *ingrates* ; nous avons adopté la forme de F, avec *s* ; *soi rendre pour* est une construction analogüe à *estre tenus pour*. — *2979*. **Gastrantem** est une faute ; le ms. a **Gustantem.**

P. 203. — 1557. Nous prenons *est* pour une construction impersonnelle et proposons de comprendre « en ce qui concerne le côté divin de ma nature » ; il sera bon, alors, de mettre une virgule après *egalment* (1556).

P. 204. — *3000.* **Regula.** Ce mot a le sens de **versiculus.** Il est probable que l'auteur donne ici la paraphrase des vers « Ipse lignum tunc notavit Damna ligni ut solveret » (str. 2) et des derniers vers de la str. 3 de l'hymne « Pange lingua gloriosi Lauream certaminis », de Venantius Fortunatus. Cf. *Sapience,* XIV, 7 : « Benedictum enim lignum per quod justitia existit » et (voyez vs. *3015*) S. Augustin, *Enarratio in Ps.* XCV (*Opera,* t. IV, p. 176) « Dominus enim regnavit a ligno. Quis est qui ligno pugnat? » — *3003.* On serait tenté d'admettre une rime approximative et de lire **morte,** ce qui compléterait le jeu de mots (ars... **arte, mors... morte).** Pourtant **marte** (« dans le combat ») s'explique encore assez bien, puisqu'il est question, dans ces vers, d'une lutte entre la vie et la mort. Le traducteur a trouvé un jeu de mots, ou de rime, moins intéressant que ceux de l'original. Il a d'ailleurs délayé inutilement tout ce passage.

P. 205. — *3014.* Allusion à *Ev. S. Luc,* XXIV, 26. — *3015.* Citation textuelle du passage de S. Augustin (voyez la note de *3000*). — 1636-37. Ces deux formes contradictoires du nominatif d'un comparatif (*mendre, graigneur*) auraient dû être signalées *Introd.,* p. CCXVIII, 2.

P. 206. — Mettez plutôt une virgule au bout du v. 1675 ; les vers 1676-77 forment une parenthèse.

P. 207. — *3039* sq. Peut-être allusion à *Ep. S. Jacques,* I, 6 ou à *Ev. S. Math.,* XI, 7. Il est probable cependant que le poète s'est aussi rappelé le passage *Acta Apost.,* XXVII, 15, où il est question d'un changement de vent et d'un navire qui fut obligé de s'abandonner au vent et aux flots; car on ne voit pas bien, sans cela, comment il a eu l'idée de mentionner, ici, le voyage de S. Paul en Italie, dont il est question dans ce chap. XXVII des *Acta Ap.* — *3043.* La métaphore **manet integra prora** a l'air d'avoir été empruntée à ce récit (*ib.,* v. 41). — 1729. Le traducteur a complété le récit des *Acta* par le passage de la 2ᵉ *Ep. aux Corinth.,* XI, 25. — *3047.* **Vulnus olens,** etc. Voyez Düringsfeld, *Sprichwörter verglichen,* Leipzig 1872. I, nᵒ 117; parmi de nombreux proverbes analogues, nous en citons un en forme d'hexamètre : « Saepe solet medici pietate putrescere vulnus » et le seul proverbe français : « Main de médecin trop piteux Rend le mal souvent trop chancreux. » — *3050*; cf. *Proverbes* de Salomon, III, 12.

P. 208. — 1768. Notez le jeu de mots bien connu de *amare, ama-*

rum. — 1783. En dépit des mss., qui tous ont *De viure est le plus noble gendre*, nous avons mis ce vers d'accord avec l'original, **vincendi genus**. On peut songer à une faute de *o'* ou à une leçon fautive (**viuendi**) dans le ms. sur lequel Le Fèvre a travaillé. — 1787. Cf. le proverbe « qui veut vaintre il doit souffrir » (Le Roux de Lincy, *l. c.*, II, 313.). — *3066.* **Jura**. Il n'y a rien dans le droit romain qui corresponde à cette idée de la compensation obligatoire ; l'auteur ne veut peut-être qu'accentuer l'équité de ce principe. Cf. 2 *Tim.* II, 12.

P. 209. — *3077.* Cf. Virg. *Aen.*, IX, 641. — 1829 sv. Notez la rime « identique » amenée par l'original **dolor... dolorum** ; cette formule a été empruntée à Caton, *Dist.* IV, 40 « dolor est medicina doloris ».

P. 210. — *3087* sqq. Cette histoire est racontée au 4e *Livre des Rois*, IV, 38 svv. — *3088.* Lisez **Tritas** pour **Fritas**.

P. 211. — *3102.* **Philosopho teste**. Voir Aristote, *Eth.* I, c. 7 (éd. Didot II, 7, 12) « Ut enim una hirundo ver non efficit nec dies unus, sic neque dies unus neque exiguum tempus efficit felicem ac beatum ». — *3105-7.* Trois fois la même rime ; cf. *Introd.*, p. cliii, l. 20. — *3112.* Cf. Lucain, *Phars.* II, 657 « Nil actum credens cum quid super esset agendum ».

P. 212. — *3124* sq. (cf. *3116* sq.). Voyez *Ps.* CXXVI, 5. Le traducteur complète la citation (1936). — 1951. Cette rime a été signalée et discutée *Introd.*, p. ccxxv.

P. 213. — 1969. La traduction n'est pas exacte ; il ne s'agit pas d'adoucir la maladie, mais de rendre plus acceptable la médecine. — 1971. Lisez *Endoulcissant*. — *3147 ;* **simili grosso** n'est pas clair. Nous proposons de mettre **quondam simili grosso** entre deux virgules : « Pour que la solution soit plus claire, souffre que je me serve de quelques brèves paroles (familières) qui ont servi autrefois à un homme inculte comme toi ».

P. 214. — *3157* sqq. Ce syllogisme n'a pas été rendu dans la traduction. — **legis**. Voyez Ovide, *Ep. Her.* II, 85 « Exitus acta probat ». — 2017 sv. L'interversion de ces deux vers s'imposait, malgré les mss. — *3162;* **distinctio** a probablement ici le sens de *paragraphe*, comme dans le *Decretum Gratiani*, chez Pierre Lombard et d'autres. — *3163.* Mettez une virgule après **Hanc**.

P. 215. — La proposition qui commence au v. 2037 va jusqu'à 2049 ; la construction de la proposition conditionnelle est un peu modifiée au v. 2047, mais la proposition principale ne commence qu'au v. 2050. — *3169* sq. Cf. 1° *Ep. aux Cor.* V, 6 et *Ep. aux Gal.* V, 9. — 2044. L'idée exprimée par *qui rompt sa jointure* est étrangère au raisonnement du poète ; le traducteur a mal compris **trahit** (*3173*).

P. 217. — *3200* sqq. Reprise sommaire, par Dieu, des griefs qui ont été largement développés dans les *Lamentationes*. — *2125* ; *ce avront* : l'*e* s'élide ; cf. la note du v. 226 (p. 165).

P. 218. — *3230* ; **perito**. Cf. Juvénal, *Sat.* VI, 165 ; notez que Dieu cite un poète latin. — *3232* ; **gratia specialis** (2166 *d'especial grace*) ; cf. *2313*, **ex dono speciali**, et II, 2706, 4136. — *3233.;* **per miracula** ; cf. *2314* **mirum nescio majus**.

P. 219. — *3240* ; **ante** ; cf. *2630* sqq., surtout *2646* sqq. — *3248* sq. Allitération et jeu de mots ; cf. *Introd.* p. CLIV.

P. 220. — *3254* sq. Cf. Claudien, *in Rufinum*, I, 22.

P. 221. — Les idées exprimées aux vv. *3270* et *3273* ne se retrouvent pas dans la traduction, qui est ici, comme développement, bien inférieure à l'original. On comprend que le copiste de la source commune de A T N (car il faut ajouter ce dernier ms. à la *varia lectio* des vers 2247-59, 61-62, 75-76 ; cf. *Introd.* XXIX) ait abrégé ce passage.

P. 224. — *3314*. Nous avons changé le **possim** du ms. en **velim** tant à cause de la traduction (v. 2349 *vueille*) que du **velim** de *3318*. — *3322* **Regula nostra** (trad. *l'Escripture*, 2371) ; voyez *Apocal.* XIV, 13.

P. 225. — *3333*. Voyez sur la quantité différente de **A** dans **Ade** la note de *2941*. — *3338*. Le ms. a très distinctement **Res**, qui, cependant, semble étrange (« et une chose ne doit être condamnée, s'il n'y a pas de faute ? »), à moins que ce mot n'ait le sens indéterminé de « quelqu'un » (2414 *Cil qui*). Un de nos amis nous propose de lire **Stirps** ; mais rien, dans la traduction, n'appuie cette conjecture. — 2421-24, qui manquent dans la source de A T N, sont assez superflus et n'ont pas de correspondant direct dans l'original.

P. 226. — *3341*. **Scriptura**. Cette idée se trouve exprimée, en effet, *Deuteron.* XXIV, 16. *Jérémie* XXXI, 30 et surtout *Ezéchiel* XVIII, 20. Mais l'idée contraire se trouve formulée *Exode* XX, 6, XXXIV, 7. *Deut.* V, 9, et ailleurs. — 2430. Corrigez la faute d'impression 3430. — *3342*. Cf. *3372* ; **lex** ; le traducteur, qui écrit *l'Escripture*, a peut-être compris **lex** du Décalogue (voir *Exode* XX, 6). L'auteur paraît avoir eu plutôt en vue la *Lex Iulia maiestatis ;* voir *Dig.* XLVIII, 4, § 11 : « nam hoc crimine, nisi a successoribus purgetur, hereditas fisco vindicatur ». Cf. *Cod. Iust.* IX, 8, § 5. — 2439. Traduction maladroite et obscure de **dolere consuevit** : « la souffrance, suite du péché, est devenue l'état ordinaire du genre humain. » — 2444 sv. Adam est représenté comme n'étant pas seulement la cause, mais l'auteur direct de la ruine de sa postérité ; *confisquer* = « perdre son bien par forfaiture, par un acte de félonie envers son seigneur » ;

cf. Godefroy, II, 234, surtout la dernière citation, où il est question
du crime de lèse-majesté. Le *Dictionnaire général* cite, comme
premier exemple de l'emploi de ce mot, une charte de 1382 : ce
passage des *Lamentations* offre un exemple plus ancien. — 2446. Le
subjonctif *deüssent* est curieux ; il faut l'expliquer probablement en
supposant une construction indirecte : « dès lors il fut ordonné par
Dieu que, etc. ». — *3345*. **Quod crimen** = « Et c'est ce crime-là
qu'Adam a commis ». Nous avons déjà relevé cet emploi du relatif ;
voyez encore *3396* **Cui**, *3464* **quam** — *2452*. *Pour tant et pour autres*
desserles ne rend pas bien le **His aliisque modis languens** de *3349 ;*
peut-être le traducteur a-t-il rattaché les trois premiers mots au
vers précédent.

P. 227. — *3358-59*. Dans le ms., le second hémistiche du second
de ces deux vers vient après le premier hémistiche du premier,
et inversement. Nous avons interverti l'ordre de ces hémistiches
parce que **mestus** détermine, évidemment, **aspectus**. Nous avons
mis une virgule après **torquentes**, interprétant ce mot comme « des
bourreaux » ; on pourrait aussi y voir un participe attributif s'appliquant à **frigus et estus**. — 2480. Nous avons accepté *lec*, qui est
dans F, plutôt que les formes plus ordinaires des autres mss. —
3364 sq. Distique pris dans Ovide, *Pont.* I, 2, 41-2.

P. 228. — *3380*. **Scriptura**. Peut-être allusion à *Év. des Math.*,
XXV, 41, où il est question du feu *éternel* destiné tant aux diables
qu'aux réprouvés ; dans **suo... eterno concruciatur**, **suo eterno**
paraît désigner le diable, comme **Eterno** (*3381*) désigne évidemment Dieu ; mettez plutôt la voyelle après **reprobus** : « puisqu'il
pèche contre l'Éternel, le réprouvé est torturé avec son éternel ».
— *3383*. « Bien que je sois éternellement le Dieu qui pardonne » ;
cette idée, comme celle de **concruciatur**, a été négligée par le traducteur. — *3385*. Cf. Lucain, *Phars*, I, 281 et la note du v. 446 (p. 32).

P. 229. — 2562. Nous avons écrit *repondre*, en dépit des mss.,
qui ont *respondre* ou *espondre*.

P. 230. — *3402-03*. Entendez : **cujus verbera** (nos tibi) **amicant**,
cum (nos) **salvent**. — 2574. On peut hésiter entre *cure* et *cures* ;
nous avons préféré le présent de l'indicatif, parce que cette leçon
se rapproche plus du passage latin que le vers est censé reproduire
(...**amicant**).

P. 231. — 2627. *Puist*. Notez la var. *peust*, qui conviendrait mieux,
mais nous hésitons à donner à cette forme la valeur d'un monosyllabe (cf. 3040, *peüst*). — *3420* sqq. Toute cette tirade, ainsi que celle
qui commence par le v. *3430*, est pleine de vers tirés du livre V de
l'*Anticlaudianus*, v. 475 sqq., plus ou moins modifiés par Mathieu

pour le besoin de la rime. Exemples : « In qua concordant duo
nomina, lite sepulta, quae secum pugnare solent... » (= 3425);
« In cujus ventris thalamo sibi summa paravit Hospitium Dei-
tas... » (= 3421 sq.). — 3428. **Non ratio,** etc. Cf. Anticlaud, l. VI,
« Non ratio sed sola fides ibi quæritur... ». — 2637 sv. Cette image
de la voix passant par les portes closes des maisons ne se trouve
pas dans l'original.

P. 232. — 3430 sqq. De cette longue tirade à l'honneur de la
Vierge le traducteur ne reproduit presque rien (seulement 3430,
3445); cf. Introd. p. LXI. Mathieu a copié, en les arrangeant un peu,
environ la moitié des trente vers du l. V, 488 sqq. que l'Anticlaudianus consacre à louer la Vierge : « Haec est stella maris, vitae
via, porta salutis, Regula iustitiae, limes pietatis, origo Virtutis,
veniae mater, thalamusque pudoris, Hortus conclusus, fons consig-
natus, oliua Fructificans, cedrus redolens, paradisus amaenans,
Virgula pigmenti, vinaria cella, liquore Praedita celesti, nectar
celeste propinans, Nescia spineti florens rosa, nescia culpae Gratia,
fons expers limi, lux nubila pellens, Spes miseris, medicina reis,
tutela beatis, Proscriptis reditus, erranti semita, caecis Lumen,
deiectis requies, pausatio fessis ». — 3446 sq. A noter le jeu de
mots **factus** (devenu) **homo** et **factum** (créé) **hominem.** — 3451 sqq.
Anticlaudianus l. c. « Haec est quae primos casus primaeque
parentis abstersit maculas... Ut rosa spineti compensat flore rigorem,
Ut dulcore suo fructum radicis amare Ramus adoptivus redimit;
sic crimina matris Ista luit, matremque facit sua nata renasci. »

P. 233. — 3463. De même que 3461 (voyez plus haut), ce vers se
retrouve dans l'Anticlaudianus, l. c. — 3466; **patriarchas atque**
prophetas peut être aussi bien le complément direct de **vidi** (c'est
ainsi que l'a compris le rubricateur) que de **glorificantes.** Les
vers 3471, où il est question de louanges adressées par les anges
du ciel à Jean Baptiste, lequel a sa place parmi ces patriarches et
ces prophètes (« quoi qu'il soit plus jeune qu'eux »), nous ferait
pencher vers cette dernière interprétation. On dirait que telle aussi
a été l'idée du traducteur (2663); cependant les vers 2664-65 semblent se rapporter aux anges et aux saints qui constituent les « légions » célestes, tandis que eulx, dans 2666 et 2671, ne peut se
rapporter qu'aux « patriarches et prophètes », ce qui ferait penser
que ceux-ci ne reçoivent pas de louanges mais qu'ils font partie
du « senat de la haulte court » (2680) c'est-à-dire de ceux qui rendent hommage au Christ et à la Vierge. Mais le traducteur ne
paraît pas s'être donné trop de mal pour débrouiller les obscurités
du texte latin, comme le prouve, entre autres, le contresens qu'il

fait au **v.** 2679 (l'idée de « courir a refuge » est étrangère au
poète) ; il a pu traduire **inter quos** par *entr'eulx* sans se demander
à quelle catégorie de personnes se rapportait ce pronom relatif,
peut-être aussi n'a-t-il inventé 2664-65 que pour avoir une rime
riche à *prophetes* et à *Jehan estoit*. — 2682 ; *les*, c'est-à-d. la Vierge
et saint Jean-Baptiste. — *3472 ;* dominis. Cf. *69* et *2342*, où les
amici et **socii** sont associés aux **domini**. — 2683 svv. Curieuse traduction de l'idée si simple de l'original. Il ne faut pourtant pas
y chercher des intentions cachées. La rime *vision* a suffi pour
amener *derision* et le traducteur était trop plein du Roman de la
Rose pour qu'il n'ait pas été enchanté de pouvoir placer *Male Bouche*
(voyez aussi 2974, où il traduit par ce mot **opprobria plebis.**)

P. 234. — *3479.* **Offensum metrum** ; la faute dont le poète s'excuse
consiste à avoir donné au **ge** de **Euuangelistis** la valeur d'une longue.
— 2697. Nous avons déjà remarqué (*Introd.* p. LXIII et note du v.
II, 108) que cette mention des peintures est une amplification du
traducteur. On peut rapprocher de cette représentation des quatre
évangélistes sous la forme de quatre bêtes (un veau, un lion, un
homme, un aigle), sur des *listes*, (probablement des bandes brodées,
voyez Godefroy) le passage d'un *Lapidaire* chrétien (voyez *Les
Lapidaires français*, p.p. L., Pannier, p. 275, vs. 1215 sv.)

P. 235. — Nous avons cru devoir renverser l'ordre des vers 2749-52
(voyez aux variantes), malgré l'accord de tous les mss. (cf. *Introd.*
p. XXII, où nous avons cité ce passage parmi ceux qui portent à
admettre une source commune *o'*). Le traducteur s'est évidemment
trompé en rapportant **arma relucens** (*3497*) à saint Laurent, au lieu
de le rapporter à saint Vincent (**arma... habet fidei**). Il s'en tire,
d'ailleurs, habilement en faisant de la lueur des charbons des
« armes reluisantes ». Ces deux saints se trouvent aussi mentionnés dans l'*Anticlaudianus*, l. V, 50 sqq. — 2760. La *Légende dorée*
n'est pas non plus mentionnée dans l'original ; cf. *Introd.* p. LXIII,
l. 6 (changez II en III). Nous allons retrouver l'ouvrage de Jacques
de Varazze au *Livre de Leesce*, v. 2852.

P. 236. — 2771 svv. Nous avons déjà remarqué (*Introd.* p. LXIV et
CXXXVII, n. 1.) que Le Fèvre introduit ici, comme faisant partie du
cortège, *les vierges*, que l'original ne mentionne pas et qui n'ont pu
trouver place dans le texte latin. — *3513 ;* **more** n'a pas grand sens ;
faut-il lire peut-être **masne...** et expliquer : « l'homme n'a-t-il pas
été créé mâle pour procréer ? » Mais la phrase négative **non ut...**
convient mal après une interrogative.

P. 237. — *3520.* Le texte français ne permet pas d'établir la
leçon exacte du mot que nous avons transcrit, sans conviction,

fatutum ; la première syllabe a été visiblement modifiée par un correcteur. Après nouvel examen du ms. nous proposons de lire plutôt **secutum** : « les générations humaines sorties de l'institution du mariage ». — *3524* sqq. Dieu avait donné lui-même ces deux arguments aux vers *3224* et *3222.* — *3529* sq.¦; **trabeata exempla** semblent être simplement d'*illustres exemples* (le mot est dérivé de **trabea**, le vêtement impérial) ; l'annotateur ajoute *adornatis* ; le traducteur a songé aux tableaux dans les églises; mais il n'est pas sûr que le poète ait eu la même idée. Il a voulu dire : « Pour les vierges, le seul moyen d'avoir des héritiers c'est de donner d'illustres exemples ».

P. 238. — *3537;* **multi.** Voir sur l'importance de ce passage et ses rapports avec la théologie de l'époque, *Introd.* p. cxxxvi. — *3539* ; **metra flecti** contient une excuse d'avoir fait bref l'*e* de **celibatum** ; cf. *Introd.* clv. — Voir sur la possibilité d'une lacune entre *3543* et *44* correspondant à *2859-91, Introd.* p. lix. Relevons encore pour justifier l'hypothèse d'une lacune, la mention faite du *droit canon* (2859) et les trois titres d'honneur donnés au mari (2869 sv.), qui sentent bien leur Matheolus. La suppression du passage latin par un copiste pourrait s'expliquer par le fait que le poète a déjà servi le même raisonnement aux vers *3516* sq. Quant au déplacement de vers que nous avons proposé (*Introd. l. c.*), il nous semble toujours que **mixtura bonorum** (*3546*) doit se rattacher directement à **virtute duplante** (*3543*).— 2859 ; *droit canon ;* cette idée est dans S. Jérôme, *Adv. Jovin.* I : Nuptiae terram replent, virginitas paradisum.

P. 239. — *3549* ; **teste philosopho** ; voyez Aristote, *Rhetorices* I, 7 éd. Didot, I, 328, 24 : « Et ex duobis (bonis) quod eidem adjunctum majus totum efficit ». — *Ibid.,* **canon** ; peut-être allusion à Pars II *Decreti,* Causa XXXIII, quaest. 4. — 2905. *Je croy.* Le traducteur fausse légèrement le raisonnement du poète ; **credo** (*3552*) ne se rapporte pas au fait de la double couronne (ce fait est attesté par le *droit canon*), mais à la nature du double mérite qui amène cette double récompense. Notez que la *vertu doublée* dont il a été question plus haut est celle du mariage et de la chasteté, tandis que la *double couronne* dont il est question ici, est celle de la chasteté et du martyre. Est-ce peut-être à cette incertitude dans le raisonnement que se rapporte l'excuse des vers *3544* sq. dont nous avons supposé (*Introd. l. c.*) qu'ils ont pu clore toute la tirade ? — *3552.* Supprimez la virgule. — *3557.* Mettez une virgule après **Ecce.** — 2913. Le traducteur a mal compris ; ce ne sont pas *les mariés et les bigames* qui dansent la carole à laquelle ils invitent Mathieu à participer, mais *les bigames* seuls ; ceux-ci se détachent

du rang où siègent les mariés (comp. *3555* sq. avec *3559*). — *3558*.
Ce **dignus** ressemble à l'appel adressé souvent aux amoureux de
prendre part aux caroles mondaines.

P. 240, 241. — Le traducteur, rendant très librement le tableau
de l'original, dont il se rapproche de temps en temps (2929 sv. =
3567 sq. ; 2937 svv. = *3576* sqq.), mais qu'il abrège beaucoup et
qu'il modifie sensiblement, a peint, lui aussi, une scène gracieuse
de danse accompagnée de chant et de musique. Cependant sa
description est assez vague ; il ne distingue pas entre la danse artis-
tique dont les divers mouvements sont très soigneusement décrits
(*3561-70* ; M. Langlois est disposé à y voir une *robardie*) et la **trisca
laqueata** exécutée par d'autres danseurs (*3571* sqq.). Il a négligé,
en outre, le trait personnel de *3582*. — *3561* sqq. Le tableau de
l'original est bien plus intéressant. Faut-il admettre qu'il décrit
tout simplement les *caroles* (ou les *robardies* et les *tresches*) qu'il
avait vu danser dans le monde ? Nous ne connaissons pas de texte
latin où il ait pu copier ces vers, comme il venait de faire et
comme il allait le faire pour des passages entiers de l'*Anticlaudianus*. A-t-il peut-être eu sous les yeux la carole du *Roman de la
Rose* (v. 731 svv.) ? Notons que le v. 177 *Mes a nul jor ne me queïsse
remuer* ressemble singulièrement à *3582* **nec... ire requiro ulterius**.
Peut-être le simulacre des menaces et des attaques, chez Mathieu,
est-il un pendant de *semblent s'entrebaisier* dans le *R. de la R.* Mais
Guillaume de Lorris est très avare de détails, tandis que Mathieu
en donne beaucoup. Son tableau mérite d'être signalé parmi les
descriptions de caroles et d'autres danses, dont peu sont aussi
complètes que celle-ci (Voyez : F. Wolf *Ueber die Lais*, etc. p. 185.,
Jeanroy, *Les origines de la poésie lyrique*, p. 392, Gaston Paris,
J. d. Sav. 1891, 92, p. 44 du tirage à part). — Les instruments de
musique énumérés par Le Fèvre ne sont pas les mêmes que ceux
de Mathieu. Le traducteur reproduit, en partie, la liste qu'il avait
donnée, dans *La Vieille* (*l. c.* p. 20) des instruments dont jouait
Ovide : « *Orgues* seans et *portatives*, Doucennes, *freteaulx* et *estives*,
Psalterion, *decacordon... harpe...* Cistole, *rote, syphonie...* Et la
fleüte de Bchaigne Et la *musette d'Alemaingne, Vïële, leüth* et *guis-
terne*. Et la *rebebe* à corde terne. » On remarquera que les vers
2945-46 sont mieux versifiés que les vers correspondants de *La
Vieille*. Pour le traducteur, il s'agit, dans la première partie, d'une
vraie *carole* ; les danseurs se tiennent par la main (2924) ; aussi se
croit-il obligé d'observer que quelques-uns portent leurs instruments *en escharpe* (pour laisser les mains libres ?). Plus loin, cependant (2929-30), il distingue les musiciens des danseurs ; ceux-ci

exécutent des mouvements de « branle » (*tripudie*), puis forment une *trèche* et dansent en chantant. Le tableau tracé par Mathieu revient à ceci : Tous les bigames se préparent au divertissement ; les uns font de la musique, les autres dansent. Un premier groupe de danseurs exécute des mouvements rythmiques très variés, en suivant le jeu de la cithare (**lepido pede** rappelle le *petit pas simple et molet* de *la Clef d'amors*, v. 2616.) Les couples s'éloignent, puis se rapprochent les uns des autres, se tiennent debout (**surgunt**) ou vont s'asseoir en s'accroupissant (**resident**) et renversent la tête (**plicante in talos cervice**) pendant ce moment d'arrêt. Ensuite, s'entraînant, ils représentent ingénieusement des simulacres d'attaques et de gais combats (cf. le mouvement analogue, quoique différent, indiqué par Guillaume de Lorris, *semblent s'entrebaisier*) et jouent une conversation animée (un peu parlée aussi) très vive avec les mains et les pieds (**plausu**). Tantôt les doigts exécutent des mouvements rythmiques (**aptant se ludo digiti**), tantôt la main, le pouce écarté (**infurcata**), repose un moment sur la hanche, pour s'en détacher aussitôt, appelée par une nouvelle modulation de la cithare, tandis que le torse (**humeri**) exécute des mouvements très subtils qui échappent aux regards des spectateurs. Les danseurs de ce premier groupe ne paraissent pas se ténir par la main ; quelquefois ils se suivent à la file, mais sans se toucher ; chaque danseur garde son indépendance ou s'occupe spécialement de son partenaire. Un autre groupe exécute une **trisca**, c'est-à-dire une espèce de *farandole*, ingénieusement (3572, lisez plutôt **ingeniatam**, qui correspond à l'**ingeniose** de 3563) conduite par des joueurs de cithare. Cette *tresche* serpente et ondule dans tous les sens ; à chaque volte-face, ceux qui suivaient prennent la tête de la file (**sub supra** rappelle la façon dont Homère a décrit un mouvement analogue de balancement, le comparant à celui que le potier imprime à sa roue lorsqu'il la tourne dans les deux sens pour l'essayer.) Les danseurs s'exaltent toujours plus et communiquent leur joie au « parterre » (**exhilarante platea**) ; quelques-uns entonnent en chœur un chant mélodieux (un refrain ?) en frappant le sol du pied. Bientôt cependant les instruments de musique reprennent la conduite de la danse en jouant tous ensemble une mélodie fortement rythmée (**certatim plaudunt**). Enfin, tous les bigames entonnent un cantique en l'honneur de Mathieu (à remarquer la même rime qui termine six vers), puis s'unissent dans un acte d'adoration. — *3590.* Notez l'application hardie à la personne de Mathieu de la parole biblique *Ev. S. Math.*, III, 17, et ailleurs.

P. 242. Le travail du traducteur est, quelquefois, intéressant et réussi ; voyez 2979-81, la paraphrase de **fabricature mire**, et 2995-98, celle de **nec indiguit**, etc. D'autre part, Le Fèvre a fait un contre-sens bizarre en rattachant **gemmis auroque** à **picta** (*3603*, cf. 2993 sv.). — **piropis** ; on se demande s'il s'agit ici d'une couleur de bronze dont tout le palais était peint, ou si l'auteur veut dire que le palais était peint au sommet du toit (voir deux mots **pyropus** chez Du Cange). Comp. pour cette description du palais de Dieu, celle du Palais de Nature dans l'*Anticlaudianus*, I, 117, sq. « Aera metitur altis suspensa columnis ; Sidere gemmarum praefulgerat, ardet in auro. » D'autres vers ont été empruntés à la description du palais de Dieu, dans le même poème, V, 371 sqq. On y retrouve **Gaudia plena vigent**, puis les vers *3612-14* (jusqu'à **occasus**).

    P. 243. — *3620*. **Visus alit, potus reficit.** Construction élégante pour **alit si videtur, reficit si bibitur**, que le poète a dû emprunter, dirait-on, à un auteur classique. — *3619* sqq. Toute cette descrip-tion de la source et du ruisseau qui en découle a été empruntée à une description analogue (description allégorique dans laquelle **fons, rivus** et **fluentum** symbolisent la Trinité) dans l'*Anticlaudianus*, VI, 234 sqq. ; plusieurs vers sont absolument pareils : « Hic videt irrigui fontis radiare nitorem, Qui praedives aquis reliquo conspectior amne Sidera luce domat praecellit mella sapore ; Cujus deliciis cedit paradysus, odore Balsama vincuntur, nardus submit-titur illi. A quo procedens rivus... totum sibi fontis honorem As-sumit, fontique pari respondet honore ». — *3622*. La portée de ce vers n'est pas claire ; le besoin de la rime semble avoir amené une banalité. — Après *3627*, il manque un vers dont l'idée, mais non la forme, peut être déduite de ces vers de l'*Anticlaudianus* : « ergo fons rivum, rivus cum fonte fluentum Producit, retinens fontis rivique saporem ». Est-ce que le poète, ne trouvant pas une rime en **entum**, aurait laissé sa phrase inachevée ? Il est curieux, en effet, que le texte français passe directement de la traduction de *3627* à celle de *3628* (3042-43). — ˜3041. A noter qu'un mot aussi simple que *desrive* se présente dans tous les mss. avec une gra-phie bizarre ; cette coïncidence pourrait faire songer à une faute de o'.

    P. 244. — *3631* ; **sorores lilia.** Notez que **sorores** est accouplé ici à un neutre. — *3634*, **quanque**, c'est-à-dire **avem**. — *3632*. Mettez un point après **istis** et lisez **Dulcedine**. — 3057. On serait tenté de préférer *chanter*, que donne la sous-famille ATN. Mais *amer*, qui a ici le sens de chanter amoureusement, semble justifié par **prelasciva** (*3634*). — 3075. *Dessus* rend très gauchement le **cum veste** de *3642*.

P. 245. — *3644.* Encore un vers de l'*Anticlaudianus.* Lorsque
« Phronesis » est admis en présence de Dieu, « Tunc virgo genibus
flexis et supplice vultu Submissae vocis modulo gestuque
timentis supplicat aeterno regi... ». Les paroles qu'elle adresse à
la divinité sont tout autre chose qu'une simple invocation. Elles
n'ont rien de commun avec celles que Mathieu adresse à Dieu.
Celles-ci (*3646* sqq.) l'auteur a dû les tirer d'ailleurs, à moins qu'il
n'ait composé lui-même tout ce morceau en empruntant quelques
mots, tels que **noys** (νοῦς), **sophia**, à l'*Anticlaudianus,* où on les trouve,
notamment au l. VI. — *3656.* Supprimez la virgule après **pondere.**

P. 246. — *3678* sq. Résumé de ce que la vision céleste a fait obtenir à l'auteur ; en lui indiquant les raisons de son martyre, Dieu
lui a donné la parfaite connaissance des choses de la foi. Le traducteur a rendu cette idée d'une façon assez superficielle (3138 sv.).
— *3680.* Cf. *Psaume* XXIII, 4.

P. 247. — *3681* sq. Cf. *Ev. S. Jean* XIII, 1. — *3697* ; **propter**, c'est-à-
dire, pour éviter ainsi les tourments de l'âme.

P. 248. — *3705.* L'annotateur rapproche de ce vers Claudianus, *de
bello Gildonico,* v. 451 « Nonne mori satius vitae quam ferre pudo-
rem ? » — *3710.* C'est le vers 3199 du texte français qui nous a fait
écrire **vitiis** ; peut-être cependant **victus** comme génitif dépendant
de **fame** peut-il être maintenu. — 3204. Très curieuse la négation
dans *ne quier*, tandis que le latin porte (*3713*) **transeat** ; cependant
tous les mss. ont *ne.* Il est probable que *cest calice* est ici le calice
qui contient le remède, c'est-à-dire la mort, opposé à l'autre. Dans
l'original le **calix** de *3713* est le même que celui de *3701.*

P. 249. — *3716-17.* Ces vers ont été tirés de la fausse épitaphe
d'Adam de S. Victor, dont voici les deux premiers vers : « Unde
superbit homo, cujus conceptio culpa, Nasci poena, labor vita,
necesse mori ». Voyez Paul Meyer, dans *Notices et extraits*, XXXI,
2° p., 305, où le passage est donné comme une citation du *Tractatus* de Pierre de Poitiers (commencement du XIII° s.), qui n'est pas
cependant l'auteur de l'épitaphe. Ces vers sont attribués à Girald
de Barri, qui les a loués ; ils ont été recueillis par Herrade de
Landsberg, qui les a fait transcrire dans son *Hortus deliciarum,*
(*Bibl. de l'Éc. des Chartes,* t. I, p. 251). Voyez aussi Léon Gautier,
Œuvres d'Adam de S. Victor, Paris, 1858, p. XCI. L'épitaphe complète
compte six vers, dont le cinquième rappelle encore **pastus ero vermibus** (*3720*) et **In cinerem redigi** (*3723*) : « Post hominem vermis,
post vermem fit cinis, eheu ! » — 3217-18. Cf. Renclus de Moiliens
Miserere, XIX, 3. — 3219-20. Nous avons adopté la leçon de α, parce
qu'elle correspond mieux à l'original (*3720*) **pastus ero vermibus.** La

leçon de β est peut-être une correction amenée par l'inepte cheville de 3219.

P. 250. — *3741.* A noter que la deuxième syllabe de **sua** est allongée par la césure quoique soudée à **que**. — *3749;* **malum est.** Il faut admettre ici l'élision de **um** ; le poète a dû prendre ce vers ailleurs.

P. 251. — *3752.* **Cato** ; voyez *Dist.*, II, 31 ; **Somnia ne cures** est une citation à mettre entre guillemets ; — **et sint hec quottidiana :** « et que cela se répète tous les jours ». — *3754.* Voyez sur l'amplification du traducteur, qui, aux songes de Joseph et de Daniel, ajoute celui d'Andromaque et le songe de Scipion, *Introd.*, p. LXIII. — Les vers 3305 sv. ont été pris dans le *Rom. de la Rose*; voyez *Introd.*, p. CXCIII. Le Fèvre a pu tirer le songe d'Andromaque du *Roman de Troie* (vers 15203 sv.), ou de Guido delle Colonne (voyez la note du *Livre de Leesce*) ; d'expressions rappelant les vers de Benoit de Sainte-More, il n'y a que *la dame sage, aux champs yssoit* (*del champ issir*, v. 15217), *Ce jour fu sa vie finée* (*Cel jor li estovra morir*, 15218). — *3755;* **mee pro parte querele**, c'est-à-dire, en ce qui concerne ma plainte personnelle. Le poète oppose ses griefs contre Petra aux griefs contre la femme en général formulés dans son poème. Les premiers pourront disparaître désormais devant la perspective de la récompense céleste ; les autres devront rester. — *3759.* Le traducteur, en appliquant *ne fons ne rive* aux *douleurs* du poète, n'a pas bien rendu sa pensée ; il entend parler du désordre de son esprit. — A changer, dans le texte français, le numéro 3220 en 3320.

LIVRE QUATRIÈME

P. 253. — *3768.* C'est, légèrement modifié, le premier vers du *De planctu Naturae* : « In lacrimas risus, in fletum gaudia verto » ; voy. *Introd.*, p. CXXX. Le traducteur en donne la paraphrase dans une petite poésie habilement versifiée (10 syll. abab, 4 syll. et 6 syll. alternant, avec la même rime), dont un vers (5) se retrouve dans *La Vieille* (v. 3155, *l. c.*, p. 151). — *3769.* Ce vers ne se retrouve pas dans le texte français; **limas**, cf. *4081* **limas uxoris.** — *3770* ; **bigamis.** Le Fèvre confond ici, comme il l'avait déjà fait (III, 2913) les bigames avec les mariés (v. 14). — *3776* sqq. La même idée se retrouve aux vers *4439-40* ; voyez aussi *Introd.* p. CXIX.

P. 254. — *3785.* Le **peritus** est Horace, *Ars Poet.* 335. — *3787.* **Anchora figatur.** Cette métaphore est fréquente chez les poètes latins.

Voyez Ovide, *De Arte amandi*, I, 772, *Rem. Am.* 811, *Fast.* II, 63,
Stace, *Theb.* XII, 809; *Pindarus Thebanus,* 1055 sqq. Le Fèvre, lui
aussi, l'applique à son travail (40 sv, cf. IV, 819). Sur la façon dont
celui-ci a traité le livre IV, voy. *Introd.*, p. LXI. — 59 sv. Voyez les
vers *3790* sqq. — 52. Il est curieux que le traducteur prétende
ignorer un nom que le texte latin contient en toutes lettres (*3815*).
Est-ce simplement pour rimer richement avec *Therouenne* qu'il
affecte cette ignorance? Ou bien, ce vers cache-t-il peut-être une
allusion à une confusion possible entre **Papinianus** et le **jus papi-**
rianum (cf. Teuffel. *Gesch. der Römischen Litteratur* [2], § 69)? Il est
curieux, en effet, qu'au vers *3855*, le ms. d'Utrecht porte **Papirianus**,
tandis que Le Fèvre a lu, ou a feint de lire, **Papinianus** (66). —
63-66. Ces noms ont été pris dans les vers *3850-55* (Voyez les notes
de ces vers).

P. 255. — 67. On comprend que plus d'un scribe ait lu ou écrit
droit nouuel pour *noel.* Cependant, c'est bien *noël* qu'il faut ; voyez
3856, **nucleum**. — Ajoutez, au bas de la page, à la note du v.
100 : « et vs. *4162* ».

P. 256. — 168 sv. Ce personnage n'est pas mentionné dans le ms.
d'Utrecht, où sa place aurait été entre *5125* et *5126;* voyez *Introd.*
pp. LIX et CXXI.

P. 257. — 184 svv. Supprimez la virgule à la fin du vers 184 après
que et changez en virgule le point à la fin de 186. La construction
de ces vers n'est pas claire. Nous proposerions maintenant de
considérer la partie comprise entre *des ja...* et *s'enfance* comme une
parenthèse (à mettre entre crochets) et de prendre *ses douleurs,* etc.,
pour le complément direct, non seulement de *fist sçavoir,* mais
aussi d'*exposa.* — 192 ; *il* est Mathieu ; *onneur,* etc., se rapportent à
Jacques d'Estaples. — 224. Voyez, sur cette rime, ainsi que sur
celle de 184, *Introd.*, p. CCXXVI. Nous avons fait remarquer que
c'est le seul cas où tous les mss., en écrivant *quest ce*, en font une
rime masculine. La rime correspondante *leesce* nous a engagé à
écrire plutôt *que est ce*, puisqu'elle devient ainsi une rime riche.

P. 258. — 261. Supprimez la virgule après *naistre*; c'est la traduction de *4393* sq. ; voir la note de ce vers. — 263. Nous avons
écrit *les corps* en dépit des nombreux mss. des deux familles qui
ont *cours* (F seul a *le corps*), à cause du latin **corpora** (*4396*). — 272.
Il est curieux que, dans les principaux mss. des deux familles, ce
vers n'ait que sept syllabes; il y a là peut-être une faute de *o'*.

P. 259. — *3809;* **domini regis est consul.** Jacques de Boulogne
était, en effet, conseiller au Parlement du roi. Il figure comme **tel**,
avec le titre de « messire », dans une pièce de 1278 (le n° LXXIV

des *Textes relatifs à l'histoire du parlement depuis ses origines jusqu'en*
1314 p. p. M. Ch.-V. Langlois); il figure aussi, avec le titre de
« maistre », dans une ordonnance de janvier 1286 réglant l'organisa-
tion de l'hôtel du roi (n° XCVII du même recueil); il y est rangé
parmi les « clers du conseil » qui ne devaient pas « manger à
court », mais qui recevaient « cinq sols de gaiges quant il seront
à court ou en parlement et leurs manteaux quant ils seront aus
festes. » On trouve encore « messire Jacques de Boulogne » cité
parmi les conseillers présents dans un arrêt qui porte la date de
« le lundi devant Noël » de l'an 1283 (n° XC du recueil), mais que
M. Langlois croit devoir renvoyer à la séance du Parlement de la
Toussaint de 1285, ainsi que la pièce suivante (n° XCI), dans
laquelle le nom de Jacques de Boulogne ne se trouve pas, mais où
est mentionné « l'évêque de Terouenne » et qui est datée, à tort,
selon M. Langlois, du « jeudi devant Noël » de cette même année
1283 (*l. c.* p. 122, note). Que notre savant confrère nous permette,
à ce propos, une petite observation. Comme l'évêque de Thérouenne
n'était pas d'office conseiller au Parlement, il n'est pas probable
qu'il faille attribuer ici ce titre au prédécesseur de Jacque de Boulogne, Henri de Muris. C'est lui, Jacques, qui aura été désigné par
ce titre. Mais alors la pièce ne peut pas être de 1285, puisque dans
celle de janvier 1286 (n° XCVII), Jacques de Boulogne figure encore
comme « maistre » (professeur de droit à Orléans, cf. *Lam*, 3844-6
et 3862). Il est bien dommage que ces deux pièces, surtout le
n° XCI, soient mal datées; elles auraient pu contribuer à nous
renseigner exactement sur l'époque à laquelle Jacques de Boulogne
est devenu évêque de Thérouenne (voyez *Introd.* p. cxxiv). — *3816.*
Qualibus. Nous proposons de lire plutôt **Qualibet.** — *3828;* **scis,** scil.
eum. — *3829;* **magis** paraît avoir ici le sens de **maxime.** — *3835*
sqq. Autrefois, avant l'invasion des Normands, Boulogne avait eu
son propre évêque, mais depuis des siècles, cette ville dépendait
de l'évêché de Thérouenne; plus d'une fois, les clercs de Boulogne
avaient fait des démarches pour rétablir l'ancien état de choses,
mais ils avaient toujours échoué. Mathieu voit dans l'élévation de
son compatriote à la dignité épiscopale une petite réparation, mais,
en vrai clerc boulonnais, il la juge insuffisante (*3836* sq.). La réparation définitive ne devait venir qu'après la destruction complète
de Thérouenne, en 1553. Après que les provenus ecclésiastiques
de la ville détruite eurent été partagés entre les rois d'Espagne et
de France, les papes Paul IV et Pie IV élevèrent, à la place de
l'ancien évêché de Thérouenne, dans la moitié du territoire, deux
nouveaux diocèses, celui d'Ypres et celui de Saint-Omer, en Artois.

Enfin, en 1566, Pie V fit de l'autre moitié un troisième diocèse, celui de Boulogne, et nomma l'évêque de cette église suffragant de l'archevêque de Reims. Voyez Miraeus, *Opera diplomatica*, ii p. 1174 note ; l'auteur reproduit les diplômes.

P. 260. — *3841.* « **Ut facias facio** » (donnant donnant) est le sujet de **pontificavit** ; cf. *4487* sq. **do facioque ut des vel facias**. — *3844.* Voyez, sur l'École de Droit d'Orléans et son histoire, Marcel Fournier, *Histoire de la science du droit en France*, t. III, Paris, 1892, pp. 1-133. Les données de notre poème corroborent, en général, celles qui se trouvent à la base de ce livre. Elles pourront fournir au savant auteur deux noms qui manquent sur sa liste des professeurs de droit de l'Université d'Orléans de la fin du xiii° siècle : Jacques de Boulogne et Nicaise de Fauquembergue. (*5126* sqq.). — *3848* **repetebat** (cf. *3857* **repetuntur**, *3860* **repetendo**) ; ces « répétitions » dont Jacques de Boulogne paraît avoir été particulièrement chargé, étaient une des formes de l'enseignement de droit à Orléans (Marcel Fournier, *l. c.*, p. 222) ; c'étaient apparemment des « conférences » où les élèves prenaient aussi la parole ; l'autre forme était la « lecture » (cf. *3860* **legendo**).— *3850-55* indiquent, par les mots du début, qui servaient, au moyen-âge, de titre lorsqu'on les citait, quelques-unes des « leges Digestorum » (« de difficillimis legibus quae sunt in toto corpore legum », ajoute l'annotateur), contenues dans les premiers livres des *Digestes*. (Mathieu paraît avoir consulté les premiers feuillets de ses notes). Voici les principaux numéros de la liste : **Barbarius**, *Dig.* I, 13, 3 (Ulpianus), **frater a fratre**, XII, 6, 38 (Africanus), **jubere cavere** (le texte a **caveri** ; c'est la rime qui a fait changer la forme du verbe) II, 1, 4 (Ulpianus), **Auxilium**, IV, 4, 37 (Tryphininus), **si quando**, VIII, 5, 17 (Alfenius) ; **nullique licere** est probablement, à cause de la rime, pour **nulli permittetur**, III, 4, 3, **Extat**, IV, 2, 13 (Callistratus), **si de vi** (*3852*, à corriger pour si deni), V, 1, 37 (idem), **mora**, XXII, 1, 32 (Marcianus), **vinum**, XII, 1, 22 (Minicius), **lecta**, XII, 1, 40 (Paulus), **Pactus ne peteret**, II, 14, 27 (idem), **et si post tres** II, 11, 8 (Gaius), **De quibus**, I, 3, 22 (Julianus ; il faudra probablement rattacher ce nom à **De quibus** et supprimer la virgule après **Julianus** ; on citait parfois les lois des *Digestes* en les faisant précéder du nom du jurisconsulte.) **Pomponius, Si quis, Si certis** figurent au début de plusieurs lois ; **per hanc, edita, pacta, cautio** désignent des sous-paragraphes. — *3855.* **Papinianus** est le grand maître du droit, l'autorité par excellence. On se rappelle que le traducteur (IV, 66 ss.) fait exposer à Jacques de Boulogne « le noyau des lois de Papinien ». Mais dans l'original, c'est Papinien qui expose le noyau des autres lois (**relique quarum**, etc.). On dirait que Papinien désigne ici, comme un surnom honorifique, l'ancien professeur d'Orléans. — *3858* **patrumque volumen**. Il faut lire certainement **parvumque volumen**. Du temps de l'auteur, nous apprend notre collègue M. Max Conrat, d'Amsterdam, à qui nous devons des renseignements sur tout ce passage, et sur d'autres, on divisait le *Corpus juris civilis* en trois grandes parties : les *Digesta* (subdivisés en trois), le *Codex* et le *Volumen parvum*. (*Institutes* et *Novelles*). Tout le code se trouve donc mentionné dans ce vers. — *3861 ;* **retinendo studendo**. Peut-être ces deux mots correspondent-ils à **repetendo legendo** (voir plus haut) et marquent-ils deux formes du travail des étudiants. Il est possible, cependant, qu'ils désignent simplement d'une manière générale l'application des élèves à *retenir* ce qui leur est communiqué par leurs professeurs et à *étudier* eux-mêmes la matière enseignée.

P. 261. — *3903* sqq.. Nous avons déjà relevé l'intérêt de ce passage pour notre connaissance des ambitions de Mathieu (*Introd.* p. CXVII, n. 2). — *3908* ; **vigere ut eligar** = être éligible. — *3911* sqq. C'est dans ces vers que Mathieu expose le plus nettement son cas. « Le Pape devrait pouvoir m'enlever la tare de bigamie puisque sa dignité le met au-dessus du droit. Cependant je n'ose croire à cette chance, puisque je sais que la loi de Dieu est plus grande qu'un acte du Pape et que saint Paul condamne absolument la bigamie ; les Décrétales, elles aussi, l'attestent positivement. Cependant, selon le témoignage du « Décret », la dispense était possible avant Grégoire X. Mais ce dernier Pape a, par son interprétation du droit ancien, annulé toute dispense. » Voyez *Introd.* p. CXIII, sv.

P. 262. — *3915*. **Paulo teste** ; voyez *Ep. à Tite*, I, 6. — *3916* ; **decretalis**. Voyez *Decretales, Lib.* I, *Tit.* XXI.

3919 ; **decreto**. L'auteur, s'il entend parler du *Decretum Gratiani*, a peut-être en vue *Pars 1, Dist.* LXXXIV, *c.* 5. Voyez *Corp. jur. can.*, éd. Gibert, t. II, p. 266, 267. Mais les dispenses antérieures à Grégoire sont surtout attestées par ces mots du texte du Concile de Lyon : « Consuetudine contraria non obstante ».

— *3923* sqq. Voyez *Introd.* p. CXIV, sv. — *3927*. **Plus quam capra miser** (supprimez la virgule après **capra**) ; cette image de la chèvre avait déjà servi au v. *185*. — *3930*. Vers d'Ovide, *Rem. Am.*, 516 « Quæ nimis apparent retia vitat avis ». — *3932* ; **que premitto**, c'est-à-dire le principal objet des *Lamentationes*. — *3933*. **Lex patriae**. Sur cet usage de pendre les corps des suicidés, voyez Dalloz, *Répert.* t. XIV, p. 606, nº 125 et Jousse, *Traité de la Justice* *criminelle*. t. IV, p. 131 sv. où l'auteur cite d'anciennes coutumes de Bretagne et plusieurs arrêts du Parlement des xvᵉ et xviᵉ siècles. L'auteur se range parmi les suicidés, parce qu'il est, lui-même, la cause de sa mort.

P. 263. — *3954*. Supprimez la virgule après **celis**. — *3959;* **nunc** est employé comme substantif, « le moment·présent ». — *3981*; **oculo duplici**; cf. *3984* et *4036* **oculatur**. Il s'agit des deux archidiacres, celui de Flandres et celui de Boulogne; celui-ci est probablement le même que le **Morini Archilevita** de *4025*. Voyez, sur cette question, et sur l'identification, par M. Vaillant, de ce dernier avec Jacques d'Etaples, *Introd.* cxxii, sv. Voyez sur Jean de Vassogne, pour lequel Mathieu était un inconnu (*4008*), *Introd.* p. cxxvi.

P. 264. — *3992;* constr. **moribus illius**. — *3994* sqq. Jehan de Vassogne est conseiller au Parlement, fort dans la connaissance des « us et coutumes » dé la France, du droit romain et du droit canon. — *3999*. L'*e* de **mere** est traité comme long; voyez aussi *4296*. — *4015* sq., *Ev. S. Mathieu*, XI, 20. — *4017*. Notez que, dans **tinea**, la première syllabe est traitée comme une longue. — *4020*. Constr.: **Cum sit presumptio nuda rogare sine merito**. — *4021;* **dedo**. L'annotateur du ms. d'Utrecht écrit à la marge : « Gallice je me abandonne » ; le sens paraît être : « je me risque à lui adresser une demande ». — *4025*. **Morini Archilevita**; voyez plus haut, la note de *3981*.

P. 265. — *4036*, **dominus meus** est Jacques de Boulogne; **hoc** (abl.) se rapporte à l'archidiacre de Thérouenne. — *4047-52*. Nous avons conclu de ces vers que Mathieu, après avoir été dépouillé de ses droits de clergie, avait continué à habiter Boulogne (*Introd.* p. cxxvii). — *4065*. **Contra**; l'annotateur écrit au-dessus : « intuitu personarum amat res ».

P. 266. — *4081;* **propter limas uxoris**, cf. v. *3769*, **cudenti limas**. — *4099*, **ratione... ista**. Ces vers sont mal reliés à ce qui précède; peut-être l'auteur renvoie-t-il simplement à la **ratio** de *4025*. Voyez, sur une transposition probable à la fin de cette première tirade (*4160*), *Introd.* p. lx.

P. 267. — *4112*. **Remis**. Eustache d'Aix avant d'être écolâtre à Thérouenne, avait été official à Reims ; cf. A.-J. Vaillant, *l. c.*, p. 19. Le sens paraît être : « l'archevêque de Reims a ratifié tous ses jugements dans les causes portées devant ce siège, lorsqu'il fut occupé par lui ; aucun jugement n'a été rapporté. » — *4121*. L'interruption de la rime léonine et l'élision, que Mathieu n'applique pas dans ses propres vers, prouvent assez que ce vers est une citation. C'est peut-être le vers de Juvénal, *Sat.* VIII, 20 « Nobilitas sola est atque unica virtus ». — *4142.* Souvenirs d'Ovide, *Amores* I, 15, 1 et *Rem. Am.* 389.

P. 268. — *4161* sqq. Nous avons déjà remarqué que la tirade qu'il adresse au doyen contient une partie satirique dirigée en partie contre ce personnage lui-même (*Introd.* p. cxxiv ; voyez aussi Vaillant, *l. c.* p. 25). — *4169-70.* Nous avons transposé ces deux vers pour mettre de la suite dans le raisonnement du poète. Il faut avouer qu'ils se présentent mal après la citation de *4176.* — *Ibid.* **auctorum.** On ne voit pas bien sur l'autorité de quels auteurs le doyen peut s'appuyer. Mathieu songe peut-être simplement à la parabole des talents (*Ev. S. Math.* XXV) et à celle des mines (*Ev. S. Luc,* XIX, 12 svv. ; voyez plus loin, au v. *4515*). — *4176.* C'est un vers d'Horace, *Ep.* I, 1, 19 : « Et mihi res, non me rebus conjungere (var. submittere) conor ». — *4177.* Vers d'Ovide, *Amores* III, 8, 55 : « Curia pauperibus clausa est, dat census honores. » — *4177-81* contient une parenthèse satirique, dans le genre du passage *2592-2601,* seulement plus générale. Le vers d'Horace (*Ep.* I, 6, 37) cité ici (*4179*) a déjà été cité au v. *2600.* — *4183-85.* **Illud non obstat** n'est pas très clair, pas plus que **subditur** (*4185*) sans un **si** qui le précède. On pourrait, ce semble, mettre une simple virgule (ou deux points) après **obstat** et expliquer ainsi : « Le fait que l'argent nuit au caractère plutôt que de lui être favorable n'est pas une objection à la thèse que l'argent est ce qu'il paraît être, la chose la plus agréable. Car j'entends parler du cas où la fortune qu'on possède obéit à son seigneur, non le seigneur à la fortune. Mais celui qui s'y soumet n'a rien, même moins que rien, quand même il serait plus fort qu'Achille, etc. »

P. 269. — *4187* sq. La même idée reviendra au v. *4388* sq. — *4188* ; **per jura** : le droit en général — *4189.* **Decano** demande un D. — *4194,* **in utroque,** c'est-à-d. « in dando et in retinendo. » — *4202.* Constr. **iter discutiendi,** la manière de discuter. — *4204 ;* **quid sit dictu** dépend aussi de **si novistis.** — *4207* sq. Vers d'Ovide, *Pont.* I, vi, 37-38. Mathieu a changé « Atque » en **Sic** pour éviter l'élision. — *4209,* **bigami gabimi,** « les bigames sont des dupes » ; voyez sur ce jeu de mots et d'autres analogues, *Introd.* p. cliv ; **gabimi** est le mot **bigami** plaisamment modelé sur le verbe *gaber.* — *4211 ;* **vestra talenta** ; nouvelle allusion aux richesses et à la ladrerie du doyen. — *4216* sq. Le sens n'est pas clair et semble même en contradiction avec le reste du passage ; on est tenté de lire **indigna** pour **condigna.**

P. 270. — *4224* sqq. Ces vers sont adressés à l'écolâtre ; c'est à celui-ci, non au doyen, que se rapporte **speculum bonitatis,** qui

rappelle le **bonus** de *4100* ; voyez *Introd.* p. LX. Nous avons déjà
relevé le *predicto* du rubricateur, qui semble indiquer que celui-ci
avait déjà trouvé l'interversion dans son texte ; quand la complainte adressée à ces personnages suit immédiatement l'éloge du
·même, il écrit *dicto*. — *4232 ;* **mima** se rapporte à **Fortuna.** — *4234 ;*
prior. Nous croyons devoir expliquer simplement : « Autrefois on
me saluait le premier et on m'appelait maître. » M. Vaillant a voulu
conclure de ce passage que Mathieu « allait être, si même il n'avait
pas déjà été, *prieur.* » Voyez *Introd.* p. CXVI n. 3. — *4250*. Pris dans
Juvénal, *Sat.* III, 203-208. – *4253* sq. Nous avons cru pouvoir conclure de ce passage et de quelques autres (*Introd.* p. CXV) que Mathieu avait voulu faire de Petra sa maîtresse, mais qu'elle, plus
fine, l'avait poussé au mariage. — *4255*. Ovide, *Rem. Am.*, 502. —
4258. Voyez sur le cas de Mathieu de Beauremi, l'ami de Mathieu
et de l'écolâtre, *Introd.* p. CXVII sv.

P. 271. — *4263*. Le sens est peut-être : « il est juste de laisser
cela à la juridiction d'un camarade. » — *4268 ;* **auctor.** Ovide,
Métam. IX, 497. ; voyez, plus haut, 3752 sqq. et III, 3307 svv. A
noter que chez Ovide cette phrase est interrogative. — *4269 ;* **stare.**
La conviction de l'auteur au sujet de la valeur de son songe, qui
était incertaine (*3758*), s'est raffermie. — *4277 ;* **habet urbem nemo
manentem** est une expression biblique ; voyez *Ep. aux Hébreux*,
XIII, 14. — *4291* sqq. Voyez sur ces deux personnages, dont l'un
n'est pas mentionné par le traducteur, *Introd.* p. CXX, n. 4, 5. —
G. = Gautier. — *4293 ;* **B. =** Baudouin.

P. 272. — *4301*. Le sens est clair : « toute science est innée en
eux, leur est naturelle. » Mais la construction est étrange, surtout
à cause de **hic** et de **a.** L'annotateur écrit au-dessus de **hic**, comme
glose, « fratribus ». — *4306*. **Roscida.** L'annotateur ajoute : « dicitur
roscida et *rorida*, sed *roscida* venit a *rosa* et *rordia* (sic) a *ros roris*.
— *4307*. L'annotateur écrit, à propos de **mechanicum** : « A *mechor*
mechari quod est adulterorum ; dicuntur artes mechanice respectu
artium liberalium » ! — *4319*. Mettez {un point d'interrogation
après **legum** ; **hiccine** pourrait faire supposer qu'il a été avocat à
Boulogne. — *4322*. Le sens est sans doute : « sa pourpre de conseiller du roi n'est pas dédaigneuse des gens en sarreau ». — *4328 ;*
hospes leticie ; cf. *3797* **hospes honorum**. — *4333* sq. L'annotateur
ajoute après **fleret** le mot **si** ; il interprétait donc : « Qui ne pleurerait
pas s'il voyait... » Mais la construction du poète nous oblige à
expliquer plutôt : « Celui qui ne pleurerait pas n'aurait qu'à
voir... »

P. 273. — *4340*. Les **sublata jura** sont probablement les droits de clergie. — *4349*. **Scripturá**. Allusion à *Genese* II, 18, où il est dit que la femme sera l'aide de l'homme, **subsidium** (cf. *4348*). — *4351* sqq. Voyez, sur l'importance de ces vers pour l'histoire du mariage de Mathieu, *Introd.*, pp. CXI sv., CXV. — — *4366* sq. Cette partie, jusqu'à *4407*, a été traduite par Le Fèvre, IV, 215 sv. (p. 257). — *4371*. Lisez **autumnus**.

P. 274. — *4388* sq. Cf. plus haut, *4187* sq. **Scriptura** : allusion probable à *Ev. S. Mathieu* VI, 19 et à d'autres passages analogues. — *4394*. C'est le texte français (261) qui nous a fait corriger celui du ms. — *4413* sq. L'imprimeur ayant mal compris une correction, a interverti les rimes de ces deux vers. Le premier se termine par **mortis**, le second par **in ortis** (le sens probable est « près de sa maison ».)

P. 275. — *4428*. Supprimez la virgule après **sic**. **Aria** est l'église d'Aire (p. 105). — *4439* sq. Cf. *3776* sqq. où la même idée a déjà été exprimée. Voyez *Introd.*, p. CXIX.

P. 277. — *4487*. **Gyesi**. Il s'agit de Géhasi, le serviteur du prophète Elisée, qui se fit donner de l'argent par Naaman le Syrien (4° *Livre des Rois*, IV, 5 sv., V, 20 sv.). Le traducteur a négligé cette histoire. Son texte ne permet pas non plus d'expliquer **caro**; **do facioque ut des vel facias** (formule qui a déjà servi, *3844*) a été rendu par *Tel contract* (334). Faut-il lire peut-être « cape » pour **caro**?

P. 278 — *4496*. Ponctuez **digno solio, bonitatis largior ensem**. Cette métaphore, amenée probablement par le besoin de la rime (voyez *3790* sq.) se retrouve *5450* ; voyez, d'ailleurs, **largitiei scutum** (4040). — 348 ; *son bon subject* traduit **suos** (*4501*): ceux qui les prennent pour directeurs de conscience. — 350. Notez que *tirans* rend le **tyrones** du latin. — 352. Il est vrai que *si com*, que donnent tous les mss., sauf F, correspond au **velut** du latin (*4503*), mais *chascun* représente bien **omnes**, et, avec *si com*, le verbe *soulou* n'aurait pas de sujet ; peut-être l'abréviation de *chascun* a-t-elle été prise pour *com* et les scribes ont-ils ajouté *si* pour faire le vers ; en ce cas, la correspondance avec **velut** serait purement fortuite. — *4507* ; **nimis** détermine **reprobis**. — *4509* sq.: la cour du roi, celle du pape, celle de l'archevêque. — 366. C'est le besoin de la rime qui a fait donner ce caractère spécial au commerce des moines.

P. 279. — 373 ; *en mon livre* désigne le « livre de lamentations » (I, 77) ; le traducteur se souvient peut-être de la longue tirade sur les ordres mendiants qu'il avait supprimée (II, 1794 svv.) — *4514 ;* **relegando** convient mal à cause de l'e; cependant le traducteur semble bien avoir lu ce mot dans son texte ; peut-être, comme il connaissait bien lui-même la prosodie, a-t-il changé *relegando* en *relegendo* (voyez la variante de α et d'un ms. de β), tout en conservant au mot le sens de *relegare*. — *4515* sq. Le traducteur n'a pas essayé de traduire les mots obscurs **monachi mnam**, etc., que, sans doute, il ne comprenait pas plus que nous ne sommes parvenu à les bien comprendre. Peut-être faut-il y voir une allusion à *Ev. S. Luc* XIX, 12 svv. (cf. plus haut, *4469* sq., une allusion analogue), où il est question de *mines* (μνᾶς) distribuées par un seigneur à ses serviteurs pour les faire valoir. L'auteur exclurait alors les moines de cette distribution, quoique leur nom (où il y a le mot **mna**), dût leur y donner quelque droit. Nous ne donnons cette explication que pour ce qu'elle vaut. Disons encore que la répétition de **monachi**, aux deux rimes, paraît suspecte. M. Louis Havet nous propose de lire, au v. *4516*, **monachinam** ; la **mna monachina** serait alors la mine monacale. Mais devant **sunt quoque**, nous hésitons à voir dans **infames**, **réprobi** un attribut plutôt qu'un prédicat. — 377. A noter la curieuse graphie du ms. C : *ciecle* et *se* pour *ce*. — 386. Il faut lire *Bien*. — 400. Le traducteur, en rapportant *Qui* à *dissension*, n'a pas vu que, dans le texte latin (*4528*), **Quam** se rapporte plutôt à **invidia** et que *purger* va bien avec *envie*, moins bien avec *dissension*. — 405 Les leçons des mss. prouvent qu'à l'époque où ils ont été copiés, le nominatif *abes* ne s'employait plus. Nous avons adopté cette forme à cause du contresens de CDM, qui la suppose.

P. 280. — *417*. *Leur aucteur*, c'est-à-dire saint Benoît (*4535*). Cette amplification a été signalée *Introd*. p. LXIII. — *425*. *Gregoire* est Gregoire IX ; voyez *Décrétales* III, *Tit*, 35, cap. 4. — 441. Nous serions tenté d'expliquer ainsi ce vers : en attendant la récompense finale, il suffit que, dans le service de Dieu, nul ne soit réduit à la mendicité.

P. 281. — *4540 ; aliis* est peut-être un datif ; cf. « homo homini lupus » : « pour autrui ils sont plus loups que les loups ». — *4544*. Voyez cette histoire dans le *Livre de Daniel*, IV, 33 svv. — *4546* ; **prefuerat** = « prius fuerat ». — 459. Nous avons noté (*Introd*. p. XXII) ce passage parmi ceux qui, à cause de la nature des variantes, semblent justifier l'hypotèse d'une source commune déjà corrompue. — *4555* sq. Jeu de mots sur **miles, mille**.

P. 282. — 484 sv. Le traducteur n'a pas compris **ut libra sit equa statere** (*4562*). Le poète veut dire simplement : « Les juges qui se laissent corrompre ont plus lieu de craindre l'équité du jugement que les parties qui sont condamnées par les hommes ».

P. 283. — *4589* ; **proditionis signum** ; cf. *2415*, *2449*.

P. 284. — *5592*. Ce nom de **Stycus** (on ne connaissait pas alors le « Stichus » de Plaute) a été pris probablement dans le droit romain,

où c'est le nom fictif d'un esclave (voyez *Dig.* II, 14, § 27... « pos-
sum efficaciter de Sticho agere etc. » Ce paragraphe, « Pactus ne
peteret », avait été cité par l'auteur au v. *3854*). — *540*; *luy* est
l'Anglais, l'ennemi. — *555*. La leçon de B combinée avec les
variantes de FDM, justifie la leçon adoptée *d'ambes pars*. — *4594*.
Anglicus. L'ennemi héréditaire de la France est considéré comme
tel, à près d'un siècle de distance, par Mathieu et par Jehan le Fèvre.

P. 285. — *4610* sq. Le traducteur a négligé l'amusante image de
l'avocat qui guérit les bourses de ses clients de l'hydropisie, mais
qui épuiserait toute la plage pour rendre la sienne hydropique.
Dans son vers 566 il n'y a plus qu'une rime riche. — *4615-17*. Au
nom de **Azo**, l'annotateur du ms. d'Utrecht ajoute *sapiens pauper*,
à celui de **Birrea**, *insipiens*. **Byrrhia** est le domestique d'Alcmène
dans l'*Amphitryon* de Vitalis de Blois, v. 168 : « Byrrhya qui nimis
est lentus asellus erit ». — **Superabit Homerum**, cf., plus haut,
vs. *1501*. — *4618*; **causidicus sum**; voyez *Introd.* p. CXI.

P. 286. — 617. A noter la suppression de l'article devant *clistere*
dans tous les mss. sauf F ; c'est sans doute parce que *clistere* figure
ici comme le valet des médecins.

P. 287. — *4649*; **dant colla ruine** : tendent la gorge pour être tués.
— 622. Notez la construction avec le verbe impersonnel et les
tentatives faites par les copistes pour la changer. — *4664*; **actores**
sont probablement les moralistes de tous les temps. — *4667*; **sacra
pagina** ; l'auteur a probablement en vue *Exode* XXII, 25, peut-être
Ézéchiel XXII, 12.

P. 288. — *4676*. Ce vers a déjà servi ; voyez *69* et, avec une variante,
2342. — *4684*. Les exigences du mètre nous ont fait remplacer **Ovidio**
par **Nasone** ; voyez *De Arte am.* I, 349 sq. — 667. A noter que F seul
a *leur pere* ; tous les autres mss. ont la leçon bizarre *son* (ils ont
sans doute compris *envers son pere*, ce qui a fait changer plus tard
pere en *frere*) ; mais le **pater agricolarum** exige *leur*. — *4681*; **sacri-
legis**. Le fait de mal payer la dîme est considéré comme un sacrilège ; cf. v. *1678* sq.

P. 289. — Au.bas de la page, dans la rubrique, changez B en R
(Robert) ; voyez, sur ce personnage, *Introd.* CXXI, CXXIV.

P. 290. — *4703*; **ingens**, scil. **precium claustrale** ; **Boloniensis**, scil.
patria. — *4710*, *4712*, *4715*, lisez **Ternicienses (is) Ternicio**. Voyez
sur ce pays, le *Ternois*, c'est-à-dire la région où se trouvait Thérouenne,
le travail de M. Longnon. *Étude sur les Pagi de la Gaule*, 2ᵉ fasc.
de la *Bibl. de l'Éc. aes H. Ét.* La population est décrite ici comme
belliqueuse et voleuse, une voisine dangereuse pour les habitants
du couvent de Sainte-Marie au Bois. — *4727*. **Estis postremus**, etc. :

« Le premier dans l'église, le dernier sur les bancs, plein de zèle, ne se levant que lorsque le prieur se levait. » — *4729*. **Major** est peut-être « son chef » : « il étudiait beaucoup, quoique son chef rendît hommage à son intelligence »; si on traduit « quoique, plus grand par l'intelligence », on ne comprend plus **deferret honorem**. — On n'entrevoit pas bien la cause de la suppression ou de la perte d'un vers après *4732*. Peut-être les vers *4732-34* sont-ils une citation et l'auteur n'a-t-il pas réussi à faire rimer un des vers en **undans**; d'autre part, avec **inundans**, la phrase n'est pas finie. Toutes ces métaphores se rapportent à **scientia** (*4730*).

P. 291. — *4751*. **Quidam sapiens.** Nous n'avons pas retrouvé ce « sage ». — *4753*. Allusion au songe de Salomon, 1er (3e) *Livre des Rois*. III, 5-15. — *4757*. L'abbé du Bois est présenté ici comme l'homme d'église idéal, que sa vocation pour le cloître a seul empêché de surpasser son frère. — *4761* sqq. C'est le développement de **est de Bolonia** (*4717*) comme *4716-4760* contiennent le développement de **documentum** (*4716*) et comme *4769-4806* développent **mores**. — *4764*. Godefroi de Bouillon. — *4766*. Allusion possible à Bologne, en Italie, et à son école de droit; cependant nous ne sommes pas sûr qu'il faille expliquer ainsi ce vers, dont la construction est simple, mais dont le sens n'est pas clair. — *4774*. **Que** (bien nettement écrit dans le ms.) doit être une faute; on peut hésiter entre **Quem** se rapportant à **suscipientis** et **Quod** (scil. **cor**).

P. 292. — *4782* sq. Ce même vers (avec la variante **verbula metitur**) avait déjà servi (*4317*) à faire l'éloge de Gautier de Renengue. — *4792*; **reddo** : que je vous *garantis* pudique. — *4797* sq. **juvenis... arma senis**; la même idée et la même métaphore ont déjà servi pour Jean de Vassogne (*3988*) et serviront encore pour Jean de Ligny (*4920*). — *4807* sqq. L'auteur devait encore développer le quatrième point mentionné *4717*, **origo parentum**. Mais comme il a encore à se plaindre, il prend le parti de s'arrêter. — *4813*. Construisez : **videte si forte dolor** etc. — *4814*; **mori** est mis pour **mors** à cause de la rime; construisez : **immo mors par sive horridior bigami palestra.**

P. 293. — *4825*; **factus agrestis.** Nous aurions dû signaler ce passage, *Introd.* p. CXVII, n. 3; le mot doit rendre sans doute le français *vilain*; notez qu'il est opposé à **ingens**, ce qui lui enlève, à notre avis, le sens spécifique d'habitant de la campagne (Voyez l'opinion de M. Vaillant, *Introd. l. c.*). — *4835*. Vers intéressant, comme nous l'avons observé *Introd.* p. CXVII. — *4837*. Vers tiré d'Ovide, *Pont.* IV, 2, 35; il a déjà servi, vs. *1802*. — *4839*. Ce dicton a été cité en français, par Le Fèvre (II, 392) et le sera encore, *Leesce*, 161.

— *4844* **litera** est un vocatif.—*4851*. **Vates scripserunt.** Nous n'avons pas trouvé ce passage. — *4858* sq. Cf. *Év. S. Math.* VI, 26 ; l'auteur confond ce passage en partie avec vs. 28 (voyez **nent.**)

P. 294. *4871.* **Carmina** ; probablement une allusion vague au lieu commun des poètes sur le danger perpétuel où l'homme se trouve de mourir. — *4872* sq. Voyez *Év. S. Math.* XXIV, 43. — *4878*. Ce vers fait l'effet d'être une citation ; laquelle ? — *4880*. Vers d'Ovide, *Amorum* 1, 8, 49 ; le texte ordinaire a « volatilis ». — *4895*. Supprimez la virgule après **est.**

P. 295. — *4911* ; **quasi prunam gallus** : il y a là probablement un proverbe ; cf. *Prov. de Salomon* VI. 28. — *4912*. Nous avons remplacé **feno** par **fedo**, nous appuyant sur le v. *5100*. — *4914* ; lisez **Officialis.** — *4916* ; **morum donis** semble être l'apposition de **alis pennatis** : cette réputation universelle est le prix de sa vertu. — *4920*. Voyez, plus haut, la note de *4797*.

P. 296. — *4943* sqq. Le poète énumère les mérites de Jean de Ligny dans les différentes parties du trivium et du quadrivium. Le v. *4948* est assez obscur ; **sua** peut se rapporter à **pars**, mais aussi à **grammatica.** Nous expliquons comme suit : « En grammaire, ses connaissances multiples lui donnent une haute situation ; il sait pourquoi une partie du discours régit l'autre ; il connaît l'emploi et la signification des modes ; il sait quelle est l'origine des règles de la grammaire ; le pour et le contre (la règle et les exceptions ?) et comment il faut les prouver. Il est bon orthographe, il met l'accent à sa place normale ; il connaît les règles de la métrique et sait comment se défend (se justifie) chaque figure de grammaire. En un mot il connaît toutes les règles ». — *4956*. Nous avons introduit **hamat** dans le texte. Mais peut-être faut-il respecter la leçon (douteuse pourtant) du manuscrit et lire **amat.** « La logique aime ses camarades, les autres sciences, et les munit d'un aiguillon. » — *4958* sqq. Vers obscurs ; on se demande si **hujus...** **logices** est « de cette logique » ou « de la logique de celui-ci » ; dans le dernier cas **qui** dépend de **hujus** et se rapporte à Jean de Ligny ; dans le cas opposé il pourrait se rapporter à **Parisius**, ou plutôt à l'Université de Paris, qui n'a pas su maintenir son ancien « renom de dialectique » et a dû l'abandonner « à de plus grands ». Cette dernière interprétation nous est proposée par un ami. Nous croyons cependant que, dans ces vers, il est question de Jean de Ligny qui, après avoir été un dialecticien de la plus haute élégance, aurait encore plus de grâce aujourd'hui dans la discussion s'il ne préférait pas appliquer son esprit « à des choses plus grandes ». — *4961* ; **ibi**, c'est-à-dire en rhétorique. — *4972* ; **camerarius.** Le mot a

peut-être un sens spécial (voyez cependant **cameraria** au v. *4645*) ;
le « camerarius monasticus » était l'administrateur d'un couvent
chargé de percevoir les revenus de la congrégation. — *4976 ;* **quare**
a le sens du *car* français.

P. 297. — *4981.* Nous croyons maintenant qu'il vaut mieux rétablir la leçon **nomina.** — *4998.* « Il connaît plus profondément l'art
du chant que sa voix ne le ferait croire ». — *4999 ;* **utroque,** la
théorie du chant et le chant lui-même. — *5505.* Le mètre et la
rime recommandent la correction **tutus.** — *5019.* **Quod** a ici le sens
de **Ut.**

P. 298. — *5021.* **Chamus.** La même image a été employée au v. *136.*
— *5027 ;* **modo,** c'est-à-dire cinq vers plus haut. — *5034* sq. Vers
d'Ovide, *Pont.* I, 3, 23, avec **ipsa medetur** pour « auxiliatur ». —
5038 ; **dulce signum,** c'est-à-dire la tonsure. — *5042.* sq. Supprimez la
virgule après **eum** et mettez-en une après **Hic; consuetudo** (sujet de
privat) est l'usage ; « l'usage (actuel) impuissant à lui porter remède
prive le bigame de tout plaisir de clerc ; » cf. sur l'ancien usage,
Indrod. p. cxiv. — *5043* sq. Il vaudrait peut-être mieux lire **servato**
pour **salvato.** « Le jurisconsulte s'étonnera de ce que je raconte ici
des effets de la sanctio Gregoriana (c'est ce que je prédis) en con-
sidérant le droit antérieur. » — *5053 ;* **rusticus.** Nous avons déjà
relevé ce vers et d'autres du même genre (*Introd.* p. cxvii) sans en
conclure, avec M. Vaillant, que Mathieu vivait à la campagne ; il
nous semble, plutôt, que **si fiam** suppose qu'il n'y est pas : « Je ne
me soucierais pas de devenir paysan. »

P. 299. — *5063.* **Gyesi.** Voyez la note de *4487.* — *5071.* L'intercalation de **hominum** après **status** est un trait à ajouter à ceux que
nous avons relevés, *Introd.* p. v, sub. 1°, pour rendre probable que
le ms. d'Utrecht est la copie d'un manuscrit annoté. — *5072 ;* **nostri
philosophi veteres** doivent être les moralistes français de la fin du
xiie et du commencement du xiiie siècle, tels que le Renclus de
Moiliens, Estienne de Fougères, tous ceux qui ont traité des « états
du monde ». — *5073.* Supprimez la virgule après **regeret ; docu-
mentis** est un abl. instr. désignant la science et l'enseignement des
clercs (voyez v. *4716*). — *5074.* Mettez plutôt un point à la
fin du vers. — *5077.* **Scriptura.** L'auteur, reportant le lecteur à ce
qu'il avait dit aux vv. *5067* sq., a probablement en vue le passage de *Év. S. Math.* XVI, 19 sur le pouvoir de lier et de délier
donné à saint Pierre. — *5079.* **Quare** « C'est pour cela que » ; cf.
4976. — *5085.* Voyez sur le sens et la portée de ce vers, *Introd.*
p. cxvii. Notons, à propos de **relegor,** que le poète montre ici qu'il
connaît la prosodie de ce mot, qu'il semblait ignorer au v. *4514*

(voyez la note de ce vers). — *5086* sqq. Cf. *4230* sqq. où la même
image a été employée, avec, en partie, les mêmes expressions,
e. a. **misit ad ima** (*4233*). — *5090*. **Fortuna refax** ; peut-être « capricieuse », qui défait et refait sans cesse ce qu'elle a fait. L'épithète
de *4230*, **mendax**, est exclue ici par le mètre.

P. 300. — Changez au bas de la page, l. 1 de la note, **515** en **5101.**
— *5104*. Suprimez la virgule après **flagella**. — *5104-21*. La construction de cette tirade offre des difficultés. Il y a d'abord (*5108*) **quid
fit**; on s'attendrait plutôt à **est** (cf. *3719* **sum sacculus appropriatus
stercoribus**); **quia** (ib.) a peut-être le sens de **quod**; cependant on
peut aussi lui laisser son sens ordinaire (puisqu'il a été sperme, qu'il
sera cadavre, qu'il devient (?) un sac puant). Mais d'où dépend
perit ? Du même **quia**? Ou avons-nous là une parenthèse ? Et faut-il
prendre **racha** (le copiste a mis ce mot entre deux signes de ponctuation) pour une interjection ou pour un adjectif indéclinable
ayant le sens de **fatuus** (Forcellini s. v. *Raca*: « racha et fatuum
dicere aliquem ») et qui ferait fonction de prédicat ? **Quid prodest**
(*5110*) nous paraît dépendre, comme **unde venit** etc. de **Qui pensat.** Le
poète nous semble continuer au v. *5112*: (**Qui**) **postea scrutatur**; suit
alors l'objet de cet examen (**quid sibi lucratur homo** etc.) et vient,
enfin, l'apodosis (*5114* sq.) **vere est plenus furia** etc.: celui-là est, en
vérité, fou à lier lorsque, cédant à des mouvements d'antiphrase
charnelle, il dédaigne de posséder les joies de la lumière pour
l'éclat apparent du monde, que la mort entame, qui préparent les
tourments de l'enfer etc. — *5121*. Voyez *Job* VII, 9, X, 22. — *5136*.
« A moins que la personne qui est l'objet de son amitié ne change
auparavant sa conduite honnête. »

P. 301. — *5151*. Moi qui, autrefois, ai fait mes études à Orléans
sous sa direction. — *5152;* **lego** a un ē; le poète considère comme
un legs les louanges et les témoignages d'affectueuse vénération
qu'il offre ici à son ancien maître, Nicaise de Fauquemberge. —
5162 sq. C'est le distique d'Ovide, *Trist.* I, 9, 5, avec « Donec
eris » pour **cum fueris** et « solus » pour **nullus**; ce dernier mot demande-
rait plutôt **erit** ; il est possible que ce soit là la forme authentique
du texte primitif. — *5164* sq. Cf. *4050* sq. et *Introd.* p. cxxviii. —
5167. Il y a là un jeu de mots dont la seconde partie est plus claire
que la première; peut-être : « Nicaise n'a pas voulu qu'on écrive
dédaigneusement de lui, » ou bien : « je n'ai pas voulu écrire sur
Nicaise en dernier lieu » ; cf. **priorandus.** — *5175*. Ecrivez plutôt
Eusebia. — *5177* ; **domino,** c'est-à-dire Jacques de Bologne, l'évêque
de Thérouenne. Notez la rime à peine suffisante **Morinensi : sic se** ;
cf. *Introd.* p. cliii, et la note du v. *4496*. — *5180* ; **post pontificatum**

« après être devenu évêque ». Cette prébende est le canonicat de
Thérouenne.

P. 302. — *5184.* Enlevez la virgule après **idem**, mettez-la après
domino : après avoir fait deux fois le voyage de Rome avec l'évêque
actuel, il l'a de même toujours servi avec désintéressement — *5188.*
Voyez sur ces expériences de Mathieu, *Introd.* p. CXI, CXV. — *5190.*
Nous avons introduit **vani**, pour faire le vers. — *5191* sq. Ovide,
De Arte am. I, 615, 618, avec « Fiet » pour Etfit. — *5200.* **In laqueos cecidi**;
cf. v. *109.* — *5201.* Mettez un point d'exclamation après **michi**. — *5204*;
subito veut-il dire « qui est subitement devenu malheureux ? » — *5205*;
quis movit, indiqué par l'annotateur, n'est pas beaucoup plus
clair que **vovit**; **captivum** peut avoir le sens de chétif. — *5206.* Notez
la rime avec un mot français *He las*; voyez *Introd.* p. III et CLIV. —
5208; **formula monstri**. Le mot **censeri** a amené cette image :
si on veut me taxer aujourd'hui, on ne pourra m'appliquer que le
tarif d'un monstre. » — *5211.* Voyez sur ce franc aveu d'impuissance et ces souvenirs de bonnes fortunes anciennes, *Introd.* p. CXI,
CXVIII.

P. 303. — *5224*; **tolluntur**, qui n'est pas dans le manuscrit, est
justifié par la rime, mais ne nous satisfait pas entièrement. —
5231; l'**auctor** est Claudien, *In Rufinum* I, 28, déjà cité plus haut. —
5244. **Rixis productam** contient sans doute un jeu de mots : « pro-
duite par nos querelles » et « allongée par nos querelles » ; c'est, du
moins, ce que le voisinage de **breviare** ferait supposer. — *5245.* **Egidi**.
C'est Gilles, abbé du Mont Saint-Jean-les-Thérouenne. Voyez *Introd.*
p. CXXI et Vaillant *l. c.* p. 23.

P. 304. — *5260.* L'annotateur inscrit au-dessus de **liei**, « vini ». Il
est probable que nous avons ici une forme **lies** tirée du français *lie*;
Du Cange donne *liea*. — *5276*; **insultus morum**; « les audaces de la conduite ». L'auteur commence ici un traité sur les sept péchés capi-
taux : superbia, avaricia (*5284*), invidia (*5289*), luxuries (*5301*), ira
(*5307*), ingluvies (*5315*), accidia (*5328*). — *5287*; aliis, c'est-à-dire les
autres affections languissent. — *5288.* L'absence du vers correspondant nous empêche de préciser le sens de l'étrange **excita** ; peut-
être pour **excitata** ? ou **exita**, de **exire** ?

P. 305. — *5299* sq. Ovide, *De Arte am.* I, 656 sq. — *5301.* Mettez
une virgule après **luxuries**. — *5309.* L'élision **sui** est fait croire que
le premier hémistiche contient une citation. — *5313. Disticha Cat.*
II, 4. « Impedit ira animum ne possit cernere verum » déjà cité par
Jehan Le Fèvre (I, 180). — *5321.* Allusion à l'histoire d'Esaü qui
vendit son droit d'aînesse pour un plat de lentilles, et à Ève qui fut
alléchée par la pomme et se vit fermer le paradis. — *5326*; **caupo**;

l'annotateur explique ce mot par « gluto ». — *5327*. Le jeu de mot
equum equus a déjà servi (*2595*).

P. 306.—*5332*. L'**accidia** était surtout un vice des religieux, amené,
comme le dit ici le poète, par les longs jeûnes, les privations et les
oraisons interminables. Peut-être n'avons-nous pas ici le résultat
de la propre expérience de l'auteur, mais simplement le souvenir
d'un passage de saint Jérôme cité par Du Cange, s. v. *acedia*. —
5353. Mettez un point après **mortis** et écrivez **Hic**. — *5354*. Supprimez
la virgule après **esset**. — *5356*. Supprimez la virgule après
martir et mettez une virgule à la fin du vers. Cf. *5572* sq., où les
mêmes vers se retrouvent à peu près. — Voyez sur Jacques
d'Etaples et son identification possible avec l'archidiacre de Thérouenne, Vaillant, *l. c.* p. 15 et notre *Introd.* p. cxxii sv. —
5359. Nous avons eu tort de changer en **supplex** le **supple** du ms. ;
c'est un impératif à l'adresse du lecteur : « mes douleurs — ajoute
infernales ». — *5364*. Jeux de mots signalés déjà *Introd.* p. cliv.
« Je varie comme je suis varié (changé de clerc en laïque) variant
(traitant sans ordre) mes douleurs variées, inventant des couleurs
variées (variant ma rhétorique) sous un mètre varié (des vers régu-
liers et irréguliers). Cf. **miror mirus** etc. *2881* — *5366* ; **hoc opere**,
« dans ce poème », cf. v. *12* **hoc opus**. — *5367*. **Delens que temere
scripsi** ne nous renseigne malheureusement pas assez sur le genre
de service que Mathieu demande à son ami, l'illustre critique. Le
prie-t-il de lui renvoyer, muni de ses corrections, l'autographe de
son poème avant qu'il en fasse faire des copies pour les **domini** de
Thérouenne ? Mais alors il est probable que cet exemplaire corrigé
n'a pas servi de source au manuscrit qui nous est parvenu ; car
Jacques d'Étaples y aura blâmé plus d'une « témérité ». Il est fort
possible, d'ailleurs, que **delens** veuille dire simplement : « détruire
le mauvais effet de mes paroles téméraires. » Cf. *Introd.* p. cxxiii.

P. 307. — *5369-72*. Ces quatre vers tracent fort bien le portrait
d'un critique honnête, discret et désintéressé ; **corrigit audita** peut
faire songer à une lecture faite par l'auteur de son œuvre, ou bien
au compte-rendu indulgent d'un discours entendu. — *5381* sq.;
« ne cherchant pas à obtenir des dons en retour d'autres dons par
un procédé d'usure » ; voyez Du Cange s. v. **relativus**, « vice rela-
tiva », par compensation ; ce procédé est défini dans le vers suivant
comme une espèce de vente. — *5383* ; **qui = si quis**. — *5389* sqq. Ce
passage rappelle de près, comme nous l'avons déjà remarqué (*Introd.* p.
cxxii) un éloge semblable de l'Archidiacre de Thérouenne, *4053* sqq.
— *5394*; **baratrator**. Peut-être faut-il lire **baratator**, de **baratare**, tricher
au jeu, tromper. L'*r* a pu être introduit par la contamination.

de **barathrus**, homme de rien. — *5400*. « Car les plaisanteries et le
gai visage de l'amphitryon doublent la gloire de sa table ». — *5401*.
Et étant bref, le vers est faux ; mais, remarque M. Louis Havet, au
moyen âge, plusieurs versificateurs croient pouvoir allonger arbi-
trairement les monosyllabes invariables. — *5403*. On se demande à
quoi se rapporte **predictis** ; peut-être aux mets et aux vins dont il
a été question dans la tirade sur la gloutonnerie et l'ébriété (*5315* sqq).
— *5404*. Il tient, tous les jours, table ouverte, à tous les repas.

P. 308. — *5420*. Citation de Gautier de Châtillon, *Alexandreis* I,
63. — *5431*. Nous avons changé le **fautissima** du texte en **lautissima**
à cause de **probitatum**. — *5434*. Cf. *1315*, **nitet quasi Phebus**. —
5449. Dans l'estime de Mathieu, Jacques de Boulogne prime tous
les autres ; immédiatement après lui viennent, comme deux égaux,
Jacques d'Étaples et Jean de Ligny.

P. 309. — *5450* ; **probitas dedit ensem** ; cf. *4496* **bonitatis largior
ensem** ; voyez la note de ce vers. — *5451 ;* **eis** ; peut être les deux
Jacques ou, d'une manière plus générale, **domini kari** (*5454*). —
5452 ; **si deponor** ferait croire que la « déposition » n'est pas un
fait accompli, irrémédiable. Mais Mathieu a trop souvent certifié le
contraire. Il faut plutôt donner à **Si** le sens de *quand même*. « Ma
déposition n'empêche pas que je désire la réalisation de ce vœu ».
— *5462 ;* **presens opus** ; voyez II, 2603 et 2994, *ceste euvre presente*.
— *5474* sq. Ovide, *Pont.* II, 9, 27, 28. A noter les variantes **michi
pontus**, pour « pontus michi » et **prestat**, pour « praebet » ; cf.
122 sq. — *5489*. Voyez *Introd.*, p. LXVII.

P. 310. — *5490*. Le même rapprochement a déjà servi v. *302*. —
5507. Cf. *Év. S. Mathieu*, XIX, 24. — *5513*. Ce pentamètre doit être
une citation. — *5520* sq. Voyez *Év. S. Mathieu*, XIV, 26.

P. 311. — *5530-50*. Dans sa description des quinze signes Mathieu
suit de près, parfois jusque dans les expressions, le type que donne
Bède le Vénérable et qu'il fait remonter à Jérôme (t. III, p. 494 de
l'éd. de Cologne). Voyez Nölle, *Die Legende von den fünfzehn
Zeichen*, etc. (*Beitr.* de Paul et Braune, XI, 413 svv. ; le texte de Bède
a été reproduit p. 460 sv.). — *5536*. Remplacez **abscondet** par
accendet (Bède : ardebunt ipsae aquae). Le Fèvre s'est trompé en
traduisant ce mot par *avalera* (725) ; il a peut-être lu **discendet**.

P. 312. — *742* ; *des fosses istront*. Le traducteur a fait peut-être une
confusion en traduisant **lustra** par *fosses*. Il ne s'agit pas ici de la
résurrection, mais des peuples qui sortiront de leurs trous et
courront partout comme des fous : « homines exibunt de cavernis
suis et current quasi amentes nec poterit alter respondere alteri. »
La même confusion a été faite par d'autres ; voyez Nölle, *l. c.* p. 430,

438 — 752. Nous avons adopté la leçon de B, qui est, dans sa seconde
partie, celle de α. Mais, au fond, aucune des leçons de nos mss.
ne paraît satisfaisante ni traduire **super ora**. Peut-être *o'* avait-il ici
une lacune. La leçon de F rend bien **pandent se**, mais ces mots se
trouvent traduits par le v. 754, *pour estre veüs*. — *5550* ; **pape** est
bien l'interjection **papae**, mais l'e a été traité comme bref. Supprimez la virgule après **judicium**. — *5551*. **Scriptura**. Souvenir probable des pluies du déluge, qui tombèrent pendant quarante jours
et quarante nuits (*Genèse* VII, 12). Ce détail n'est ni dans Bède ni
dans les autres textes latins. — *5552*. Mettez une virgule après
spacio. — 766. Remarquez l'étrange cheville *ne de nuit*, que la rime
ne parvient pas à rendre acceptable, puisque l'arc-en-ciel ne saurait
se montrer la nuit.

P. 313. — *5572* sq. La même idée avait déjà été exprimée, avec
les mêmes rimes, aux vv. *5356* sq. — 794. La variante, presque
universelle, *je saintirons*, est curieuse ; elle s'explique cependant
par l'emploi de la 1re p. sg. dans tous les autres vers. Il nous a
paru un peu risqué d'employer ici *je* avec une forme verbale du
pluriel. Notez que le traducteur néglige l'expression énergique de
l'original (**debebo beari**).

P. 314. *5582*. Supprimez la virgule après **nemo**. — 812 svv.
En négligeant **alias** (*5584*) le traducteur fait dire au poète le
contraire de ce qu'il dit réellement. Dans le cas où on passerait
outre, il remettrait aux malheureux les clefs d'une tristesse
infinie. — *5593*. Le pauvre bigame a encore peur de ne pas
trouver au paradis la couronne que, cependant, Dieu lui-même
lui avait promise ! Il est probable que cette peur est plus ou moins
simulée pour augmenter la valeur des prières de ses seigneurs et
de ses anciens camarades.

P. 315. — *5603, 05*. Voyez, sur cette image, la note de *3787*.
— *820*; *autre* ne correspond à rien dans l'original ; c'est sans doute
une faute pour *ancre*, que nous proposons maintenant d'y substituer, comme aussi de remplacer *Si* par le *Cy* de B. (*5605* **hic
anchora figi**.)

LIVRE DE LEESCE

P. 1. — v. 7-9. Voyez sur cette excuse et ses rapports avec un passage analogue de Jean de Meun, *Introd.* p. cxcii n. 1. — 24 sv. Cf. Ovide, *Rem. Am.* 46 « et urticae proxima saepe rosa est. »

P. 2. — 26 ; *joingnant.* Voyez sur cette leçon et ses variantes, *Introd.* p. xliii ; nous comprenons *est joignant jouste l'erbe souef.* — 31. Voyez sur ce titre *Livre de Leesce, Introd.* p. cxcvi; la personnification de *Leesce* a sans doute été empruntée par Le Fèvre au *Roman de la Rose* (v. 734, 836). — 32. Voyez sur cette rime, *Introd.* p. ccxxvi. — 45-51. Ces vers contiennent une allusion au poème latin *Theoduli Ecloga,* dont Le Fèvre avait fait une traduction française (*Introd.* p. clxxxiii) ; c'est un dialogue entre le pâtre Pseustis d'Athènes, qui expose la mythologie païenne, et la bergère Alithia, de la famille de David, qui lui oppose les récits de la Bible. — 50 ; *leurs instruments* : Pseustis jouait de la flûte, Alithie de la cithare ; *gagerent* est la bonne leçon : Pseustis propose à Alithie d'engager une lutte ; le vainqueur recevra l'instrument du vaincu. Alithie remporte la victoire, que Phronesis, qui a été prise pour arbitre, proclame solennellement. Voir *Theoduli Ecloga... recensuit et prolegomenis instruxit* Aug. Aem. Alfr. Beck, Marburgi Hassorum 1836.— 58-67. L'histoire de cette discussion et la réponse de Zorobabel remplit les chapitres 3 et 4 du IIIe *Livre d'Esdras* (premier des deux apocryphes). Il s'agit de trois jeunes chevaliers chargés de garder la personne du roi Darius pendant son sommeil et qui imaginèrent de résoudre la question de la plus grande force (Elle ne fut donc pas posée par le roi.) L'un de ces trois était Zorobabel. Le roi lui ayant offert des récompenses, il demanda l'autorisation de retourner à Jérusalem et d'y rebâtir le temple. — 64. Qu'est-ce que *qui fist le devin* ? S'agit-il d'un quatrième personnage, une espèce de prophète, qui soutint que la plus grande force était celle des femmes, et que quelque tradition aura joint aux trois chevaliers ? Dans le texte d'*Esdras,* c'est Zorobabel qui prétend que les femmes sont plus fortes que le vin et le roi; après avoir longuement développé cette pensée il ajoute que la plus forte de toutes est la vérité. Si l'auteur a suivi cette version primitive de la scène, les mots *qui fist le devin* (amenés, d'ailleurs, par la rime) se rapportent à Zorobabel; le sens en est peut-être « qui devina juste ». Dans *leurs sortes, leurs* se rapporte aux femmes. — 68 ; *fu approuvée,* par le roi et par la foule des assistants, qui s'écrièrent : « magna est veritas et praevalet. »

P. 3. — 70 svv. Le Fèvre cite ici, sous sa forme primitive, c'est-à-dire avec le nom de Socrate au lieu de celui de Platon (qu'on y a substitué plus tard), l'adage bien connu : « Amicus Plato, magis amica veritas ». Il n'est pas dans les écrits d'Aristote, bien que l'idée y soit nettement exprimée, p. e. *Eth.* CVI, au début (éd. Didot, II, 4, 15). Il se trouve pour la première fois, attribué, du reste, à Platon, mais de façon à pouvoir être mis sur le compte d'Aristote, dans la *Vie d'Aristote* d'Ammonius, dont il existait anciennement une traduction latine. Les vers 71-2 feraient croire que Le Fèvre a connu cette traduction (voyez aussi la note du v. 867) où on lit : « quin ejusdem verba haec sunt : Carus quidem Socrates, sed veritas carissima, et alibi : Socrates quidem quid dicat, parum *solliciti* esse debemus ; de veritate vero multum sollicitos esse oportet. Idem ergo ab Aristotele quoque factum. » Voyez Nunnesius, *Vita Aristotelis... per Ammonium... Addita vetere interpretatione latina...* Lugd. Bat. 1621, p. 8 et Büchmann, *Geflügelte Worte,* Berlin, 1884, p. 223. — 81. *Le sage.* L'auteur songe probablement à quelques passages de l'*Ecclésiaste,* p. e. II, 24, III, 22.

P. 4. — 94. Voyez *Lam.* I, 104. — 95. *Ibid.,* 154. — 98. Peut-être *bon homme de neige* explique-t-il le sens donné par Le Fèvre à *estatue* par opposition à *ymage* (Voir la note de I, 152), — 107. Voyez *Lam.* I, 396 svv. — 115. *Ibid.* 419 svv.

P. 5. — 139. Allusion à *Lam 4618* et I, 147. — 142 ; *les distinctions* désignent le droit canon (P. I et P. III du *Décret* de Gratien divisées en livres et en *distinctiones.*) — 153. Voyez *Lam.* I, 497-99. — 155. *Ibid,* 489 svv.

P. 6. — 161. Dans les *Lamentations,* ce proverbe se trouve plus loin, II, 392. — 167-214 reproduisent, avec, par ci, par là, une insignifiante modification, *Lam.* I, 573-622. Notez, au v. 205, *fu,* tandis que le passage correspondant des *Lam.* (I, 611) a *est ;* le changement de temps correspond à un changement dans la manière de présenter le portrait ; ici Le Fèvre ne traduit pas les souvenirs de l'auteur, mais les reproduit indirectement (voyez aussi, v. 207, *dut,* contre *doit, Lam.* I, 613).

P. 7. — 219 sv. Voyez *Lam.* I, 655 svv.

P. 8. — 243. Il vaut peut-être mieux écrire *Raison,* avec une majuscule.

P. 9. — 267 svv. Voyez sur tous ces personnages et sur les secours que nous prête leur chronologie pour dater le *Livre de Leesce, Introd.* p. CLXXIX svv. Nous nous faisons un plaisir de noter ici que c'est

M. le Vicomte François Delaborde qui a eu l'amabilité de nous
diriger dans ces recherches historiques. — A l'endroit cité nous
avons négligé d'utiliser une autre donnée, pour laquelle nous
renvoyons à la note des vers 2853 svv.

P. 10. — 325 svv. On ne voit pas trop quels sont ces *grans
clers*. L'allusion paraît très vague. Peut-être Le Fèvre a-t-il en
vue les malheureux camarades de Mathieu (Voyez *Lam.* 3920 **quam
plures**), qui, quoiqu'ils eussent eu le même sort que lui, n'ont pas
écrit des *Lamentations*.

P. 11. — 337; *pour affoler* a ici le sens de *par folie*, comme le
prouve le passage parallèle 3463, où l'auteur emploie la même image,
ou du moins, une image analogue ; ici, il est simplement question
de soulever la poussière par la force du souffle, là, d'un jeu qui consiste à souffler une certaine poudre dans la flamme, pour amener une
petite explosion. — 345 sv. Voyez *Dig.* XXVIII, 1 § 20 : « Ne furiosus
quidem testis adhiberi potest ». — 348 sv. Il ne faut pas attacher trop
d'importance, croyons-nous, à cette façon de présenter le poème de
Mathieu comme un appui donné, par ambition ou par rancune, à
l'œuvre des détracteurs de la femme. Il résulte seulement de ce
passage que le Fèvre connaissait en fait de littérature anti-féministe,
d'autres spécimens que les *Lamentations* et le Roman de la Rose.
— 351. Voyez *Lam.* I, 647 svv.

P. 12. — 385. Voyez *Lam.* I, 659. — 390 sv. Voyez *Lam.* I, 692 svv.

P. 13. — 400. Notez ici *d'un roy avoir* au lieu de *Jupiter* (*Lam.* I,
670 : **Jove digna**). Aucun ms. de *Leesce* ne reproduit ici la leçon du
premier poème. — 403 svv. Voyez *Lam.* I, 673 svv. Le Fèvre
prend, par ci, par là, quelques vers du premier poème (409 sv. I, =
691 sv.).

P. 14. — 447 svv. Cette activité de la fourmi et son adresse à
empêcher les grains de germer sont souvent mentionnées au moyen
âge et données en exemple. Voir *Le Castoiement d'un pere a son fils*
vss. 70 svv. (*Barb. et M.* II, p. 43), le *Tresor* de Brunetto Latini
n° 190, et les *Bestiaires* (dans celui de Guillaume le Clerc vss. 935 svv.);
voyez surtout le *Tosco-Venezianischer Bestiaire* p. p. Goldstaub et
Wendriner, Halle 1892. pp. 267 svv., où se trouvent un grand
nombre de citations, aussi bien de Bestiaires et d'ouvrages ency-
clopédiques que de moralistes et de théologiens (e. a. Thomas) qui
ont fait l'application des différentes habitudes de la fourmi à la
conduite des hommes. — 451. Voyez sur cette rime, *Introd.* CCXXVI.
— 462; *pour my* (notez que les mss. ont *pourmy*) amené par le
besoin de la rime riche, n'est pas très clair. Nous l'avons expliqué
comme « pour moi », (*Introd.* p. CCXX) c'est-à-dire « Je suis loin

d'en savoir autant ». *Pour mi* (medium) ne figure chez Godefroy (VI, 280³) que comme préposition.

P. 15. — 470 svv. L'âge de l'homme était généralement divisé en quatre périodes de vingt ans. chacune. Cf. Philippe de Novare (Navarre), *Les quatre âges de l'homme*, éd. des *Anc. tt.* (1888). n° 188.

P. 16. — Dans la description de Perrenelle vieille, quelques vers seulement reproduisent ceux des *Lam.* ; 499-502 = I, 681-84 (à noter le changement de *bourses de bergier* en *bourses de cuir* ; l'auteur, écrivant pour les parisiennes, a pris un terme plus simple). — 518. Voyez sur l'usage fait de ce vers, *Introd.* p. cxcviii, n. 2. Nous avons négligé de remarquer que c'est la traduction française de ces vers du *Facetus* (Voyez *Auctores octo*) : « Rusticus est vere Qui turpia de muliere Dicit, nam vere Sumus omnes de muliere. » — 519 svv. Voyez *Lam.* I, 733 svv. ; au début, beaucoup de vers des *Lam.* ont été négligés. — 525 sv. *Lam.* I, 767-68 avec un petit changement qui a l'air d'une correction, puisqu'il fait disparaître une cheville (*c'est la somme*).

P. 17. — 531. L'auteur profite avec beaucoup d'adresse de la fin du vers correspondant des *Lam.* (I, 771 *en vérité*) pour changer en affirmation ce qui, dans le premier poème, est présenté comme une prétention féminine. La même transformation habile se voit dans les vers suivants. — 546. Notez que *porte* (*Lam.* I, 794) a été changé en *soustient*, peut-être sous l'influence du vers suivant. — 554. Notez *labourer* (un mot plus simple) remplaçant *reverser* (I, 802).

P. 18. — 565. Voyez *Lam.* I, 829 et notez le changement des deux vers suivants. — 586. Voyez I, 834.— 592. sv. Voyez I, 838, 843 svv.

P. 19. — 598 ; *par iniquité*, cf. 653 et voyez *Introd.* p. cxcviii n. 3. — 600. Voyez I, 850 svv. — 607 svv. Voyez I, 903 svv. — 614. Au point de vue des mss., la leçon *Coulpe* semble aussi justifiée ici que *couple* l'était *Lam.* I, 912. Faut-il supposer que l'auteur, consultant un peu rapidement le texte de son premier poème, a pris un mot pour l'autre ? Si, dans les deux cas, la leçon adoptée est celle de l'original (pour *Lamentations* il reste toujours le cas possible de *o*') il n'y a pas d'autre solution de la divergence que celle-là.

P. 20. — 621 svv. Voyez *Lam.* I, 973 svv. — 623. Notez *près de*, pour *delès*, *Lam.* I. 975. — 631-32. Vers étranges ; le trait du second ne se trouve nulle part dans le passage correspondant des *Lamentations*; et à quoi sert le vœu du premier lorsqu'il s'agit d'un personnage fictif ? Peut-être Le Fèvre a-t-il lui-même confondu ce conte de Mathieu avec d'autres analogues (voyez la note de I, 973). — 635. Voyez *Lam.* I, 1013 svv.

P. 21. — 641-44. L'ordre des vers de *Lam.* I, 1017-20 a été retourné.

— 648 svv. Voyez *Lam.* I, 1043 svv. ; l'ordre des vers a été renversé.
— 660 svv. Voyez *Lam.* I, 1079 svv. ; l'auteur a choisi avec tact les
vers qu'il fallait pour indiquer rapidement le contenu et la portée
du conte.

P. 22. — 671 svv. Voyez *Lam.* I, 1167 svv. — 675. Notez *entent*,
tandis que le vers correspondant du premier poème (I, 1173) a le
subjonctif *entende*, quoique le verbe qui précède soit le même, *semblant fait* ; c'est sans doute le besoin de la rime qui a amené, tour
à tour, les deux formes. — 681. Voyez *Lam.* I, 1197 svv. — 689 svv.
Dans le passage correspondant (*Lam.* I, 1213 svv.) ces vers se
rapportent spécialement à Mathieu et à Perrette. — 691. *Avale* remplace le *ruisseler* de I, 1215. On hésite à admettre — ce serait trop
joli — que ce changement a été amené par celui de *voit* en *fait*,
dans le vers précédent. En effet, *ruisseler* fait image et suppose
quelqu'un qui *voit* couler les larmes. — 697 svv. Voyez I, 1231 svv.

P. 23. — 710. Notez *partissent*, contre *participent* I, 1244 ; ce petit
changement rentre évidemment dans la catégorie de ceux que nous
avons signalés *Introd.* p. CXCVII, note. — 711 svv. Voyez I, 1287 svv.
— 720 svv. Voyez I, 1307 svv. — 728. Notez la non-élision, donc la
la valeur syllabique, de l'*e* de *vuide* devant une voyelle ; c'est un
cas exceptionnel qui aurait dû être signalé *Introd.*, p. CCXXVI, 5.

P. 24. — 736 sv. Voyez I, 1499 et 1505. — 742. Voyez sur l'annonce
pompeuse de son « plait », *Introd.*, p. CXCIX. — 748. Cf. 2807 sv.,
le Gal... Ovide et Juvénal. Ces vers trahissent une réminiscence du
R. d. l. R. 11287 (Voyez *Introd.* CXCIV). — 749-50. Nous avons déjà
montré (*Introd.*, p. CXCIII) l'identité complète de ces vers avec deux
du *R. d. l. R.* — 751. Voyez sur cette infirmité de Le Fèvre, *Introd.*
p. CLXXXVII.

P. 25. — 792 ; *en y ot une* ; ce n'est pas ce qu'avait dit Mathieu
(*Lam. 435 sq.*) ni ce que Le Fèvre lui avait fait dire (cf *Leesce* 639
svv.); exagération voulue ou sacrifice fait à la rime.

P. 26. — 816. Cf. v. 3503, où la même expression se retrouve, empruntée à *Lam.* II, 2632. Voyez sur l'importance de ce vers pour
faire attribuer à Mathieu un passage que ne donne pas le latin,
Introd. p. LVI et la grande note de p. 117 des *Lamentations*.

P. 28. — 867 svv. Ce passage a été tiré de la *Vie d'Aristote* d'Ammonius (cf. la note de 70 svv.), comme le prouvent les vers 868-72
comparés à ces lignes du texte latin : « Aristoteles Philosophus de
gente quidem fuit Macedo, patria vero Stagirita. Stagira autem
ciuitas est Thraciae ». — 881 svv. Voyez *Lam.* I, 1081 svv. et la note
de ces vers. Le changement de 882 (cf. I, 1082) est amené sans doute
par le désir d'affirmer la haute valeur de ces livres. — 892. Les

variantes des mss. (*rote*, *note*, *arreste*) attestent la valeur du *reté* de B.

P. 29. — 907-8. Voyez I, 1339-40. — 909-10. Voyez I, 1350-51. Il faudra peut-être changer la ponctuation de 910. *Et disoit* : « *la bourse froncie ne puet payer et n'a que rendre* ». Cependant la construction n'est pas claire. Le sujet de *disoit* semble être *Perrenelle*, (cf. *Lam.*) ; pourtant le sujet de *puet tendre* (on s'attendrait à *pooit*) ne peut être que Mathieu L'auteur a mal condensé le passage des *Lam.* — 914-5. Voyez I, 1361-2. — 918. Voyez I, 1373 svv. — 932. Le sens semble être : il ne s'agit pas de tondre des brebis ; il faut répondre à des accusations plus sérieuses. Peut-on alléguer ici le proverbe : « Il n'est pas toujours saison De tondre brebis et mouton » (Le Roux de Lincy, *l. c.* I, 97) ?

P. 30. — 939 svv. Voy. II, 27 svv.— 946 sv. Il n'y a qu'un moyen d'échapper aux querelles féminines ; il faut s'en aller. Voyez II, 67. — 948 svv. Voyez II, 68 svv et la note de II, 71. — 962 ; *tant en met* n'a pas grand sens ici, à moins que l'auteur veuille parler de tout le poème ; pour le sens d'*exemples*, voyez 1069. — 963-68 Voyez II, 98-104.

P. 31.— 969 svv. Voyez II, 115 svv. — 970. Nous avons déjà relevé (voyez la note de ce passage des *Lam.*) l'ignorance étrange que Le Fèvre avoue ici au sujet du nom. — 981. Voyez sur cette reprise pompeuse du plaideur, *Introd.* p. cxcix.— 986. Même idée que dans 764 ; dans les deux passages écrivez plutôt *Raison*. — On lit en effet, dans le *Decretum* de Gratien, *Pars* II, *Causa* XI, *quaestio* 3, rubr. : « Quos conscientia justificat, aliorum maledicta non timeant. In cunctis... ad cor proprium semper recurrendum;... quem enim conscientia defendit, liber est inter accusationes etc. »

P. 32.— 1000. Sur cette rime, voyez *Introd.*, ccxxcvi (elle n'a pas été citée, mais elle est comprise dans les deux en *en ce* qui s'y trouvent signalées). — 1009-11. Voyez 2 *Ép. aux Cor.* I, 12. — 1012-3. Voyez *Job* XVI, 19. — 1022 svv. Voyez *Psaume* LVIII, 3. Interprétation érronée du texte : « Abalienati sunt a vulva, erraverunt ab utero, loquentes mendacium ». — 1026-7. Le sens de ces deux vers est hypothétique : « Si la créature ne se souvient pas du lieu de sa naissance, etc. » Il faudra donc remplacer le (;) à la fin du second vers par une virgule ou par un point d'interrogation.

P. 33. — 1031 svv. Voyez sur l'emprunt probable de ce « proverbe » (cf. Le Roux de Lincy *l. c.* II, 294) au *Roman de la R.*, *Introd.*, p. cxciv. — 1037 svv. Voyez *Lam.* II, 177 svv. Notez plusieurs citations textuelles. — 1049 svv. Voyez II, 201 svv. — 1050. Il vaut peut-être mieux remplacer cette leçon de F par celle de BV (KN ont *la suer*) *la sereur*, qui est aussi celle de *Lam.* (II, 202). — 1059-60.

Voyez *Lam.* II, 231-2 et la note de ces vers. — 1061 svv. Voyez *Lam.* II, 241 svv.

P. 34. — 1069 sv. ; *exemples* a plutôt ici le sens d'arguments. Il n'y a rien dans le passage des *Lam.* (II, 251-312) qui rappelle spécialement la tirade du Jaloux du *R. de l. R.* Il faut donc supposer que Le Fèvre en écrivant *suit*, n'a en vue que l'identité des idées. Il avait d'ailleurs déjà relevé (*Lam.* I, 25-6), comme il le fait ici (1071-2), les vers 9437-38 du *R. de l. R.* — 1073. Voyez *Lam.* II, 314 svv. La suppression de *en plourant* (1082. cf. II, 328) s'explique sans doute par le fait que l'allure générale du récit se trouve changée. — 1087-90. Voyez *Lam.* II, 347 svv. — 1093-6. Voyez *Lam.* II, 377-80.

P. 35. — 1116 sv. Nous avons négligé de signaler, *Introd.* p. CC, cet argument : « chacun est responsable de ses propres fautes ; la chute de la bande de Lucifer n'a pas atteint l'honorabilité des autres anges. »

P. 36. — 1140-54. Il s'agit de l'Italien Johannes Andreae, célèbre professeur de droit canon à Bologne, puis à Padoue, puis de nouveau à Bologne, où il professa jusqu'à sa mort, le 7 juillet 1348 ; il fut enlevé par la peste, âgé de plus de soixante-dix ans. Voyez sur ce très intéressant jurisconsulte et sur ses nombreux écrits (*Novella in Decretales, Glossa in sextum*), von Savigny, *Gesch. des röm. Rechts*, Heidelberg, 1831, t. VI, p. 87-111. Le Fèvre fait ici l'éloge de sa quatrième fille, née en 1312 et appelée *Novella*. Celle-ci remplaçait souvent son père comme professeur et faisait alors sa leçon cachée par un rideau pour que les étudiants ne fussent pas distraits par sa beauté. Voyez Savigny, *l. c.* p. 97. En rapport avec ce dernier trait, qui paraît suffisamment attesté par Christine de Pisan (*Cité des dames, l.* 2, *ch.* 36, citée par Savigny), la variante de B du v. 1154, qui se retrouve dans un des imprimés, *Que homme ne la regarda*, paraît intéressante.

P. 37. — 1183 svv. : « de doubler les griefs en les dirigeant aussi contre les hommes ».

P. 38. — 1200-02. *On dit.* Voyez Le Roux de Lincy *l. c.* II, 278 « Par trop parler et estre mu L'on est souvent pour fol tenu ». — 1217 svv. Adam était, dans la légende juive et dans la théologie chrétienne, un des quatre personnages qu'une mauvaise interprétation du nom hébreu de ce lieu (Qirjath Arba, ville des quatre) avait fait mettre en rapport avec la ville d'Hébron. En général, ce que la légende accentue, c'est son enterrement en cet endroit (considéré comme identique avec la colline de Golgotha). S'il y avait été enseveli, il avait dû y être créé ; ne devait-il pas « retourner à la

terre dont (il) avait été pris » ? Cf. Fabricius, *Codex pseudepigraphicus
Veteris Testamenti* Hamburg, 1713, t. I, p. 34. « Annius ab Adamo
conditam affirmat Hebron civitatem, in qua nimirum sepultum a
multis jampridem creditur ex male accepto loco *Jos.* XIV, 15 ».
D'après le *Midrasch*, Adam a été créé de la terre sur laquelle fut
édifié plus tard le temple, à l'endroit de l'autel (ou bien, à cet endroit,
mais de la poussière prise aux quatre extrémités de la terre). Voyez
Grünebaum, *Neue Beiträge zur semitischen Sagenkunde*. Leiden 1893,
p. 58, pp. 77-78. S. Jérôme, *In Math.* XXVII, 33, rapporte, d'après Josué,
(« in Jesu fili Nave volumine legimus ») qu'Adam aurait été enseveli
près d'Hébron, mais il nie que le premier homme aurait été créé
sur le Calvaire. (*Quaest. hebr., Gen.* XXIII, 2, Grünebaum, *l. c.* p. 78).
— 1222-27. A noter que cet argument en faveur de la supériorité de
la femme tiré du fait qu'elle a été créée dans le paradis, très souvent
cité au moyen âge (voyez *Romania* VI, 501 et XV, 321), n'a pas de
valeur pour S. Ambroise. Voyez *De paradiso* I, 4 (éd. Migne, *Patr. lat.*
XIV, col. 284) « .... quia extra paradisum vir factus est et mulier intra
paradisum, ut advertas quod non loci, non generis nobilitate, sed
virtute unusquisque gratiam sibi comparat ;... extra paradisum, hoc
est in inferiore loco, vir melior invenitur, et illa quae in meliore loco,
hoc est in paradiso, facta est inferior reperitur ».

P. 39. — 1236-40. Ces vers ont été pris, avec quelques modifications
(*Nature* au lieu de *Raison*) dans un autre passage des *Lamentations*
(III, 2627-30).— 1241 svv. Voyez sur cet essai d'étymologie, *Introd.*
p. CC, n. 2. Peut-être est-elle aussi la contrepartie de *mari, en la mer*
(II, 311 sv.). — 1246. Ce sont les *Sentences* de Pierre Lombard; voyez
Lib. II, *Dist.* 18 (éd. Migne, *Patr. lat.* CXCII, col. 687), où se trouve
une longue dissertation sur ce sujet. S. Thomas fait les mêmes
remarques (*Summa, Quaest.* 92, art. 3).

P. 40. — 1271. Notez que K seul a *affermée* ; N a *assignee*, comme
les autres ; la rime riche nous a fait préférer la leçon de K ; mais la
généralité de la variante étonne ; il y a là sans doute une locution
courante.— 1287; *il* est Dieu. — 1288; *il* est l'homme.

P. 41. — 1293-1310. Voyez S. Augustin, *Enarratio in Ps.* LVI (éd.
des Bénédictins, t. IV, 400) : « Sed quare voluit (Deus) dormienti
auferre costam ? Quia dormienti Christo in cruce facta est conjux de
latere. Percussus est enim latus pendentis de lancea et profluxerunt
Ecclesiae sacramenta ». Un passage analogue se trouve *De Civ. Dei*,
l. XXII, c. 16 (*l. c.* t. VII, 513).— 1321-30. Voyez *Lam.* II, 279-88.

P. 42. — 1327. BVN ont *si vestement*, ce qui pourrait nous faire
adopter cette leçon ; mais *Lam.* II, 285, tous les mss. ont *son.* —
1331 svv. Voyez II, 405-08, 413-16, 435-38, 451-2, 455-6 ; notez la

modification du v. 455 (1346) ; le sujet de *se dueillent ou claiment*
sont les maris. — 1347-1408 vv. Voyez II, 460. *Introd.* p. CCL n. 1.
Plusieurs vers ont été habilement modifiés (comparez p. e. 1393
avec II, 533).

P. 44. — 1396. Les imprimés remplacent ce vers par *Dedens la
terre vif cachez* (sic !). — 1405-8 résument habilement le dénouement
(cf. II, 555-73).

P. 45. — 1429. *Devers Laleue en Picardie.* (Biffez, dans la *varia
lectio*, V ; la sotte variante *sa femme* n'est que dans F). L'aimable
archiviste départemental du Nord, M. Jules Finot, nous écrit, à
propos de ce nom : « Il doit s'agir du pays de Lallœu (on écrivait
jadis indifféremment *L'Aleu* ou *Laleue*), terre allodiale de l'abbaye
Saint-Vaast d'Arras, située entre la Flandre et l'Artois..... Bailleul
n'est pas éloigné de cette région. L'auteur ne semble donc pas
avoir été très au courant de la géographie de son temps en plaçant
ce pays dans la Picardie ». Le Fèvre rappelle ici une histoire
arrivée, il y avait une vingtaine d'années, avant 1350, date de la
mort de Philippe de Valois, qu'on racontait sans doute encore au
palais. Nous n'avons pas réussi à nous procurer, aux Archives
départementales du Nord, d'autres renseignements ni sur l'histoire
elle-même, ni sur le chevalier de Bailleul qui en fut le triste héros.
— 1448. *Le roy Phelippe* est Philippe VI.

P. 46. — 1452. *Le roy Jehan* est Jean le Bon, qui, à l'époque où se
passa cette histoire, était lieutenant du Roi, son père, dont il
commanda les armées contre les Anglais en Flandre, dans le Cam-
bresis et le Hainaut ; en cette qualité il devait avoir le droit de
grâce. — 1459 svv. Nous avons déjà observé (*Introd.*, p. CXCIV, n. 1)
que Le Fèvre a pris l'histoire de Lucrèce dans le Roman de la Rose.
— 1474. *Penelope.* Voyez *R. de l. R.* 9358 svv.

P. 47. — 1489 svv. *Sylla.* Voyez II, 588, 1599-1614. — 1495 svv.
Voyez II, 618-22. — 1501 svv. Voyez II, 643-46. — 1505 svv. Voyez
II, 667-71. — 1512. Voyez II, 682-6.

P. 48. — 1523. *Il* est Ovide. Voyez *Metam.* VIII, 151 ; le **ciris** est
plutôt un oiseau de mer. — 1525 ; ibid. v. 146 ; l'**haliaeëtos** est plutôt un aigle marin. — 1543 ; *desroys: Roys.* Cette rime nous renvoie
à *Lam.* III, 1011-12 ; *Des hommes = Sur David.*

P. 49. — Dans sa reprise de l'histoire de Samson, l'auteur se souvient aussi de *Lam.* II, 2223-38, comme le prouve le v. 1575. Il la
raconte d'après *Judic.* XIV, 20, XV, 2, XVI, 4 svv., en altérant un
peu les données de la Bible.

P. 50. — 1579-80. Voyez II, 2245-49. — L'auteur remplace ici la
citation d'Almageste par deux vers (le cinquième et le sixième) de

l'hymne par laquelle commence l'office de prime, telle que la
donne aujourd'hui encore le bréviaire des prêtres (« Jam lucis orto
sidere etc. »). Le Fèvre connaissait bien cette hymne liturgique, qu'il
il a traduite en vers français (B. N. fr. 964, f° 108, *Hymne du temps a
prime* ; cf. *Introd.*, p. CLXXXV). — 1581-1618. Voyez *Lam.*, II, 704 svv.
et *Introd.* p. CCI, n. 3. Le récit n'a pas perdu à être résumé ; rien
d'essentiel n'a été omis.

P. 51. — 1608. Notez *par son ame*, contre *par s'ame*, II, 760. —
1620. sv. La pensée de l'auteur n'est pas douteuse : « habet quod sibi
imputet ». Mais les vers ne sont pas très clairs, surtout lorsqu'on
adopte, comme nous l'avons fait, la construction interrogative,
d'après la leçon de F et de N ; (même avec *Et ne*, cette interprétation
se recommande). Le sens peut être celui-ci : « N'a-t-il pas tort de
dire, en dehors du cas de défense (devant le roi), ses secrets à qui
il ne veut pas les dire » ? Il semble pourtant que la pensée de
l'auteur aurait pu être exprimée simplement ainsi : « Celui qui veut
tenir ses secrets cachés, ne les dit pas ». M. Tobler nous propose de
lire *el* pour *il* et de voir dans ce vers une question que le poète se
fait adresser par ses lecteurs : » Ne dit-elle pas, contrairement à sa
défense, ses secrets à qui il ne veut pas qu'elle les dise » ? Ce serait
très bien, s'il y avait une réponse de l'auteur. Maintenant nous ne
voyons pas de raison pour recourir à un changement qui ne s'appuie
sur aucune variante. Le même raisonnement reviendra, mais bien
plus clair, vv. 1891-1904 ; notez l'identité presque complète des
termes de la conclusion ; *Qu'on se puist garder de mesprendre* (1628),
Qu'on se doit garder de mesprendre (1904). — 1629-38. Voyez II, 785-
94 ; notez, 1635, *se mettent*, contre le terme plus expressif et plus
dur des *Lamentations* (791), *se boutent* ; *tel orde* est l'état de mariage.
— 1639-46. Voyez II, 847-48, 851-52, 869-70.

P. 52. — 1642. Le sujet de *fait* est *le mesdisant* ; le sens paraît être :
« il la représente comme capricieuse, changeante ». — 1647-72.
Voyez *Lam.* II, 884-88 (notez *beste*, qui est plus en harmonie avec
l'original, *966 Bestia tam fatua*, au lieu de *femme*, qui est probablement une faute de *o'*), II, 904-12 (cf. *Introd.* p. CXCIII, n. 1 ; 1655 est
aussi un vers du *R. d. l. R.*, *Introd.* p. CXCIII), II, 933-44 (au v. 1663
la graphie *raines*, qui est aussi dans N, nous paraît maintenant
préférable). Corrigez, dans la varia lectio, P 1661 *ceffrontent*.

P. 53. — 1673-1702. Voyez II, 917-52, 955-66, etc. (Le poète supprime
la longue liste des églises de Paris), 998-1004. Notez, au v. 1685,
achateroit, contre *venderoit*, II, 961, changement sans importance ;
peut-être l'auteur n'at-il pas voulu multiplier des formes dialectales
telles que *venderoit*, *responderay* (1703, 2019). — 1690. Notez la même

variante (*contre dieu* pour *contre droit*) que dans *Lam.* II, 966, amenée probablement, ici, comme là, par le voisinage du mot *dieu* dans le vers précédent.

P. 54. — 1706-8. « Si quelqu'un transgressait la défense faite par saint Ambroise, ce ne serait pas un si grand péché ». La même construction se retrouve 2051-53. — 1711. Voyez la note de *Lam.* *2059.* — 1712. Voyez la même idée dans le *Miserere* du Renclus de Moiliens cxcviii, 12. — 1713. *J'en parleray plus plainement.* C'est ce que l'auteur fera à partir de 3210 (*Je respon ainsi plainement*). Il avait donc fait préalablement le plan de son plaidoyer. — 1721-2. Ces deux vers semblent exprimer l'opinion du public sur la veuve qu'entourent les soupirants. Si elle tourne mal, le public dit : « cela devait arriver ! » Si elle reste irréprochable, le public dit : « c'est un pur hasard » ! Elle n'a donc pas tort de se remarier un peu vite. — 1726 sv. Application un peu étrange d'un adage basé sur un jeu de mots (*avant, arrière*). Nous avons supprimé *y* dans 1726, en dépit des mss., pour conserver à ce vers le sens d'une maxime générale ; l'application au mariage ne commence qu'avec *Aussi.* Le poète veut dire probablement : « telle femme qui a cherché à améliorer sa situation par le mariage, se trouve en de plus mauvaises conditions par suite d'un veuvage prématuré ».

P. 55. — 1739. *Le sien* peut signifier sa fortune aussi bien que ses charmes ; cf. v. 1751. — 1742-3. Allusion probable à « tempora mutantur et nos mutamur in illis ». La même idée se retrouve un peu plus loin, 1754-55. Le Fèvre proteste ici, au nom du progrès, contre la glorification du passé par Mathieu (v. *974* sq.). — 1761-76. Judith est citée pour les mêmes raisons, mais non comme veuve, par Eustache Deschamps, *Miroir*, v. 9107-23.

P. 57. — 1807-24. Voyez II, 1023-26, 1041-54 (Notez *Leesce* 1820, *dit injure*, contre *Lam.* 1050, *fait* ; le même auteur a pu employer les deux expressions ; ici *dit* semble préférable parce qu'il n'est question que du babil des femmes). — 1827-32. Voyez II, 1071-76. — 1833-44. Voyez II, 1107-18, et, sur toute cette tirade, *Introd.* p. LIV sv. et CXLIX sv.

P. 58. — 1837. Notez *le tire*, terme plus réaliste, amené par *sache*, contre *le maine*, II, 1111. — 1839 sv. Voyez II, 1113 sv. On peut rapprocher de ces deux passages, *Dolopathos*, éd. elzév. p. 366 « Elle l'acole et si le baise Et dit qu'ele le vuelt savoir ». — 1845-56. Voyez, II. 1141-54. — 1856-60. Voyez II, 1161-64 (Notez *Dessoubs luy se met*, pour *Jouxte luy se joint*). — 1861-68. Voyez II, 1183-4, 1186-92.

P. 59. — 1869-90. Voyez II, 1195-6, 1213-18, 1221-38. Notez au v. 1887, *luy*, contre *ly*, II, 1235. — 1890 ; *tristesce.* Notez que *destresse* (II, 1238)

constitue une rime plus riche ; ce n'est pas une raison pour l'introduire dans le texte de *Leesce* avec K et P seuls, mais cela explique
la variante.

P. 60. — 1904. Cf. la note de 1628. — 1905-24. Voyez II, 1251-60,
1267-70, 1273-4, 1276-82. Notez au v. 1908, *greveuses et dures*, contre II,
1256 *grieves et obscures*. — 1925. Voyez sur les variantes de K et V,
Introd. p. XXXVIII. Les imprimés ont comblé la lacune en mettant
Ad ce respont.

P. 61. — 1950. Cf. II, 1275. Le Fèvre, en écrivant ici *aujourd'hui*,
fait de l'excuse du marié un cas très spécial.

P. 62. — 1964-74. Voyez II, 1287 svv. ; deux vers seulement
(II, 1307-8) sont identiques. — 1969 ; *que plus n'y attendi* : « sans plus
attendre », *Ztsch. f. rom Phil.* XIII, 206. — 1975-89. Voyez II, 1315-36.
A noter que, dans ce passage, la forme des *Lam.* est toujours
Orpheus, tandis que *Leesce* a une fois (1979, à moins d'intercaler *s'en*
avec BNV) *Orpheüs* (voyez aussi 2089), et que la rime riche et
savante du texte des *Lam.* (1331 *perdi en ce : obedience*) a été remplacée par la rime plus simple *science : obedience* ; l'auteur, cette
fois-ci, s'est contenté de dire simplement ce qu'il voulait dire. —
1991-2002. Voyez II. 1337-44 svv. ; peu de vers ont été reproduits
littéralement. Voyez, sur ce passage, *Introd.* p. LVII.

P. 63. — 2003-18. Voyez II, 1381-96 ; tous les vers ont été reproduits. Notez (2006) *faire*, qui est moins expressif, pour *prendre*
(II, 1384).

P. 64. — 2028 svv. Nous avons déjà relevé (*Introd.*, p. CXCIV) que
l'argument tiré du libre arbitre et le long développement de ce
dogme a pu venir à Le Fèvre de sa lecture du Roman de la Rose
(voyez *Rose*, v. 18804 svv.). Il vaut mieux écrire *Raison*.

P. 66. — 2107-12. Voyez II, 1345-67.

P. 67. — Varia lectio ad v. 2129 : P a *ligne*, non *lignee*. — 2122 sv.
Hester. Cf. Eustache Deschamps, *Miroir*, v. 9125 svv. (notez-y
pour son humilité = par grant humilité).

P. 69. sv. — 2203-46. Voyez II, 1415-24, 1431-36 (Notez au v. 2219
S'en, tandis que *Lam.* 1435 a *Se*), 1441-46, 1451-58, 1467-8, 1474-82.

P. 71. — 2271. *Le philosophe*. Voyez Aristote, éd. Didot II, 314, 9.
« At vero nihil ordine vacat ex iis quæ natura et secundum naturam
constant », et ailleurs. La même idée de l'ordre universel avait été
signalée par Mathieu comme celle **cujusdam philosophantis**, *Lam.*
2453-4.

P. 72. — 2282. C'est-à-dire l'ordre qu'on observe dans les honneurs à rendre à diverses personnes. — 2286. Mettez un point
après *valoir*, une virgule après *envie*, et écrivez *C'est*. — 2293 svv.

Voyez II, 1483 svv. Nous avons déjà remarqué (voyez la note de ces vers et *Introd.* p. LXVII et p. CCIII, n.) que Le Fèvre avait mal compris et mal rendu ce passage de l'original. Ici du moins, il constate qu'il y a contradiction entre la thèse de II, 1484 (rapportée *Leesce* 2296) et celle de II, 1665 (*Leesce* 2304) et il voit dans la première de l'ironie, ce qui n'est pas une solution satisfaisante (Voyez la note de *1121* sq.). — 2306. Voyez II, 1492. — 2309 ; *leurs appartenans.* Voyez II, 1495 *son appartenant.* Cette idée n'est pas dans l'original ; le traducteur, à la recherche d'une rime, l'avait ajoutée. — 2310. La leçon de V, *tenans*, a été prise probablement dans *Lam.* II, 1496. Là, le mot avait un sens ; ici il n'en a pas.

P. 73. — 2314-18. Nous avons déjà remarqué (*Introd.* p. LXVIII. et p. 171, note de II, 1541-70) que Le Fèvre signale ici cette tirade comme étant de lui. — 2337. Notez que, dans tous les mss., *peuent* ne semble compter que pour une syllabe ; ailleurs, cependant, p. e. 2583, ce mot a deux syllabes. — 2339. Les mœurs de ces « bouliers gloutons » rappellent celles des souteneurs actuels.

P. 74 — 2363. La var. *reprises* se trouve aussi dans P. — 2371 svv. Voyez, sur l'emprunt que Le Fèvre fait ici au *Roman de la Rose, Introd.* p. CXCIV n. 3.

P. 75. — 2375 svv. Nous avons constitué le texte d'après les mss., mais la construction n'est pas claire ; on dirait que le poète laisse à dessein sa phrase inachevée (on peut, à la fin de 2377, remplacer la virgule par des points de suspension) pour ne prendre, dans l'histoire de Jason, que l'élément important. — 2391-92. Voyez *Roman de la Rose,* 14126-27 (il s'agit là de Didon).

P. 76. — 2413. Cf. *Roman de la Rose,* 15351, et Ovide, *Rem. Am.* 263 sqq. Peut-être y-a-t-il aussi quelques réminiscences du *Roman de Troie;* comp. 2425 avec *Troie* 28651, et 2430 *Quant en mer pot avoir entrée* avec *Troie* 28479 *Puis li redist qu'en mer entrerent,* — 2423 Corrigez : *qu'elle fu s'amie.*

P. 77. — 2435 svv. Voyez *R. de la Rose,* 14115 svv. Rien, cependant, dans les mots, ne rappelle de près ce poème, pas plus, d'ailleurs, que le passage des *Lamentations* où il avait été question de Didon (II, 1647-60) et qui viendra plus loin (2563 svv.).

P. 78. — 2466. Cf. Le Roux de Lincy, *l. c.* I, 112 : « A l'escorcher la queue est pire ». — 2469-73. Voyez II, 1589-97. — 3588 ; *Sylla.* Voyez II, 1599 svv. — 2589 *Minos.* Voyez II, 1602 ; *Nisus* n'avait pas été nommé par le traducteur de Mathieu.

P. 79. — 2490 ; *cy sus,* c'est-à-dire aux vers 1515-26. — 2492 svv. Voyez *Judic.* XI, 30-40.

P. 80. — 2523 svv. Nous avons déjà remarqué (*Introd.*, p.

cxciii) que Le Fèvre a pris cette histoire dans le *R. de la Rose* et qu'il reproduit une erreur de Jean de Meun. — 2537-40. Voyez II, 1615-18. — 2541-44. Voyez II, 1621-26. — 2545-52. Voyez II, 1627-34. Nous avons négligé de relever dans ce passage, l'erreur qui se retrouve ici, que Phèdre aurait eu des rapports charnels avec Hippolyte (*se fist congner a*) ; voyez, du reste, *leur amour illicite* au vers 2734. — 2550. *Les tes du pot* sont probablement les derniers restes d'un vieux mari. — 2553-62. Reproduction complète et littérale de II, 1635-44.

P. 81. — 2559. *Je ne sçay;* Le Fèvre reproduit ici textuellement un vers des *Lam.* (II, 1641) sans songer que le pronom *Je* désignait là Mathieu. Un cas analogue se présente au v. 2646 comparé à II, 1974. — 2563-76. Reproduction littérale de II, 1647-60.— 2577-84. Reproduction littérale de II, 1695-1702. — 2585-94. Voyez II, 1707-14. Il est curieux que les vers de *Lam.* II, 1711-12 se trouvent renversés ici (2687-8). Comme tous les mss. du *Livre de Leesce* ont cette faute, on est porté à admettre que l'auteur lui-même s'est trompé en copiant rapidement ces deux vers de son premier poème. Notez aussi que l'ordre dans lequel il cite les trois catégories de femmes n'est pas le même que dans les *Lamentations*. Là, il avait suivi l'ordre de l'original; ici, il préfère l'ordre social : la noble, la bourgeoise, la vilaine.

P. 82. — 2595-8. Voyez II, 1719-21. Notez le changement de ce dernier vers *Mais assés y a cruaulté* en *Mais pou y a de loyaulté ;* puisque Le Fèvre supprime tout le reste de l'intéressante tirade, il a pris un mot banal qui pût la résumer convenablement. — 2601-6. Voyez II, 1765 svv. Notez, au v. 2604, *Luxure par fraude briste*, qui n'offre pas grand sens, pour *Pensée par f. b.* (II, 1768) ; comme il abrégeait beaucoup et qu'il fallait mettre le mot *Luxure* quelque part, Le Fèvre lui a donné la première place qui se présentait. — 2607-14. Voyez II, 1807-14. Il y a de la négligence dans le remplacement de *les femmes* par *elles* (2609). — 2615-20 résument, mais sans en reproduire les vers, sauf un seul (1848), les vers de II, 1831-54.

P. 83. — 2621-20. Résumé très succinct de l'histoire de Galathée (II, 1855-1950). — 2631-46. Voyez II, 1951-74. — 2631-2. Rappelons que, dans le passage parallèle des *Lam.*, ces deux vers manquent dans toute la famille β. Ce passage de *Leesce* confirme donc notre groupement des mss. et justifie la leçon que nous avons adoptée.

P. 84. — Nous verrons tout à l'heure que Le Fèvre a très probablement tiré sa connaissance des détails de la guerre de Troie de l'*Historia troiana* de Guido delle Colonne. Cependant il a pu connaître

aussi le poème de Benoît de Sainte-More. Son vers 2653 rappelle de
très près le début de cet ouvrage, notamment le v. 45 : « Omers qui
fu clers mervillos. » Ses vers 2674 svv. font songer aux vers 47 du
poème de Benoît : « Escrit de la destruction Del grant siege etc. »,
et ses vers 2678 svv, avec leur début *Ne sçay se fu pour soy esbatre*,
rappellent ce qui est dit dans *le Roman de Troie*, v. 60 svv. sur la
« desverie » d'Homere : « Par ce qu'ot fait les damledeus Combatre
o les homes charneus. » N'oublions pas, du reste, que du temps de
Le Fèvre, on s'occupait beaucoup du Roman de Benoît, comme le
prouve une mise en prose de ce poème que, sous le règne de
Charles V, on fit rentrer dans l'*Histoire anciene jusqu'a Cesar*, où
elle fut substituée à une traduction de Darès ; voyez M. Paul Meyer,
dans *Romania* XIV, 75. — 2661. Tout ce passage sur les deux
tonneaux a été visiblement emprunté à Jehan de Meun (*Rose,*
7516-18, 7549 svv.), comme nous l'avons montré, *Introd.* p. CXCIV,
n. 2 ; l'application qu'en fait ici l'auteur semble lui être personnelle.
— 2681. Le Fèvre n'a pu tirer la mention de ces trois déesses du
Roman de Benoît, ni de ses sources ou de ses dérivés, puisque
l'apparition des dieux en était bannie. Mais il connaissait peut-être
le *Pindarus Thebanus*, où il a pu trouver ce vers (899, *Iliados home-
ricae epitome*, éd. Van Kooten-Weytingh, Lugd. Bat. et Amstelod.
1809, p. 269) : « Cui vires praebet casta cum Pallade Iuno Dantque
animos iuveni ». D'ailleurs, Virgile et Ovide ont pu le renseigner.
   P. 85. — Ce trait, Le Fèvre a pu le connaître par Virgile (*Aen.* X,
28, XI, 116) et par Ovide (*Metam.* XIV, 477, XV, 769). — 2687-89.
Ces vers prouvent, à notre avis, que le Fèvre avait lu l'*Historia
troiana* de Guido delle Colonne. La mention faite ici d'Ovide et les
mots *l'ensuï* (2689) rappellent de très près le début de cet ouvrage :
« Cuius (i. e. Homeri) errorem postmodum poete curiosius *insecuti*,
ut darent intelligi.... Unde *Ouidius* sulmonensis prodigo stilo in
multis libris suis utrumque contexuit » — 2708. *Oncques chapon
n'ama geline.* Cf. *Fabliaux* (Rec. de Mont. et Rayn III, 250) : » Bien
le savez, cos chaponnez Est a gelines mal venus. » — 2710 svv. *On raconte*; nous n'avons pu trouver la source de cette légende concernant
Ovide. Le Fèvre semble mettre cet accident en rapport avec l'exil
du poète, dont la cause lui paraissait, d'ailleurs, aussi mystérieuse
qu'elle l'est encore (v. 2717). A-t-il, peut-être, été amené à admettre
cette mutilation d'Ovide par le fait que *De Vetula* contient un long
passage sur les eunuques (éd. Cocheris pp. 104 svv) ? — 2712-13. Ces
vers rappellent les deux vers de *La Vieille* (*l. c.* p. 106, vv. 2124-5) :
« La plaie recoust et *restraint* Par bandeauls, *par oeufs et estoupes.* »
   P. 86. — 2726. Voyez *Metam.* X, 489 sqq. — 2734. Notez *leur*, se

rapportant à Phèdre et à Hipppolyte : cf. plus haut, 2551. — 2737 svv.
Voyez *Rem. Am.*, 601 sqq.

P. 87. — 2761. Voir plus haut, 2577-8 ; cf. Il, 1695 et aussi 2585-6. —
2763-4. Voyez II, 2606-8, et, sur l'importance de ces vers, *Introd.* p.
LV et la note de *Lamentations*, p. 117 . — 2768-73. Voyez les vers
997 svv. et 1029 svv. — 2775 lisez : *put* ; *ains-si* (à déplacer le point et
virgule.) Il est probable que le poète, par un singulier jeu de rime,
a voulu rattacher *ains* au *si* du vers suivant : *ains-si* = *ainsi*.

P. 88. — 2776. Voyez p. CCV, n. et CLXXI, n. 5. — 2778. Nous avons
écrit *enfrenès*, quoique les mss. aient *affrenes* et *effrenes* ; voyez
Godefroy s. v. — 2786. *Abaëlart*. Encore un personnage avec lequel
le *Roman de la Rose* avait familiarisé Le Fèvre (*Rose* 9510 svv.).

P. 89. — 2807 sv. Voyez sur la citation de ces trois poètes latins,
Introd. CXCIV n. 4. — 2810 svv. Cf. *R. d. l. Rose* 11879 (Le Fèvre a pu
se vanter d'avoir trouvé une plus intéressante rime. à *vierges* que
Jean de Meun. (« Qui devant Dieu tiennent lor cierges »).
L'auteur indique (2852) la *Légende dorée* comme contenant les noms
de plusieurs saintes (voyez aussi *Lam.* III, 2760). On serait tenté
d'en conclure que le livre de Jacques de Varazze lui a servi de
source pour sa connaissance des légendes qu'il résume. Pourtant
celle de sainte Ursule est racontée par lui, non d'après la version
recueillie dans cet ouvrage, mais d'après la version bretonne,
popularisée surtout par l'*Historia Reg. Brill.* de Gaufrei de Monmouth
et qui avait passé dans plusieurs sermons et recueils de légendes. La
mention faite du roi Conain (lisez *Conain*, non *Covain* au v. 2819), du
voyage en Armorique (2813 svv.) et la nature du naufrage le
prouvent clairement. Jacques de Varazze suit une version différente
sur tous ces points. Voyez l'article de Klinkenberg, dans *Wetzer
und Welte's Kirchenlexicon*, XII, col. 487 et 490. — 2825 svv. Il s'agit
de sainte Cathérine d'Alexandrie (25 novembre) ; cette légende se
trouve aussi dans la *La légende dorée*, avec le détail des cinquante
« maistres en rhetorique » et le nom de Maxence, mentionnés par
Le Fèvre. — 2831 svv. C'est. sainte Marguerite d'Antioche. Sa
légende a été traitée, comme on sait, en français par Wace et
d'autres (Voyez *Notices et Extraits* XXXIII, 1, p. 19). Elle se trouve
aussi dans le recueil de Jacques de Varazze. Mais là, il est moins
question des « offres » (2834) que des menaces d'Olibrius. — 2835-37. Des
saintes citées ici et plus loin, la *Légende dorée* mentionne Agnès,
Luce, Agathe, Marine, Geneviève, Cristine, Aurée, Brigide. Les
légendes des autres y manquent, mais il y en a encore vingt-neuf
(ce sont les *maintes* de 2849) que le Fèvre ne nomme pas.

P. 90. — 2847. Sainte Angadresme est la patronne de Beauvais.

P. 90. — 2853-88. Il s'agit de l'abbaye de Longchamp, près Paris, fondée en 1259 par Isabelle, sœur de saint Louis (*Gallia christiana* VII, col. 943 sq.). C'était un couvent de sœurs mineures, ou cordelières (cf. v. 2855), appartenant à l'ordre de sainte Claire (cf. v. 2884), toutes issues de familles nobles. D'après la *Gallia*, le couvent s'appela d'abord « l'Abbaye de l'Humilité (cf. v. 2857) de Notre-Dame près Saint-Cloud », plus tard « ... à Longchamp ». A l'origine, les abbesses étaient nommées pour trois ans et gouvernaient sous la surveillance des frères Mineurs ; mais la *Gallia* cite Marie de Gueux « qui fut abbesse près de douze ans et trespassa en 1370. » (Sa mère, Jehanne de Gueux avait rempli ces mêmes fonctions pendant vingt-et-un ans). Elle fut remplacée, selon la *Gallia* (VII, col. 947) par Agnès IV de la Chevrelle (« suffecta » en 1370, « defecit » le 13 octobre 1375). Après celle-ci vient la femme à laquelle Jehan Le Fèvre consacre cette page de son poème, « Johanna VII de la Neuville », dont le nom se trouve mentionné (« occurrit ») en 1375. Si celle qui l'a précédée est restée abbesse pendant les trois ans réglementaires, Jehanne de Neuville a pris la direction du couvent (v. 2868 *en abeesse est promeüe*) en 1373, ou au commencement de 1374. Mais si Agnès de la Chevrelle est restée abbesse jusqu'en octobre 1375, l'avènement de Jeanne doit être avancé de près de deux ans. Ces dates concordent avec celle que nous avons trouvée d'autre part comme étant l'époque probable de la composition du *Livre de Leesce* (Voyez *Introd.* p. CLXXXI sv.), sauf qu'il faudra peut-être s'arrêter à la fin de 1375 plutôt qu'à celle de 1373 ; l'auteur paraît avoir voulu apporter ses hommages de bienvenue à son illustre et pieuse compatriote, à l'occasion de sa promotion récente. D'après les renseignements qui nous ont été gracieusement fournis par M. E. Roussel, Archiviste des Archives départementales de l'Oise, Jeanne appartenait à la famille des Seigneurs de la Neuville-sur-Ressons (actuellement commune du canton de Ressons-sur-Matz, située à dix kilomètres de ce dernier village, comptant 157 habitants). Le château fort qu'habitait cette famille fut détruit pendant la guerre de Cent ans. En 1361, Eustachée dame de la Neuville-sur-Ressons et du Plessis-Mion, femme de Gui, seigneur du Plessis-Mion (probablement une sœur de Jeanne) fit un testament en faveur de l'abbaye d'Ourscamp (Feigné-Délacourt, *Histoire de l'abbaye d'Ourscamp*, p. 252).

P. 91. — 2884. Mettez un point à la fin de ce vers. — 2885-88. Nous avions mal compris ces vers ; au v. 2887, il faut suivre la leçon de BFKP et lire *Ensuivent*. Le sujet de ce verbe sont *Celle de Gueux* et *la Moisie*, probablement deux des cinquante religieuses de

Longchamp. Nous avons vu qu'une Marie de Gueux avait été abbesse
avant Jehanne de la Neuville. La personne dont le poëte parle ici
est probablement sa sœur; car Marie était morte et celle-ci est
vivante, comme semble l'indiquer le vœu du v. 2888. — 2892 svv.
Voyez sur les *Neuf Preuses* mentionnées ici, une note intéressante
de M. Gaston Raynaud dans son édition d'Eustache Deschamps,
t. XI, p. 225-27. Notons, d'abord, que Le Fèvre range parmi elles,
non pas *Marsopie*, comme le fait Deschamps, mais *Lampetho*, qui se
retrouve sur d'autres listes (cf. la note du marquis de Queux de
Saint-Hilaire, *Œuvres* de Deschamps, t. I, p. 362). Cette divergence
exclut l'idée d'un emprunt direct fait par l'un de ces deux poètes
à l'autre. Observons ensuite que, puisque l'auteur du *Livre de Leesce*,
en signalant neuf « preuses », semble bien citer une catégorie de
femmes et des noms que ses lecteurs connaissaient déjà, il est fort
peu probable que M. Gaston Raynaud soit fondé à supposer (*l. c.*)
que Deschamps aurait eu le premier l'idée de ce groupement. Il
faudra en chercher l'origine dans l'œuvre d'un contemporain plus
ancien. Nous inclinerions assez à penser qu'elle est due aux orga-
nisateurs de quelque « mystère mimé » ou de quelque cortège. (Cf.
le passage de la Chronique de Monstrelet cité par Godefroy, t. VI,
398ᶜ.) L'idée de donner des compagnes aux Neuf Preux semble
plutôt répondre à un besoin de symétrie plastique qu'à une fantaisie
littéraire, et la variété des noms (cf. Gaston Raynaud *l. c.*) confir-
merait assez cette supposition. Il n'est pas impossible, d'ailleurs,
que le succès renouvelé des récits de l'*Historia troiana* et du *Roman
de Troie* à l'époque de Charles V ait donné une grande popularité
aux Amazones, qui semblaient toutes désignées pour ce rôle de
« preuses ». Voyez aussi *Leesce*, 3563. — 2897. Sémiramis, dont
Mathieu avait relevé les relations incestueuses avec son fils (II,
1578-88 ; voir *Introd*, p. LVIII) est comptée parmi les *preuses*, parce
que, appelée au combat au moment de faire sa toilette, elle laissa
la moitié de sa coiffure inachevée. Plus loin, 3534-57, l'auteur
racontera longuement cette histoire. C'est peut-être parce qu'il
avait l'intention de la citer à cette place que Le Fèvre n'a pas mentionné Sémiramis dans son résumé d'un passage des *Lamentations*.
(*Introd. l. c.*).

P. 92 — 2923 svv. Voyez *Ev. de S. Jean*, VIII, 3-11.

P. 93. — 2940. Il vaudra mieux lire *que* pour *qui*. Nous avons alors
la construction moderne (*si* + Ind. avec *que* + subj.)

P. 95. — 3015-6. Le Roux de Lincy *l. c.* I, p. 122 cite, d'un recueil
de XIIIᵉ siècle, la forme même que Le Fèvre donne à ce proverbe :
« A chascun oisel ses nis li est biaus. » — 3017. Voyez *Lam.* II,

1993 svv, notamment 2005-9, 2011-18. On remarquera la hâte avec laquelle les vers du premier poème ont été copiés (comp. 3022 avec II, 2006). Mettez une virgule après *draps*.

P. 96. — 3035 svv. Voyez *Lam.* II, 2033-36, 2027-29 (ces vers ont été mis à une autre place), 2039-42, 2047-56 (avec interversion de quelques vers). — 3051 svv. Voyez *Lam.* II, 2073-76. — 3055-59. Voyez *Lam.* II, 2115-20 (vers complètement différents.)

P. 97. — 3063. Voyez II, 2121 *repeler me convient.* — 3065-66. Voyez II, 2215 svv. — 3067-78. A noter ici « un conte *tout neuf* ». L'épithète a pu être amenée simplement par la rime ; on se rappellera cependant (voyez, plus haut, p. 179) que nous n'avons pas trouvé de conte absolument identique parmi les « exemples » médiévaux de cette catégorie. Il est donc possible que Le Fèvre n'ait vraiment connu l'histoire de l'œuf que par les *Lamentationes.* Voyez II, 2249-72. — 3079-94. Voyez II, 2273-2308.

P. 98. — 3095-3102. Voyez II, 2309-22. — 3102. Notez que le mot juste, *jangler* (II, 2322), a été remplacé par *mentir*, qui ne convient pas, mais qui se trouve, dans les *Lam.*, deux vers plus loin. Le Fèvre a copié trop vite. — 3103-52. Voyez II, 2325-89. Notez, au v. 3106, une construction plus simple que celle de II, 2328.

P. 99. — 3131. Notez le remplacement de *legiereté* (II, 2361) par *ribaudie.*

P. 100. — 3148. Notez la suppression du mot *Haro* (II, 2384) qu'on voudrait pouvoir attribuer au sens de la couleur ; le récit étant écourté ne doit pas être trop dramatique. Mais la présence de ce mot au v. 3164 nous porte à n'y voir que la trace d'un travail rapide. — 3153-76. Voyez II, 2395-2432.

P. 101. — 3177. *A tout* dépend de *Je respon* du v. 3210. Les vers 3179-95 résument les griefs de Mathieu. Ensuite le poète, en avocat habile, consent à mettre les choses au pis… pourvu qu'il ne s'agisse pas d'une transgression de la loi, d'un crime capital ou autre méfait inexcusable (-3202) ; car il ne voudrait pas qu'on le soupçonnât, lui, le procureur au Parlement, d'excuser ce qui est défendu par la loi. Le résumé de Le Fèvre correspond au résumé de Mathieu annoncé II, 2121 sv. (voyez II 2145-6, 2149-53).

P. 102. Voyez sur les raisons qui ont pu amener Le Fèvre à introduire ici une dissertation théologique et sur le rapport de cette tirade avec le livre III des *Lamentations, Introd.* p. CCVI. Nous avons déjà dit que dans cette dissertation, quelques vers ont été copiés textuellement sur des vers des *Lamentations* : 7323 = III, 1500.

P. 103. — 3241. Voyez III. 1508. — 3243-4. Voyez III, 1511-2, — 3256 ; *si com m'avés oï plaidier* ; c'est-à-dire aux vers 1250 et 1264.

—3257-3301. C'est la psychologie ordinaire des scolastiques. Le Fèvre ne mentionne pas l'**anima vegetativa** ou **nutritiva**, dont il n'avait que faire ; il est probable que *raisonnable et intellective* représente, chez lui, une seule et même chose, l'**anima intellectiva**. Voyez e. a. S. Thomas, *Summa, Quaest.* 76, *art.* 3, et *Quaest.* 79, *art.* 8 « Ratio et intellectus in homine non possunt esse diverse potentiae. » — 3261-64. Voyez S. Augustin, *De Trinitate*, lib. X, c. 11 « Remotis igitur paulisper ceteris quorum mens de se ipsa certa est, tria haec potissimum considerata tractemus, memoriam, intelligentiam, voluntatem » ; cf. S. Thomas, *l. c., Quaest.* 79, *art.* 6. (D'après ce docteur la mémoire appartient en partie à l'âme sensitive, en partie à l'intellective, *ibid. art.* 6, 7, 8, 9.) — 3267 svv. On peut s'étonner de voir ranger les choses *absentes* et les *futures* dans la catégorie de celles qui sont du domaine de la mémoire. Mais le v. 3270 indique qu'elles le sont en tant qu'il en a été fait mention dans les livres.

P. 104. — 3275. *Voulenté si* : Dieu y a mis la volonté de telle façon qu'elle pousse vers le bien et détourne du mal. — 3278. *Cy dessus*, c'est-à-dire aux vers 2027 svv. — 3288 ; *luy*, c'est-à-dire à la *creature visible*.

P. 105. — 3303-10. Cette théorie des quatre éléments représentés dans le corps de l'homme remonte, comme on sait, à Empédocle. Elle se retrouve dans S. Thomas, *Summa, Quaest.* 91, *art.* 1, *ad* 4um : le corps de l'homme est composé des quatre éléments ; la terre et l'eau se trouvent dans le limon dans lequel Dieu a pétri Adam ; le feu et l'air s'y trouvent aussi, mais en quantité moindre et de façon à ne pas pouvoir être perçus par le toucher ; c'est pourquoi l'Écriture, qui s'adresse au vulgaire, ne les mentionne pas. — 3315-18. Voyez sur ce passage, *Introd.* CCVI, n. 3. Notez que le procureur signale les deux genres de procédure, la criminelle (*accuseur*) et la civile (*demandeur*) ; le *deffendeur* appartient aux deux. Cf. vvs. 3386 svv.

P. 106. — 3339-40. Voyez *Lam.* III, 1511-12. — 3343. Confusion, assez commune, d'ailleurs, au moyen âge, entre les deux arbres du paradis, l'arbre de vie et l'arbre de la connaissance. — 3352 svv. Voyez III, 1550 svv. (presque pas de ressemblance dans les vers).

P. 107. — 3368. Ce vers a été copié, par exception, sur III, 1600.

P. 108. — 3426 *Catons*. Voyez *Disticha* I, 3 « Virtutem primam esse puta compescere linguam. »

P. 109. — *Tholomées*. Voyez la note de *Lam.* II, 2244-8. — 3433. *Saint Pol.* Probablement *Ep. à Tite* I, 10 (contaminé par *Ev. Matth.* XII, 34). — 3444 ; *ceste balade*. Voyez *Introd.* p. CLXXXVI.

P. 110. — 3464. Voyez plus haut, v. 338 svv., où nous avons trouvé une image analogue ; celle-là était, cependant, plus claire ;

ici, il s'agit apparemment d'un jeu, à moins que la *flamesce* ait été amenée uniquement par la rime. — 3479 svv. Souvenir de ce que le poète avait dit au début de son poème, v. 43 svv. — 3499. Nous avons négligé, *Introd.* p. ccxxvi, de signaler et de discuter cette rime ; la leçon qui a été adoptée est celle de F., les autres mss., en écrivant *bien vray*, font de ce vers un vers ordinaire à rime féminine. Pour rester fidèle au point de vue que nous avons cru devoir soutenir (*Introd. l. c.*) nous devrions donner la préférence à cette dernière leçon. Cependant le cas est peut-être un peu différent, puisque *ce* a plus de valeur et plus d'accent que dans le cas du v. 32. — 3501 svv. Voyez *Lam.* II, 2643, 2631-32. Cf. *Leesce* 816. — 3503-9. La leçon de V, qui supprime quatre vers, est plus simple et plus claire que celle que nous avons adoptée ; on voudrait pouvoir la prendre pour la leçon authentique. Mais la filiation des mss. que nous avons établie ne permet pas d'accorder à V la valeur d'une famille prédominante. Voici le passage dans V : *Le point sur quoy elle se fonde Est qu'elle argue par ses rimes Mahieu de son propos meismes, Car* etc. Il faudra donc y voir un travail de simplification. — 3506. Le sujet de *dit* est *ma dame Leesce*. — 3514 svv. Voyez la note de II, 2633 sv.

P. 112. — 3522. Voyez Introd. p. cxcvi. — 3534 svv. Voyez la note de 2897, où Le Fèvre a déjà fait allusion à cette histoire, qu'il a pu tirer de Valère Maxime (IX, 3 *De ira et odio externorum*, 4). Il ne faudra pas attacher trop d'importance au fait que, chez l'auteur latin, il est question d'une « défection » de Babylone, chez Le Fèvre, de *ses ennemis* ; puisqu'il parle de *pluseurs lieux de son empire*, il est probable que, lui aussi, a bien songé à une insurrection et non pas à l'invasion d'une armée ennemie. Au reste, il n'est guère probable que Mathieu ait pris cette histoire directement dans le récit très succinct de Valère Maxime. On citait autour de lui Sémiramis comme une des *Neuf Preuses*, et elle devait cet honneur à ce détail de toilette. Voyez e. a. Eustache Deschamps, *Œuvres*, t. III, p. 192, *ains trecer ses cheveulx*.

P. 113. — 3558 svv. *Panthisilée*, déjà mentionnée comme *Preuse* au v. 2898. L'orthographe des mss. est différente aux deux endroits, ce qui fait supposer que l'auteur avait pris ce nom dans deux sources différentes. Celle qu'il a consultée ici et à laquelle il a emprunté tout cet épisode est sans doute l'*Historia troiana* de Guido delle Colonne, dont nous avons déjà vu (cf. la note de 2687) qu'il la connaissait. Comp. v. 3562 *Amazonie* avec *l. c.* : « Quedam prouincia que amazonum dicebatur » ; puis les vv. 3563-70 avec la *Hist. troiana*, lib. VI, cap. 4 : « Ipsa in auxilio regis Priam cum mille puellis multa

strenuitate pugnantibus apud Troyam ob amorem Hectoris se con-
tulit pugnaturam », et le v. 3575 avec ce passage (*l. c.*) : « Pantha-
silea tamen Pyrrhum sic graviter impulit quod ipsum ab equo
prostravit in terram. » Il est probable, cependant, que Le Fèvre
s'est aussi souvenu de l'épisode tel que le raconte Benoît dans
Le Roman de Troie (cf. plus haut la note du v. 2653). Le mot *souvent*
du v. 3575 fait songer à ces vers de l'ouvrage cité (24183) : « Mout
se héent, el et Pirrus ; Por ço lor est *sovent* en us D'els combatre,
d'els envaïr Et d'els *sovent* entreferir ; *Sovent* se sont entreplaié
Tant a cheval et tant a pié. » Mais alors il faudra changer la ponctuation de 3574 et 3575, supprimer la virgule à la fin du premier
vers, mettre une virgule après *Souvent*. Car Benoît, après avoir dit,
à propos d'un des premiers combats (v. 24047 svv.) : « Bien le rem-
peint Pantesilée Si que de sa sele dorée L'a sorlevé et porté jus »,
dit positivement, en décrivant le combat décisif, dans lequel la
reine blesse Pyrrhus très grièvement, le transperçant de son
« enseigne de cendal », *Mes ne l'abat pas del cheval.* — 3580. *Thamaris*
a également été mentionnée parmi les *Preuses* au v. 2898.

P. 114. — 3586 ; *en ystoire,* c'est-à-dire chez Justin, I, c. 8. —
3592 svv. *Lampetho, Ypolite, Deïphile* ont déjà été mentionnées plus
haut, vv. 2893, 2899. *Camille,* la fille du roi des Volsques, vierge
dédiée à Didone, se trouve chez Virgile, *Aen.* II, 540. Notez que
celle-ci et *Arsionne* (?), qui n'appartiennent pas, comme les autres,
au groupe des *Preuses,* ont leur nom à la rime. — 3598. La lutte
d'Hercule contre Cacus avait été racontée par Jean de Meun, *R. d. l. R.*
vv. 16509-24 et 22630-41. — 3608. Supprimez la virgule après *aille.*
Allusion probable à l'épisode d'Hercule chez Omphale.

— P. 115. — 3623. *Carmentis,* la mère d'Evandre ; souvent c'est le
fils, non la mère, qui est représenté comme l'inventeur de l'alphabet.
— 3632. Supprimez la virgule à la fin du vers. — 3642. *Celle,* c'est-
à-dire la Sibylle ; cf Virgile, *Aen.* VI. 99 sqq.

P. 116. — 3655. Écrivez *Philosofie* et mettez un point après ce mot.
— 3666. Cassandre se trouve mentionnée dans l'*Historia troiana,*
l. VII. — 3675. L'auteur a pu trouver l'histoire de la fille de Crésus
chez Jean de Meun, *R. d. l. R.* v. 7249 sv. ; cf. *Introd.* p. cxciv.

P. 118. — 3713-14. Notez le subjonctif *mente* et l'indicatif *doit,*
que le scribe de P a changé en *doye.* — 3716 ; *des chasteaulx.* C'est
l'accord de B et P (F manque) qui nous a fait mettre ici l'article partitif *des* ; la leçon de K (*qu'ils font*) fait l'effet d'une correction pour
écarter l'article, et celle de V (*les*) celui du remplacement d'une forme
inusitée par une forme normale. Ces deux variantes nous paraissent ainsi appuyer la forme *des* et attestent en même temps que

l'emploi du partitif dans ces conditions choquait encore. — 3731 ;
dessus, c'est-à-dire aux vers 1219-70.

P. 119. — 3746. Notez que le complément précède le verbe, tandis
que le sujet vient après. Le scribe du ms. moderne P a été choqué
de cette construction archaïque et l'a changée.

P. 120. — 3778. Nous n'avons pas réussi à trouver trace de cette
Calabre, espèce d'herboriste qui mettait son art louche au service
des débauchés raffinés (cf. *Introd.* p. ccviii note).

P. 121. — La phrase objective qui commence au vers 3806 n'est
pas achevée ; elle aurait dû finir à la fin de 3810 : « je dirais que,
dans leurs ouvrages de fiction, ils ne méritent pas qu'on les croie ».
Nous avons laissé subsister la construction défectueuse, parce
qu'aucune leçon des mss. ne nous a permis de la corriger. —
3815 sv. *Seron* est un des généraux du roi de Syrie ; voyez le Ier
Livre des Machabées, III, 13-24.

P. 122. — 3844. Cf. 3857. A noter ces traits qui dépeignent les
hommes comme se croyant permis ce qu'ils condamnent dans les
femmes. L'auteur avait déjà cité plus haut (3708, les hommes ne vont
pas à l'église, et 3768-70 les femmes boivent de l'eau, les hommes
boivent du vin) d'autres traits de mœurs qui font ressembler les
hommes de son temps à ceux d'aujourd'hui.

P. 123. — 3868. On voit bien que le remplacement de *Et* par *Que*
(dans la source de BKV) a amené, de la part de V, le remplacement
de *Et* par *Si* dans le vers précédent.

P. 124. — 3912. *Virgille.* Allusion au conte de la corbeille : Com-
paretti, *Virgilio nel medio evo,* II, p. 106 et de Montaiglon, *Poésies
françoises,* t. V, p. 195 note.

P. 125. — 3926. *La fleur de sens :* Aristote et Virgile ; *la fleur de
prouesce :* Achille, Hercule, Samson. — 3932. *Ne doivent* fait l'effet
d'une glose qu'un scribe aurait écrite à la marge de son ms.
La leçon de BK *Et se bien a droit regardassent* semble préférable.
Celle de P semble aussi supposer un texte où se trouvait le mot
bien. — 3946. *Leur* se rapporte aux hommes. — 3952. Lisez dans les
variantes, *amplies,* non *amplier ; les deffautes* qu'il s'agit d'*ampltier*
sont les défauts des hommes dont il vient d'être question ; les
scribes qui ont mis *suppliez* (amendez) y ont vu ceux des femmes.

P. 126. — 3960 svv. Voyez *Introd.* p. ccviii. — 3972. Nous avons
relevé ce vers (*Introd.* p. clxxxviii, n. 4) pour montrer que Le Fèvre
se sentait souffrant lorsqu'il termina le *Livre de Leesce ;* on pourra
peut-être tirer la même conclusion du v. 3975, où il semble faire
allusion à un état fiévreux.

P. 127. — 3988. La leçon de V et des imprimés (*Venus* pour

venal) a mal fait comprendre la portée de ces derniers vers. L'auteur veut dire que les hommes se remettront à écrire contre les femmes pour gagner de l'argent. Et voilà la conclusion d'un auteur qui avait traduit l'ouvrage du plus sincère des misogynes !

CORRECTIONS ET ADDITIONS

INTRODUCTION. — P. II, l. 4, *changez* au commencement du xIV⁰ siècle *en* à la seconde moitié du xIV⁰ siècle, d'après M. Paul Meyer.

P. III. *Ajoutez à la fin de la note :* II, 2296 *rages* pour *rabies*, II, 1033 *pis*, *1038 wilhos.*

P. IV, l. 17. *alrerutrent, lisez : alterutrent.* — l. 32. *Ajoutez, après* 1255 : voyez la note de *Lam. 74* (p. 144).

P. V, l. 15, un cas, *lisez* des cas. — l. 17. *Ajoutez, après* du vers : de même *hominum,* au v. 5070.

P. XIV, l. 18. *Supprimez* en. — l. 19, *Ajoutez :* C'est 258 *Inv. Rés.,* ancien *Rés.* 4421.

P. XVII, l. 30, 656, *lisez* 686. — l. 32, 1099, *lisez* 1097.

P. XXII, l. 11. *Ajoutez :* I, 474, où tous les mss. ont *plus fort* pour *si fort* (voyez la note). — l. 13 *Ajoutez avant viure :* III, 1783. — l. 18. *Ajoutez, entre* IV *et* 459 : 272 (vers de 7 syllabes.) — l. 21. *Ajoutez, après* tous les mss. : la lacune de deux vers après III, 482 et.

P. XLVII, l. 3, aient, *lisez* ont.

P. LV, l. 10. *Ajoutez :* Voyez la note de II, 2176 (p. 178).

P. LVI, l. 1. *Ajoutez, après* 815-16 : et 3502-3. — l. 3, c'est-à-dire, *lisez* comme. — l. 4. *Ajoutez :* Voyez la note de *Lam.* II, 2589 svv. (p. 184).

P. LIX, l. 17, est; *lisez* soit.

P. LX. *Intercalez après le premier alinéa :* Peut-être faut-il reporter du v. *1728* au v. *1785* l'original perdu de la tirade II, 2589-2708 ; voyez la fin de la note de II, 2589 svv. (p. 184).

P. LXI, l. 15, *3850, lisez* 2850.

P. LXII, l. 31. *Ajoutez :* Voyez sur une autre lacune, la note de *1944* sqq. (p. 188).

P. LXIII, l. 6, II, *lisez* III. — l. 12. *Ajoutez, après* exemple : la longue paraphrase de *1513,* donnée par II, 2155-63. — *Ibid. Ajoutez, après* l'histoire : de Samson, II, 2223 svv., de Dinah, la fille de Jacob, II, 3059 svv.

P. LXVI, 1, 2. *Ajoutez, après* marié : Au v. III, 408 le traducteur suppose à tort que la femme adultère vole l'argent de son mari ; voyez la note de *2486* (p. 196).

P. LXXI, l. 29. *Ajoutez, après* (-536) : (Le pape les condamne, S. Ambroise les déclare honteuses). Le poète s'excuse d'avoir fait une faute contre la prosodie à propos de *nuptias* et d'avoir mal employé le mot *nubere* ; c'est son état qui en est cause.

P. LXXIV, l. 6. *Remplacez* les rixes... de l'art *par* : son livre est un livre de pleurs, mal écrit et mal orné.

P. LXXVIII, l. 28. Entre, *lisez* Etant tous.

P. LXXXIX, l. 24, à l'amour, *lisez* en amour.

P. XCIII, l. 28, éclatant, *lisez* rayonnant.

P. XCVII, l. 24, ces, *lisez* ses.

P. XCVIII, l. 25, querelleur, *lisez* une source de querelles.

P. CXV, l. 2. *Ajoutez, après* veuve : appartenant peut-être à la noblesse (voyez la note de *2124*, p. 190).

P. CXVI, note 2, l. 4, 4105-4, *lisez* 4104-5.

P. CXVII, l. 8, prétebende, *lisez* prébende. — note 3. *Ajoutez après* **agrestis** : et *4825* (**factus agrestis**), *et, à la fin de la note* : dans ce dernier passage, **agrestis** est opposé à **ingens**.

P. CXVIII, l. 27. *Ajoutez, après* l'âge : (*656* **non senio**).

P. CXIX, l, 1. *Ajoutez, après 90 : 2443-4, 5213.*

P. CXXIV, l. 3. *Ajoutez, après (5129)* : Mathieu avait étudié sous lui à Orléans (*5151*). — l. 7. *Ajoutez, après (4329)* : Jean de Vassogne était dans le même cas (*4008*).

P. CXXVIII, l. 16. *Ajoutez, après* proprement dit : que l'auteur appelle **libellum** (*51*), **epistolam** (*1733*).

P. CXXXI, l. 12. *Ajoutez, après* versificateur : talent dont il avait déjà donné quelques preuves *655*).

P. CXLII, l. 11. *Ajoutez, après* Schmidt : on y trouve aussi une partie du n° 11 ; cf. le n° II de la *Disciplina*.

P. CXLIII, 18. Chériton, *lisez* de Chériton.

P. CXLVII, l. 5. *Ajoutez, après* raisonnement : de même, Petrus et Petronilla (*1910*).

P. CLI, note 2, l. 11, Fricotel, *lisez* Tricotel.

P. CLII. *Ajoutez, à la fin de la note 1* : Sur le souvenir possible d'un passage de Guillaume de Lorris, voyez la note des vv. *3561* sqq. (p. 212, sv.).

P. CLIII, l. 21. *Ajoutez, après* **annos** : *3105-7* **meretur : reputetur : probetur.**

P. CLIV, l. 11. *Ajoutez* : *1033* **turpis : patitur** pis. — l. 15. *Ajoutez, après* **varios** : *2881* **Mirum ergo miror, mire mirans tua mira.** — l. 18. *Ajoutez, à la fin :* | *3248* sq. ut **prosint presint, honores ... onera,** *4555* sq. **mille miles.** — l. 29. *Ajoutez, à la fin :* **rem qui considerat eque** (*1760*).

P. CLXIX, note 1, l. 4. *Fermez la parenthèse après* gousier *et lisez* grossoyer *pour* grossyero.

P. CLXXV, l. 8. *Ajoutez, après* Van Praet... p. 256 : Robert, dans ses *Fables inédites*, I, p. CLXXXV.

P. CLXXVII, l. 7. *Ajoutez, à la fin :* Robert (*l. c.*) appelle notre auteur Le Febvre de Therouenne et lui attribue « *Le Livre de Matheolus* ou *Mathieu* et *Le Resolu en mariage* ».

P. CLXXIX, note 2, l. 1, le point critique, *lisez* l'époque critique.

P. CLXXXII. *Ajoutez, au début de la note 2* : Peut-être faut-il fixer plutôt la composition du *Livre de Leësce* à la fin de 1375 (voyez la note de *Leesce* 2853 svv.)

P. CLXXXIV, dernière ligne. *Ajoutez, après* fin 1373 : ou plutôt fin 1375.

P. CLXXXVI, note 4. *Biffez* H.

P. CXCIII. *Intercalez entre* l. 10 *et* l. 11 : II, 4086. Toutes pour tous et tous pour toutes = *Rose* 14833. — l. 11. *Ajoutez, après* III, 873 : et *Leesce* 1655. — *dernière ligne.* Abelard, *lisez* Abaëlart. — note 1, l. 2, 8514, *lisez* 8513.

P. CXCIV, l. 12. *Ajoutez, avant* 2807 : 748 et.

P. CXCVIII. *Ajoutez à la note* 2 : Elle se trouve en latin dans le *Facetus* des *Auctores octo*, voyez la note de *Leesce* 518 (p. 238.).

P. CC. *Ajoutez, à la fin de la* note 2 : et de *mari, en la mer.*

P. CCV. l. 18. *Ajoutez, après* Sémiramis : et les autres Preuses.

P. CCVI, l. 7, *intercalez entre* mal *et* faire : et.

P. CCVIII, l. 6. Rubin, *lisez* Ruffin.

P. CCXVIII, l. 25. *Ajoutez* : Voyez aussi le nom. sg. *mendre,* à côté de *graigneur,* III, 1636-37.

P. CCXXI, n° 13. *Ajoutez : et feïs* (feci), III, 1494. — N° 15. *Ajoutez :* de même que l'imparfait *ere* à côté de *estoie* (III, 1574 *misere : mis ere.*)

P. CCXXII. *Ajoutez une note se rattachant au titre* VERSIFICATION : Il convient de signaler, à propos de la valeur syllabique de *e* féminin, *peuent* traité comme monosyllabe (*Leesce* 2337).

P. CCXXIV. *Ajoutez, après le dernier mot de la page* : Noter, comme très curieuse, la rime enjambante de *Leesce* 2775, *put ains -si* ... *putains.*

P. CCXXVI, l. 15. Trois cas, *lisez* quatre cas. — l. 17. *Ajoutez, après* science : 1000 *de bien et de mal ainsi en ce : conscience.* — une, *lisez* deux. — l. 20. *Ajoutez :* 3499 *Et dit premier que vray est ce ;* voyez la note du vers. — l. 25. *Ajoutez après* négligence : sauf *Leesce* 728 *car vuide estoit sa pharetre.*

TEXTE LATIN. — *214, lisez* Usurpans... ultro citroque. — *271* natura, *lisez* Natura. — *491, lisez* Natura... Ratio. — *651* laborem, *lisez* saporem ; *ajoutez, au bas de la page,* ms. laborem. — *1367* Lud, *lisez* Ludum. — *1457* viget, *lisez* auget (ms. viget). — *1501* procellat, *lisez* precellat (ms. procellat). — *1593* quidum, *lisez* quidem (ms. quedum). — *1595* Lendit, *lisez* L'en dit. — *1674* sqq., *lisez* Fastus, Ypocrisis etc. *avec initiales majuscules.* — *1831* [nunc], *lisez* michi. — *1944, lisez* nitatur. — *2080, lisez* Libitina. — *2184* amodo, *lisez* a modo. — *2486* spiritumque, *lisez* furtumque. — *2592* facmna, *lisez* sacius. — *2979* gastrantem, *lisez* gustantem. — *3088* Fritas, *lisez* Tritas. — *3520* fatutum, *lisez* secutum. — *3816* Qualibus, *lisez* Qualibet. — *3852* si deni, *lisez* si de vi. — *3858* patrumque, *lisez* parvumque. — *4189, lisez* Decano. — *4371* antumnus, *lisez* autumnus. — *4710-12-15* Tervicienses, Tervicio, *lisez* Ternicienses, Ternicio. — *4774* Que, *lisez* Quem *ou* Quod (ms. Que). — *4956* hamat, *lisez* (?) amat. — *4981* momina, *lisez* nomina. — *5044* salvato, *lisez* (?) servato. — p. 300, *l. 1 de la note,* 515, *lisez* 5104. — *5175, lisez* Eusebia. — *5359* Supplex, *lisez* Supple. — *5394* baratrator, *lisez* (?) baratator.

Les changements à apporter dans la ponctuation ont tous été indiqués dans les notes. Nous renvoyons aux notes des vers suivants : 32, 61, 172, 182, 208, 350-1, 360-1, 368-9, 502, 657, 685 (corr. pour 683), 731-2, 745, 767, 919, 1016-20 (Voyez plus loin, aux Additions des Notes), 1032, 1043, 1149, 1200, 1244, 1311, 1386, 1439, 1571, 1593, 1615, 1715 sqq., 1728, 1759 sq., 1876, 1878-9, 1889, 1945, 1986, 2055, 2072, 2172, 2300, 2303-4, 2426, 2486-7, 2512-16, 2544, 2566, 2592, 2675, 2677, 2724, 2768, 2853, 2860, 3147, 3163, 3381, 3552, 3557, 3632, 3656, 3854, 3927, 3954, 4183, 4319, 4428, 4496, 4895, 5042 sq., 5073 sq, 5104, 5184 sq., 58201, 5301, 5353-4, 5356, 5550, 5552, 5582.

TEXTES FRANÇAIS. — *Lamentations* I, 146 j'en, *lisez* je. — 155 frondist, *lisez* froncist. — 189-90, *lisez* sistolé, paragogé, diastolé. — 1195 Sermontent, *lisez* Seurmontent. — 1522 ces, *lisez* ses.

II, 25-6, *lisez* bouter, doubter. — 48 Lamentacios, *lisez* Lamentacions. — 60 Que, *lisez* Ou. — 71 Quant, *lisez* Car. — 89 bieu ce, *lisez* bien en ce. — 171 trieues, *lisez* trieves. — 1228 fu, *lisez* fuy. — 1765 *lisez* Aujourd'hui. — 2167 On, *lisez* Ou. — 2945 Le deable, *lisez* Li deables, — 3845 frondist, *lisez* frendist.

III, 66 Que j'ay, *lisez* Quant j'oy. — 1972 *lisez* Endoulcissant. — 2430, *à corriger le chiffre* 3430. — 3320, *à corriger* 3220.

IV, 386 Biens, *lisez* Bien. — 820 Si... autre, *lisez* Cy... ancre.

Livre de Leesce, 243, 764, 986 raison, *lisez* Raison. — 1050 qui fu suer, *lisez* la sereur. — 1429 *Variantes,* biffez V. — 1661 *Variantes,* P affrontent, *lisez* P ceffrontent. — 2129 *Variantes* P lignee, *lisez* P ligne. — 2423 sa mie, *lisez* s'amie. — 2775 put ains, *lisez* put; ains-. — 2819 Covain, *lisez* Conain. — 2887 En suivant, *lisez* Ensuivent. — 2940 qui, *lisez* que. — 3952 *Variantes,* amplier, *lisez* ampliez.

La ponctuation devra étre changée (voyez les Notes) dans les vers suivants : Lam. I, 140, 219 svv., 288, 290, 341-2, 832-4, 1322, 1441-2, 1497 ; II. 60, 72, 90, 216-7, 2286-7, 2307, 2564 svv. 4122 (corr. pour 1422), 4133-35 ; III, 268, 585, 867, 1082, 1382 (corr.), 1425, 1557, 1675 ; IV, 184, 186, 261 ; Livre de Leesce, 909-10 (?), 1027, 2286, 2884, 3021-2, 3574-5, 3608, 3632, 3655.

NOTES. — P. 141, l. 9. *Remplacez les mots* Comme dans le *Roman de la Rose... mots, par ceux-ci :* Voyez le dernier vers du *Roman de la Rose,* où Jalousie porte un « chapel de soussie ». Dans le passage que nous annotons, Le Fèvre a sans doute voulu faire un jeu de mots. — P. 143, l. 23, CLIX, *lisez* CLIV. — P. 155, l. 3.

Ajoutez : D'après une note que notre ancien élève, M. l'abbé Ribbergh nous a fait obtenir du très érudit Père Benédictin Dom
Germain Morin, de l'abbaye de Maredsous, le désaccord entre
la cithare et le psaltérion, dont il est question dans ce passage
et dont il sera encore question plus loin (p. 169, l. 29 svv.), aurait
uniquement un sens mystique; jamais, d'après ce savant, la
cithare et le psaltérion n'ont été considérés comme deux instruments difficiles à accorder ... « Dans le langage des Pères, notamment de S. Augustin, la cithare est constamment opposée
au psaltérion comme l'élément charnel à l'élément spirituel,
la chair à l'esprit, par conséquent la femme à l'homme; ... dans
toute la Symbolique mediévale patristique, Vir = Spiritus, seu
rationalis sensus, Mulier = mens carnalis, seu infirma (Cf. Pitra,
Specileg. Solesm. III, 102 sq.). » Dom Germain renvoie à quelques
passages des *Tractatus* authentiques de S. Jérôme publiés par lui
dans les *Anecdota Maredsolana,* t. III, part. 2. — P. 157, l. 25, *683,*
lisez 685. — P. 168, l. 31. *Ajoutez :* La ponctuation que nous
avons adoptée ne nous satisfait plus. Il vaudra mieux mettre une
virgule après **mulierum** *(1016)*, mettre après **Ecclesiis** *(1017)* une
simple virgule, une autre virgule après **dico**, supprimer les deux
points après **ibi** *(1018)* et mettre, au vs. *1020,* le point et virgule,
non pas devant, mais derrière **fari**. Le sens pourrait être alors :
« Une réunion de femmes exerce une espèce d'échevinage, dans
les églises, je le dis encore, puisque c'est là que se raconte ce que
font la plupart des habitants de la ville, comment celui-ci se
donne du mal pour causer avec Berte, celui-là, avec Sarah ».
P. 169, l. 29, *1374, lisez* 1264 ; l. 31, *ajoutez, après* latin,
(v. *1062*); l. 32, du vers *472 (1102), ajoutez* et celle de 2451. —
P. 171, l. 14, de Jean, *biffez* de. — P. 172, l. 34, 1200, *lisez 1200.* —
P. 183, l. 28. *Remplacez la note de 1702 sqq. par celle-ci :* Ces vers
de Mathieu attestent l'ancienneté de la légende (peut-être même
l'ancienneté de sa forme dramatique, dans un mystère joué ou
mimé) qui se retrouve dans une scène poignante de la *Passion*
éditée par A. Jubinal (*Mystères inédits du quinzième siècle,* II,
p. 232-234) où c'est « la févresse Marigonde » qui, comme son mari
se récuse, forge les trois clous de la croix de Jésus. La *Passion*
d'Arnoul Greban ne connaît que « le fèvre. » Voyez aussi Petit de
Juleville. *Les Mystères,* II, 392, note, *E'ystoire d'Ysaude forgeant*
les cloux Dieu (1546). — P. 183, l. 40. *2565-6 lisez* 2565-6.
— P. 192, l. 5, P. 150, *lisez* P. 153. — P. 193. l. 18 1422, *lisez* 4122. —
P. 194, l. 8. *Ajoutez après* chez Alain de Lille: (rapprochez du vs. 2353,
Migne, *Patrol. lat.* ccx, col. 442 « Quam postquam mihi quadam
loci proximitate perspexi, in faciem **decidens**, mentem **stupore**
vulneratus, exui etc. »). — P. 196, l. 26, 2497, lisez *2497.* —
P. 200, l. 4. *Ajoutez après* ne s'y trouve pas : Nous ne sommes pas
aussi sûr que paraît l'être M. Gaston Raynaud (*l. c.* t. XI, p. 174)

que « Mathéolulus » ait emprunté à cet ouvrage de S. Jérôme
« l'épisode de Socrate ». Notre auteur ne parle que d'une seule
femme, non de deux. Nous croyons aussi que l'éditeur de Deschamps (*l. c.* p. 175) a tort de conclure du v. 935 que « Mathéolulus a connu les lignes consacrées », dans ce passage de S. Jérôme, « à Caton le Censeur ». Dans ce vers, *Caton* désigne un des
Distiques. — P. 204, l. 18. *Ajoutez, après* le vers 1382 : et mettez
une virgule après *tous jours* ; — l. 31. *Ajoutez à la note de 2941-7 :*
Il est possible cependant que Mathieu ait été amené à cette bizarre
« farce théologique » par des discussions sur la question de savoir
si les parties génitales de la femme seraient rétablies dans la résurrection, discussions dont on trouve un écho chez S. Thomas, dans
Contra gentiles, lib IV, cap. 88. « Non est tamen aestimandum
quod in corporibus resurgentium desit sexus femineus, ut aliqui
putaverunt » et, dans le *Liber quartus Sententiarum,* dist. 44,
quaest. 1, art. 3, quaestiuncula 3 « ... Sed ipse fecit mulierem de
costa viri. Ergo ipse sexum femineum in resurrectione reparabit ».
C'est encore M. Ribbergh qui a fixé notre attention sur ces
passages. — P. 205, l. 36. *Voici le titre exact de l'ouvrage cité :*
Sprichwörter der Germanischen und Romanischen Sprachen, verglei-
chend zusammengestellt von Ida von Düringsfeld und O. Freiherrn
von Reimberg-Düringsfeld, Leipzig, 1872-75 ; — l. 40. *Ajoutez encore*
ce proverbe français : Bon mire fait plaie puante. — P. 212, l. 15.
Fermez la parenthèse après robardies, *non après* tresches. — P. 226,
l. 15. *Ajoutez :* Voyez sur l'*Amphitryon* de Vital de Blois, une note
étendue de M. Gaston Raynaud (*l. c.* t. XI, p. 144 sv.). — P. 231,
l. 8. **Etfit** *lisez* **Et fit.** — P. 235, l. 21, remplit, *lisez* remplissent. —
P. 237, l. 34. *Bestiaire, lisez Bestiarius.*

TABLE DES MATIÈRES

N. B. — Les Index et les deux Glossaires seront réunis dans un troisième volume.

INTRODUCTION

___

§ I. — CONSTITUTION DES TEXTES (*Suite*)[1].

Il faut ajouter aux huit manuscrits dont nous nous sommes servi pour constituer le texte des *Lamentations*, celui de Carpentras (n° 372) et celui du Musée britannique (20 B xxi) que nous décrivons plus loin à propos des manuscrits du *Livre de Leësce*. Les ayant connus trop tard pour les utiliser pour la constitution du texte des *Lamentations*, nous avons cru inutile de les collationner complètement. Mais nous les avons comparés d'assez près avec les autres, pour être arrivé à constater les rapports qu'il faudra admettre entre ces deux manuscrits et ceux que nous avons décrits plus haut. Le ms. de Carpentras (K) suit de très près notre ms. M (Montpellier). En dehors de quelques variantes communes (telles que III, 3 KM *me fault* pour *m'estuet*; III, 50 où KM intercalent *toy*) il y a surtout quelques modifications apportées par K au texte qui supposent la faute ou la lacune de M. Prenons III, 5, où le texte porte *Car souvent fiert sur moi et maille;* la source commune de CDM omet *fiert,* M omet en outre *et;* c'est évidemment la leçon qu'a connue le copiste de K, puisque, ajoutant les deux syllabes qui manquaient, il écrit : *Car souvent elle sur moy maille.* De même III, 51,

___

1. Comme cette partie de l'introduction fait suite à celle qui a paru dans le tome I, nous continuons la pagination ; la première page de ce volume porte donc le chiffre xxvii.

le texte porte : *A toy par legiere dottrine* ; M *Et par legiere
dottrine*, ce qui enlève une syllabe au vers ; K *Et par
bien legiere dottrine*. Il résulte d'autres passages encore que
le ms. K (ou plutôt sa source, car il a des fautes bizarres,
telles que III, 49, *bien car* pour *vien ça*, que M n'a pas) est
l'œuvre d'un copiste intelligent. Ce n'est pas cependant sur
notre ms. M lui-même que ce travail a été exécuté ; car M
a des lacunes et des fautes (III, 49, *je t'aim,* manque dans
M, se trouve dans K) que le copiste de K n'a pas connues
(la grande lacune de M, III, 77-192, nous a même empêché
de poursuivre utilement un collationnement que, pressé par
le temps pendant lequel nous avons pu consulter K, nous
n'avions entrepris que pour le livre III).

Quant au ms. de Londres (N), nous en avons collationné
les huit premiers feuillets d'une façon régulière, nous bornant ensuite à consulter les passages les plus importants,
ceux dont les variantes nous avaient surtout aidé à établir
la filiation des autres manuscrits. Il résulte de ce travail
que N appartient à la même famille que ABT (α). En effet,
il reproduit le plus souvent les fautes de ces trois manuscrits ou il a une leçon qui suppose leurs variantes. Voici
quelques fautes communes : I, 48 *ne me puet*, 151 *Las la,*
481 *plain*, 483 *euure* (corruption de la variante *cure*), 686
Asses sans chair, 880 *Tantost le chetif si lembrace*, 885 *Elle
dist il te,* 1159 omission de *mal*; II, 419 *espouser ;* 1538
amere, 2567 *entituler,* 4018 *cruelle ;* III, 833-38 manquent
dans N aussi bien que dans ABT ; 2093 lacune comblée par
un vers qui est identique dans les quatre manuscrits, etc.
Or comme il y a quelques fautes dans ABT qui ne sont
pas dans N (la plus importante est celle de I, 615, où N a
designoit, qui est le mot juste, tandis que ABT ont *desiroit*)
on pourrait supposer que N représente un membre de la
famille α plus ancien que la source commune de ABT. Mais

ce qui s'oppose à cette conclusion, c'est que, dans des passages importants, N s'accorde exclusivement avec AT. Voici,
par exemple, des lacunes de AT qui se retrouvent dans N :
III, 1903-06, 1911-14, 2129-30, 2247-58, 2261-62, 2421-24,
2457-62, 2469-80. Il faudra peut-être aussi expliquer par la
leçon de AT III, 2452 la suppression, dans N, de 2450-52 et
l'interversion de 53, 54. Ajoutons quelques fautes communes
à ATN : I, 151 *froncist*, 167 *Lune*, 239 *poins* pour *biens*, 301
encontray, III, 2901 *mariage* pour *tesmoignage*. Si l'on
considère que, au vers I, 432, T a la bonne leçon, *trait*, tandis
que A lit *tira* et N *tua* (variante qui suppose *tira*) et que, au
vers 524, A et N ont *en* pour *y*, tandis que ce mot a disparu
dans T, on serait tenté d'assigner à N sa place entre la
source de AT et celle de A, qui en dérive. Mais comme
d'autre part, A et T ont des fautes qui ne se retrouvent pas
dans N (I, 318 *enteser* pour *encenser*, 326 *sentence* pour
sanction, 736, où la faute de AT, conservée par T, *souuens*
pour *sonner*, a amené la variante de A *bien souuent*, tandis
que N a *sonner* comme les autres mss.), il sera plus prudent
de rattacher N à la source commune de A et de T sans se
prononcer sur la question de savoir s'il est plus près de
l'un ou de l'autre de ces deux manuscrits. Il n'a ni avec A
ni avec T seul des fautes communes d'une réelle importance.
On voit que le ms. N, quand même nous l'aurions connu
plus tôt (c'est M. Arthur Piaget qui nous l'a signalé après la
publication de notre premier volume) n'aurait pas modifié
l'état du texte que nous avons adopté. Il est le représentant d'une source estimable (α) mais dont nous possé-
dons d'autres représentants aussi authentiques et même
plus purs (notamment B et T), puisque N est, en somme,
une assez mauvaise copie ; dans les 650 premiers vers,
nous avons relevé l'absence des vers 41, 112, 334, 374, 376,
500, 602, 606, 644 et les inadvertances ou les contresens

suivants : 50 *muir* pour *mir,* 73 *science* pour *sentence,*
130 *les droiz* pour la *playe,* 142 *engendre en* pour *en degré
de,* 203 *mettre* pour *methe;* 224 *Quant home nye quil appert*
pour *Quant homme le bien qu'il a pert* (le copiste avait
trouvé *appert* dans sa source, comme le prouve la leçon de
T), 343 *ce* pour *cent,* 405 *ainsnee* pour *Anne,* 523 *toute*
pour *mors,* 574 *folz* pour *vouls,* 592 *ny pourroit* pour *n'ap-
paroit,* 616 *grace* pour *maigre,* 622 *de lame* pour *de la me,*
630 *son phisique* pour *sophistique,* 646 *aise* pour *Oyse,* etc.

———————

Il n'a été publié jusqu'ici du *Livre de Leësce* qu'un fragment d'après le ms. du Vatican (notre V) par Adelbert Keller (*Romvart,* p. 368 suiv.) Ce fragment contient 356 vers,
qui semblent être les vers du début, mais qui ne correspondent pas exactement aux 356 premiers vers du poème
(voyez plus loin la description du ms. V) et 18 vers de la
fin. Tricotel, dans son édition des *Lamentations,* cite les
douze premiers vers de *Leësce.* Il prétend (l. c., p. 464)
qu'il a paru à Paris, en 1846, une réimpression fort mal
exécutée en facsimilé de l'ancienne édition de 1518. Brunet,
IV, col. 1133, dit également : « Il a été fait, il y a quelques
années, une reproduction facsimilé à très petit nombre. »
Malgré d'actives recherches nous n'avons pas réussi à
retrouver un exemplaire de ce facsimilé à la Bibliothèque
nationale.

Notre édition critique du *Livre de Leësce* est basée sur
les manuscrits suivants :

B Paris. B. N. ffr. 24312, le même qui nous a servi pour
les *Lamentations* (Voyez t. I, p. VIII).

F Le ms. de Florence, Laurentiane Ashb. 119, des
Lamentations (Voyez t. I, p. IX).

V Rome, Vatican Reg. 1519, ms. sur vélin de 37 feuillets
ayant deux colonnes par page, 35 vers par colonne. (Keller
le croit du xv° siècle.) Notre poème occupe les feuillets
9 à 37. En tête se trouvent quatre miniatures très effacées,
représentant une femme qui bat son mari avec une quenouille, un mari qui porte la quenouille et à côté duquel se
tient une femme habillée en chevalier, deux femmes qui s'occupent de travaux manuels. Vient ensuite la rubrique *Cy
commence leesse et le contraire de matheolore*. Par suite d'une
transposition des feuillets 10-17 et 19-24, transposition qui
remonte probablement à un manuscrit plus ancien, exactement pareil à celui-ci comme disposition des pages, (voyez,
pp. LI, LIII, nos observations sur les imprimés), et du déplacement d'un seul feuillet (f° 18), l'ordre des vers se trouve
interverti. Pour le rétablir, il faut ranger les feuillets comme
suit : 9, 19-24, 18, 10-17, 25-37. Comme Adelbert Keller
ne s'est pas aperçu de cet accident, les 356 vers qu'il imprime
comme formant le début du poème, correspondent aux vers
1-96, 1075-1346.

P Paris. B. N. ffr. 2243, anc. 8016, ms. sur papier
comptant 63 feuillets, dont les deux derniers sont en blanc ;
chaque page contient une colonne de 33 vers. Cette copie a
été exécutée dans une jolie écriture du xv° siècle ; les
initiales sont rouges. A la fin du poème (f° 61 r°), on lit le
quatrain suivant : *Explicit le livre de leesse Contenant
lescusacion Des dames lonneur et proesse Prenez en gre nous
vous pryon.* Au f° 62 on lit, en écriture moderne : *Le present
livre appartient à Jehan Drouet.* En dehors de sa valeur
pour la constitution du texte, cette copie offre un intérêt
particulier pour l'histoire de la langue parce qu'elle contient
un rajeunissement raisonné et méthodique du texte primitif.
En se rapportant aux variantes de P, que nous avons notées
très minutieusement, le lecteur se rendra facilement compte

de la nature de ce rajeunissement, qui porte sur le lexique
(remplacement de mots vieillis, modifications nombreuses
de vers pour éviter des locutions qui avaient cessé d'être
familières aux lecteurs pour lesquels ce copiste travaillait),
sur la flexion (anciens nominatifs remplacés par des cas
obliques, anciens prétérits abandonnés), sur la syntaxe
(introduction fréquente de l'article défini ou indéfini, substitution de l'imparfait au passé défini, du plus-que–parfait
au passé antérieur, du plus-que-parfait du subjonctif à l'imparfait de ce mode), sur l'ordre des mots, sur le style et
même sur la versification (contraction de deux voyelles
qui avaient cessé de représenter deux sons appartenant à
deux syllabes, adjonction d'un *e* pouvant être élidé pour
éviter l'hiatus, etc.). — Ce renouvellement d'un texte de
la fin du xive siècle (on verra qu'il a été fait bien plus
consciencieusement que celui que les imprimés du xvie siècle
nous ont transmis) serait plus intéressant encore pour
l'histoire de la langue si nous connaissions exactement
l'époque à laquelle cette copie a été exécutée et le
milieu pour lequel elle a été faite. On dirait, d'ailleurs, que
ce rajeunissement ne doit pas être attribué au copiste de P,
mais à l'auteur d'un manuscrit plus ancien. La copie P
contient, en effet, quelques inadvertances : 789 *quilz* pour
qui, 1267 *ce apres* pour *s'après*, 1439 *celle* pour *s'elle*,
1498 *Bien nara* pour *Paix n'avra*, 1506 *pallent de mort urie*
pour *parle de la mort urie* (variante oubliée au bas de la
page); 1637, 38 elle remplace *ennemis* par *ennemies*, ce qui
amène la rime *entremies* comme féminin d'*entremis;* 1980 il
y a *cohorte* pour *consorte*, etc.

Sans entrer ici dans tous les détails de ce rajeunissement
du texte, nous en donnons quelques exemples : l'ancienne
conjonction *si* est régulièrement écartée ; l'auteur la remplace par *et* (vers 12, 1252, 1482, 1551, etc.), par le pronom

personnel (775 *Je dis* pour *Si di*, 1464 *Elle aimoit* pour *Si amoit*, 1616 *Il doit* pour *Si doit*, 1850 *Je te pri* pour *Si te pri*) ; voyez tout un changement au vers 810, le remplacement de *si* par *point* dans la proposition négative (651, 769, 850, 1672, 1750, etc.), par *doncques* (1016) ou par d'autres constructions : *Pour ce ne doit* pour *Si ne doit pas* (892), *Assez souvent avient* pour *Et si advient bien* (788). Le copiste de P remplace généralement *oncques* et *ja* par *jamais* ou par *point* (522, 1483, 1171, 1636, 1922), *ainçois* par *avant* (1714) ou par *devant* (1746) et n'admet pas la construction impersonnelle *a* sans l'adverbe *i*. Voici quelques mots qu'il remplace, les trouvant sans doute trop archaïques : *mouillier*, par *femme* (95, 1507, 1824, etc.), *guile* (313), *maistrie* (380, il écrit *maistrise*), *revel* (642), *tençon* (685, il écrit *noyse*), *arsin* (1191, il écrit *de haisnes* pour *d'arsins*), *reprouvier* (1526), *achoison* (1561), *isnel* (750), *per* (1123, il écrit *semblable*), *chetif* (1323, il écrit *meschant*), *dervé* (1669, 1671, il écrit *fol*), *estovoir* (régulièrement remplacé par *vouloir, falloir, convenir*), *reter, amenuisier* (il écrit *amendrir*, 1092), *soi aparier* (il écrit *s'approprier*), *deffouir, finer* pour *mourir, ramper* (il écrit *gripper*), *sachier, soi apenser*, etc.

K Carpentras, 372 (voyez le catalogue p. p. C.-G.-A. Lambert, I, p. 193). Ms. sur papier de 199 feuillets, avec, par page, une seule colonne de 32 vers. Il contient les deux poèmes de Jehan Le Fèvre (voyez p. xxvi) ; le premier comprend f° 1-138 r° avec une rubr. *chy commence ung rommant en franchois appele mathiolus aultrement passeroute ;* au f° 138 v° commence le *Livre de Leësce* sans rubrique ; il y a de la place pour une vignette, ainsi qu'au f° 1. Après le dernier vers du poème (f° 199 v°) on lit : *Adieu sias Je suis contants*, puis, après l'*explicit : composé par Jean Le feuure en lan mil quatre cens soisante un souz le regne de Charles septieme roy de france.* La feuille de garde

porte quelques dates d'octobre, novembre, décembre 1715.
Un des feuillets contient, au r° et au v°, en mauvaise écriture
du xvi° siècle, un résumé du premier poème et quelques
notes sur l'auteur, tirées uniquement du texte français.
L'auteur de ces notes conclut des vers de *Lamentations* I
19 ss., qu'il recopie, que cet ouvrage est postérieur au Roman
de la Rose; il cite les noms des contemporains de Matheolus
d'après le livre IV, désignant l'un d'eux comme « Faber
Stapulensis ». Il parle ensuite du traducteur, mais en suivant
une mauvaise variante de *Lam.* IV, 205 *mais je qui suy de
raisonné* et conclut en ces termes : « Le traducteur parle »
(voyez *Leësce*, 267 suiv.) « del comte dalençon qui espousa la
comtesse d'estampes, de pierre de rochefort guillaume de
sens pierre de maynuille et guillaume de dormans president
au parlement dou lon peut inferer quil vivoit 1462 regnant
charles septiesme roy de france. »

Ce n'est qu'après l'impression du texte que nous avons
eu connaissance d'un autre ms.,

N Londres, Ms. brit., 20 B XXI (voyez plus haut, p. xxviii).
Ce manuscrit compte 102 feuillets, dont cent numérotés
(69 et 99 ne portent pas de numéro) et trois en blanc.
Chaque page contient deux colonnes de 36 vers chacune.
Les initiales majuscules sont peintes alternativement en
bleu et en rouge. Les *Lamentations,* sans séparation entre les
divers « Livres », occupent les f°ˢ 3-69 v°, le *Livre de Leësce*, qui
suit le premier poème sans que rien marque la séparation,
les f°ˢ 70-98 r°. Les f°ˢ 99 v° et 100 v° contiennent quelques
mots italiens (f° 99 v° : « presto para (?) seruir forse wyat » ;
f° 100 v° : « auditori mei notate questo argumento che il
nouo cassa il vecchio pensamento »), avec les mots latins
« Lauda Finem » et ces deux vers français : « Qui asne est
et cerff cuyde bien estre A sallir vnt fosse on le puyt
bien cognestre », signés « Wyat » et, après cette signature,

« rien que detre ». Au f° 2 v° on lit « Thys boke ys myn Georges Boleyn 1526[1]. » Ne pouvant plus utiliser cette copie pour la constitution du texte, nous l'avons cependant suffisamment collationnée pour lui assigner une place dans l'ensemble de nos manuscrits.

En dehors des manuscrits nous avons vu quelques-uns des anciens imprimés, qui tous offrent ceci de remarquable que le titre du poème a été changé et qu'au lieu de s'appeler *Le livre de Leësce*, il a reçu le nom de *Le Rebours de Matheolus* ou *Le Resolu en mariage*. Tricotel, l. c., p. 464, signale trois éditions qu'il a vues lui-même, une de 1507 (Paris, Michel Le Noir), une de 1518 (même éditeur), une sans date (Paris, Anthoine Vérard). Les deux premières portent comme titre *Le Rebours de Matheolus*, tandis que, dans l'*Explicit*, toutes les trois appellent l'ouvrage *Le Resolu en mariage*. Pour l'ornementation de la première de ces éditions, voyez plus loin; la seconde présente, au verso du titre, une scène de famille : la femme semble vouloir frapper le mari, qui porte dans un panier les ustensiles du ménage. Tricotel signale encore deux éditions, citées également par Brunet, l'une et l'autre sans date, la première publiée à Lyon, chez Ollivier Arnoullet, l'autre à Paris, chez « veuve feu Jehan Trepperel ». L'édition sans date que nous allons décrire (**I'**) doit être plus ancienne que le n° 2 de Brunet (III, col. 1129), puisqu'elle a paru du vivant de l'imprimeur.

Voici les deux imprimés que nous avons plus spécialement examinés :

I' Paris, B. N. Inv. Réserve Y⁰ 257 (anc. 4421). Incipit :

---

1. Ce manuscrit a donc appartenu au frère de la malheureuse reine d'Angleterre, Georges Boleyn, vicomte Rochford, qui fut plus d'une fois ambassadeur en France et qui, tombé en disgrâce, fut exécuté le 17 mai 1536, deux jours avant sa sœur.

Cy commence le resolu en mariage; Explicit : *Cy finist le
resolu en mariage ; Imprimé a Paris nouvellement par Jehan
Trepperel, libraire imprimeur, Demourant en la rue neufue
notre dame a lenseigne de lescu de france,* sans date. A la
première page, une vignette sur bois représente, dans un
jardin, une femme qui, ayant dépouillé son manteau, se
tient en face d'un homme. A la dernière page, une jolie
vignette représente le chiffre de l'imprimeur couronné par
les armes de la maison royale ; dans le cadre qui entoure
l'ensemble, on lit, en lettres majuscules : *En provocant ta
grant misericorde Octroye nous charité et concorde.* Le volume
contient plusieurs vignettes, en partie les mêmes que celles
des *Lamentations.* A la première page, on lit, au-dessus du
titre, en écriture du xviii° siècle, *ou le Rebours de Matheolus,*
et en bas, sous la vignette, en écriture du commencement
du xvi° siècle : *Et sont a moi jacques delaparage* (?) *de
bresses et presentement demeurant a Boeng*[1] ; plus loin
encore une fois *Bresses.* Au feuillet B,, recto, la même main
a copié les vers 1128-1134, puis ajouté : *Omnis homo domi-
num... debet suum* ; au verso : *A toux ceux qui ces presentes lectres verront salut sauoir faisons que...* (?) *moy
sera comme japiessa a este proces meu entre jehan guillaume
boche.* Plus loin la même écriture se retrouve, mais elle est
complètement illisible. Dans ce volume, le texte est précédé
d'un prologue de 266 vers, que nous reproduisons plus loin
(p. 129).

I[2] Paris, B. N. Inv. Réserve Y° 259 (anc. 4421 A), réuni
par une même reliure au n° 258, qui contient le texte des
Lamentations (voyez t. I, p. xv). C'est le n° 1 des éditions

---

1. Serait-ce le Bohan en Bresse, signalé par Guigne, *Topographie historique
du département de l'Ain,* Trévoux, 1873, et qui s'écrivait aussi Boent, Buhens,
Buent, Buenc, seigneurie avec château-fort qui, de la fin du xiv° siècle jusqu'en
1656, a appartenu à la famille de Coligny?

signalées par Tricotel, celle qui a paru le 3 mai 1507 chez
Michel le Noir. A la première page, une vignette représente
un bourgeois et une femme à cheval, avec un chien qui
court après un lapin, dans un joli décor d'arbres et de
fleurs ; à la deuxième page, une vignette non moins gracieuse représente un homme et une femme qui s'entretien-
nent et semblent raisonner ensemble dans un très beau
jardin. Cette édition contient un prologue de 96 vers, que
nous reproduisons également (voyez p. 131).

On verra, par notre étude sur les rapports de ces deux
imprimés entre eux et avec le manuscrit V, que si l'édition
I¹ est peut-être postérieure à I², son texte représente une
rédaction plus ancienne de I, que le titre *Le Resolu en
mariage* est plus ancien que celui de *Rebours de Matheolus*
et que le grand prologue est probablement antérieur
au petit. Il faudra donc rectifier les notes de Brunet (III,
col. 1129. IV, col. 1134), qui prend à tort *Le Résolu*, avec
son prologue de 266 vers au lieu de 92, pour une « réimpression », une « édition augmentée » du *Rebours.*

La varia lectio de notre édition contient toutes les variantes
des manuscrits B F P V et la plupart de celles de K (que
nous n'avons pas eu l'occasion de collationner entièrement).
Le lecteur s'apercevra donc aisément que les rapports qui
unissent nos manuscrits entre eux ne sont pas très clairs et
que les fautes communes n'ont pas la portée ou ne présentent
pas l'intérêt des variantes individuelles de chaque copie.

Nous croyons cependant pouvoir admettre un rapport
plus étroit entre les mss. K P V.

Voici, d'abord, quelques fautes qui sont communes à K
et à V ; les moins importantes sont : 50 *gaignerent* pour
gagerent, 125 *fort* pour *mout*, 520 *nest ia* pour *ja n'iert*,
866 *deust (dut)* pour *doit*, 892 *rote* pour *reté*, 948 *fumee*

pour *fumier*, 1242 *dit* pour *dite*, 2054 *bien pareulx* pour *assés p.* ; on peut attribuer plus de valeur à : 192 *longues* pour *longs*, ce qui allonge le vers (la variante provient de l'interprétation du mot *costé* comme *coste*), 1196 V *sauroit* K *seroit* pour *sauroye*, 1690 *dieu* pour *droit*, 2008 *volente* pour *vouloir* (variante amenée par *remplir* pour *raemplir*), 2854 *soissons* pour *Ressons*, 3638 *sage femme a merueille* pour *sage a grant m.*, 3815 *fait* pour *fel* (leçon de F ; B a *bel*, P *fol*), etc.; notons encore que la leçon de V du vers 654, *le fist*, semble provenir de celle de K, *le fault* (pour *l'estut*), et qu'au vers 1927, où V supprime *Joye*, cette suppression a l'air d'avoir été amenée par la variante absurde *Je te* de K.

Nous rattacherons donc K et V à une source commune, dont, cependant, ni l'un ni l'autre de ces deux manuscrits, qui ont chacun beaucoup de lacunes et de leçons indépendantes, ne reproduisent plus très exactement la physionomie.

Il n'est pas douteux qu'il faille relier à la source commune de K et V notre ms. P. La question n'a qu'une importance secondaire, puisque P représente une copie originale dans laquelle le texte a été traité avec une grande liberté (voyez p. xxxi sv.). Voici les faits qui semblent attester ce rapport : 139 K V *cil* pour *s'il* P *quil*, 1052 K P V *langue* pour *jangle*, 1060 *donnast* pour *donna* (voyez cependant la note de ce vers), 1591 *secret* pour *discret*, 2094 suppression de *hors*, qui amène un hiatus après l'*e* féminin de *ame*, 3727 le texte a *de son courage*, KP *de bon c.*, V *du bon c.* (correction évidente de la faute), 3778 *croy* pour *tray*, suppression des vers 491-92 (il est curieux que ces vers ne manquent pas dans les imprimés, qui se rattachent de si près à V); notons encore que, tandis que P omet les deux vers 1395-96, V supprime le second et que K modifie la fin du premier vers et remplace imparfaitement le second ;

on serait tenté de conclure de ces faits que 1396 manquait dans la source commune des trois ; V se serait bòrné à reproduire la lacune du modèle, P aurait rétabli l'harmonie en supprimant également le premier vers, tandis que K aurait essayé, mais sans succès, de remplacer le second vers en modifiant le premier.

Mais il y a aussi d'assez nombreux rapports entre K et P, sans V, et quelques rapports, non moins incontestables, entre P et V, sans K. Ainsi, les vers 1653-54 et 1831-32 qui se trouvent dans V, manquent dans K et dans P ; ensuite, 1382 K et P ont *vers le cimetiere* au lieu de *droit au c.* (V *droit ou c.*); 1577 K et P lisent *tous les iours*, tandis que V a, avec B et F, *chascun iour* ; 1625 K et P ont seuls *nen fist que rire* pour *ne s'en fist* ; 1879 K et P ont *moult pense (pance)*, tandis que V a *sapense* (B F *se pense*), 1661 K *sefroncent*, P *ceffrontent* (à corriger la variante imprimée) pour *effrontent*, 2186 KP *ligneez* pour *lignages* (V a *lignage ;* notons encore que les trois mss. ont la forme *ystroit* et que K et P ajoutent *en* pour faire le vers); 2248 KP *qui vient*, tandis que V a *qui est* (ce qui est évidemment la bonne leçon) ; 2793-94 K et P intervertissent les deux adverbes *chastement* et *sagement* ; V reproduit ces deux mots tels qu'ils se trouvent dans B et F ; 3838 la leçon que nous avons adoptée (celle de B F) est *seulent*, K et P ont *sevent* (K *sceuent)*, tandis que V a *veulent*, qui semble plutôt une variante indépendante de *seulent* qu'une correction de *sceuent*) ; 3952 B et F ont la bonne leçon *ampliez* (non *amplier*, comme nous avons imprimé par inadvertance) ; V ne diffère que très peu de cette leçon en écrivant *emploiez*, tandis que K et P ont *suppliez*.

D'autre part, P et V vont ensemble dans quelques passages, sans K. Ainsi, au vers 480, P a *bon* pour *sain*, variante qui a dù être amenée par la faute (*son*) de V ; 495 P et V

seuls ont *leut* (*l'eut*) pour *fu* ; 1599 P et V seuls omettent
serf, mais les deux vers ne sont pas identiques ; 2003 K n'a
pas la faute de V (*Que* pour *Eve*), faute que suppose la
variante de P (*Car el*) ; d'ailleurs la leçon de B prouve que
plus d'un copiste, se trompant sur la nature de l'initiale, a
pu lire *Que* pour *Eue* ; 2420 P et V seuls ont *receus* pour
retenus ; 3351 P et V ont *que* pour *dont* (cette variante qui a
pu être amenée cependant par la leçon de K *donque*); 3648
la bonne leçon est sans doute *avés vos poëtes;* P a *ames vous,*
V *amez* (non *amer,* comme nous l'avons imprimé), *voz*
tandis que K a *auez.*

En tenant compte de ces faits, nous sommes sans doute
autorisé à admettre une source commune pour KPV (π),
mais il sera tout aussi difficile d'admettre ensuite une sous-
famille KV que d'en admettre une KP ou une autre PV.
Peut-être le texte conservé par P, qui est, nous l'avons vu,
un texte remanié, a-t-il subi des influences diverses, notamment celle d'un ms. intermédiaire entre π et K. Mais, en
adoptant cette hypothèse, on n'arrive pas encore à comprendre
comment les fautes communes de K et V, et qui remontent
plus haut que K lui-même, ne se retrouvent pas dans P.
Nous nous bornerons donc à classer ces trois manuscrits dans
une même famille (π) et à admettre une sous-famille ($\varkappa$) d'où
viennent K et V, sans nous prononcer sur la nature exacte
des rapports qui unissent P aux deux autres manuscrits.

Les manuscrits B et F n'offrent pas entre eux ou avec les
copies du groupe π des rapports qui nous obligeraient à
admettre entre eux une parenté plus ou moins étroite. Il y a
par ci par là quelques ressemblances curieuses, notamment des
suppressions de vers. Ainsi 2750 manque dans F et dans V,
2755-56 manquent dans F et dans K et se trouvent dans les
autres manuscrits. Mais observons, d'abord, que F a de

nombreuses lacunes, ensuite, que la disparition du vers
2750 s'explique très bien par la rime *la mort : l'amort*, celle
des deux autres vers par les mots *en sont les*, qui se trouvent
aussi bien au vers 2754 qu'au vers 2756 ; il y a là un accident comme il peut facilement en arriver à plus d'un scribe.
Il ne faut pas attacher plus d'importance à l'omission du vers
2930 dans F (où elle remonte au modèle de ce manuscrit,
puisque le copiste de F, s'apercevant de la lacune, a laissé
un blanc) et dans V ; la rime *prouuee : reprouuee* a facilement pu amener cette inadvertance.

Il y a bien aussi quelques ressemblances entre B et V
qui pourraient être interprétées comme des fautes provenant
d'une source commune. Mais comme les rapports de V avec
K et P sont assurés, il faudra, ou bien y voir des coïnci-
dences fortuites, ou admettre des influences exercées par
l'un sur l'autre de ces deux manuscrits par suite d'un croi-
sement. Voici quelques-uns de ces cas : **2003** *Que* pour *Eve*,
voyez plus haut ; **1238** B et V ont *vierge et mere* pour
mere et vierge ; **1263** B V (et N) ont *bon plaisir* pour *son
plaisir* ; le changement paraît très naturel ; **1380** B a *chief*,
V *chiet*, pour *fief* ; la faute n'est pas identique ; d'ailleurs le
changement a pu être fait par plus d'un scribe ; **2236** B V
aler pour *estre* ; mais comme *estre* se trouve dans le texte
des *Lamentations,* il est possible que *aler* soit la leçon originale de *Leësce* et que F K aient copié le vers du premier
poème ; la même observation peut s'appliquer à **1974**, où
BV et I (P a changé le vers) ont *offense* pour *despense*, qui
est la leçon de *Lam.* II, 1903. Nous verrons plus loin que
Le Fèvre ne cite pas toujours textuellement les passages de
son premier poème.

Il nous reste encore à assigner sa place au manuscrit N,
que nous n'avons connu, on se le rappelle, qu'après que le
texte avait été imprimé. Pour déterminer la valeur que ce

manuscrit peut avoir pour la constitution du texte, nous ferons remarquer qu'il y manque un assez grand nombre
de vers (8, 56, 62, 194, 199, 200, 230, 374, 518, 564, dont
la seconde partie a remplacé la fin de 563, 1430, 1533,
etc.), ce qui, avec le caractère de l'écriture, semble attester
que la copie a été faite rapidement. Elle fourmille, d'ailleurs, de fautes bizarres et de contresens : 86 *plume* pour
pluye, 98 *homme de mengie* pour *bon homme de neige*, 106
dens pour *des*, 119 *De lameth espouse* pour *L. espousa*,
205 *Et des lors* pour *Se dehors*, 213 *devis* pour *delis*, 261
Quilz orent pour *Et orent* (ce qui change singulièrement
le sens), 294 *Des dormans* pour *De Dormans* et 299 *le
paillart* pour *Paillart*, ce qui prouve que le copiste n'a
pas deviné sous ces mots des noms propres ; 364 *De
bonte* pour *Et boute*, 381 *Mal ait il* pour *Mal ait des dens*,
427 *mesure* pour *mëure*, 774 *si le tourche on* pour *si l'escorchon*, 803 *souffist* pour *s'ensuit*, 845 *Car qui se con-
ioint pour tencier*, pour *Car qui s'en tenroit p. t.*, 878
attendre pour *aprendre*, 914 *rains* pour *mains*, 1006 *aons*
pour *oyons*, 1108 *De nostre conscience et sceu* pour *Et n'y
est trouvé ne scëu*, 1025 *tire* pour *erré*, 1052 *Por son meffait* pour *Por sa jangle* (var. *langue*); 1063, *oiseuses* pour
noiseuses, 1081 *respondi* pour *l'entendi*, 1118 deux fois
de, 1180 *faiz* pour *dis*, 1288 *Ne pour celi a ne sesueilla*
(texte *N'onques il ne s'en esveilla*; le copiste, après avoir
écrit *celi*, semble avoir voulu remplacer ce mot par *cela*);
1319 *disoit* pour *faisoit*, 1499 *est* pour *ait*, 1577 *Nous
avons chascuns pour soy mesme* pour *Nous a. ch. jour
a prime*, 1766 *convenable* pour *connestable*. Voici des
variantes plus raisonnables, dont quelques-unes font même
l'effet d'avoir été raisonnées : 569 *Est ioinle auec* pour *Y
euure avecques*, 836 *Seust fere et generacion* (le texte a peut-
être été modifié pour écarter *par delectation*), 1036 *Com*

cil qui desmembre sa face (cette rédaction semble même préférable à celle que nous avons dû adopter), 1210 *Est il raison que chacun croye*, 1364 *ses grans cris* pour *son estrif*, 1455 *atachiez* pour *appointiés*, 1511 *lamenteuse* pour *douloureuse*, 1519 *Prouue est* pour *Trop bien est*, 1705-06 *Car il me semble et je le pense Ce n est mie trop grant offense* (sans doute une lacune laissée par la disparition du vers 1706 a été comblée de cette façon); 1832 *Du plus haut* pour *Dès le chief*.

Le seul manuscrit avec lequel N présente des rapports de quelque importance est F. Dans la partie que nous avons collationnée nous avons trouvé : 26 F et N ont *flairant*; (notez cependant que P a *flourant* et que la leçon *joignant* que nous avons adoptée, surtout à cause de la rime riche et parce que *flairant* nous a paru une variante qui devait s'offrir assez naturellement à l'esprit d'un scribe, n'est représentée que par K et V, peut-être aussi par le *pingnant* de B); 169 N *en trestout le monde*, F *entretout le m.*; mais peut-être la leçon que nous avons adoptée *lors en tout le m.* n'est-elle pas celle de l'original; en tout cas la variante a peu de valeur; 630 F et N ont *Et failly cilz au fait prouuer* pour *Et failli a son f. p.*; 664 F et N ont *maistres* pour *metes*; mais cette faute, qui est aussi dans K et dans A au vers correspondant des *Lamentations* (I, 1087), s'explique trop facilement pour qu'il faille s'étonner de la trouver chez plus d'un copiste; 1524 F et N ont *par nuit* pour *par jour*; la coïncidence est curieuse; cependant, comme la chouette est un oiseau de nuit, l'inadvertance s'explique assez aisément.

Ce qui peut paraître plus important que ces rares variantes communes, c'est la présence, dans N, de vers que nous avons trouvés intercalés dans F : après 606, après 614, après 618, après 978, et vingt vers en remplacement de 624 à 628; le texte de ces vers intercalés n'est pas en

tout semblable à ceux de F ; dans plusieurs endroits N a
conservé un texte plus sûr (l'étrange faute de F, voyez
p. 20, l. 7 des variantes, *en une* pour *achevé* n'est pas
dans N). Mais ce sont des vers des *Lamentations* par lesquels plus d'un a pu compléter les citations originales de
l'auteur de *Leësce*. Au reste, il y a dans F des interpolations
qui manquent dans N, par exemple, celle de deux vers après
v. 1600. De même des lacunes de F (ce ms. n'a pas 933-34,
et au vers 748 il omet le mot *Gallum* et laisse un blanc) ne
se retrouvent pas dans N.

Il y a quelques rares rapports entre K et N en dehors de
la variante que nous avons déjà mentionnée : 1315 *correption* pour *correction* et 1325 *sespendent* (ce qui, d'ailleurs,
est peut-être la bonne leçon, pour *s'estendent*), puis avec B
et V, 1263 *bon plaisir* pour *son plaisir*, et avec B seul, 1438
ot cuer pour *au cuer* (peut-être faut-il lire *ot cuer*), avec
KVP, 50 *gaignerent* pour *gagerent*. (Voyez la note du
vers). Mais tout cela paraît peu important. De ces faits,
auxquels nous pourrions en ajouter quelques autres (il est
curieux, par exemple, que la copie N, qui, pour les formes
de la langue, est, en général, assez moderne, ait conservé
de temps en temps une forme archaïque : 730 *soy deffendre*,
là où tous les autres mss. ont *se d.*), nous serions disposé
à conclure que le ms. N est une copie rapidement et mal
faite sur un bon manuscrit qui touchait d'assez près à l'original et qui avait peut-être quelques rapports avec la source,
plutôt lointaine qu'immédiate, de F.

Il aurait été intéressant pour la constitution du texte de
l'avoir connu et copié avant l'impression du *Livre de Leësce*.
Cependant, sauf sur quelques points secondaires, que nous
indiquons dans les notes, il ne nous aurait pas amené,
croyons-nous, à modifier sensiblement la rédaction que
nous avons adoptée.

Nous allons donc considérer nos cinq (ou six) manuscrits comme formant trois familles représentées, la première par B, la seconde par F et N, la troisième par KV (P). Mais nous ne croyons pas que ces trois familles nous permettent de remonter directement à l'original. Il y a, en de certains endroits, dans tous nos manuscrits, des incorrections qui nous font supposer qu'ils proviennent d'une copie légèrement altérée[1]. Voici les plus importants des faits sur lesquels se fonde cette hypothèse : 462, tous les mss. ont *pourmy*, en un mot, au lieu de *pour my ;* 509, tous les mss. ont *Celle* ou *Elle* pour *S'elle ;* **728**, *vuide est* forme hiatus dans tous les mss. ; **732**, tous les mss., sauf N, ont *des or mais*, ce qui ne fait que sept syllabes ; **1041**, *Car,* qui est dans F (c'est V qui a *Quant*), ne paraît pas la bonne leçon ; mais les autres copistes semblent avoir été également embarrassés (K a *Et*) ; **1196**, la leçon primitive représentée par B et F (*Que savroie mettre en rimes*), que les autres ont visiblement modifiée pour écarter l'hiatus, n'a que sept syllabes si on admet l'élision de l'*e* de *mettre ;* **1208**, il est curieux que B P K aient *est si noble*, faute évidente pour *et sinoble*, tandis que *et* ne se trouve que dans P et dans V, qui seul représente la bonne leçon ; **1264**, tous les mss., sauf N, ont *compaignie* pour *compaigne ;* **1315**, la faute *Ce* pour *Se* semble bien générale ; **1366**, tous les mss., y compris N, ont *lame*, tandis que la bonne leçon est *s'ame* (voyez *Lam.* II, 494) ; **1604**, la leçon de tous les mss., sauf V et N, présente l'hiatus *asne et ;* **1605**, tous les mss. ont *conduit* pour le prétérit, de même qu'au vers suivant *induit* (N *enduit*), *duit ;* **1726**, tous les mss. ont *y*, que nous avons cru devoir supprimer (voir la note) ; **2291**, le sens et le nombre des syllabes exigent ici *Ceste envie ;* tous les mss. ont *Cest,* ce qui a probablement

---

1. On se rappelle que, pour le texte des *Lamentations*, nous étions arrivé à une conclusion semblable (Introd., p. xxii).

été amené par le *c'est* du vers 2286[1]); dans tous les mss.
2337 a neuf syllabes, si l'on en donne deux à *peuent* (**potent**)
(voyez vers 3931); 2490, le ms. primitif portait évidemment
Je y, ce qui, donnant neuf syllabes, a visiblement embarrassé les différents copistes; 2617, tous les mss. ont *et des
oignemens*, ce qui fait une syllabe de trop; 2720, la leçon
adoptée n'est dans aucun des mss.; tous (sauf cependant P)
ont lu *est* pour *et*, ce qui est évidemment une faute; 2854,
il semble que tous les mss. aient trouvé dans leur modèle
Robeuille avec un *r* majuscule, comme s'il s'agissait d'un
nom de lieu; F, qui cependant a compris le sens, a conservé cette graphie ; 3537, il est curieux que la forme
cheueleure, qui aurait donné une syllabe de trop, se trouve
dans tous les mss. (sauf le ms. moderne P); 3894, il est
très curieux que la faute *Furent* pour *Fureur* se trouve
dans trois familles de mss.; on dirait une graphie indistincte
du ms. primitif; 3980-81, la confusion des scribes semble
complète ; il paraît vraisemblable que le vers 3981 manquait
déjà dans la source commune; F a simplement signalé la lacune,
B a préféré supprimer aussi le vers correspondant, P et V
ont comblé la lacune par un vers de leur façon (l'un sans
trop se soucier de la rime, l'autre en se souvenant d'une
rime pareille), K a remplacé les deux vers; tout ce travail
est très curieux. On pourrait songer encore à mettre sur le
compte de cette première source commune de nos manuscrits, qui ne serait pas l'original, les variantes que présente
le texte du *Livre de Leësce* avec celui des *Lamentations*
dans les passages où il reproduit le premier des deux
poèmes. Mais il se peut aussi que l'auteur, ayant à reproduire des parties d'un ouvrage dont il était l'auteur, ait
traité cet ancien texte avec une certaine liberté. Puisque,

---

1. Il vaut mieux mettre une virgule après le vers 2286 et un point après 2290.

d'ordinaire, un ou deux manuscrits reproduisent exactement le texte des *Lamentations*, il faudra admettre que les copistes de ceux-ci aient voulu rectifier le texte de *Leësce* en recourant à un exemplaire des *Lamentations*. Nous traiterons quelques-uns de ces passages dans les notes.

. Il nous a paru intéressant d'examiner de près les anciens imprimés (voyez plus haut p. xxxv) et d'étudier leurs rapports avec nos manuscrits. Tous les imprimés, qu'ils s'appellent simplement *le Résolu en mariage* ou qu'ils aient combiné ce titre avec celui de *le Rebours de Matheolus*, remontent à une même source (que nous appellons **I**) et qui, comme nous allons le montrer, dérive directement de notre manuscrit V (ou plutôt d'un dérivé de la source de notre manuscrit V). Le changement de titre avait, tout d'abord, nécessité quelques modifications. Ainsi les vers 30-35 (*Je dy que l'en l'appellera Par droit nom Livre de Leësce*, etc.), sont remplacés par ceux-ci : *Je dy que on l'appellera Par droit le traicté Resolu, Car pour les dames l'ay voulu De cueur joyeulx, pour leur complaire, Le composer et pour desplaire A Matheolus franchement.* Changement analogue à la fin, où l'allusion au nom de l'auteur (*Mercy, mercy au povre fevre*) a été supprimée ; les vers 3974-78 ont donc été remplacés par ceux-ci : *Dames, prenés en gré ce livre Que le Resolu vous delivre Et ne mettez en nonchaloir Son affection et vouloir En grant travail et soin et cure.....* Le changement de titre a entraîné l'introduction de quelques variantes. Telles sont : vs. 981, au lieu de *Leesce dit j'ay entendu, Mesdames jay pour vous entendu* ; 1109, au lieu de *Mais Leesce les veult debatre, Lors le Resolu vient debatre.* C'est sans doute par suite d'une inadvertance du remanieur que le vers 127, *A ce respont dame Leesce*, est resté.

Les deux vers de la fin (*Plus en diray a l'autre fois, A*

Dieu vous commant, je m'en vois) ont été remplacés par ceux-ci : *Icy feray fin a mon ocuvre Moult gaigne qui honneur recoeuvre.*

Les autres variantes sont, pour une faible part, des rajeunissements de la rime ou du vocabulaire ; exemples : vs. 55 et 3192, la rime *mençoigne : besoigne* a été remplacée par *mensonge : fable ne songe* ; 181, la rime *yvire : deduire* par *yvoire : encore* (182 *Et les oreilles mieulx encore*) ; 786, *chandeille : merveille* par *chandelle : nouvelle* ; 3122, *avoutire : martire* par *avoultrie : de ta vie* ; 2469, *roïne : souvine* par *royne : en peine* ; 2071, *haïne : fauls couvine* par *la hayne : en façon villaine*. Notons cependant que la rime *roïne : -ine* a été conservée ailleurs, et qu'au vs. 2203, le texte des manuscrits *ague : argue* a été remplacé dans I par *hayne* (provenant évidemment d'une faute de lecture) : *retine*. Notons encore qu'au vs. 2310, I a remplacé la forme du fém. pl. du partic. prés. *tenans,* qui est dans V, (le texte a *prenans*), par *tenant*, ce qui a amené le changement du vers précédent : *Tousjours fault qu'on leur soit donnant,* pour *Voire de leurs appartenans.* Il est bien rare, sauf dans les cas où la suppression d'un vers dans V obligeait le copiste de I à rétablir l'harmonie des rimes (voyez plus bas), qu'une faute de lecture ait donné lieu à un changement intelligent du vers ; on en trouve un exemple dans 3075, où la sotte faute de lecture *publicquement* pour *publierent* a amené le changement suivant des vers 3074-76 : *Et a mentir se vont esbattre Les femmes tout publicquement Et le multiplierent telement* etc. ; dans 967 sv., où la faute de lecture *despense* pour *d'espeuse* a fait changer la leçon de 968, *Car son viés ploy a pris la heuse* en *A les dompter qui bien y pense* ; 2894, où la lecture *luyte* pour *lippe* a fait intervertir l'ordre des mots dans le vers suivant : *Meneloppe et Ypolite.* Les changements de cette nature remontent évidemment à la première rédaction du remaniement. En général, cependant, les variantes des anciens imprimés ne sont que des fautes grossières de lecture, comme on en trouve fréquemment dans les premières éditions du xvi° siècle, et qui créent des contresens bizarres dont le rédacteur de la copie et l'imprimeur ne se sont pas préoccupés autrement. Nous nous bornons à citer quelques cas curieux : 4 *distance* pour *dissence*, 50 *Et pleurs et instruments* pour *Et par leurs instruments*, 66 *forces* pour *sortes* (ce qui détruit la rime), 114 *d'amours desgardez* pour *d'onneur degradés*, 166 *Qui aux doiz prenoit grant plaisance* pour *Qu'au dire p. g. pl.*, 168 *veoir* pour *vouls*, 197 *Despit* pour *Du port*, 224 *Pour bien et pour dilection* pour *Pour lyen de dilection*, 732 *Doit souffrir l'estrif* pour *Souffrir l'estuet*, 979 *Et visoit le soleil lever* (sic !) pour *Il n'osoit le sourcil lever*, 1503 *O mariage le prudent* pour *Ou a mariage les prendent*, 1570 *foison* pour *Sanson*, 1678 *freres* pour *fiestres*, 2777 *devant nes* pour *de mere nés*, 2826 *vierge uterine* pour *v. enterine*, 2920 *prendre femme* pour *preudefemme*, 3254 *bèlle femme* pour *belle forme*, 1935 *On doit viure sans quon le sonne* pour *Bien voist au moustier quant on sonne*, 2037 *que raison domine* pour *qu'a pechié le maine*.

Notons à ce propos que ces grossières inadvertances sont plus fréquentes dans le texte représenté par Y° 259 (I²) que dans celui que nous offre Y° 257 (I¹); le premier de ces deux imprimés a des fautes que l'autre n'a pas encore; en voici une liste suffisamment longue pour autoriser la conclusion que Y° 257 représente un texte un peu plus ancien du poème devenu *Le Resolu en mariage* et que le titre *Rebours de Matheolus* a été ajouté plus tard : 916, I¹ lit encore *confesse*, I² a *consaille*, 1154 I¹, d'accord avec le texte des manuscrits, a *redargua*, I² *regarda*, 1157 I² seul change *de grant subtilité* en *de science clere* (répétition des

derniers mots du vers précédent), 1239 I² seul change
doctrine en *droiture*, 1720 I¹ a la leçon du texte *appelle*,
I² a la faute *eppellee*, 2020 I² seul enlève la négation *n* à
n'excuserent, ce qui détruit le sens, 2066 I² seul .change
maistrise en *maistresse*, 2579 la leçon du texte *attendu leur*,
qui est celui de I¹, a été dénaturée par I² en *A ten douleur* ;
enfin, au vers 2058, le mot *faicture* du texte est devenu,
dans I¹ *faincture*, dans I² *saincture*. Cette dernière faute
pourrait faire supposer que I² est une reproduction, avec
quelques fautes, du texte de I¹. Mais comme I¹ a, de son côté,
un petit nombre de fautes qui ne sont pas dans I² (vers 3284
la leçon du texte est *Est l'ame de telle nature* ; I² reproduit
la sotte variante de I *Et lame dicelle na cure*, I¹ supprime
na, indispensable pour expliquer la faute, et lit *et lame
dicelle cure* ; 3518 la leçon du texte, *scet*, se trouve dans I²,
tandis que I¹ lit *scay*), il faut bien admettre que notre exemplaire de I¹ (Y⁶ 257) est une seconde édition du texte de
I¹, que I² a suivi et modifié.

Ce qui est plus important et ce qui regarde nos deux
représentants de I, ce sont, d'abord, les lacunes de ce texte,
ensuite, sa très grande ressemblance avec le texte de V.
Sans compter la disparition des vers 3331-34 (elle peut
s'expliquer par la rime à peu près identique de 3329-30
espirituelle : corporelle et de 3333-34 *espiritels : corporels*),
il y a la suppression des vers 293-396 (en tout 104 vers) ;
on n'en voit pas bien la cause ; elle est due sans doute à la
perte de deux feuillets dans une des sources intermédiaires
entre V et I ; mais ce qui prouve que le rédacteur de I en
a été frappé, c'est que, pour rétablir dans le contexte une
apparence de sens, il a remplacé le vers 397 *Et qui le fist mu
et taisant* par celui-ci *Sa fille eust, sans en mesdisant* ; de cette
façon le portrait que Mahieu avait fait de Perrenelle devenue

vieille se rapporte à la femme de *Maistre Pierre de Roche-fort* (v. 291), ce qui est bien bizarre.

La suppression des vers 1349-1360, dans I, est plus ancienne ; elle se retrouve dans V. Il y a d'ailleurs, comme nous l'avons dit, de nombreux rapports entre les imprimés et ce dernier manuscrit. Signalons, en premier lieu, comme très curieuse, la grande interversion des vers, provenant d'un déplacement de feuillets, dont il a été question plus haut (voir p. xxxi). De même que dans V, les vers se suivent dans I dans l'ordre suivant : 1 à 96, 1075 à 2212, 935 à 1074, 97 à 934 (avec suppression de 293-396), 2213 à la fin.

Ensuite, toutes les fois qu'il manque un vers dans V, les traces de cette lacune se retrouvent dans I, soit que I se borne à la reproduire, soit que, pour conserver l'harmonie des rimes, il supprime également le vers correspondant, soit que, pour la rétablir, il remplace par un vers nouveau le vers qui manque. Voici quelques-uns de ces passages : 184 manque dans V et dans I, I supprime également 183 ; 614 manque dans V, I le remplace par *Disant de mal point il n'y a;* manquent encore dans V et dans I, sans que I les remplace, 2262, 2660, 3504-05 ; 1850 manque dans V et dans I, I supprime également 1849 ; manquent dans V et sont remplacés dans I : 1226 par *En paradis fu faicte comme* (*fu* manque dans I[1]) ; 1396 par *Dedans la terre vif cachez* (sic !), 2006 par *De paradis chassee ne fust,* 2268 par *Portant a son prochain nuysance,* 2728 par *Dont son corps estoit entesche,* 2750 par *Par desespoir qui trop mort,* 3698 par *Tout ce que femmes plantent et font* (la rime se trouvant ainsi faussée, I modifie le vers suivant en écrivant : *Ce qu'ilz labourent ou semeront).* ·

En dehors de ces intéressants points de rapport, il y a de nombreuses fautes de lecture ou d'autres variantes com-

munes à V et I; en voici des exemples : 554, I a, comme
V, *Si fault aussi auoyr la cresche*; 740, V a *desplaisoit* pour
despisoit; cette faute a amené dans I un changement de
construction (*et pour tant qu'il luy desplaisoit*); 762, *doctrine* pour *droiture*; 869, I comme V, *soraigne* pour *stagire ;*
1691, I comme V, *doloreuses* pour *doubteuses*; 1767, I comme
V, *ieune* pour *vefue*; 1925, V avait omis *Joye*, I le remplace
par *Ad ce*; 2366, *charges* pour *cent barges* (faute évidemment provoquée par la graphie. *c. barges*); 2566, *signie* pour
congnié; 2681, *Mais par les (leurs) amours et venuz (venus)*
pour *Mais Palas, Juno et Venus*; 2919, *célle* pour *au feu;.*
3043, *Et en ce* pour *Et Circe*; 3025, *culz* pour *cuers*; 3060,
ma matiere pour *mate chiere*; 3150, *nulz* pour *mieulx*; 3266,
recorde sentences pour *recole textes*; 3301, *sentence* pour
substance; 3312, *Le chief* pour *Du ciel*; 3511, *par deffault*
pour *par dessus*; 3646, *droitz sophistiques* pour *ditz sa-
phiques*; 3760, *masles* pour *malades*, etc.; au vers 2399 la
faute de V (*a son sens* pour *a son oeus*, devenu dans I *en
son sens*, amène dans I l'intercalation d'un vers (*Par aver-
tissemens recens*) et celle d'un autre, pour rimer avec 2400,
dont le dernier mot est *boeus* (*Et les dangiers trop merveilleux*); un fait semblable se rencontre au vers 2743, où
V et I ont *raconter* pour *dire*, ce qui détruit la rime, et où
I, pour la rétablir, change le vers suivant en écrivant *Et
d'Eneas sans doubter*, et aux vers 2925-26, où *advoultrie* (qui
est dans V) pour *avoutire* amène, dans I, *en puterie* pour
menée a martire; au vs. 2944 V a *navrerent* pour *envairent*;
cette fois-ci I, pour rétablir la rime, ne change pas le vers
suivant, mais remplace *navrerent* par *occirent*.

Il est donc bien évident que le ms. d'où viennent les imprimés (I) dérive de V; nous savons même que si le copiste
a parfois reproduit les contresens de son modèle sans
réfléchir, il a pourtant travaillé avec assez d'indépen-

dance et de jugement. On serait tenté, surtout à cause du grand déplacement des vers, d'admettre que c'est bien notre ms. V qui a servi de modèle à I. Mais ce qui s'oppose à cette conclusion, c'est que V a quelques fautes, assez rares d'ailleurs, qui ne se retrouvent pas dans I (2377, V seul *Encore les* pour *En Colcos*; 2435, V seul *le vile de troye* pour *l'exillié de Troye*; 3175, *le corps* pour *les coups*). Nous ne citons pas la répétition du même vers, qui se trouve quelquefois dans V seul (p. e. 3234), parce qu'une pareille faute était facile à éviter. Mais comment le copiste de I aurait-il évité les autres fautes s'il les avait rencontrées dans son modèle? Il est bien évident qu'il n'a connu qu'un seul manuscrit du poème. Il est donc plus sûr d'admettre que notre V est la reproduction, à peu près exacte (avec quelques rares fautes en plus), de la source commune de V et de I, et que dans cette source, une transposition de feuillets avait déjà amené une très importante interversion dans l'ordre des vers.

Les rapports que nous avons constatés entre K et V expliquent assez le fait que les imprimés se rencontrent dans quelques endroits avec ces deux manuscrits (p. e. 192, 519, 520, 3638, 3815). Il est étrange, pourtant, que I reproduise une faute de K que V n'a pas: 2854, K *habeville*, I *abbeville*, V *robe ville*; 3412, K I *cuisans* pour *nuisans*; 3988, K I *venus est l'amour du monde*, V a la bonne leçon, *venal*. Il faudra admettre ici des fautes commises indépendamment par deux scribes, ou une rectification postérieure de la leçon fautive dans V ou dans sa source. Ce qui doit sembler plus curieux encore, c'est que les deux derniers vers de la tirade intercalée par F entre 606 et 607 (voyez les variantes) se retrouvent dans I seul, avec un changement stupide de *a tort* dans *a tout* (*Mais a tout l'avoit accusee Pour ce fut sa femme excusee*).

Mais rien ne nous empêche d'admettre (la nature de la faute
a tout pour *a tort* appuye cette hypothèse plutôt que de
l'infirmer), que ces deux vers, qui ne sont d'ailleurs que la
reproduction· de deux vers des *Lamentations*, se sont
trouvés dans la source commune de V et de I et que le
copiste de notre V les en a fait disparaître.

Nous pouvons résumer les résultats des observations et
des discussions qui précèdent en établissant la filiation suivante :

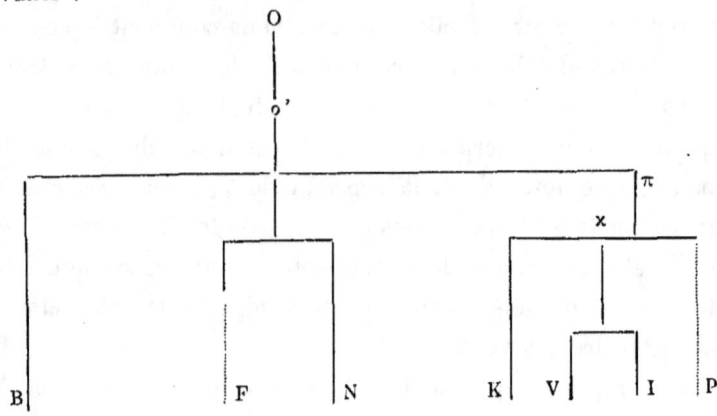

§ 2. — LES DEUX TEXTES DES « LAMENTATIONS »

A. — *Le latin et le français comparés entre eux.*

Il y a lieu de supposer que le texte latin que nous avons
publié, celui du ms. d'Utrecht, présente quelques lacunes et
que Jehan Le Fèvre a eu sous les yeux une copie plus
complète du poème de Mathéolus.

Au long passage du texte français où il est question du
danger de confier aux femmes des secrets (II, 1107-1242)
ne correspond rien dans notre texte latin. Pourtant, cette
tirade a dû se trouver dans l'original. Ce qui le prouve,

c'est, d'abord, la mention faite de *Perrette*, c'est-à-dire
de **Petronilla**, la femme de Mathieu (II, 1239) et, ensuite, la
citation d'une partie de ce passage dans le *Livre de Leësce*
(1833-1890) où il semble bien être mis sur le compte de
Maistre Mahieu, *le mesdisant* (1805). On ne peut pas songer
à admettre la perte d'un feuillet, puisque la partie latine
(*1054*) qui correspond à II, 1106 termine le recto et que
celle (*1155*) qui correspond à II, 1243 commence le verso du
f° 16. On ne voit pas bien ce qui a pu amener, dans notre
ms. ou dans sa source, la suppression de ce morceau.

Le cas que présente la tirade II, 2589-2708, dont la
partie correspondante manque également dans le texte latin
(entre *1728* et *29*), est moins clair. Dans les premiers vers
de ce passage, il semble que ce soit plutôt Le Fèvre qui
parle, puisque l'orateur s'excuse de tirer des conclusions
trop générales de faits individuels (ce qui sera le fond de
sa critique dans *Le Livre de Leësce*) et qu'il mentionne (v. 2603)
ceste œuvre presente, nom qui convient assez à sa traduction.
On se demande également si les vers 2655-57, où le poète
dit qu'il a fait *des femmes cest ouvrage Aux heures qu'ay eü
loisir*, ne se rapportent pas plutôt à Le Fèvre qu'à Matheolus. Pourtant *loisir* peut indiquer ici, plutôt que des moments
de liberté professionnelle, le repos intermittent que laissent
à l'auteur les querelles de sa femme. Quant à la mention
faite du *parlement* (2677), elle pourrait bien cacher un souvenir personnel du traducteur (voyez § 4). D'autre part,
l'appel longuement motivé aux exemples (2663 svv.), la
mention faite de ses malheurs, qui excèdent toute mesure
(2649-54), la marche du raisonnement et l'allure générale de
la tirade semblent bien provenir directement de Mathieu.
Il y a, au reste, dans cette tirade, trois vers (II, 2606-8)
qui se retrouvent textuellement dans le *Livre de Leësce*
(2763-64), où ils sont positivement attribués à Mathieu. Il

semble bien aussi que les vers 815-16 de *Leësce*, avec leur rime *monde : fonde* renvoient directement à II, 2631-32 et 2640 des *Lamentations*, c'est-à-dire à des passages authentiques de Matheolùs.

Deux autres tirades de la traduction reproduisent manifestement des passages qui, quoiqu'ils manquent au ms. d'Utrecht, ont dû se trouver dans l'original. C'est d'abord II, 3695-3794, dont le texte latin correspondant a dû se trouver entre *2258* et *59*. Le copiste a-t-il éprouvé quelque scrupule devant une nouvelle description du plaisir sexuel? En tout cas, les vers 3789 svv., où il est question de *Perrette*, nous reportent à des vers de Matheolus. — Il faut en dire autant de la longue tirade II, 3825-4034. Il y a là une scène d'intérieur (3825-52) qui a dû se trouver dans l'original, de même que le conte amusant du médecin et du diable, qui est présenté comme un *exemple* que l'auteur a trouvé *en escrit* (3855 sv.). Notons que, dans le texte latin, les vers *2269* sq. se terminent par une rime en -illa, tandis que les deux vers suivants riment en -illam, ce qui justifie l'admission d'une lacune entre l'une et l'autre de ces deux rimes.

Voici encore quelques lacunes de moindre importance attestées par le texte français.

La première[1] est l'histoire de Marie, la sœur de Moïse, que Le Fèvre met entre celle de Cafurne et la fable de la corneille (II, 201-07). Ce qui semble prouver qu'elle se trouvait dans l'original, c'est l'allusion faite à ce passage dans le *Livre de Leësce* (v. 1049 sv., 1168 sv.), où il est positivement attribué à Mathieu. Notons encore que, si nous n'admettons pas ici une lacune, une rime double en -atur (*728*) suivrait immédiatement une rime simple identique (*726-27*).

Il y a, *Lam.*, II, 343 sv., trois vers sur « la plume de

1. Peut-être faudra-t-il admettre aussi une lacune entre *132* et *133*, correspondant à I, 340-52. Voir la note de ces vers.

l'aigle » qui ne sont pas dans l'original. Comme il y est question d'*un sage*, nous inclinons à croire que cette pensée se trouvait dans le texte latin et qu'il manque deux vers entre *781* et *82*.

Le passage du français II, 445-50 ne se trouve pas non plus dans l'original. Faut-il admettre une lacune entre *819* et *20*? C'est probable. L'idée convient admirablement à Matheolus : en « religion » on accorde un an de stage aux novices avant que leur engagement devienne définitif ; pourquoi ne pas accorder cette même facilité aux mariés ? L'auteur en parlera plus loin (*2445*. sq.). Faut-il supposer peut-être que Le Fèvre a utilisé d'avance ce dernier passage? Ce n'est pas probable. A l'endroit indiqué, il le traduit simplement (III, 320) avec une variante (*A un an de provision* contre *A un an pour profession*, II, 446), ce qui semble prouver que les deux passages sont indépendants l'un de l'autre et que Le Fèvre fait sa traduction en suivant fidèlement l'ordre des vers de son modèle.

Le passage où il est question de la reine Vasty (II, 1337-80) n'est pas non plus dans le ms. d'Utrecht. Cependant l'original a dû faire mention de cette reine, comme semble l'indiquer le passage correspondant du *Livre de Leësce* (1991 sv.).

Les vers II, 2047-58 n'ont pas non plus leur partie correspondante dans le texte latin, qui se borne à citer, à propos des sorcières (*1461*), le souvenir de Médée. Il est vrai que, dans *Leësce* (vs. 3043 sv.), tout le passage semble cité comme venant de « Maistre Mahieu[1] », ce qui rend probable qu'il se trouvait dans l'original. Il y a cependant une difficulté. A quel endroit insérer ce passage dans le texte latin?

---

1. Notons cependant que, si Médée est signalée comme ayant été citée par Mathieu (*Leësce,* 3041, *Il dit*), cette citation n'est pas indiquée expressément pour Circé et Erictot (3043-45).

Au premier hémistiche de *1463* correspond II, 2043, au second, II, 2059 sv., et *1463* est étroitement lié, par les rimes, à *1462*. Il n'est donc pas impossible que Circé et Erictot aient été ajoutées par le Le Fèvre. De même on peut hésiter sur la question de savoir si la reine Sémiramis, mentionnée par le traducteur, II, 1578-1588, avait sa place dans l'original. Dans *Le Livre de Leësce*, aux passages correspondants (2465 sv., 2531 sv., 2723 sv.), elle ne se trouve pas ; c'est par Pasiphaé que Le Fèvre y commence son énumération des femmes luxurieuses, comme le fait le texte latin (*1165*).

Le ms. d'Utrecht présente-t-il une lacune entre les vers *1106* et *1107*, correspondant à II, 1431-1448 ? Le cas n'est pas clair. Notons cependant que, dans *Le Livre de Leësce*, Le Fèvre cite ce passage (vs. 2215-26) comme faisant partie de l'œuvre du bigame.

Une autre lacune est probable entre *2383* et *84* du latin, correspondant à III, 135-166 du français. L'exhortation par laquelle commence cette tirade et, surtout, le souvenir du Christ pleurant sur la mort de Lazare, tandis qu'il eût pu empêcher cette mort, est entièrement dans l'esprit de Matheolus et dans le ton de cette partie de son œuvre. Cependant on peut douter que la traduction reproduise cette tirade au bon endroit. Le vers *2384* du latin se rattache logiquement au vers précédent, et comme, dans la tirade précédente, le poète a parlé d'une manière générale des maux du mariage sans insister sur ses misères personnelles, l'exclamation de Dieu : *Chier fils, ne pleure pas !* ne paraît pas une réplique très appropriée aux paroles du poète.

Il doit y avoir également une lacune entre les vers *2862* et *63* de notre texte, correspondant à III, 929-945 du français (voyez plus bas sur l'ordre interverti de tout ce passage). L'auteur a dû dire, comme le dit maintenant le traducteur, que le proverbe cité par lui comme traitant de Sathan, s'appliquait, au fond, à la femme ; en outre, Socrate et Caton ont dû être mentionnés ici par lui.

Les vers français III, 2859-91 ne se retrouvent pas non plus dans le texte latin. Faut-il admettre une lacune entre *3545* et *46* ? La chose ne paraît pas tout à fait sûre, puisque le raisonnement de *3546* sq. se rattache étroitement à celui qui finit *3543* et semble même le continuer directement. D'autre part, la pensée contenue dans les vers français (sans le mariage le paradis serait resté vide) n'est ni superflue ni étrangère à Matheolus ; elle pourrait même passer pour la *decima ratio* alléguée par le poète. Nous inclinons donc à admettre la disparition de quelques vers latins correspondant à ce passage du texte français. Mais nous ne pensons pas que la place où Le Fèvre a intercalé ce passage et où il l'a probablement rencontré dans sa copie, est bien celle que le poète lui avait assignée à l'origine. Peut-être venait-il après *3554* et se terminait-il par les vers *3544-45,* qui auraient alors servi de finale à tout le chapitre que le rubricateur a indiqué à la marge du vers *3500.*

On peut admettre, enfin, que dans sa copie du Livre IV (dont le traducteur ne reproduit qu'une minime partie et que, pour la partie essentielle, il se borne à résumer), le scribe du ms. d'Utrecht a laissé de côté un passage important, celui qui s'adressait à *Maistre Ernoul* (Arnulphus) *de Beaurain, doyen de saint Fremin en Monstereuil.* D'après Le Fèvre (IV, 168 sv.). Matheolus a *signifié sa querele* à ce prêtre *bon et sage sans moyen.* Or, notre texte latin ne mentionne pas ce personnage et n'a pas de tirade le concernant.

A côté de cette question des lacunes, il y a celle de savoir si le ms. d'Utrecht reproduit bien toujours exactement l'ordre dans lequel les tirades se suivaient dans l'original. Signalons deux passages où cet ordre diffère de celui qu'observe le traducteur.

Aux vers *2855-2880* correspondent les vers français III, 911-76 (sauf la lacune mentionnée plus haut entre *2862* et *63*). Nous serions disposé à admettre comme authentique l'ordre représenté par la traduction. Toute la démonstration tirée du triple avantage (fidélité, sacrement, progéniture) que peut faire valoir le mariage (*2692* sq.) vient mieux après la tirade sur le Discipulus (*2855* sq.), tandis que celle-ci, avec le **te testificante** du début se rattache très bien à la tirade qui précède en français, avec son **Scribitur in Genesi** (*2682*). D'autre part, le v. *2853* contient une question posée avec passion, à laquelle se rattache fort bien la sortie ironique **Mirus ego miror** du vers *2881;* cette question termine très bien la première partie du raisonnement, celle qui concerne le mariage, tandis que l'exclamation du vers *2881* ouvrirait alors la seconde partie, c'est-à-dire la critique générale de l'œuvre de la Rédemption. Nous admettrons par conséquent que, dans le texte primitif, représenté par la copie dont s'est servi Jehan Le Fèvre, les vers se suivaient ainsi : *2691, 2855-62* (lacune), *2863-80, 2854-2692, 2881* sq.

Peut-être faudra-t-il aussi intervertir l'ordre dans un passage du Livre IV. Le ms. d'Utrecht donne successivement : vss. *4099-4160*, éloge de l'Écolâtre de Thérouanne, *4161-98*, éloge du Doyen de Thérouanne, *4199-4223,* plainte adressée au Doyen, *4224-90,* plainte adressée à l'Écolâtre (le rubricateur nous renseigne sur l'adresse de ce dernier fragment; il a soin de dire *predicto,* ce qui nous renvoie à un personnage nommé antérieurement). Comme Matheolus rattache toujours directement, pour chaque personnage, la plainte à l'éloge, il est probable qu'il aura suivi le même ordre pour l'Écolâtre et que, dans le texte primitif, les vers *4224-90* se trouvaient entre les vers *4160-61*.

Remarquons encore, pour clore cette série d'observations concernant l'état primitif du texte latin, que le passage très hardi contenu dans les vers *2388-2424*, dans lequel le poète demande à Dieu pourquoi il ne s'est pas marié lui-même, fait l'effet d'avoir été ajouté par l'auteur après coup. Qu'on supprime ce passage, et l'on verra que les vers qui le suivent (*2425* sq. : l'épouse ne peut pas être mise à l'épreuve comme le bœuf ou le cheval) se rattachent tout naturellement à ceux qui le précèdent (*2383-88* : une fois marié, on est lié à sa femme pour toujours). Peut-être l'auteur, une fois son poème terminé, a-t-il été tenté de donner plus de développement à l'idée du Dieu célibataire, qu'il avait déjà indiquée en passant au vs. *3850* sq. (**cum non sit tibi juncta conjunx**).

Jehan Le Fèvre, en traduisant le texte des *Lamentations*, a rarement laissé de côté des passages d'une certaine étendue. Si cela lui arrive, il donne, en général, ses raisons. C'est ce qu'il fait pour la façon dont il a résumé les *recommandations* du livre quatrième (IV, 41 sv.), de même que pour la suppression, par lui, du long passage sur les ordres mendiants, sur lesquels il n'a pas envie de *mordre* (II, 1791 sv.). Parfois il ne les donne pas, mais on les devine, comme lorsqu'il renonce à traduire la longue liste des épithètes de la sainte Vierge (après III, 2450, il ne traduit pas *3430ᵇ-3463*, sauf que les vers *3445-46* se retrouvent II, 2647-48) ; ce travail lui a paru sans doute trop difficile et superflu au point de vue de ses lecteurs.

On n'en est que plus surpris de le voir passer sous silence la partie latine comprise entre *1599* et *1610*. Pourquoi, en effet, après s'être étendu longuement sur les femmes auxquelles le Seigneur est apparu après sa résurrection (II,

2309-22) aurait-il laissé de côté la Samaritaine ? Pourquoi aurait-il négligé le proverbe sur les choses qui ne peuvent pas rester cachées ? Mais, si on admet que ces vers latins aient manqué, par hasard, dans sa copie, comment expliquer le vers II, 2322 : *Car de jangler sont coustumières*, qui correspond manifestement au latin **Mos est cujuslibet ysse** (*1604*)? Il semble bien aussi que, pour dire que toutes les femmes sont disposées au *mensonge* (II, 2324), il ait dû avoir sous les yeux le mot **mendax** du vers *1605*. On pourrait songer à admettre une lacune dans la source commune (*o'*, voyez p. xxii de l'Introduction) de tous nos manuscrits français. Mais cette disparition de plusieurs vers n'est guère probable. Il semble plutôt ressortir du texte français II, 2323-24, et du fait que, dans le passage correspondant de *Leësce* (3095-3102), l'auteur a changé en *mentir* le mot *jangler* (le seul vraiment juste) du premier poème, que le traducteur a expédié un peu vite la reproduction de tout ce passage ; d'ailleurs, il paraît bien confondre, chez la femme, l'inclination au mensonge et le penchant à la divulgation (II, 2307 *jangleuse, menteresse*). — Il y a un autre passage de l'original (vs. *1206-12*) qui ne se retrouve pas dans la traduction (entre II, 1702 et 3). Comme on ne voit pas pourquoi Le Fèvre l'aurait supprimé, il est probable qu'il manquait dans sa copie. Nous inclinons à dire la même chose des vers *1707-8*, à moins que, pour la rime (II, 2545-46), le traducteur ait remplacé **Progne** par *Silla* (le *propre* comparé au **proprium** du latin le ferait supposer). La suppression d'Athalie (*1712*) se trouve sans doute expliquée II, 2567 sv. ; celle des vers *207-16* (la traduction, I, 533, s'arrête à *206*) s'explique peut-être par l'impossibilité de rendre l'idée des vers *211-14* (voyez la note de ces vers).

En règle générale, Jehan Le Fèvre a tenu à traduire fidèlement le texte des *Lamentations*. Cependant il ne redoute pas de prendre quelques libertés avec son texte. Par ci par là, il ajoute, sinon des idées, au moins quelques faits qui lui sont personnels ou qu'il a tirés d'ailleurs ; citons sa mention de peintures (III, 2697 sv.), celle des églises de Paris (II, 976 sv.), celle de Ptolémée (II, 2249 sv.) et de la *Légende dorée* (II, 2760), celle de la Babelée, une marchande de poisson de son temps (II, 3692), celle du réseau dans l'histoire du fils qui sauva son père (II, 748), etc.

Il aime surtout à amplifier les données de l'original, à développer, pour son plaisir personnel, les éléments des histoires que Matheolus n'avait fait qu'indiquer. Voyez, par exemple, l'histoire de Jésabel et de la vigne de Naboth (II, 2547 suiv.), celle de Scilla, de Phèdre, de Philis, de Didon (II, 1605 sv., 1630 sv., 1639 sv., 1651 sv.). Il est curieux qu'après avoir donné tant d'extension aux exemples cités par son modèle, Le Fèvre traduise encore le vers latin sur la nécessité d'être bref (II, 1662). Il s'étend aussi très au long sur l'histoire d'Eurydice (II, 1315 sv.), et sur celle de la femme de Loth (II, 1385 sv.). Il introduit l'histoire des filles de Loth à un endroit où le texte latin ne les mentionne pas, à propos de la luxure (II, 1619 sv.) ; plus loin (2446-44), lorsque le latin en parle, à propos de l'orgueil (v. *1664*), il croit inutile de les citer encore, ainsi que d'autres dont il avait déjà parlé. A l'endroit où il est question de songes fameux (III, 3281 sv.), il en ajoute deux ou trois que le latin ne mentionne pas. Peut-être a-t-il ajouté Circé et Erictot à Médée (II, 2047-58, voyez p. LVII n^t.). Une amplification curieuse, faite sans doute pour le besoin de ses lecteurs, qu'il tenait à renseigner sur un sujet qu'ils connaissaient moins bien que ne l'avaient connu les amis de Matheolus, concerne les règles de l'ordre de saint Benoît et la défense faite aux moines de posséder une fortune personnelle (le latin n'a que deux vers, *4535-36*, la traduction en a vingt-cinq, IV, 416-441). Notons encore celle qui consiste à clore le cortège qui entoure la sainte Vierge et qui chante ses louanges par *les vierges chantant a lie chiere* (III, 2771 sv.) et qui n'ont pu se trouver dans l'original, puisque les vers *3501* et *02*, entre lesquels elles auraient dû se trouver, riment ensemble.

A côté de ces amplifications, il y a quelques abréviations ou résomptions voulues. Ainsi, au vers II, 1674, le traducteur, ne voulant pas trop insister sur la chaleur des femmes, écrit *L'aucteur en met pluseurs raisons;* II, 2440 sv.; il trouve inutile, à propos de l'orgueil, de rééditer, d'après le latin (*1660-69*), une liste de femmes qu'il a déjà eu l'occasion de citer; II, 2176 sv., il supprime une description réaliste des intimités conjugales en renvoyant à celle qu'il avait donnée plus haut, au chapitre des secrets du mari que la femme désire connaître (II, 1107-1242). On se demande pourquoi le traducteur a résumé en deux vers (II, 2191-92) le si joli passage de l'original (*1532-39*) sur la mobilité de la femme. Faudra-t-il peut-être admettre une lacune dans le texte français entre les deux vers cités? La chose paraît peu probable si l'on songe que le *droit canon* de II, 2192 correspond au **canonis proprius textus** du vers *1533* et que le contenu du vers 2193 se retrouve *1540*; il faudra donc bien admettre que le traducteur a passé ou résumé exprès les huit vers du latin.

Quelquefois, rarement cependant, il y a du goût, une préoccupation d'écrivain, dans ces modifications, comme lorsqu'il met une partie d'un monologue au discours indirect (I, 1391 sv., la tirade de la nourrice; II, 864 sv. le discours de la mère de famille). Je n'ose ranger dans la même catégorie la modification de II, 1034, parce qu'on peut soupçonner le traducteur de ne pas avoir bien compris ce passage (voyez la note).

On s'étonne qu'un traducteur qui ne recule pas devant les descriptions réalistes de l'original et qui, dans le passage de la nourrice que son maître appelle lorsqu'elle dort, ajoute même une obscénité à la description du latin (I, 1447 sv.) ait parfois de petits accès de pudeur qui lui font dire : *Mais a present nous en taisons !* (II, 1673), qui lui font supprimer quelques vers un peu forts du latin. (*1206-14* manquent dans le passage correspondant du français, II, 1702), qui, ailleurs (II, 1524 sv.), lui font dire qu'il ne veut pas s'étendre sur les détails du jeu d'amour pour ne pas être maudit *pour parler de la ribauldie.* Peut-être cependant est-ce un sentiment de même nature qui lui a fait supprimer le passage latin où se trouve l'explication physiologique de la chaleur plus grande de la femme (*1181* **interius cum femina testiculetur**). Une réserve d'un autre genre et qui jure avec l'ensemble de cette œuvre si brutale se trouve dans la traduction du latin **femina non ulla** (*820*) par *bien peu de femmes* (II, 451).

Il n'est pas difficile de relever un assez grand nombre d'incorrections dans la traduction de Jehan Le Fèvre. En voici quelques-unes. Au vers I, 1165, le traducteur ne voit pas que, dans l'original (*502-03*), ce sont les querelles de Perrette, notamment ses larmes, qui empêchent le poète de rédiger convenablement son écrit et d'y mettre les rubriques ; I, 1230 *Peu voy fors quant le soleil raye* ne rend pas l'original de *530* « malgré le soleil je ne vois presque rien » ; II, 726 *nul qui soit orendroit* ne correspond pas à **modernos** (*905*), c'est-à-dire « les jeunes ; » II, 53 *A toutes heures chante et sonne* ne rend pas l'idée du latin (*675*) : « Journellement elle chante à son mari toutes les heures canoniales » ; II, 219-20, il a traduit **Par femina dicitur hosti** (*732*) comme s'il y avait ***Pro* femina** ; II, 267 sv., il introduit une idée de blâme qui n'est nullement dans l'original ; le poète oppose

simplement la toilette et l'humeur du célibataire à celle de
l'homme marié ; III, 1161-64, le traducteur a cherché des
idées très compliquées dans l'idée si simple de l'original
(*2787* sq.) : « Les laïques en appellent à l'usage sans donner
d'autre raison et sans avoir étudié les questions » ; III, 749
et 750 sv. contiennent deux incorrections : **tantum** (*2630*)
aurait dû être traduit par *tant*, non par *seulement*, et l'auteur ne parle pas de tous les prélats, mais uniquement de
ceux qui sont connus pour injustes ; III, 2452, le traducteur,
en parlant d'*autres dessertes*, introduit une idée fausse dans
le raisonnement si clair de l'original (*3349*) : « Le crime
d'Adam étant un crime de lèse-majesté, il est juste que
toute sa race soit punie » ; III, 3075 sv., le traducteur ne
distingue pas l'auréole (*couronne*) des vêtements ; au vers
3138, il dénature le sens de *3678* sq., puisque ce n'est pas
la « connaissance » de son martyre, mais la connaissance de
la foi et la « raison » de son martyre que le poète prétend
avoir reçues de Dieu ; IV, 484-05 rendent mal **ut libra sit
equa statere** de *4562* (voyez la note de ce vers).

Beaucoup de ces incorrections sont des inadvertances
provenant d'une certaine étourderie, ou du moins de la
rapidité avec laquelle le traducteur parcourt souvent le texte
latin. Le nom de Gillebert (II, 488) provient peut-être d'une
mauvaise lecture de **gibbetum** (*831*), (voyez la note de ce
vers.) ; II, 503 *vostre temps perdés* est mis à tort dans la
bouche de la dame ; c'est le chevalier qui le dit à celle-ci
Nam tua tristis tempora perdis (*835*) ; le traducteur a lu
peut-être à tort, au vers *866*, **moueam** pour **moneam**, puisqu'il écrit (II, 609) *ne te meuves* ; II, 2166, il traduit par
repudier le latin **repedari**, c'est-à-dire *retourner*, comme II,
2937, il met *serement* quand il aurait fallu *sacrement* ; III,
483, il n'a pas compris le sens du latin **diversificari** ; au
vers *1030* il n'a pas fait attention à **mea** dans **mea sponsa**

(le poète ne veut parler que de sa propre femme), ce qui
nuit à la logique de son raisonnement; dans le passage II,
151-160, il fait, à tort, pleurer le mari auprès de ses amis;
celui-ci va plutôt s'amuser avec ses camarades : c'est la
femme qui, restée seule à la maison, pleure et lance des
malédictions (*713* sq. **flet, devovet... sola domi sponsa**);
I, 880, il a négligé un joli trait de l'original, c'est-à-dire
les hésitations nerveuses du mari se terminant par une crise
de larmes (*388* sq.); II, 63, il met une banalité (*Pour un
mot ravroit un millier*) à la place du joli passage du latin
(*680*) : « Si l'homme répond, la femme excite sa langue et
lui chante mille *sol* et mille *la*. » Le lecteur trouvera encore
quelques inadvertances relevées dans les notes, par exemple,
dès le début I, 89, où le **turbem** du vers *2* est mal rendu
par *troublé n'en soye*, I, 149, où ni **sequela** ni **querela**
n'ont été bien rendus, I, 291, où la jolie idée du « déponent »
(*99*), qui contient une allusion à la « déposition » du clerc,
et que le poète a eu soin de distinguer du passif (*101*
dici passivum nequeor tamen), est rendue par *passif;*
le raisonnement un peu compliqué sur la chaleur des femmes
(*1121-24*; il y a là une contradiction que le poète essaye de
faire disparaître) est gauchement rendu : la contradiction
subsiste tout entière (voyez II, 1489 comparé avec 1486);
II, 851 *C'est coustume quant elle pleure* ne correspond pas
à **mos est mulierum** du latin (*955*) : **mos** s'applique à la
recherche d'un nouveau mari; II, 1031 sv. *Fy !* est dit
à tort au mari; c'est l'exclamation de la femme qui cause
avec ses amies : « Fi donc! je me laisserais dominer par
mon mari? » (*1022*); III, 2433, *lex* (*3342*) est traduit à tort
par *l'Escripture*, apparemment sous l'influence de **Scriptura**
dans le vers qui précède.

Il y a, dans le texte français, un passage de trente vers

(II, 1541-70) qui contient des observations personnelles et des excuses du traducteur. Nous en parlerons à propos du *Livre de Leësce* où Le Fèvre l'a signalé expressément comme n'étant pas de Matheolus, mais de lui (*Leësce*, 2315-18).

B. *Analyse du poème*[1].

LIVRE PREMIER. — [I, 1-82 contiennent une Introduction du traducteur. Il y parle un peu de lui-même et commence par mettre son œuvre sous le patronage du Christ. Son âme est triste, il se sent malheureux et n'a d'autre espoir que de voir finir son mal par la mort, après qu'il l'aura supporté avec patience (-13). Son malheur n'est, du reste, que le salaire mérité de sa folie : il a fait la sottise de se marier (-18). Et pourtant, déjà à cette époque, il avait lu bien des livres, tant en prose qu'en vers ; il connaissait le *Roman de la Rose*, dont deux vers auraient pu suffire pour lui déconseiller le mariage (-26). Hélas ! il ne s'en est pas souvenu au bon moment. Voilà dix-neuf ou vingt ans qu'il vit dans ce lamentable état auquel une mort violente aurait été préférable (-32). Maintenant il a fait une nouvelle trouvaille. Un livre latin lui est tombé entre les mains, un livre fort bien fait, et dont l'auteur défunt s'appelait « maistre Mahieu. » C'était un homme sage et de beaucoup d'expérience, dont l'ouvrage mérite d'être connu du public (-44). Le traducteur affirme solennellement que dans aucun livre, ni dans l'Apocalypse, ni dans les prophéties d'Ezéchiel ou de Jérémie, il n'a trouvé des gémissements comparables à ceux que contiennent les vers merveilleux de ce Mathieu (-52). Comme

---

1. Ce qui se trouve enclavé entre deux [ ] n'est que dans le texte français ; ce qui se trouve entre deux ( ) n'est que dans le texte latin. Les chiffres sont ceux des vers de la traduction française.

il faut blâmer le mal et aimer le bien, il traduira l'œuvre de ce sage, d'autant plus que le contenu du poème se rapporte merveilleusement au grand sujet qui le préoccupe (-56). Voici, en deux mots, l'histoire de « Maistre Mahieu » : il s'est marié et son mariage l'a rendu bigame ; alors il a perdu sa « maistrise » et de Mahieu est devenu Mahilet (-64). Le traducteur sait bien que quand on connaîtra cet ouvrage, chacun en parlera à sa façon. Il dira seulement que l'auteur a envoyé son livre à Thérouenne et qu'il lui a donné le titre de « Livre de Lamentations ». Ce n'est pas pour gagner de l'argent, mais pour être utile aux hommes et par sympathie pour ce compagnon d'infortune, qu'il essayera de traduire ce beau poème en français (-77). Que Dieu sauve du mal et qu'il admette au bonheur éternel tous ceux qui entendront ce qu'il y a dans ce poème (-82) !]

Mathieu, s'adressant à son livre, à la façon d'Ovide, le charge d'exposer à ses « très nobles » compagnons, au risque de (les troubler), [d'en être troublé], l'état déplorable où l'a mis le mariage. Il faut qu'ils le sachent tous [qu'on le sache partout en France], qu'il faut fuir le mariage, plus spécialement la bigamie, comme la peste (-110). Il se sent humilié, ayant été dépouillé de sa « clergie » ; un savetier a le droit de se croire supérieur à lui. Le mal est incurable ; le maître d'autrefois est devenu le plus ignoble prolétaire (-147). C'est sa bigamie qui l'a mis dans cet état, c'est-à-dire son mariage avec une veuve. Et quelle veuve ! Une « virago » qui se conduit à son égard comme une véritable ennemie, et qui a le front de lui reprocher un état dont elle est la cause néfaste. Elle lui cherche constamment querelle et se fait craindre par lui plus que la foudre. C'est, d'ailleurs, la loi du mariage ; toutes les femmes sont ainsi (-172).

Son état malheureux lui ayant enlevé une partie de ses moyens, le poète s'excuse d'avance des fautes de versifica-

tion et de style qu'on pourrait trouver à lui reprocher. Ce
ne sont pas les Muses, mais plutôt les Furies qui président
à la composition de son poème (-230).

Que les jeunes gens l'écoutent, ceux qui peuvent encore
éviter le mal. Quant aux bigames, le décret du pape Grégoire les a condamnés irrévocablement (-248). Hélas! lui
qui levait fièrement la tête, traitant les laïques avec sévé-
rité, il est désormais soumis à leur juridiction et n'ose pas
même froncer le sourcil contre sa femme (-268). Un serf
peut devenir un homme libre, mais un clerc devenu laïque
ne peut plus recouvrer ses droits de clergie. D'actif, il est
devenu (déponent) [passif]. Il est semblable à la chouette
qui n'ose s'assembler avec les autres oiseaux. Le bigame
souffre une triple mort : les laïques sont devenus ses juges,
sa femme le tourmente, ses enfants l'écorchent; il a des
ennemis partout. (Le poète veut envoyer le récit de ses
misères à ses compagnons pour qu'ils sachent quels sont
les malheurs du bigame) (-298). Il rappelle sa première
rencontre avec Perrette. Il aurait mieux valu rencontrer la
Méduse. (Il souffre comme le Titan dont le foie était rongé.)
Inutile d'invoquer Dieu (-320).

Il lui semble injuste que la loi, qui d'ordinaire favorise
le mariage, soit si dure pour le clerc qui a épousé une
veuve et le dégrade pour jamais, tandis que rien n'interdit
l'accès de la prêtrise aux débauchés les plus extravagants.
[Il est vrai qu'en épousant une fille de mauvaises mœurs
on est également exclu des ordres ; mais on peut vivre
impunément avec une centaine hors du mariage. Décidément
l'auteur du décret n'a pas réfléchi.] On devrait au moins
restituer au bigame sa liberté première lorsqu'il aurait
rompu son mariage. Il n'en est rien. Par le fait qu'il s'est
joint aux laïques [en épousant la veuve d'un autre], il est
considéré par le clergé comme un transfuge. Il est réduit

pour toujours au servage et au mépris, comme le corbeau
qui s'était paré d'un plumage étranger (-376).

On allègue une autre raison pour exclure le bigame de
la prêtrise : l'intégrité du sacrement ne s'accorde pas avec
une chair divisée. Mais quoi? Les saints patriarches ont eu
plus d'une femme. Pourtant, ils n'en ont pas été moins
heureux. Avant la loi, on a eu Jacob, le mari de Léah et
de Rachel; après la loi, Helcana, le père de Samuel (-414).
On prétend qu'autrefois ces mariages doubles pouvaient être
permis dans le but de peupler la terre. Mais pourquoi alors
le pauvre Lamech a-t-il été puni si sévèrement? Car ce n'est
pas pour avoir tué par imprudence Caïn, qui, lui, avait tué
sciemment son frère, que Lamech a reçu une peine sept
fois plus sévère. Ce ne peut être qu'à cause de son mariage
double. Oui, c'est bien à Lamech que remonte l'origine de
tout le mal qui arrive aux bigames. Pourquoi a-t-il pris
deux femmes? Ne savait-il pas qu'une seule femme suffit
pour dix hommes? (-462).

Il n'y a pas de malheur plus grand que celui du bigame.
On changerait plus facilement une chèvre en homme que
de faire revenir le bigame à son état primitif. Et il n'y a
pour lui, Mathieu, nulle excuse; il n'a été ni dupé, ni forcé;
il a su ce qu'il faisait (-510).

L'auteur ne comprend pas qu'un homme puisse songer à
se remarier après la mort de sa femme. Lui-même irait
plutôt se faire pendre ou brûler que de se remarier si Perrette venait à mourir. Les secondes noces, que l'Église
refuse avec raison de bénir, sont mal vues dans le monde
(-536). Nouvelles imprécations; cette mort est pire que
l'autre (-564).

L'auteur raconte comme quoi les charmes de [Perrette]
(Petra), qu'il énumère et qu'il décrit dans le détail, l'ont
rendu amoureux fou et comment cet amour l'a fait prendre

au piège (-640). A la Petra d'autrefois, il oppose la vieille qu'elle est devenue, laide et dégoûtante de toutes façons (-691). Le dedans est encore plus mauvais que le dehors. La déesse d'autrefois est devenue une Médée, la rose s'est changée en ortie ; ce sont des querelles sans fin (-720). L'auteur ne se console qu'en pensant aux autres mariés, qui souffrent comme lui (-732). C'est une horloge qui ne s'arrête jamais. Il n'y a, pour le mari, qu'à obéir et à se résigner ; sa vie est pire qu'un enfer (-764). Si les vivres manquent, c'est sa faute ; s'il y a abondance, c'est l'œuvre de la femme ; la femme fait tout, le mari ne fait rien ; elles raisonnent toutes ainsi (-820). La femme est désobéissante par nature. Dieu lui-même n'en viendrait pas à bout. C'est comme cela depuis la chute d'Adam (-842).

La femme conduit son mari à cinq « bornes de sophisterie ». D'abord elle lui suggère une fausse explication. Exemple : Guy ayant surpris sa femme en flagrant délit d'adultère avec Simon, voulut la chasser. Sa femme soutint qu'il avait songé son adultère, comme c'était arrivé au mari de sa mère et aux maris de toutes ses aïeules ; les pauvres femmes en étaient mortes. Le mari, ne voulant pas que sa femme eût le même sort, lui fit des excuses publiques (-902). Il en est de la vue comme de la langue ; Werri avait trouvé sa femme, Sebile, avec un autre homme. Il s'en plaignit. Sa femme nia hardiment le fait. Une de ses voisines, Baucis, informée de la chose, se rendit auprès de Werri, qui était allé labourer son champ, ayant sa quenouille à sa ceinture. Elle fila d'abord de la laine rouge, mais elle avait caché de la laine blanche sous son vêtement. Marchant à côté du laboureur, au bout de chaque sillon elle changea habilement de laine. L'homme s'en étonna et en demanda l'explication. Baucis lui répondit qu'il avait sans doute la berlue, comme elle, du reste, puisqu'elle

lui voyait deux têtes. « Pourtant je n'en ai qu'une », dit le
mari en se tâtant le chef. — « Eh bien ! » répliqua la voisine
rusée, « vous voyez qu'on peut voir des choses qui ne sont
pas ». Werri se rendit à cette démonstration (-966). La
femme réfute de même le témoignage du toucher. Frameri,
ayant trouvé, par une nuit obscure, l'amant de sa femme à
côté de son lit, le saisit par les cheveux croyant tenir un
voleur. Il chargea sa femme de le garder pendant qu'il irait
chercher un marteau pour l'assommer. La femme profita de
la courte absence de son mari pour mettre l'âne à la place
de l'amant, et ce fut Bruneau, la bonne bête, qui fut
assommé. Frameri ayant demandé une chandelle, s'aperçut
trop tard de la fâcheuse méprise (-1012). La femme, con-
duisant le mari à la borne du faux manifeste, arrive, par
l'amour ou par les querelles, à lui faire croire que la lune
est une peau de veau, ou même des choses plus fortes. Pour
être crue la femme jure et pleure et se donne à cent
diables. Les exemples abondent; pour être bref il vaut
mieux n'en pas citer (-1043). Le grand roi Salomon fut
amené par les femmes à adorer les idoles, contre le témoignage de la raison et de la foi divine, et conduit ainsi à la
borne de l'incroyable. Plus tard, il désavoua publiquement sa grande sottise. Si Salomon, qui fut la Sagesse
même, y a été pris, il est ridicule de croire encore à une
parole féminine (-1078). Aristote, le grand maître de toutes
les sciences, fut mené à la borne du solécisme et du
barbarisme par la femme qui se servit de lui comme d'une
monture. Ce fut vraiment là le monde renversé, chacun des
deux sexes prenant la place de l'autre. Ce fut une chevauchée
incongrue, désordonnée, contraire à toutes les lois de la
grammaire et de la logique, et même contraire à la nature,
puisque celle-ci interdit l'amour aux vieux. Aristote avait
espéré qu'après avoir servi de cheval à la belle, il pourrait

monter sur elle à son tour. Mais elle s'en alla en se moquant de lui ; au reste, il n'en aurait pas été capable. Nature et Raison auraient dû venir au secours de leur maître, dont la conduite insensée a porté pour toujours la confusion dans la méthode des « artistes ». L'auteur en sait quelque chose ; les rixes et les larmes de sa femme l'empêchent d'écrire son livre selon les règles de l'art (-1166). La femme fait répéter à son mari trois ou quatre fois la même chose, feignant de ne pas l'avoir entendu. En outre, elle explique en mauvaise part tout ce qu'il dit ; qu'il parle ou qu'il se taise, il a toujours tort. Les disputes de la femme sont plus à craindre que toutes les fièvres (-1196).

Tous les sens de l'homme se plaignent de la femme ; l'oreille se plaint du bruit qu'elle fait (-1212) ; les yeux se gâtent à force de pleurer et de veiller et perdent complètement la faculté de voir (-1231) ; le rhume de cerveau enlève l'odorat au nez, en faisant, d'ailleurs, souffrir tout le corps, y compris le cœur et la tête (-1256) ; le goût est mis constamment à une dure épreuve, puisque la femme offre de préférence au mari des plats qu'il n'aime pas ou de la nourriture qui sent mauvais ; Petra en use ainsi vis-à-vis du poète (-1286) ; quant à la langue, celle du mari n'ose rien proférer, craignant la langue menteuse, bavarde, méchante de la femme (-1306).

L'auteur raconte ensuite que, devenu impuissant, tandis que sa femme réclame toujours ses droits, il subit, à cause de cette infirmité, les plus mauvais traitements (-1362). Scène d'intérieur : le domestique, accouru au bruit, mais redoutant la dame, se sauve en secret dans la ville. Alors la nourrice commence à se plaindre de la façon dont elle est traitée, de l'insuffisance de ses gages, de toutes les besognes dont on la charge. Pour se venger, elle va à l'étable délier le cheval et le chasser dehors par le mauvais temps.

(-1420). Autres scènes d'intérieur : lorsque Petra injurie son mari, la nourrice lui donne raison ; cette « mauvaise bête » pince l'enfant pour le faire crier ; le matin, elle refuse de se lever de son lit, quoique son maître insiste ; sa maîtresse prend parti pour elle et lui défend d'obéir aux ordres du patron (-1499). Le pauvre homme maudit sa naissance. Tout en lui dépérit. La nature oublie tous les dons dont elle l'a gratifié naguère (-1522, fin).

LIVRE DEUXIÈME. — Le poète se souvient du temps où il se livrait gaiement à l'étude et à la composition des vers. Ce n'est pas l'âge, ce sont les querelles de sa femme qui l'ont fait vieillir. Que personne ne soit assez fou pour vouloir se marier ! (II, 1-25). S'il y a des hommes qui ne connaissent pas les façons et les artifices de la femme, qu'ils lisent attentivement cette seconde partie du poème, dans laquelle l'auteur se propose de les exposer. Tout lecteur, pour sûr, les condamnera (-40).

La femme est toujours querelleuse et bavarde ; elle chante la litanie à rebours. Le pauvre mari est l'éternel souffre-douleur. Il faut bien, qu'il le veuille ou non, qu'il écoute ses antiennes. Il ne lui reste plus qu'à sortir de chez lui, suivant le proverbe de Salomon, qui dit que la pluie, la fumée et la femme querelleuse chassent l'homme de sa maison (-76).

La femme ne peut pas plus vivre sans querelle que le poisson ne peut vivre hors de l'eau ; l'homme a moins à craindre d'un lion ou d'un serpent que d'une femme ; car les bêtes, on peut les mettre en cage, mais par la femme l'homme, si puissant qu'il soit, est finalement vaincu. L'histoire le témoigne, un exemple le prouve (-114). C'est l'histoire d'un personnage que le poète a connu personnellement, (Cras, ou Crassus), de Montreuil, un sabreur de premier ordre qui, s'étant marié, fut si bien dompté par sa femme qu'il quitta la maison en cachette pour aller [se plaindre] à ses camarades. Le poète, lui, n'est pas dans de meilleures conditions ; quand sa femme ouvre la bouche, c'est le tonnerre (-176). Les oiseaux cesseront plutôt de chanter que la femme n'est capable de retenir sa langue. Cafurne (Calphurnia), plus bavarde qu'une pie [et qui fit un geste indécent au milieu de sa plaidoirie], fit exclure pour jamais toutes les femmes des fonctions d'avocat. [Marie, la sœur de Moïse, devint lépreuse en punition de son bavardage.] La corneille, qui était blanche, devint noire pour la même raison. Comme Dieu aurait bien fait de faire subir le même sort à toutes les femmes. Aucun homme ne s'en plaindrait (-218). Ce serait un plus grand miracle de faire taire une femme excitée que de faire parler une muette. Il n'est pas étonnant, d'ailleurs, que les femmes fassent plus de bruit que les hommes ; la femme est faite d'un os, l'homme est fait de terre ; or, l'os sonne plus que la terre (-250).

Avant le mariage tout homme est gai, heureux, plein d'ambition. Il s'habille bien, se donne de grands airs et croit être roi de France. Après le mariage, c'est le contraire : il devient, au physique comme au moral, dans sa toilette et dans ses manières, le plus triste personnage (-308). Tous les maris se trouvent, pour ainsi dire, dans la mer, ce que le français exprime si bien en faisant appeler l'époux *mari*. Un homme attendait un si grand bonheur du mariage qu'il demanda à épouser trois femmes. On lui en donna une ; bientôt il en eut tellement assez qu'un jour, lorsque, dans le pays qu'il habitait, on eut pris un loup et qu'on n'était pas d'accord sur la façon de le tuer, cet homme conseilla de lui donner une femme (-342). Le mariage, même en dehors des rapports conjugaux, par le fait même que l'homme vit à côté d'une femme, gâte sa santé [comme la plume de l'aigle gâte tout autre plumage]. Il pourrait, sans le moindre inconvénient, coucher tous les jours avec deux ou trois filles ; mais le contrat de mariage a le pouvoir de rendre l'homme faible et malade ; c'est une espèce de teigne qui lui ronge les os (-384).

Principiis obsta ! Le remède appliqué trop tard ne guérit plus le mal. [Tart main a cul quant pet est hors.] L'acheteur examine soigneusement la marchandise avant de la prendre, de crainte d'être déçu. Mais une fois que la femme a été donnée en mariage, on est obligé de la garder, quand même elle serait une Médée. Il s'agit donc de prendre des précautions. Plus le danger est grand, plus il faut le redouter. « Éprouvez toutes choses ! » dit la parole divine. Il faut donc éprouver sa femme avant de l'épouser. [Il faudrait faire un stage, comme en religion, avant de se lier définitivement.] (-450).

Il n'y a pas de femme, qu'elle soit riche ou pauvre, laide ou jolie, qui aime vraiment son mari. L'exemple de la femme qui alla pleurer son mari sur sa tombe et qui déterra son corps et le mutila pour obtenir un autre mari[1], le prouve jusqu'à l'évidence (-578). La loi dit qu'il ne faut pas pleurer sa femme. Elle médite toujours la mort de son mari, comme Silla chercha à tuer son père. Mais le mari doit être pleuré par sa femme. Les larmes de celle-ci ne sont cependant qu'extérieures. Dans son cœur elle se réjouit de cette mort et espère trouver un autre mari (-606).

Deux choses sont détestables dans la femme. Elle aime ce que hait son mari, puisqu'elle ne demande pas mieux que d'épouser son ennemi. Elle hait, au contraire, ce qui plaît à son mari, comme Caton l'a déclaré expressément (-628). La femme ne tourmente pas seulement le mari lui-même, mais encore ses amis, tandis qu'elle recherche les ennemis

1. La Matrone d'Éphèse.

du mari pour en faire ses amants ou pour choisir parmi
eux son second mari. Elle chérit celui-ci plus que l'autre et
l'établit seigneur sur les biens des héritiers légitimes. Cette
déloyauté de la femme apparaît clairement dans la conduite
de Bethsabée envers Urie, de Dalida envers Samson et dans
celle de la femme de Guy d'Hanstone (-692). Le véritable
ennemi de l'homme, c'est la femme. Ceci ressort clairement
d'un « exemple » frappant. Le roi Salomon avait décrété
que tous les vieillards au-dessus de cent ans fussent mis à
mort. Un jeune homme, qui aimait son père (Gédéon), un
vrai sage, osa transgresser ce décret et, l'ayant enfermé, le
nourrit secrètement. Lorsque le roi eut eu vent de la chose,
il enjoignit au jeune homme de se présenter devant lui
dans les conditions suivantes : il ne devait venir ni à pied
ni à cheval, [ni nu ni vêtu], il devait tenir par la main son
seigneur et amener son serviteur, son ami et son ennemi. Le
jeune homme, après avoir consulté son père, monta sur un
âne, [vêtu d'un réseau] et présenta au roi l'âne comme
son serviteur, son fils comme son seigneur, sa chienne
comme son amie, sa femme comme son ennemi. Celle-ci,
lorsqu'elle s'entendit désigner de cette façon, protesta. Mais
quand son mari, pour lui imposer silence, lui eut donné un
soufflet, elle s'empressa de le dénoncer comme ayant désobéi
à l'ordre royal. Le roi se mit à rire et dit : « la preuve est
faite » ; puis il accorda son amitié au jeune homme (-784).

Saint Ambroise exhorte les gens à ne pas pousser leurs
amis au mariage ; les entremetteurs de ce genre ne sont
récompensés de leur peine que par des malédictions. Entre
frères et membres du corps de Jésus-Christ, nous ne devons
nous donner les uns aux autres que de bons conseils. Le
poète adjure donc tous ses lecteurs de ne pas épouser de
femme, quelle qu'elle soit. Il faut prévenir les maux et ne
pas se laisser prévenir par eux. Voilà pourquoi il veut

réciter aux autres les horreurs de son état. Hélas! que n'a-t-il eu autrefois un bon conseiller! (-846).

Description de la veuve qui, pressée de se remarier et sollicitée par ses enfants de leur remettre l'héritage paternel, reproche à ceux-ci de l'empêcher de trouver un mari qui défende ses droits contre eux ; puis, lorsqu'elle en a trouvé un, ce nouveau mari dilapide ses biens, vend ses propriétés, en sorte qu'elle va se plaindre de lui aux enfants du premier lit. Il n'y a pas de bête plus folle que la veuve récemment remariée. Elle est coquette, capricieuse, énervée ; semblable à l'escarbot, elle fuit le parfum des fleurs pour suivre les ordures. Autrefois, la veuve devait s'astreindre à une année de deuil; à présent, elle n'attend pas trois jours. Les veuves vont et viennent, poussées hors de leur maison par leur folle ardeur ; elles montent même sur les toits des maisons, comme les grenouilles d'Égypte. Saint Acaire aima mieux être le gardien des fous que des veuves (-946).

Les femmes fréquentent les églises. Mais ce n'est pas à cause des reliques, c'est à cause des clercs et des prêtres. C'est dans les églises que le « ribaud » va chercher sa proie. On n'oserait vendre un cheval dans une église, on y établit bien un marché de femmes. Les femmes sont corrompues par les moines des différents ordres, par sainte Geneviève, Notre-Dame des Champs, saint Maur, par les solennités et les fêtes [le traducteur ajoute une longue liste des églises de Paris et des pèlerinages de son temps] (-1022). Dans les églises se tiennent les conciliabules féminins. On y débite la chronique scandaleuse de la ville. Les femmes y racontent à leurs amies la façon dont elles traitent leurs maris. La novice y devient en peu de temps maîtresse en l'art de disputer. Le poète aime mieux que sa femme reste à la maison que de la voir se rendre à l'église. Il est vrai que, comme elle est froide et laide, elle n'y fornique-

rait pas; mais elle lui chercherait querelle en rentrant. Il
pense, d'ailleurs, que, à tout prendre, une femme sensuelle
qui trompe son mari vaut mieux qu'une femme querelleuse
qui lui arrache les cheveux. Il vaut dix fois mieux être cocu
que malmené (-1068).

Les femmes veulent être renseignées sur les faits et gestes
de leurs maris. Si, interrogé sur ce qu'il a pu faire, il se tait,
elle le traite d'adultère, quoiqu'il soit un saint Jean-
Baptiste. Petra est comme les autres. Quant à leurs affaires
à elles, le mari n'en saura jamais rien (-1106). [Scène très
réaliste racontée dans le détail sur la façon dont la femme
joue de l'amour pour arracher un secret à son mari] (-1242).

L'homme chargé d'une femme ne saurait bien servir Dieu.
Aussi l'église d'Occident a-t-elle raison de ne pas admettre
le mariage des prêtres. Un homme marié a mille soucis et vit
facilement en désaccord avec sa femme. L'Evangile rapporte
que, parmi les invités au souper céleste, il y en eut un qui
s'excusa alléguant son récent mariage (-1286).

La femme est désobéissante par nature. Elle fera volontiers ce qu'on lui a défendu. L'expérience en fut faite
par un homme qui, pour éprouver sa femme, acheta du venin et lui défendit d'y toucher, la prévenant que, si elle en
buvait, elle mourrait. Le mari parti, la femme n'eut rien de
plus pressé que d'aller boire au flacon défendu. Elle y
trouva la mort (-1314). Orphée aussi en fit l'expérience, lorsque Eurydice, quoique prévenue des suites de son imprudence,
se retourna et fut ramenée aux enfers (-1336). [La femme
du roi Assuérus, la reine Vasti, refusa de paraître devant
son mari lorsqu'il lui en eut envoyé l'ordre ; elle fut détrô-
née ; ce fut bien fait. En France, ce ne sont pas les hommes,
mais les femmes qui sont les maîtres] (-1380). L'exemple
d'Ève et de la femme de Loth sont là pour confirmer la
thèse générale. Celle-ci fut changée en une colonne de sel.

Ce serait un bonheur vraiment, si toutes les femmes pouvaient ainsi devenir immobiles. Le poète y trouverait son
profit si Petra subissait cette métamorphose. Il n'y a qu'un
seul moyen de faire faire une chose à une femme ; c'est de la
lui défendre (-1412).

La femme est envieuse, (elle porte les clefs de l'envie).
Si vous désirez connaître les défauts d'une femme, louez-la
auprès de ses amies et de ses connaissances. [S'il y en a
une qui occupe la première place à l'église, il faut qu'elle
soit une bien grande dame pour qu'on la laisse faire sans
protester ou sans s'aigrir. Si vous voulez vivre en paix avec
les femmes, saluez-les toutes, sans exception, très respectueusement.] Une femme ne peut pas souffrir que sa voisine soit mieux habillée qu'elle. Le mari n'aura la paix que
s'il lui achète, à elle aussi, de belles robes et des bijoux. La
chose du voisin, c'est connu, vaut toujours mieux que la nôtre
(-1482).

La femme devant être froide par sa nature, il est inévi-
.table, puisque le froid retrécit, qu'elle soit avare, — quoique,
par parenthèse, elle ne soit pas plus froide que les mâles.
Le droit aussi la proclame avare. Il serait plus facile
d'écorcher une pierre avec le doigt que de tirer un denier
de sa bourse. Un petit cadeau lui fera préférer un « rogneux »
à un noble qui n'a rien. Elle n'aime pas celui qui donne,
mais le don ; c'est au don qu'elle mesure l'amour. Le poète
s'excuse de ne pas pouvoir dire la cinquième partie de ce
qu'il faudrait pour bien dépeindre l'avarice de la femme.
La façon dont la fille publique sait arracher de l'argent à
ses amants est odieuse (Description de la débauche, d'un
réalisme devant lequel le traducteur semble avoir reculé). Il
vaut mieux parler de Tobie, le mari chaste, et se mettre en
garde contre la cupidité de la femme (-1540).

[Le traducteur rend hommage aux femmes vertueuses,

loyales et dignes d'être honorées. Il s'excuse de dire parfois des choses assez crues. Il doit être excusable, ne faisant
qu'œuvre de traducteur. Le contenu du poème n'est pas de
lui] (·1570).

La luxure est un des traits caractéristiques de la femme.
On en trouvera des preuves abondantes dans l'histoire de
[Sémiramis, qui épousa son propre fils], de Pasiphaé, qui
devint la maîtresse d'un taureau, de Silla qui, amoureuse
de Minos, coupa la tête à son père, de Mirra, qui voulut
coucher avec son père, [des filles de Loth], de Biblis, qui fut
la maîtresse de son frère (Caunus), [de Canasse et Macaire],
de Phèdre, dans laquelle se manifesta toute la fureur de
Vénus, de Philis, qui se pendit pour Démophon, de Didon, qui
se suicida, entraînée par les troubles de l'amour (-1662).

La femme est plus luxurieuse que l'homme (Ceci
s'explique par sa condition physiologique, et est attesté par
Tiresias, Ovide et d'autres), notamment aussi par Uguccione,
qui dérive femina de φῶς [ou de *femur*]. Même quand il y
en aurait d'assez froides, celles-ci emploient l'acte amoureux
comme un purgatif. La femme est plus fragile que le verre;
il n'y a de chaste, dit Ovide, que celle que personne ne sollicite
à ne pas l'être. C'est à cause de cette fragilité que le pape permet aux veuves de se remarier sans délai. (Un seul coq suffit à
quatorze poules, mais quinze hommes ne suffisent pas à une
seule femme. Salomon appelle la matrice de la femme
insatiable.) On peut cependant être une méchante femme
sans aimer la luxure. Petra le prouve bien; elle est pudique,
peut-être parce qu'elle est très méchante (-1706).

L'auteur passe en revue les diverses conditions où peut se
trouver la femme amoureuse et qui influent sur sa façon de
se donner. La villageoise cède facilement à la simple solli-
citation; la citadine veut des cadeaux; la grande dame
exige simplement que le lieu du rendez-vous soit convenable.

Les religieuses se donnent des airs de spiritualité, mais leur genre de vie éveille fortement les appétits charnels. Elles inventent mille prétextes pour sortir du cloître; une fois sorties, elles cherchent leur plaisir un peu partout, en ayant soin toutefois de se faire bien payer. Elles vous pilleront mieux que les larrons [ou les Anglais] (-1764). Plus les habits sont simples et modestes, plus elles cachent sous leur robe d'amour illicite. Les Béguines sont particulièrement hypocrites sous leurs larges manteaux; elles sont, au dehors, des anges et des tourterelles, mais elles couvent un dragon dans leur cœur. Chacune d'elles se choisit un père cordelier ou un Jacobin (-1784).

[Le traducteur s'excuse de ne pas traduire la partie consacrée par Mathieu aux moines mendiants. D'abord, il ne veut pas en dire du mal, — ils sont, après tout, des hommes, — ensuite, Jean de Meun a déjà traité ce sujet. Il va donc simplement continuer son chemin. Si on l'en blâme, il s'expliquera plus tard (1806).] (Long passage, *1264* à *1361,* sur les ordres mendiants, qui ont fait invasion dans la bergerie dont la garde a cependant été confiée aux prélats. Il vaut mieux, au point de vue du droit aussi bien qu'à celui de la moralité, que chacun confesse ses péchés à son propre prêtre, plutôt que d'aller choisir un confesseur parmi les moines mendiants. Ils s'appellent Jacobins; ce nom ne vient pas de Jacques, mais de Jacob, ce dernier nom pris dans le sens de supplanteur, non de lutteur. Le poète pourrait encore dire du bien de ces frères, qu'il aime beaucoup après tout, s'il n'y avait pas la querelle néfaste dans laquelle Guillaume de Mâcon s'est montré le champion du droit. Le morceau se termine par une nouvelle attaque contre les Béguines).

Les vieilles, quoique la chaleur naturelle soit absente, ne sont pas moins avides de plaisir amoureux. Lorsque Sarah,

vieille, édentée, apprit qu'elle aurait un enfant, cette perspective la fit rire. D'ailleurs les vieilles, ayant dû déposer
les armes, enseignent les délices charnelles aux autres,
comme un vieux chevalier enseigne la chevalerie aux jeunes.
Beaucoup de femmes sont séduites et déçues par les vieilles
dont elles suivent la doctrine. Ce fut une vieille qui, pour
séduire la jeune Galathée, fit pleurer artificiellement sa
chienne. Elle lui servit, en outre, de longs raisonnements
tendant à prouver que, si Dieu a créé l'homme et la femme,
c'est pour qu'ils fassent le jeu d'amour. Le clergé condamne,
disait-elle, ce plaisir par ses paroles, mais aucun membre
du clergé, se trouvant seul avec une femme, ne se le
refusera. Galathée se rendit. Et lorsque son amant l'eut
déflorée, la vieille répara le mal et lui fit boire un breu-
vage pour empêcher la conception. C'est le métier habituel
des vieilles; il faudrait les brûler vives. Puis, si la jeune
fille qu'elles ont promise au client vient à manquer, elles
trouvent moyen de se servir elles-mêmes, comme le prouve
l'histoire d'Ovide. Le poète lui-même avoue qu'il s'y est
laissé tromper plus d'une fois. La vieille fera mieux de se
rappeler son âge et de se dire qu'elle deviendra toujours
plus laide (-1992).

La femme adore la sorcellerie. Elle écoute plus volontiers
les devins que les prêtres. Description détaillée de l'art et
des manèges de la sorcière : le chat aux pieds rôtis, l'envoû-
tement, les corps des enfants dérobés, le vol de l'hostie, la
corde d'un pendu. Le poète rappelle le souvenir de Médée,
[de Circé, d'Erechto, qui prédit le résultat de la bataille de
Pharsale]. Une seule femme est plus forte que plusieurs
diables. Le poète rappelle ce qui lui est arrivé à lui-même;
une femme lui a fait prendre en secret des poudres véné-
neuses et l'a frotté avec une patte de taupe et de chat. Ce
ne fut pas Petra, celle-ci n'est pas sorcière ; elle se borne

à quereller son mari (-2072). Autres artifices et fausses prétentions des sorcières, dans le genre de la Pythonisse dont
le roi Saül invoqua le secours (-2120).

Le poète récapitule [le traducteur l'a bien compris] ce
qu'il a dit jusqu'ici des femmes et de leurs nombreux défauts, surtout de leur habileté à tromper les hommes, y
compris les prélats et les philosophes. On pourrait être plus
grand qu'Homère, qu'on y serait pris (-2142).

Il reparle brièvement de leurs pèlerinages, dont elles
reviennent se plaignant à leur mari de la fatigue du
voyage et lui cachant ce qu'elles y ont fait réellement.
Aujourd'hui, les femmes folles et mauvaises sont partout les
bienvenues. Lorsqu'une femme revient de l'adultère, elle va
caresser son mari, se serre contre lui et lui dit les choses
les plus douces. [Le traducteur rappelle qu'il a déjà raconté
une scène pareille au chapitre des secrets.] C'est le baiser
de Judas qu'elles donnent ainsi ; au fond, elles désirent la
mort de leur mari. (La femme est un être versatile et
capricieux.) C'est pourquoi elle n'est pas propre à remplir
des fonctions publiques. Si la loi accorde quelque chose aux
femmes, ce n'est pas à cause de leur noblesse, mais de leur
faiblesse. Elles rient et pleurent au même moment, ce qui
est possible, puisque ce n'est pas la vraie douleur, mais
l'artifice qui les fait pleurer (-2214).

N'allez jamais raconter vos secrets aux femmes ; c'est un
moyen de les révéler à toute la ville. Samson, qui confia
son secret à Dalida [et à sa seconde femme] y perdit ses
cheveux et sa force. Michée a dit la même chose [ainsi que
Ptolémée, dans *Almageste*]. On peut prouver la chose par
l'histoire de la femme à qui son mari, après lui avoir fait
jurer qu'elle ne divulguerait rien, raconta qu'il avait pondu
un œuf (-2272). Un autre homme sage, pour mettre sa femme
à l'épreuve, fit tuer une truie, la mit en un sac maculé de

sang et lui dit que, pris de vin, il avait eu le malheur de tuer
un homme. La femme lui jura de garder le secret de ce crime,
mais elle se hâta de le révéler à ses voisines. On fit une
enquête judiciaire. Le juge, découvrant la vérité, infligea
une forte punition à la femme (-2308). On se demande
pourquoi le Christ, après sa résurrection, commença par se
montrer aux femmes? Il était sûr que, de cette façon, la
nouvelle se répandrait très vite (-2322). (Le plus grand sage
découvrit ses miracles à la femme Samaritaine, assuré qu'elle
les redirait aussitôt. Parmi les choses qui ne peuvent pas
rester cachées, se trouve aussi le cœur de la femme. Donc
si la femme ne sait pas se cacher elle-même, elle ne gardera
pas le secret des autres) (*1599* à *1604*). La femme est
menteuse (elle trouve aussitôt le mensonge dont elle a besoin ;
l'Ancien Testament et le Nouveau l'attestent). Ici le poète
raconte l'histoire du jaloux qui avait enfermé sa femme dans
une tour. Elle trouva moyen d'en sortir pour aller chez son
amant, puis feignant d'aller se noyer, elle fit tomber une
grosse pierre dans un puits ; le mari sortit de la tour, laissant la porte ouverte, ce qui permit à la femme d'y rentrer ;
accusé par elle d'adultère, le mari fut arrêté, fustigé [mis en
prison] et devint la risée de toute la ville (-2392). Une histo-
riette du même genre est celle de Clément qui, ayant trouvé
sa femme, Berte, avec un prêtre (G.), tira son épée pour le
tuer. Sa femme, aidée du prêtre, parvint à lui tenir les poi-
gnets. Ses cris ayant rassemblé beaucoup de monde, elle fit
passer son mari pour un fou furieux qui avait voulu la tuer,
elle et le prêtre qui était accouru pour la secourir. Le
pauvre homme fut lié et battu de verges (-2436).

   La femme est effrontée et orgueilleuse (telles furent Mirra,
Biblis, les filles de Loth, Pasiphaé, Silla, Médée) [dont il a
déjà été question]. Ève n'a-t-elle pas voulu s'élever au-dessus
de Dieu lui-même ? (-2452).

Chacune des filles de Sathan a été mariée à une classe spéciale de gens : l'Orgueil, aux femmes ; l'Hypocrisie, aux moines et aux religieuses ; la Fraude, aux marchands, la Simonie, au clergé ; l'Usure, aux bourgeois ; la Rapine, aux chevaliers ; la Luxure seule n'a pas d'époux spécial, elle est vénale et appartient à tous (-2478).

Se bornant à parler de l'orgueil, le poète trouve l'orgueil de la femme dans les détails de sa toilette, notamment dans l'usage qu'elle fait du fard. Habillée comme elle l'est, la femme est un monstre [elle ressemble à la Chimère] ; elle est oiseau [et serpent] par la queue, chèvre par les cornes, [lion par la poitrine, lièvre par la démarche], (larve par ses manteaux), laie par ses morsures (-2524).

La femme est cruelle. Elle a fait décapiter Jean-Baptiste, mettre Joseph aux ceps, forgé les clous avec lesquels le Christ fut attaché à la croix. On peut citer, comme femmes très cruelles, Médée [Silla], (Progné, qui étrangla son propre fils), Jésabel, qui fit lapider Naboth, (Athalie, qui fit mettre à mort toute la famille royale). Si la femme était aussi vigoureuse que l'homme, il n'y aurait pas d'être plus terrible qu'elle. La nature, n'ayant pu lui donner autant de force qu'à l'homme, lui a donné la ruse. Mais peut-être est-ce plutôt l'ouvrage de Sathan. La colère de la femme dépasse toute autre colère (-2588).

[Le poète avoue qu'on pourrait lui reprocher d'étendre à toutes les femmes un blâme qui s'applique à quelques-unes seulement. Cependant, l'œuvre qu'il est en train d'écrire veut qu'il pousse sa critique des femmes à l'excès. Au reste, puisque Salomon a dit qu'il était impossible de trouver une femme forte, on peut bien le redire après lui. Il rappelle que ses démonstrations, appuyées sur de bonnes raisons, sont fondées aussi sur des exemples. Ces exemples se rapportent à de grands personnages, à Salomon, à Aristote. Or, le plus emporte le moins ; il est donc évident que les petits ont dû succomber comme les grands. Il parle ensuite des conditions pénibles dans lesquelles il a entrepris cet ouvrage, de la haute valeur des exemples, reconnue même en philosophie et dans les plaidoiries. Une preuve juridique n'est pas requise lorsqu'on peut prouver une chose d'autre façon, surtout quand elle est de notoriété universelle. Il a donc bien le droit, pense-t-il, de conclure que si, sur mille femmes, il y en a une qui poursuit le bien, c'est par une grâce spéciale] (-2708).

Les femmes sont gloutonnes et s'enivrent facilement. Fi de l'ivresse, qui engendre la luxure ! Ce n'est pas le défaut de Petra ; celle-ci serait la femme idéale, si elle n'était pas si querelleuse (ni si laide) (-2758).

La femme est l'esclave de la paresse. Si elle va vite, c'est qu'elle court à son malheur. Pas plus que l'amour, l'intelligence n'a, chez elle, son siège dans le cœur, mais à la surface, dans l'œil. La femme ne fait rien de bon ; elle s'efforce, au contraire, de détruire toutes les bonnes choses. C'est par elle qu'éclatent les guerres. Elle est mère de la peste et sa morsure est plus grave que celle du serpent. (La femme détruit tout : corps, âme, biens, force, yeux, voix.) Si la mer était de l'encre, si la terre était du papier, si tous les bois étaient des plumes et si tous ceux qui savent écrire écrivaient sans relâche, ils n'arriveraient pourtant pas à mettre par écrit tous les méfaits et tous les crimes des femmes (-2806).

Il y a des fous qui se marient pour perpétuer leur nom. Vaine gloire ! A quoi sert un nom après la mort ? Puis, si je me marie, il n'est pas sûr que j'aurai des enfants. Ou, si j'en ai, ces enfants pourront mourir jeunes ; s'ils vivent, ils déshonoreront peut-être le nom de leurs parents. Puis, quel trouble d'avoir des enfants ! On a toujours peur qu'il ne leur arrive quelque accident. Il n'y a pas de paix pour un père de famille (-2850). Quel avantage y a-t-il à avoir des enfants ? Ceux-ci s'enquièrent de [l'âge] (du bien) de leur père, pressés de recueillir son héritage, qu'ils s'empresseront de dépenser. Il vaut mieux n'avoir ni femme ni enfants que de perdre à cause d'eux l'âme et le corps. Il est préférable de laisser sa fortune à un ami sûr (à Pierre ou à Frameri) qu'à (Gilebert) un fils dont on ignore ce qu'il fera après la mort de son père. Tous les fils désirent la mort de leur père, pour hériter de lui s'il est riche, pour en être délivré s'il est pauvre. Absalon n'a-t-il pas été tenté d'enlever le sceptre à son père ? L'Écriture dit avec raison : « J'ai élevé des fils et ils me dédaignent. » Sachez aussi que, si votre femme ne peut pas avoir d'enfants de vous, elle vous surprendra par quelque accouchement furtif et vous imposera ainsi un faux héritier, qui enlèvera leur bien aux héritiers légitimes (-2904).

Il y en a qui prétendent qu'il faut se marier pour échapper à la solitude et pour avoir à la maison quelqu'un qui fasse le service. Comme s'il ne valait pas mieux avoir un domestique, qu'on peut renvoyer et remplacer par un autre, que d'avoir une femme, qui ne se laisse pas mettre dehors et qui, au contraire, chasse son mari de la maison (-2930).

Quant à se marier par amour et par instinct sexuel, il n'y a là qu'une source de maux. C'est pour avoir des enfants, ou pour rester fidèle à l'amour, ou pour avoir la faveur du sacrement, qu'on doit se marier. Dieu a bien prouvé qu'il n'aime pas les mariages d'amour sensuel, puisque les sept maris de Sarra furent étranglés par un démon, tandis que le très chaste Tobie échappa seul à la mort (-2950).

Quelle folie encore d'épouser une femme pour sa beauté, qu'un seul accès de fièvre peut faire disparaître. Les formes du corps féminin sont comme la fleur du printemps, que la pluie ou le tourbillon flétrit. Puis, quand tu serais un Argus, tu n'empêcherais pas qu'une belle femme te soit enlevée,

par Ulysse qui parlera bien, par Hector qui sera le chevalier parfait, par un riche qui lui fera des présents, par Narcisse qui vantera sa belle forme. La femme se laisse facilement séduire. Sois donc averti! Mais je crains de prêcher
des ânes (-2994).

Il y a des hommes qui se laissent prendre aux atours des
femmes. Ils ne savent donc pas que, quand tous ces dehors
sont enlevés, il reste bien peu de chose? — Longue description de la toilette féminine, avec des divergences dans
l'original et dans la traduction. — La femme veut constamment renouveler sa toilette, avoir des bijoux et de belles
coiffures, ce qui ruine l'homme (-3038). Pourquoi le mari
donne-t-il de jolies toilettes à sa femme? Pour qu'elle se
montre en public; c'est-à-dire qu'il la pousse à la prostitu-
tion. Il vaut mieux qu'elle reste chez elle, habillée d'un
sac, même quand elle est jolie. Et puis, qu'elle évite les
fêtes et les danses, qui ne permettent pas à la femme de
rester longtemps chaste, comme le prouve l'histoire de
Dinah, la fille de Jacob (-3070). On a l'habitude de brûler
la peau des chats pour les empêcher d'être volés. Il faudrait
faire subir la même opération aux femmes; si on brûlait
leur toilette, les hommes n'en voudraient plus et elles s'ap-
pliqueraient davantage à faire le bien. (Le poète lui-même
a été souvent dupe des séductions des Parisiennes et de
leur toilette). Qu'on se rappelle l'histoire du corbeau qui,
s'étant paré des plumes du paon, dut rendre cette parure et
resta tout noir, laid et nu. Il en sera ainsi de la femme
lorsqu'on l'aura dépouillée des toisons des bêtes dont elle
se couvre. La femme habillée est semblable à un fumier
couvert de neige. Enlevez la neige, il reste le fumier
(-3098).

Rien de plus contraire à la loi du mariage que de prendre
une femme pour ses richesses. On devient son esclave et on

l'entendra se plaindre constamment d'avoir fait un parti indigne d'elle (-3138). Cependant, il est encore plus fâcheux d'épouser une femme pauvre ; celle-ci deviendra très orgueilleuse, accusera son mari de ne pas l'estimer assez, parlera de la noblesse de son origine et des partis beaucoup plus avantageux qu'elle aurait pu faire. Puis, si la mort lui enlève son mari, elle se conduira comme la veuve du chevalier qui déterra et pendit le sien (-3212).

N'épousez ni une jeune ni, surtout, une vieille. Avec celle-ci, comme elle est nécessairement stérile, le but du mariage serait manqué (-3261). Évitez aussi de prendre une laide ; ses enfants pourraient lui ressembler (-3276). Si vous approchez de la vieillesse, ne prenez pas une femme jeune ; elle vous ferait des scènes terribles pour vous demander ce que vous ne seriez plus en état de lui donner et vous remplacerait vite par un autre (-3338). Si les deux époux sont jeunes, ils feront de folles dépenses, croyant leur richesse inépuisable (-3362). S'ils sont vieux l'un et l'autre, ils offensent nécessairement la loi du mariage (-3378). Si un « vilain » épouse une femme noble, il devra constamment s'humilier jusqu'à devenir son esclave, ce qui ne l'empêchera pas d'être trompé (-3402). Si le mari est noble et que la femme soit « vilaine », il sera moins considéré dans le monde (-3414). Si les deux sont égaux, ils se querelleront (-3436). N'épousez pas une femme qui ait des enfants à sa charge ; elle se plaindra de vous à eux et les émeutera contre vous (-3482). Si vous avez des enfants et que votre femme n'en ait pas, elle sera pour eux une méchante marâtre (-3500). Si vous avez des enfants de votre seconde femme, elle les préférera visiblement à ceux du premier lit. Si elle n'a pas d'enfants de vous, elle dissimulera une couche secrète et aimera mieux faire passer votre héritage à un étranger que de le garder pour vos propres fils (-3532). Si chacun de vous deux ap-

porte des enfants, ce seront des disputes perpétuelles (-3542).
Si vous ne pouvez pas avoir d'enfants, vous n'aurez personne pour apaiser vos querelles. Alors arriveront les
parents, surtout ceux de la femme, qui feront la guerre
chez vous et dépenseront vos richesses (-3572). Si vous êtes
malade et que votre femme se porte bien, elle vous fera
constamment des reproches et hâtera votre mort (-3602).
Si c'est elle qui est malade, elle voudra que vous soyez
toujours assis devant son lit pour la soigner et que vous
fassiez dire des messes pour elle. (Le poète raconte ici tout
ce qu'exige de lui une maladie de Petra) (-3638). D'autres
cas encore peuvent se présenter : le mari dort, la femme
veille ; le mari veille, la femme dort(-3668) ; le mari se tait,
la femme parle ; le mari parle, la femme... parle plus fort
(-3694).

[Si vous êtes en joie, votre femme ne partagera pas vos
plaisirs, mais dira que vous êtes fou. Si vous êtes triste, elle
vous maudira et voudra vous voir mourir le plus tôt possible
(-3742). Si vous voulez faire le jeu d'amour, elle fera semblant de le souffrir pour vous faire plaisir, mais, au fond,
le plus grand plaisir sera pour elle. Ici, le poète se
plaint une fois de plus de son impuissance et des maux
qu'elle lui prépare] (-3794). Si vous faites quelque chose,
cette chose lui déplaira ; si vous ne faites rien, elle vous
reprochera votre paresse. Dans quelque condition qu'elle se
trouve, la femme sera rebelle. Que personne donc ne se
marie et qu'il considère l'exemple de Petra (-3824). [Nouvelle
description des querelles et des mauvais traitements dont le
poète est l'objet de la part de sa femme (-3852). On dit
qu'il n'y a pas de tempête plus violente que l'orage conjugal. Comme preuve on peut alléguer l'histoire du médecin
et du diable, qui avaient fait un pacte pour travailler ensemble ; le démon devait prendre possession des corps, le

médecin devait l'en chasser. Lorsque, après beaucoup de
cures heureuses, le diable allait duper le médecin en refusant de sortir du corps d'une reine, son compagnon se rap-
pela qu'il avait appelé le mariage le tourment le plus terrible
et, pour le forcer à lâcher sa victime, le menaça de faire entrer
sa femme auprès de lui. Cette menace produisit son effet ; le
diable sortit de la reine et retourna droit en enfer] (-4034).
Devenue maîtresse de maison, la femme voudra se faire
servir en tout par son mari. Celui qui voudra surveiller sa
femme y perdra sa peine ; autant labourer la plage (-4070).
Si cependant vous voulez à toute force prendre femme,
prenez-en cent, plutôt qu'une seule. Celui qui a mille femmes,
c'est comme s'il n'en avait pas. Salomon et Ovide s'accordent
pour donner ce conseil. Ayons donc des « amies », non
des épouses (-4098).

Ici le poète veut s'arrêter un peu. Il ne pourrait que se
répéter, redire et prouver encore une fois que la femme est
un monstre, un vrai monstre. Il y a bien quelques femmes
dignes d'être louées, mais cette merveille est une exception,
en contradiction avec la loi du sexe féminin. Le poète termine
le second livre en retraçant une fois de plus les défauts de
caractère de sa Petra, qui est la plus chaste des femmes,
mais laide et méchante. Le public l'appelle Perrenelle, mais
pour lui, elle méritera toujours son nom latin, étant dure
comme un rocher (-4158).

LIVRE TROISIÈME. Plaintes nouvelles sur l'état de l'homme
marié (1-32). Le poète raconte qu'étant allé se reposer sur
son lit, il lui est apparu un être éclatant de beauté qui,
l'ayant salué d'un « Pax huic domui! », a voulu lui montrer
le chemin du salut. C'était Dieu lui-même (-74).

Se trouvant ainsi en face du Seigneur, le poète prend la
parole pour reprocher au Maître du monde d'avoir créé la

femme et de l'avoir donnée au premier homme. C'est Dieu
qui, par le premier mariage, a fait entrer la mort dans le
monde. C'est lui le grand coupable. Et pourtant il pouvait
savoir, sachant tout, qu'un serpent se cachait sous l'herbe
(-134). [Dieu répond qu'il ne doit pas pleurer puisque cette
peine n'est qu'un passage à la joie du ciel. Mais le poète
réplique que ses plaintes ne sont que trop légitimes
puisqu'il pleure sa mort. Dieu n'a-t-il pas pleuré, lui aussi,
la mort de Lazare? Larmes bien sottes, d'ailleurs, puisque
Dieu n'aurait eu qu'à ne pas laisser mourir le frère de
Marthe. Mais lui, le poète, a des motifs sérieux de pleurer;
c'est la malice de sa femme qui l'a tué et personne, pas
même Dieu, ne pourrait faire que cela ne fût pas] (-166).
Qui pis est, Dieu a ordonné, on ne devine pas pourquoi,
que l'homme marié doit toujours garder sa femme auprès
de lui. C'est un ordre injuste, qui n'aurait jamais été donné
si Dieu avait été marié lui-même. Au fait, pourquoi n'a-t-il
pas pris femme? Sans doute parce qu'il prévoyait que sa
femme le chasserait du paradis. Si sa fille, Ève, lui a
déjà causé tant d'embarras, que n'aurait fait sa femme?
Puisque Dieu a été crucifié à cause de la faute de la femme,
il n'est pas étonnant qu'il ait reculé devant le mariage. Il
aurait fini, tout Dieu qu'il est, par obéir aux ordres de son
épouse. Mais pourquoi alors a-t-il fait l'éloge du mariage?
(-236). C'est de la trahison d'imposer aux autres ce qu'on
ne veut pas souffrir soi-même (-264). Puisqu'on n'est pas
tenu d'acheter un bœuf ou un cheval sans l'avoir préalablement éprouvé, on devrait bien avoir le droit d'éprouver sa
femme avant de la retenir définitivement. Si les gens mariés
pouvaient se vendre et s'acheter l'un l'autre, une femme
riche achèterait certainement deux cents ou trois cents
maris, elle revendrait les paresseux et retiendrait les bons
ouvriers. Quant au poète, s'il se présentait à ce marché, on

ne le payerait qu'une maille, puisqu'il ne peut travailler qu'une fois par mois (-314). Pourquoi, si ceux qui entrent en religion ont une année de stage pour faire l'épreuve de leur nouvel état, les mariés, dont le joug est plus lourd, ne jouissent-ils pas du même privilège? Ce n'est pas raisonnable, c'est même de la trahison; c'est un manque d'ordre et d'harmonie dans l'œuvre divine (-354). On donne six mois à l'acheteur d'un bœuf pour le vendre si la bête se trouve être malade. Il faut donc bien accorder six mois à celui qui prend une femme, pour la renvoyer si elle ne lui convient pas (-374).

Dieu répondra peut-être, continue le poète, qu'on peut bien (après une année) renvoyer sa femme pour cause d'adultère. Mais qu'importe ce cas spécial? Il faudrait accorder la même faculté à l'homme qui a une femme méchante et querelleuse, ce qui est bien plus dur que d'avoir une femme adultère. Ce n'est pas à dire que l'adultère ne soit une chose abominable; il comprend tous les autres crimes, homicide, vol, usure, sacrilège (orgueil), trahison. Cependant, au point de vue du mari, une femme méchante est pire qu'une femme folle de son corps (-452).

Si l'homme est déçu pour plus de la moitié du prix équitable d'une chose, le droit commun vient à son aide pour le défendre. Mais alors, pourquoi ce droit lui fait-il défaut quand il est déçu en mariage? Dieu dira peut-être qu'il a voulu les choses ainsi. Mais puisqu'il est un Dieu de paix, pourquoi a-t-il voulu le mariage, dont toute paix est absente? Il faut une autre solution! Dieu dira peut-être : la déception peut exister aussi bien du côté de la femme, puisque l'homme, s'il « tient » la femme, est aussi « tenu » par elle? Mais c'est appliquer au mariage les règles du contrat d'achat et de vente, qui en diffère notablement, puisque le lien est singulièrement plus solide. Si Dieu dit que l'homme est censé

ne former qu'une seule chair avec sa femme, il se trompe
et il trompe les autres; on ne peut pas considérer comme
une seule deux choses qui diffèrent tellement l'une de l'autre.
Il vaut donc mieux renoncer à soutenir une cause si évidemment absurde (-504).

Pour se défaire des épouses spirituelles, c'est-à-dire des
cures, il suffit de consulter les prélats. Mais pourquoi alors
ne pas accorder la même liberté quand il s'agit des épouses
charnelles? L'esprit n'est-il pas plus que la chair? Le mariage spirituel devrait donc être plus stable que l'autre.
Dieu n'est qu'un enchanteur d'appliquer ainsi des mesures
inégales. Quelles faveurs n'accorde-t-il pas au clergé? Un
clerc aura cinq ou six prébendes dont il profitera sans être
obligé d'y résider, libre de vivre dans les plaisirs et la
débauche; la part d'un seul clerc suffirait à nourrir mille
mendiants; tandis que les mariés sont abandonnés à leur
misère (-568).

Ici, le poëte fait une critique violente de la vie du clergé,
notamment de sa conduite à l'égard du petit peuple. Le clergé
constitue un ordre spécial, et pourtant il ressemble au chevalier par ses atours, au marchand par le trafic qu'il fait
des choses spirituelles. Il est juste que, dans la résurrection
des morts, le clergé soit relégué au Styx, où règne un perpétuel désordre (-718). Nouvelles accusations dirigées contre
le clergé, y compris les hauts prélats, et contre Dieu qui
se montre injuste en lui accordant la préférence (-816).

Revenant au mariage, le poëte s'étonne que Dieu, qui a
formé la femme pour servir l'homme, lui permette de le
dominer (-884). C'est contraire à ce que Dieu a ordonné
lui-même après la chute du premier homme; on a bien le
droit de lui en faire le reproche (-910). Dieu a dit encore
que celui qui veut être son disciple doit délaisser sa femme,
que les mariés ne peuvent être admis au banquet céleste,

Mais alors pourquoi a-t-il institué le mariage? Par cette
institution il est devenu deux fois la cause de la mort des
hommes. Vraiment il dort, ou, trop vieux, il est tombé en
enfance (-976).

Les décrets de Dieu ont mis trois bonnes choses dans le
mariage : la fidélité, le sacrement et la progéniture. Or de
ces trois, la première est entièrement manquée ; le mâle et
la femelle ne cherchent qu'à se détruire mutuellement. C'est
surtout chez la femme que cette fidélité fait défaut. Qu'on
considère la femme de Job, Bethsabée, Dalida, la matrone
d'Éphèse, la femme d'Hippocrate, d'autres encore, telles
que, parmi les contemporaines du poète, deux femmes qu'il
a vu brûler vives. S'il y a quelque fidélité dans le
mariage, elle vient des hommes, non des femmes (-1052). Si
le mariage a été institué pour perpétuer l'espèce, le moyen
est bizarre et peu pratique ; la progéniture serait plus
abondante si les hommes pouvaient se multiplier comme les
bêtes et comme les plantes. Ou bien, Dieu aurait pu créer
chaque nouvel homme par un acte de sa volonté (-1080). La
nature n'a pas fait l'homme pour être le mari d'une seule
femme. L'institution du mariage va partout à l'encontre du
droit, notamment du droit des pères, puisque les fils ne
font que désirer leur mort. Il y a trop de fils dénaturés tels
que Cham, le fils de Noé, et ces deux frères qui, — cela se
passa sous Salomon, — déterrèrent le corps de leur père et
le placèrent contre un arbre pour voir lequel d'entre eux, en
dirigeant contre lui ses flèches, arriverait le plus près du
cœur. Si le père amasse de la fortune, les fils deviendront
paresseux ; il vaut mieux suivre l'exemple d'Aimery de
Narbonne, qui ne voulut pas donner à ses fils leur patrimoine,
pour les obliger ainsi à aller conquérir du pays (-1150).

Dieu est bien condamnable d'avoir laissé l'usage, que le
peuple a inventé dans son ignorance, prendre la place du

droit. N'est-il pas injuste, par exemple, que, en matière de succession, l'usage favorise les aînés des enfants contre les plus jeunes? D'autre part, la progéniture ne peut pas être la plus grande raison du mariage, puisque saint Joseph a épousé la Vierge sans attendre des enfants de cette union et que beaucoup de vieillards sont dans le même cas (-1190). Reste la question du sacrement. L'auteur ne veut pas réprouver cette institution pour ne pas passer pour frivole. Cependant, il veut demander à Dieu pourquoi ce sacrement a dû être si pénible, si violent, puisqu'il prépare des rixes, des guerres, et que le banquet céleste est interdit aux mariés ; à l'appui de cette dernière idée il cite, pour la troisième fois, le passage biblique de l'invité au banquet céleste qui s'excusa à cause de son mariage. Le mariage est donc blâmé par l'Écriture sainte (-1220).

Considérez, du reste, un couple qui s'est marié par amour, Pierre et Sarra. Trois jours après la cérémonie, le mari voudrait être mort, tellement sa femme s'est tournée contre lui. La nature n'a pas créé spécialement Sibille pour Werri, ou lui-même, Mathieu, pour Petra, plutôt que pour Sarra. Chacun a été fait pour chacune et chacune pour chacun. Cependant, après le mariage, le devoir lie une seule femme à un seul homme, ce qui contrarie la nature ; elle veut retourner à la liberté première, de là les querelles. Le mariage est donc querelleur par sa nature même. Or, comme l'effet correspond à la cause, on peut douter qu'il ait été institué par un Dieu de paix et qu'il ne soit pas plutôt l'œuvre du diable. Le problème reste entier : comment un Dieu bon et prévoyant a-t-il pu faire une chose aussi mauvaise et dont il aurait pu et dû calculer les suites? (-1295).

Le poète, laissant le point spécial du mariage, passe à une critique générale de l'œuvre divine. La colère le pousse à lancer ses accusations contre Dieu. Il trouve étonnant, d'abord, que, pour une faute d'un moment, Dieu ait infligé une peine éternelle, ce qui n'est pas juste (-1316). Dieu a racheté les hommes par son propre sang. Il en résulte que tous doivent être sauvés. Si la mort, qui a été détruite, pouvait revenir, la rédemption serait insuffisante. La volonté de Dieu étant absolument d'accord avec son pouvoir, il en résulte que le salut s'applique à tous. Les péchés de l'homme ne peuvent pas y faire obstacle, car Dieu ne désire pas la mort du pécheur, mais sa vie. Si Dieu est pour nous, qui sera contre nous? (-1394). Ensuite, Dieu est le bon pasteur qui a donné sa vie pour ses brebis ; il doit donc tenir à sauver son troupeau. S'il ne le fait pas, il sera la cause de leur mort (-1424). Mais ce qui est vrai des hommes ne l'est pas des femmes. La femme étant la cause de la chute de l'homme et de la mort de Dieu, il n'est pas juste de la sauver. Adam devra ressusciter intégralement. Or, s'il lui manquait une côte, il ne serait pas complet. Et s'il a toutes ses côtes, y compris celle d'où la femme a été tirée, c'est que la gent féminine aura disparu. La femme sera destituée, elle ne ressuscitera pas (-1452).

L'auteur, après avoir fait cette longue critique de l'œuvre divine, a le sentiment d'être allé trop loin. Il invoque l'indulgence de Dieu, alléguant comme excuse sa grande douleur (-1466).

Dieu répond et va expliquer et justifier sa direction des choses. Après avoir rappelé qu'il a souffert les peines les plus terribles afin de sauver les hommes, il expose tout le mystère de la Rédemption : la création des anges, la révolte et la chute de Lucifer et de sa bande, la création de l'homme pour occuper les sièges laissés vides par les anges déchus, puis la chute de l'homme amenée par le diable, par l'intermédiaire de la femme, tout le genre humain marchant à sa perte , l'intervention de Dieu le Père, qui résolut d'envoyer son Fils, la conception virginale de la Mère de Dieu, la naissance miraculeuse du Christ, sa vie humble, sa mort douloureuse et ignoble, qui fut l'œuvre des Juifs, sa résurrection et la délivrance des captifs de l'enfer. Voilà toute la Rédemption : c'est par l'arbre qu'a été racheté le mal que l'arbre avait fait (-1620). Pour que l'œuvre de la Rédemption pût réussir, il a fallu que Dieu se fît homme. Si un ange s'en était chargé, il aurait pu se vanter d'avoir fait une œuvre supérieure à l'œuvre divine, car racheter vaut mieux que créer. D'autre part, comme l'homme est tombé quand il a essayé d'être Dieu, il a fallu que Dieu s'humiliât jusqu'à adopter la nature humaine, afin de relever ainsi l'homme qu'il voulait sauver. Que le poète souffre donc sans murmurer ; Dieu a souffert pour les hommes des peines plus fortes (-1673).

Afin de corriger les hommes, qu'il désire sauver, Dieu a établi plusieurs purgatoires, dont le plus cruel est le mariage. Il n'y a pas de souffrance plus dure — Mathieu le sait bien ! — que celle des mariés. Le poète, s'il supporte bien sa souffrance, passera d'emblée, sans l'intermédiaire d'un nouveau purgatoire, à la joie du ciel (-1720). Saint Paul aussi a souffert, notamment des naufrages, mais son cœur est resté ferme. Le vrai disciple du Christ se reconnaît dans la dure épreuve. Qui bien aime, bien châtie. La patience est la vertu par laquelle on monte au royaume éternel (-1796).

Le droit exige que ceux qui souffrent trouvent ensuite une compensation. Il est donc justé que les mariés soient reçus dans le ciel. Que le poète songe à Job et à sa patience ! La patience adoucit les peines et les rend moins amères, semblable à la farine que le prophète Élisée fit mettre dans la marmite qui contenait des herbes trop aigres

(-1872). La couronne ne se donne pas au début, mais à la fin de l'épreuve. Qui sème dans les larmes moissonnera dans la joie. Il y a plusieurs raisons qui expliquent le mariage. Mais voici celle qui prime les autres, le mariage est le meilleur moyen d'obtenir la couronne céleste. Si Dieu ne parle pas très haut ni très ouvertement des peines du mariage, c'est pour ne pas trop en détourner les gens; il agit en médecin sage et mêle des choses douces aux drogues qu'il fait prendre (-1982).

Dieu va reprendre plus amplement les raisonnements du poète. Celui-ci étant un homme simple, il va lui parler simplement, comme on le fait entre amis. De deux maux il faut choisir le moindre. Or, le mal du mariage est moins douloureux que les peines de l'enfer. Quoi que fasse la femme, le mariage est un sacrement, donc une chose sainte; par conséquent les maris sont de vrais martyrs. On pourrait dire qu'une méchante femme peut gâter la bonne institution, comme un peu de vinaigre peut gâter un tonneau de vin. Mais une chose tient sa qualité de son chef. Or, le chef du mariage n'est pas la femme, c'est l'homme. D'ailleurs, Dieu est disposé à reprendre, un à un, tous les arguments de son interlocuteur (-2056).

Mais le poète répond que ce n'est pas nécessaire; il reconnaît que ses arguments ne sont pas fondés. Il voudrait seulement avoir une petite explication sur la question de savoir si l'épreuve du cloître est supérieure ou non à celle du mariage (-2065). La réponse est catégorique. Les mariés souffrent des peines plus grandes et auront une plus grande récompense que les moines. Ni de chanter régulièrement ses heures, ni de garder le silence, ni même d'observer le jeûne ne constitue pour le moine une si grande souffrance. Au contraire, le mal qu'un homme marié souffre de sa femme est incessant et énervant. De même que les confesseurs

siègent au-dessous des martyrs, de même les mariés doivent
siéger plus haut que les moines. Le mariage est, en outre,
un état plus noble que l'état religieux; il est d'institution
divine, ce que la « religion » n'est pas. Dieu a permis à sa
mère de se marier. Le mariage est le premier en date et le
plus saint des états. Pour ne pas avoir l'air de médire des
femmes, Dieu tient à ajouter qu'une femme bonne est plus
précieuse que l'or; cependant, comme l'a dit un sage, c'est
un oiseau rare (-2170).

Dieu exhorte ensuite le poète, son « très cher fils », à obéir
aux prélats. Malgré ce qu'il a pu en dire, il devra reconnaître
que les prélats honnêtes sont la lumière du monde et des promo-
teurs de paix et de concorde. Si le pape et (les autres) [le sacré
Collège] n'étaient pas là, la bergerie deviendrait la proie de
l'ennemi. Les prélats ont des honneurs, mais ils ont aussi
des charges. Il arrive que des hommes indignes montent
très haut, mais ils retombent plus bas qu'un homme de
condition simple ne pourrait tomber. L'humiliation est pro-
portionnée à l'honneur (-2222).

Si le poète désire connaître la mesure de l'amour divin,
il lui sera répondu que cet amour dépasse toute mesure. Il
n'y a pas d'amour semblable à l'amour de Dieu, qui n'est
pas intermittent et qui s'applique à tous. Il convient cependant que le juste soit plus aimé que le méchant; toutefois,
le méchant pourra être l'objet spécial de la miséricorde
divine (-2302).

Il ne faut pas, d'ailleurs, que l'idée du salut universel
fasse supposer, par erreur, qu'aucun homme ne puisse
périr. Il y en a qui se perdent, mais ils sont eux-mêmes la
cause de leur perte. Dieu a donné le libre arbitre aux
hommes. Il est disposé à les sauver tous, mais il faut vouloir être sauvé. Le retour du pécheur est une grande joie
pour Dieu. Mais sa justice exige qu'il ne sauve que ceux qui

méritent d'être sauvés. D'autre part, sa clémence est dispo-
sée à pardonner plus de péchés qu'un homme ne pourrait
commettre. Mais si quelqu'un continuait à pécher par espoir
d'être pardonné ensuite, il mériterait d'être puni plus sévèrement (-2398).

Le poète, pour que toutes ses objections puissent tomber,
veut poser une dernière question : n'est-il pas injuste que
toute la descendance d'Adam soit punie pour le seul péché
de celui-ci ? La justice exige que chacun porte sa propre
charge (-2430).

Dieu répond, d'accord avec la loi, que puisqu'il s'agit
d'un crime de lèse-majesté, toute la famille doit payer pour
la faute de l'aïeul. Il est juste que toute l'humanité souffre
des suites d'une faute pour laquelle le Christ a souffert. Les
pécheurs n'ont, d'ailleurs, qu'à revenir à Dieu pour être
sauvés. S'ils ne le veulent pas, les peines les plus terribles
les attendent dans l'enfer (-2488).

Mais pourquoi, risque-t-il encore, la peine est-elle éternelle, puisque la faute a été une affaire momentanée ? (-2502).

Dieu répond : la peine est éternelle, parce que la volonté
de pécher dure toujours. Celui qui ne se repent pas peut
perdre le pouvoir de pécher, il n'a pas renoncé aux mauvais
désirs. Le pécheur n'a, du reste, qu'à se repentir. Mais qu'il
se presse et ne renvoie pas à plus tard un retour que le
délai pourrait rendre impossible. Hélas ! pourquoi les
pécheurs repoussent-ils l'éternel salut ? (-2560).

Après avoir obtenu cette réponse, le poète se rend aux
arguments de Dieu. Il renonce à toute discussion et loue
hautement la clémence et la bonté divines (-2591). Il n'a pas
fini son discours que le Seigneur l'invite à sortir de la maison
où il se trouve et à aller voir le siège céleste que son Dieu
lui réserve. Le poète se sent transporté dans le ciel.
Il y aperçoit aussitôt la sainte Vierge, entourée de

légions d'anges et d'archanges. Avec ceux-ci les patriarches et les prophètes louent la Reine des cieux, ayant à leur tète Jean-Baptiste, le grand chef de la cour céleste (-2682). Viennent ensuite, dans l'ordre hiérarchique, les apôtres, les évangélistes, parmi lesquels le premier est saint Jean le cousin germain du Christ, saint Pierre, saint Paul. Puis les martyrs, saint Étienne, saint Laurent, saint Vincent [tous ceux dont les noms se trouvent dans la Légende dorée]. A côté de ceux-ci viennent les mariés, après les mariés, les confesseurs, les prélats et les moines, [enfin les vierges pour clore le cortège] (-2774). Il ressort de ma vision, dit le poète, que les mariés siègent à côté des martyrs, avant les prélats et les moines, ce qui n'est que juste, puisque Dieu en disant aux hommes : « croissez et multipliez ! » a désapprouvé la stérilité. Dieu a établi le mariage pour peupler les châteaux et les cités et surtout pour occuper les sièges laissés vacants par les anges déchus. Il a donné sa mère en mariage à saint Joseph ; il a institué le mariage, non l'état de moine. Les mariés doivent aussi précéder les vierges, car les vierges n'ont pas de postérité. Quel bonheur pour les parents de retrouver leurs enfants au ciel ! Le mariage ne détruit pas la chasteté, pourvu qu'on vive chastement avec sa femme. [Le mariage est supérieur à la virginité, car sans lui le paradis lui-même resterait vide. Dans le mari, à le bien considérer, il y a un confesseur, un martyr et un chaste.] Le mari parfait a droit à une double couronne, celle du martyre et celle de la chasteté..... Le poète ne veut plus continuer (pour ne pas être attaqué injustement par les moines et les clercs) (-2910).

A ce moment une légion de mariés et de bigames se lèvent de leurs sièges, vont saluer courtoisement le poète et l'invitent à prendre part à leur danse céleste. La plupart portent des instruments de musique de tout genre dont ils

jouent en dansant ; c'est une fête merveilleuse. Tous chantent
en l'honneur du nouveau venu : « Voici le vrai martyr,
qui est digne de s'asseoir à côté de nous ». Dieu lui-même
ajoute : « Oui, réjouissez-vous, car voici mon fils bien-
aimé ! » (-2966).

Alors Dieu lui montre un beau siège et l'invite à s'y
asseoir, lui, l'objet des querelles de sa femme et des
outrages du peuple. Le siège est merveilleusement fait.
Tout le palais est féerique, fait d'ivoire constellé de roses.
Le printemps y règne toujours, le soleil ne s'y couche pas,
la joie et la paix y sont éternelles (-3026). Il y coule une
source de nectar, qui chante en glissant sur le gravier. Une
végétation superbe s'élève sur les bords du ruisseau, le
champ est paré de fleurs, les oiseaux remplissent l'air de
leur chant. Près du siège qui lui est destiné, le poète voit
un vêtement blanc et une couronne, dont Dieu l'invite à se·
parer (-3090).

Longue invocation de Dieu, à qui le poète rend grâces,
très humblement, de lui avoir montré la voie du salut. Il
est disposé à souffrir tous les tourments du mariage pour
occuper ce beau siège (-3182). Cependant il voudrait que
ce calice pût passer loin de lui. Il aimerait mieux mourir
de suite que de mener une vie pire que la mort. Sa vie est
trop pleine d'amertume et le monde est trop méchant (-3204).
Non, vraiment, il aimerait mieux donner sa peau aux vers
que de continuer à vivre. L'homme est un être trop misérable. Il voudrait seulement payer sa dette à Dieu (-3234).

Dieu lui répond une dernière fois que le siège céleste lui
est réservé et l'engage à souffrir en toute patience. Alors la
vision s'évanouit, Dieu disparaît (-3246).

En se réveillant, le poète ne trouve à côté de lui que sa
femme qui le gronde d'avoir tant dormi (-3280).

Malgré Caton, qui dit que les songes sont vains, il y a,

dans l'histoire, des songes fameux et dignes de foi; ce sont les songes [d'Andromaque], de Joseph, [de Pharaon], de Daniel, [le songe de Scipion raconté par Macrobe, d'autres encore]. Le poète a donc confiance en son songe et espère trouver plus tard le salaire de ses tourments (-3311). Cependant il n'ose trop affirmer la chose ; il est trop incertain de ce qu'il dit et de ce qu'il fait et chancelle comme un pauvre fou. Après tout, il voudrait bien pouvoir gagner les récompenses célestes par quelque autre tourment, fût-il quatre fois plus fort. Car celui du mariage est particulièrement intolérable. C'est la mort, la mort! (-3338).

LIVRE QUATRIÈME. — Ce livre commence par [une petite poésie de douze vers], correspondant à deux vers du latin, dans laquelle le poète s'étend de nouveau sur les misères de son état. Comme il a peur que sa femme, quand elle connaîtra le contenu de son livre, ne lui arrache les yeux, il n'ose pas le publier (-32). Il est temps, d'ailleurs, de finir. Mais avant d'arrêter son navire, le poète veut faire connaître son naufrage à ses seigneurs (-49).

Le traducteur ne donnera pas cette partie de l'original, mais indiquera seulement les noms des personnages auxquels Mathieu adresse ses plaintes. En donnant ces noms, il résume l'éloge de quelques-uns (-196) [1].

Il loue en termes généraux ces différentes « épîtres », se déclare impuissant à rendre convenablement les plaintes de l'illustre bigame et se borne à en traduire quelques fragments (-214). Ce sont des plaintes générales sur l'aspect trompeur des choses de ce monde, sur le danger de la richesse et sur la fatalité de la mort (-282). Puis des diatribes contre le haut clergé, contre la cour de Rome (-340), contre

---

1. Nous ne résumons pas le contenu de ces épîtres: il en sera question dans le § suivant.

les religieux et leurs intrigues à la cour du roi et dans l'Église, contre leur avarice [avec une digression sur les règles de l'ordre de saint Benoît], contre l'ambition qui les égare et la jalousie qui les ronge (-446).

Viennent ensuite : la critique des chevaliers (-478), celle des juges (-518), des avocats (-584), des médecins (-632), des bourgeois (-660). Parmi ces derniers, il y en a quelques-uns de bons et d'honorables ; de même parmi les laboureurs ; cependant ceux-ci montrent tant d'avarice, d'envie, de bestialité, qu'ils ne valent pas mieux que les autres (-690). Somme toute, le monde est mauvais, aucun état n'est sûr, et le poète a peur d'être condamnable comme les autres (-708). Il tremble particulièrement en songeant à la fin du monde, dont il décrit les quinze signes précurseurs (-768). Il implore la miséricorde céleste à l'approche du jugement dernier, déconseille une dernière fois le mariage, et demande à Dieu de le recevoir dans le ciel et de mettre Petra à ses côtés..... (pourvu qu'elle cesse de le quereller, de jurer, de pleurer ; rien ne lui sera plus agréable (-824).

§ 3. — LA PERSONNE ET L'ŒUVRE DE MATHÉOLUS.

A. — *Sa vie et ses relations.*

En 1851, un Boulonnais, M. François Morand, consacrait une monographie à *Mathéolus et son traducteur Jehan Le Fèvre* (Boulogne-sur-Mer, 1851 [1]). Comme l'auteur de cet ouvrage ne connaissait pas l'original et que le traducteur n'a pas reproduit la partie essentielle du livre IV des *Lamentations*,

1. Cette étude avait paru d'abord dans le *Bulletin du Bouquiniste*, X, 375-98.

il lui manquait des documents sûrs et authentiques pour connaître la personne et la situation de « Maistre Mahieu ».

Cependant, en se servant de la traduction française et en consultant les écrits de Jacques Malbrancq sur Thérouenne (*De Morinis et morinorum rebus*, t. III (1654), p. 693 sq.) il a déjà pu affirmer que Mathieu avait réellement existé et qu'il n'était pas, comme on l'avait dit avant lui (notamment l'abbé Goujet, *Bibliothèque*, t. X (1745), p. 129-36, et du Verdier, *Bibl. franç.* (1773), V, 41-42 [1]) « un être de convention », une espèce d'homme de paille derrière lequel Le Fèvre se serait abrité pour faire passer sa satire contre les femmes. Morand représente Mathieu comme un Boulonnais, contemporain et ami de Jacques de Boulogne, qui fut évêque de Thérouenne à la fin du xiiie siècle. Comme Morand n'avait jamais vu le texte latin des *Lamentations*, il a pu croire que l'éloge que le poète fait de son illustre compatriote — et dont il avait retrouvé quelques vers dans Ant. Le Roy, *Histoire de Notre-Dame de Boulogne* (édition de 1684, p. 144) et dans une mauvaise copie d'un travail historique inédit sur la ville de Boulogne attribué au Père Lequien — était un écrit spécial n'ayant aucun rapport direct avec les *Lamentations*. Or, les vers qu'il cite sont, en dehors de quelques tronçons des vers *3793, 94, 95, 97* (Patriae pugil..... patriae pater et flos..... thesaurus meritorum), les vers *3827-28, 3835-40* et *3879-81* de notre texte du poème latin (les derniers d'après une mauvaise copie, voyez les notes). Morand distingue de cet « éloge » « un

---

1. Pour les auteurs de ces deux publications — le second suit du reste le premier — *Mathéolus* est un nom supposé « sous lequel un qui fut bigame a composé un livre en rime contre les femmes. » Ils admettent vaguement, mais sans y croire, la possibilité d'un original latin traduit en vers français. La notice de l'abbé Goujet renferme une caractéristique et une appréciation sommaires du poème. Elle ne repose, comme celle de Du Verdier, que sur deux imprimés du xvie siècle.

autre écrit » adressé par Mathéolus à Jacques de Boulogne et
dont les manuscrits de Saint-Bertin faisaient mention en ces
termes : « Scripsit ad eundem Jacobum..... librum de infortunio suo per tractatum quadripartitum, quem in libraria
sua Decanus et Capitulum Morinensis Ecclesiae observant. »
(MALBRANCQ, *de Morinis*, III, 694). Sans oser affirmer la
chose, il inclinait à penser que ce « liber de infortunio suo »
n'était autre que l'original du poème français de Jehan Le
Fèvre. Pourtant le mot « quadripartitum » le faisait hésiter ;
dans le texte français qu'il avait sous les yeux, le quatrième
livre suivait le troisième sans que la séparation fût
marquée.

L'auteur de cet opuscule se fait une idée fausse de la
« bigamie » de Mathieu, comme s'il s'agissait d'un second
mariage. Même avec le seul texte de la traduction française,
il aurait pu savoir que c'est le fait d'avoir épousé une veuve
qui constitue pour Mathieu le terrible état de « bigame »
(I, 154, 321 sv.). Son ignorance des conséquences fâcheuses
que l'Église avait rattachées à la « bigamie » des clercs a dû
lui rendre bien obscurs des passages tels que I, 321. Il est
allé jusqu'à supposer que Mathieu avait « renoncé à une
première vocation » pour pouvoir se marier, ce qui aurait
été une des causes de « l'état d'humiliation dans lequel il
se sentait tombé ». Quant aux relations personnelles que
Tricotel et d'autres avaient admises entre Mathieu et son
traducteur, allant jusqu'à dire que le second avait travaillé
« d'après les désirs et sous les yeux de l'auteur original »,
Morand les trouve peu probables. Il incline même à rejeter
comme inexacte la leçon manifestement fausse, mais généralement reçue alors, de I, 67 *A nous son escript envoya*,
sur laquelle on se fondait pour soutenir cette étrange hypothèse (voir la note de ce vers). Mais quoiqu'il mentionne un
des bons manuscrits (La Vallière 54, notre B), il ne paraît

pas l'avoir consulté. Pour le prologue, il a utilisé une copie qu'il tenait de Paulin Paris.

Notre connaissance du texte original nous permet de compléter et de rectifier l'étude de Morand.

L'auteur des *Lamenta* s'appelait Mathieu, dans son pays Mahieu (**Matheus**, v. *25* et *3557*), et était originaire de Boulogne (*4761* sq.). Sa famille était liée, par des liens de parenté, ou simplement d'amitié, avec celle de plusieurs d'entre ceux qui, à l'époque où il écrivit son poème, occupaient des places importantes dans l'église de Thérouenne. Jacques d'Etaples était son cousin (*5458*). Il étudia pendant six ans (*3878*) le droit et la logique à Orléans, sous Jacques de Boulogne, le futur évêque de Thérouenne, et sous Nicaise de Fauquembergue, le futur chanoine de cette église (*5151* sq.[1]). Nous allons voir qu'il était instruit, connaissant à fond la Bible, plusieurs écrivains de l'antiquité classique, et quelques poésies du moyen âge, tant latines que françaises.

Devenu clerc, portant le titre de « magister » (*20*), il occupait une place d'honneur parmi ses confrères (*4820* **erat sedes michi prima**) et se montrait hautain et dur envers les laïques (*82* sq. **Pro nostris facere laicis nil janque volebam. Sed caput erigere cum cornibus ipse solebam.**) Il avait sans doute appartenu à ces clercs remuants qui suscitaient tant de difficultés aux autorités civiles[2]. Il

1. M. V.-J. Vaillant, dans sa brochure, à laquelle nous allons revenir longuement, *Maistre Mahieu (Matheolus), satirique boulonnais du XIIIᵉ siècle*, Boulogne-sur-Mer, 1891, p. 35, incline à conclure du vers *3878*, notamment des mots **Vestra Bolonica**, que « les débuts » des études de Mathieu « eurent lieu à Boulogne ». Mais comme il manque un hémistiche au vers qui précède, il n'est pas sûr qu'il faille rattacher ces mots à **per sex annos studuique** et sous-entendre **schola**. Nous avons mis une virgule après ces mots qui peuvent aussi bien se rapporter à l'origine boulonnaise des deux personnages, l'évêque et le poète. Il est clair que Mathieu parle de plusieurs liens qui le rattachent à Jacques de Boulogne ; les études ne sont mentionnées qu'en second lieu.

2. C'est ainsi qu'on peut comprendre le **mirabiliter litem parare** du v. *84*, à moins qu'il y soit simplement question de troubles causés par des étudiants.

exerça, avec un véritable succès [1], la profession d'avocat et se donnait encore ce titre, quoiqu'il ne pratiquât plus, la pratique lui ayant été interdite (*4623* jus vetat), au moment où il composa son poème (*4618* **causidicus sum, Sed mihi causandi conjunx mea subtrahit usum**).

Matthieu paraît avoir beaucoup vécu à Paris, où il ne s'était interdit aucun plaisir. S'il connaissait les églises de la capitale (*1002* sq.), c'était surtout comme lieux de rendez-vous. Très sensible aux séductions des Parisiennes (qu'il appelle **nostras dominas parisienses**, *1005*), se laissant même facilement éblouir par leurs belles toilettes (*1957*), il n'en était plus à compter ses bonnes fortunes (*5188* **Janque tot invasi magnas pulcrasque**) et pouvait se vanter d'avoir été l'enfant chéri des dames (*5205* sq. **dilectus ab omnibus**).

Il connaissait aussi par expérience la débauche, et ni les manières des filles publiques (*1136* sq.) ni les procédés des entremetteuses (*1362* sq.) n'avaient de secrets pour lui ; plus d'une fois, une vieille l'avait dupé à la façon de la « Vetula » d'Ovide en se substituant à la jeune fille promise (*1428*).

Ces mœurs passablement légères, assez communes, d'ailleurs, dans le monde où il vivait [2], ne paraissent pas avoir nui à l'estime où le tenaient quelques-uns des hauts dignitaires de l'Église, notamment ceux auxquels, plus tard, il envoya son poème. Au concile de Lyon, qui se tint dans cette ville du 1er mai au 17 juillet 1274, Maistre Mahieu se trouva parmi les délégués de la Picardie, plus spécialement, peut-être, comme appartenant à la maison ou au

---

1. Si du moins il est permis d'entendre par **aula** le palais de justice, dans le vers *4828*, **nuper veneratus in aula**; mais peut-être le mot a-t-il plutôt ici un sens figuré.

2. **Totus enim clerus amat amplexus mulierum**, fait-il dire à la vieille qui essaie de corrompre Galathée (*1395*).

secrétariat de Henri de Muris, l'évêque de Thérouenne, dont on sait qu'il y assista [1]. **Lugduni concilio presens ipse fui**, dit l'auteur au v. *4351* [2].

Ce concile avait été convoqué par le pape Grégoire X (Théobald de Placence, ancien archidiacre de Liège, qui occupa le siège pontifical du 10 février 1272 au 10 janvier 1276, jour de sa mort), principalement pour délibérer sur trois sujets importants : le secours à porter à la Terre Sainte, la réunion de l'Église d'Occident avec l'Église grecque, la réformation des mœurs du clergé [3].

Ce dernier sujet se rapportait surtout à la situation et à la conduite des clercs mariés. L'Église permettait le mariage au bas clergé. Le troisième concile de Latran, tenu en 1179, avait été formel sur ce point : « Permittitur subdiacono cuidam contrahere matrimonium [4] ». Plusieurs de ces clercs mariés déposaient de temps en temps l'habit ecclésiastique et renonçaient à la tonsure pour se livrer au commerce ou pour occuper des places de maire et d'échevin dans l'administration civile, sauf à reprendre les signes de leur état et à se réclamer de leurs privilèges de clercs lorsque l'autorité civile s'apprêtait à les soumettre à la justice ordinaire ou à les frapper d'impôts. Il en résultait de nombreuses difficultés entre l'autorité ecclésiastique et l'autre ; parfois même de véritables scandales se produisaient. En 1273, le pape Grégoire X autorisa le roi de France, qui s'était plaint de cet état de choses, à appliquer

1. *Gallia Christiana*, X, col. 1557.

2. Il est bien dommage que la perte des procès-verbaux du concile ne permette pas de rechercher le nom de Mathieu parmi ceux des clercs qui y assistèrent. Ces actes semblent bien perdus sans retour, comme M. l'abbé Martin de Lyon, le nouvel éditeur de la *Collectio amplissima* de Mansi, a eu l'amabilité de nous le faire savoir.

3. Voy. FLEURY, *Hist. de l'Église*, XVIII, p. 215.

4. MANSI, *Sacrorum conciliorum nova et amplissima collectio*, t. XXII, p. 259.

aux clercs mariés de son pays qui se conduisaient ainsi, « tam bigamis quam monogamis »[1] les usages de la justice ordinaire[2]. Peu avant, sur une plainte du comte de Champagne, Grégoire avait chargé les archevêques, évêques et autres prélats de ce pays d'inviter par trois monitions les clercs mariés qui faisaient le commerce et qui prétendaient jouir du bénéfice de clergie, à cesser aussitôt leur trafic, sous peine de perdre de plein droit l'exemption des impôts[3].

Mais à côté et au-dessus de cette question d'ordre social, il y avait, dans cette affaire des clercs mariés, une question de discipline que le pape entendait réserver au concile qu'il désirait convoquer. Parmi ces clercs mariés, plusieurs avaient épousé des veuves ou se trouvaient de quelque autre façon[4] en état de « bigamie ». L'Église, qui n'était déjà pas favorable aux secondes noces et qui refusait de les

1. M. Guy, dans son beau livre sur *Adam de le Hale*, Paris, 1898, consacre quelques pages très intéressantes aux « clercs bigames », p. 412 sv. et donne, en général, une idée exacte de leur état et des mesures que l'autorité civile, les papes et les conciles prenaient contre eux. Cependant il nous semble qu'il ne les distingue pas assez, soit des « concubinaires » (*l. c.*, p. 420, note), soit de « ceux qui déguisés (?) en ecclésiastiques, exploitaient leur prochain pour s'enrichir » et que, d'après lui, « on assimilait aux bigames » (p. 415). Voici, d'après notre manière de voir, la situation. Beaucoup de clercs mariés, *après avoir abandonné temporairement l'habit ecclésiastique et la tonsure* pour se mêler à la vie laïque et en avoir le profit, reprenaient les signes de leur état dès qu'il s'agissait de payer l'impôt. Ce sont ces *uxorati*-là, parmi lesquels se trouvaient des *monogames* aussi bien que des *bigames*, comme le dit expressément la lettre de Grégoire X à Philippe le Hardi dont M. Guy cite une partie (p. 420, note), que le pape abandonne à la juridiction civile. Les *bigames* appartenaient à cette juridiction pour une autre raison encore, celle de leur bigamie, qui les privait, en principe du moins, de leurs droits de clergie. M. Guy (dans cette même note) caractérise imparfaitement l'œuvre du concile de Lyon en disant qu'il « tâcha d'effrayer les concubinaires ».

2. Pottharst, *Regesta Pontificum romanorum*, II, p. 1666.

3. Pottharst, *l. l.*, p. 1657.

4. Le cas le plus piquant, après celui du mariage avec une veuve, était celui d'avoir épousé une fille légère ; Mathéolus y fait allusion dans un passage que le traducteur seul nous a conservé (I, 340 sv.) ; on en trouvera un exemple plus loin. M. Guy énumère cinq autres cas de bigamie (*l. c.*, p. 413 sv.) d'après « un canoniste érudit. » S. Thomas en cite quatre en dehors du mariage avec une « corrupta », qu'il signale cependant aussi comme une « irrégularité ».

bénir [1], devait considérer une union de cette nature comme incompatible avec la dignité cléricale. Il semble bien cependant que les hauts dignitaires de l'Église n'aient pas adopté en cette matière une seule et même règle de conduite. Les uns toléraient ce que d'autres condamnaient, et le plus souvent, la tolérance l'emportait [2].

Le concile de Lyon, saisi de la question par le pape qui l'avait convoqué, prit au sujet des bigames une décision formelle. Il adopta dans sa séance du 14 juillet 1274 la résolution suivante [3] : « Altercationis antiquae dubium praesentis declarationis oraculo decidentes bigamos omni privilegio clericali declaramus esse nudatos et coercitioni fori saecularis addictos [4], *consuetudine contraria non obstante*. Ipsis quoque sub anathemate prohibemus deferre tonsuram vel habitum clericalem [5]. »

Trois mois plus tard, le 1er novembre de cette même année 1274, le pape Grégoire X sanctionnait les « Constitutiones » du concile de Lyon [6]. Le recueil qu'il promulguait ainsi, se composait de 31 articles, qui, depuis, furent insérés dans les décrétales [7].

Bien qu'il fût ainsi parfaitement renseigné et prévenu et qu'il eût dû prévoir le sort qui l'attendait (*3923* sq.), Mathieu se trouva bientôt compris parmi les malheureux que visait cette partie de la « Sanctio Gregoriana. » La destinée le mit au rang de ces bigames qu'il avait entendu condamner, qu'il

1. Le même concile de Latran, celui de 1179, avait pris la décision suivante : « Vir autem vel mulier ad bigamiam transiens non debet a presbytero benedici. » MANSI, *l. l.*, t. XXII, p. 311. Voyez aussi *Lamentationes 206.*

2. Voyez plus loin, p. cxvi, note 1.

3. M. Vaillant nous paraît faire erreur en disant, *l. c.*, p. 37, que le concile de Lyon interdit, d'une manière générale, le mariage des clercs ; la bigamie seule fut atteinte. Il ne représente pas non plus très exactement (p. 2) la situation de Mathieu.

4. Voyez *Lam.* 81 subire forum laicum, dolor iste dolorum.

5. MANSI, *l. l.*, t. XXIV, p. 91.

6. POTTHARST, *Regesta Pontificum romanorum*, II, p. 1689.

7. FLEURY, *l. c.*, t. XVIII, p. 236.

avait peut-être aidé à condamner au concile de Lyon. Il eut
le malheur, ou il fit la sottise, d'épouser une veuve. Comment y fut-il amené? Lui-même n'en rend responsable que
sa légèreté (*4159*), ou plutôt l'amour, le fol amour dont il
fut pris (*279, 4160*). « Je n'ai été, dit-il catégoriquement
(*189* sq.), ni violenté, ni trompé, j'ai su ce que je faisais. »
Ceux qui, comme Martin Le Franc (voyez plus loin), ont
cru qu'un intérêt d'argent l'avait poussé à cette union, se
sont évidemment trompés. Peut-être cependant est-il permis
de conclure des passages dans lesquels le poète s'étend un
peu sur cet événement (*4230* sq., notamment *4253-54,
4345-64* et *5188* sq.) qu'il a essayé d'abord de nouer une
intrigue avec la belle « Petronilla », désirant en faire sa
maîtresse (« je comptais, dit-il, triompher d'elle en quelques
heures » *5189*), mais qu'elle, plus fine, transformant bientôt
en amour passionné le désir du jeune clerc, l'a mis en
demeure de l'épouser. Quoi qu'il en soit, un beau jour,
maître Mathieu se trouva être le mari d'une veuve, bigame
comme tant d'autres.

Son mariage est évidemment postérieur au concile de
Lyon (*3927* **Nunne sciebam... tunc Lugdunense statutum?**).
Faut-il peut-être en chercher la date pendant la période
qui sépare la dernière séance du concile de la sanction du
pape, c'est-à-dire dans les mois d'août, de septembre ou
d'octobre 1274? Mathieu a-t-il peut-être espéré que la résolution du concile sur ce point ne serait pas confirmée par
le pape? Le fait est que ses plaintes désespérées ne vont
que très peu au concile, mais presque exclusivement, avec
une insistance douloureuse, à la « sanctio Gregoriana »
(voyez *74, 3919-20, 5039* sq., etc.); c'est elle qui a fait tout
le mal. La chose est possible. Cependant on pourrait aussi
supposer que Mathieu, amoureux et insouciant, a commencé
par ne pas trop se préoccuper, ni du concile de Lyon ni du

décret du pape, espérant vaguement qu'on continuerait à faire comme autrefois, c'est-à-dire à ne pas appliquer trop sévèrement les « jura veterana », à accorder des dispenses à la plupart des bigames (*3917*)[1]. Si le mari de Perrenelle a pu se flatter pendant quelque temps de cet espoir, il a été complètement déçu. Le « droit ancien » et « le nouveau » (*73*) — c'est-à-dire l'interprétation nouvelle des règles anciennes (*3921*), proclamée par la sanction du pape, — lui ont été appliqués sans réserve à lui et à beaucoup d'autres (*3920* **quam plures**). Tous ses privilèges de clergie, notamment le droit d'être jugé par le tribunal ecclésiastique, de porter la tonsure et l'habit de clerc, lui ont été enlevés pour toujours.

Il faut supposer qu'il a pu tenir son mariage secret pendant assez longtemps ou que le fait qu'il était le second mari de Perrenelle n'a pas été tout de suite universellement connu. Nous verrons qu'entre l'époque de son mariage et celle de la composition de son livre, ont dû s'écouler de vingt à vingt-cinq ans. Or le poème semble se rapporter à une catastrophe relativement récente. Quoi qu'il en soit, un jour la bigamie de Mathieu fut, aux yeux de tous, un fait indéniable. L'autorité ecclésiastique, probablement l'Officialité de Thérouenne[2], fit son devoir ; elle enleva à ce clerc bigame tous ses droits de clergie et le livra, comme un simple laïque, au pouvoir civil[3].

1. Ce vers est formel : « **Cum plerisque tamen dispensatum fuit ante Gregorium decimum.** » Remarquons à ce propos que S. Thomas d'Aquin, qui mourut deux mois avant l'ouverture du concile de Lyon auquel il se proposait d'assister (7 mars 1274), admet qu'une dispense peut être accordée par l'évêque au clerc mari d'une veuve ou bigame d'une autre façon « usque ad subdiaconatum ». Il présente cependant la bigamie comme une « irrégularité ». Voyez la *Summa theologica*, quaest. LXVI, art. I, *Dubium de Bigamia*.

2. L'Officialité était chargée de la police. Il est curieux cependant que, ni dans son « épître » au jeune Official, Jehan de Ligny (*4913* sp.), ni dans celle à Eustache d'Aix, l'écolâtre de Thérouenne, qui avait été Official pendant de longues années (*4105-4*), ne se trouve le moindre reproche mêlé aux éloges et aux plaintes.

3. C'est par suite d'une interprétation erronée du mot **Rabi** (vs. *4234*) que

Le coup fut terrible ; Mathieu en ressentit d'autant plus fortement toute l'humiliation et toute la misère que lui-même regardait, au fond, les bigames comme des gens méprisables *(4835)*[1]. Lui, le « maître » d'autrefois, le clerc hautain, l'avocat recherché, dépouillé maintenant de tous ses privilèges, privé de la tonsure, obligé de déposer l'habit de clerc, ne pouvant plus pénétrer dans le chœur des églises *(3901)* ni recevoir la moindre prétebende *(3903 sq.)*[2], se voyait devenu un objet de mépris, de répulsion et de raillerie générale *(4819; 5098,* etc.*)*. Il ne devait plus s'appeler « Matheus », mais « Matheololus » *(3676, 3800)*. Décidément, la roue de Fortune avait fait le grand tour *(4230)*. Et toute cette misère était sans remède *(3902, 5025,* etc.*)*.

M. Vaillant *(l. c.,* p. 36) suppose que, banni de Thérouenne, Mathieu fut obligé de « s'enterrer tout vif encore, dans la Thébaïde d'un village obscur et désolé. » Nous ne croyons pas que les vers *5084* sq. (**me sociando agresti turbe sacraque relegor ab urbe**) doivent nécessairement être interprétés ainsi. **Urbe** n'est là peut-être que pour rimer avec **turbe** ; le mot fait plutôt l'effet d'être une métaphore pour désigner le clergé. Quant à **agrestis turba**, ne serait-ce pas simplement le contraire de **grex cleri** *(5049)*, comme, ailleurs *(5053)*, **rusticus** semble n'être qu'un synonyme de **laïcus**[3] ?

Il ne paraît pas qu'on lui ait proposé, ou qu'on ait même pu lui proposer de renvoyer **sa** femme pour conserver sa **clergie**, comme à cet autre « naufragé », son homonyme et son ami, Mathieu de Beauremi *(4258 sq.)*, qui avait pu éviter

M. Vaillant (*l. c.* p. 7 et 36) a pu croire un instant que Mathieu, à cette époque, allait être mis à la tête d'un prieuré.

1. Il y a là une certaine contradiction avec l'opinion qu'il avait émise au v. *128*.

2. Tout ce passage est intéressant ; il indique les ambitions et les espérances de Mathieu que le décret de bigamie avait détruites : la prêtrise, le canonicat, le décanat peut-être.

3. Il y a bien encore le vers *3881*(**vivens ut agrestis**), mais il n'indique pas nécessairement la vie à la campagne.

la ruine irrévocable en renvoyant à temps celle avec laquelle il vivait. Mais il est probable que ce maître-là n'était pas marié et qu'il appartenait plutôt aux « clerici connubiales » qu'aux « bigames » proprement dits [1]. Pour ceux-ci l'alternative du renvoi de la femme n'existait sûrement pas [2].

Si la question avait pu être posée, peut-être Mathieu aurait-il consenti à se séparer de sa chère moitié. Car la jolie veuve d'autrefois avait bien changé ; la vie avec elle, cette vie qu'il avait désirée naguère comme on désire le paradis [3], était devenue un enfer. De jeune, belle et pleine d'attraits (*208* sq.) Perrenelle était devenue vieille, laide, presque dégoûtante (*290* sq.). Surtout, elle qui dans ses paroles avait semblé la Sagesse même (*5489*), était devenue d'une humeur impossible. Acariâtre, le mettant nuit et jour à la torture par des querelles fondées ou non fondées, lui reprochant cet état de clerc déchu dont elle était cependant la cause (*32*), cette Petra — véritable rocher (*2322*) ! — rendait la vie intolérable à son mari. Ah ! si elle avait pu être douce et bonne, elle serait redevenue presque belle et aurait pu être comparée à Rebecca ou à Sarah (*4898*). Mais la bonté et la douceur semblaient l'avoir fuie pour toujours. Une seule vertu lui était restée. Elle était chaste et fidèle à son mari, comme elle l'avait toujours été (*1214, 2315-20* et ailleurs). Mais cette vertu avait ses inconvénients ; car Petra continuait à réclamer de son mari l'accomplissement du devoir conjugal, et celui-ci, devenu « décrépit » (*657*), usé peut-être avant l'âge par les excès amoureux de sa jeunesse, n'était plus en état de donner tout ce qu'elle lui demandait

---

1. Il semble résulter du v. *4262* que Mathieu de Beauremi vivait avec une « femme corrompue » (cf. I, 341) et qu'il était sur le point d'épouser sa maîtresse.

2. Aux v. *135* sq. M. regrette expressément que cette solution ne soit pas possible.

3. *278* sq. Si possem Petre jungi, deus esse deorum credebam. *288* sq. **Quando tuebar Ipsius speciem, raptus super astra ferebar.**

(*561-70, 575-90*). De là de nouveaux reproches, des coups de griffe et des querelles nocturnes succédant à celles de la journée (*567-70*).

Petronilla avait donné des enfants à son mari (*85, 105*). Mais les ennuis, ou du moins les soucis de la paternité, les cris des petits et les grossièretés de leur nourrice aggravaient encore la dureté de son état (*807*). Clerc déchu, frappé d'une déchéance absolument irréparable (*613* sq.), mari d'une femme laide et querelleuse, constamment tourmenté par ses enfants, le pauvre bigame était devenu le plus misérable des hommes. La maigreur et la pâleur de son visage disaient assez l'âpreté de ses souffrances (*3870*).

Ce triste état inspira à Matthieu l'idée de le décrire dans un poème, de donner une forme littéraire à ses plaintes.

Ce projet fut mis à exécution.

Son poème fini, il se garda bien de le montrer à sa femme, qui lui aurait arraché les yeux (*3778*) ou qui l'aurait lapidé (*4439*) si elle avait pu en connaître le contenu. Renonçant à l'idée d'une publication proprement dite (*3779*), il envoya son poème à une douzaine de grands personnages (livre IV) et le montra également à des membres du bas clergé, ses anciens confrères, notamment aux jeunes, qu'il tenait à détourner du mariage, surtout à prémunir contre le piège de la bigamie (5 sq.).

C'est la liste des personnages du livre IV qui, contrôlée par des documents de l'époque, nous permet de dater la composition du poème. La tâche qui incombe ici à l'historien nous a été singulièrement facilitée par un savant boulonnais, M. V.-J. Vaillant, qui, après la publication du tome premier de notre édition, s'est livré à des recherches détaillées très fructueuses. Nous n'aurons, en général, qu'à enregistrer les résultats qui se trouvent consignés dans sa brochure déjà citée, « *Maistre Mahieu (Matheolus) satirique boulonnais du* XIII° *siècle, Essai de biographie avec une photographie,* imprimée à Boulogne-sur-Mer, à l'imprimerie Simonnaire et Cie, 7, rue de la Coupe, en 1894. »

Voici d'abord la liste des personnages auxquels Mathieu envoya ses « Lamentations », d'après les indications du poète, celles du rubricateur et celles du traducteur.

1° *Jacques le Moiste* ou *Jacques de Boulogne,* évèque de Thérouenne (*3790* **Dominus Morinensis,** *3815* **de Bolonia Jacobus ;** rubr. « Jacobus episcopus morinensis » ; traducteur IV, 5 *l'evesque de Therouenne ;* Vaillant, *l. c.,* p. 3) ; — 2° *Jehan de Vassogne,* archidiacre de Flandres à Thérouenne (*3987* **Flandrensis Archilevita,** *4002* **Johannes ;** rubr. « Jo. de Vassonia archidiaconus flandrensis in ecclesia morinensi » ; trad. IV, 85 *l'archidiacre de Flandres ;* Vaillant, *l. c.,* p. 12) ; — 3° *L'archidiacre de* **Thérouenne** désigné par le poète comme **Morini Archilevita** (*4025*), **Archilevita Morinensis** (*4067*) ; il l'appelle **Jacobus** (*4031*) et l'a connu autrefois comme **Jaketus** (*4031*) ; rubric. « Archidiaconus morinensis ». C'est peut-être le même personnage que le traducteur (IV, 89) désigne comme *l'archidiacre de Boulogne* (voyez plus loin) ; — 4° *Gautier* **de Renenghe,** archidiacre de Brabant dans l'église de Thérouenne (*4291* **Brabantinus. G. Archilevita ;** rubr. « G. de Renenghes archidiaconus brabantinensis » ; trad. IV, 93 *l'archidiacre de Brabant ;* Vaillant, *l. c.,* p. 27) ; — 5° *Baudouin de Renenghe,* chanoine de Thérouenne (*4292* **dominus. B. canonicus Morinensis ;** rubr. « B. de Renengues canonicus morinensis » ; le traducteur ne le mentionne pas ; Vaillant, *l. c.,* p. 27) ; — 6° *Eustache d'Aix,* écolâtre de l'église de Thérouenne (*4099* **Scolasticus ;** rubr. « Eustacius d ays scolasticus morinensis » ; trad. IV 100 *l'escolastre de Therouenne ;* Vaillant, *l. c.,* p. 19) ; — 7° *Jehan de* **Corbie,** doyen de l'église de Thérouenne (*4162* **Morini**

Decanus; rubr. « Jo. de Corbeya decanus morinensis » ;
trad. IV, 100 *le doyen de Therouenne;* Vaillant, *l. c.,*
p. 25) ; — 8° **Guillaume de Licques**, prévôt d'Aire
(*4428* **Aria..... in qua prefulget honore prepositi** ; rubr.
« Willelmus de losques (sic) prepositus Ariensis » ; trad.
IV, 105 *le prevost d'Aire.....* 109 *nommé fu Guillaume
de Liques;* Vaillant, *l. c.,* p. 13) ; — 9° **Robert le Moiste**,
abbé de Sainte-Marie-au-Bois de Ruisseauville, frère de
l'évêque Jacques de Boulogne (*4702* **abbas du Bosc, Domini
Morinensis carnalis frater** ; rubr. « R.¹ frater domini morinensis abbas de bosco » ; trad. IV, 111 *l'abbé du Bois;*
Vaillant, *l. c.,* p. 8) ; — 10° **Jehan de Ligny**, official de
Thérouenne (*4914* **officialis**, *5011* **I. de Ligny** ; rubr. « Jo.
de Ligny officialis morinensis » ; trad. IV, 118 *l'official
de Therouenne.....* 161 *Jehan de Ligny avoit nom ;* Vaillant,
l. c., p. 14) ; — 11° **Ernoul de Beaurain**, doyen du chapitre de Saint-Firmin-le-Martyr de Montreuil ; (manque dans
le texte latin (voyez § 2, p. LIX); trad. 168 suiv. *Maistre
Ernoul de Beaurain, doyen de Saint Fremin en Monstereuil;*
Vaillant, *l. c.,* p. 29) ; — 12° **Nicaise de Fauquembergue** (*5127* **Falcoburgensis Nichasius**, *5166* **De Falcoberga Nichasius**, *5187* **Nichasius** ; rubr. « Magister nichasius
de falcoberga » ; trad. IV, 173 *Nicaise de Faucombergue;*
Vaillant, *l. c.,* p. 21) ; — 13° **Gilles**, abbé du Mont Saint-
Jean-lès-Thérouenne (*5245* **Egidius abbas sancti Johannis** ;
rubr. « abbas sancti Johannis de monte iuxta morinensi
(sic) » ; trad. IV, 177 *L'abbé du mont saint Jehan;* Vaillant,
l. c., p. 23) ; — 14° **Jacques d'Etaples** (*5357* **Stapulensis,
5366** **Jacobus Stapulensis** ; rubr. « Magister Jacobus de
Stapulis » ; trad. IV, 183 *maistre Jacques d'Estaples;*
Vaillant, *l. c.,* p. 15.)

---

1. M. Vaillant, p. 11, suppose avec raison que nous avons eu tort d'imprimer
B. dans la rubrique du vers 4702 ; le manuscrit porte R.

Donc, en tout quatorze personnages, dont un (n° 5) a été passé sous silence par le traducteur, ce qui s'explique par le fait que le poète le cite à côté de son frère sans lui consacrer une tirade spéciale ; dont un autre (n° 11) manque dans le texte latin. Il n'y a pas la moindre raison d'identifier ce dernier, Ernoul de Beaurain, comme le fait M. Vaillant (p. 30), avec Mathieu de Beaumeri, le « clericus connubialis » dont il est question au vers *4258* (voyez plus haut, p. CXVII ss.).

L'identification de ces divers personnages a été faite par M. Vaillant avec beaucoup de méthode et de soin ; nous n'avons qu'à le remercier de ses recherches. On peut hésiter à être de son avis sur un point. M. V. croit devoir identifier le n° 3, **Morini archilevita**, avec le n° 14, Jacques d'Etaples. Cette identification repose sur le fait que l'archidiacre s'appelle *Jacques*, et même pour le poète, son ancien camarade, *Jacquet*, tandis que Jacques d'Etaples est présenté comme son cousin et son ami d'enfance (*5391, 5458*), et que ce dernier, d'après une charte de Saint-Bertin du 14 juillet 1292, était, à cette époque, de même qu'en janvier 1303, « archidiacre de Thérouenne ». Le rapprochement est séduisant, d'autant plus que les vertus que l'auteur loue et apprécie dans l'un comme dans l'autre des deux personnages sont spécialement la largesse et la fidélité dans l'amitié. (Comparez *4039* avec *5376* **Largior in mundo non est quam Jacobus iste** et *4053* sq. avec *5390* sq.). Il y a cependant deux difficultés. Voici la première, qui n'est peut-être pas bien importante : l'**Archilevita Morini** dont il est question au vers *4025* paraît bien être l'**oculus Boloniensis** de l'évêque de Thérouenne dont il est parlé au vers *3983* (à cette expression correspond le mot **oculatur** du vers *4036*) ; or rien ne prouve que ce titre spécial d' « archidiacre de Boulogne dans l'église de Thérouenne » ait été celui de

Jacques d'Etaples[1]. L'autre difficulté nous paraît plus grave. Au début du passage adressé à Jacques d'Etaples (*5358* sq.) le poète dit expressément qu'il le met le dernier, quoiqu'il mérite d'occuper une place plus distinguée. Il invoque le désordre de son esprit, ou plutôt sa sortie de « l'ordre », pour excuser l'irrégularité de ce procédé. Or, quel sens auraient ces excuses s'il avait déjà donné auparavant une place d'honneur, la troisième, à ce même Jacques d'Etaples ? N'oublions pas non plus que, s'il loue l' « archidiacre de Thérouenne » à cause de ses vertus, de sa bonté et de la fidélité de son affection, il ne parle pas de ses grandes qualités d'orateur, de poète et d'artiste, pour lesquelles Jacques d'Etaples lui paraît supérieur à tous (*5432* sq.). On pourrait peut-être résoudre la difficulté en admettant que, la première fois, il s'est adressé à l'homme d'église, la seconde fois au lettré, ou même au critique ; puisque, dans le dernier passage, il prie Jacques d'Etaples d'effacer de son poème ce qu'il pourrait y avoir de trop hardi (*5367*) et de défendre son œuvre contre la critique. Cependant, comme rien n'indique qu'il se soit adressé deux fois au même personnage, l'identification de Jacques l'archidiacre avec Jacques d'Etaples continue à nous paraître très douteuse.

Tous ces personnages étaient des contemporains, la plupart, en outre, des compatriotes de Mathieu ; quelques-uns, comme Robert de Moiste, l'abbé de Sainte-Marie, étaient plus jeunes que lui[2] ; d'autres, tels que l'abbé Gilles, de

---

1. Il est probable que le manuscrit sur lequel Jehan Le Fèvre a fait sa traduction portait, à la rubrique du vers *4024*, « Archidiaconum boloniensem in ecclesia morinensi. »

2. Mathieu connaissait bien toute la famille, le père, la mère, les frères et les sœurs (*3802*) ; il avait connu Robert lorsque celui-ci tétait encore sa nourrice, et l'avait consacré à Dieu (*4769* sq.). On ne voit pas très bien le genre de relation qu'exprime le titre de « dominus specialis » donné par M. à l'abbé du Bois (*4701*) M. Vaillant (*l. c.* p. 9) incline à conclure de cette expression que Mathieu « appartenait à l'ordre de Saint-Augustin, à la congrégation

Saint-Jean, étaient des amis d'enfance *(4031, 5246, -63)* ;
Nicaise de Fauquembergue semble avoir été un ami de
date plus récente *(5129)* ; le prévôt d'Aire, Guillaume de
Liques, était son aîné ; celui-ci l'avait vu tout petit *(4432)*,
mais ne s'en souvenait plus et ne savait pas même qu'il
existait *(1431)* ; Gautier de Renengue, l'archidiacre de
Brabant, ne le connaissait pas *(4329)* ; le doyen de l'église
de Thérouenne, qu'il n'a peut-être compris parmi ses patrons
que parce qu'il ne pouvait faire autrement *(4161* **ordine
plano)**, lui était assez étranger pour qu'en faisant le portrait
de ce vieux parvenu un peu ladre, devenu chaste par nécessité, il ait pu mêler quelque ironie à ses éloges *(4165* sq.).

Voici maintenant les dates qui, d'après les documents
cités par M. Vaillant et que nous avons pu contrôler en
partie, nous permettent de fixer l'époque à laquelle Mathieu
a composé ses *Lamentationes*.

La première date importante est celle de l'épiscopat de
Jacques de Boulogne. L'année de son avènement à cette
dignité, à l'âge de 39 ans (v. *3804*), n'est pas indiquée par
la *Gallia Christiana* ; mais son prédécesseur, Henri de Muris,
est décédé le 7 avril 1286 [1] ; il est resté évêque jusqu'à sa
mort, en septembre 1301. En 1295, le frère de l'évêque,
Robert le Moiste, était encore prévôt de l'église de Saint-
Martin à Ypres [2] ; à une date incertaine, il a changé ces
fonctions contre celles d'abbé de Sainte-Marie-au-Bois de

d'Arrouaise, à la communauté de Ruisseauville. » Nous ne discuterons pas
cette opinion, mais nous ferons observer cependant que Robert de Moiste n'est
devenu abbé de Sainte-Marie-au-Bois, en Ruisseauville, qu'en 1295 et qu'à cette
époque Mathieu était certainement déjà le clerc déchu qui préparait ses *Lamentations*.

1. C'est la date que donne la *Gallia Christiana*, X, col. 1558 ; M. Vaillant,
p. 3 (note 2), mais sans citer sa source, indique comme date de la mort de
cet évêque le 9 avril 1290.

2. Vaillant, *l. c.*, p. 5-6 ; l'auteur s'appuie sur une pièce du cartulaire de
l'église de N.-D. de Boulogne-sur-Mer.

Ruisseauville [1] et c'est dans cette qualité qu'il est salué par
Mathieu. Le poème a donc dû être envoyé aux deux frères
entre 1295 et 1301. Les autres dates que M. Vaillant a pu
déterminer viennent corroborer cette donnée. Ainsi, il est
sûr que Guillaume de Licques a été investi de la charge
de prévôt d'Aire (*4428*) au plus tard en mars 1293 et
qu'il l'occupait encore en mars 1295 [2]. L'official de Thérouenne, Jehan de Ligny, figure, en qualité de mandataire
de l'abbé de Saint-Bertin, dans un acte du 19 mai 1290 [3].
Jacques d'Étaples est mentionné, comme archidiacre de
Thérouenne, dans une charte de Saint-Bertin du 14 juillet 1292
(voy. plus haut). Eustache d'Aix, écolâtre de Thérouenne,
a été retrouvé par M. Vaillant dans une charte de Saint-
Bertin du 21 juin 1317 [4]. Nicaise de Fauquembergue était
encore chanoine de Thérouenne en 1298 [5]. Gilles, abbé du
Mont Saint-Jehan-lès-Thérouenne, figure dans une charte
datée de janvier 1302-3, comme abbé de Saint-Josse sur la
Canche et comme ayant été (*quondam*) abbé de Saint-
Jehan [6]. Jehan de Corbie figure comme doyen dans une
charte de 1286; il vivait encore à l'époque de la mort de
l'évêque [7]. Les deux frères, Gautier et Baudouin de Renengues, sont mentionnés dans des chartes de 1274 et 1278;
Baudouin, le chanoine, vivait encore en 1298 [8]. Ernoul (Ar-
nulfus) de Beaurain est cité par la *Gallia Christiana* et par

1. VAILLANT, *l. c.*, p. 8-11.

2. *Ibid.*, p. 14. La première de ces deux dates avait déjà été relevée par
M. Morand, d'après les archives de l'ancienne collégiale d'Aire; pour la seconde,
M. Vaillant renvoie à une citation de M. E. de Rosny à la p. 873 de ses *Recherches
généalogiques*.

3. *Ibid.*, p. 15, où les numéros de trois chartes de Saint-Bertin se rapportant
à ce sujet sont indiqués.

4. *Ibid.*, p. 20.

5. *Ibid.*, p. 22.

6. *Ibid.*, p. 25; cette charte est le n° 241 du cartulaire de Duchet et Giry.

7. *Ibid.*, p. 27. Voyez les n°s 236, 240, 241 du cartulaire de Duchet et Giry.

8. *Ibid.*, p. 28 sq.

dom Grenier à propos d'une affaire arrivée en 1297[1]. Jean
de Vassogne n'a pu être identifié par M. Vaillant[2], mais le
savant Boulonnais a retrouvé Eustache d'Aix, avec ses titres,
dans une charte du 21 juin 1317 et dans l'obituaire de
Thérouenne[3].

Toutes ces dates nous portent à admettre que c'est vers
la fin du xiiie siècle, entre 1295 et 1301, que Mathieu a
composé ses *Lamentationes*. Si, comme nous l'avons supposé,
il s'est marié en 1274, après une jeunesse assez orageuse,
il a pu avoir près de trente ans lorsqu'il assista au concile
de Lyon et environ cinquante-cinq lorsque, après quelque
vingt ans de mariage, il versifia ses complaintes et sa
violente satire contre le mariage et contre les femmes.

Il y a encore un autre moyen de dater l'œuvre de
Mathieu. C'est la mention faite par l'auteur (*1263* sq.) de
la querelle entre les ordres mendïants et les évêques et,
notamment, de la part qu'y prit Guillaume de Mâcon,
évêque d'Amiens (*1312-13* **Guillermus Masticonensis. . .**
presul venerabilis Ambianensis). Or Guillaume de Mâcon[4] fut
élevé à la dignité d'évêque d'Amiens en 1278 ; ce fut le
10 janvier 1282 que le pape Martin IV lança la bulle qui
contenait des concessions aux ordres religieux, concessions
très discutées d'ailleurs, à laquelle le poète fait allusion au v.
1311 (**Littera concessa sibi**). Au moment où il écrit, la
querelle n'est pas terminée, puisque le poète prie Dieu de
la faire cesser (*1347*)[5]. Peut-être les vers *1314-15* nous
permettent-ils de préciser davantage. Dans ces vers le poète

---

1. Vaillant, *l. c.*, p. 30.
2. *Ibid.*, p. 13.
3. *Ibid.*, p. 20.
4. Voir sur Guillaume de Mâcon (mort à Amiens le 19 mai 1308) et cette
seconde phase de la querelle des ordres mendiants, l'article de M. Hauréau,
dans le t. XXV de l'*Histoire littéraire*. p. 380 suiv.
5. En 1291 un concile fut convoqué à Reims pour traiter cette question des
ordres mendiants. L'évêque de Thérouenne y assista (*Gall. Christ.*, X, col. 1558).

dit de Guillaume de Mâcon qu'il a excellé à défendre les droits des prélats « diebus istis », et qu'à présent il brille partout, « nitet in terris », comme le soleil. Or, l'activité de Guillaume de Mâcon comme champion des droits des évêques appartient surtout aux années 1282 (son grand discours prononcé à Paris) et 1286 (discours et disputes à Orléans). Plus tard, en 1295 et 1296, il fut honoré par le pape Boniface VIII d'une correspondance assez suivie, et en 1298, il remplit plusieurs missions diplomatiques, parmi lesquelles une auprès du roi d'Angleterre, dont Philippe le Bel l'avait chargé. C'est donc bien à cette époque précise qu'un poète a pu glorifier l'évêque d'Amiens en disant de lui : **nitet in terris quasi Phoebus**. Si nous avons déjà pu fixer la période de la composition du poème entre 1295 et 1301, nous pouvons dire maintenant que c'est en 1298 et dans les années environnantes que Maistre Mahieu a écrit ses *Lamentations*.

« On ne sait pas », dit M. François Morand, « où Mathéolus passa les mauvais jours qu'il déplore dans son livre ni dans quels lieux il le composa. » En tout cas, il n'était pas à ce moment à Thérouenne, puisqu'il y envoya son livre sans vouloir l'accompagner. Comme nous ne voyons aucune raison de le faire vivre à la campagne, nous serions assez disposé à admettre qu'il habitait sa ville natale, Boulogne-sur-Mer. Si l'archidiacre dont il est question aux vers *4025* sq. est bien réellement, comme nous l'avons supposé, l'archidiacre de Boulogne, on pourrait trouver une indication dans le vers *4052,* où il est dit que ce seigneur, contrairement à ce que font tant d'autres, lui ouvre les portes de sa maison[1]. Au reste, la façon dont le public, notamment d'anciens camarades, traitent le pauvre clerc déchu, l'abreuvant de leur mépris et de leur raillerie, lui fermant leurs portes,

---

1.·Il faut supposer alors que cet archidiacre de Thérouenne avait une maison à Boulogne où il résidait lorsque ses fonctions l'appelaient dans cette ville.

lui tournant le dos et refusant de le saluer dans la rue (*4047-51*), fait assez songer à une ville où les rapports de la vie ordinaire le mettaient tous les jours en face d'un grand nombre de vieilles connaissances.

B. — *La composition du poème.*

Les vers *1-12* contiennent une espèce de dédicace ou d'envoi général, que l'auteur a composé après avoir terminé son poème, comme le prouvent les vers *9-12* (**Lamentor medio lamentor fineque**). Il caractérise ici son ouvrage comme une vaste complainte ayant pour but de mettre ses amis, notamment les jeunes clercs, en garde contre le mariage, plus spécialement contre la bigamie. Ce but, il y revient ailleurs, dans le cours du poème, au début du livre II, v. *663*, plus loin, v. *937* sq., ailleurs encore, *1465*, *2182*, etc., et enfin *5581-86* (**nemo.... uxorem capiat precor, ortor, consulo, laudo**[1]).

Le poème proprement dit va donc du vers *13* au vers *3767*, la fin du III⁰ livre, et se termine fort bien par le cri de détresse : **Morior, morior, quid plura ? patenter.** Au commencement du livre IV le poète aborde la question de la publication de son volume (*3776* sq.). Il se décide, comme nous l'avons vu, à l'envoyer directement à quelques grands seigneurs de l'église de Thérouenne, dont il fera successivement l'éloge et à chacun desquels il exposera à nouveau et d'une façon spéciale son triste état[2]. Ces répé-

1. Dans un autre passage (*4842* sq.) Mathieu considère son poème comme une description rimée de l'état du monde et de la condition misérable de l'homme ; mais il n'a pas voulu donner là une caractéristique complète de son œuvre.

2. Nous ne croyons pas devoir conclure des vers *5366-7* que Mathieu aurait commencé par envoyer son livre à Jacques d'Etaples ou qu'il aurait eu l'intention de ne livrer au public qu'une seconde édition revue et corrigée d'après les observations de ce grand critique. Ces vers ne nous paraissent contenir qu'un appel à l'indulgence et, au besoin, à l'appui et à la défense, de ce généreux patron.

titions pourraient faire supposer que Mathieu a envoyé à
chacun de ses supérieurs une copie des livres I-III, accompagnée de l' « epistre » spéciale qui lui était adressée. Cependant, nous inclinons plutôt à penser que toutes les lettres
ont fait partie du grand envoi qui est parti, un jour, entre
1298 et 1300, de la maison du poète à destination de Thérouenne. Notons, en effet, d'abord, que l'auteur, en s'adressant à Jacques d'Étaples, s'excuse de le nommer après tous
les autres (*5360*), ce qui n'aurait pas de sens si celui-ci
n'avait dû prendre connaissance que de la lettre qui portait
son adresse ; ensuite, qu'il interrompt les éloges et les
plaintes qui portent des adresses spéciales, par des considérations générales sur les divers « états du monde » desti-
nées évidemment à tous ses lecteurs (*4453-4699*) ; enfin,
qu'il ajoute à ses épîtres une tirade finale (*5501* sqq.), qui
sert de conclusion à tout l'ouvrage. Il paraît aussi, à en juger
par le travail de Jehan Le Fèvre, que tous les manuscrits
des *Lamentationes* contenaient l'ensemble des quatre livres.
En rapprochant le v. *3787* (**priusquam anchora figatur**) du
v. *5605* (**mea vult hic anchora figi**) on peut considérer le
livre IV comme une espèce d'appendice que ses relations
personnelles ont amené Mathieu à joindre à son poème et
qui en a fait partie dès la première publication.

Quant à la division en livres, ou du moins en parties
(**partes**, dit le rubricateur), elle doit remonter à l'auteur lui-
même[1], comme le prouve l'expression **carminis hanc partem**
(*666*), qui désigne évidemment le livre II, et comme l'indique
le premier vers de chacun des quatre livres, qui n'est pas
seulement une citation, mais plus spécialement le premier
vers d'un autre poème. Nous avons, en effet, sans compter
le premier vers des *Tristes* d'Ovide, par lequel s'ouvre le

---

1. On se souvient aussi (voyez p. cix) qu'une ancienne tradition appelait le
poème *quadripartitum*.

préambule (**Parve, nec invideo,** etc.), le premier vers des
Métamorphoses, légèrement modifié (**In nova flens (pour fert)
animus mutatam dicere formam**), qui commence le poème
(*13*), puis, en tête du livre II (v. *655*), le premier vers du
De Consolatione de Boèce (**Carmina qui studio quondam
florente peregi**), qui est lui-même une imitation du premier
vers de l'*Énéide*, et au début du livre IV (v. *3768*), le premier vers, avec deux légères modifications, du *De planctu
Naturae* d'Alain de Lille (**Risus in lacrimas, in luctus gaudia
verto**). Le premier vers du livre III (*2329*, **Bella michi,
video, crebrissima bella parantur**) est, à la différence de
quelques mots près, le vs. 2 des *Remedia Amoris* ; cette
introduction, empruntée à un poème où Ovide indique les
remèdes de l'amour, convenait fort bien à la partie des
Lamentationes dans laquelle l'auteur allait trouver le remède
suprême qui devait le mettre en état de supporter ses peines.

Les quatre parties du poème correspondent, en général,
à un plan assez nettement défini. La première contient
surtout les plaintes du poète sur son cas personnel et ses
idées sur l'état de « bigame » ; la seconde, plus étendue,
renferme une critique à fond du mariage et une satire en
règle contre les femmes et est annoncée comme telle par le
poète (*665* sq.) ; la troisième raconte le songe de l'auteur
et ses discussions avec Dieu. Cependant la première partie
nous transporte déjà du terrain des expériences personnelles
de Mathieu sur celui, plus général, de la critique des femmes
(*331* sq.). Par contre, nous voyons, dans la seconde partie,
le développement des idées générales interrompu à chaque
instant par les « lamentations » du poète et par ses fréquentes sorties contre sa propre femme. Ces interruptions
sont voulues, elles doivent ramener sans cesse le lecteur
vers le sentiment d'où l'idée du livre est sortie. S'il en
résulte un certain désordre, ce désordre contribuera à

peindre le trouble qui règne en son esprit. L'auteur insiste à plusieurs reprises sur ce manque de suite dans la façon dont il traite son sujet. Citons le v. *1096* : **Ut varior, varie sermo meus hic variatur**, dont l'équivalent revient plus d'une fois, par exemple *2339* **Mille modis varior**, *3760* **vacillo desipiens; nunc vertor ad hoc, sum mox et in illo,** *5364* sq., etc.

Le premier fond de son poème est fourni à Mathieu, on n'en saurait douter, par sa propre expérience. Le triste état où le clerc a été réduit par son mariage avec une veuve, que l'âge a rendue en outre laide et insupportable, l'a poussé à appliquer son talent de versificateur, non seulement à la description de sa misère, mais aussi à une attaque violente contre les femmes. Dans un passage que le traducteur seul nous a conservé (II, 2655), Mathieu dit expressément que c'est *de (son) sens ombrage* qu'il a fait *des femmes cest ouvrage*. Cependant son poème atteste à chaque page, à ·côté de cette aigreur individuelle, un état plus général d'hostilité à l'égard des femmes que produisait ou qu'entretenait au moyen âge, surtout dans le monde des clercs, aussi bien la lecture de la Bible que celle des poètes latins, notamment d'Ovide et de Juvénal, aussi bien l'étude des Pères de l'Église et du droit romain que les contes et les fables dont s'amusaient les bourgeois.

Les traces de toutes ces influences, qu'elles aient agi directement sur lui ou indirectement, par ses maîtres et ses camarades, se retrouvent, nombreuses et variées, dans l'œuvre du bigame[1]. La Bible (**Scriptura**, passim, **Vetus atque Novum**, v. *1610*) est largement représentée par l'his-

---

1. On peut appliquer à Mathieu ce que M. E. LANGLOIS, *Origines et sources du Roman de la Rose*, Paris, 1891, p. 106, dit de Jean de Meun : « Il ne faut pas chercher dans tel ouvrage en particulier la source de certains de ses griefs contre les femmes : elle est dans la littérature entière. » Voyez aussi, sur ces diverses influences, M. A. PIAGET, *Martin Le Franc*, Lausanne, 1888, p. 26 svv.

toire de femmes telles que Ève, Dalilah et Bethsabée, la
femme et les filles de Loth, les reines Vasti et Athalie, la
Samaritaine et la portière du palais de Caïphe. La respec-
table Sarah elle-même, qui avait ri à la perspective d'avoir
un enfant, doit attester la sensualité des vieilles femmes (*1370*).
Parmi les auteurs sacrés dont l'autorité est invoquée de
préférence figure surtout, à côté du prophète Michée (*1561*),
de Job (*3884, 5121, 5566*), et de saint Paul (*1064, 2060*),
Salomon, l'auteur des *Proverbes* et de l'*Ecclésiaste* (*683*, II,
2609, 1209, 2291). Parmi les poètes latins l'auteur cite en
passant les noms de Virgile, Lucain, Perse, Ovide (*5435* sq.),
mais c'est surtout Ovide, aussi bien l'auteur du *De Arte
amandi* et des *Remedia* que le triste héros de la *Vetula,*
dont le témoignage est fréquemment invoqué pour appuyer
les thèses de l'auteur (*1185, 1200, 1426* sq., *1725, 4684*).
L'actor du v. *1535* est Virgile, celui de *2477*, ainsi que le
peritus du v. *3230*, est Juvénal. Le nom d'Homère se rencontre deux fois (*1501, 4617*), mais ne paraît être pour
Mathieu que le nom d'un homme supérieur qu'il est fort
difficile de surpasser. Par ci par là figure, en guise d'argument, un des *Distiques* de Caton ou un texte de loi (*873,
1125, 1533*, etc.).

Mathieu connaît assez bien les grands théologiens de l'Église
pour utiliser leurs écrits au profit de sa thèse ; saint Bernard n'est cité que pour déposer contre le clergé (*2614*),
mais saint Ambroise (*210, 928*) et, peut-être, saint Jérôme
doivent l'assister dans ses attaques contre le mariage [1].
On peut se demander s'il a utilisé le traité de saint
Jérôme *Adversus Jovinianum* [2] et si c'est directement dans
ces pages, ou plutôt dans le *Polycraticus* de Jean de

---

1. Il faut reconnaître, cependant, qu'il ne cite expressément saint Jérôme
que pour combattre son opinion sur le crime de Lamech (*176*).

2. MIGNE, *Patrologie latine*, XXIII, col. 222 sqq.

Salisbury, qu'il a pris ses emprunts au *De Nuptiis* de Théophraste (voyez plus loin). Il a pu y retrouver quelques-unes
de ses idées sur les inconvénients du mariage ainsi que les
noms de la sœur de Moïse et de Pasiphaé. Mais, s'il avait
lu le traité contre Jovinien avec quelque attention, aurait-il
supprimé l'histoire du Romain qui avait renvoyé sa femme,
quoiqu'elle fût belle et sage, et qui, lorsque ses amis s'en
étonnèrent, leur montra son soulier en disant : « Ce soulier
est beau et solide, mais aucun de vous ne peut savoir
combien il me serre le pied [1] ? ».

Nous sommes certainement fondé à admettre que Mathieu
a connu et utilisé le fragment du *De Nuptiis* de Théophraste,
bien qu'il ne mentionne pas l'« aureolus liber », « Auréole, »
comme on appelait volontiers ce livre que personne n'avait
jamais vu, à la suite et sur la foi de saint Jérôme qui l'a
conservé [2]. Il est assez probable qu'il l'a connu par le *Polycraticus*, quoique la chose ne soit pas sûre [3]; il est curieux,
en effet, que la façon dont Mathieu parle des secondes noces
(196 sq.) et de la facilité avec laquelle les veuves se remarient
(953 sq.) ne rappelle en rien les termes dans lesquels Jean
de Salisbury, dans les considérations dont il fait suivre sa
citation de Théophraste, s'exprime sur les mêmes sujets [4];
il ne reproduit pas non plus les anecdotes alléguées par cet
auteur, et sa version de l'histoire de la matrone d'Ephèse
diffère de celle du *Polycraticus*.

Plusieurs passages du fragment de Théophraste, par

1. *L. c.*, col. 292.
2. Voyez sur ce livre E. Langlois, *Origines et sources du Roman de la Rose*,
p. 110. Eustache Deschamps semble prendre *Auréole* pour un nom d'homme
différent de celui de Théophraste (t. V, p. 74.)
3. Il a pu le connaître d'autre part. Le fragment de Théophraste a dû être
copié bien souvent. Il se trouve aussi, sauf la dernière phrase, dans le traité
De Nuptiis de Hugues de Saint-Victor (Migne, *Patrol. lat.*, CLXXVI, col.
1203 sq).
4. « Qui semel solutis a vinculis revolat ad catenas », -- « muliebris levitas »,
— « quam cito obliviscuntur affectuum ».

contre, rappellent de trop près certains couplets des *Lamenta*
pour que l'idée d'un emprunt ne s'impose pas nettement.
Qu'on rapproche, par exemple, des vers *1105-16* ce passage
de Théophraste : « Deinde per noctes totas garrulae con-
questiones : illa ornatior procedit in publicum ; haec honoratur
ab omnibus, ego in conventu feminarum misella despicior. »
Ou qu'on mette en regard de ces lignes de Théophraste sur
l'inconvénient d'épouser une belle femme : « Difficile...
formosa servatur. Nihil tutum est in quod totius populi vota
suspirant. Alius forma, alius ingenio, alius facetiis, alius
liberalitate sollicitat », ces vers de Mathieu (*1880* sq.) :
**Argo licet Argior esses, Non servabis eam. Verbis instabit
Ulixes, Pandet militias Hector, pres dona, sophistam Nar-
cisus formam, etc.** » Ne dirait-on pas que le poète a affublé
de beaux noms tous les « alius... alius » de son modèle ?
Toute la partie qui va du vers *1786* à la fin de la seconde
partie et dans laquelle le poète passe en revue les différents
motifs qui peuvent engager un homme à se marier et les
différentes catégories de femmes qu'il peut épouser, n'est
au fond qu'un développement poétique et bien ordonné des
idées de Théophraste : « Pauperem alere difficile est ; divi-
tem ferre, tormentum...[1] Pulchra cito adamatur, foeda
facile concupiscit...[2] Quod si propter dispensationem domus
et fugam solitudinis ducuntur uxores, multo melius servus
fidelis dispensat quam uxor, quae in ea se existimat domi-
nam, etc[3] ». Les deux cas du mari ou de la femme malades
(*2199* sq., *2212* sq.) se retrouvent chez Théophraste avec
des expressions presque identiques et que Mathieu a visiblement eues sous les yeux[4], de même que la phrase sur le

1. Voyez *Lam.* 2005, 1977.

2. Voyez *Lam.* 1872 sqq.

3. Voyez *Lam.*, 1840 sqq., notamment *1845* : « Nunne vident quod eis melius
amulabitur unus garcio quam conjunx ? »

4. Rapprochez *Lam.* 2212 sq. : « Forsitan infirma sic sit ; nisi sederes ante
Ipsam continue, nisi secum febricitante » de cette phrase de Théophraste :

mariage « liberorum causa » ou pour la conservation du nom[1] et celui sur les amis qui sont de meilleurs et de plus sûrs héritiers que les fils[2].

Le fragment de Théophraste est donc un morceau classique de la littérature anti-féministe de l'époque que Mathieu, en l'adaptant à la disposition de son livre et à ses rimes, a fait entrer dans son poème.

L'auteur, nous l'avons déjà constaté, connaît et utilise le *De Planctu Naturae* du poète-philosophe Alain de Lille. Peut-être cet ouvrage lui a-t-il fourni le cadre de sa troisième partie. L'opposition, chez Alain, de **Natura**, à laquelle le poète pose sept questions et qui lui donne successivement la « solutio » de chacune d'elles, rappelle de très près les discussions du poète des *Lamentationes* avec Dieu. Le concert céleste de la fin (*3561* sq.) ressemble à celui que donnent, chez Alain, les compagnons d'Hyménée pour préparer et célébrer l'arrivée de **Genius**. Des allitérations et des jeux de mots dans le genre de ceux de Mathieu se trouvent chez l'auteur du *De Planctu*; il y a chez Mathieu quelques emprunts manifestes[3]. D'autres ouvrages du même auteur, tels que l'*Anticlaudianus*, le *Liber parabolarum*, peut-être la *Summa de arte praedicatoria*, ont pu lui fournir des idées et lui ont fourni telle expression ou tel vers[4].

« Quod si ipsa languerit, coægrotandum est et numquam ab ejus lectulo recedendum. »

1. Rapprochez *Lam. 1798* sq. et *1786* sq. de cette phrase du *De Nuptiis* : « Porro liberorum causa uxorem ducere ut vel nomen nostrum non intereat vel habeamus senectutis praesidia et certis utamur haeredibus, stolidissimum est. »

2. *Lam. 1819* sq. sont une paraphrase poétique de ces mots de Théophraste : « Haeredes autem meliores et certiores amici sunt ».

3. Par exemple, v. 48 (voyez la note).

4. Le point de vue d'Alain vis-à-vis du mariage est, en général, plus favorable à cette union que celui de Mathieu; voyez, dans sa *Summa de arte praedicatoria, Ad conjugatos* ; son argument tiré de la naissance du Christ d'une femme mariée se retrouve chez Mathieu (*3224* sq.). Notons cependant, comme peu favorable à la femme, le premier distique du *Liber parabolarum* : « Non est in speculo res quae speculatur in illo ; Eminet et non est in muliere fides. »

C'est apparemment par la traduction et le commentaire de Boèce qu'il connaissait Aristote, comme nous le montrons à la note des vers *378* sq.

Dans le livre III Mathieu fait trop de théologie pour qu'il n'ait pas été au courant des discussions que S. Thomas d'Aquin, qui était à peu près son contemporain, a résumées et closes dans la *Summa theologica*. Nous n'avons cependant réussi à en trouver la preuve directe que dans ce qu'il dit sur une des questions connexes avec son sujet, celle de savoir si la virginité était, oui ou non, supérieure au mariage. Mathieu se prononce catégoriquement pour la négative (*3509-54*); il veut que le clergé cesse de le contredire sur ce point (*3518*) et se range (*3537* sq.) parmi les « multi » qui prétendent « que le mariage d'Abraham offre beaucoup plus d'avantage (**prodesse multo plus**) que le célibat de S. Jean. » Il y a là un écho évident et direct des opinions par lesquelles débute la *Quaest.* CLII, art. IV de la *Summa*[1] : « Utrum virginitas est excellentior matrimonio. « Videtur quod virginitas non sit excellentior matrimonio. dicit enim Augustinus (lib. *De bono conjugali*, cap. 21 in fine) : « Non impar meritum est continentiae in Joanne qui nullas expertus est nuptias, et in Abraham qui filios generavit. Sed majoris virtutis majus est meritum. Ergo virginitas non est potior virtus quam castitas conjugalis. » Cependant le même S. Augustin avait dit ailleurs (*De virg.*, cap. 19, in fine) que si le mariage ne pouvait pas être considéré comme un péché, il ne pouvait pourtant pas être mis sur le même rang que la continence de la vierge ou de la veuve. Ce dernier point de vue l'emporte chez S. Thomas : « Virginitas praeferenda est conjugali continentiae. » Plus tard le Concile de Trente (sess. XXIV, can. 10) allait ériger

---

1. *S. Thomae Aquinatis Summa theologica,* éd. Nicolaus, Sylvius, Billuort et Drioux, Paris, 1880, t. V, p. 333.

en dogme cette plus grande excellence de la virginité et du célibat. Mathieu a donc été un défenseur convaincu de ce qui, de son temps, commençait déjà à passer pour une hérésie [1]. Il n'était pas non plus tout à fait orthodoxe dans son appréciation (*2692* sq. et *1859* sq.) du « nuptiale bonum tripartitum », c'est-à-dire « fides, proles, sacramentum, » dont S. Augustin avait donné la formule [2] et que les docteurs de l'Église, notamment ceux du XIIIe siècle, admettaient et qu'ils vantaient plus ou moins après lui [3].

Un des points les plus intéressants de cette étude de la composition des *Lamentationes* concerne l'usage fait par Mathieu des poèmes en langue vulgaire et des contes populaires.

Nous ne voyons pas qu'il y ait lieu de discuter longuement sa citation du *Département des Enfants Aimeri* (*2779-82*) et de *Bovon d'Hanstone* (*890*). L'histoire de Gui, le père de Bovon, que sa femme fit assassiner, a pu parvenir à la connaissance de Mathieu par un conte détaché aussi bien que celle de la femme d'Hippocrate (*2721-2*) qui nous a été conservée mêlée à l'histoire du Graal (voyez la note de ce vers). Peut-être a-t-il connu de plus près une des versions de la chanson de geste des Enfants d'Aimeri de Narbonne [4]. Ce qui frappe, c'est que l'épisode qu'il rappelle se trouve tout à fait au début de la chanson de geste,

---

1. Rappelons ici que, dans le cortège céleste, les vierges manquent dans l'original et n'ont été introduites que par le traducteur (v. p. LXIV de cette *Introduction.*)

2. *De Genesi*, lib. IX, cap. 7.

3. Quelques-uns présentaient ces trois choses comme de vrais « bona, » d'autres y voyaient plutôt les seuls éléments qui pouvaient excuser le mariage et lui donner un caractère d'honnêteté. Voyez Pierre LOMBARD, *Liber Sent.* IV, dist. 31; S. THOMAS, *Summa, l. c.* t. VII, p. 475; BONDINI, *Lib. Sent*, dist. 29, etc.; comparez aussi ALAIN DE LILLE, dans le chap. *Ad conjugatos* de la *Summa de arte Praedicatoria* (MIGNE, *Patrol. lat.* CCX, col. 193.)

4. C'est-à-dire une des deux premières rédactions, de celles qui débutent par la scène du père et des fils. Voyez Léon GAUTIER, *Epopées*, IV, p. 309 sv.

comme l'histoire de l'assassinat de Gui d'Hanstone est,
également, racontée dans les premières pages du roman de
Bovon. Il n'est pas impossible que Mathieu, qui devait être
à l'affût d'histoires anti-féministes et qui a dû entretenir
quelques amis de son projet littéraire, leur demander même
des matériaux pour sa satire, ait rencontré parmi ses intimes
quelque copiste de livres français et latins qui se soit
empressé de lui signaler les premières pages de deux
poèmes en langue vulgaire qu'il était en train de copier.

Notons encore, à ce même propos, que Mathieu cite
(*451-52*) une légende de la pénitence publique du roi
Salomon qui n'a laissé de trace que dans des fragments de
Bède le Vénérable conservés seulement dans un manuscrit
spécial[1], et que le poète, comme nous croyons être en droit
de l'affirmer, a dû tirer cette légende de l'ouvrage de Bède[2].

Mathieu a cité, à l'appui de ses diverses thèses, différents
contes, quelques croyances et locutions populaires. Quant
aux croyances et aux locutions, elles se retrouvent en général
dans des proverbes ; c'est là qu'il a dû les rencontrer ;
nous y renvoyons dans les notes de cette édition. Les contes
qu'il intercale dans son poème, la façon dont il les présente et l'usage qu'il en fait, appellent, en dehors des
renseignements de détail que le lecteur trouvera également
dans les notes, quelques considérations générales qui seront
plutôt à leur place ici.

Mathieu vivait à l'époque où les moralistes et les prédicateurs appréciaient hautement et utilisaient volontiers dans
leurs sermons et leurs écrits des *exempla* de toute prove-
nance se rapportant aux sujets qu'ils traitaient[3]. Alain de

---

1. MIGNE, *Patrol. lat.* XCI, col. « *In Proverbia Salomonis allegoricae interpretationis fragmenta,* in antiquo codice reperta. »

2. Le lecteur trouvera la preuve de ce que nous avançons dans la note
de *Lam.* I, 1056 sv.

3. Voyez LECOY DE LA MARCHE, *La Chaire française au moyen âge au* XIIIe

Lille en recommande l'usage aux prédicateurs dans sa *Summa de arte praedicatoria :* « In fine vero debet (praedicator) uti exemplis ad probandum quod intendit, quia familiaris est doctrina exemplaris ». Mathieu accorde la même valeur aux contes qu'il cite : il en désigne plusieurs sous le nom d'**exempla** (*399, 433, 772, 821, 897* ; voyez aussi *445* · **infinita patent exempla**), il les reproduit pour prouver ce qu'il avance (*399, 421* **probo,** *772* ut certificeris, *897* patet **exemplo**) et pour mettre ses lecteurs en garde contre les femmes (*2039* **pluribus exemplis jam castigare potes te**).

Voici la liste des contes qu'il cite[1] : 1° De la femme qui fait jurer à son mari qu'il s'est trompé lorsqu'il a cru la trouver avec un amant ; la même chose est arrivée à sa mère, qui en est morte (*380* sq.). — 2° Du mari trompé à qui une voisine persuade qu'il a eu la berlue lorsqu'il a cru voir sa femme avec un autre (*399* sq.). — 3° De l'homme qui tue son âne croyant assommer l'amant de sa femme (*421* sq.). — 4° Le lai d'Aristote (*463* sq.). — 5° De l'homme qui demanda trois femmes, à qui on en donna une et qui conseilla de marier le loup pour le faire mourir (*772* sq.). — 6° L'histoire de la Matrone d'Éphèse (*823* sq. ; l'auteur y revient deux fois, *2040* sq. et *2717* sq.). — 7° Du jeune homme qui sauva la vie de son père en dépit du décret de Salomon (*897* sq.). — 8° De la femme qui vida le contenu d'un flacon auquel son mari lui avait défendu

---

siècle, 2ᵉ éd., Paris 1886 ; M. Paul Meyer, dans son introduction à l'édition de *Nicole de Bozon* (*Soc. des anc. textes*), p. x, appelle cet usage fort ancien puisqu'on peut le faire remonter à saint Grégoire le Grand, mais ajoute qu'il n'avait jamais été plus à la mode qu'à cette époque.

1. Nous laissons de côté les histoires qui lui viennent de la Bible, de ses lectures classiques (**cornix mutatur,** *728,* et l'allusion à **Tiresias,** *1184,* tirées l'une et l'autre des *Métamorphoses* d'Ovide), celles qu'il a puisées à d'autres sources déjà indiquées (la pénitence de Salomon, Gui d'Hanstone, les Enfants d'Aimeri) et celles qu'il cite comme témoin direct : Crassus de Montreuil, qu'il a connu (**novi** *700* sq.) et les deux femmes qu'il a vu brûler (*2723* sq.).

de toucher (*1071* sq.). — 9° De la vieille qui fit pleurer sa chienne (*1384* sq.). — 10° Du mari qui prétendait avoir pondu un œuf (*1563* sq.). — 11° De l'homme qui, ayant tué une truie, s'accusa d'avoir tué un homme (*1580* sq.). — 12° Du jaloux qui enferma sa femme dans une tour (*1613* sq.). — 13° Du mari qui trouva sa femme avec un prêtre et que celle-ci fit passer pour fou (*1644* sq.). — 14° De la corneille qui fut dépouillée de ses plumes (*1963* sq.). — 15° Du médecin et du diable (II, 3858 sv.). — 16° De la femme d'Hippocrate (*2721* sq.). — 17° Des deux fils qui dirigèrent leurs flèches sur le cœur de leur père mort (*2769* sq.).

L'auteur affirme, de quelques-uns de ces contes, qu'il les a lus, par exemple des n°ˢ 7 (*924* lego), et 17 (*2769* lego), probablement aussi du n° 15[1]) ; pour d'autres, il emploie le mot **recitare**, par exemple, à propos du n° 6 (*823* **recitasse peritum** . . . **scio**[2]) et du n° 8 (*1071* **recitatur**) ; nulle part cependant il ne dit positivement qu'il les a *entendu* raconter.

On est donc amené tout naturellement à essayer de mettre la main sur le recueil d'exemples dans lequel Mathieu aura puisé sa collection d'histoires anti-féministes. Malheureusement parmi les recueils qui remontent à l'époque des *Lamentationes*, il n'y en a pas un qui les contienne tous ou même qui en présente une version identique en tout à celle de notre poème ; par contre, ces recueils contiennent des histoires que Mathieu n'a pas et que, cependant, il aurait très probablement utilisées s'il les avait connues.

1. Comme ce conte ne se trouve que dans la traduction, on peut se demander si le vers II, 3855 *en escrit le puet on trouver* correspond à un passage analogue de l'original ; en rapport avec le vers suivant (*et par cest exemple prouver*), qui a tout à fait l'air d'une traduction, la chose paraît probable. Par contre, ce qui est dit du n° 16 (II, 1027, *On lit en un livre ancien*), doit être mis sur le compte du traducteur ; mais le vers a l'air de n'avoir été mis là que pour avoir une rime à *physicien*.

2. Il faut interpréter : « Je sais qu'un sage a raconté » ; c'est une allusion à l'histoire des sept sages ; nous montrons, dans la note de ce vers, que la version de Mathieu s'accorde, en effet, avec celle de ce roman.

Le plus ancien en date et le plus important est celui que fournissent les *Sermones vulgares* de Jacques de Vitry. Or, aucune des histoires mentionnées par Mathieu ne s'y retrouve. On y lit[1], à propos de la désobéissance des femmes, l'histoire d'une femme qui, pendant l'absence de son mari, qui est parti en pèlerinage, entre dans le four où il lui a défendu d'entrer, se met en train de le démolir pour découvrir le trésor qu'elle y suppose renfermé et est grièvement blessée par les pierres qu'elle détache. C'est l'équivalent ou un pendant du n° 8 de Mathieu, mais ce n'est pas le même conte; il se trouve ailleurs[2], enrichi d'autres histoires du même genre, comme de celle de la femme qui, par désobéissance, entra dans un marais[3], de celle de la femme à qui son mari avait défendu de mettre les doigts dans un trou, qui le fit pourtant et qui eut les doigts coupés par un coup d'épée[4] ou qui se blessa à des clous pointus[5]; mais la variante du flacon contenant du venin, rapportée par Mathieu, ne s'y trouve pas.

Vient ensuite le recueil d'Étienne de Bourbon[6], qui a dû être rédigé vers 1260. Il n'est pas probable que Mathieu l'a eu entre les mains. Nous avons déjà vu que son conte à propos de la désobéissance de la femme diffère de celui

---

1. *The exempla or illustrative stories from the sermones vulgares of Jacques de Vitry*, éd. T. F. Crane, London, 1890, p. 98, n° CCXXXVI.

2. Dans la *Scala Caeli* de Johannes Minor, éd. 1480; dans le *Discipulus* ou *Promptuarium exemplorum* de Johannes Herolt (xv⁰ siècle), Strasbourg, 1495, O XII.

3. *Discipulus*, l. c.

4. Sous cette forme, l'anecdote se trouve chez Étienne de Bourbon, éd. Lecoy de la Marche n° 371.

5. Wright *Latin Stories*, n° 12.

6. *Anecdotes historiques, légendes et apologues tirés du recueil inédit d'Étienne de Bourbon*, p. p. Lecoy de la Marche, Paris, 1877 (dans les *Documents pour servir á l'histoire de France*. On sait que l'éditeur n'a publié qu'une partie du manuscrit (B. N. f. lat. 15970). Nous avons feuilleté le manuscrit pour voir si parmi les anecdotes non publiées il s'en trouvait quelques-unes de celles de Mathieu; mais nous n'en avons pas rencontré.

d'Étienne. S'il avait connu cette collection il n'est pas probable qu'il eût négligé les anecdotes concernant les femmes querelleuses, telles que le n° 239 ou le n° 243 (le pré tondu), ou, à propos de la « redargutio quoad visum, » celle du manteau du mari qu'une voisine habile échangea contre celui de l'amant (n° 459). Le seul **exemplum** de Mathieu qui aurait pu être tiré de ce recueil est le n° 17 (n° 160 chez Étienne). Cependant il a dû le prendre ailleurs[1].

Mathieu a pu connaître la *Disciplina clericalis.* Deux de ses **exempla**, les n°s 9 et 12, s'y trouvent (XIV et XV, pp. 51 et 53 de l'édition Schmidt). Mais ces deux contes, celui de la chienne qui pleure et celui de la femme qui laisse tomber une pierre dans un puits, nous ont été conservées dans de nombreuses rédactions (Voir aux notes). Pour le n° 9, il y a quelques différences qui semblent exclure l'emprunt direct; dans la *Disciplina,* la personne qu'il s'agit de séduire est une femme mariée, tandis que la **Galathea** de Mathieu est une jeune fille (**puella**) ; dans le recueil de Pierre Alfonse la chienne qui pleure est censée être la propre fille de la vieille ; chez Mathieu elle est sa voisine (*1407* **flos nostri vici**). On se demande, en outre, dans le cas où Mathieu aurait connu et consulté ce recueil, s'il n'aurait pas été tenté d'y prendre, peut-être pour les mettre à la place de son n° 2 (**regardutio quoad visum**) les n^{os} X (Le mari borgne, dont la femme couvre l'œil de baisers pour laisser échapper l'amant) et XI (La belle-mère qui aide sa fille à étendre une toile pour cacher le départ de l'ami.)

L'examen du *Directorium Vitae humanae* de Jean de Capoue, qui a paru à la même époque et qui est, comme

---

1. D'après Mathieu cette histoire (qu'il dit avoir *lue*) se passe sous Salomon (*2769* **sub Salomone**). Or, l'Index de l'édition d'Étienne porte bien « un nouveau Salomon condamne, » mais le texte a simplement **judex**. Voyez dans la note du vers une remarque sur la façon dont Mathieu a adapté cette anecdote à une de ses thèses.

on sait, la première traduction latine d'un recueil de contes indiens, nous conduit au même résultat. Si Mathieu a puisé tous ses **exempla** dans une source unique, il a dû se servir de quelque recueil inconnu qui ne nous est pas parvenu. Mais il nous paraît beaucoup plus probable que les dix-sept contes qu'il a semés dans son livre lui sont parvenus par des voies diverses, c'est-à-dire par des lectures variées, en partie sans doute par transmission orale. Mathieu a donc été, lui aussi, un de ces collectionneurs ou glaneurs d'**exempla** comme l'étaient un peu tous les moralistes du XIIIe siècle. Seulement, comme sa matière était nettement définie, il s'est plus limité dans ce travail que les autres. Il ressemble un peu à Étienne de Bourbon en ceci qu'il a ajouté des anecdotes tirées de son entourage et de ses expériences personnelles aux **exempla** d'origine plus lointaine[1]. Mais il rappelle surtout deux de ses quasi-contemporains[2], Nicole de Bozon, l'auteur des *Contes moralisés*, et Eudes Chériton. On pourrait dire de Mathieu ce que M. Paul Meyer dit du premier[3] : « Bozon a puisé à des sources variées. Mais il est impossible, dans la plupart des cas, de déterminer ses sources avec précision », et répéter de lui ce que M. Hervieux écrit sur la façon de travailler de Chériton[4].

Mathieu a-t-il connu l'œuvre de ces deux moralistes? Nous serions tenté de répondre affirmativement en ce qui concerne le second. Il semble bien qu'il ait emprunté le n° 14 de ses

---

1. Voyez, dans l'édition de Lecoy de la Marche, p. XIII de l'Introduction : « une partie de ses anecdotes est empruntée aux événements contemporains de l'auteur, à ses souvenirs et à ceux de ses amis ». Notons chez Mathieu, l'exemple de Crassus de Montreuil, celui des deux femmes « arses » et... le grand et illustre exemple de Petra !

2. D'après l'éditeur de Bozon, les contes de celui-ci ont été rédigés probablement après 1320. Eudes de Chériton appartient, lui aussi, à la première partie du XIIIe siècle.

3. *L. c.*, p. XIII.

4. *Les Fabulistes latins*, IV, p. 126 : « Il utilise et cite d'abord la Bible, puis Ovide, avec prédilection, ensuite Virgile, Horace, Juvénal, Claudien, Boèce. »

exempla (*1963* sq.) à un sermon de Chériton (éd. Hervieux, p. 180). L'histoire de la **cornix** s'y trouve racontée dans des termes identiques et avec une application semblable à la toilette[1]. Il y a encore un autre passage qui porte le caractère d'un emprunt. On lit, dans Chériton (*loc. cit.*, p. 327) : « De scrabonibus et sterquilinio. Hujusmodi clerici dicuntur scrabones, qui tota die volant flores sanctorum et arbores aromaticas contempnunt et tandem in sterquilinium se immergunt quando aliquid beneficium temporale acquirunt. » Or, Mathieu (*971* sq.) applique la même image à la veuve qui veut se remarier : « Dimittit florem... instar scrabonis qui post flores ad equinum stercus se transfert. » Il faut reconnaître que, chez Chériton, la forme donnée à cette image et l'application qu'en fait le moraliste semblent plus naturelles et plus originales que chez Mathieu. Chez celui-ci le passage a bien l'air d'une imitation.

Quant aux rapports entre Mathieu et Bozon, on pourrait citer de celui-ci, le conte 53 *Quod fugiantur ornate femine juniores*, où se trouve le conseil, avec application à la toilette des femmes, de brûler la peau du chat pour l'empêcher d'être volé. Mathieu signale, lui aussi, cet usage et y rattache le même conseil à propos du même objet (*1939* sq). Notons cependant que la même idée se retrouve chez un continuateur de Chériton[2].

---

1. CHÉRITON.

« Cornix semel, videns se *turpem* et *nigram* conquesta est Aquile... *Quo facto* cornix *relicta est turpis et nuda.* Sic miser homo de ornatu suo *superbit...* sic *accipiat ovis lanam* suam ... remanebit miser homo *nudus* et *turpis.*» Voyez encore, dans une autre rédaction de la même histoire (*ibid.*, p. 303), « precepit *rex* avium.»

La première rédaction de Chériton se retrouve dans les *Latin Stories* de Wright, LIII.

MATHIEU.

1968 : Quo facto cornix nigra turpis nuda remansit.

1969 sq. : Si sibi *sumat ovis vellus,* bombex varique Que mulieri dant, erit hec *turpissima* cuique. Ergo *superbit* in hiis poliens se femina frustra.

1966 : Rex inquit: « Scire volo rem. »

2. M. HERVIEUX, l. c. p. 287. Voyez sur un autre rapprochement avec Bozon, la note du vers *1674*, où il est question du mariage des filles du diable.

Mathieu a-t-il connu les fabliaux ? Comme il vivait dans la pleine floraison de ces « gabets » et que ceux-ci étaient dirigés en grande partie contre les femmes[1], il est tout naturel de se demander si, dans l'œuvre du bigame, se rencontrent des traits qui dénotent une connaissance directe de quelques spécimens de cette littérature. Quelques-uns des contes de Mathieu, le fait a déjà été constaté[2], se trouvent dans nos recueils de fabliaux. Mais ce n'est pas une raison pour admettre que Mathieu les ait lus dans un manuscrit du genre de B. N. f. fr. 837. Ce qui rend une pareille hypothèse assez improbable, ce sont d'abord les différences qui séparent la version des *Lamentations* de celle des fabliaux, c'est ensuite l'absence, chez Mathieu, du fabliau du *Pré tondu* et, en général, de tous ceux qui mettent en scène la femme « contraliose[3] ».

D'autre part, il n'y a pas seulement entre les doctrines de Mathieu et plusieurs fabliaux une identité d'inspiration et de ton qui nous y fait reconnaître absolument le même esprit, mais il y a quelquefois une identité d'expression qui permettrait de supposer que le souvenir de tel ou tel fabliau n'a pas été complètement étranger à de certains passages des *Lamentationes*. Ne croirait-on pas retrouver un écho du fabliau de *Sire Hain* et *dame Anieuse*[4] dans le v. *322* olera si peto, pisa parabit et dans les vers *545-48* ? Le passage *753-61* sur le changement que le mariage opère dans le physique et dans la toilette du mari ne se retrouve-t-il pas, assez semblable, dans plus d'un fabliau[5] ?

1. Voyez Aug. Preime, *Die Frau in den altfranzösischen Fabliaux*, Cassel, 1901.

2. M. Bédier a déjà cité, comme se retrouvant chez Mathieu, en dehors du *Lai d'Aristote*, des contes de la Matrone d'Éphèse, de la chienne qui pleure et de *Puteus*, le fabliau des *Tresses* (n° 3 de Mathieu) et celui du *Valet aus douze femes* (n° 5).

3. Voyez Preime, l. c., p. 93 sv.

4. Collection Montaiglon et Raynaud, I, 97. « Quar quant li preudom veut avoir Porée, se li fesoit pois, etc.

5. Entre autres, IV, 155 du Recueil de Montaiglon et Raynaud, v. 22 sv.

Un trait particulier des **exempla** de Mathieu, et qui semble bien personnel, c'est que plusieurs personnages sont désignés par un nom propre. L'auteur va si loin dans ce caprice ou ce parti-pris[1] que, lorsque son hexamètre n'a pas de place pour un nom complet, il introduit une initiale. Voici la liste de ces noms propres : n° 1, Guido (Gui), le mari, Simon, l'amant ; n° 2, Werricus (Werri), le mari, Sibilla, la femme, Baucis, la voisine ; n° 3, Framericus (Frameri), le mari, Burnellus (Brunel). l'âne ; n° 7, Gedeon, le père ; n° 9, Galathea, la jeune fille ; n° 10, Petrus, le mari, Sibilla, la première voisine ; n° 13, Clemens (Clément), plus loin, C. le mari, Berta, la femme, G. le prêtre, son amant.

On pourrait admettre simplement que dans les versions qu'il a recueillies, les personnages des contes portaient déjà ces noms. Mais il y a un autre petit fait qui nous ferait croire plutôt à une intention de Mathieu, à savoir la prédilection qu'il montre ailleurs encore pour les noms propres. C'est ainsi qu'en parlant de son domestique, il l'appelle Gui (*521* **Guido cliens meus**) ; lorsqu'il vient à parler des filles de joie, en général, il leur donne (*787*) les noms de Beatrix et Yda ; des amis hypothétiques s'appellent chez lui (*1820*) Petrus et Framericus, un fils, également hypothétique, (*1821*) Gilebertus[2] ; les « amies » dont on médit dans les conciliabules féminins sont appelées (*1019-20*) Berta et Sarra ; une servante de religieuses s'appelle Rotrhudis (*1244*) ; lorsqu'il veut parler d'un couple marié par amour,

---

1. Il y a des exceptions : Sans parler de *Lai d'Aristote*, dont les personnages étaient donnés, il y a le n° 6, la Matrone d'Éphèse (c'est le traducteur qui donne un nom au chevalier', les n°s 8, 11, 12, 15, 17. Notons, en outre, que jamais il ne met un nom propre sur la figure de *tous* les personnages d'un même conte.

2. Ces trois noms se trouvent dans un des passages imités de Théophraste, qui parle simplement d'amis et d'héritiers. Rappelons ici, comme appartenant au même ordre de faits, les noms d'Ulysse, Hector, Narcisse donnés à d'autres personnages anonymes de Théophraste (Voyez plus haut, p. cxxxiv).

il invente (*2823*), pour le désigner, les noms de Petrus et Sarra ; un peu plus loin (*2833-36*), ce sont encore les noms de Werricus, Sibilla et Sarra qui doivent désigner des personnages fictifs que le poète met en scène pour donner du relief à son raisonnement[1]. Comme ces derniers noms se retrouvent en partie dans les contes (Gui, Pierre, Werri, Frameri, Sibille, Berte), nous pouvons en conclure que là aussi, c'est le poète qui les a inventés et qu'il est allé les chercher dans l'onomastique ordinaire de son entourage[2].

Une dernière question s'impose. Le satirique boulonnais a-t-il connu le Roman de la Rose et a-t-il utilisé l'ouvrage du satirique de Meun ? Il aurait pu le faire puisque Clopinel a publié son poème entre 1275 et 1285[3] et que les *Lamentationes* ne sont pas antérieures à 1295.

Ceux qui n'ont pu connaître le poème de Mathieu que par la traduction française, s'ils s'étaient posé cette question (ce qu'ils n'ont pas fait[4]), n'auraient pu hésiter un instant à y répondre affirmativement. Car le poème de Jehan Le Fèvre contient un grand nombre de développements, de citations, de vers, de rimes qui viennent directement du Roman de la Rose. Mais il faut les mettre à peu près tous sur le compte du traducteur.

Pour l'auteur de l'original, la question est moins facile à

1. Dans ce cas spécial, nous devons faire une réserve sur l'originalité de la trouvaille (voyez plus loin, p. CLI).

2. Le nom de Guido est le seul que nous ayons retrouvé dans les chartes de Thérouenne de cette époque. Mais Werri a un cachet bien local et Frameri est le nom d'un évêque de Thérouenne, mort en 1004 (*Galia christiana*, t. X, col. 1536). Peut-être ces noms donnés aux types que lui fournissaient les *exempla* ont-t-ils été un moyen de mêler quelques coups de griffe personnels à ses plaintes et à ses satires.

3. M. Langlois a discuté ces dates dans son article de l'*Histoire de la langue et de la littérature française* de PETIT DE JULLEVILLE, t. II, p. 6-127, et dans la *Romania*, 1903, p. 323.

4. Voir cependant page LI, note 2, à la fin.

résoudre. Il semble bien que si Mathieu avait sérieusement exploité le poème de Jean de Meun, il y a des traits dont il ne se serait pas privé, tels que la comparaison de l'anguille (R. R. 10650 sv. [1]), celle de la nasse (14926 sv.), les citations de Valerius et de Ptolémée. Remarquons aussi que dans sa paraphrase du *De Nuptiis* de Théophraste (voyez plus haut, p. CXXXIII) Mathieu paraît tout à fait indépendant de la façon dont Jehan de Meun avait utilisé avant lui le même fragment (R. R. 9310 sv., 9412 sv. [2]) et que dans sa tirade contre les béguines et les ordres mendiants (*1247* sq.) ainsi que dans un autre passage contre « les religieus » (*4497* sq.), il n'y a rien qui fasse songer à une imitation de la fameuse sortie de Jean de Meun (R. R. 11789 sv. [3]). Ajoutons enfin que si, à propos de la toilette des femmes, Jean de Meun cite, lui aussi (R. R. 9656 sv.), l'image du fumier trompeur (*Lam. 1973* sq.), il présente ce fumier comme couvert, non pas de neige, mais « de dras de soie ou de floretes », sans doute pour le faire ressembler davantage aux dames parées. Il est évident que, dans ce cas, la forme primitive est bien certainement celle du bigame et non celle de Jehan de Meun.

Nous serions donc tout disposé à admettre que Mathieu n'a guère utilisé le Roman de la Rose — en supposant même qu'il l'ait connu — s'il n'y avait pas dans les *Lamentationes*

---

1. Pour la commodité du lecteur, et pour la nôtre, nous citons les vers du Roman de la Rose d'après l'édition de Michel, sans nous soucier de rectifier les chiffres.

2. Dans cette partie, Jehan Le Fèvre n'a pas trouvé à reproduire un seul vers de Clopinel.

3. Jean de Meun décrit la première période de la lutte, celle dont Guillaume de Saint-Amour avait été le héros et la victime, tandis que Mathieu décrit la seconde période, celle de Guillaume de Mâcon. Il le fait *de visu* (*4531* **quod vidi testor**). Dans l'autre passage, le mot **deliciosi** (*4498*) rappelle bien « les bons morsiaus delicieus » de R. R. 11812 ; mais la rime de **religiosi** a dû suffire pour l'amener.

deux (ou plutôt trois) passages qui semblent attester un emprunt direct [1].

Le premier cas est assez compliqué. Dans un passage que le traducteur seul nous a conservé (*Lam.* II, 1107-1242) [2], Mathieu parle de la curiosité féminine et de la façon dont la femme sait profiter des intimités conjugales pour arracher un secret à son mari. Plus loin (*1555* sq.) il parle de l'impossibilité pour la femme de garder les secrets que son mari lui a confiés. Or, ces deux passages réunis rappellent de très près, dans l'ensemble et dans le détail, une partie du sermon de Genius à Nature dans l'ouvrage de Jean de Meun (R. R. 17285 sv.). L'un et l'autre des deux poètes décrivent à leurs lecteurs une scène d'alcôve presque absolument semblable, sauf que celle de Mathieu est d'un réalisme plus brutal, tandis que Jean de Meun (17326 sv.) y met un peu plus de discrétion. Quant aux ressemblances de détail, en voici quelques-unes : R. R. 17400 (Si laissai pour vous pere et mere) se retrouve *Lam.* II, 1117 ; R. R. 17375 (Nous fist deus estre en une char) se retrouve *Lam.* II, 1119 ; R. R. 17285 (Et quiconque dit a sa fame Ses secrez il en fait sa dame) se retrouve *Lam.* II, 1237-8 ; R. R. 17475 (Et puis le baise de rechief) se retrouve *Lam.* II, 1126.

Dans le passage qui, chez Mathieu, correspond à la seconde partie de la scène, celle de la divulgation des secrets, les ressemblances sont encore plus frappantes ; et nous ne parlons pas ici de la traduction française, dans laquelle il y a des vers manifestement calqués sur ceux de

1. Les passages correspondants du R. de la R. appartiennent, selon M. Ernest Langlois, à la partie originale du poème de Jean de Meun ; du moins, ne se trouvent-ils pas sur la liste des emprunts dressée par ce savant à la p. 191 sv. de ses *Origines et sources du Roman de la Rose*, Paris, 1891.

2. Le lecteur se rappelle que nous avons cru pouvoir l'attribuer à l'original ; voyez p. LIV de cette *Introduction*.

Jean de Meun[1], mais de l'original. Relevons le v. *1559*
qui rappelle de près, par son allure, le *Taisiés! taisiés*, etc.,
de R. R. 17597 sv., les mots mota rixa de *1556* et agone
inter eos orto de *1585* sq., qui se retrouvent R. R. 17502
(*Tant que courrous entre eus vendra*) ; puis, la mention faite
de Samson (*1560* et R. R. 17614) et la citation de Michée
(*1561* et R. R. 17631-2). Ne dirait-on pas aussi que le
conte du meurtre imaginaire dont le mari fait la confidence
à sa femme pour l'éprouver (*1580-93*) est une illustration
plaisante, un peu ironique, de R. R. 17329 sv. (*Qu'il a fait,
espoir, quelque chose, Ou veut par aventure faire Quelque
murdre ou quelque contraire*) ?

Impossible de nier ici des rapports qui ont tout à
fait l'air d'être des emprunts. N'oublions pas cependant
qu'il y a bien quelques difficultés. Pour admettre un emprunt direct fait par Mathieu à Jean de Meun, il faudra
supposer que le bigame a très habilement (et très logiquement, d'ailleurs) coupé la tirade du Roman de la Rose en
deux parties distinctes correspondant aux deux thèmes
différents qu'elle contient, celui de la curiosité féminine qui
parvient à arracher un secret, et celui du bavardage qui pousse
à le divulguer, pour les mettre à deux endroits différents
de son poème. Il faudra admettre encore..... que Mathieu a
corrigé son modèle en restituant à Michée une parole que
Jean de Meun avait attribuée à tort à Salomon (R. R.
17628)[2]. Si l'originalité de ces vers de Jean de Meun n'était
pas assurée, on serait plutôt tenté de songer à une source

---

1. L'idée de l'unité charnelle des époux est exprimée par Le Fèvre (*Lam.* II,
2173-4) avec les mêmes rimes que dans R. R. 17375-6 (Et quand nous n'avons
char fors une Par le droit de la loi commune).

2. En attribuant *Lam.* II, 1107 sv. au traducteur (cf. p. LV), qui aurait alors
paraphrasé, mais à un autre endroit, le Scire cupit secreta viri de *1555*, on
ne fait pas disparaître la difficulté, puisque les ressemblances sont plus fortes
encore dans la seconde partie du passage que dans la première.

commune que chacun des deux satiriques aurait exploitée à
sa manière, comme nous avons pu l'admettre pour leur
reproduction des idées de Théophraste[1].

Mais il y a, nous l'avons déjà dit, un autre cas, et celui-ci,
beaucoup moins compliqué, semble bien attester un emprunt direct. Le passage du discours de la Vieille où il est
question du conflit possible et fâcheux que crée le mariage,
puisqu'il asservit à un seul mari et à une seule femme des
êtres que la Nature n'a pas créés pour appartenir à un
représentant spécial et déterminé de l'autre sexe (R. R.
14826-53), se retrouve, presque textuellement, avec les
mêmes conclusions, chez Mathieu (*2833-40*). Ici le doute
ne semble pas permis. Le début du passage est exactement
le même chez les deux poètes[2], et les deux vers du R. d.
l. R. (14842-3) : *Si s'esforcent en toutes guises De retorner
a lor franchises* sont fort bien rendus par le latin (*2837* sq.)
Naturaque… turbatur vultque redire ad libertatem. A moins

---

1. Si les dates de la composition des deux poèmes n'excluaient pas
absolument une pareille hypothèse, on serait plutôt tenté de prendre Jean de
Meun pour l'imitateur ou le plagiaire ; il aurait combiné et plus ou moins
confondu les deux thèmes que Mathieu a tenus séparés. Nous ferons remarquer,
à ce propos, que l'auteur du Roman de la Rose, commentant l'idée de la **rixa
mota**, ne dit pas seulement : « elle gardera le secret jusqu'à ce qu'il se pro-
duise une querelle », mais qu'il ajoute : « si du moins elle peut attendre si
longtemps ; car l'attente sera dure et le secret lui brûlera la langue. » Cette
dernière idée fait assez l'effet de l'amplification d'une donnée primitive plus
simple. L'admission d'une source commune pourrait seule, croyons-nous,
rendre parfaitement compte de tous les faits.

2. Voici ce début :

R. de la Rose 14826 sv.	*Lamentationes* 2833 sq.
Car Nature n'est pas si sote	Nondum distincte fecit Natura Sibillam
Qu'ele feïst nestre Marote	Propter Werricum, sed propter quem-
Tant solement por Robichon,	[libet illam
Se l'entendement i fichon,	Ac istam mixtim, me non magis ap-
Ne Robichon por Mariete	[propriato
Ne por Agnès ne por Perrete	Petre quam Sarre.

Le lecteur s'apercevra que Jehan Le Fèvre n'a eu qu'à modifier un peu ses
rimes pour reproduire très fidèlement les vers de Jean de Meun. La presque
identité des deux passages avait déjà été remarquée par Fricotel, *Bulletin du
Bibliophile*, XXXII (1866), p. 566.

de supposer, ici encore, une source commune, qui n'a pas
encore été trouvée, il faudra bien admettre que Mathieu a
copié exactement, en le traduisant en latin, un passage du
Roman de la Rose. Peut-être n'a-t-il connu du poème français, par l'intermédiaire d'un copiste, que les deux tirades
qui devaient l'intéresser le plus, notamment le discours de
la Vieille et le sermon de Genius[1]. Il n'est pas impossible
toutefois qu'il ait connu également la satire des ordres mendiants et celle des divers « états du monde » et qu'il ait été
amené par l'exemple de Jean de Meun, sans cependant l'imiter ou le suivre de près, à introduire dans son poème des
tirades du même genre, à l'adresse des mêmes personnages[2].

On pourrait même aller jusqu'à se demander — mais,
nous hésitons à le faire — si Mathieu, quand il s'est mis
à versifier sa complainte et qu'il a rédigé le plan de ses
Lamentationes, n'a pas entendu faire de son poème, en
partie du moins, un pendant latin du Roman de la Rose. Si
tel a été son dessein, il a bien caché son jeu et ne s'est pas
soucié de donner à son confrère français une place parmi
les **periti** dont il se plaît à invoquer l'autorité. Il avait,
du reste, assez d'originalité pour faire, malgré quelques
emprunts, une œuvre très personnelle, personnelle par la
disposition, par la violence et par la variété[3]. Moins fin,
peut-être, que Jean de Meun, il se montre plus artiste
dans l'ordonnance de sa matière, surtout plus convaincu,

---

1. Dans les autres parties, notamment dans celle du Jaloux, nous n'avons
relevé (en dehors de la paraphrase de Théophraste, dont il a déjà été question),
que quelques ressemblances de peu d'importance, telles que : R. R. 9782 sv.
(Les karoles et les églises) cf. *Lam.* 988 sq. : R. R. 10105 (destrier à vendre),
cf. *Lam.* 994 sp. et quelques autres du même genre.
2. Les tirades de la fin de son poème, sur les divers états du monde, ne ressemblent pas, sauf dans quelques détails insignifiants, aux passages analogues
de Jean de Meun.
3. L'indigence « d'exempla » dans le Roman de la Rose et leur abondance
dans les « Lamentations » nous semble caracteristique pour les deux auteurs.

plus sincère, et s'élève dans quelques-unes de ses « épîtres »
à une éloquence remarquable.

La versification du poème de Mathieu pourra être un intéressant sujet d'études pour les latinistes. Nous nous bornerons à noter quelques points. La très grande majorité des
vers sont des hexamètres ; les quelques pentamètres qui s'y
trouvent mêlés font partie de distiques empruntés à d'autres
poètes (type *122-3*). La rime a été la plus grande préoccupation de Mathieu ; chez lui, le vers normal rime deux fois
avec le vers suivant, à la fin et à l'intérieur (vers léonins ;
type, les vers *1-18*) ; parfois la rime intérieure manque
(type *20-21, 39-40* ; il y a de temps en temps de longues
tirades de vers de cette espèce, par exemple *147-182*).
Quelquefois un hexamètre ne rime pas avec un autre, mais
ses deux moitiés riment ensemble (type *19, 69, 130, 135,
136*, etc.) ; il arrive que, dans deux vers, le poète fait rimer
la syllabe finale de l'un avec la syllabe de la césure du vers
suivant et inversement (type *103-4, 213-14*) ; il y a des cas
où la même rime finale, ou même les deux rimes se trouvent
dans trois vers qui se suivent (*1833-5* **agnos : tirannos :
annos**) ; il y a quelques vers rythmiques, présentant deux
coupes ; les deux premiers tronçons riment ensemble, tandis
que la syllabe finale rime avec celle du vers suivant (type
124-25, 217-18, 284-5, 286-7, 4441-2-5-6[1]).

La plupart des rimes sont très exactes et portent sur la
voyelle de la pénultième et la dernière syllabe ; des rimes
finales imparfaites dans le genre de celles de *181-2* **Lama-
chistas : etas** *1065-6* **proficisci : duxi**, *376-7* **prothoplasti :
mariti**, *4567-8* **ipsi : crucifixi**, sont rares ; elles se ren-

___

1. Toutes ces espèces de rimes ont été signalées dans notre édition par la
disposition typographique des vers. On en retrouve des spécimens pareils dans
le *De contemptu mundi*, une des pièces des *Auctores octo* (B. N. Inv. Rés. m.
Yc 34 f° 19 sq.) ; elle contient plusieurs passages contre les femmes.

contrent plus souvent à la rime intérieure (*4247* inops :
ferox), où l'homophonie porte parfois uniquement sur la
dernière syllabe des paroxytons (type *398* sq. visum : exemplum, *400-1* supponebatur : queritur). Il y a un assez grand
nombre de rimes brisées (type : 7-8 ego de : ode, *92-3* ego
qui : loqui, *100-1* capiens R : penser, 199 : uxorem : scio
rem, *418* mundo : non do. *1831-2* posset : pueros sed, etc.).

Les mots qui riment ensemble sont des mots latins ; par
exception, et par un artifice voulu, l'auteur fait rimer un
mot latin avec un mot ou deux mots français (*1595*
ostendit : *L'en dit*[1]), *5205-6* domicellas : *Hé ! las.*

Plusieurs vers présentent des phénomènes d'allitération.
Il y en a de tout genre : *29-30* viduam virago... vires, *51*
Me mire Musa, *196* mire mirando, *197* velle viro, *5364* et
ailleurs Ut varior, vario varios, etc.; souvent l'allitération est
doublée d'un jeu de mots : *15* mutus quia mutor ; *419*
visus visum, *4378* mundus mundet, *4389*, *5483* verbera
post verba veniunt, *4209* bigami gabimi, etc.

Notons encore que l'auteur reproduit parfois le même
vers à différents endroits. Ainsi l'exclamation de *124-5* se
retrouve *217-8* ; le vers *1808* est le même que *1887* et se
retrouve, plus ou moins modifié, *2282* et *2488* ; le vers
331 est le même que *519*, *1728* est le même que *1785*,
1038 est le même que *2482* ; *2267* est identique avec *2333*,
sauf que michi remplace tibi.

Des répétitions d'un autre genre, assez fréquentes, sont
celles de certaines expressions, qui ne sont le plus souvent
que des chevilles, telles que exposita re (*32*, *3597*, *4331* et
ailleurs), verum si pono (*42*), hoc dogmate spreto (1810), etc.

Laissant à d'autres le soin de relever toutes les irrégula-
rités et les incorrections métriques des vers de Mathieu,

---

1. Il faut rectifier le texte imprimé (voyez p. III. note, de cette *Introduction*.

nous nous bornons à noter que, parmi ces fautes de prosodie, il y en a dont il a fort bien conscience et qu'il met sur le compte de son état anormal (*47* **Metricus inde color retinere viam sibi nescit**), telles que la première syllabe de **nuptias** traitée comme une brève (*211*), etc. Il a également conscience de quelques incongruités de lexique, comme celle d'employer le verbe **nubere** des mâles (*213*), ainsi que d'autres solécismes, que le lecteur, dit-il, voudra bien pardonner au pauvre bigame, au mari tourmenté (*500* sq., *5365*, etc.).

C. — *La Destinée du livre.*

Nous ignorons l'accueil que les « domini » et les socii » de l'infortuné bigame ont fait à son poème. Peut-être la pitié qu'a dû leur inspirer la situation de l'ancien camarade déchu que tourmentait une femme querelleuse et déplaisante et le plaisir que ces clercs ont dû trouver à la lecture de plus d'une page, l'ont-ils emporté, chez eux, sur la réserve, pour ne pas dire la révolte intérieure, que ces représentants officiels de l'Église ont dû opposer aux critiques irrévérencieuses de l'œuvre divine que contenait le Livre III. Si le doyen et le chapitre de l'église de Saint-Bertin ont soigneusement conservé un exemplaire des *Lamentationes* (voyez plus haut p. CIX), il n'est pourtant pas probable qu'on en ait fait de nombreuses copies[1]. Jusqu'ici il ne nous en est parvenu qu'une seule, et encore la devons-nous à un maître qui s'est amusé à gloser et à annoter ce texte avec une minutie presque puérile pour l'instruction de ses jeunes élèves (*Introduction*, p. IV sv.)[2]. Vers l'année *1370* un exem-

---

1. Celles qui étaient restées à Thérouenne ont dû périr dans la destruction totale de cette ville en 1553.

2. En examinant de près l'intéressant et curieux manuscrit d'Utrecht, on songe au reproche que Christine de Pisan, dans son *Epistre au dieu d'amours*,

plaire tomba entre les mains d'un Parisien lettré, grand
amateur et traducteur, à ses heures, de vers latins de ce
genre, le « procureur au Parlement » Jehan Le Fèvre. Ce
fut, pour cet admirateur du Roman de la Rose, une trouvaille dont il se montra d'autant plus ravi que, dans son
entourage, le nom et l'œuvre de « maistre Mahieu » étaient
entièrement inconnus [1].

La traduction qu'il en fit allait ouvrir une carrière nouvelle
à l'œuvre du bigame, mais il ne paraît pas qu'elle ait tourné
la curiosité du public vers la recherche de l'original, que,
d'ailleurs, elle avait rendu superflu. Vers la fin du xivᵉ siècle,
Eustache Deschamps et quelques-uns de ses amis intimes
lisaient encore le texte latin en même temps que l' « aureolus
liber » de Théophraste, comme le prouve la citation, par le
bailli de Senlis, du nom de « Matheolulus » à côté de ceux
d'autres « docteurs anciens » qui avaient dissuadé les hommes
du mariage [2]. Mais à partir de cette époque, le souvenir du
« liber Lamentationum » semble se perdre. On ne parlera
plus que de « Matheolus » ou du « Livre de Matheolus [3] » et

vs. 259-69 (édition Roy, II, p. 9), adresse aux clercs, de « baillier » les « ditticz »
dirigés contre les femmes « A leurs nouveaulx et jeunes escolliers En maniere
d'exemple et de dottrine Pour retenir en age tel dottrine. »

1. Le prologue de la traduction française atteste assez clairement la surprise
de Le Fèvre et la nécessité où il se trouvait de renseigner ses lecteurs sur la
personne et la situation de l'auteur. Lui-même aussi a l'air de ne savoir
de Mathieu que ce que lui a appris la lecture du poème (I, 39 sv.).

2. Le nom du bigame se trouve deux fois dans les œuvres d'Eustache
Deschamps, une fois dans une ballade (t. V, 74 de l'édition de la *Société des
Anciens Textes*) à côté de Théophraste et « Auréole » (voyez plus haut p. cxxxiii
note), une autre fois, dans une lettre datée du 16 mai 1403 (t. VIII, 11), à côté
du même Théophraste, de Diogène, Job et Socrate. Dans le premier passage
Eustache écrit ce nom « Matheolulus » (c'est ainsi, comme M. Gaston Raynaud
l'a fait dans l'*Index des noms propres*, t. X, p. 211, qu'il faut transcrire le
« Matheolabus » du manuscrit), dans l'autre « Matheolus. » L'emploi de la première forme montre assez que lui-même et l'ami auquel il s'adresse connaissaient
le poème original.

3. Les copistes de nos manuscrits et les rédacteurs des imprimés appellent
l'ouvrage tantôt *Matheolus*, tantôt *Le livre de Matheolus* (voyez pp. viii à xiii et
xxxiii de notre *Introduction*). Seul, le ms. L a conservé le nom de *Livre des*

ce nom désignera le poème français. C'est uniquement dans cette traduction qu'on lira désormais l'œuvre du bigame [1], c'est exclusivement d'après sa forme française qu'elle sera lue et discutée — discutée bien souvent sans avoir été lue — dans le monde des clercs comme dans celui des femmes et de leurs champions, pendant tout le xvᵉ et dans la première moitié du xvıᵉ siècle.

Au début, la notoriété de cet ouvrage anti-matrimonial et anti-féministe ne paraît pas avoir été très grande et le bruit qu'il a fait à son apparition n'a probablement pas dépassé de beaucoup l'entourage du traducteur (Voyez au paragraphe suivant). Christine de Pisan, dans son *Epistre au dieu d'a-mours* (qui est de 1399), parle bien d'une façon générale des clercs qui, dans leurs rimes « proses et vers », diffament le sexe féminin et racontent des histoires absurdes sur son

---

Lamentations de Matheolus et même le titre de l'original *Liber lamentationum Matheoluli*. On voudrait savoir comment et pourquoi le double diminutif « *Matheolulus*, » qui est la forme primitive, a perdu une de ses syllabes. Jehan Le Fèvre lui-même appelle son auteur « maistre Mahieu » (*Lam.*, I, 33 et *Leësce*, passim), « Mahieu » (IV, 45, 77), « Mahilet » (I, 63) ou « Matheolule » (*Leësce* v. 11). Les années qui séparent, dans l'œuvre d'Eustache Deschamps, la composition de la ballade de celle de l'épître de 1403 (à moins que le poète ait écrit, dans ce dernier endroit : « Matheolulus, Theofrastes », mais le manuscrit porte distinctement « Matheolus *et* Theofrastes »), marquent peut-être l'époque où cette légère modification du nom a eu lieu. Peut-être l'emploi de la forme *Matheolus* coïncide-t-il avec l'effacement de l'original devant la traducduction ; puisqu'on tenait à conserver à ce nom, comme à tant d'autres, sa terminaison latine, *Matheolus* était plus simple et plus commode que *Matheolulus*.

1. Gaston PARIS, dans son *François Villon* (collection des *Grands Écrivains français*), p. 47, croit que Villon, lui aussi, « n'a sans doute pas cité Mathieu d'après le texte latin, déjà devenu rare, mais d'après la traduction très répandue de Jean Le Fèvre. » En examinant de près le vers où le nom de « Mathieu » se rencontre chez Villon (*Grand Testament*, v. 1179), on s'aperçoit — fait curieux ! — qu'il le cite à propos d'un passage que le traducteur n'a pas reproduit, la sortie de Mathieu contre les ordres mendiants. Pourtant il est clair qu'il n'a pas lu le texte latin, mais uniquement les vers dans lesquels Le Fèvre dit qu'il ne traduira pas ce passage. Qu'on rapproche, en effet, les vers de Villon : « Maistre Jehan de Mehun s'en moqua De leur façon, *si fist* Mathieu » de *Lam.* II, 1794 sv. « Combien que Mahieu, en son livre, En ait assés versifié Et leurs meurs diversifié, *Si fist* maistre Jehan de Meun ». L'imitation est évidente. Villon signale de confiance une satire qu'il n'a pas lue.

compte [1] ; mais elle ne cite pas « Matheolus », que, d'ailleurs,
elle ne connaissait pas encore. Il n'est pas non plus question
de ce livre dans la fameuse querelle des années 1401 et
1402 à laquelle sont attachés les noms de Christine de
Pisan et de Gerson, de Jean de Montreuil et des frères
Col [2].

Ce ne fut que vers 1404 (l'année où elle fit *La Cité des
Dames* [3]) que, seule dans sa cellule, un peu fatiguée des
études de la journée, Christine, ayant l'idée de se distraire
en prenant parmi les volumes qui lui « avoyent esté baillez sy
comme en garde », quelque « joyeuseté des dis des poëtes »,
mit la main sur un livre qui « se clamoit Matheolus ». Elle
ne l'avait jamais vu auparavant ; elle se rappelait seulement
l'avoir entendu vanter maintes fois (par quelque spirituel
ami sans doute), comme un livre « qui parloit bien a la
reverance des femmes ». Nous connaissons, par le récit
charmant qu'elle en fait dans le prologue de son grand
ouvrage, les circonstances dans lesquelles elle parcourut ce
livre et l'impression que produisit sur elle cette lecture [4].
Elle le « visita ung peu ça et la », puis, quand elle en eut
regardé la fin, elle le mit de côté, « pour entendre à plus
haulte estude ». Et si cette heure passée avec « Matheolus »
la plongea dans des réflexions tristes, à cause de l'acharnement inexplicable des clercs contre son pauvre sexe, si,
comme spécimen du genre, ce « Matheolus » l'affecta dou-
loureusement et la fit douter un moment de sa propre
valeur morale, elle n'attacha cependant pas beaucoup d'im-

---

1. Voyez le passage déjà cité de l'*Epistre au Dieu d'amours* (v. 259 sv.) et
A. PIAGET, *Martin Le Franc*, p. 62.

2. Voyez A. PIAGET, *Martin Le Franc*, p. 64 sv. et, du même, *Chronologie des Épîtres sur le Roman de la Rose*, dans *Études romanes dédiées à
Gaston Paris*, 1891, p. 113-170.

3. *Œuvres poétiques de Christine de Pisan*, par Maurice Roy, III, p. xv.

4. B. N. ms. fr. 609 fº 2 vº sv. M. Piaget raconte la jolie scène, *l. c.*, p. 75.

portance au livre lui-même, qui traitait le sujet « en
manière de trufferie » et qui, du reste, « n'avoit aucune
reputacion ».

Cette « reputacion », la mention faite de Mathéolus dans
le prologue de *La Cité des Dames* allait contribuer à la lui
donner. Lorsque, près de quarante ans plus tard, vers 1440,
Martin Le Franc, le Prévôt du chapitre de Lausanne, écrivit son *Champion des Dames*, Mathéolus était déjà devenu
un livre important, une des deux satires les plus retentis-
santes que les clercs français eussent jamais lancées contre
le mariage et contre les femmes, digne d'être citée à côté
du Roman de la Rose, méritant même une réprobation plus
grande et une haine plus terrible que celles dont les femmes
et leurs défenseurs ne cessaient de poursuivre la mémoire
et l'œuvre de Jean de Meun.

Cependant, si, à cette époque, on le citait assez souvent,
on ne lisait déjà plus le poème avec beaucoup d'attention,
on se contentait d'en détacher les passages les plus saillants;
et si le nom du traducteur était à peu près entièrement
oublié, la personne de l'auteur n'inspirait pas assez d'intérêt
pour qu'on essayât de se renseigner exactement sur son
compte. Martin Le Franc les confondait si bien l'un et
l'autre qu'il a pu reprocher à Mathéolus, le clerc de la fin
du XIIIe siècle, de ne pas avoir pris pour modèle le bon
Guillaume Machaut, le poète attitré du milieu du XIVe! Il osa
prétendre, ou, si l'on veut, il supposa[1] que Mathéolus, ou
comme il l'appelait de préférence, « le bigame Matheolet »,
avait épousé par « fausse avarice » une veuve déjà vieille,
ce dont il avait été justement puni lorsque, plus tard, il

---

1. Gaston Paris, dans son article sur *Un poème inédit de Martin Le Franc,*
Romania XVI, 408, conclut des vers *Fausse avarice le sousprist, Il est a*
croire fermement, que Le Franc « ne donne lui-mê me cette idée que comme
une supposition ».

s'était trouvé « povre et chetif, » privé du sacrement et maudit des femmes « comme paillart et retif[1] ».

A partir de la publication du *Champion des Dames*, on parle beaucoup de « Matheolus ». Mais ce nom, qu'on ne comprend pas toujours très bien, qu'on remplace sans scrupule par celui de « Matheolore » ou de « Matheologue[2] », auquel on substitue volontiers le diminutif « Mathiolet » ou « Mahieulet » (dont un éditeur ignorant fera même « Michelet[3] ») et qu'on applique tantôt à l'auteur, tantôt au livre, ne représente bientôt plus rien de précis. Il éveille l'idée vague d'un terrible ennemi du mariage et des femmes qui, pour comble d'horreur, a été bigame, et il devient pour les uns un signe de ralliement, le nom d'un grand chef, pour les autres, un épouvantail, celui de l'infâme qu'il s'agit d'écraser avant tout autre.

Ce n'est pas ici le lieu de raconter les détails de cette lutte, assez monotone, d'ailleurs, et très souvent fastidieuse, dont tous les éléments n'ont pas encore été systématiquement réunis, mais dont M. Paul Meyer[4] pour l'ancienne période, et M. Arthur Piaget[5] pour celle qui nous occupe

1. Gaston Paris dit avec raison, *l. c.* : « Il (Le Franc) n'avait donc pas médité les passages où Mathéolus parle de son amour et de la séduction qu'exercèrent sur lui les charmes de Perrette. Même dans la traduction la chose est claire ». Si Le Franc comprend assez bien, et mieux que ne le fera un autre adversaire (voyez plus loin), la nature de la bigamie de « Matheolet », il ne se rend pourtant pas bien compte de la situation où l'avait mis cet état de bigame. Il lui a peut-être suffi d'un vers (I, 158). *Par elle suis fait chetif homme*, pour inventer la légende de cette « pauvreté » et de cette « fausse avarice », à moins que, par surcroît, il ait mal interprété et appliqué à l'auteur un vers du prologue de Jehan Le Fèvre (I, 45) *Se Dieus me doint d'argent eclipse*. Ce serait grave, mais, après tout, ce ne serait guère étonnant.

2. *Matheolore* se lit dans notre manuscrit V ; *Matheologue* se trouve sous la plume de l'auteur d'une « seconde rhétorique » qui loue le poète Jehan Le Fèvre (voyez au § suivant).

3. *Matheolet*, employé par Martin Le Franc, doit venir tout droit du *Mahilet* du traducteur (I, 63) à moins d'être une transposition indépendante, en français, de *Matheolulus*. Sur la faute *Michelet*, voyez M. A. Piaget, *l. c.*, p. 138.

4. *Romania*, VI, p. 499 sv. et XV, p. 315 sv.

5. *Martin Le Franc*, . 127 sv. Voyez aussi l'édition des *Œuvres de Guil-*

ici, ont décrit les principaux éléments et esquissé les principales phases. Nous nous bornerons à relever les écrits
auxquels l'œuvre, le nom ou le souvenir de Mathéolus se
trouvent mêlés.

Il y a, d'abord, le camp des amis et des partisans du
bigame. Puisque Eustache Deschamps, comme nous l'avons
vu, cite son nom, on peut s'attendre à ce qu'il lui ait
emprunté des idées, des développements et des exemples,
notamment dans son poème inachevé, le *Miroir de mariage*.
Le nom de Mathéolus ne s'y rencontre pas, et il n'est pas
nécessaire, pour expliquer sa façon de présenter les idées
de Théophraste, d'admettre que l'auteur du *Miroir* se soit
souvenu des vers dans lesquels Mathieu avait traité le même
sujet. En tous cas, il n'a pas dû le cultiver beaucoup, car
son style délayé et ses longueurs ne rappellent en rien
l'exposition concise et pleine de relief des *Lamentationes*[1].
On pourrait, avec un peu plus de vraisemblance, retrouver
dans le *Miroir* le souvenir d'un des « exemples » de Mathieu.
Eustache Deschamps raconte à son tour, et longuement
(v. 823 sv.), l'histoire du jeune homme qui fut dompté par
le mariage et qui conseilla de marier le loup (*Lam. 772* sq.).
Il est vrai que l'auteur prétend avoir « ouy dire ceste fable ».

laume Alexis par MM. Arthur Piaget et Émile Picot (*Soc. des anc. tt.*). Le
« dialogue apologétique » mentionné par les éditeurs, t. I, p. 125, entre « Boucho
mesdisant » et « Femme deffendant » (B. N. ms fr. 1990), est surtout une longue
réfutation des arguments employés par les théologiens pour rabaisser la femme
et pour montrer en elle la grande coupable. Le nom de Mathéolus ne s'y trouve
pas. Lorsqu'on lui fait observer que tous les clercs ont condamné son sexe,
la femme rappelle spirituellement la fable de l'Homme et du Lion, et en tire
cette conclusion : « Se les femmes eussent fait les escriptures, eussent escript
autrement en plusieurs cas esquels les hommes les blasment ».

1. M. Gaston Raynaud pense aussi (*Œuvres de Eustache Deschamps*, t. XI,
p. 227 sv.) que « Matheolulus n'a guère été mis à contribution par Deschamps ».
Notons, à ce propos que, toutes les fois qu'il parle de « Matheolulus », le savant
éditeur de Deschamps a en vue, non pas l'original, mais la traduction. Il en
résulte parfois quelque confusion, comme, par exemple, lorsqu'il dit (*l. c.*) que
« l'auteur des Lamentations » (que, dans ce passage, il distingue du traducteur)
« a utilisé principalement le *Roman de la Rose* ». Cf. plus haut p. CXLVII sv.

✳

Mais on remarquera que la première partie du conte, c'est-à-dire l'histoire du jeune homme lui-même, a beaucoup d'analogie, non pas avec celle du *Valet aus douze femmes* (voyez plus haut, p. CXLV), mais avec celle de Crassus de Montreuil, une connaissance personnelle de Mathieu (*Lam. 700* sq.), en sorte qu'on serait tenté de supposer qu'Eustache Deschamps a combiné et fondu ensemble deux « exemples », dont l'un n'a pu être tiré par lui que des *Lamentations*.

A une époque qu'on n'est pas encore parvenu à déterminer exactement, mais qui doit être de très peu postérieure à celle d'Eustache Deschamps, le spirituel auteur inconnu[1] des *Quinze Joyes de Mariage* s'est inspiré en partie de Mathéolus. Il se trompe un peu sur l'ancienne dignité du clerc déchu — que, dans son Prologue, il appelle « l'archediacre de Therouenne » — et paraît insuffisamment renseigné sur la déchéance du bigame, puisqu'il lui fait abandonner « le noble privilege et estat de clerc « pour se marier » a une femme vefve. ». Pourtant il avait lu, avec une véritable sympathie pour les souffrances de l'auteur et une pleine confiance dans sa bonne foi, « le beau traictié » que celui-ci « fist et composa », « voulant prouffiter aux successeurs ». Il l'honore parmi « pluseurs aultres » qui « ont bien travaillié en moult de manieres a monstrer la douleur qui est (dans le mariage) ».

Dans les *Cent nouvelles Nouvelles*, qui paraissent bien l'œuvre de la Sale et qui sont, par conséquent, de la moitié du XVᵉ siècle, quelques-uns des contes, notamment la 61ᵉ nouvelle, ressemblent plus ou moins aux « exemples » de Mathieu (voyez aux notes), et dans la 37ᵉ, « Matheolet »

1. Il paraît bien sûr maintenant que cet auteur n'est pas Antoine de la Sale. Voyez, en dehors du livre de M. Nève sur cet auteur, M. Foerster, dans le *Literaturblatt* de 1903, nº 12, M. G. Raynaud, dans la *Romania*, XXXIII, p. 111, et M. Jos. Bédier, *ibid.*, p. 438.

est nommé à côté de Juvénal et des *Quinze Joyes* comme faisant partie de la bibliothèque d'un « bon jaloux ».

Dans une poésie qui doit être encore du xv° siècle et que de Montaiglon croyait pouvoir attribuer à un « poète du monde littéraire de Charles d'Orléans », *Le débat du marié et du non marié*[1], connu aussi sous le titre *Le Nouveau marié*, « Matheolus » est cité par le non marié à côté de « La Rose » comme un livre qui faisait encore autorité, bien qu'il en eût paru de plus remarquables sur la matière[2]. « Le marié » réplique que « le livre de la Rose », bien compris, ne dit pas de mal des femmes ; et quant à « Matheolus », il n'était pas impartial, ayant été « espoint de l'aguillon de bigamye »[3].

Tout à fait à la fin du xv° siècle, à une époque où il avait déjà paru des exemplaires imprimés du *Livre de Matheolus*[4], un compilateur eut l'idée de réunir près de deux cents vers des *Lamentations*, pris à différents endroits du livre deuxième, de les relier entre eux par quelques vers de raccord ou par le résumé d'une longue tirade en trois ou quatre vers, de mêler à cet extrait de Mathéolus sept strophes du *Blason de faulses amours* de Guillaume Alexis[5] et de réunir le tout sous le titre de *La Malice* (ou *La grant Malice*) *des femmes*[6].

1. *Recueil de poésies françoises des xv° et xvi° siècles,* t. IX, p. 148 sv. Ce morceau fait partie du *Jardin de plaisance*.

2. *L. c.,* p. 160. « En pluseurs livres que j'ay veuz, Qui en parlent bien plus avant Que la Rose ou Matheolus ».

3. Notons, à ce propos, une singulière variante dans la rédaction qu'a recueillie *Le Jardin de plaisance* (B. N. Rés. Y⁰ 787) où Mathéolus est représenté « espoint de l'aguillon de *son amye* ».

4. En effet, les vers de *Mathéolus* qui sont reproduits dans *La Malice* ont toutes les fautes de la leçon de nos imprimés. Nous relevons celles que le lecteur retrouvera dans la *varia lectio* de notre édition : II, 678 *car Dieu le vit*, 263 *les menuz*, 2969 *Ung homme vieil*.

5. Ce sont les strophes 56, 53, 58, 57, 60, 68, 52. C'est l'ordre fautif des deux premières éditions. Voyez l'éd. Piaget et Picot, I, p. 164.

6. Le premier de ces deux titres se trouve dans *La Nef*, le second dans la copie reproduite par de Montaiglon.

Ce curieux petit poème, dont il est regrettable que
nous ne puissions pas connaître la forme première, paraît
avoir eu un très grand succès. Il a été publié d'après une
rédaction extrêmement mauvaise (les derniers vers montrent
qu'il s'agit d'une réimpression) par de Montaiglon dans le
tome V de son *Recueil de poésies françoises,* etc [1]. Une rédaction sensiblement meilleure, bien qu'elle soit encore pleine
de fautes, se trouve dans *La Nef des princes et des batailles
de noblesse avec aultres enseignemens utiles ... composés
par noble et puissant seigneur Robert de Balsat,* etc [2]. De
Montaignon, dans la note dont il fait précéder cette publication, dit beaucoup de mal de *La grant Malice des femmes,*
qui n'est, d'après lui qu'une « grossière tromperie », « un
ramassis de vers pris au hasard dans le *Matheolus* et même
dans le *Rebours* ». Cette dernière assertion n'est pas exacte ;
les *Lamentations* seules ont fait, avec *Le Blason,* les
frais de cette publication. Il y a aussi de l'ordre dans le
choix et dans la disposition des vers que le compilateur
avait copiés. Il commence par le début du prologue de
Jehan Le Fèvre (*Lam.* I, 2 à 6), puis viennent (précaution
intéressante vis-à-vis du public) les excuses du même traducteur (II, 1541-68) [3] et ensuite des vers du livre II qui se
rapportent aux méfaits des femmes [4]. Il n'est pas vrai non
plus que le compilateur ait voulu tromper son public et
mettre son plagiat « sous un titre piquant et bon pour la

---

1. P. 305 sv.

2. B. N. *Réserve* Y* 854. Cet exemplaire a été imprimé en 1502. *La Malice,*
qui y est insérée, doit donc avoir été composée entre 1492, date de la plus
ancienne édition de *Matheolus,* et 1502.

3. Le compilateur n'a pas cependant fait son travail d'une façon intelligente,
puisqu'il maintient le vers : *Il convient, puis que je translate,* qui n'avait plus
aucun sens, la pièce n'étant pas présentée comme une traduction.

4. Voici, sauf que, de temps en temps, l'auteur résume des vers, ceux qui
se retrouvent dans *La Malice :* I, 2-6, II, 23-40, 1541-68, 1615-20 (résumé de
II, 1635-59, de 183-200 et 1589-1604), II, 667-79, 1051-68, 2239-48, 2628-48,
2779-90, 2797-2904, 2931-48, 2987-89, 2951-62, 2966-86, 3095-98, 1611-14, 3055-70,
3099-3114, 3119-31.

vente ». Trois fois il inscrit dans le corps du poème le nom
de Matheolus[1], et en tête des sept strophes de Guillaume
Alexis, il écrit *De faulses amours blason*[2]. Voici, au surplus,
une petite note en prose très curieuse, par laquelle le
compilateur présente son poème au public ; elle est intéressante par l'intention moralisatrice qu'affiche l'éditeur, par
la folle affection des femmes qu'il attribue à Mathéolus et à ses
pareils, et par l'habile réserve de la fin. Ce prologue caractéristique donne au petit poème une jolie place dans l'histoire
du nom et du livre de Mathéolus. Le voici, tel que le
reproduit *La Nef des princes*[3] : « Cy commence un petit
« livre intitulé la malice des femmes : lequél a esté recueilly
« de Matheolus et aultres qui ont prix plaisir a en mesdire
« par affection desordonnée, lequel est cy couché non pour
« mesdire mais par doctrine pour eviter aux inconveniens qui
« peuvent advenir par femmes, par quoy, s'il y a aulcuns
« motz qui soyent desplaisans et mordans, soyent attribués
« au bigame Matheolus ».

Voilà, il faut l'avouer, des précautions merveilleuses pour
lancer dans le public un morceau de littérature anti-
féministe. La haute moralité de l'œuvre est manifeste ! Et
dans le cas où le public se fâcherait néanmoins, le vieux
« bigame », le vague « Matheolus », a bon dos pour recevoir les coups.

Serait-ce peut-être à la même époque que l'éditeur qui
imprimait à nouveau un petit spécimen très répandu de
poésie « goliarde » eut l'idée de le présenter comme un
abrégé de Matheolus ? Il s'agit du morceau bien connu, en

---

1. Dans le texte publié par de Montaiglon, ce nom ne se trouve qu'une
seule fois.
2. Cette indication manque dans le texte du *Recueil*, elle se trouve dans
celui de *La Nef*.
3. Il manque dans le texte du *Recueil*.

vers latins rythmés, *Golias de conjuge non ducenda*, qui met
en scène trois grands hommes de l'Église, Jean Chrysostome,
Pierre de Corbeil, l'archevêque de Sens, et Laurentius, probablement un moine célèbre de Durham[1], et qui les présente
comme trois anges divins, envoyés par la sainte Trinité,
comme dans une nouvelle vallée de Mamré, pour détourner
du mariage le pauvre Golias qui allait épouser une vierge
belle et douce. Le fait est que ce morceau, qui, dans les
manuscrits porte divers titres ou qui n'en a pas, se rencontre
dans un imprimé avec le titre suivant : « Remedium contra
« concubinas et conjuges *per modum abreviationis libri Ma-*
« *theoli* a Petro de Corbolio archidiacono Senonensi et ejus
« sociis compilatum[2] ».

Il est évident que si cette poésie avait été faite réellement
avec des éléments du livre de Mathéolus, c'est son nom et
non ceux de Johannes, Petrus et Laurentius qu'on trouverait
cité en premier lieu comme celui du conseiller par excellence.
Il est vrai qu'il y a des vers qui rappellent d'assez près des

---

1. C'est la supposition de Wright. Edelstand du Méril ajoute que ce moine a
écrit des vers *De dissuasione coniugii*. Mais c'est une erreur ; ce titre s'applique
au poème en question. Tricotel, par suite d'une erreur bizarre, donne à ce
Laurentius le surnom de « Perfloride ».

2. B. N. Rés. p. Y c. 317. L'imprimeur se doutait si peu de l'origine de ce
morceau que le nom de *Golias* est devenu chez lui, par une faute de lecture,
Oliuir! (On sait que, dans d'autres mss., le G a été interprété comme l'initiale
de Gilbertus, Galwinus, Gauterus). Ce très joli petit poème a été successivement
publié par Thomas Wright, *The latin poems attributed to Walter Mapes*,
London, 1841, p. 77, d'après un manuscrit Harléien, par Edelstand du Méril,
Poésies latines populaires du moyen âge, Paris, 1847, d'après un ms. de la
B. N. (il y en a un autre, lat. 2962, qui contient une mauvaise copie), par
Jacob Grimm, *Kleine Schriften*, III, 80 (Voyez *Bulletin de la Société des Anciens
Textes*, 1880), d'après un ms. de Venise, et par Tricotel, dans *L'Ami des
Livres*, 1860, p. 51-62, d'après le *Remedium* et le ms. 2962. Cette pièce est certai-
nement du XIIIe siècle. Une imitation française, ou plutôt anglo-normande, où
Golias est devenu « Gauwein, » a été publiée par Wright en appendice d'après
un ms. Harléien et signalé par M. Paul Meyer (*Bulletin*, 1880) d'après le ms.
Douce 210. Pierre de Corbeil, qui a été le précepteur d'Innocent III et qui est
devenu archevêque de Sens en 1200, a été pris pour l'auteur de cette poésie
(*Hist. litt.*, XVII, p. 224 et la feuille de garde du ms. 2962).

passages de Mathieu [1]. Mais la ressemblance n'est pas assez forte pour faire songer à un emprunt. Nous ne voyons d'autre rapport du *Remedium* avec les *Lamentationes* que celui-ci, qu'il nous montre un coin de l'atmosphère spirituelle d'où est sorti le poème de Mathieu. Quant à l'adjonction de son nom au titre du *Remedium*, on aurait tort, croyons-nous, d'en déduire que l'éditeur de cette version connaissait le texte latin des *Lamentations* ou qu'il savait seulement que le bigame avait écrit sa complainte dans cette langue. « Matheolus » était pour lui, comme pour ses compagnons, la grande autorité, le livre anti-matrimonial par excellence.

Une conclusion analogue découle d'un passage de *la Vray-Disant Advocate des Dames* (qui est probablement de Jean Marot) [2], où on reproche aux adversaires des femmes de cacher dans leurs « garde-robbes..... le Rommand de la Rose, Matheolus, toutes fables et lobes ». L'auteur du très amusant *Monologue fort joyeulx sur les femmes* [3] connaissait peut-être un peu mieux le livre du « Grant Matheolus », qu'il fait citer par « Mal-Embouché », à côté du « Romant de la Rose » et du « Blason des faulses Amours », puisqu'il ajoute au nom : « La ou il traicte par exprès des maulvaises tous les faulx tours ». L'auteur d'un autre *Sermon nouveau et fort joyeulx* [4] appelle « le bon Matheolus » un « grant

1. Voici les rapprochements les plus curieux : *Remedium :* « Dum res conjugibus succedunt prospere Uxores asserunt se totum facere » ; cf. *Lam.* 346 sq. — *Remedium :* « Insaciabilis vulva non defficit Nec unquam femine vir unus sufficit » ; cf. *Lam.* 1209, 178. — *Remedium :* « Qui potest conjugis implere vasculum? Nam una mulier fatigat populum » ; cf. *Lam.* 2439.— *Remedium :* « Maritus orrido clamore vincitur Et cedens coniugi domum egreditur » ; cf. *Lam.* 681.— *Remedium :* « Fumus [et] mulier et stillicidia Propellunt hominem a domo propria » ; cf. *Lam.* 682 sq. (Ce vers qui est, du reste, un mot de Salomon, se trouve à peu près pareil dans le *De contemptu mundi*). — *Remedium :* « Quid dicam breviter esse coniugium Nisi vel tartarum vel purgatorium » ; cf. *Lam.* 3027-29. — *Remedium :* « Sed bona mulier raro invenitur Aut erit contumax aut fornicabitur » ; cf. *Lam.* 3230, 1035, 1215.
2. MONTAIGLON, *Recueil*, t. X, p. 258. Voyez A. PIAGET, *l. c.*, p. 155.
3. Même *Recueil*, t. XI, p. 176 sv. Voyez A. PIAGET, *l. c.*, p. 156.
4. Même *Recueil*, t. II, 5-17, voyez A. PIAGET, *l. c.*, p. 159.

docteur en ceste matiere », présente son livre comme « un gros breviere » et avait peut-être lu ce « breviere » jusqu'au bout, puisqu'il signale l'idée que le mariage est un « purgatoire » (*Lam.* III, 1719).

Il faut faire une place à part à l'auteur d'un petit poème, recueilli également dans le *Jardin de Plaisance*[1], qui voulait rester original et indépendant dans la question. Assez fin pour séparer le Roman de la Rose de Matheolus, il récusait absolument l'autorité de ce dernier, l'accusant d'avoir parlé de l'amour « comme un marchant ». Ce qui ne l'a pas empêché d'emprunter à Mathieu un certain nombre d'idées, entre autres celle-ci (que Mathieu avait donnée pour une idée originale[2]), que Lamech a été « le chief primitif des bigames » ; Mathieu et, après lui, Jehan Le Fèvre, l'avaient dit très nettement (*Lam.* II, 419 = *163*).

Si nous passons au camp opposé, celui des amis et des avocats des dames, nous y trouverons un acharnement contre « le bigame » plus aveugle encore que ne l'était l'engouement des autres. Même ceux qui ont plus ou moins lu le poème de Mathieu n'en ont qu'une connaissance imparfaite, vague et trouble. Pour les femmes et leurs amis, Matheolus n'est, en général, qu'un nom, mais un nom universellement exécré, celui d'un monstre. Le supplice qu'on lui inflige dans l'autre monde, ainsi qu'il est décrit dans le *Purgatoire des mauvais marys*[3], est particulièrement horrible et dégoûtant[4]. Ce supplice est rendu plus infamant encore par l'inscription qui désigne le coupable comme « Matheolet le vil » et qu'on lui fait exhiber sur une mitre qui lui a été mise sur la tête. Mais il devient tout à fait dégradant par

1. *Les biens et les maux qui sont en amours.* Voyez A. PIAGET, *l. c.*, p. 134 sv.
2. Voir *Lam.*, *180 sicut puto.*
3. B. N. Rés. Inv. Y 2,714-718 (ancien Y² 1299).
4. M. PIAGET a reproduit une bonne partie de cette description, *l. c.*, p. 51 sv.

la confession publique que l'auteur met dans la bouche du
pauvre torturé. Celui-ci s'accuse, avec beaucoup de com-
plaisance, d'un tas de crimes, même de s'être moqué de sa
mère « avec les houliers et tourmenteurs de femmes ». Et,
comme il avoue avoir persévéré dans sa « meschance »,
puisque ses œuvres « en plusieurs lieux sont continuellement approuvez », il n'est pas étonnant qu'il se condamne
à n'avoir jamais merci « jusques a tant qu'il ne sera plus
de memoire de (son) infameté[1] ».

Le second vers de la triste inscription, où « Matheolet le
vil » est présenté comme « dampné en perdurable exil »,
nous reporte au châtiment qui lui est infligé dans un joli
poème daté par son auteur de 1459 et qui fait partie du
Jardin de plaisance, intitulé *De l'amour entrant en la forest
de tristesse*[2]. M. Piaget, qui donne un résumé de cette
pièce[3], dit avec raison qu'on pourrait l'intituler *Procès ou
jugement de Jean de Meun et de Matheolus ennemis du
chief des dames*. L'intérêt se trouve, en grande partie,
dans la façon différente dont les deux coupables, qu'on
juge en même temps et qu'on amène attachés par des
cordes l'un à l'autre, sont traités. Tandis que Jean de
Meun, contrairement au réquisitoire de « Noble Vouloir »,
qui avait réclamé la peine de mort, doit à l'intervention de
« Raison » d'être simplement banni du château d'amour,
Mathéolus, pour lequel « Raison » ne trouve pas d'excuses,

---

1. Ce qui est plus étonnant c'est que l'auteur, après avoir fait torturer le
pauvre Mathéolus de plus belle (des violents coups de maillet donnés sur son
ventre qui est bourré de soufre en font « redonder les fumées contre son
gousier », entre tranquillement dans son étude et se met à « grossyero ce petit
traicté », pour aller le présenter ensuite « a tres hault, puissant et redoupté
Charles par la grace de Dieu roy de France ».

2. C'est le titre de l'édition de 1547 (f° 185 r°). Il est un peu plus long dans
le volume cité plus haut (p. CLXIII) f° 150 r° - 170 r°.

3. *L. c.*, p. 139 sv.

est bel et bien condamné à mort par « Justice »; il n'a pas
seulement écrit un méchant livre, il est encore « reprouvé
bigame, Et tel tout le monde le clame ». Cependant le roi
d'amour, « qui tant est gentil », lui fait grâce de la mort
et le condamne simplement à être *exilé* dans « le grand
boys d'ennuy » où on l'enfermera dans le « chasteau de
melancolye », dans une prison « où l'on met ceulx qu'amours
oublye ». L'arrêt est exécuté sur-le-champ par deux ser-
gents, et le livre, « le villain bouquin tant infame », est
brûlé sur place.

Ce livre, l'auteur l'avait-il lu? Il lui donne, par la bouche
de « Loyal Cueur, » qui avoue, d'ailleurs, que lui-même
ne l'a jamais vu [1], le titre bizarre de « Le Testament des
femmes [2]. » « Loyal Cueur » n'est pas mieux renseigné sur
la « bigamie » du « faux paillart », puisqu'il le présente comme
ayant été le mari « de deux femmes ou plus [3]. » L'avocat de
la plaignante, « Noble Vouloir, » qui avait le premier sou-
tenu l'accusation contre le « desloyal Matheolus », était
plus au courant. Pour résumer ses griefs, il cite, avec
beaucoup d'à-propos, la violente sortie dans laquelle Mathieu,
abusant un peu de l'hyperbole, avait déversé tout son fiel et
donné libre carrière à sa méchante gaîté (*Lam.*, II, 2794-98,

---

1. « Selon qu'on m'a dit, » ajoute-t-il, en citant le titre.

2. L'idée de M. Piaget, que cette erreur pourrait provenir d'une confusion avec *Le Testament* de Jean de Meun paraît acceptable. Il semble bien
cependant qu'il y ait un peu d'affectation dans l'ignorance de « Loyal Cueur ».
On dirait que le représentant du Chief des Dames se pique de ne pas être tout
à fait au courant des faits qu'on reproche à l'accusé (Voyez la suite).

3. Cette fausse interprétation du mot *bigamie* se trouve aussi dans le Prologue
du *Rebours de Matheolus* (Voyez l'Appendice II de cette édition, aux vers 25
sv.). M. Piaget (*l. c.*, p. 142) excuse par la jeunesse du poète « son ignorance
de tout ce qui a rapport à Matheolus ». Nous avons déjà émis l'idée que cette
ignorance de « Loyal Cueur » pourrait bien être un peu voulue. En tout cas
l'auteur connaissait assez bien le livre pour y avoir trouvé, avec beaucoup de
flair, une tirade qui était un résumé et une conclusion. Mais peut-être cette
tirade était-elle devenue une citation courante.

2803-6. *Se toute la mer estoit enque,* etc. [1]). Il y a, dans la plaidoirie de « Noble-Vouloir », d'autres jolis traits, comme la poétique allusion à « la femme franche et naturelle » à qui le fils indigne doit l'existence et qui l'a « tendrement allaicté de sa nourrissante mamelle ».

Une des meilleures pièces dans lesquelles Mathéolus est, avec Jean de Meun, le principal objet de la vengeance des femmes, est *Le Chevalier des dames*[2]. Ni l'un ni l'autre n'y sont nommés, mais on les reconnaît facilement dans « Cuer villain » et « Mallebouche, » les deux géants qui habitent l'île dans laquelle « Noble Cueur » s'engage sur l'ordre de Nature et que, après de longs combats, il finit par tuer. L'auteur connaît assez bien son « Matheolus. » Il reproche à « Mallebouche », dans de jolis vers, d'avoir parlé des femmes comme si toutes étaient des « bouchières[3] », ce qui « tres mal sonne », et surtout de les avoir présentées toutes comme vénales, prêtes à se livrer à qui les paye bien[4]. Il conclut, avec beaucoup d'esprit, que de « telles ordures » ne sont pas seulement « dûres pour les dames, » mais encore « injurieuses » pour les hommes, puisque « Selon vos raisons furieuses, Tout homme est donc filz de putain[5] ».

En 1536, le nom de « Matheolus » est encore enregistré parmi « ces gentilz satyriques » qui « blasment les femmes »,

1. Le texte, tel qu'il est cité ici, a une sotte variante : *cendres* (rimant avec *entres*) au lieu de *enque;* puis quelques variantes insignifiantes : *arbres* pour *bois,* et *romans* pour *notes.* Les vers 2799-2800 ont été remplacés par ceux-ci : *Et que les cueurs* (lisez *euvres*) *de chascun Fussent assemblez tout en ung.* La faute *cueurs* montre que la tirade a été copiée négligemment. Les variantes que nous venons de signaler ne se trouvent pas dans les manuscrits ou les imprimés connus de *Matheolus.*

2. Voyez A. PIAGET, *l. c.,* p. 127 sv., B. N. Rés., Y 4462.

3. Voyez *Lam.,* II, 2525 sv.

4. Voyez *Lam.,* II, 1483 sv., 1571 sv. On peut rapprocher spécialement de II 1695-6 ces deux vers du *Chevalier* : « Voustre bouche dist et afferme Qu'il ne tient fors qu'au requerir. »

5. Cette idée, l'auteur l'avait peut-être trouvée dans *Le Livre de Leësce (Le Rebours).* Elle y est formulée par Jehan Le Fèvre vs. 2775-77.

par Gratien Dupont, seigneur de Drusac, dans son livre *Controverses des sexes masculin et féminin*[1]. Rabelais ne le cite pas, mais l'interpolateur de Noël du Fail, (c'est-à-dire l'éditeur de 1548 des *Propos rustiques*), ajoute aux « vieux livres » qu'un brave vigneron, ancien maître d'école, apportait quelquefois aux gens, entre autres, « Mathéolus[2] ». A partir de cette époque, les hommes de lettres ne le connaissent plus. Un siècle plus tard, ce sont les bibliographes, auteurs de *Bibliothèques*, c'est du Verdier[3], c'est l'abbé Goujet, puis, après ceux-ci, les annotateurs du premier, qui, insuffisamment renseignés, parlent de « Matheolus », l'homme et le livre, dans des notices plus ou moins étendues. Enfin, les érudits du xixe siècle, bibliophiles, littérateurs, historiens, Tricotel[4], Brunet, Paulin Paris[5], les Boulonnais Morand et Vaillant[6] lui consacrent un souvenir plus sérieux et des travaux plus consciencieux et plus durables. La réimpression de *Matheolus* et du *Rebours* que Montaiglon avait promise pour la Bibliothèque Elzévirienne[7], n'a jamais paru.

Le *Livre de Matheolus* a-t-il passé la frontière et suggéré

1. B. N. Inv. Rés. Yᵉ 1412 fᵒ 212 vᵒ. D'après Tricotel, cette note n'est que la paraphrase de Nevisan *Sylva Nuptialis*. Mathéolus y est mentionné, en effet, I nᵒ 162 et IV nᵒ 97. Tr. cite encore, comme ayant mentionné Mathéolus au xviᵉ siècle, Jean Bouchet et Antoine de Saix.

2. L'édition originale, celle de 1547, ne cite qu'un Kalendrier des Bergers, Ésope et le Roman de la Rose. L'édition interpolée, qui est de 1548, ajoute « Mathéolus, Alain Chartier, les deux Grebans, etc. » Dans son éditon de 1549, Noël du Fail a rétabli la leçon primitive. Voyez l'éd. de la Borderie, Paris, Lemerre, 1878, pp. 15 et 138.

3. Du Verdier lui-même n'a qu'une petite note, à laquelle La Monnoye a ajouté plus tard quelques lignes et que Rigoley de Juvigny a complétée en reproduisant la note de l'abbé Goujet (La Croix du Maine et du Verdier, *Bibliothèques françoises*, éd. Rigoley de Juvigny (1773), t. V, p. 41). C'est dans ce sens qu'il faut rectifier et compléter la note de cette *Introd.*, p. cviii.

4. En dehors de son édition, Tricotel a donné une étude sur Mathéolus (et son traducteur) dans le *Bulletin du Bibliophile*, XXXII (1866), p. 492 sv.

5. Voyez *Introd.*, p. cx.

6. Voyez *Introd.*, p. cvii et cxix.

7. *Recueil de poésies*, t. II, p. 16, note 2.

la composition de quelque morceau de littérature étrangère? M. Morel-Fatio a relevé « certaines analogies frappantes qui ne sauraient être accidentelles » entre quelques passages du poème français et le *Libre de les dones* du médecin-poète valencien Jaume Roig, qui a vécu et écrit au xvᵉ siècle [1]. Il va jusqu'à penser que « l'idée de son livre a pu être suggérée (à Roig)... par celle du *Matheolus* de Jehan Le Fèvre [2] ». Voici les traits sur lesquels notre savant ami se fonde pour admettre ces rapports [3] : les deux poèmes sont divisés en quatre livres et composés en vers à rimes plates (ceux du *L. d. l. D.* n'ont que quatre ou cinq syllabes) ; le début du poème valencien, dans lequel le poète déclare qu'il veut faire servir sa triste expérience [4] à détourner les jeunes gens du mariage, rappelle, jusque dans l'emploi de quelques termes, *Lam.*, I, 231 sv. ; il y a une scène de nourrice [5] qui rappelle *Lam.*, I, 1373 sv. et un passage sur les béguines [6] qui peut être rapproché de *Lam.*, II, 1769 sv. ; il y a « surtout la vision et le long prêche » qui, dans l'œuvre de Jehan Le Fèvre comme dans celle de Roig, occupent le troisième livre. Cette dernière analogie ne consiste, d'ailleurs, que dans le fait que, chez les deux auteurs, le livre III s'ouvre par une vision dont le poète est gratifié au moment où il se repose sur son lit, et que le personnage qui lui apparaît lui adresse longuement la

---

1. *Rapport adressé à M. le Ministre de l'Instruction publique sur une mission philologique à Valence, suivi d'une Étude sur le « Livre des Femmes », poème valencien du* xvᵉ *siècle de Maître Jaume Roig*, par Alfred Morel-Fatio. Paris, 1885 (Extrait de la *Bibliothèque de l'Ecole des Chartes*, XLV (1884), p. 615 sv., et XLVI (1885), p. 108 sv.

2. *L. c.*, p. 28 sv.

3. *L. c.*, p. 29.

4. Il prétend avoir conclu successivement trois mariages qui, tous les trois, n'ont abouti qu'au malheur. M. Morel-Fatio a prouvé que ce détail capital de l'autobiographie de Roig est purement fictif.

5. *L. d. l. D.*, p. 66 de l'édition Braz (Barcelone, 1865).

6. *L. d. l. D.*, p. 50 sv.

parole. Mais les deux personnages sont différents ; c'est, dans *Matheolus,* Dieu le Père, chez Roig, c'est Salomon ; différents aussi sont le sujet de l'entretien et le but du prêche, puisque, chez Roig, il s'agit de détourner l'auteur d'un quatrième mariage dont, malgré ses tristes expériences, l'idée lui était venue.

Le rapprochement est ingénieux. Les analogies signalées par l'auteur du « Rapport » ont quelque valeur. Cependant elles ne nous paraissent pas aussi concluantes qu'à lui. L'apparition d'un personnage surhumain peut remonter directement, chez Roig, à Boèce ou à Alain de Lille[1] ; le début des deux poèmes est un lieu commun de tous les moralistes de cette époque qui s'occupent de la question du mariage, et les deux détails que M. M.-F. croit empruntés nous paraissent peu de chose auprès de ceux qui se trouvent chez l'un sans se retrouver chez l'autre. On pourrait songer à d'autres poèmes, au Roman de la Rose, par exemple, ou bien, eu égard au titre que Roig a donné à son poème, *Spill* (speculum), au *Miroir de Mariage* d'Eustache Deschamps[2]. Quoi qu'il en soit, il ne serait pas étonnant que le poème de Roig eût été modelé sur un poème français[3].

---

1. Notons encore que, dans *Matheolus*, toute la vision, y compris l'effet que l'apparition produit sur le poète (la chute en arrière), se passe en songe. Roig, lorsqu'il entend la voix de Salomon (sans rien voir, quoiqu'il tourne les yeux et regarde), n'était qu'à moitié endormi ; il est réveillé par l'émotion mystérieuse qu'il éprouve soudain. La différence est notable.

2. Quoique resté inachevé, ce poème a dû être copié bientôt après la mort d'Eustache (vers 1407). Les indications chronologiques données par M. Morel-Fatio ne sont pas en désaccord avec cette date. Rappelons encore que Jehan de Meun, lui aussi, a voulu qu'on appelât son poème *Le Miroer as amoureus* (v. 11416).

3. « Ne savons-nous pas, en effet, dit M. Morel-Fatio, que notre littérature a joui dans les pays catalans d'une faveur exceptionnelle, surtout à l'époque dont il s'agit, au xvᵉ siècle ? Les belles *librairies* du roi d'Aragon étaient pleines, on ne l'ignore pas, de livres français. »

§ 3. — LA PERSONNE ET L'ŒUVRE DU TRADUCTEUR

A. — *Jehan Le Fèvre.*

Se sont principalement occupés de Jehan Le Fèvre, les bibliographes, critiques et historiens suivants : Du Verdier (*Bibl. françoyse*, éd. Rigoley de Juvigny, t. IV, 412), à propos du *Respit de la Mort*; l'abbé Goujet (*Bibl. françoyse*, t. IX, p. 104-112), à propos du même poème, dont il donne un long aperçu ; Weiss, dans la *Biographie universelle* (t. XIV, p. 467) ; Van Praet, dans de Bure, le *Catalogue des mss. La Vallière* (1re partie, t. II, p. 256) ; Daunou, dans l'*Histoire littéraire* (t. XVIII, p. 828-30) ; Paulin Paris, dans *Les manuscrits françoys de la Bibliothèque du Roi* (t.V, p. 10 sv. ; t. VII, pp. 74 sv., 354) ; Morand, dans sa monographie citée plus haut[1]; Hippolyte Cocheris, l'éditeur de la traduction de la *Vetula,* dans son introduction (p. xxvii svv.) ; Tricotel, l'éditeur du *Livre de Matheolus*, dans l'Introduction de son édition[2] et dans le *Bulletin du Bibliophile* (t. XXXII (1866), p. 491 sv., 553 sv., 604 sv.)[3] ; M. Gust. Gröber, dans le *Grundriss*, (II, 1, p. 1066 sv.).

Cocheris n'admettait pas que le traducteur de la *Vetula* et des *Distiques de Caton* fût identique avec le traducteur du « Livre de Lamentations de mariage et de bigamie[4] ».

1. Voyez notre *Introduction*, p. cvii sv.
2. Même *Introd.*, p. vi.
3. Le traducteur de la *Vetula* a été signalé, en outre, sous le nom de « Jean Lefebvre de Bordeaux », par les érudits Falconet et Lebeuf (Voyez COCHERIS, *La Vieille*, p. xxvii).
4. Il appelle l'auteur de ce dernier ouvrage « Mahieu de Gand » (*l. c.*, p. xxx). Cette erreur s'explique par le ms. de *Matheolus* dont Cocheris avait lu une description, celui de Montpellier (notre M), et par la note du Président Bouhier que contient ce manuscrit. Voyez notre *Introduction*, p. xi.

Morand, nous l'avons déjà indiqué, a contredit ceux de ses devanciers (l'abbé Goujet, Weiss) qui avaient pris *Matheolus* pour une supercherie littéraire, c'est-à-dire pour l'œuvre originale d'un poète français. D'autre part, il ne pouvait pas se décider à croire que le traducteur des *Lamentations* fût identique avec l'auteur du *Rebours*, ce que Weiss avait admis, dans cette phrase curieuse : « Jehan Le Fèvre ne « tarda pas à s'apercevoir que personne n'était dupe de la « fable qu'il avait inventée (la prétendue traduction) et, pour « réparer, autant qu'il dépendait de lui, la faute qu'il venait « de commettre, il se hâta de se contredire ouvertement en « composant un nouvel ouvrage intitulé *Le Rebours de Matheo-* « *lus*. » Les arguments de Morand ont déjà été combattus par Tricotel; ils n'ont plus d'intérêt[1], sauf peut-être la considération d'ordre moral qui lui faisait surtout repousser cette identité. Elle se devine dans les termes de sa conclusion : « La mémoire de Le Fèvre n'a plus à se défendre d'avoir « rompu l'alliance (entre Mathieu et lui) en reniant l'ouvrage « qui est devenu son principal 'titre littéraire aux yeux de « la postérité. »

Pour se renseigner sur la personne de Le Fèvre, Morand avait combiné les données du prologue des *Lamentations* (v. 1-82) avec celles du *Respit de la Mort*, qu'il attribuait au même auteur, se séparant en cela de l'abbé Goujet et de Weiss. Il ne semble pas, d'ailleurs, avoir lu lui-même ce dernier poème et s'était principalement borné à tirer quelques renseignements biographiques des extraits que l'abbé Goujet avait donnés de cet ouvrage. Il attribuait, en

---

1. Il en faisait surtout valoir deux : 1° la première critique de la satire de Mathieu est de Christine de Pisan (pure hypothèse); 2° l'abbé Goujet a remarqué que le style du *Rebours* est beaucoup plus facile et beaucoup moins gothique que celui de la traduction de *Matheolus* (il n'y avait qu'à lire l'ouvrage dans un manuscrit autre que P pour constater que cette distinction entre les deux styles est imaginaire).

outre, à Le Fèvre une traduction des « Proverbes de
Caton » et des « Distiques de Théodule », mais il ne parle
pas de celle de la *Vetula*, qui aurait pu, cependant, lui
fournir d'autres renseignements. Ceci est d'autant plus
étonnant que Daunou, qu'il cite, avait attribué *La Vieille* à
l'auteur des « Proverbes » et avait cité une partie de l'intéressant prologue.

Paulin Paris a parlé de Jehan Le Fèvre à propos de sa
traduction des *Distiques de Caton*, du *Théodolet* et d'un
manuscrit de la *Vetula*. Il le faisait naître à Ressons sur le
Mas et vivre « probablement dans la seconde partie du xv^e
siècle[1] ». Plus tard, il s'est montré disposé à lui attribuer
encore une traduction des *Hymnes de la liturgie chrétienne*.
Comme le manuscrit qui contient cette traduction[2] est,
d'après une note relevée par Paulin Paris, de la première
moitié du xve siècle, ce savant avait sans doute modifié son
opinion sur l'époque à laquelle Jehan Le Fèvre avait dû
vivre.

Cocheris qui, comme nous l'avons vu, ne voyait pas dans
l'auteur de *La Vieille* celui de *Matheolus*, mais qui ne se
trompait pas sur le temps où il a vécu, puisqu'il le fait
naître environ 1320, lui attribuait, en dehors de cette traduction de la *Vetula*, celle de *Caton* et du *Théodolet* et se
montrait disposé, non sans manifester quelque hésitation
sur ce point, à lui attribuer aussi le *Respit de la Mort*[3].

1. *L. c.* t. V, 13. Il avait été plus affirmatif encore à la p. 11, en disant du
prologue de *Caton* : « Ces vers... sentent l'époque littéraire de Charles VII ».
M. J. Ulrich (voyez p. CLXXXII) a reproduit cette erreur.

2. C'est-à-dire la seconde partie du manuscrit de la B. N., celle qui contient les *Hymnes* (*l. c.*, t. VII, p. 354).

3. Si Cocheris avait lu le *Respit de la Mort* et *Matheolus* (peut-être n'a-t-il
pas lu du tout ce dernier ouvrage), non pas dans les anciens imprimés, mais
dans un bon manuscrit, il n'aurait pas hésité sur cette attribution, car il y
aurait trouvé la signature du poète, que les imprimés ont fait disparaître en
partie ou entièrement. (Voyez plus loin une citation du *Respit*.)

L'éditeur de *La Vieille* n'a pas voulu présenter Jehan Le Fèvre, comme l'avaient fait les auteurs des *Bibliothèques françoyses* et comme Tricotel l'avait répété après eux sans justifier son opinion, comme « avocat au parlement et rapporteur référendaire de la chancellerie de France[1]. » Il lui a seulement attribué, avec Paulin Paris, le titre que Le Fèvre se donne lui-même dans le Prologue de *La Vieille*[2], celui de « Procureur au parlement[3] ». Dans ce même passage, l'auteur indique comme le lieu de sa naissance « Ressons sur le Mas vers Compiengne[4] », indication qui revient dans quelques-uns des autres ouvrages (voyez plus loin).

1. Tricotel, *l. c.*, p. 501, réunit les trois titres et dit : « Il fut successivement avocat au Parlement de Paris, procureur du Roi au même parlement et rapporteur référendaire de la Chancellerie de France. » Il nous semble pourtant que c'est lui, et non Cocheris, comme il prétend, qui s'est mépris sur le sens du mot « procureur » employé par Le Fèvre pour désigner ses fonctions. Tricotel veut que l'expression « procureur au parlement du Roy nostre Sire » désigne « une fonction analogue à celle que remplit de nos jours le ministère public dans les cours et les tribunaux ». Or, voici ce que dit à ce sujet M. Félix AUBERT (*Histoire du Parlement de Paris dès l'origine à François I*[er]. Paris, 1894, p. 143, note), à propos des procureurs généraux : « Les textes disent toujours : procureur général *du roi;* procureur (général) *au parlement* voulait dire : le procureur des plaideurs. »

2. Le prologue imprimé par Cocheris en tête de son édition est celui du ms. de la B. N., fr. 881 (anc. 7235), dans lequel on lit, p. 3 de l'édition : « Je, « Jehan Le Fèvre..., procureur en parlement du roy nostre sire ». L'autre manuscrit que Cocheris a consulté (ff. 19138, anc. St Germain 1650) a un prologue un peu différent, mais qui contient les mêmes renseignements autobiographiques de l'auteur. Un troisième ms. (B. N., ff. 2327), que Cocheris ne mentionne pas, a un prologue semblable à celui de 19138.

3. Voir sur les procureurs au parlement pendant la seconde moitié du XIVe siècle, Félix AUBERT, *Le Parlement de Paris, de Philippe le Bel à Charles VII*, Paris, 1888, 1890, t. I, p. 251 sv. : « A partir de la seconde partie du XIVe siècle... « les procureurs deviennent de plus en plus nombreux. Ce sont des juriscon- « sultes, des praticiens qui se font mandataires des parties, etc. » L'auteur donne la formule du serment à prêter par les procureurs, *l. c.*, p. 355.

4. Actuellement Ressons-sur-le-Matz, ou Mas, chef-lieu de canton dans le département de l'Oise, arr. de Compiègne, 864 habitants. — Un annotateur du ms. A et celui de M (voyez *Introd.*, pp. VIII et XI) le font naître à Thérouenne, La famille α de nos mss. (voyez aux variantes de *Lam.*, IV, 205) change Ressons en Rouen (Roham). Les mots *de Ressons* (ou *Resson*) *nés* ont souvent été copiés *de raison nés* ou *desraisonnés* (voyez les variantes de IV, 205 et l'imprimé du *Respit*).

Pour être renseignés sur l'époque à laquelle il a vécu et travaillé, nous avons, d'abord, la très précieuse date que contient *Le Respit de la Mort*[1] : « L'an mil trois centz soissante et seze, Charles le Quint regnant, l'an treze De son regne tres eüreux. » Cette date ne se rapporte pas à la composition de l'ouvrage, mais à celle de la maladie dont l'auteur fut atteint « n'a gueres », à l'occasion d'une épidémie, ce qui l'engagea à demander « Respit de la Mort[2] ». A ce moment, bien que, avec son front chauve, il eût l'air d'un vieillard, l'auteur n'avait pas cinquante ans[3]. Il faudra donc avancer un peu l'époque de sa naissance, que Cocheris fixait à 1320, et la mettre aux environs de 1327 ou 1328.

Le *Livre de Leësce* contient quelques données historiques qui nous permettent de dater de très près la composition de cet ouvrage.

Aux vers 267 svv., Jehan Le Fèvre cite des cas de « bigamie », c'est-à-dire des mariages de veuves[4], connus de lui et de ses contemporains, qui ont été, ou qui sont, en tous points honorables et que personne n'a jamais songé à blâmer.

Il y a d'abord (267) « le conte d'Alençon qui espousa d'Estampes la contesse ». Il s'agit ici de Charles II de Valois, père du roi Philippe VI, comte d'Alençon, qui succéda à son père, Charles I, en 1325, et qui épousa en premières noces, en 1314, Jehanne, comtesse de Joigny, puis en secondes noces, en décembre 1336, Marie d'Espagne,

---

1. Édition in-8° de 1506, à Paris, chez A. Vérard (B. N., Rés. Y, 4441, vélins 2, 238), f° 2 v° ; ms. fr. 1543, f° 240 r°.

2. L'auteur fixe le point critique de sa maladie à « huit jours après la saint Remy », c'est-à-dire au 9 octobre.

3. Ms. fr. 1543, f° 242 v°. « Toutesvoies point ne me vante Que je n'aye des ans cinquante. Ma teste par devant pelée Monstre en moy temps de jubilée ».

4. Un seul cas semble se rapporter à trois mariages successifs.

fille de Ferdinand II, seigneur de Lara, *veuve* de Charles d'Évreux, *comte d'Étampes*. Le comte d'Alençon fut tué à Crécy le 26 août 1346[1]. Au moment où Le Fèvre écrit, ces personnages sont morts, mais on parle encore d'eux, et leur mémoire est restée vivante comme un souvenir de beauté, de bonté et de largesse.

Aux vs. 276 sv. il mentionne, comme un personnage qu'il a connu de près (*Je vi*), messire Anceau Choquart, un bon clerc, qui épousa « Marote ». Celle-ci, après la mort de son mari, devint la femme de messire Étienne de la Grange, qui est cité plus loin (v. 305 sv.) comme résidant à Paris, président au Parlement et honoré de tous, ainsi que sa femme. Or, Anceau Choquart, conseiller au grand conseil du roi en 1365[2], était aussi conseiller au Parlement de Paris en 1366[3]. Étienne de la Grange fut nommé président au Parlement de Paris le 12 novembre 1373[4] ; il avait épousé Marie du Bois, probablement la « Marote » de notre poème.

Vient ensuite (291 sv.) maistre Pierre de Rochefort, également un jurisconsulte, dont la veuve, « une demoiselle de Dormans », c'est-à-dire Jehanne, fille de « Monseigneur Guillaume, un des plus sages du royaume[5] », épousa Philibert Paillart, que l'auteur sait être, au moment où il écrit, président au Parlement de Paris (305 sv.). Or, celui-ci fut

---

1. Voir le P. Anselme, *Histoire Généalogique*... I, 269-70.

2. Voir Léopold DELISLE, *Mandements de Charles V*, p. 111.

3. Voir BLANCHART, *Catalogue de tous les Conseillers du Parlement de Paris*, p. 9, col. 1 (cet ouvrage se trouve ordinairement relié à la suite de l'ouvrage du même auteur intitulé : *Les Présidens au mortier du Parlement de Paris*, Paris, 1617, in-f°) et Félix AUBERT, *Le Parlement de Paris*, t. II, p. 332.

4. BLANCHART, *Les Présidens*, etc., p. 17-18. En 1378, Charles V le désigna comme son exécuteur testamentaire ; il mourut le 16 novembre 1388.

5. Guillaume de Dormans devint chancelier de France en 1371 et mourut le 11 juillet 1373 (Voyez l'*Index des noms propres* dans le t. X, p. 184, des *Œuvres complètes* d'Eustache Deschamps et Kervyn de Lettenhove, *Froissart*, t. XXI, p. 106). Les vers de Leësce ne disent pas si Guillaume vivait encore au moment où ils ont été écrits ou s'il était mort. Le *fu* du vs. 295, se rapportant à l'époque du premier mariage de Jehanne, ne décide rien.

reçu président au Parlement le 4 avril 1370, puis envoyé en ambassade en Autriche en 1378, en Luxembourg en 1383 ; il mourut en 1387[1].

L'auteur cite encore deux noms : celui de messire Guillaume de Sens (309), également président au Parlement de Paris, et celui de maistre Pierre de Mainville, qui, de son vivant (« Dieu ait son âme en paradis ! »), avait rempli les mêmes fonctions. L'un et l'autre furent « bigames », l'un probablement pour avoir eu épousé une veuve, l'autre (Pierre de Mainville) pour avoir été marié trois fois. Or, Guillaume de Sens, installé en la charge de premier président le 17 juin 1371, fut envoyé en ambassade à Rome en 1373 et mourut pendant son retour, le 7 novembre de la même année[2]. Pierre de Mainville[3], président au Parlement de Paris en 1343, mourut en 1369 et eut Philibert Paillart pour successeur.

En réunissant ces différentes données nous arrivons à conclure que *Le Livre de Leësce* a été écrit après 1370, date de l'installation, comme second président, après la mort de Pierre de Mainville, de Philibert Paillart. La composition doit même être postérieure au 12 novembre 1373, date de la nomination comme président au Parlement, d'Étienne de la Grange. S'il était permis de conclure du vers 311

---

1. BLANCHART, *Les Présidens*, etc., p. 9, et Félix Aubert, *l. c.*, p. 330. Jehanne testa le 25 mai 1407. Voir un extrait de son testament dans DUCHESNE, *Histoire des Chanceliers*, Paris, 1680, in-fo, p. 367-68. Elle était sans doute en mauvais termes avec son fils, car le 28 mai 1407, le Parlement enjoignit à « Maistre Jean Paillart, fils de messire Philibert Paillart vivant president en « Parlement, qu'il allast voir Jehanne de Dormans, sa mère, aggravée de « maladie ». (*l. c.*, p. 368.)

2. L'HERMITE-SOULIERS et BLANCHART, *Les Éloges de tous les premiers Présidens du Parlement de Paris*, Paris, Cardin Besongne, 1645, in-fo, p. 11.

3. Telle est l'orthographe de son nom dans les registres du Parlement. Dans BLANCHART (*Les Présidens*, etc., p. 515), il est appelé Pierre de Senneville, de Demeville ou de Meville. Voyez la graphie de nos manuscrits : B et F ont « Pierre de demeuille »; P a « Pierre de meuille »; le ms. N a « de merville » K et V seuls ont « de mainuille ».

que l'auteur considère Guillaume de Sens comme vivant
encore, il en résulterait même que tout ce passage a été
écrit vers le 15 novembre 1373, à une époque où la mort
de Guillaume de Sens, survenue le 7 novembre 1373, à
Lyon, n'était pas encore parvenue à sa connaissance[1].

Si le *Livre de Leësce* a été écrit vers la fin de 1373[2], nous
pourrons fixer à 1371 ou 1372 la composition du *Livre des
Lamentations*[3].

On peut, sans hésiter, attribuer à Jehan Le Fèvre les
ouvrages qu'il a signés de son nom en ajoutant à ce nom
un jeu de mots qui devait lui donner, et qui lui donne, en
effet, le cachet d'une signature authentique. Il y a, d'abord,
une traduction des *Distiques de Caton*[4] où on lit[5] : « Je suis
fevre, si sçay bien le mistere Que deux[6] peuent forgier
d'une matere », et, à la fin[7] : « Mais je, fevre qui ne
sçay le fer batre, En cest ditié en ay fait de deux quatre[8] ».

1. Il est vrai que l'auteur ne dit pas de lui, comme de Pierre de Mainville,
qu'il avait été président « jadis ». Mais il ne déclare pas positivement qu'il
résidait à Paris et qu'il y exerçait à ce moment les fonctions de président,
comme il l'avait fait pour les deux premiers (305). Peut-être savait-il que
Guillaume de Sens avait été envoyé en ambassade à Rome et n'était-il pas
entièrement fixé sur son sort. Il est fort possible que la vie de ce personnage
l'ait moins intéressé et qu'il n'ait été que vaguement renseigné sur sa « bigamie. »
On serait tenté d'admettre, puisqu'il ne nomme pas leurs femmes (324), que
Le Fèvre connaissait Guillaume de Sens et Pierre de Mainville moins bien que
les deux autres présidents « bigames ».

2. La dernière date possible, et en écartant la question que soulève celle de
la mort de Guillaume de Sens, serait l'an 1387, date de la mort de Philibert
Paillart, ou 1378, époque où celui-ci fut envoyé en ambassade. L'annotateur
du ms. de Carpentras (notre K, voyez *Introd.*, p. xxxiii sv.) était bien mal
renseigné lorsqu'il a conclu de la mention faite par l'auteur de tous ces personnages, que Jehan Le Fèvre vivait en 1462, sous Charles VII.

3. Morand mettait la composition de cet ouvrage à 1350 au plus tôt, ce que
Tricotel approuvait.

4. Publiés par Jonckbloet à la suite du *Die Dietsce Catoen*, Leide, 1845, p. 62
svv. et, récemment, par M. J. Ulrich (*Romanische Forschungen*, XV, 70 sv.)

5. Voyez à la p. 62 de l'édition de Jonckbloet et 72 de celle de M. Ulrich.

6. C'est-à-dire l'auteur et le traducteur.

7. Ed. Jonckbloet, p. 68, éd. Ulrich, p. 106.

8. C'est-à-dire : J'ai remplacé chaque distique latin par un quatrain français.
Ces vers ont été cités par DAUNOU, *Hist. litt.*, XVIII, p. 828, par Paulin Paris,
l. c., V, II, et par Cocheris, *l. c.*, p. xxxiii.

Vient ensuite le *Théodolet*, une traduction de *Theoduli Ecloga*[1] où on lit : « Jehan Le Fevre, de Ressons sur le Mas, Est arresté, qu'il n'a voile ne mas ». Puis *La Vieille*[2], avec ces lignes du prologue : « Je Jehan Le Fèvre, qui ne sçay forgier, etc. », et ces vers de la fin[3] : « J'ay tant forgié que j'ay parfait Ceste euvre par dit et par fait ». Ensuite, les *Lamentations*, avec, à la fin, cette indication : « Mais je qui suy de Ressons nés, Petitement arraisonnés Et appelés Jehan Le Fevre », et le *Livre de Leësce*, où le poète écrit (3974 sv.) : « Mercy, mercy au povre fevre, Car il ne scet ouvrer en fer, Mais en peaulx est toute sa cure. » Enfin, le *Respit de la Mort*, avec ces vers de la fin : « Vous ne m'en orrez plus conter Fors tant que suis de Ressons nés[4], Quand je seray mort, si sonnés, Je suis nommé Jehan Le Fevre. »

L'ordre dans lequel ces divers ouvrages ont été composés est facile à établir. Les deux traductions des petits traités moraux sont les plus anciennes, car elles sont en vers de dix syllabes. Le poète, lorsqu'il commence sa traduction de la *Vetula*, déclare formellement qu'il veut adopter un autre rythme[5] : « Car j'entens a proceder de vers de huit piez ou sillabes ou de neuf a la fois rimez en françois. »

La Vieille est donc le premier poème de Le Fèvre en vers octosyllabiques et a été écrite avant les trois autres. D'ailleurs, comparé aux *Lamentations*, ce poème dénote une sensible

---

1. Voyez sur ce poème la note de *Leësce*, 43 sv., Paulin Paris, *l. c.*, V, 12 et Gröber, *l. c.* Il se trouve (avec *Caton*) B. N., ffr. 572, f° 111 v° — 123 v°.

2. « *La Vieille ou les dernières Amours d'Ovide*, poème français du xivᵉ siècle, traduit du latin de Richard de Fournival par Jean Le Fèvre, publié pour la première fois et précédé de recherches sur l'auteur du *Vetula* par Hippolyte Cocheris. Paris, 1861. » Voyez p. 3.

3. *L. c.*, v. 5898 sv. Le ms. B. N., fr. 2327 n'a pas le quatrain final qui commence par ces deux vers.

4. Ed. Vérard, K iii, ms. 1543, f° 248 v°. L'imprimé, se trompant aussi de rime, porte « de raisonner ».

5. Ed. Cocheris, p. 10.

infériorité de facture, et l'idée d'un prologue en prose ne serait pas venu facilement à un poète maître de son instrument. Signalons, cependant, entre les prologues de ces deux poèmes, quelques rapports qui trahissent, chez l'auteur, les mêmes préoccupations. « Si prie », dit-il, dans le premier [1], « qu'il ne desplaise a aucun, car je le « fais plus pour l'esbatement de mes seigneurs et de ceuls « qui aiment science que pour convoitise de don ne remune- « racion d'aucun ». Et dans l'autre [2] : « Vous m'en devés bon gré sçavoir, Car ce n'est pas pour vostre avoir ». Seulement, — et ceci est un argument de plus en faveur de l'antériorité de *La Vieille*, — le traducteur des *Lamentationes* paraît plus indifférent à l'égard des critiques dont sa traduction sera l'objet et plus indépendant vis-à-vis de ses détracteurs que celui de la *Vetula*. Il y a, dirait-on, plus d'hésitation et plus de précautions dans les longues phrases du prologue de *La Vieille* [3] « nonobstant que par envie « aucuns blasmeroient l'euvre bien faite,... me suis entremis « de translater et rimer... non mie par presumpcion, etc. » que dans ces deux vers des *Lamentations* (I, 65 sv) : « Bien « sçay qu'après ma peine mise Chascun en dira à sa guise ». Ces derniers mots sont d'un homme d'expérience qui sait à quoi s'en tenir et qui a pris d'avance son parti des critiques qui l'attendent.

Nous pouvons donc établir la série suivante des ouvrages connus de Jehan Le Fèvre : traductions des *Disticha Catonis* et de *Theodule*, traduction de la *Vetula* [4], traduction des *Lamentationes* de « Maistre Mahieu » (1371 ou 1372), le *Livre de Leësce* (fin 1373), le *Respit de la Mort* (fin 1376

---

1. *La Vieille*, éd. Cocheris, p. 3.
2. *Lam.*, I, 70 sv.
3. *L., c.* p. 2-3.
4. Voyez sur l'auteur probable de l'original éd. Cocheris, p. xxiv sv.

ou 1377). En somme, quatre traductions et deux poèmes originaux[1].

Est-ce tout ? Paulin Paris[2] « soupçonnait » « le fameux traducteur Jehan Le Fèvre », au mot *forgier* qu'il a pris soin de placer dans son préambule, d'être l'auteur d'une traduction en vers des hymnes de la liturgie chrétienne. Ce sont des morceaux de poésie sacrée en quatrains à rimes croisées ou plates de vers de huit syllabes (un seul est en vers de onze avec un petit vers blanc de cinq syllabes à la fin.)

Nous avouons qu'une lecture attentive du préambule nous fait pencher vers l'opinion de Paulin Paris[3]. Il n'y a pas seulement les vers auxquels ce savant fait allusion : « Or est temps que je me delivre De forgier et que mes corps fiere En la some et en la maniere Que saincte eglise nous commande ». Mais il y a encore ce vers : « Trois raisons y met proprement », qui rappelle *Lam.* II, 1674 : « L'aucteur en met pluseurs raisons » ; puis, la mention faite de la visite d'un ami « Qui de ce m'est venu requerre Plusieurs fois en ma maladie[4] » ; et enfin ces vers : « J'ay fait ces vers quoy qu'on en die... Et soubz toute correccion », dont l'idée et l'expression se retrouvent dans le prologue de *La Vieille* : « mais soubz la correption de tous ceuls qui de leur bonne voulenté y sçarroient amender », et dans le *Respit* : « Qui soubz vostre correccion Ay fait ce

---

1. M. Gröber (*l. c.*) suppose, je ne sais pourquoi, que le *Respit* est la traduction (ou l'adaptation ?) d'un original latin. Le même savant pense qu'une *Epistre sur les miseres de la vie* (B. N. ms. r. 19137) pourrait bien n'être qu'un chapitre de *Matheolus*. C'est tout simplement une assez mauvaise copie du *Respit de la Mort.*

2. *L. c.*, t. VII, 354. Le ms. décrit est le ms. fr. 961, f° 103 v°, très bien exécuté, avec une fort belle miniature représentant les « quatre docteurs » en train de chanter les hymnes qu'ils « firent ».

3. A Morand et Tricotel elle ne semblait « nullement fondée ».

4. On se souvient de la maladie de Le Fèvre dont il est question dans le *Respit de la Mort.* Cette maladie et les pensées dévotes qu'elle a dû amener expliqueraient alors que le traducteur de la *Vetula* et de *Matheolus*, sollicité par un ami, ait traduit un jour des hymnes liturgiques.

dit. » La langue ne contredit nullement l'attribution de cet
ouvrage à l'auteur des autres[1].

M. Morand, Cocheris (l. c. p. xxxvi) et Tricotel (l. c., p. 507)
signalent encore, dans le ms. fr. 379 (anc. 6989), une (ou
deux) ballades qu'on pourrait attribuer à Jehan Le Fèvre,
mais ils ne croient pas cette attribution suffisamment justifiée. Nous sommes de leur avis[2]. Rappelons cependant, à ce
propos, que l'auteur de *Leësce* a intercalé une ballade dans
son poème (v. 3446-67). Peut-être en a-t-il fait d'autres.

Gaston Paris a cru pouvoir ajouter à la liste des ouvrages
de Jehan Le Fèvre un poème intitulé *La dance Macabré*[3].
Il se fondait sur ce vers du *Respit de la Mort* « Je fis de
Macabré la dance[4] », en le mettant en rapport avec le contexte, notamment avec l'idée exprimée par le poète, qu'il
se considère comme « verbalement », « par lettres et par
consentir », obligé envers la Mort. Il est difficile de ne pas
adhérer à l'ingénieuse interprétation que notre vénéré
maître, développant une idée déjà émise par Massmann,
a donnée de ce passage du *Respit*. D'autre part, on
éprouve quelque hésitation à mettre sur le compte de ce
« povre fevre », qui était surtout un traducteur, et qui,
lorsque les circonstances l'ont amené à faire des poésies
originales[5], en a fait deux d'assez médiocres, — la composi-

---

1. Notons, dans le prologue, à la rime, la 1re pers. pl. en -*on* (*rimeron : side-
rum* genit pl. de *sidus*) qui se rencontre aussi dans les *Lamentations* et dans
Leësce.

2. Le ms. fr. 379 de la B. N. contient, f° 36, une ballade (refrain : « Il ne
fait pas ce tour qui veult ») qu'une inscription attribue à « Maistre Jehan Lefe-
bure ». Le style et le choix des mots semblent plutôt d'une époque postérieure.
Notons aussi la forme monosyllabique *ayde*, contre *aïde* (*Ovide, homicide*), qui
est celle de notre Le Fèvre.

3. *Romania*, XXIV, p. 131 sv.

4. H. B. N. ms. fr. 1543, f° 261.

5. Le *Respit de la Mort* fait l'effet d'être un poème de circonstance, presque
au même titre que le *Livre de Leësce*. L'auteur le présente aussi comme une
espèce d'apologie, ou du moins comme un plaidoyer. (« Par maniere de ma
deffense »).

tion d'une œuvre qui a dû exiger un bel effort d'imagination et de vigueur et dont le sujet, sauf l'allusion dans le *Respit,* n'a pas laissé le moindre souvenir dans ses poèmes connus[1].

N'ayant, pour le moment, que ses seuls ouvrages comme source de renseignements sur sa personne et sur sa vie, nous ne voyons pas moyen d'ajouter grand'chose à la maigre biographie de Jehan Le Fèvre qu'ont présentée Morand et Tricotel. Peut-être pouvons-nous admettre que le procureur-poète boitait. En parlant de son devancier Clopinel, l'auteur du *Livre de Leësce* dit (v. 751) : « Qui clochoit si comme je fais ». Ce vers, où l'on pourrait être tenté de voir une simple plaisanterie[2], prend quelque importance si l'on songe au nom que l'auteur de *La Vieille* se donne dans le prologue de ce poème d'après le texte de deux manuscrits. Tandis que dans le ms. que Cocheris a mis à la base de son édition (fr. 881), l'auteur s'appelle simplement Jehan Le Fèvre, les deux autres (fr. 19138 et 2327) ajoutent à ce nom le mot « Claud[3] ». Or ce *Claud* pourrait bien être **claudus** et indiquer le surnom par lequel, à cause de son infirmité, on désignait le

---

1. Gaston Paris inclinait à penser — et c'est là, en effet, ce qu'on est tout naturellement porté à supposer, — que le poème français perdu qui, d'après M. Seelmann (*Jahrb. des Vereins f. niederd. Sprachforschung.* XVII (1891), p. 13) a dû être la source de la *Danza della Muerte* et d'une pièce néerlandaise perdue, dont la trace a été conservée par la *Totentanz* de Lubeck (1463), n'est autre que la *Dance Macabré* de Jehan Le Fèvre. Mais si cet original perdu a dû présenter le motif sous une forme dramatique, comme le veut M. Seelmann, on a de la peine à se le figurer sorti des mains du bon procureur au Parlement. Faudrait-il songer, peut-être, à une traduction de « légendes » latines inscrites sous des images ? M. Gröber admet que toutes les représentations et tous les poèmes de la « Danse des morts » du XVe siècle sont sortis de ce poème perdu de Le Fèvre.

2. On songe involontairement au vers d'Adam de le Hale : « On m'apele bochu, mais je ne le sui mie. »

3. Voyez, pour le texte du premier de ces deux mss. Cocheris, *l. c.,* p. 3, note. L'éditeur a mis un point d'interrogation après ce mot, qu'il ne s'expliquait pas.

procureur Le Fèvre pour le distinguer de ses nombreux homonymes [1].

Dans le prologue des *Lamentations*, le poète se présente à ses lecteurs comme étant, depuis dix-neuf ou vingt ans déjà [2] (v. 28 sv.), une des malheureuses victimes du mariage. Ce qui l'avait surtout porté à traduire le poème de Mathieu, c'était qu'il avait reconnu, dans le mari de Perrette, un confrère dans l'ordre des mal mariés. On pourrait hésiter à prendre ces vers au pied de la lettre, y voir une fiction littéraire, si cette même plainte ne revenait pas dans le *Respit de la Mort* [3]. Dans ce dernier poème, il se plaint aussi d'être « foible vaisseaus [4] », d'avoir toujours eu à lutter contre « la chair, le monde et l'ennemy », d'avoir « perdu ma dame prudence Et trop mal gardé atemprance [5] ». Tout en se disant passablement indifférent aux « biens de fortune » (« Car tous ne les prise une prune »), il aurait bien voulu être un peu plus riche qu'il n'était, car il n'avait « mie plenté d'avoir En cest dolent siecle acquesté [6] ». Le reproche qu'on lui faisait d'écrire pour gagner de l'argent suppose

1. Il y avait, en 1383, un Pierre Le Fèvre, président au Parlement (BLAN-CHART, *l. c.*, p. 43), en 1352 un Robert Le Fèvre et en 1361 un Geoffroi Le Fèvre, conseillers au Parlement (voyez Félix AUBERT, *Le Parlement de Paris*, etc., t. II, p. 329, 330). Cocheris, qui cite, en outre, un Jean Le Fèvre, évêque de Chartres, l'auteur des *Grandes Histoires du Hainaut* (environ 1385), et un autre qui a laissé des *Leçons sur les Institutes* (1410) ajoute qu'aujour-d'hui encore le nom de Lefèvre est fort commun dans le canton de Ressons-sur-le-Matz (*l. c.*, p. xxix).

2. Il s'est donc marié environ 1352, c'est-à-dire à l'âge de vingt-quatre ou vingt-cinq ans.

3. « Je ne suis jamais sans tourment, En lict ne dehors lict, a table Ce n'est point chose delictable D'escouter souvent telle note. J'ay la fumée de riote, etc. » Un peu plus haut, il avait dit : « De doulourex lyens se lie La personne qui se marie. » Notons cependant que, dans *Leësce*, il ne fait pas la moindre allusion à cette infortune.

4. Cf. dans *Leësce* (3972) l'expression *mon las corps*.

5. Déjà, à la fin de son *Theodolet*, Le Fèvre s'était plaint des « Tourmens » et des « perils » auxquels sa « nef povrement abillée » était exposée. (Voyez P. Paris, *l. c.*, t. V, 12).

6. *Respit de la Mort*, B. N. fr. 1543, f° 240 v°

aussi, chez Le Fèvre, une aisance assez médiocre. De son côté, il adresse, dans le *Respit*, un singulier reproche à ses « compaignons du pallays », celui d'avoir dédaigné sa « supplicacion » (tendant à être épargné par la mort) parce qu'il ne leur « donnoit rien » et ne « leur bailla point de monnoye [1] ». Un seul, « Sire Robert Le Peletier [2] », avait voulu « debattre » avéc lui sa demande de « respit ». Et encore l'avait-il fait pour s'amuser.

Nous ignorons le cas qu'on faisait autour de lui de ses écrits et de son talent. Il est probable, — puisqu'il avait des envieux, — que, comme écrivain, il était assez estimé. Une quarantaine d'années après la composition de son dernier ouvrage, l'auteur anonyme des *Règles de la seconde rhétorique*, qui écrivit entre 1411 et 1432 [3], signalait parmi les bons poètes d'autrefois « Jehan Le Fèvre, de Paris, lequel fit *Matheologue* [4] et le livre du *Respit de la Mort*, et translata le livre qui est d'Ovide qui se nomme *De Vetula* et moult d'aultres choses ». Le rhétoricien ajoute : « Et pour les bonnes menieres qui furent en li est apelés poetes ». Celui-ci se rendait très bien compte de l'époque à laquelle Le Fèvre avait vécu. Il le place entre Guillaume Machaut et Eustache Deschamps.

1. C'est peut-être une plaisanterie ; dans une dédicace latine du *Respit*, il appelle ses collègues du palais « socii dilecti ».

2. Nous n'avons pas retrouvé ce nom ; par contre, un autre confrère qu'il nomme parmi ceux qui viennent de mourir, Denis Tite, est mentionné dans une pièce publiée en appendice par Aubert, *Le Parlement*, etc., I, 360.

3. Voyez E. LANGLOIS, *Recueil d'arts de seconde rhétorique*, Paris, 1902 (dans la *Collection des documents inédits*, etc.), p. XIX et p. 13.

4. A noter qu'il ne connaît pas bien le titre de l'ouvrage (si du moins le ms., qui est du premier tiers du XVe siècle, reproduit bien le texte de l'auteur), qu'il considère évidemment ce poème comme une œuvre originale au même titre que le *Respit* (puisqu'il n'employe le mot *translata* que de *La Vieille* et de « moult d'autres choses », probablement le *Caton* et le *Theodolet*), et qu'il ne mentionne ni *Le Livre de Leësce*, ni... *La Dance Macabré* (à moins que, comme nous l'avons déjà supposé, ce dernier poème ait été aussi une traduction et rentre alors dans la catégorie de « moult d'autres choses »).

B. — *La traduction des « Lamentations »*
et le « Livre de Leësce. »

En comparant entre eux les deux textes des *Lamentations*
(Voyez p. LIV sv.) nous avons déjà eu l'occasion de parler
de la façon dont le traducteur s'est acquitté de sa tâche.
En général, disions-nous, il traduit fidèlement l'original ; il
le modifie rarement, mais l'amplifie assez souvent[1]. Il y a
dans son œuvre des erreurs de traduction et des contresens.
Mais on ne saurait lui en vouloir d'avoir quelquefois mal
compris un texte qui, à force d'être concis, est souvent
obscur et dont, malgré le secours de notre ami, M. Louis
Havet, nous ne sommes pas toujours parvenu à saisir le
sens exact[2]. Gaston Paris a eu bien raison de dire : « John
Le Fèvre translated the *Liber Infortunii* of Matheolus into
French verse clearer than the Latin verse of the original[3] ».

Nous avons constaté également que Le Fèvre s'identifie,
en général, avec l'auteur qu'il traduit et dont, dans son
prologue, il avait si hautement vanté le talent et le caractère. Une seule fois[4] (II, 1541-70), — dans un passage qu'il

1. Le système d'amplification avait déjà été appliqué par le poète, et dans
une mesure bien plus large encore, dans sa traduction de la *Vetula* (Voyez
COCHERIS, *l. c.*, p. XXXIX sv.)

2. Renvoyant aux pp. LXV sv. de notre *Introduction* et aux notes pour les
cas les plus curieux, nous en signalerons un, où Le Fèvre a tout à fait mal
traduit, mais où nous avons mal ponctué. C'est I, 822-23 correspondant à *368 ;*
il faut une (,) après **cedit,** un (;) après **cornuti.** Le sens est : quand les femmes
veulent être les maîtres, la nature est méconnue, puisque ces êtres gracieux
ressemblent alors à des cerfs cornus, et le droit est méconnu, parce que les
maris, qui doivent être des chefs, deviennent ainsi des esclaves.

3. *Mediaeval French Literature,* translated from the French by Hannah
Lynch, London, 1903 (The temple primers), p. 123. Lorsque cet excellent et
charmant manuel, un des derniers dons du maître, sera publié en français, on
voudra bien rectifier une légère erreur commise par l'auteur à la p. 117, où il
place l'œuvre originale de Mathieu dans la période de 1328-1426 ; nous avons
démontré qu'elle est plus ancienne.

4. Il faut excepter aussi (mais les cas sont différents) les passages II, 1792
sv., II, 1674 sv., où il résume les arguments de « l'aucteur », et IV, 33-214.

signalera plus tard expressément aux lectrices du *Livre de Leësce* (2315 sv.) et qu'il représentera alors comme ayant été provoqué, à cet endroit[1], par le reproche d'avarice lancé par Mathieu avec une violence excessive contre toutes les femmes, — il se distingue de son modèle et prie le public de ne voir en lui que le traducteur.

Nous allons voir, d'ailleurs, que l'introduction de ces réserves lui a probablement été suggérée par l'exemple de Jehan de Meun. Elles concordent mal, il faut l'avouer, avec la conviction et l'enthousiasme qui avaient dicté à Le Fèvre son prologue (I, 1-82)[2].

Un point mérite encore d'être relevé, ce sont les nombreuses réminiscences du Roman de la Rose, notamment de la seconde partie, que contient l'œuvre de Jehan Le Fèvre. Déjà dans le prologue (I, 22) il signale le poème de Jehan de Meun comme étant une de ses lectures favorites ; il y revient, II, 1797, pour justifier la suppression, dans sa traduction, d'un passage de l'original. Parmi les amplifications dues à la plume de Jehan le Fèvre beaucoup lui ont été suggérées par le Roman de la Rose et plus d'une fois sa mémoire[3] lui fournit des expressions et des rimes empruntées directement à Jehan de Meun. Nous avons déjà eu l'occasion d'en citer quelques-unes. En voici d'autres :

Emprunts d'idées ou d'images : *Lam.*, I, 309 « Je cheï au cul de la nasse » (l'original a simplement **in laqueos**

---

1. Ce passage de *Leësce* n'autorise donc pas la supposition que Le Fèvre aurait intercalé ces excuses après coup, quand il a eu achevé sa traduction, comme ç'a été probablement le cas pour Jean de Meun, dont les passages 16096 sv. et 16133 sv. font à M. Langlois l'effet d'avoir été intercalés après coup.

2. Il est plus que probable que ce prologue n'a pas été composé, comme celui de Mathieu, après l'achèvement du poème, mais au début du travail (voyez I, 50, 55, 65, 60).

3. Il est fort possible que Le Fèvre ait copié lui-même le Roman de la Rose.

cecidi) rappelle l'image très développée de la nasse dans le
R. de la R., 14926 sv. — Les excuses de Jehan Le Fèvre
(II, 1541-70) sont calquées sur celles de Jean de Meun,
comme le prouvent les vers 1566 sv. ; au lieu de se borner
à dire « je ne suis qu'un traducteur », Le Fèvre prétend
qu'il n'a fait que reproduire ce qui se trouve « es histoires
et es anciennes memoires » ; c'était la grande excuse de
Jehan de Meun (16156 sv. « Mes as actors vos en prenés,
etc. » [1]). — Le nom de dame Habonde (II, 2076 ; l'original
n'a que *Dyana*) et quelques détails des promenades nocturnes
ont été pris dans le R. d. l. R. (19362 sv.). — La citation de
« Tholomée » et d'« Almageste, son beau livre » a été empruntée directement au R. d. l. R. (7780 sv.). — Peut-être
faut-il en dire autant d'une citation de Salomon (II, 2609 sv.
comp. R. d. l. R. 10668 sv.) [2]. — *Lam.*, II, 2701 sv. « Nuls
homs ne pourroit mettre en rimes, etc. » est presque identique avec 17271 sv. du R. d. l. R. « Briefment, en feme a
tant de vice Que nus ne puet ses meurs pervers Conter par
rimes ne par vers [3] ». — La mention faite de « Male-Bouche »,
III, 2685, 2974.

Voici maintenant quelques vers des *Lamentations* qui sont
la répétition littérale, ou du moins l'écho fidèle, de vers
du *Roman de la Rose*.

LAMENTATIONS	ROMAN DE LA ROSE
I, 390 Dont j'en nommeroie ja dix.	14849 Bien en nommeroie je dis.
I, 440 D'une sajette barbelée.	1723 Mais la sajette barbelée

1. Comparez encore les vers de Le Fèvre : (II, 1569-70) « Esbatu me suy au
rimer, Si ne m'en doit on opprimer » avec ceux de Clopinel (16171-2) : « Par quoi
miex m'en devés quitter, Ge n'i fais riens fors reciter. »

2. Dans ce cas, l'emprunt n'est pas sûr, car nous ne savons pas si ce passage
était, oui ou non, dans l'original de Mathieu.

3. Même réserve que pour le passage précédent. Il est probable cependant
que ce passage n'a pas eu son correspondant direct dans l'original, puisque
Mathieu a dit la même chose, plus fortement encore, ailleurs (*1781* sq.). Un
passage analogue se trouve encore II, 1096 sv., qui est, lui aussi, un développement libre, non une traduction du texte latin.

II, 93 Le fuïr en est medecine.	17562 Sol foïr en est medecine.
452 Soyent damoiselles ou dames,	14907 Soient damoiselles ou dames,
685 Et les luy tondi d'unes forces,	17610 Copa ses chevex o ses forces,
Dont il perdi toutes ses forces.	Dont il perdi toutes ses forces.
837 Cil qui par mes fais se chastie	8756 Cil qui par autrui se chastie
1043 La n'est entre elles rien celé,	17608 Lors n'i puet riens avoir celé,
La est le secret revelé.	La sont li secré revelé.
1241 Et n'est pas Nature si vile	14826 Et n'est pas nature si sote
1974 Ne sçay comment faire l'osa.	17953 Ne sai comment faire l'osastes.
2724 Tous les lerroit hurtebillier.	9883 Toutes se font hurtebillier.
III, 873 Jadis souloit estre autrement.	9104 Jadis soloit estre autrement.
3305 Et descripte l'avision	9 Ainçois escrist la vision
Qui advint au roy Cipion.	Qui avint au roi Cipion.

Dans le *Livre de Leësce* l'influence du *Roman de la Rose* est encore plus grande et plus manifeste. Ici, c'est moins l'identité de quelques vers[1] qui frappe que le grand nombre de faits, d'idées, de passages que Jehan Le Fèvre est allé chercher dans l'arsenal de Jehan de Meun, se servant ainsi, dans son attaque contre « Maistre Mahieu », du secours de celui-là même qu'il représente comme ayant été « en aïde au mesdisant » (747 sv.). Dans ce passage il présente son confrère au public dans les termes mêmes dont celui-ci s'était servi ; les vers 749 sv. » Et maistre Jehan Clopinel, Au cuer joli, au corps isnel » sont la copie exacte de R. d. l. R. 11330. « Puis vendra Jehan Clopinel Au cuer jolif, au cors isnel. »

Voici maintenant les emprunts les plus caractéristiques. Il y a d'abord l'histoire de Virginius et de sa fille, qu'il reproduit (2522 sv.) d'après le R. d. l. R. 6324 sv. ; il commet la même erreur que Jehan de Meun au sujet de la manière dont le père a tué sa fille : « En jugement copa sa teste[2] ». Viennent ensuite : « Abelard et Heloïs » (2786) dont

---

1. Notons qu'au vs. 1654, la citation de *Lam.* II, 905 a été modifiée d'après R. d. l. R. 8514 « Et prent le pire de la route ». Comp. encore 2391-92 avec R. d. l. R., 14126-27.

2. Voyez E. LANGLOIS, *l. c.*, p. 118.

Jehan de Meun avait raconté l'histoire (R. d. l. R. 9510 sv.) ;
les onze mille vierges (2810) = R. d. l. R. 11879 sv. ;
Lucrèce et Pénélope (1459, 1479 = R. d. l. R. 9358 sv.)[1] ;
le conte des deux tonneaux rapporté par Homère et que
Jehan de Meun avait tiré de Boèce[2] ; la fille de Crésus
(3675 sv.) à laquelle Jehan de Meun avait consacré un si
intéressant passage de son poème (R. d. l. R. 7249 sv.), la
Sibylle (3662 et R. d. l. R. 20103), d'autres encore, notamment Médée et Didon, dont l'histoire est présentée, contrairement à la façon dont Mathieu s'en était servi, d'après les
idées de Jehan de Meun[3]. N'oublions pas la mention faite
(2807) de « le Gal, Ovide et Juvenal » d'après R. d. l. R.
11287 : « Gallus Catullus et Ovides[4] », la phrase de l'Almageste (3429) qui avait déjà servi dans le premier poème,
ni surtout la tirade sur celui qui en coupant son nez « Trop
laidement sa face empire » (1032), ce que Jehan de Meun
avait dit dans des termes analogues (R. d. l. R. 17470 : « Sa
face a toujours deshonore.) »

Ce n'est pas tout. Il y a dans le *Livre de Leësce* des
digressions qui n'ont qu'un rapport très éloigné avec le
sujet. Telle est celle où il est parlé des quatre saisons, des
quatre éléments, du travail de la fourmi (422-486), d'autres,
où il est question du libre arbitre (2019 sv.), de la chute des

---

1. Comparez ces deux vers de *Leësce* (1469, 71). « Rien n'y valu le conforter...
Non obstant pardon ne confort » avec R. d. l. R. 9372 sv. : « Et ses maris meïs-
mement La confortoït piteusement Et de son cuer li pardonnoit ».

2. Voyez E. LANGLOIS, *l. c.*, p. 105. Notons ce vers (2662) « Desquels Fortune
est taverniere » comparé à R. d. l. R. 7558 « Dont Fortune la taverniere ». Il
faut remarquer cependant que l'application que fait Jehan Le Fèvre de l'allégorie
d'Homère diffère entièrement de celle de Jehan de Meun ; il la fait servir, non
sans esprit, à sa thèse du moment. Ce sont les hommes eux-mêmes qui vont boire
dans l'un ou l'autre des tonneaux, ce qui explique le tempérament gai des uns,
le tempérament triste et sournois des autres.

3. Comp. *Leësce* 2371 sv. avec R. d. l. R. 14170 sv. et *Leësce* 2435 sv. avec R.
d. l. R. 14115 sv.

4. La mention faite de Gallus est d'autant plus curieuse qu'il n'y a pas de
citation de ce poète chez Mathieu.

anges, de la constitution du corps et de l'âme, du jugement
dernier (3215-3446). L'idée de ces hors-d'œuvre a pu venir
à Le Fèvre par sa lecture du Roman de la Rose. Peut-être
le poète du *Livre de Leësce* a-t-il voulu avoir, lui aussi, sa
petite encyclopédie, imiter de loin son grand prédécesseur,
et, après avoir été un petit Mathéolus, être un petit Jehan
de Meun [1].

Mais le *Livre de Leësce* a un autre intérêt encore que
celui d'être un joli spécimen de plagiat littéraire. Il a voulu
être une critique, une réfutation en règle de la satire des
Lamentations. C'est encore à ce point de vue qu'il faudra
envisager le second de nos deux poèmes.

Le premier avait eu quelque retentissement, mais il avait
déplu aux dames. C'était à prévoir. Or, comme l'auteur de
cette traduction tenait à rester en bons termes avec ses
amies, il n'a eu rien de plus pressé [2] que de se mettre à chanter la palinodie. Le public n'a pas dû être trop étonné
de cette volte-face. Les fonctions mêmes de ce procureur-
poète ne lui donnaient-elles pas un peu le droit de plaider
le pour et le contre selon les circonstances ? D'ailleurs,
d'autres que lui, bien que dans des proportions plus modestes, en avaient fait autant [3] ? Et puis, Le Fèvre n'avait-il
pas déjà préparé plus ou moins son évolution par les
excuses qu'il avait eu soin d'intercaler dans son premier
poème ? Il n'avait qu'à développer et à accentuer plus
fortement l'idée déjà énoncée en passant, à savoir que,
comme traducteur, il n'avait pas eu le droit de rien retran-

---

1. Pour la digression théologique nous proposons, plus loin, une autre explication.

2. Le *Livre de Leësce* a dû suivre d'assez près *Les Lamentations* (Voyez
plus haut, p. CLXXXIV).

3. Nous avons en vue l'exemple de Nicole de Bozon qui, après avoir écrit le
Char d'Orgueil, demanda pardon à une dame et écrivit : *De la bonté des
femmes.* Voyez l'édition de M. Paul Meyer (*Soc. d. anc. t.*), p. XXXII.

cher de l'original, mais qu'il n'avait pas aliéné son droit de
le contredire. Sans se préoccuper autrement de la situation
assez étrange où ce nouveau travail devait le mettre vis-à-
vis de lui-même, puisque c'était de son plein gré et avec
une satisfaction visible qu'il avait traduit la violente satire
du bigame, Jehan Le Fèvre eut bientôt rimé un autre
poème, auquel, pour le distinguer du premier, qui s'appelait
Lamentations, il donna le nom brillant, gai et amoureux [1]
de *Livre de Leësce* [2].

Le mérite littéraire de ce nouvel ouvrage est bien inférieur
à celui des *Lamentations*. Le système de l'auteur est vraiment trop simple, presque enfantin, et s'il faut lui faire
compliment de quelque chose, ce sera de l'aplomb avec
lequel il ferme la bouche à ce même Mathieu dont il avait
été le dévoué et fidèle interprète auprès du public. Ne va-
t-il pas jusqu'à stigmatiser comme un « libelle diffamatoire »
(*Leësce* 3522) un poème qu'il avait vanté comme « l'œuvre du
sage » (*Lam.*, I, 55)?

Après un prologue, dans lequel il demande humblement
pardon aux dames d'avoir dit tant de mal d'elles et du
mariage, et dans lequel il met sa seconde entreprise sous
la protection du Dieu de vérité, comme il avait mis la première sous le patronage du Christ, il reprend une à une la
plupart des thèses de « maistre Mahieu », pour les contredire
sans façons. Comme le poète des *Lamentations* avait surtout
appuyé ses thèses sur des exemples, Le Fèvre niera simplement leur force probante ou leur en opposera d'autres.
C'est tout au plus si, de temps à autre, une digression théologique ou philosophique ou une liste de noms nouveaux
viendra mettre quelque variété dans la régularité trop

---

1. « Leësce l'amoureuse » (v. 2667).
2. Voyez *Lam.* 1, 77, *Leësce* 53-4 et 2669-73.

monotone avec laquelle se suivent les différents paragraphes de cette plaidoirie, contrepartie fidèle du réquisitoire. Et de même qu'un avocat citera continuellement les propres phrases de son adversaire, pour les contredire ensuite point par point, de même le poète Le Fèvre transcrira de longues tirades des *Lamentations,* pour les démolir ensuite de « clause en clause ». Il parlera même plus spécialement en qualité de « procureur » et se présentera comme le mandataire et le représentant d'une autre personne ; ses répliques seront annoncées comme des « responses » de « dame Leësce »[1].

Sans donner une analyse suivie du poème, nous allons indiquer la marche générale de la plaidoirie et en signaler les points importants.

Résumé des premières plaintes de Mathieu (-126). Réponse de dame Leësce : La plainte n'est pas recevable ; Mathieu a voulu ce mariage ; son amour pour la jolie veuve a été excessif ; la réaction était inévitable ; et quant à sa bigamie, il avoue lui-même qu'il avait été prévenu (- 226). Pour ce qui est des exemples cités au début, Caïn et Lamech sont hors de cause ; vivant avant la loi, ils étaient libres de vivre comme ils l'entendaient. Dans l'affaire d'Urie, c'est David qui est le coupable ; pourquoi, d'ailleurs, lui reprocher si

---

1. En citant plusieurs passages de son premier poème, Le Fèvre n'en reproduit pas toujours exactement le texte primitif, soit qu'il l'abrège, non sans tact, comme dans les longs récits de la matrone d'Éphèse et de la femme qui dénonça son mari à Salomon, soit qu'il le modifie. Quelques-unes de ces modifications semblent être des corrections. Mais la plupart font l'effet d'être de simples variantes que la facilité du travail et le souvenir parfois un peu vague de la rédaction primitive amènent tout naturellement sous la plume d'un versificateur expérimenté. On aurait tort, croyons-nous, de puiser dans ces différences de rédaction des motifs pour mettre en doute la valeur des principes qui nous ont guidé dans la constitution du texte des *Lamentations.* (Voyez *Introd.*, p. XLVI sv.) Quant aux citations supplémentaires qui se trouvent dans le ms. F, elles sont évidemment l'œuvre d'un copiste particulièrement consciencieux. Il est intéressant de noter que, dans sa reproduction de ces passages supplémentaires, le copiste de F ne suit pas le texte F des *Lamentations,* ce qui prouve que ce travail remonte plus haut que lui et qu'il reproduit le travail d'un autre.

fortement cette « bigamie », puisqu'elle a eu pour fruit la
naissance du grand Salomon ? (-266). L'auteur cite plusieurs
personnes de son entourage qui avaient épousé des veuves
(ou qui avaient été mariées plus d'une fois) et qui n'ont pas
eu à s'en plaindre (-324). Il y a eu de grands clercs bigames
que, cependant, leur infortune n'a pas poussés à médire des
femmes. Mathieu a été aveuglé par la colère ou l'envie (-350).
Il a oublié qu'une jolie femme est une source pure de joie
et que beaucoup d'hommes n'ont qu'à se louer de leurs
épouses (-384). Mathieu s'est plaint de la déchéance physique
de sa femme. Mais quoi ? N'y a-t-il pas, dans la nature,
quatre saisons ?[1] Personne ne saurait échapper à l'hiver de
la vie. Si Perrenelle est devenue vieille, son mari n'est-il
pas devenu vieux ? Il aurait mieux fait de se résigner à
l'inévitable que de dire du mal de toutes les femmes indis-
tinctement. Tous, grands et petits, nous sommes venus des
femmes[2] (-518).

Le Fèvre rappelle l'image de l'horloge (*Lam.*, 1, 733) et
tout le passage sur la prétention qu'ont les femmes de faire
toute la besogne. Ces prétentions, répond-il, sont fondées ;
plusieurs maris sont des fainéants, des buveurs et des pail-
lards ; si leurs femmes les « tencent », ils n'ont que ce
qu'ils méritent (-581).

Rappel du passage de Mathieu sur les cinq « metes[3] »
auxquelles la femme sait conduire l'homme (I, 845 sv.) et
des histoires de Guy, de Werry, de Framery. Dans ces trois
cas, l'homme a eu tort : Guy a faussement accusé sa femme,

---

1. C'est ici que se place la digression sur l'habileté de la fourmi. (Voyez
p. CXCIV).

2. Cette dernière idée servira de début au *Rebours de Matheolus* et reviendra souvent dans des écrits du même genre. (Voyez plus haut).

3. La cinquième (« la mete de cuidier ») n'est pas désignée par son nom au
v. 598 (« par iniquité »), mais seulement au v. 653.

Werry a été fou d'être jaloux, Framery n'a jamais pu prouver que sa femme avait substitué l'âne à l'amant (-634) [1].

Suit un résumé succinct, avec reproduction partielle de plusieurs passages, du reste du livre premier des *Lamentations* (-739). Ce résumé fait, Le Fèvre annonce, avec la solennité d'un avocat qui prévient le juge, qu'il va aborder le fond de la question, que, malgré les adversaires de ·ses idées, malgré les médisants et les envieux, il va « mouvoir » contre Mathieu un « plait » très remarquable et dont on fera grand bruit... si du moins il arrive à réaliser son dessein (-774).

La plupart des histoires racontées par Mathieu sont des « truffes » et, comme telles, ne méritent pas qu'on les discute sérieusement (-812) [2]. Quant à Salomon et à Aristote, c'étaient deux grands sages très respectables ; s'ils ont recherché l'amoureux plaisir, ils n'ont fait que suivre la loi naturelle et valaient mieux que le mari impuissant de Perrette. Quand un homme ne sait plus « besogner », il n'a qu'à se tenir coi ; il ne convient pas à un être ainsi constitué de dire du mal des femmes (-930).

Résumé de *Lam.*, II, 1-175 [3]. Leësce, qui avoue que, jusqu'ici, elle n'a donné que de petites réponses, annonce pompeusement [4] un plaidoyer fondé sur la Raison et où elle mettra de « grans maximes ». Un appel en forme à la Loi,

---

1. Ici ces contes sont traités comme des anecdotes vraies, tandis que plus loin (780 sv.) ils sont considérés comme des « truffes » et des mensonges, au même titre que ceux dont les héros appartiennent au monde païen. Il y a là un manque de logique.

2. Ici déjà, il formule en passant (800-809) la réplique par excellence, celle qui va revenir plus d'une fois et contre laquelle Mathieu lui-même avait déjà pris ses précautions (*Lam.*, II, 2589 sv., 2312 sq.), c'est-à-dire que la logique interdit d'étendre à toutes les femmes un grief qui ne s'applique qu'à une seule.

3. En rappelant l'histoire du jeune homme de Montreuil (969 sv.), Le Fèvre ajoute qu'il ne sait pas le nom du héros. (Voyez la note de II, 115.)

4. Au point de vue de ces procédés d'avocat, le *Livre de Leësce* est amusant à lire.

appel qui ne sert, d'ailleurs, qu'à préconiser le témoignage
de la conscience comme le seul irrécusable, amène... la
citation du proverbe qui dit que celui qui coupe son nez
enlaidit sa figure. De même, l'homme qui médit de la femme
« coupe sa face », car... la femme est la mère de l'homme !
(-1036) [1].

Rappel et résumé des passages de Mathieu sur l'humeur
querelleuse et bavarde de la femme, sur la « force corrosive »
de sa chair, etc. (*Lam.*, II, 177-364). Leësce voudrait avoir
auprès d'elle, pour confondre les hommes, Héloïse, l'abbesse
du Paraclet, et la fille de « maistre Jehan Andrieu », un
jurisconsulte féminin de grand talent. Si les femmes ont été
exclues du barreau, c'est que les hommes ont peur de leur
habileté, et non à cause des sottises de Cafurne, dont l'effron-
terie n'engage qu'elle, non les autres. Il n'est pas vrai que
la sœur de Moïse soit devenue lépreuse parce qu'elle était
bavarde ; et quant à la corneille, il est aussi sot dire de
qu'elle a été blanche autrefois que de dire du cygne qu'il
a commencé par être noir (-1176).

Quand même tous les griefs de Mathieu contre les femmes
seraient fondés, on pourrait toujours lui opposer tous les
méfaits et les crimes des hommes. Ah ! quel long poème
Le Fèvre se chargerait d'écrire contre eux ! L'homme prétend être supérieur à la femme parce que celle-ci a été faite
d'un os ! Mais l'os n'est-il pas plus noble que la boue dont
l'homme a été tiré ? La femme a été créée dans le paradis,
l'homme dans la vallée d'Hébron. Et puis, Dieu n'a-t-il pas
fait de la femme sa mère ? Son nom latin *mulier* ne veut-il
pas dire *amollir* ? [2] La femme n'a pas été faite de la tête de

---

1. Il est curieux de voir un Procureur au Parlement présenter comme très
sérieux un raisonnement qui rappelle de très près celui de Gros-René, dans
Le Dépit amoureux.
2. Cette étymologie est, évidemment, la contrepartie de *femina* <φῶς (*Lam.*,
II, 1631).

l'homme, ni de ses pieds, mais de son côté ; ce qui montre qu'elle n'est pas faite pour être sa maîtresse ou sa servante, mais son aide et son égale. Elle est sortie du côté de l'homme endormi comme l'Église est sortie de l'eau et du sang qui coulèrent du flanc de Jésus-Christ « dormant sur la croix » (-1310).

On a bien tort de blâmer les femmes, sauf quand c'est pour les corriger ou dans le confessionnal. Nouveaux aperçus, avec citations de certains passages du premier poème (II, 279-88, 405-38, 451 sv.) se terminant par un résumé de l'histoire de la matrone d'Éphèse (-1408)[1]. Pourquoi généraliser un cas particulier ? Et puis, le chevalier qui aida la veuve à déterrer le corps du mari ne fut-il pas son complice ? Il y aurait une autre histoire à opposer à celle-là, celle du chevalier de Bailleul, qui, par son faux témoignage, amena le supplice d'une femme chaste et honnête. Il y a d'autres femmes à opposer à la veuve du conte. Ce sont les deux femmes chastes et fidèles par excellence, Lucrèce et Pénélope (-1486).

Mathieu cite Silla, Bethsabée, Dalida, la maîtresse de Samson ![2] Qu'est-ce à dire ? L'histoire de Silla est une fable manifeste ; dans l'histoire d'Urie, les vrais coupables, ce sont David et Joab. Et quant à Samson, qu'avait-il à abandonner sa première femme pour courir après cette « folle » de Dalida ? Son histoire renferme une bonne leçon pour ceux qui livrent trop facilement leurs secrets (-1580). On doit tirer la même conclusion de l'histoire du jeune homme que sa femme dénonça à Salomon comme ayant transgressé l'ordre du roi (-1629)[3].

L'auteur reproduit d'autres reproches formulés par « le

---

1. Ce récit comprend 115 vers dans les *Lamentations* ; il a été réduit ici à 62.

2. Tous ces rappels sont faits avec des vers tirés des *Lamentations* (II, 588-687).

3. Ce récit comprend 77 vers dans les *Lamentations*, 37 dans *Leësce*.

mesdisant » : l'ardeur des veuves à se remarier, les églises et les lieux de pèlerinage transformés en rendez-vous d'amour. Réponse : la veuve a raison de se remarier et même de ne pas trop attendre ; une femme a besoin d'un protecteur. Toutes les femmes ne sont pas folles, comme le prouve l'histoire de Judith. Et si les femmes vont aux céré-monies religieuses, c'est qu'elles sont de bonnes catholiques. Pourquoi soupçonner de vilaines choses? (-1804).

Il résume et contredit ensuite le passage des secrets divulgués (*Lam.*, II, 1023-1238) et celui de l'impossibilité où se trouve l'homme marié de servir Dieu (*Lam.*, II, 1243-82). Dans sa réplique au dernier morceau, il fait remarquer que l'histoire du souper auquel un homme marié s'excusa de ne pas pouvoir assister est une parabole, non une histoire réelle, et que si un des invités mariés refusa, d'autres ont pu accepter (-1962).

Vient le long et important passage sur la désobéissance des femmes, avec l'histoire de la femme qui but du venin, celles d'Eurydice, de Vasti, d'Ève, de la femme de Loth (*Lam.*, 1287-1396). La réponse, dit l'auteur, peut être très simple. L'homme et la femme ont reçu le don du libre arbitre, c'est-à-dire la faculté de désobéir à un ordre donné. La femme, qui a reçu moins de raison que l'homme, se trouve dans un état de soumission qui devrait amener l'homme à ne lui donner que des ordres raisonnables. Mais elle a reçu plus de volonté, ce qui lui donne nécessai-rement une liberté plus grande. Dans l'histoire du flacon rempli de venin, les torts furent du côté de l'homme. Celle d'Eurydice n'est qu'une bourde : une créature mortelle ne revient pas à la vie. Quant à Vasti, peut-être sa désobéis-sance a-t-elle été voulue de Dieu pour élever Esther sur le trône. C'est Esther qu'il aurait fallu citer, cette « noble Juive ! » Le péché d'Ève, prévu par Dieu, a amené la

Rédemption. La femme de Loth est très excusable : on se retournerait pour une merveille moins grande qu'une ville en feu. D'ailleurs, sa mort a été nécessaire pour que Loth pût engendrer, de ses filles, les pères de deux peuples. Non, vraiment, les femmes ne méritent pas qu'on dise du mal d'elles ; elles sont obéissantes, honnêtes et courtoises (-2202).

Résumé du passage sur l'envie des femmes (*Lam.*, II, 1415-82). Réponse : il y a deux sortes d'envie, une bonne et une mauvaise ; la bonne, c'est l'émulation. Une femme qui s'habille bien en est plus considérée, et..... elle a plus chaud en hiver. Une femme de haut lignage a droit à la préséance. Et quant à vouloir être aussi riche qu'une autre, c'est une ambition très commune et qui ne mérite aucun blâme (-2292).

L'accusation d'avarice (*Lam.*, II, 1483 sv.) est repoussée catégoriquement [1]. Mathieu avait dit que les femmes se vendent. Le Fèvre répond que cela peut arriver aux pauvres et qu'on aurait tort de leur en faire un crime. La faute en est encore aux hommes, spécialement aux souteneurs. S'il y a des femmes qui, pour subvenir à leurs besoins, se livrent aux hommes, on ne saurait trop leur en vouloir. Et puis, toutes ne sont pas ainsi (-2364). En général, la femme est large ; elle se livre à l'homme par amour et l'entoure de bienfaits ; mais l'homme la trompe. Voyez Médée, Circé, Didon ! On ne saurait vraiment assez louer la bonté et la largesse des femmes (-2464).

Pour prouver la luxure des femmes, Mathieu avait cité l'histoire de Pasiphaé. Mais c'est une bourde manifeste, une

---

1. Les vers 2295-2304 montrent une fois de plus que Le Fèvre avait été embarrassé par le raisonnement du latin *1121-24*. (Voyez p. LXVII). Ici il cherche à expliquer par un effet d'ironie la contradiction qu'il trouve entre les deux thèses de Mathieu : 1º la femme est avare, donc froide ; 2º elle est plus chaude que l'homme.

« grant fanfelue », autant et plus que celle de Silla, dont
on a déjà parlé. Voici, pour être opposées à celles-là, des
histoires bien autrement vraies, et qui ne sont pas à l'honneur des hommes : Jephté sacrifiant sa fille, Virginius
coupant la tête à Virginie[1] (-2530).

Après avoir rappelé ensuite, d'après Mathieu, les histoires de Biblis, de Mirra, de Canasse, de Phèdre, de
Philis, de Didon (-2576), l'auteur résume, avec de nombreuses citations textuelles, la longue tirade sur les pen-
chants érotiques de la femme (II, 1695-1974, *Leësce* -2647).

Cette fois, la réponse sera un peu longue ; l'auteur l'annonce avec une nouvelle solennité. C'est maintenant qu'il
va dire le fond de sa pensée (-2652). Homère, qui fut un
grand clerc, a parlé de deux vases dont l'un contenait la
tristesse, l'autre, la joie, « leësce l'amoureuse ». Celui qui
boit du premier dit du mal des femmes ; celui qui boit de
l'autre en dit du bien. Ce même Homère a raconté la
guerre de Troie et mis en scène des dieux et des déesses.
Ovide, qui l'imitait, a raconté, à son tour, de jolies fables,
mais pour les chrétiens ce sont des « heresies ». Il ne faut
donc pas croire ces auteurs, surtout lorsqu'ils parlent des
femmes (-2705). Pour Ovide, il y a une raison spéciale de
se méfier de lui. Il avait subi certaine opération qui lui
interdisait l'amour. Et voilà pourquoi ce poète a injurié les
femmes. Au reste, toutes les métamorphoses qu'il raconte
prouvent bien qu'on est, avec lui, dans le domaine de la
fiction. Et quand même ces contes seraient vrais, ils ne
feraient que dévoiler la honte des hommes (-2760).

Mathieu a cité un méchant mot d'Ovide[2], et sur ce mot
il a fondé ses conclusions sévères et malveillantes au sujet

---

1. Nous avons déjà remarqué que cette version est celle de Jehan de Meun.
Voir p. cxciii).

2. *Lam. 1200* (II, 1695-6) : « duntaxat ea casta est quam nemo rogavit ».

de la chasteté des femmes. Ces conclusions sont beaucoup trop générales. Si elles étaient justes, tous les hommes seraient des fils de putain[1]. Ovide a été très vilain en disant des choses pareilles, et Mathieu aussi, puisqu'il a répété ces calomnies. Le fameux Abélart ne s'est-il pas trouvé dans les mêmes fâcheuses conditions que le poète latin? Pourtant il n'a jamais médit des femmes et a fondé l'abbaye du Paraclet pour son amie Héloïse (-2794).

Pour confondre définitivement les médisants, l'auteur va donner une liste de femmes honnêtes et vaillantes : sainte Ursule et les onze mille vierges, sainte Katherine, Sainte-Marguerite, beaucoup d'autres encore, qui gardèrent leur virginité (-2839). Parmi les religieuses il y en a qui sont devenues des saintes. Parmi celles-ci il ne veut pas oublier une compatriote, sœur Jehanne de la Neuville, des environs de Ressons, devenue abbesse d'un couvent de cinquante dames à Longchamps (-2888). A Lucrèce et Pénélope, déjà nommées, on peut joindre Ypolite, Ménalippe, Sémiramis, mille autres encore, qui ont servi ou qui serviront sous la bannière de Leësce, puis Anne, la mère de Samuel, et Susanne. Et quand le Christ a refusé de condamner la femme adultère, n'a-t-il pas montré par là que c'est folie de vouloir médire des femmes (-2958)?

Suit l'éloge des vieilles, qui ont sur les jeunes l'avantage de l'expérience, et la critique des accusations que Mathieu a lancées contre elles. Si elles se font sorcières ou si, parfois, elles font pire, ce sont encore les hommes qui les y incitent. En tout, l'homme est l'élément actif, donc corrupteur, la femme l'élément passif (-2991). D'ailleurs, Dieu a

---

1. Le Fèvre formule ici une conclusion qui va se retrouver dans d'autres apologies des femmes. Voyez notre *Introduction*, p. CLXXI. [Dans le vers 2775 il faut séparer *put* de *ains* et mettre le point et virgule après *put*.]

institué le plaisir d'amour pour la propagation de l'espèce ;
il ne faut pas en dire trop de mal (-3016).

Suit encore un long résumé, avec citation textuelle de
plusieurs passages — pris spécialement dans les quatre
« exempla » que contient cette partie — de *Lam.* II, 1993-
2120, 2215-2432, 2121-53, pour aboutir à la conclusion,
assez banale vraiment, qu'il faut « laisser le mal faire le
bien » (-3214)[1].

L'auteur aurait pu, sans inconvénient, s'arrêter là. Mais
comme Mathieu, dans son livre troisième, avait fait de la
théologie, Jehan Le Fèvre tenait à en faire aussi[2]. Il raconte,
avec des vers empruntés en partie au livre III des *Lamentations*, la chute des anges, la création de l'homme et de la
femme — dans lesquels Dieu a mis trois choses, la mémoire,
l'entendement et la volonté — et explique la composition ra-
tionnelle du corps (-3314). Puis, après une remarque de
jurisconsulte sur les éléments d'une bonne procédure (3315-
18)[3], il reprend son exposition des plans de la providence
divine et de la rédemption, et annonce finalement, à
l'exemple de Mathieu, le Jugement dernier. C'est là que les
médisants seront impitoyablement condamnés (-3442).

L'auteur intercale ici une ballade de trois strophes de
sept vers chacune, avec le refrain « Pour confondre les
mesdisants » (-3468).

1. On voit que l'avocat est pressé de finir et qu'il voudrait ne rien supprimer
du réquisitoire qu'il combat. Il laisse cependant de côté l'orgueil des femmes
(*Lam.*, II, 2437 sv.), leur cruauté (II, 2525 sv.), leur « gloutonnerie » II, 2709
sv.), leur paresse, sauf dans le mal (II, 2759 sv.), ainsi que l'hyperbole de
2793-2806. Toute la dernière partie du livre deuxième, celle où Mathieu, para-
phrasant Théophraste, parle du mariage, sortait de son sujet. Il n'y fait pas la
moindre allusion.

2. Cette supposition explique assez bien, croyons-nous, la digression spécialement théologique contenue dans les vers 3215 sv. (voyez plus haut, p. cxcv,
note 1).

3. Il est difficile de s'expliquer l'insertion de ce passage. En le rapprochant
de 3386, on comprend que l'auteur fait déjà allusion au iugement dernier dont
il parlera plus loin.

Enfin le moment est venu où l'avocat des femmes va réellement conclure. Sa conclusion ne sera pas présentée sous la forme d'une péroraison, mais sous celle d'un monologue de dame Leësce. Leësce commencera par rappeler « la confession » de Mathieu, son aveu que les femmes ont vaincu les plus forts[1]. Cette conviction aurait dû l'amener à chanter les louanges des dames au lieu de les diffamer, d'autant plus qu'en fait de blâme, il n'a rien trouvé de sérieux (-3527). Elle continue en rappelant les noms et les histoires de Sémiramis, de Penthésilée, de Thamaris, de la femme qui dompta Hercule. L'honneur de ces femmes rejaillit sur le sexe tout entier (-3617). Puis, la prouesse par laquelle ces femmes ont brillé ne constitue pas leur unique supériorité. La femme est aussi grande dans l'ordre scientifique : Carmentis inventa l'alphabet ; les Muses portent des noms de femmes ; Médée fut honorée à cause de sa science ; il y a Sapho, il y a Pallas, la déesse de la sagesse, il y a la Sibylle, il y a la fille du roi Crésus, d'autres encore. Toutes les sciences sont désignées par des mots féminins (-3687).

Les mâles volent et tuent ; les femelles sont douces. Les bêtes se laissent plus facilement élever par les femmes que par les hommes ; les plantes profitent à être cultivées par elles. Les femmes prient pour les blessés et pour les pécheurs ; elles vont à l'église, ce que les hommes ne font pas ; ceux-ci aiment mieux les cabarets et autres lieux de plaisir. Tout au plus pourrait-on dire que les hommes travaillent davantage. Mais ils sont poussés au travail par l'âpre désir du lucre (-3723). La femme a la charge du ménage et des enfants. Que ne fait-elle pas pour plaire à son

---

1. C'est-à-dire Samson, David, Salomon et Aristote. Allusion à *Lam*. II, 2631-32, que Le Fèvre avait déjà cités comme renfermant le point capital, 815-16 : « Sur quoi Mahieu son propos fonde ».

mari? (-3757). Nouveaux éloges de la femme et nouvelles critiques de la conduite des hommes (-3775)[1].

Et si on reprochait à Leësce de ne mentionner que les bonnes et de laisser de côté les mauvaises, elle pourrait répliquer que les hommes n'ont pas non plus l'habitude de citer Denys le tyran, Néron, Séron, Hérode, Ruhn. Elle a nommé quelques femmes vertueuses et dignes d'estime ; mais de combien de noms pourrait-elle allonger sa liste ! (-3831).

La chasteté, la fidélité conjugale sont des vertus féminines. Plus de mille femmes mariées restent fidèles à leurs maris. Il n'y a pas un seul mari qui reste fidèle à sa femme (-3863). Il y a nombre de veuves qui vivent chastement, mais les veufs se hâtent de courir à d'autres amours. Lorsqu'elles entendent les hommes les calomnier, les femmes savent bien ce que cela veut dire ; tant qu'on n'est pas trop vieux pour s'amuser avec une femme, on tiendra trop à ne pas se brouiller avec elles (-3887). C'est une vaine entreprise que de vouloir nuire à la réputation des femmes. Leurs grandes victimes, Salomon, Aristote, Virgile, Hercule, Samson, sont là pour leur rendre justice (3927).

Après avoir vanté une dernière fois la supériorité des femmes sur les hommes, l'auteur s'apprête à déposer la plume. Ce ne sera pas avant d'avoir imploré l'indulgence de celles qu'il a essayé de défendre. Il croit à la solidité de son plaidoyer. Mais il faut que les dames le soutiennent. Voici un bon conseil : Si on « répliquait » et qu'il fallût « dupliquer », il n'y aurait qu'une chose à faire : nier les faits allégués par la partie adverse (-3967).

---

1. Une note singulière dans ce concert est la mention honorable accordée à « la Calabre », une espèce d'herboriste qui, par ses drogues et ses artifices apportait des raffinements aux plaisirs de l'amour et rendait ainsi service aux hommes.

Sur ce, le povre « fèvre », qui s'excuse de n'être qu'un paperassier, prend congé de ses protégées en les recommandant à la grâce de Dieu. Il remet à un plus sage que lui le soin de reprendre plus tard, s'il le faut, cette matière, qui sera un éternel sujet de controverse entre les hommes (-3991).

Ainsi se termine ce plaidoyer, qui est l'œuvre d'un avocat assez habile mais d'un médiocre écrivain. Quelques-uns des arguments dont il s'était servi pour réfuter « les calomnies » de Mathéolus, ont été reproduits par d'autres apologistes. Mais le succès personnel de l'auteur — en supposant qu'il a été assez grand auprès des dames et qu'il n'a pas trop été contrebalancé par les reproches qu'ont dû lui faire les admirateurs du premier ouvrage, — n'a guère duré. Le *Livre de Leësce* a été copié bien moins souvent que les *Lamentations*. Et lorsque l'imprimerie s'empara des deux poèmes pour les répandre dans le public, le titre de l'ouvrage, — dont le poète avait été si fier ! — était oublié aussi bien que le nom de l'auteur. Ce nom, les imprimeurs l'avaient effacé, avec les jeux de mots dont il s'était spirituellement enveloppé ; d'autres, des anonymes, se vantaient d'avoir composé l'ouvrage[1] ; le *Livre de Leësce* avait fait place au *Résolu en mariage* ou au *Rebours de Matheolus*[2].

---

1. Voyez le Prologue du *Résolu en mariage*, V. 248, 255 (l'*Appendice* I de ce volume).

2. A l'époque des manuscrits, ce dernier titre avait bien été préparé par l'adjonction, au titre de « leesce » (V) ou « livre de leesce » (F K) des sous-titres « le contraire de Matheolore » (V), « le contre Matheolus » (F) « le contredit de Matheolus » (K), mais les copistes avaient maintenu le titre primitif (voir la *varia lectio*, pp. 1 et 127) et la signature du poète. Les imprimeurs ont fait disparaître cette signature et ont biffé le mot « leësce » du préambule (voir *Introd.*, p. XLVII).

§ 4. — LA LANGUE DES DEUX POÈMES FRANÇAIS.

Réservant au glossaire l'enregistrement des diverses graphies et des différentes formes grammaticales que nous avons adoptées dans notre édition, nous donnons ici un aperçu de la langue des *Lamentations* et du *Livre de Leesce*, telle qu'elle ressort des rimes et de la mesure du vers [1].

A. — *Phonétique.*

I. Vocalisme. — 1. Les mots en -*age* riment d'ordinaire ensemble, mais l'auteur admet la rime dialectale -*age* : -*aige* comme le prouvent les rimes suivantes : *rivage* : *fay je* (I, 1399), *mariage* : *experi ay je* (II, 33, 2939), *sage* : *sçay je* (II, 1157), *visage* : *envis ay je* (IV, 707), etc. — Notons encore la forme *extaise* (: *aise* 1, 1256).

2. L'ancienne diphtongue *ai*, qui persiste généralement dans la graphie, a, devant une consonne, le son du monophtongue *è*, dans toutes les positions : *maistre* : *estre* (I, 147), *aigle* : *regle* (III, 343), *laisse* : *possesse* (III, 915), *laisse* : *cesse* (III, 2515), *taire* : *matere* (I, 57), *faites* : *buffettes* (I, 589, L 183). Le mot *gaires* est écrit *gueres* (: *sainctuaires* II, 951). **Lacryma** ne se trouve que comme *lerme* (: *terme* I, 7, III, 1921). Peut-être cependant *ai*, lorsqu'il rime avec lui-même, a-t-il encore quelquefois le son *aj* : c'est ce qu'on serait tenté de conclure du fait que, deux fois (II, 857, 1623), la rime : -*aïre* (*contraire* : *retraire*, *taire* : *Macaire*) vient immédiatement après une rime en -*ere* (*pere* : *compere*, *pere* : *frere*), à moins que les deux rimes aient été distinctes par le timbre

---

1. — Les quatre livres des *Lamentations* sont indiqués par les chiffres I, II, III, IV. La lettre L désigne le *Livre de Leesce*.

de *e*, ce qui n'est pourtant pas probable (voyez n° 5), ou
que la différence de graphie doive seule expliquer ici le
procédé du rimeur.

3. Devant *l* mouillé, *ai* équivaut à *ei*, à la tonique aussi
bien qu'à l'atone ; la graphie est parfois *eill*. Voyez les
rimes *travaille* : *veille* (I, 1407) : *esveille* (II, 1383),
entrailles : *merveilles* (II, 639, IV, 549), *travaillier* : *veillier*
(I, 1223) : *conseillier* (II, 801), *bataillant* : *veillant* (II, 11).
Notons cependant que II, 629-32, la rime *entreilles* : *mer-*
veilles est suivie immédiatement de la rime *devinailles* :
batailles, ce qui marque peut-être (voyez n° 2) une nuance
dans la prononciation de *aj*, différente de celle de *èj*.

4. *Ai* final, dans -*ay* < -avi, rime d'ordinaire avec lui-
même ou avec d'autres formes verbales en *ay* (I, 657 *bigamay* :
amay ; II, 1177 *lessay* : *sçay*). Mais on le trouve aussi
rimant avec *oy* : I, 247 *bigamay* : *a moy*. Une rime analogue se trouve III, 31 *je m'esmay* : *espargniés moy*. [Le
substantif semble être *esmoy* (: *moy* III,1715), mais pourrait
être *esmay* (Godefroy IX, 532].

5. L'*e* sorti de *a* latin tonique libre a, devant *l* et *r*, un
son ouvert, comme le prouvent les rimes -*el* < -alem : -*el*
< -ellum, *el* : *houel* (I, 804), *tele* : *appelle* (II, 3093) [notons
aussi *autele* : *cautele* (II, 2393)] et -*er* < -are : -*er* < -errum
chaufer : *fer* (I, 183, II, 2013), *conquester* : *Hesther* (L 3827),
prouver tu : *vertu* (II, 364), *lamenter lu* : *vertu* (III, 1779),
trouver cy : *mercy* (II, 2363).

Final, ou suivi d'un *s* de flexion, cet *e* a probablement
un timbre fermé ; dans ces conditions, il ne rime d'ailleurs
qu'avec lui-même, sauf dans *degradés* : *adés* (L 113) ; mais
cette dernière rime semble attester le timbre fermé dans le
second de ces deux mots (devenu, dans les dialectes de l'est,
adé et *adi*, Godefroy I, 99.) plutôt que le timbre ouvert
dans le premier.

6. Le poète distingue *é* de *ié*, sauf dans la forme verbale *-erent* (*gagerent* : *disputerent*, L 49, *laisserent* : *geterent*, L 2945). Ce n'est pas seulement la graphie régulière des verbes en ǰ + a r e qui atteste la persistance de *ier* (I, 1201, *irier* : *empirier*, etc.), mais encore la rime riche *espuisier* : *puis hier* (IV, 565). Les verbes en -i(t)a r e riment avec ceux en -ǰa r e (*oublier* : *publier* I, 41, III, 2319, *desfiés* : *mortifiés* I, 1509, *marier* : *apparier* II, 251, *fier* : *sacrifier* II, 967. Constatons la terminaison normale *-er* dans les mots *boucler* (: *cler* I, 1360), *sangler* (: *sangler* < *cingulare II, 2523), *particuler* (: *articuler* II, 2568).

7. La terminaison -a t a précédée d'une palatale devient régulièrement *-ie*, comme l'attestent les rimes suivantes : *vergie* : *clergie* (I, 121), *avancie* : *nigromancie* (II, 2037), *lignie* : *punie* (III, 2403), *emploïe* : *ouïe* (III, 3256), *purgie* : *envie* (IV, 401), *lignie* : *mie* (IV, 643), *chacies* : *avocacies* (L 1162). Les mss. donnent, en général, la forme *-ie*, même lorsque deux mots en -ǰa t a riment ensemble. On trouvera pourtant, L 3536, *treciée* : *dreciée*.

8. Pour ce qui est de *o* ouvert tonique libre, notons la rime *moes* : *roes* (II, 3081) écrite ainsi dans tous les mss., sauf F, qui a *moues* : *roues*.

9. L'*o* fermé tonique libre du latin est devenu régulièrement *eu*, et ne rime pas avec *ou* de *ó* entravé. Parmi les rimes intéressantes dont ce son est l'élément vocalique, signalons : *heure* : *labeure* (I, 95) *pleure* : *sequeure* (II, 879), *queue* : *peue* (II, 4129), *espeuse* : *Meuse* (II, 441), *pleure* : *deveure* (I, 1033), *sequeure* : *deveure* (III, 637). Notons la rime *espeuse* : *heuse* (II, 103) qui atteste bien le son *ö*.

10. Il y a deux passages où -o r e m se présente sous la forme *-our* : III, 2523 *prevaricatour ment; tourment*, ce qui fait l'effet d'être un amusement de rimeur, et IV, 5-12, où la rime *c* du douzain contient les mots *plour*,

tristour, flour, folour, dolour, rimant avec *retour, sejour, jour.* C'est probablement à cause du grand nombre de mots qu'il fallait ici à la rime, que le poète a pris cette liberté, que justifiait, d'ailleurs, le dialecte de son pays d'origine.

11. Si dans *heuse : espeuse,* nous avons pu signaler une rime de *eu* ⟨ ō avec *eu* ⟨ *ue* ⟨ ŏ, ce dernier *eu* ne rime qu'avec lui-même dans *neuve : meuve* (II, 77) *treuve : preuve* (III, 833), *couleuvres : euvres* (III, 2473), *treuve : fleuve* (I, 641). — *eu* ⟨ *é* + *l* vocalisé a peut-être encore la valeur d'une diphtongue ; il ne rime qu'avec lui-même *(par eulx : pareulx).*

12. Parmi les rimes remarquables en *ou* signalons *approuche : reprouche* (I, 643), *reprouche (: mouche* II, 427) *(: bouche* II, 2125) *(: couche* II, 3125), *mourne (: tourne* II, 1189).

13. La diphtongue *ui* rime en général avec elle-même. Elle rime avec *i* dans *deduire : ivire* (L 181), *ensuivent: estrivent* (III, 3271).

14. Pour ce qui est des **voyelles nasales**, constatons d'abord l'identification de *an* et *en* dans *branches : Elenches* (I, 1081), *senne : Jehanne* (II, 1041), *condamnent : contempnent* (III, 2351, à moins que le premier de ces deux mots, comme la graphie *condempnent* semble l'indiquer, ne soit une forme savante).

La nasalité de la voyelle, lorsqu'elle est suivie d'un *n* simple, est attestée par les rimes *blasmes : femmes : blafemes* (L 2843, 2353), peut-être par la rime *Dyenne : Ethyopienne* (II, 2093), et, dans la syllabe atone, par *ahennerent : sanerent* (II, 3917), plus sûrement encore par la rime brisée d'*Adam née : dampnée* (III, 2409).

15. *ain (e)* et *ein (e)* riment ensemble ; la graphie ordinaire est *ain.* Notons *grain : serein* (L 547), *primains :*

mains (minus, II, 3295), *souveraine ; seraine* (III, 2773), *vilaine : Helaine* (II, 3431), *refraigne : peine* (II, 2247), et, devant *n* mouillé, *araigne : preigne* (L 3928).

16. La nasalité de *o* + nasale est assez forte pour que la nature de la consonne (labiale ou dentale) soit indifférente à la rime : *li hom : lion* (II, 95), *hom : raison* (I, 125) : *maison* (929), *pris hom : prison* (2385), *chetifs hom : tison* (3465), *traïs hom : traïson* (III, 325). La graphie *ngn* indique la nasalité de *o* (et *oi*) devant *n* mouillé : *quelongne : longne* (I, 793) : *besongne* (807), *tesmoingne : besongne* (I, 1427) : *doingne* (II, 1491), *soingne : mençoingne* (2267).

II. Consonnantisme. — 17. *Ce* et *che* ne sont pas séparés dans la rime, ni avant ni après l'accent. Les exemples abondent : *force : escorche* (I, 297, II, 2401), *escorchast : esforçast* (I, 515), *esforciés : escorchiés* (II, 565), *sachiés : enlaciés* (II, 567), *bouchette : doulcette* (I, 583), *esrache : face* (I, 1355), *blanche : semblance* (II, 209, L 1053), *chevauche : hauce* (II, 259), [pour *altiare et ses composés, on trouve la graphie par *ch*, I, 1113 *essauchier*, I 1093 *haucha*, L 821 *haucha*, à côté de *essaucier*, L 887 ; ce verbe se trouve à la rime exclusivement avec des formes de *chevauchier*], *vache : crevace* (II, 1593), *mucier : embuschier* (2137), *decëus : chëus* (2033), *solacier : esrachier* (3093), *empeschent : blescent* (III, 177), *cheval : ce val* (267), *se dreça : pecha* (1579), *nourrice : riche* (2093), *hericier : Richier* (3261), *richesces : flammesches* (IV, 279). [Ce dernier mot se trouve aussi dans la ballade L 3446-67 ; les huit autres mots de la rime *b* sont des mots en -*esce*], *blanche : enfance* (L 1171), *Duliche : malice* (2413), *sorciere : chiere* (3059). Il y a cependant un assez grand nombre de rimes avec *ch* étymologique dans les deux mots : II, 537, *sachiés* (*sapiatis) : *sachiés* (*saccatus), 897 *rubesche : flamesche*, 1061, 3791 *crache : esrache*, 2541 *sachiés : atta-*

chiés, III, 1683 *pecheeurs* : *lecheeurs*, 2389 *entechiés* : *pechiés*, 2511 *teche* : *peche*. De même des rimes avec *ç* étymologique : I, 1175 *courroucier* : *groucier*, 1333 *soulacier* : *embracier*, 1335 *soulace* : *glace*, III, 673 *escorce* (subst.) : *force*.

18. D'autre part, ce même *ç* rime avec *s* sourd : *fallace* : *pailasse* (I, 969, II, 2131), *Lucrece* : *maistresse* (II, 319), *Wystace* : *chasse* (977), *mesfacent* : *esquassent* (2843), *tristesce* : *traïtresse* (3713), *est ce* : *felonesse* (III, 176), *especes* : *espesses* (L 3009), etc., et avant l'accent : *chançon* : *Sanson* (II, 681), *Aucerre* : *desserre* (995), *pucelage* : *vasselage* (1937), *assent* : *aras cent* (3991), *dancerent* : *cesserent* (III, 2950). Une graphie distincte marque en général la différence d'origine de ces deux sibilantes (cependant *Lucresse*, *novisse*); dans la terminaison -*ece* <-*icia*, la graphie ordinaire est -*esce*.

19. Il n'existe plus le moindre reste de l'ancienne différence entre *z* (*ts*) et *s* sourd ; son et graphie sont identiques. Notons les rimes suivantes : *ains* : *constrains* (I, 1023), *puis* (*puteus*) : *puis* (II, 2365), *peris* : *perils* (3215), *tous vis* (*vivus*) : *allouvis* (III, 631), *lis* (lilium) : *delis* (3053).

20. L's étymologique après une voyelle s'écrit d'ordinaire, mais ne compte plus dans la prononciation, ou du moins n'empêche pas la rime : devant *l*, *brusler* : *uller* (II, 2009) ; devant *m*, même dans des mots savants, *barbarisme* : *rime* (I, 200), *sophismes* : *limes* (843), *blasme* : *diffame* (1303), *blasmes* : *femmes* (II, 213), *pasmée* : *paumée* (763) ; devant *t*, *ostée* : *crotée* (I, 1419), *giste* : *Egipte* (II, 905), *oster* : *noter* (1407, III, 1361), *laidist* : *ay dit* (II, 2989), *cherist* : *esperit* (III, 515), *festes* : *prophetes* (2663), *Crist* : *escrit* (1651 et 3145) ; [notons cependant *chastes* : *hastes* (II, 3245), *chaste* : *taste* (L 2577), *evangelistes* : *listes* (III, 2697), *monstre* < monstrum : *monstre* (II, 2500), *s'aasti* : *Vasti* (L 2404), où l's se prononçait peut-être] ; devant *k*, *tu lis que* : *basilique*

(II, 89) ; devant *v*, dans le cas spécial *tous vis* (: *allouvis* III, 635). — Citons encore trois cas d'amuïssement de *s* après *r* : *corps nues* (: *cornues* II, 3023), *corps bel* (: *corbel* II, 3091) *mors tel* (: *mortel* L 1017).

21. L'*r* après une voyelle s'amuït, ou n'empêche pas la rime, lorsqu'il se trouve devant *l*, *escarles* : *masles* (II, 1665), *parle*. *masle* (II, 1489), *hasler* (écrit *harler*) : *parler* (I, 217) ; devant *b*, *arbre* : *Calabre* (L 3779). Un cas semblable d'amuïssement est celui où *r* se trouve après une dentale explosive ; *pharetre* : *Perrette* (I, 1313), *terrestre* : *arreste* (L 1217), *ordre* : *s'accorde* (III 331) : *recorde* (709) : *morde* (*2685*).

22. L'*l*, rétabli seulement dans la graphie de mots tels que *eulx*, *veult* (: *puet* III, 2533) ne se prononce pas non plus devant l'*s* de flexion dans des mots comme *deuls* (: *ambedeus* I, 467), et son doublet *dieuls* (: *dieus* I, 834), *perils* (: *peris* I, 1245, II, 3215), *gentils* (: *ententis* IV, 61), ni devant *p* dans *coulpe* (: *loupe* L 901, 3922).

Il en est de même de *f* dans *chetifs* (: *petis* II, 2515, III, 2110) et *chetifs hom* (: *tison* II, 3466) ; probablement de *p* dans *Egipte* (: *giste* II, 935).

23. *l* mouillé rime avec *l* dans *merveille* : *chandeile* (écrit *chandeille*, I, 997, L 785) et *cheville* : *vile* (II, 3293).

24. Malgré la graphie étymologique par *gn*, il faut probablement admettre un *n* dental et non un *n* palatal, dans *signe* (: *beguines* II, 2959), *dignes* (: *eschines* II, 3375), *lignie* (: *punie* III, 2403), *regna* (: *affrena* III, 1655), auxquels il faudra ajouter *benigne* (: *digne* I, 669) et *Digne* (: *benigne* II, 3061) ; ce dernier mot nous offre peut-être un cas de graphie inverse.

25. La finale *r* des infinitifs de la Ière conj. se fait entendre dans la prononciation, comme le prouvent les rimes déjà mentionnées II, 364 *prouver tu* : *vertu* (II, 364), *lamenter tu* : *vertu* (III, 1779), *trouver cy* : *mercy* (II, 2363), con-

quester : Hesther (L 3827), *souper : ou per* (L 1941), *donner bonne : Narbonne* (III, 1145).

26. L'amuïssement du *t* final dans la 3ᵉ pers. des prétérits faibles est attesté par les rimes *perdi en ce : obedience* (II, 1331) *respondi : di* (III, 64), *s'aasti : Vasti* (L 2104) ; parfois la graphie de tous les mss. donne *i*, comme L 493-4 *assailli : failli*.

27. L'absence du *d* intercalaire entre *l* et *r*, *r* et *r* est attestée par les rimes suivantes : *voulroye : souhaideroye* (I, 1473), *voulroit : pourroit* (III, 2381), *voulroie : mourroie* (III, 3207). La graphie des mss. confirme très souvent cette absence, notamment dans les rimes *voulra : assaulra* (II, 3537), *voulra : doulra* (IV, 653).

28. Dans *crucefix* l'*x* (ks) se prononce, comme l'atteste la rime de ce mot avec *fix* (II, 953) et *prefix* (II, 3935).

29. Signalons un cas de métathèse dans *mousterray* (: *lamenteray* I, 1081).

Le Picard devenu Parisien qu'était Jehan Le Fèvre se montre clairement dans plusieurs des rimes que nous avons relevées, notamment dans celles qui se trouvent mentionnées sous les numéros 7, 10 et 27, d'un côté, 9 et 14 de l'autre.

B. — *Flexion.*

I. Déclinaison. — 1. Au nom. sg. mscl. des substantifs, des adjectifs en -us et des participes, les formes avec l'*s* de flexion alternent avec celles qui en sont privées, suivant les besoins de la rime et sans qu'on puisse découvrir d'autres motifs à ces emplois variés.

Substantifs avec *s* : *Dieus* (: *lieux* I, 1383, : *mieux* II, 1051, : *yeulx* III, 230), *ennemis* (: *mis* I, 363), *meschiefs* (: *les chiefs* I, 826), *sire roys* (: *une roys* II, 748), *veus* (: *cheveux* I, 978).

Substantifs sans *s : fu le premier bigame* (: *ame* I, 419), *Frameri* (: *mari* I, 981), *soit le mari* (: *charivari* I, 536).

Une forme irrégulière est *Davis* au cas régime (: *avis* II, 677) ; quelques copistes ont modifié le second vers pour pouvoir mettre la forme *David*.

Adjectifs et participes passés attributifs et prédicatifs ayant l's de flexion au nom. sg. : *chetis* (: *petis* pl. I, 253, 1074), *desfiés* (: *mortifiés* pl. I, 1509), *devenus* (: *advenus* pl. I, 421), *eslessiés* (: *laissiés* -atis II, 505), *haïs* (: *païs* I, 369), *novisses* (: *voulsisses* III, 156), *nus* (: *avenus* I, 3350), *redargus* (: *Argus* I, 963). Notons aussi la forme avec *s* dans *Pour injustes en es tenus* (III, 249). Sans *s : est appert* (: *pert* I, 223), *devenir descrepit* (: *respit* II, 7), *estre proměu* (: *a pourvěu* I, 223), *est trespassé* (: *ait brassé* II, 619), *l'un l'autre* (I, 165).

Aussi n'avons-nous pas hésité à admettre dans le texte les deux formes données par les mss. dans des phrases comme celles-ci : *Le plus chetif de tous clamés* (I, 1075), *riches, povres ou paillart* (II, 253).

2. Des substantifs mscl. qui ont des formes différentes aux deux cas, on trouve, au cas-sujet, *sire* (: *souffire* II, 273), *tu es mon sire* (: *desire*, II, 1147), à côté de *est mon seigneur* (: *greigneur* II, 751), *enfes suy* (I, 218), à côté de *est mon enfant* (II, 751), et, assuré par la mesure, *compains* (I, 514). Au reste, les formes *larron, defendeur, liseur, sueur, traïteur, vendeur*, etc., sont les seules qui se trouvent au nom. sg.

Homo se rencontre, à la rime comme ailleurs, sous les trois formes *hom, homs* et *homme*. La seconde est la plus rare, on la trouve à la rime III, 3263 (: *lions*) et IV, 793 (: *saintirons*). La forme *hom* est assurée par la rime I, 267 (: *Pharaon*), II, 95 (: *lion*), 125 (: *raison*), 3465 (: *tison*), IV, 24 (: *garison*), par la mesure du vers, I, 293 (contre *homme* au v. 273), II, 110 (contre *homme* au v. 112), II, 743 (*le preudom*), et ailleurs. La forme *homme* est assurée par la rime I, 158 (: *nomme*), II, 2576 (: *comme*), IV, 233 (: *somme*).

3. Le pluriel des substantifs, adjectifs et participes masculins a presque toujours un *s* au cas sujet aussi bien qu'au
cas régime ; les exemples abondent : I, 239 *sont deboutés*
(: *doubtés*), I, 319 (: *escoutés*), I, 1245 *sont peris* (: *perils*),
etc. On trouve cependant, dans la fonction du vocatif pl.,
seigneur compaignon, assurés par la rime, II, 329 ; aux
vv. I, 1153-54, notre texte porte, au nom. pl., *mangié* et
vengié, qui est la leçon de tous les mss., mais la rime n'est
pas décisive ; un emploi sûr du nominatif pl. sans *s* se
trouve au v. II, 3905. *Ne sont pas tous espoëntable* (: *table*).

4. Les substantifs féminins de la 3ᵉ déclinaison latine n'ont
pas d's au nom. sg., sauf, peut-être, *mors* (I, 545 sv., II,
4017, III, 1620), à moins que cette forme ne soit la reproduction directe du nominatif latin. Un cas curieux se trouve
III, 2377-78 : *debonnairetés, pietés*, formes que nous avons
prises dans le ms. F.

5. Les adjectifs et participes qui ont, en latin, une forme
unique pour le masculin et le féminin se présentent, au féminin, sous la forme étymologique et sous la forme analogique
avec *e*. Exemples de la première : *elle est ardant* (II, 1682),
cruel morsure (III, 128), *desloial conscience* (II, 665), *fort
chose* (II, 2203), *fort raison* (III, 392), *grant vengence* (1,
442), *grief punition* (I, 443), *grief peine* (II, 1151), *souef*
(II, 4008), *quel fiance* (II, 2274), *quel fin* (II, 3367), *tel
condicion* (III, 1071) ; et, au pluriel, *gentilx* (II, 1711),
grans batailles (II, 1437), *religions mendians* (II, 1786),
tels merelles (II, 1952). D'autre part, on trouve : *brieve*
(I, 191), *casuelle* (I, 444), *charnele couple* (II, 1825), *cor-
toise* (: *noise* I, 1346), *femme forte* (: *conforte* II, 2612),
est forte (: *deporte*), *grieve* (III, 2384), *quelle* (: *sequelle* I,
437), *tele* (I, 818), *tele moullier* (II, 3394), *est telle* (: *belle*
II, 2988, : *appelle* II, 309), *sont teles* (: *eles* II, 2725).

Parmi les adverbes en -*ment* citons, d'un côté, *briefment* (II, 2121), *charnelment, solemnelment* (II, 1727-28), *egaument, especiaument* (L 513), *loyaument* (I, 244) ; de l'autre, *fortement* (III, 382), *quellement* (: *element* I, 1155 : *seulement* III, 750), *tellement* (I, 607).

6. Parmi les formes des **pronoms**, signalons, à la rime, *pour my* (: *fourmy* L 462), à côté de *moy*. *Eulx* est employé pour les deux cas, au masculin et au féminin ; signalons *eulx* pour le féminin, assuré par la mesure, aux vv. II, 2092, 2713, contre *elles* II, 3021.

L'adjectif possessif f. sg. est, devant un mot commençant par une voyelle, aussi bien *m', t', s'* que *mon, ton, son*. Exemples : *m'ame* (I, 321), *s'ame* (II, 760), à côté de *ton ame* (II, 3213), *m'entencion* (L 2651), *s'opinion* (L 3799), à côté de *mon excusacion* (L 2652), *son entencion* (L 1061), *l'amour* (III, 730), *ton ennemie* (II, 701), *son infortune* (IV, 73), *son ire* (IV, 822).

La forme accentuée de **eccehoc** est *ce* (I, 1021).

Le pronom indéfini **homo** figure à la rime comme *on* (*die on* : *Guion* II, 687) et comme *en* (*l'en dit* : *Lendit* II, 100).

II. Conjugaison. — 7. Notons à la 1ʳᵉ p. s. ind. pr. des verbes en -**are**, assurées par la mesure ou la rime, les formes suivantes : *aim et pris* (III, 150), *je demeur* (II, 1464), *je jur* (II, 831, 2071), *je redoubt* (II. 3839), *je soupir* (I, 1162), *je me vant* (: *devant* III, 1562), *je pri* (II. 173), *je suppli* (II, 1562), *os* (**auso** I, 171), à côté de *use* (**uso** I, 1344), *j'espreuve, je treuve* (III, 1765-66).

Video est représenté à la rime par *je voy* (I, 338 et ailleurs), à côté de *je vois* (: *voix* II, 766), **facio** par *fay* (I, 1399), **maneo** par *je mains* (II, 2635), * **sento** par *je sens* (II, 2767), **perdo** par *je pers* (I, 1361).

8. Notons, à la 1ʳᵉ p., pl. un emploi fréquent des formes sans s : *dyon* (: *Guyon* L 599), *dison* (: *traïson* III, 241),

diron (: *environ* L 474, : *Cyron* L 3580), *escorchon* (: *torchon* L 774) ; *faison* (: *raison* III, 2401, L 244), à côté des autres, également assurées par la rime, *taisons* (: *saisons* L 421), etc.

9. Le prés. du subj. des verbes en **-are** se présente d'ordinaire avec les formes analogiques en *e*. On trouve cependant *aint* (II, 1888), *demeurt* (I, 1418).

10. Une forme analogique curieuse de l'impf. de l'ind. est *descripsoit* (: *disoit* IV, 193 ') ; le *p* est purement graphique.

11. La terminaison *-ions* du pluriel de l'imparfait a deux syllabes (III, 370 *vou-li-ons* : *lions*).

12. D'anciens prétérits sigmatiques se sont maintenus, tels que *enjoinst* (II, 732), *plainst* (II, 472), *traist* (I, 432).

13. Une forme analogique curieuse d'un prétérit faible est *estableïs* (: *feïs* III, 1074).

14. A l'impf. du subj. on trouve les formes analogiques suivantes : *fëusse* (: *ëusse* III, 1575), *fëusses* (: *ëusses* III, 185), *fëust*, assuré par la mesure (I, 507, 697, III, 1290) et par la rime (: *gëust* L, 1262), à côté de *fust* (II, 145).

15. A côté de *sera* on trouve, comme futur d'*estre*, *ert* (II, 287 *c'ert ains : certains*).

16. Au fut. et au cond. des verbes en **-are** on trouve fréquemment les formes *demourra* (I, 638, (II, 3224), *durra* (II, 363), *jurra* (II, 3224), *plourra* (IV, 749), *demourront* (: *mourront* III, 140), *donroye* (II, 3680), *menroyent* (III, 1326), à côté de *jureray* (: *courrouceray* L 3127).

17. Par contre, la mesure et la rime attestent, pour les verbes en *-oir* et *-re*, *arderas* (IV, 757), *averas* (II, 3562), *bateray* (: *purgeray*, III, 1759), *deffendera* (: *fera* II, 1412), *esmouvera* II, (3220), *mouveront* (: *leveront* II, 3456), *prendera*

---

1. A ajouter aux exemples (*escrisez, escrise*) cités par M. Nyrop dans le t. II de sa *Grammaire historique*, § 46 Rem.

(: *gardera* II, 867), *recevera* (: *deboutera* IV, 495), *rendera* (II, 3755), *responderay* (: *arresteray* L, 1703), *responderoit* (: *excuseroit* L 2019), *venderoit* (: *mesferoit* II, 961).

18. Notons, enfin, dans la conjugaison des verbes en -*ir*, la forme *emple* (: *exemple* III, 2861), à côté de *remplist*, deux vers plus loin (2863).

On voit que les formes archaïques alternent avec des formes plus modernes et que l'analogie se donne libre carrière dans les formes grammaticales employées par Jehan Le Fèvre. Son origine picarde a dû le pousser vers l'emploi fréquent de celles que nous avons signalées sous les numéros 8 et 17.

C. — *Versification.*

1. Il suffit de parcourir rapidement les deux poèmes pour constater que Jehan Le Fèvre poursuit la rime riche, et même richissime. La rime d'un mot français avec un mot latin ne lui déplaît pas. Les *Lamentations* en offrent six exemples ; I, 1 *mea* : *améa*, II, 627 *dit* : **odit**, 1749 **quippe** : *dissipé*, 1777 *domini* : *catimini*, III, 751 **deus solus** : *dissolus*, 1079 **quare** : *paré* ; le *Livre de Leesce* contient aux vv. 1679-80 deux vers latins qui riment ensemble.

Des rimes pauvres telles que *alerent* : *semerent* (III, 1937), *souffire* : *dire* (2231), *ordenée* : *assemblée* (2817), *teles* : *belles* (3075) sont extrêmement rares. Nous n'avons pas rencontré une seule assonance simple masculine (-*é*, -*i*) ; il y en a quelques-unes de féminines, surtout avec le mot *vie* (: *die*, *fenie*, *purgie*), qui se trouve fréquemment à la fin du vers et qui ne pouvait guère rimer richement qu'avec *envie*, *Pavie*, *ravie*. Le poète devait s'imposer parfois la même privation de la consonne d'appui à l'égard du mot *mariage*, dont les rimes riches étaient vite épuisées. Au reste, il ne

supprime la consonne d'appui d'une façon régulière qu'avec les mots en *-able, -atre, –aire, -endre, -endent*. et autres syllabes assez fournies de sons, ou du moins de lettres.

Voici un petit calcul qui résume le travail de statistique auquel nous nous sommes livré à ce sujet. Dans le livre I, sur 760 rimes, il n'y a que 21 °/₀ de rimes ordinaires (c'est-à-dire où manque la consonne, ou la voyelle, d'appui) ; dans le Livre II, sur 2079 rimes, il y a 29 °/₀ de rimes ordinaires ; dans le Livre III, sur 1669 rimes, également 29 °/₀ ; dans le Livre IV, sur 412 rimes, 34 ¹/₂ °/₀ de rimes ordinaires. Quant aux rimes brisées, le Livre I en contient 10 ¹/₃ °/₀ des rimes riches, le Livre II, 6 °/₀, le Livre III, 10 ¹/₈ °/₀, le Livre IV, 9 ²/₃ °/₀.

On voit donc que le versificateur a dépensé ses plus grands efforts au début de son poème et que la proportion des rimes brisées sur le total des rimes riches est restée à peu près la même dans les quatre livres, sauf que, dans le Livre II, il y a une diminution assez notable.

Voici la proportion des rimes dans le *Livre de Leesce :* sur 1985 rimes (en retranchant la ballade (3446-67), il y en a 33 ¹/₂ °/₀ sans consonne, ou voyelle, d'appui ; sur 1319 rimes riches il n'y a pas tout à fait 7 °/₀ de rimes brisées. Donc, dans le second poème — qui est, en général, plus négligé, — la proportion de la rime riche et recherchée est un peu moins forte.

2. Parmi les rimes riches, il y a un assez grand nombre de mots homophones (type : *les os* (ossa) : *les os* (illos auso), *Lya : lia, metre : mettre*, etc., mais relativement peu de rimes proprement « identiques » : I, 355 *a paine : tant de paine*, 965 *en cure : n'a cure*, 1503 *pelé* (adj.) : *pelé* (partic.), II, 659, 853, III, 1871 *avoir* (subst. et verbe), II, 823 *t'éusse : j'éusse*, 1073 *poins* (subst. et partic.), 1025 *point* (subst. et adv.), 1509 *poise* (sens littéral et figuré), 1613 *rage* (sens

propre et sens de douleur physique), III, 103 *les paines : a paines*, 1535 *estre* (verbe et subst.), 1829 *douleur* (différence de sens provenant d'une espèce de jeu de mots), 2461 *te-noit* (intr. impers. et transitif), IV, 361 *paistre* (jeu de mots), 547 *drois* (subst. et adj.). Dans le *Livre de Leesce*, nous n'a-vons rencontré, de cette catégorie de rimes, que les rimes déjà signalées *avoir, drois, estre*.

3. Nous croyons inutile de publier la liste des rimes brisées (à peu près 300) que nous avons dressée. Le lecteur les remarquera facilement. Il y en a déjà de très curieuses dans le prologue : 1 *mea : amé a*, 13 *confort : com fort*, 47 *Jheremie : souffire mie*, 49 *gemir : je mir*, 84 *Mahilet : il est*, 67 *envoy a : envoya*, 75 *somme a : nomma*. Voici quelques autres spécimens du genre : I, 83 *va t'en : atten*, 89 *n'en soie : pensoie*, *Polimnia : rien n'i a* (209), *mercy : muer cy* (229 et III, 1465), *Pharaon : n'ara hom* (I, 267), *Laban : Rachel a ban* (399), *sequele : sçay quele* (437), *commença : Adam en ça* (839), *tu lis que : basilique* (II, 89), *mariage : experi ay je* (337), *vertu : prouver tu* (363), *Bersabée : vers abée* (679), *Guion : die on* (687), *Theseüs : tes eüs* (1631), *Mëun : et un* (1797), *m'en que : enque* (2793), *Perrenelle : cuer en elle* (3225), *chascun : n'en as qu'un* (3533), *decevoir : de ce voir* (III, 323), *Narbonne : donner bonne* (1145), *ma-ladie : qui mal a die* (1969), *Leesce : folie est ce* (2557), *verdure : iver dure* (3043), *a bas ton : baston* (3141), *The-rouenne : R ou N* (IV, 51), *Jacque : ja que* (183), *de Resson nés : arraisonnés* (205), *advocas : au cas* (567). Le *Livre de Leesce* en a peu de nouvelles ; dans ce poème, les cas les plus intéressants sont ceux où le poète cherche une rime à un nom propre : *Lamet : la met* (L 227), *Mëun : a un* (1069), *Normendie : qu'on en die* (1453), *Sylla : il a* (1515), *Amon : a mon* (2189), *Abaëlart : mal art* (2785), *Menalippe : la lippe* (2893).

4. Nous avons relevé, dans les *Lamentations*, dix-huit exemples du cas qui a été signalé par M. Tobler (*Le Vers français*, p. 163 sv.), où la rime brisée se termine par *ce*, *je*, *que* ou *se*, plus ou moins accentués, ce qui amène chez quelques versificateurs, par suite de l'accentuation plus forte de la syllabe finale, le changement du vers qui se termine ainsi en vers masculin de huit syllabes[1]. En voici la liste : la rime *est ce*, I, 465, II, 3496, III, 176, 1158, 1227, 2558, IV, 224, 814 ; la rime *en ce* (*sans ce*). I, 1117, II, 1331, 3328, III, 2505, 2514 ; les rimes *car je*, II, 3806, -*en je*, III, 1951 ; les rimes *li que*, II, 89, -*er que*, II, 3525 ; la rime *et se*, III, 293. [Les rimes *en ce*, sauf III, 1951, *car je*, *li que*, -*er que*, et *se* sont des cas d'enjambement].

Une étude attentive du texte et des variantes montre que les seuls cas discutables (vers féminin ou vers masculin?) sont, d'abord, ceux où le vers se termine par *que* (II, 89, 3525) ; à ces deux endroits, la famille α, que nous avons suivie, donne un vers masculin ; cependant on peut hésiter ; au vers II, 89, il est fort possible que l'auteur ait écrit *enten bien* EN *ce que tu lis que*. Pour ce qui est des cas de *en ce*, -*en je, et se*, on voit bien que la famille α (ou du moins A) essaye de transformer le vers féminin en vers masculin ; (I, 1117, A omet *le*, qui doit rester ; II, 3328, α omet *trop*, qui pourrait être retranché ; III, 293, α omet *et*, qui semble devoir rester. Mais dans la plupart des cas, le vers doit conserver son caractère de vers féminin (la variante de F III, 1951 est loin de s'imposer[2]. Il faut en dire autant des

---

1. M. Tobler cite (p. 167) un vers de Jehan Le Fevre, pris dans sa traduction de la *Vetula* (v. 2572, p. 126 de l'éd. Cocheris). Ajoutons un cas, qui se trouve dans un vers de dix syllabes, chez Jean Marot, *La vray disant advocate des dames* (MONTAIGLON, *Rec.* X, p. 236) : « Incessamment cerche quelque finesse Pour la tromper, car aultre fin ne esse (lisez : n'est ce). »

2. Il semble en effet, que le mot *et* soit indispensable ; peut-être faudra-t-il changer la ponctuation et lire *Pour le mieulx et, ainsi l'enten je.*

cas de *est ce* (la variante de M III, 2558 est isolée et ne
paraît guère admissible[1]), sauf que IV, 224, tous les mss.,
en écrivant *qu'est ce* (que nous avons changé en *que est ce*
à cause de la rime riche *leesce*, qui nous a paru exiger
l'hiatus après *que*), font de ce vers un vers masculin. Reste
le cas de *car je* (II, 3806), où la famille β a *Las,* tandis
que α a *Lasse ;* nous avons adopté la première leçon ; mais
il aurait peut-être mieux valu écrire *Lasse* et restituer ainsi
à ce vers aussi son caractère de vers féminin.

Nous concluons de ces faits que le poète, s'il a eu quelque
velléité d'appliquer le procédé du vers masculin, et s'il en a
usé peut-être dans les cas où son vers se terminait par *que,*
ne l'a guère appliqué d'une manière générale et régulière
dans tous les cas semblables.

Le *Livre de Leesce* ne présente que trois cas de ce genre
de rimes, deux en *en ce,* où le vers est féminin (451 *Prudens est et pourvëus en ce : science*), une en *est ce* (32 *Car
pour l'amour de celle est ce : Leesce*[2], qui serait un vers
masculin si l'*e* de *celle* devait s'élider ; mais la rime riche
semble plutôt exiger la non-élision *cellë est ce.*

5. Ce dernier cas est tout à fait spécial[3] et ne saurait passer pour un exemple de la non-élision de *e* signalée par M.
A. Piaget chez quelques poètes du XIVe et du XVe siècles[4].
Nous n'avons pas trouvé trace, chez Le Fèvre, de cette
négligence ; peut-être, cependant, que les manuscrits dont
nous avons adopté la leçon l'avaient déjà fait disparaître.

---

1. Quand même *leur* devrait être supprimé, on pourrait encore admettre un
hiatus voulu après *folie* pour amener la rime riche *lëesce : folië est ce* (voyez
notre discussion de IV, 224 et de L 32.

2. Le ms. moderne P intercale *tout* entre *Car* et *pour.*

3 Voyez pourtant la note 1.

4. *Romania* XXVII (1898), p. 541, svv. sur « l'hiatus de l'*e* final des poly-
syllabes ».

RENNES

IMPRIMERIE BREVETÉE FRANCIS SIMON

www.ingramcontent.com/pod-product-compliance
Lightning Source LLC
Chambersburg PA
CBHW070749030726
47504CB00003B/494